*Pour Stephen Baxter et Paul McAuley :*
*amis, collègues et gardiens de la flamme.*

« Et je suis muet pour dire la saison du vent
Et le ciel que le temps tisse autour des étoiles [1]. »

— Dylan Thomas

1. En anglais : « *And I am dumb to tell a weather's wind. How time has ticked a heaven round the stars* », dans le poème *The force that through the green fuse drives the flower* (1934). Traduction d'Hélène Bokanowski dans *Dylan Thomas : sa vie et son œuvre*, éditions Seghers, 1962. (*NdT*)

*Il est nécessaire d'évoquer les débuts. Et, avant tout, comprenez bien ceci. Ce qui nous a conduits à cet instant, à cette annonce, ne résulte pas d'une seule et unique cause. Si l'on doit retenir quelque chose, c'est que la vie n'est jamais aussi simple, aussi ordonnée que cela.*

*On pourrait dire que cela a commencé lorsque notre grand-mère s'est mis en tête d'accomplir un dernier exploit. Ou quand Ocular a découvert quelque chose qui a retenu l'attention d'Arethusa, une tache aux détails intrigants sur une planète orbitant autour d'une autre étoile, et qu'Arethusa s'est sentie obligée de partager cette découverte avec notre grand-mère.*

*Ou était-ce quand Hector et Lucas ont décidé qu'il ne pouvait pas y avoir la moindre incongruité dans les comptes de la famille, même si, à l'époque, ce détail pouvait paraître insignifiant ? Ou lorsque Geoffrey a été rappelé en plein vol, arraché à son travail avec les éléphants, ramené à la maison par la mort de notre grand-mère ? Ou par sa décision de tout avouer à Sunday et le fait que cette dernière, plutôt que de rejeter son frère, ait choisi la voie du pardon ?*

*Il se pourrait même que cela remonte à l'instant où, dans l'ancienne Tanzanie, il y a un siècle et demi de cela, un bébé du nom d'Eunice Akinya a inspiré pour la première fois. Ou à la seconde suivante, lorsque ce bébé a poussé son premier cri, inaugurant une vie fondée sur l'impatience. Le monde n'allait jamais assez vite pour notre grand-mère. Elle regardait toujours par-dessus son épaule, lui hurlant après pour qu'il suive le rythme, jusqu'au jour où il l'a prise au mot.*

*Mais elle n'est pas devenue Eunice immédiatement. Elle est peut-être née en colère, mais ce n'est que lorsque sa mère l'a bercée dans le calme nocturne du Serengeti, sous le trait bien visible de la Voie lactée, qu'elle s'est mise à désirer ce qui était à jamais hors d'atteinte.*

*Toutes ces étoiles, Eunice. Toutes ces petites lumières de diamant. Tu peux les avoir si tu les veux vraiment. Mais tu dois d'abord être patiente, puis intelligente.*

*Et elle le fut. D'une patience et d'une intelligence sans bornes. Mais si sa mère avait fait d'elle Eunice, qui avait modelé sa mère ? Soya était née il y a deux siècles, dans un camp de réfugiés, à une époque où existaient encore famines et guerres, sécheresses et génocides. Qu'est-ce qui l'avait rendue assez coriace pour offrir au monde cette force de la nature, cette enfant qui deviendrait notre grand-mère ?*

*Nous ne le savions pas encore, évidemment. Les rares fois où nous pensions à elle, l'image qui nous venait était celle d'une silhouette froide et sévère qu'aucun d'entre nous n'avait jamais touchée et à laquelle nous n'avions pas même adressé la parole en personne. Depuis son orbite lunaire glaciale, isolée dans la prison de métal et de jungle qu'elle s'était construite elle-même, elle semblait appartenir à un autre siècle. Elle avait accompli des exploits grandioses et merveilleux – changé son monde et laissé une marque humaine indélébile sur d'autres – mais à une époque où elle était bien plus jeune, sans grand rapport avec cette grand-mère éloignée, grincheuse et indifférente. Au moment de notre naissance, ses meilleurs jours étaient derrière elle.*

*C'est ce que nous croyions, en tout cas.*

# Prologue

Fin mai, après la saison des pluies abondantes. Le sol avait emprunté de l'humidité aux nuages ; et le ciel se remboursait désormais avec d'interminables journées chaudes et sèches. Pour les enfants, c'était un soulagement. Après des semaines passées renfermés à l'intérieur, ils avaient enfin le droit de sortir de la maison et de s'aventurer au-delà des jardins et des murs extérieurs, dans la nature.

C'est là qu'ils tombèrent sur la machine de mort.

— Je n'entends toujours personne, dit Geoffrey.

Sunday poussa un soupir et posa une main sur l'épaule de son frère. De deux ans son aînée, elle était grande pour son âge. Ils étaient postés sur un rocher rectangulaire, à quelques pas de la rivière encore forte et boueuse.

— Là, dit-elle. Tu l'entends, là, non ?

Geoffrey tenait fermement l'avion en bois qu'il avait emporté.

— Non.

Accablé par la chaleur étouffante, il entendait la rivière et le bruissement des feuilles dans les acacias.

— Il est en danger, annonça Sunday sur un ton résolu. Il faut le trouver, puis prévenir Memphis.

— Il vaudrait peut-être mieux prévenir d'abord Memphis puis le chercher ensuite.

— Et s'il se noie entre-temps ?

Geoffrey n'y croyait guère. Le niveau de l'eau avait baissé depuis une semaine et les pluies cessaient. Des nuages bilieux patrouillaient à l'horizon, le tonnerre claquait parfois sur la plaine, mais le ciel était dégagé.

De plus, ils étaient déjà souvent allés dans cette direction. Il n'y avait pas d'habitations, là-bas, pas de villages, ni de villes. On trouvait davantage de traces d'éléphants que d'humains sur les pistes qu'ils suivaient. Et si, par hasard, il y avait des Massaïs dans les environs, leurs garçons savaient parfaitement éviter les ennuis.

—C'est possible que ce soient les trucs dans ta tête? demanda Geoffrey.

—J'y suis habituée, maintenant, dit Sunday en sautant du rocher et en désignant les arbres. Je crois que ça vient de là. (Elle s'élança et se retourna vers son frère.) Tu n'es pas obligé de venir, si tu as peur.

—Je n'ai pas peur.

À l'affût du danger, ils parcoururent des zones de terre qui séchaient et des marécages boueux. Ils portaient des bottes, des pantalons longs antiserpents, des chemisettes et des chapeaux aux larges rebords. Malgré la gadoue dans laquelle ils pataugeaient et les broussailles qu'ils traversaient, leurs vêtements restaient aussi colorés et éclatants que lorsqu'ils les avaient enfilés à la maison. Contrairement aux bras de Geoffrey, couverts de taches de boue, et désormais striés de petites coupures dues aux buissons épineux. Toujours marqué par la fois où Memphis l'avait félicité pour n'avoir pas pleuré après être tombé sur le sol en marbre de la maison, il avait mis son point d'honneur à ne pas demander à son bracelet de supprimer la douleur.

Sunday avançait d'un pas assuré dans les acacias et Geoffrey s'efforçait de la suivre. Ils dépassèrent les restes blancs et rouillés d'un ancien moulin à vent.

—Ce n'est plus très loin, cria Sunday en regardant par-dessus son épaule.

Son chapeau rebondissait sur son dos, attaché par une ficelle autour de son cou. Geoffrey resserra la sienne et la noua fermement.

—Tout ira bien, quoi qu'il arrive, dit-il pour se rassurer. Le Mécanisme nous surveille.

Il ignorait ce qui se trouvait de l'autre côté des arbres. Ils étaient déjà venus souvent, mais ils ne connaissaient pas pour autant chaque buisson, chaque éminence ou chaque cuvette des environs.

—Il s'est passé quelque chose ici! cria Sunday, hors de sa vue. La pluie a emporté toute cette pente, comme une avalanche! Quelque chose dépasse!

—Fais attention, lança Geoffrey.

—On dirait une machine, lui répondit-elle. À mon avis, le garçon est coincé dedans.

Geoffrey s'arma de courage et continua. Des branches s'agitaient lentement et découpaient le ciel, des éclats bleus de martins-pêcheurs comblant parfois les vides. Quelque chose s'éloigna en glissant sous des feuilles sèches, un mètre ou deux sur sa gauche. Des broussailles de plus en plus épaisses s'attaquèrent à son pantalon, le déchirant. Il regarda, blasé, les deux morceaux de tissu coupés se recoller.

— Là, dit Sunday. Viens vite, petit frère !

Il la voyait de nouveau. Ils avaient émergé au bord d'un creux en forme de bol, bordé de denses bosquets d'arbres de toutes sortes. Une partie de l'intérieur de la cuvette s'était effondrée pour former une pente abrupte dévastée par la pluie.

Un objet, en métal, et aussi gros qu'un airpod, dépassait du sol ocre.

Geoffrey leva de nouveau les yeux vers le ciel.

— Qu'est-ce que c'est ? demanda-t-il, malgré la désagréable sensation de le savoir déjà.

Il avait vu une telle chose, auparavant, dans un de ses livres. Il la reconnut grâce à toutes ses petites roues, trop nombreuses, sur le côté visible, pour être celles d'une voiture ou d'un camion. Et aux chenilles qui entouraient les roues, avec leurs plaques de métal attachées les unes aux autres, ressemblant aux segments d'un ver de terre.

— Parce que tu l'ignores ? demanda Sunday.

— C'est un tank, dit-il en se souvenant subitement du mot.

Et malgré sa peur, malgré son envie d'être ailleurs, découvrir ce véhicule vomi par la terre lui parut stupéfiant.

— Qu'est-ce que ça pourrait être d'autre ? Le garçon a dû rentrer dedans et il ne peut plus en sortir.

— Il n'y a pas de porte.

— Il a dû bouger, expliqua Sunday. C'est pour ça que le petit ne peut pas sortir : la porte a été recouverte.

Elle était au bord de la pente, désormais, toujours sur l'herbe, et elle faisait le tour de la cuvette jusqu'à la zone de l'éboulis. Elle s'accroupit et posa le bout des doigts sur le sol pour garder son équilibre. Son chapeau pendait sur ses épaules.

— Comment peux-tu l'entendre, s'il est dedans ? demanda Geoffrey. Nous sommes près, là, et je n'entends toujours rien ! Ça doit être dans ta tête, à cause des machines.

— Ça ne marche pas comme ça, petit frère. On *n'entend* pas simplement des voix.

Sunday était dans la partie haute de la pente boueuse, désormais, face à la terre glissante, les doigts plantés dans le sol pour descendre vers le tank.

Ne voyant aucune autre option, Geoffrey la suivit.

— Nous devrions appeler quelqu'un. On nous a toujours défendu de toucher des vieux trucs.

— On nous défend de faire un tas de choses, dit Sunday.

Elle continua sa descente, glissant puis se récupérant, ses bottes creusant d'impressionnants sillons dans la terre mise au jour. Elle avait les mains couvertes de boue. Elle baissa la tête et regarda par-dessus son épaule droite, si concentrée qu'elle se mordait la langue.

— C'est pas bon, dit Geoffrey en entamant son trajet au même endroit et suivant de son mieux les traces de mains et de pieds de sa sœur.

— Nous sommes là ! cria brusquement Sunday juste avant de poser un talon sur le flanc penché du tank. Nous sommes venus t'aider !

— Qu'est-ce qu'il dit ?

Pour la première fois, elle parut le prendre au sérieux.

— Tu ne l'entends toujours pas ?

— Je ne fais pas semblant, grande sœur.

— Il dit : « Venez vite, s'il vous plaît. J'ai besoin de votre aide. »

Une question sensée vint à l'esprit de Geoffrey.

— En swahili ?

— Oui, répondit aussitôt Sunday, avant d'ajouter : je crois. Pourquoi ne parlerait-il pas en swahili ?

Elle avait les deux pieds sur le tank, désormais. Elle fit un pas vers la droite, avec la prudence d'un funambule. Geoffrey interrompit sa descente, osant à peine respirer de peur de déclencher un éboulis qui les enverrait tous les deux, avec le tank et la boue, au fond du trou.

— Il parle toujours ?

— Oui, dit Sunday.

— Il aurait dû t'entendre, maintenant, tu es si proche.

Sunday écarta les bras et s'agenouilla. Elle frappa le blindage du tank, une fois, puis deux. Geoffrey inspira profondément et reprit sa progression angoissante, l'avion de bois toujours dans une main, loin au-dessus de sa tête.

— Il ne répond pas. Il répète la même chose. (Sunday prit son chapeau et le remit sur sa tête.) J'ai mal à la tête. Il fait trop chaud.

Elle frappa de nouveau contre le tank, plus fort à présent.

— Hé ho !

— Regarde, dit Geoffrey.

Il se passa quelque chose d'étrange sur le tank, à l'endroit où Sunday l'avait cogné. Des rides de couleur partirent de ce point : roses et vertes, bleues et dorées. Les ondulations disparurent en filant dans le sol et réapparurent en taches colorées solides, s'étendant comme des bavures d'encre, mais sans se mélanger. Elles tremblotèrent et vibrèrent puis prirent la même teinte rougeâtre que la boue qui entourait le tank.

— On devrait y aller, déclara Geoffrey.

— On ne peut pas l'abandonner.

Malgré tout, Sunday se leva. Son frère s'arrêta où il était, ravi qu'elle entende enfin raison. Il s'efforça d'être galant en se penchant vers la pente, prêt à offrir sa main lorsqu'elle arriverait à portée.

Mais Sunday se comportait bizarrement.

— Ça fait mal, dit-elle en articulant difficilement et en se touchant le menton.

— Remonte, dit-il. Il faut rentrer, maintenant.

Sunday, toujours en équilibre sur les flancs penchés du tank, le regarda, le corps agité de petits tremblements rapides. Elle tentait de parler.

— Sunday !

Elle tomba du tank, en arrière, vers la pente. Elle heurta le sol et roula, les membres enchevêtrés et le chapeau rebondissant. Elle s'arrêta au fond du trou imprégné d'eau, les bras et les jambes écartés, le visage dans la boue.

Pendant un long moment, Geoffrey, figé, se contenta de la regarder. Il se demanda si elle s'était cassé un os. Puis, peu à peu, il se rendit compte que sa sœur ne pouvait peut-être pas respirer.

Il avança sur le côté, remonta hors de l'éboulis et retourna là où le sol était encore solide, recouvert d'herbes et de broussailles. Il eut la présence d'esprit de tirer son bracelet jusqu'à sa bouche et d'appuyer sur l'épais bouton qui lui permettait de communiquer avec la maison.

— S'il te plaît !

Memphis répondit aussitôt, d'une voix grave, calme et assurée :

— Qu'y a-t-il, Geoffrey ?

Il se mit à parler à toute vitesse :

— S'il te plaît, Memphis. Sunday et moi sommes partis en exploration et nous avons trouvé un trou dans le sol, et il y a eu un éboulement à cause des pluies et un tank dépasse. (Il s'arrêta, le temps de reprendre son souffle.) Sunday a essayé d'aider le garçon à l'intérieur. Mais elle a eu mal à la tête et est tombée du tank et là, elle est au sol et je ne vois plus son visage.

— Un instant, Geoffrey.

Memphis semblait d'un calme surprenant, pas le moins du monde étonné, comme s'il avait prévu que ce genre d'événement se déroulerait aujourd'hui.

— Oui, je vois où vous êtes. Va voir ta sœur et retourne-la, de façon qu'elle soit allongée sur le côté et pas à plat ventre. Mais fais attention en descendant, j'arrive tout de suite.

La réponse très terre à terre de Memphis atténua légèrement l'angoisse de Geoffrey. Il eut l'impression d'y passer des heures, mais il parvint enfin à poser ses bottes dans l'eau boueuse du fond du trou, et put s'approcher de sa sœur.

Elle n'avait pas le visage dans l'eau – il était posé sur un petit morceau de terre surélevé et sec, le nez et la bouche dégagés – mais elle tremblait toujours. Des bulles de mousse sortaient de ses lèvres.

Un bourdonnement se fit entendre au-dessus d'eux et Geoffrey releva le rebord de son chapeau. Il avisa la machine vrombissante, pas plus grande que l'extrémité de son pouce.

—Je te vois, dit Memphis dans la manche de Geoffrey. Fais ce que je te dis. Retourne ta sœur. Tu vas devoir être très fort.

Geoffrey s'agenouilla. Il ne voulait pas regarder Sunday de trop près, pas alors qu'elle tremblait et bavait.

—Sois courageux, Geoffrey. Ta sœur a une sorte de crise. Il faut que tu l'aides.

Il posa l'avion en bois par terre, sans plus se soucier que la boue puisse salir la peinture rouge. Il passa les mains sous le corps de Sunday et essaya de la soulever. Ses spasmes violents le paniquèrent.

—Vas-y de toutes tes forces, Geoffrey. Je ne peux pas t'aider avant d'arriver.

Il grogna sous l'effort. Peut-être tressautait-elle de manière à l'aider, mais une dernière poussée lui permit de l'extirper de la boue. Elle n'était plus à plat ventre.

—Geoffrey, écoute attentivement. Je ne sais pas pourquoi, mais il y a un problème dans la tête de Sunday, et apparemment, sa manche ne répond pas correctement. Tu dois lui dire quoi faire. Tu m'entends ?

—Oui.

—Il y a deux boutons rouges, un de chaque côté. Tu dois appuyer sur les deux en même temps.

Leurs manches étaient semblables, mais la sienne n'avait pas de boutons rouges. Ceux de sa sœur n'étaient arrivés qu'après son dixième anniversaire, et avaient donc un rapport avec les trucs que les neuropraticiens lui avaient mis dans la tête et que lui n'avait pas encore.

Il leva le bras de Sunday, s'efforça de le maintenir immobile et tenta d'entourer la manche du pouce et de l'index. C'était difficile. Il n'avait pas la main assez grande.

—Que va-t-il se passer, Memphis ?

—Rien de grave.

Les boutons rouges étaient bien plus difficiles à presser que les bleus qu'il avait sur son vêtement. Après un instant de panique, il comprit qu'il allait devoir utiliser les deux mains. Et même ainsi, c'était dur. Au début, il n'appuya sans doute pas assez, car rien ne se passa. Mais il réessaya, pressant de toutes ses forces, et brusquement, comme par miracle, la crise de Sunday cessa.

Elle se retrouva étendue là, immobile.

Geoffrey s'assit près d'elle et attendit. Elle respirait, il le voyait. Ses yeux étaient fermés, désormais, et même si elle paraissait moins enjouée qu'un peu plus tôt, lorsqu'elle le regardait debout sur le tank, il sentit, d'une manière indéfinissable, que sa sœur était revenue.

Il posa une main sur son front brûlant, puis il leva les yeux vers le ciel.

Memphis arriva peu après. Il plana au-dessus de la cuvette, les observant depuis l'airpod, puis pencha l'appareil sur le flanc pour retourner au-delà des arbres qui entouraient la fosse. L'airpod était si silencieux que Geoffrey dut tendre l'oreille pour percevoir le bruit de son moteur lorsqu'il disparut.

Près d'une minute plus tard, Memphis apparut en personne au sommet de la pente. Après avoir hésité à peine un instant, il entreprit la descente, tantôt en courant, tantôt en dérapant, les bras agités pour garder l'équilibre. Lorsqu'il rejoignit Sunday, il toucha son front puis examina la manche.

Geoffrey l'observa, à l'affût du moindre indice sur son visage.

— Elle va bien ?

— Je crois, Geoffrey. Tu as bien agi, dit Memphis en regardant le tank, comme s'il venait de le remarquer. Elle s'en est beaucoup approchée ?

— Elle était debout dessus.

— C'est une mauvaise machine. Il y a eu la guerre ici, autrefois, une des dernières en Afrique.

— Sunday disait qu'il y avait un petit garçon dans le tank.

Memphis la souleva du sol et la porta dans ses bras.

— Tu peux remonter tout seul, Geoffrey ?

— Je crois.

— Il faut ramener Sunday à la maison. Elle va s'en sortir, mais il faut l'emmener chez un neuropraticien le plus vite possible.

Geoffrey entama la remontée, bien décidé à montrer qu'il n'avait besoin de personne.

— Et le petit garçon ?

— Il n'existe pas. Il n'y a rien d'autre, dans ce tank, que des machines, dont certaines sont très intelligentes.

— Ce n'est pas le premier tank que tu vois ?

— Non, dit Memphis prudemment. Pas le premier. Mais la dernière fois que j'en ai vu un se déplacer, j'étais tout petit.

Geoffrey se retourna et Memphis lui adressa un bref sourire. Il n'avait visiblement pas envie que le garçon fasse des cauchemars à propos de machines assassines qui erraient sur Terre.

— Il n'en reste plus, désormais, à part quelques-unes abandonnées et enterrées comme celle-ci.

Ils remontaient la pente, désormais.

— Comment s'est-elle échappée ?

Memphis s'arrêta pour reprendre son souffle. Porter Sunday tout en gardant l'équilibre n'avait rien d'aisé.

— L'intellart a senti la présence des machines de Sunday, celles qu'elle a dans la tête. Il a trouvé un moyen de leur parler, de lui faire croire que quelqu'un l'appelait.

L'idée qu'un appareil puisse tromper sa sœur – la tromper au point qu'elle parvienne presque à convaincre Geoffrey – lui fit, malgré la sueur due à l'effort, froid dans le dos.

— Que se serait-il passé si elle n'était pas tombée ?

— Le tank aurait peut-être tenté de la persuader de l'aider. Ou il aurait pu essayer d'exploiter une vulnérabilité plus enfouie. Mais quoi qu'il ait fait, c'est ça qui a provoqué la crise de ta sœur.

— Pourtant, le tank est très vieux et les machines de Sunday toutes neuves. Comment a-t-il pu les tromper ?

— Les choses très vieilles sont parfois plus malignes que les toutes nouvelles. Ou en tout cas, plus rusées. (Ils grimpaient sans interruption, désormais, et étaient presque arrivés au sommet de la pente.) C'est pour ça qu'elles sont interdites, ou alors très soigneusement contrôlées.

Geoffrey regarda en arrière avec un étrange mélange de peur et de pitié envers le véhicule à moitié enseveli.

— Que va devenir le tank ?

— On va s'en occuper, dit doucement Memphis. Pour le moment, notre première préoccupation reste ta sœur.

Ils regagnèrent le sol plat. Une piste étroite s'enfonçait entre les arbres. Geoffrey ne l'avait pas remarquée à l'aller, mais elle devait être nettement visible depuis le ciel. Ils l'empruntèrent pour rejoindre l'airpod qui les attendait, dissimulé.

— Elle va se remettre ?

— À mon avis, il n'y a pas eu beaucoup de dégâts. Heureusement que tu étais là, pour désactiver les machines dans sa tête. Ah !

Sans prévenir, Memphis s'était arrêté.

Geoffrey stoppa près de lui.

— C'est Sunday ?

— Non, dit l'homme mince en n'élevant toujours pas la voix. C'est Mephisto. Il est devant nous, sur la piste. Tu le vois ?

Dans l'ombre épaisse de la piste, sous la voûte des arbres, une immense forme tachetée de lumière leur bloquait le passage. L'éléphant traînait sa trompe d'avant en arrière dans la poussière. Il n'avait qu'une défense, l'autre était cassée. Sa position, le front baissé comme un bélier prêt à charger, dénotait son envie d'en découdre.

— Mephisto est un vieux mâle, expliqua Memphis. Il est très agressif et attaché à son territoire. Je l'ai vu du ciel, mais il me semblait qu'il s'éloignait de nous. J'espérais que nous ne le croiserions pas aujourd'hui.

Geoffrey était intrigué et effrayé. Il avait déjà vu beaucoup d'éléphants, mais n'avait jamais perçu tant de prudence chez son mentor.

— Nous pourrions le contourner, dit-il.

— Mephisto nous en empêchera. Il connaît cette zone bien mieux et se déplace plus vite que nous, surtout avec Sunday dans les bras.

— Pourquoi ne veut-il pas que nous passions ?

— Il a un problème au cerveau, dit Memphis avant de se taire un instant. Geoffrey, pourrais-tu détourner les yeux, s'il te plaît ? Je dois faire quelque chose que j'aurais préféré éviter.

— Quoi ?

— Tourne la tête et ferme les yeux.

Il s'agissait bien d'un ordre, et Geoffrey obéit. Un bruissement de feuilles vint alors rompre le silence. Puis un coup léger retentit, accompagné d'une pétarade de craquements secs, ceux de branches et de troncs qui se brisent.

— Accroche-toi à ma veste et suis-moi, dit Memphis. Mais ne regarde pas avant que je te le dise. Tu me le promets ?

— Oui, répondit Geoffrey.

Mais il ne tint pas parole. Lorsqu'ils passèrent dans la fraîcheur des arbres, Memphis contourna un obstacle et entraîna le garçon avec lui. Geoffrey ouvrit les yeux et les plissa aussitôt, à cause de la poussière qui flottait encore dans l'air. Mephisto était par terre, étendu sur le flanc. L'œil visible du mâle était ouvert, mais sans vie. L'immense forme grise et soigneusement ridée était parfaitement immobile, tout à fait morte.

— Tu as tué Mephisto ? demanda Geoffrey lorsqu'ils arrivèrent à l'airpod.

Memphis chargea Sunday dans l'habitacle arrière en la posant doucement sur le siège capitonné. Il ne répondit pas, pas même lorsqu'ils décollèrent pour rentrer à la maison. *Memphis sait*, pensa Geoffrey. Memphis savait que Geoffrey avait regardé et que rien ne serait plus jamais pareil entre eux.

L'enfant ne s'aperçut que bien plus tard qu'il avait laissé l'avion en bois rouge dans le trou.

# Première partie

# Chapitre premier

Il revenait des confins de la zone d'étude et rentrait à la station de recherche, seul dans le Cessna, volant dans le ciel au-dessus du bassin d'Amboseli, de meilleure humeur qu'il ne l'avait été depuis des semaines, lorsqu'il reçut l'appel.

— Geoffrey, dit une voix dans son crâne. Tu dois rentrer tout de suite à la maison.

Il soupira. Il aurait dû se douter que cette paix ne durerait pas.

Il arriva à l'aplomb de la propriété dix minutes plus tard, et chercha des signes anormaux sur les bâtiments aux murs blancs et aux toits bleus. Mais rien ne lui parut bizarre. La résidence en forme de A, de ses cours et jardins tranquilles à ses piscines, ses courts de tennis et son terrain de polo, était aussi nette et ordonnée qu'une maquette d'architecte.

Geoffrey s'aligna sur l'allée rudimentaire qui faisait office de piste d'atterrissage et posa le Cessna. Il rebondit, les pneus épais soulevant de la poussière et de la terre, freina fort et roula jusqu'à une place libre au bout de la rangée d'airpods qui appartenaient à la maisonnée et à ses invités.

Il laissa le moteur s'éteindre et resta assis dans le cockpit encore quelques secondes, le temps de rassembler ses esprits.

Au fond de lui, il savait ce dont il s'agissait. Ce jour se trouvait depuis si longtemps dans son avenir qu'il avait acquis la solidité et l'immuabilité d'un objet géographique. Il était simplement surpris d'y être enfin confronté.

Il mit pied à terre dans la chaleur matinale, parmi les petits bruits qu'émettait l'avion, en refroidissant. Geoffrey retira sa vieille casquette portant le logo de Cessna et s'éventa avec.

Un homme sortit de la loge voûtée dans le mur, à l'entrée, et se dirigea vers lui, les épaules baissées, le pas solennel et l'allure sombre.

— Je suis désolé, dit-il en ne prenant la parole que lorsqu'ils se trouvèrent assez près pour s'entendre normalement.

— C'est Eunice, hein ?

— Je crains qu'elle ne soit morte.

Geoffrey essaya de trouver quoi dire.

— C'est arrivé quand ?

— Il y a six heures, d'après le rapport médical. Mais je ne l'ai appris qu'il y a une heure. Depuis, je m'efforce de vérifier les informations et de prévenir les proches.

— Et comment ?

— Dans son sommeil, paisiblement.

— J'imagine que cent trente ans est un bel âge.

— Cent trente et un, depuis son dernier anniversaire, dit Memphis sans reproche. Et oui, c'est un bel âge. Si elle était revenue sur Terre, elle aurait pu vivre encore davantage. Mais elle a choisi sa propre voie. Vivre toute seule là-haut, avec seulement quelques machines pour lui tenir compagnie... c'est même étonnant qu'elle ait tenu si longtemps. Mais après tout, elle disait toujours que vous, les Akinya, étiez comme des lions.

*Ou des vautours*, se dit Geoffrey. Puis, à haute voix :

— Que se passe-t-il, maintenant ?

Memphis lui passa un bras sur l'épaule et l'emmena vers la porte.

— Tu es le premier à être rentré à la maison. Certains vont bientôt chinguer. Dans la journée, d'autres vont arriver en personne. Quant à ceux qui sont dans l'espace... ce sera plus long, s'ils parviennent à venir. Ils ne pourront pas tous.

Ils s'abritèrent du soleil dans la loge où les murs de chaux créaient des ombres indigo.

— C'est étrange de se réunir ici, alors que ce n'est pas l'endroit où elle est morte.

— Eunice a laissé des instructions précises.

— Personne ne m'en a parlé.

— Je viens seulement de les découvrir, moi-même, Geoffrey. Si je l'avais appris plus tôt, tu en aurais été informé.

Par-delà le petit bâtiment, des fontaines crachaient et bouillonnaient dans les mares décoratives. Geoffrey repoussa du pied un robot jardinier de la taille d'un tatou.

— Je sais que c'est aussi difficile pour toi que pour les membres de la famille, Memphis.

— Il risque d'y avoir une période de transition délicate. La famille... l'entreprise... devront s'habituer à l'absence d'une figure de proue.

— Heureusement, je ne suis pas vraiment concerné.

— C'est ce que tu crois. Mais même en périphérie de tout ça, tu restes un Akinya. Tout comme ta sœur.

Geoffrey ne dit rien jusqu'à ce qu'ils se retrouvent dans l'entrée spacieuse de l'aile gauche de la maison. L'endroit était silencieux comme une crypte et aussi intimidant qu'un musée fermé. Des meubles vitrés, petits reliquaires de la gloire de sa grand-mère, abritaient son passé sous les rayons obliques du soleil. Des morceaux de combinaisons spatiales, des échantillons de pierre et de glace provenant de tout le système solaire et même un antique « ordinateur », une boîte grise dont le battant tenait grâce à du ruban adhésif jaune et noir. Des livres imprimés aux couvertures poussiéreuses et fanées. Un assortiment lugubre de jouets d'enfants, que plus personne n'aimait, abandonnés.

— Je crois que tu ne te rends pas compte du peu de répercussions que cela va avoir sur Sunday et moi, dit Geoffrey. Dès que nous nous sommes écartés du chemin tracé, Eunice ne s'est plus guère intéressée à nous.

— Tu te trompes pour Sunday. Eunice comptait beaucoup pour elle.

Geoffrey décida de ne pas argumenter avec Memphis.

— Mes parents sont au courant ?

— Ils sont toujours sur Titan, en visite chez ton oncle Edison.

Geoffrey sourit brièvement.

— Je ne risquais pas de l'oublier.

— Nous n'aurons pas de leurs nouvelles avant deux heures. Peut-être davantage, s'ils sont occupés.

Ils étaient presque arrivés au bureau du rez-de-chaussée où Memphis passait l'essentiel de son temps, à gérer les affaires de la maison – et, par voie de conséquence, un empire commercial à l'échelle du système solaire – depuis une pièce à peine plus grande qu'un placard à balais.

— Qu'est-ce que je peux faire ? demanda Geoffrey, sentant confusément qu'on attendait quelque chose de lui, même si on ne lui avait pas encore dit quoi.

— Rien pour l'instant. Je vais monter au Palais d'Hiver en temps voulu, mais je peux m'en occuper seul.

— Pour ramener son corps ?

Memphis hocha à peine la tête.

— Elle veut que ses cendres soient dispersées en Afrique.

— Je pourrais t'accompagner.

— Très aimable, Geoffrey, mais je ne suis pas encore trop vieux pour le vol spatial. Et tu dois être très occupé avec tes éléphants. (Il s'attarda sur le seuil de son bureau, visiblement pressé de reprendre le travail).

Je suis ravi de te savoir de retour. Si tu pouvais rester une journée, ça serait encore mieux.

—J'ai l'impression de ne servir à rien.

—Sois présent pour le reste de la famille. Vous allez tous devoir vous soutenir.

Geoffrey le gratifia d'un sourire sceptique.

—Même Victor et Lucas ?

—Même eux, dit Memphis. Je sais que vous ne vous entendez pas, mais vous allez peut-être pouvoir trouver un terrain d'entente. Ils ne sont pas méchants, Geoffrey. C'est peut-être lointain pour toi, mais je me rappelle encore l'époque où vous étiez assez jeunes pour vous supporter.

—Les temps changent, dit Geoffrey. Mais je ferai un effort.

Il s'était assis au bord du lit, fait à la va-vite, dans la chambre où il n'avait quasiment pas mis les pieds ces dernières années. Dans les mains, il tenait un des éléphants de bois qu'Eunice lui avait offerts pour son anniversaire. C'était le mâle, le plus gros d'une série de six dont la taille allait en diminuant jusqu'à celle d'un bébé. Les cinq autres étaient toujours sur l'étagère où il les avait laissés la dernière fois qu'il les avait manipulés, posés sur des socles noirs faits d'une matière évoquant le charbon.

Il ne se rappelait pas à quel âge il avait reçu les éléphants, enfermés dans une grosse boîte en bois et enveloppés de papier protecteur. Cinq ou six ans, peut-être. À l'époque, la nounou de Djibouti s'occupait encore de son éducation. L'année où il avait marché sur le scorpion ?

Il avait mis du temps à comprendre que sa grand-mère ne vivait pas sur, ni à l'intérieur, mais en orbite autour de la Lune, et encore davantage pour saisir que ses cadeaux ne venaient pas vraiment de l'espace. Ils étaient fabriqués ailleurs sur Terre ; elle se contentait de les lui faire envoyer. Plus tard, il crut même qu'un autre membre de la famille – la nounou, ou Memphis – les choisissait pour elle.

Lorsqu'il avait ouvert la boîte, les éléphants l'avaient déçu et il n'était pas assez âgé pour masquer sa désillusion. Il voulait un avion, pas des animaux en bois qui ne servaient à rien. Après une petite réprimande, on lui avait demandé de dire à la chimère d'Eunice qu'il était ravi. Elle s'était adressée à lui depuis le cœur de la jungle verte du Palais d'Hiver.

Il se demandait s'il s'en était bien tiré.

Il tendait le bras pour reposer le mâle sur l'étagère lorsque la requête se mit à vibrer avec une douce insistance dans son champ de vision.

**>>ouvrir : lien cryptoquantique**
**>>via : dorsale Maiduguri-Nyala**
**>>opérateur : Lufthansa Telepresence**
**>>reçu : 23/12/2161 13:44:11 UTC**
**>>origine : Lagos, Nigeria, FAO**
**>>client : Jumai Lule**
**>>accepter/refuser ching ?**

Il remit le mâle en tête de la famille, retourna sur le lit et prit l'appel de Jumai en voquant un seul ordre. Le lien s'établit. Geoffrey avait réglé ses préférences pour un ching entrant, de façon à rester dans son sensorium local, et Jumai devait s'y attendre. Il plaça la chimère de son amie près de la porte et lui laissa le temps de s'habituer à son environnement.

— Salut, Jumai, dit-il doucement. Je crois savoir pourquoi tu appelles.

— Je viens juste de l'apprendre. Je suis désolée, Geoffrey. Ça doit être un sacré coup pour la famille.

— Nous survivrons, dit-il. Ce n'était pas tout à fait inattendu.

Jumai Lule portait une salopette marron, avait les cheveux sales et attachés dans un filet, des marques de lunettes sur le visage et un masque respiratoire autour du cou. Elle était à Lagos où elle travaillait dans l'archéologie de données à haut risque, creusant dans les catacombes centenaires de la ville, à la recherche de bribes d'informations possédant une valeur commerciale. Un boulot exigeant et dangereux : tout à fait le genre de chose qui la faisait épanouir et qu'il n'avait pas pu lui proposer.

— Je sais que tu n'étais pas très proche d'elle, mais..., dit Jumai.

— C'était quand même ma grand-mère, répliqua Geoffrey, sur la défensive, comme si elle l'accusait d'être indifférent à la mort d'Eunice.

— Tu sais bien que ce n'est pas ce que je voulais dire.

— Bon, comment va le travail ? demanda-t-il en s'efforçant d'avoir l'air de s'y intéresser.

— Le travail... ça va. Il y en a toujours trop. De nouveaux défis, la plupart du temps. Je vais sans doute devoir passer à autre chose à un moment, mais...

Jumai ne termina pas sa phrase.

— Ne me dis pas que tu t'ennuies déjà.

— Lagos est bientôt épuisée. Je pensais à Brasilia, voire plus loin. Peut-être l'espace. Il reste encore pas mal de déchets militaires qui errent dans le système solaire, des sales trucs que des gens comme moi pourraient pénétrer pour les mettre hors service. Il paraît que les Cognes paient bien.

— Parce que c'est dangereux.

Jumai tourna la paume de la main vers le plafond.

— Parce que ça, ça ne l'est pas, peut-être ? Nous sommes tombés sur du gaz sarin, la semaine dernière. Des dispositifs antisabotage, reliés à ce que nous pensions être une partie de la cuve de refroidissement cryogénique d'un serveur central, dit-elle avec un sourire taquin. Le genre d'erreur qu'on ne fait pas deux fois.

— Il y a eu des blessés ?

— Rien de grave et du coup, ils ont augmenté notre prime de risque. (Elle regarda une fois de plus autour d'elle, examinant la pièce comme si elle s'attendait presque à trouver des pièges dans le lit ou sur les draps blancs.) Mais bon, on n'est pas là pour parler de moi : comment vas-tu ?

— Ça va aller. Et je suis désolé : je n'aurais pas dû m'emporter. Tu as raison, Eunice et moi n'avons jamais été proches. Mais je n'aime pas qu'on me le rappelle.

— Et ta sœur ?

— J'imagine qu'elle est comme moi.

— Tu ne m'as jamais emmenée voir Sunday. J'ai toujours voulu la rencontrer. Enfin, en personne, face à face.

Il changea de position sur le lit.

— C'est bien moi, ça, je ne tiens jamais mes promesses.

— On ne se refait pas.

— Peut-être pas. Mais ça n'empêche pas les autres de me dire que je devrais élargir mon horizon.

— Ce sont tes affaires, ça ne regarde personne d'autre. Bon, nous sommes toujours amis, non ? Si ce n'était pas le cas, nous ne resterions pas ainsi en contact.

*Même si ça fait des mois que nous ne nous sommes pas parlé*, pensa-t-il. Mais il ne voulait pas paraître amer.

— Tout va bien, affirma-t-il. Et c'est très attentionné de ta part de m'appeler.

— Je ne pouvais pas ne pas t'appeler. Tout le monde est au courant ; ce n'est pas le genre de nouvelle à laquelle on peut échapper, dit Jumai en prenant ses lunettes. Allez, ma pause se termine – je dois retourner au front si je ne veux pas que ma chef d'extraction m'engueule – mais je voulais que tu saches que je suis là si tu as besoin de parler.

— Merci.

— Nous pourrions tout de même aller sur la Lune, un jour, tu sais. Comme deux amis. Ça me ferait plaisir.

— Un jour, répondit-il en sachant bien qu'elle n'était pas plus sincère que lui.

— Tu me diras lorsque vous aurez décidé d'une date pour les funérailles. Si je peux, et si ce n'est pas réservé à la famille…

Elle ne termina pas sa phrase.

— Je te préviendrai, dit Geoffrey.

Jumai posa les lunettes sur ses yeux et remit son masque en place. Il l'informerait, oui, mais elle ne viendrait sans doute pas, même si la cérémonie était ouverte aux amis des Akinya, et pas seulement à la famille proche. Cet appel avait déjà été assez gênant comme ça. Il y aurait toujours une raison, une excuse plausible, pour la tenir à l'écart. Et, pour dire vrai, cela leur faciliterait les choses à tous les deux.

Jumai lui fit un signe de la main et coupa la connexion. Geoffrey se dit qu'il y avait de fortes chances pour qu'il ne la revoie jamais.

Malgré l'impact très fort de la mort d'Eunice sur sa famille, elle ne fit pas longtemps les gros titres. Les prémices d'un scandale sexuel sur fond de manipulation de votes au parlement panafricain, un désaccord entre la Fédération d'Afrique de l'Est et l'Union africaine à propos des surcoûts d'un programme de bioremédiation des eaux souterraines de l'ancien Ouganda, un affrontement entre des ingénieurs tectoniques chinois et les mandarins du gouvernement turc concernant la programmation précise d'un tremblement de terre visant à soulager le stress dans la faille nord-anatolienne. À l'échelle du globe, les tensions perpétuelles entre les Nations unies de la superficie et les Nations unies aquatiques à propos des lois d'extradition, de l'étendue des droits d'accès à l'aug et de la juridiction interrégionale du Mécanisme. Des pourparlers visant à étendre la portée des améliorations obligatoires. Une tentative de meurtre en Finlande. Des menaces d'action industrielle à l'ascenseur spatial de Pontaniak, à l'ouest de Bornéo. Quelqu'un, en Tasmanie, mourant d'une forme rare de cancer, une sorte d'exploit héroïque de nos jours.

Il n'y avait qu'à la maison, seulement dans cette partie de la Fédération d'Afrique de l'Est, que les horloges s'étaient arrêtées. Un mois s'était écoulé depuis l'appel reçu, en plein vol, par Geoffrey pour le prévenir de la mort de sa grand-mère. La dispersion des cendres avait été retardée jusqu'au 29 janvier, le temps pour la majeure partie de la famille de préparer des voyages de retour vers la Terre. Par miracle, toutes les factions en présence s'étaient entendues sur ce délai.

— Ne fais pas cette tête, petit frère, dit Sunday, qui marchait à ses côtés, à voix basse. Ceux qui ne te connaissent pas pourraient croire que tu préférerais être ailleurs.

— Et ils auraient bien raison.

— Il s'agit simplement de lui rendre hommage, répondit-elle après le décalage temporel standard entre la Terre et la Lune.

— À quoi bon ? Elle n'a jamais fait de gros efforts pour rendre hommage à quiconque, de son vivant.

— Nous pouvons lui concéder au moins cela. (Sunday portait une robe longue et un chemisier, tous deux en velours noir rehaussé de fils lumineux entrelacés.) Elle ne nous a peut-être jamais témoigné beaucoup d'amour et d'affection, mais c'est à elle que nous devons notre richesse indécente.

— Tu n'as pas tort pour la richesse. Regarde-les tous, tournant en cercle comme des rapaces.

— Tu parles d'Hector et Lucas, j'imagine, dit Sunday, toujours à voix basse.

Les cousins n'étaient pas très loin dans le cortège.

— Ils errent comme des vampires depuis sa mort.

— On pourrait aussi dire qu'ils portent le fardeau pour que nous n'ayons pas à le faire.

— Alors, qu'ils passent vite à autre chose.

Les cousins étaient nés sur Titan. Ils étaient les fils d'Edison Akinya, un des trois enfants qu'Eunice avec eus avec Jonathan Beza. Ils n'avaient quasiment jamais vécu sur Terre jusqu'à ces dernières années, mais comme Edison ne paraissait pas devoir renoncer de sitôt à sa part de l'empire commercial, Hector et Lucas s'étaient rapprochés du centre du système solaire. Geoffrey était obligé de traiter avec eux lors de leurs fréquentes visites à la maison. Les cousins avaient leur mot à dire sur la façon dont les fonds discrétionnaires de la famille étaient distribués.

— Mauvaise journée au boulot ?

— Mon travail en pâtit. Ils ont bloqué l'attribution des subventions le temps d'examiner les finances d'Eunice. Je ne peux pas planifier quoi que ce soit, ce qui n'arrange pas mon humeur, dit-il en faisant quelques pas. Je sais que tu as du mal à comprendre.

Sunday lui jeta un regard mauvais.

— Tu crois que j'ignore ce que c'est que de planifier et d'avoir des responsabilités parce que je ne vis pas dans le Monde surveillé ? Tu ne sais vraiment pas de quoi tu parles, petit frère. Je ne me suis pas installée dans la Zone pour *échapper* aux responsabilités. J'y suis justement allée pour découvrir ce que ça faisait d'en avoir.

— D'accord. Et tu crois que le Méca nous traite tous comme un tas de bébés sans défense.

Il ferma les yeux, exténué ; ils avaient déjà eu cette conversation des centaines de fois, sans jamais parvenir à la conclure.

— Ce n'est pas non plus comme ça, par ici, reprit-il.

— Si tu le dis. (Elle poussa un long soupir, sa capacité à débattre visiblement aussi épuisée que celle de son frère.) Mais tu vas peut-être retrouver bientôt ton financement. Memphis m'a dit qu'il ne restait plus grand-chose à faire, désormais, simplement quelques détails à régler. D'après les cousins, en tout cas.

Geoffrey espérait que c'était vrai. La dispersion des cendres, si symbolique qu'elle fût – Eunice, malgré des parents chrétiens, avait été athée toute sa vie –, tirerait un trait sur l'incertitude actuelle. Les roues du rouleau compresseur Akinya se remettraient à tourner, de la Terre à la Lune, et jusqu'à leurs usines automatiques minières dans les astéroïdes et la ceinture de Kuiper. (Les machines ne s'étaient pas arrêtées, évidemment, mais on ne pouvait s'empêcher d'imaginer les robots au garde-à-vous, la tête penchée pour honorer la défunte.)

Ils pourraient alors tous reprendre leurs vies fabuleuses et Geoffrey, lui, pourrait retourner auprès de ses éléphants gris ennuyeux.

— J'avais envisagé de venir en personne, dit Sunday.

— J'ai cru un instant que tu l'avais fait, au moins lors de ta première apparition.

— Tu as forcément remarqué le décalage, petit frère, dit-elle en passant une main sur son sternum. C'est un prototype, une sorte de robot malléable – je le teste sur le terrain.

— Pour… comment s'appelle ton petit copain, déjà ?

— Oh ! c'est bien trop avancé pour Jitendra. C'est pour un de ses amis, qui bosse en robotique générale. Je crains de ne pouvoir révéler l'entreprise en question, mais si je te disais que ça rime avec Sexus…

— D'accord.

Sunday lui prit la main avant qu'il puisse réagir.

— Là. Dis-moi ce que ça fait.

Elle referma ses doigts autour des siens.

— C'est trop bizarre.

Malgré la main plus froide qu'elle aurait dû l'être, l'effet était plutôt convaincant. Son visage était presque aussi réaliste. Ce n'est que lorsqu'elle remonta ses lunettes de soleil sur son front que le charme se rompit. Ses yeux manquaient de vie, comme un bijou fantaisie comparé à une véritable gemme.

— Plutôt pas mal.

— Mieux que pas mal. Mais tu n'as encore rien vu. Mate ça.

Entre deux battements de cœur, Sunday disparut. Il se retrouva brusquement face à une vieille dame, les cheveux gris attachés en chignon, la peau affichant ses treize décennies.

Geoffrey eut à peine le temps de réagir qu'Eunice s'évanouit, remplacée par Sunday.

—Vu les circonstances, dit-il, c'était très irrespectueux.

—Elle ne se serait pas formalisée. C'est ça l'avancée, la raison d'être du prototype. Le matériau morpho-rapide vient de l'Évolvarium de Mars – là-bas, on s'en sert comme camouflage adaptif. Plexus... mince ! je l'ai dit. Bref, ils ont l'exclusivité. Ils lui ont donné le nom de « Mercurial ». C'est plus réactif et plus réaliste que tout ce qui existe déjà.

—Tu penses qu'il y a un gros marché pour ça ?

—Qui sait ? Je me contente de faire un tour gratuit pendant que quelqu'un d'autre collecte les données. (Sunday lâcha la main de Geoffrey et tapota, du doigt, sa propre joue.) Nous enregistrons en permanence. Chaque fois que quelqu'un me voit, ses réactions sont classées – microexpressions, mouvement des yeux, ce genre de choses – puis envoyées dans le système afin de corriger les algorithmes de configuration.

—Et la politesse ? Ce n'est pas très sympa de faire croire aux gens qu'ils parlent à une vraie personne alors que ce n'est pas le cas.

—Ils n'ont qu'à afficher les bonnes incrustations, répliqua Sunday. Bref, je ne suis pas la seule : nous sommes une vingtaine à nous balader parmi vous, chinguant tous depuis la Zone. Nous ne testons pas seulement le réalisme de la config. Nous essayons de déterminer si elle peut maintenir ce réalisme malgré le décalage Terre-Lune.

—Tu as donc pris la peine d'envoyer un corps, mais tu ne pouvais pas venir en personne ?

Elle lui décocha un regard ironique.

—Je suis venue non ? De toute façon, Eunice n'aurait rien eu à faire de notre présence physique.

—Je ne suis pas certain de l'avoir assez bien connue pour le dire.

—À mon avis, elle s'en serait bien fichue de savoir qui était là en chair et en os, ou pas. Et elle aurait détesté toutes ces histoires. Mais Memphis n'a pas cessé de nous répéter que nous devions tous quitter la maison à l'heure.

—J'ai remarqué. J'imagine qu'Eunice avait stipulé quelque chose et qu'il se contente de suivre ses ordres. (Sunday se tut un instant.) Il fait vraiment vieux, maintenant.

—Ne dis pas ça.

—Pourquoi ?

—Parce que c'est exactement ce que je pense.

Memphis menait le cortège et marchait devant le groupe, une urne en faïence dans les mains. Depuis le départ de la maison, ils s'étaient dirigés vers l'ouest et le bosquet d'acacias marquant la fin du mur d'enceinte qui tombait en ruine.

— Il porte toujours le même costume, dit Geoffrey.

— Je crois qu'il n'en a pas d'autre.

— Ou alors des centaines, mais tous semblables.

Ce jour-là, le costume noir préféré était toujours impeccable, mais il semblait avoir été taillé pour quelqu'un de moins fin, de plus corpulent. Il paraissait impossible que les mains qui avaient sorti Sunday du trou, bien des années plus tôt, fussent bien celles qui tenaient désormais l'urne en faïence. Alors qu'autrefois Memphis se déplaçait avec confiance et assurance, il avançait désormais lentement, prudemment, comme s'il risquait l'humiliation à chaque pas.

— En tout cas, lui, il s'est habillé pour l'occasion, dit Sunday.

— Oui, mais contrairement à toi, j'ai au moins un cœur qui bat sous ces vêtements.

— Enfin, bon, ils sont quand même imprégnés d'une légère odeur de merde d'éléphant.

— Je pensais pouvoir retourner me changer à la station de recherche, mais j'ai perdu la notion du temps et…

— Tu es là, petit frère. C'est le principal.

Avec eux, le cortège comptait une trentaine de personnes. Geoffrey s'était efforcé d'identifier les différentes branches de la famille et assimilées présentes, mais il n'avait jamais été très doué pour suivre les rameaux les plus lointains de l'arbre généalogique des Akinya. Les éléphants, eux, avaient au moins la décence de mourir au bout de cinquante ou soixante ans, au lieu de continuer à procréer passé cent ans. Près d'un millier d'individus vivaient dans le bassin d'Amboseli. Geoffrey pouvait en identifier près d'une centaine d'un simple coup d'œil, sans le moindre effort, grâce à leur forme, leur taille et leur posture, et aussitôt lui venaient à l'esprit leur âge, leurs parents et frères et sœurs, leur statut dans la famille, leur groupe d'affiliation et leur clan. À côté de ça, il n'aurait dû avoir aucun mal à distinguer les Akinya. Il y avait même une matriarche, des mâles dominants et un point d'eau.

Sans parler des prédateurs et des charognards.

Geoffrey se demandait ce qu'ils faisaient tous ici. Qu'espéraient-ils en tirer ? Et d'ailleurs, qu'est-ce que *lui*, espérait en tirer ?

Des félicitations pour avoir fait son devoir de petit-fils ? Pas de la part de son père ni de sa mère qui, comme oncle Edison, étaient restés sur Titan. Kenneth Cho et Miriam Beza-Akinya avaient envoyé des golems d'eux-mêmes, mais le décalage temporel était si prononcé que les machines agissaient de façon quasiment autonome, plus spectatrices qu'interagissant véritablement.

S'attendait-il à autre chose de leur part ?

Peut-être.

— Je suis ravi que vous ayez trouvé le temps, malgré vos agendas chargés, dit Hector en se faufilant jusqu'à Geoffrey et Sunday.

— Nous n'allions pas louper ça, cousin, dit Sunday. Elle comptait autant à nos yeux qu'aux tiens.

— Évidemment.

Comme son frère Lucas, qui venait de les rejoindre, Hector portait un costume sombre à la coupe traditionnelle, rehaussé d'éclats de couleurs tribales. Les frères, grands et musclés, paraissaient mal à l'aise dans leurs beaux habits. Ils avaient passé tellement de temps dans l'espace que la chaleur africaine ne leur réussissait pas.

— Et puisque nous sommes désormais réunis, reprit Hector, nous pouvons peut-être en profiter pour réenvisager nos positions au sein du troupeau.

Comme si un obscur proverbe biblique venait de lui revenir, Lucas déclara :

— Il faut beaucoup de piliers pour soutenir une maison.

— J'ai l'impression que la maison s'en sort très bien sans nous, dit Geoffrey. Et puis ne sommes-nous pas irrécupérables, de votre point de vue ?

— Tu tires trop de conclusions, expliqua Hector avec la condescendance la plus douce possible.

Il n'avait que dix ans de plus que Geoffrey, mais il parvenait à faire passer cette décennie pour un siècle.

— Et Sunday sait… s'adapter, conclut-il.

— Holà ! je vais rougir.

Geoffrey s'apprêtait à lancer une réplique caustique lui aussi lorsqu'il s'aperçut que Memphis avait fait halte.

La conversation cessa lorsque le cortège l'imita. La dispute avec les cousins avait agacé Geoffrey et la sensation empira alors. Il détestait les cérémonies, et d'autant plus lorsqu'il ignorait complètement ce qui était prévu. Memphis se retourna lentement et présenta l'urne comme un nouveau-né qu'on tournerait vers le ciel. Il s'était arrêté à l'ombre du bosquet d'acacias, le regard tourné vers les contours bas de la maison et la montagne qui s'élevait derrière, à peine distante de cinquante kilomètres.

Geoffrey se risqua à regarder par-dessus son épaule. Le soleil s'était désormais couché et le ciel sans nages au-delà du Kilimandjaro avait pris une teinte rose translucide. Les premières étoiles, les plus brillantes, ne tarderaient pas à apparaître, mais du sommet, l'astre solaire devait rester visible. Les neiges éclairées par le jour brillaient jusqu'au cortège avec la clarté aveuglante d'un laser.

Eunice ne les avait jamais vues de ses propres yeux. À l'époque de sa naissance, elles avaient presque toutes fondu, et n'étaient réapparues que bien après le début de son exil.

Il essaya de ne plus penser à rien. Le groupe s'était complètement tu. Memphis prit la parole.

— Elle aimait venir ici, dit-il avant de s'interrompre pour s'assurer que tout le monde l'écoutait. (Il répéta ces premiers mots et reprit.) Ces arbres étaient déjà là lorsqu'elle était petite, et même si c'était bien avant notre rencontre, elle n'a jamais cessé de venir ici pour lire, même pendant les pluies.

Memphis avait pour habitude de parler lentement et sa voix était au moins une octave plus grave que la moyenne.

— Encore dans les derniers mois qu'elle a passés sur Terre, lorsqu'elle était revenue chez elle préparer sa dernière expédition, elle continuait à venir s'asseoir ici, à l'ombre de ces arbres, appuyée contre ce tronc. (Memphis désigna l'arbre en question, avec son léger creux qui aurait pu être modelé pour soutenir un dos humain.) Elle s'asseyait, les genoux relevés, une vieille liseuse usée – parfois même un livre imprimé – posée dessus, plissant les yeux pour lire. Elle adorait *Les Voyages de Gulliver* et d'ailleurs, son exemplaire est toujours au musée, un peu défraîchi. Parfois je l'appelais, à plusieurs reprises, et elle ne m'entendait pas, ou faisait semblant de ne pas m'entendre. J'étais alors obligé de marcher jusqu'ici, à cet endroit même. Malgré tous mes efforts, je n'ai jamais réussi à me mettre en colère contre elle. Elle souriait et me donnait l'impression qu'elle était ravie de me voir. Et je pense qu'elle l'était vraiment, la plupart du temps.

Memphis se tut un instant et regarda un à un – c'est du moins ce qu'il sembla à Geoffrey – chacun des invités.

— Merci à tous d'être venus, surtout dans des délais si courts. Quant aux membres de la famille et aux amis qui n'ont pu se déplacer, ou être ici en personne, je vous assure qu'Eunice aurait compris. Que la famille soit ici en pensée, pour lui rendre hommage et assister à la dispersion, est bien suffisant.

Memphis pencha l'urne et se mit à verser les cendres. Elles s'éparpillèrent en une fine poussière grise.

— Elle a choisi de revenir, pas seulement sur Terre, mais en Afrique ; pas simplement en Afrique, mais dans l'ancienne Tanzanie ; et pas simplement ici, mais dans sa maison et dans ce bosquet, là où elle s'était toujours sentie parfaitement chez elle.

Memphis s'interrompit de nouveau, et pendant un instant il parut distrait par un bruit que lui seul paraissait entendre : une lointaine alarme qui sonnait au loin, un rire malvenu, l'arrivée d'un véhicule que l'on n'attendait pas.

Geoffrey regarda Sunday. Ils avaient tous les deux la même idée en tête : était-il momentanément trahi par son âge ?

Puis Geoffrey sentit quelque chose d'étrange, à la fois familier et complètement inapproprié.

Le sol vibrait.

On aurait dit que, quelque part ailleurs, une multitude d'animaux couraient vers eux. Mais ce n'était pas ça. Il comprit aussitôt ce qui faisait ainsi trembler le sol, mais il refusa néanmoins de l'accepter.

La sarbacane ne pouvait pas fonctionner. *C'était impossible.* Elle n'était plus en état de marche depuis au moins cinq ou six ans. L'idée de la remettre en service était toujours dans l'air, mais rien n'était prévu avant quelques années.

Et qu'on la réactive justement aujourd'hui…

— C'est ici, dit Memphis tandis que les vibrations dans le sol ne pouvaient plus échapper à personne, qu'Eunice a pour la première fois rêvé de faire son chemin radieux vers les étoiles. Une idée qui n'avait rien de neuf, certes, mais que la vision d'Eunice a pu rendre possible ici et maintenant, de son vivant. Et qu'elle a réalisée par sa seule volonté.

Dérangées par le bourdonnement, des multitudes de pinsons, de grues et de cigognes s'envolèrent des arbres dans un tumulte de battements d'ailes et de cris d'alarme.

Alors, c'était bel et bien la sarbacane qui se mettait en marche, comme s'il pouvait encore y avoir un doute. Rien d'autre ne ferait trembler la terre de cette manière. Cent kilomètres, ou davantage, à l'ouest, au même instant, un projectile fonçait dans les entrailles de la Terre, dans un tunnel de vide qui l'amènerait bientôt sous le cortège. D'après les lois élémentaires de la physique, les propulseurs magnétiques subiraient un mouvement de recul que seul l'incroyable contrepoids de la Terre pourrait absorber. Lancer des masses vers l'est retardait le coucher du soleil à l'ouest. Cela rallongeait d'une façon infinitésimale le jour. À l'occasion de la dispersion de ses cendres, le soleil avait ralenti pour sa fille.

Parmi l'assistance, certains ignoraient ce qui se passait, mais ceux qui en avaient une vague idée se tournèrent, l'un après l'autre, vers le Kilimandjaro. Ils savaient ce qui allait se produire et leur impatience se transmit rapidement aux autres. Tout le monde regarda le sommet que la neige faisait briller.

Le projectile qui jaillit monta rapidement en étincelant.

En moins d'une seconde, les lasers propulseurs furent activés et alignés. Ils étaient au nombre de cinq, formant un grand cercle autour de l'iris de sortie, quelques centaines de mètres sous le sommet. Il s'agissait de lasers à électrons libres à haut rendement et la majeure partie de l'énergie qu'ils émettaient partait droit sous le ventre du missile qui montait, pour créer un coussin ablatif de plasma extrêmement chaud. Leurs systèmes de refroidissement se situaient loin à l'intérieur de la montagne, afin de n'avoir aucun impact sur la calotte de neige. Les yeux de Geoffrey captaient suffisamment de lumière parasite pour rendre les lasers visibles, cinq fils de platine convergeant au sommet, l'angle entre eux se rétrécissant peu à peu, à mesure que le chargement s'élevait, puis s'écartant de nouveau lorsque le projectile s'éloigna vers l'est. Les invités se trouvaient face à la ligne de fuite du chargement, et ils avaient donc du mal à déterminer s'il montait à quarante-cinq degrés plutôt que verticalement. Mais il était sans doute désormais au-dessus de l'océan Indien, dans l'espace maritime des Nations unies aquatiques.

Quelqu'un se mit à applaudir. Ce qui n'était peut-être pas la réaction appropriée. Mais un autre l'imita, puis un troisième et bientôt, Geoffrey se retrouva lui aussi en train de taper dans ses mains. Sunday elle-même céda à l'enthousiasme général. Memphis avait fini de disperser les cendres et paraissait non pas tout à fait fier de lui, mais pas vraiment mécontent de la tournure des événements.

—J'espère que vous pardonnerez cette petite mise en scène, dit-il en élevant juste assez la voix pour se faire entendre par-dessus les applaudissements. (Puis il baissa les yeux, d'un air presque honteux.) Il y a deux jours, alors que j'étais déjà revenu avec les cendres, j'ai appris qu'un test était prévu pour cet après-midi. Rien n'avait été rendu public et les ingénieurs m'avaient assuré qu'aucune annonce ne serait faite. Je ne pouvais manquer l'occasion.

—Je croyais que vous ne seriez pas opérationnels avant des années, dit Nathan Beza, le petit-fils de Jonathan Beza, le défunt mari d'Eunice.

Jonathan s'était remarié sur Mars; Nathan, qui était venu de Cérès pour la cérémonie, n'avait aucun lien de parenté avec Eunice.

—Nous aussi, marmonna Geoffrey.

—Les dégâts n'ont jamais été aussi importants que nous le pensions au départ, dit Hector en essuyant d'un doigt la sueur au niveau de son col. Les ingénieurs ont eu raison de pécher par excès de prudence, même si nos parts de marché ont souffert au moment de la panne. Mais nos concurrents sont devenus suffisants, ils se sont faits à l'idée que nous ne serions plus compétitifs pendant très longtemps.

— Que venons-nous de lancer ? demanda Geoffrey en brisant son vœu de silence.

— Une masse de test, répondit Lucas. Nous aurions pu compenser le coût des réparations et des modifications avec un chargement commercial, mais le risque d'une fuite a été jugé trop élevé. (Lucas s'exprimait avec la diction aisée et autoritaire d'un lecteur de flux d'actualités.) Mettre en œuvre des protocoles hermétiques de non-divulgation dans notre principale équipe d'ingénieurs s'est révélé bien assez difficile.

— Et donc, à part vous deux et Memphis, qui d'autre était au courant ? demanda Sunday.

— Seuls ceux qui devaient l'être ont été informés, expliqua Lucas. Il ne fallait pas prendre le risque que cela sorte de la famille.

— Ma sœur et moi faisons toujours partie de la famille, dit Geoffrey. Aux dernières nouvelles, en tout cas.

— Oui, dit Hector avec un peu trop d'emphase. Oui, bien sûr.

— Il faut surmonter un certain nombre d'obstacles techniques et légaux avant d'effectuer pleinement la transition vers des opérations commerciales, expliqua Lucas d'une voix aussi doucereuse et convaincante qu'un robot-vendeur d'entreprise. Une période de tests intensifs va suivre, durant environ trois à six mois.

— L'important, ajouta Hector, c'est que grand-mère aurait trouvé cet hommage à son goût. N'est-ce pas, Geoffrey ?

Geoffrey préparait une riposte cinglante – d'après tout ce qu'il savait d'Eunice, elle aurait tout fait pour éviter ce genre de démonstration disproportionnée – lorsqu'il s'aperçut qu'en attaquant son cousin il ferait également du mal à Memphis. Alors, il sourit et se tut, puis lança à Sunday un regard lui intimant de faire de même.

Elle serra les dents, contrariée, mais obéit.

Aussi brusquement qu'ils s'étaient déclenchés, les lasers s'éteignirent. En supposant que le lancement se soit déroulé sans problème, ils avaient, à ce stade, propulsé le projectile jusqu'à la vitesse orbitale, le double de celle qu'il avait en sortant de la montagne. Sauf correction de trajectoire, il repasserait au-dessus de l'Afrique équatoriale dans quatre-vingt-dix minutes. Les étoiles seraient alors toutes visibles.

Le cortège se remit en marche vers la maison. Geoffrey s'attarda un moment et envisagea d'attendre le retour du projectile. C'est alors qu'il remarqua l'enfant qui était là depuis le début, mêlée au groupe, mais pas accompagnée.

C'était une petite fille, aux traits chinois, qui portait une robe rouge, des bas blancs et des chaussures noires. Sunday et Geoffrey possédaient tous les deux des gènes chinois, mais cette fille n'avait rien d'africain. Le style et la coupe de sa robe rappelaient un autre siècle.

Geoffrey ne la reconnut pas, mais elle le regardait si fixement qu'il se retourna pour voir qui pouvait bien se trouver derrière lui. Il était seul.

— Salut, dit-il en souriant. Je peux… ?

Il voqua une incrustation aug. La fille n'en était pas une ; il s'agissait d'une autre doublure robotique. Elle appartenait peut-être à l'essai de Sunday. Il chercha sa sœur, mais elle se trouvait à une trentaine de mètres, conversant avec Montgomery, le frère de Kenneth Cho, qui avançait avec la raideur que lui conférait l'exo de mobilité qu'il portait sous ses habits.

Geoffrey précisa sa requête aug. Il voulait savoir qui chinguait dans cette doublure. Mais l'aug ne put déchiffrer la connexion ching.

Ce qui était encore plus étrange que l'apparition d'une enfant inconnue aux funérailles de sa grand-mère.

# Chapitre 2

— Pas malin, petit frère. Ça ferait une sacrée chute.

Geoffrey reprit son équilibre et s'éloigna du bord du toit. Il avait tendu le cou pour suivre un point de lumière brillant qui passait au-dessus. Une usine orbitale balinaise, d'après l'aug. Elle l'avait comme hypnotisé, un instant, et il avait manqué de basculer.

Sunday avait raison : le vieux bâtiment ne disposait pas des mesures de sécurité auxquelles on était habitué, désormais. Pas de barrière autour du toit et pas de dispositif caché prêt à se déclencher pour intercepter sa chute.

Il reprit son souffle.

— Je ne t'ai pas entendue monter.

— Encore perdu dans tes pensées, dit-elle en lui prenant le verre de vin des mains. Je croyais que tu ne te sentais pas bien.

— Disons plutôt que j'en avais assez de jouer mon rôle. Tu sais ce que m'a dit Lucas ?

— Un peu de compassion. J'ai dû moi aussi me fader une conversation sans intérêt.

— Je parie qu'elle n'était pas aussi ennuyeuse que la mienne.

— Oh ! Ça m'étonnerait. Hector peut être tout aussi assommant que Lucas.

Les étoiles étaient apparues, et, à l'ouest, l'horizon se parait encore d'une lueur rose scintillant de lampe à plasma. Après avoir quitté le dîner, Geoffrey avait traversé les lucarnes en verre pour se rapprocher du rebord sans protection. Il avait levé les yeux et observait le lent passage des communautés proches de la Terre. L'aug lui indiqua les noms et le rattachement des stations et des plates-formes en peignant des drapeaux et des logos d'entreprises dans les cieux. Un spectacle magnifique, si l'on réfléchissait deux secondes au véritable exploit humain que cela représentaient, et à toutes les générations ayant dépensé sang et sueur pour le réaliser. Des communautés pacifiques en orbite terrestre, des villes sur la Lune, Mars et même plus loin, et tout cela, théoriquement, à sa portée.

En 2030, à l'époque de la naissance d'Eunice, rien de tout cela n'existait. Seule la chimie permettait de propulser des fusées dans l'espace. Il restait quelques stations spatiales délabrées, fabriquées avec des boîtes de conserve. Les traces de pas sur la Lune étaient intactes depuis soixante ans. Un peu plus loin, quelques robots bruyants, aux allures de chiots, se traînaient sur Mars. Des sondes spatiales, de la taille de couvercles de poubelles, s'enfonçaient dans les ténèbres.

Le ciel nocturne était un océan sombre et vertigineux.

—Lucas m'a demandé ce que je voulais faire de ma vie, dit Geoffrey. J'ai répondu que c'était mon problème et je l'ai remercié. Puis il m'a demandé pourquoi je ne voulais pas me faire un nom. J'ai répondu que mon nom de famille était déjà suffisamment célèbre.

—J'imagine que ça s'est bien terminé.

—Avoir les clés du royaume, c'est super, m'a dit Lucas, mais apparemment, il faut savoir aussi quelles portes ouvrir.

—Lucas est un connard. Et je ne vais pas me retenir de le dire parce que nous sommes de la même famille.

Sunday s'agenouilla et déplaça le verre de Geoffrey sur un côté. Elle passa les jambes par-dessus le rebord du bâtiment, dans une position que son frère jugea à peine moins dangereuse que de rester debout à la limite du toit.

—Il a fait installer un bloqueur d'empathie. Ce qui est légal, étonnamment. Lorsqu'il a besoin d'être plus détaché et plus dur en affaires, il peut désactiver la partie du cerveau qui gère l'empathie. Et devenir un sociopathe d'un jour.

—Même Hector n'est pas allé aussi loin.

—Laisse-lui un peu de temps : si sa conscience doit l'empêcher de faire du profit, il foncera vers le neuropraticien le plus proche pour se faire installer un bloqueur.

—Heureusement que je ne suis pas comme eux.

—Ça ne change rien au fait que nous resterons toujours une cruelle déception aux yeux du reste de la famille.

—Si père était là, il me soutiendrait.

—N'en sois pas si sûr. Il ne nous considère peut-être pas aussi mal que nos cousins, mais il croit toujours que tu fais *semblant* d'avoir un travail.

Au-dessus de la maison, brillant sur l'Afrique, la pleine Lune donnait l'impression d'avoir été attaquée par un enfant exubérant armé de gouache. Les secteurs chinois, indien et africain étaient rouge, vert et jaune. Des échantillons de bleu, coincés entre les plus grandes subdivisions géopolitiques, indiquaient des terrains revendiqués par des États-nations moins importants et des entités transnationales. Des flèches et des vignettes indiquaient les colonies les plus importantes, ainsi que les corps orbitaux et les véhicules dans l'espace cislunaire.

Geoffrey fit disparaître les incrustations. La Lune nue était d'un jaune argenté et paraissait aplatie. À n'importe quel autre moment du mois, des villes et des industries auraient parsemé de chaînes et d'arcs les régions du disque dans l'ombre, comme suspendues le long des voies de transit, des démarcations politiques et des antiques particularités naturelles de la surface lunaire. Telles des rivières de lave ardente suintant à travers la croûte noire. Mais ainsi éclairé, trop brillant pour que les habitations puissent ressortir, l'astre était en tout point semblable à celui que voyaient les ancêtres hominidés rêveurs de Geoffrey.

Il avait encore du mal à croire que Sunday n'était pas assise près de lui, mais qu'elle était là-haut, sur cette pièce en nickel scintillante accrochée dans le ciel.

— Tu as remarqué cette étrange petite fille lors de la cérémonie ? lui dit-il.

— Oui.

— Et alors ?

— Je voulais te demander si tu la connaissais. J'ai tenté de déchiffrer sa connexion, mais...

— Ça n'a rien donné, dit Geoffrey. Étrange, non ? On n'est pas censé pouvoir faire ça.

— Mais certains ne se gênent pas.

— Comme tes amis ?

— Ah ! d'accord. Je vois où tu veux en venir. Tu crois que ça a un rapport avec la Zone non observée. Eh bien, désolée, mais ça m'étonnerait. Plexus surveille le trafic entre la Terre et la Lune et ils n'ont rien relevé qui ressemblerait à une connexion ching non déchiffrée. Ils ne sont pas infaillibles, évidemment, mais à mon avis, elle ne chinguait pas depuis l'espace lunaire. Elle était peut-être plus près.

— Ça ne nous dit toujours pas qui c'était.

— Non, mais si je commençais à essayer de percer tous les petits mystères qui entourent cette famille... (Sunday laissa sa phrase en suspens.) Quelqu'un doit bien la connaître et ça me suffit. Quelle autre possibilité y a-t-il ? Elle s'est pointée à la cérémonie sans être invitée ?

— Peut-être que tout le monde s'est dit qu'elle était invitée.

— Dans ce cas, je lui souhaite bonne chance. Aucun secret n'a été dévoilé et si quelqu'un voulait espionner, il aurait pu se servir du million de capteurs publics disponibles. Désolé, mais j'ai d'autres préoccupations, là, tout de suite. Des délais à respecter. Des factures. Un loyer à payer. Ce genre de trucs.

Sunday avait raison, évidemment ; et Geoffrey connaissait si mal la politique interne de sa propre famille qu'il était fort possible que la petite fille soit une parente dont il aurait oublié l'existence.

— Je suis même incapable de te signaler la Zone non observée, dit-il, pris brusquement par une pointe de remords tant il en savait peu sur la vie de sa sœur.

— Si tu y parvenais, il y aurait un problème, petit frère : elle est sur la face cachée de la Lune et donc jamais visible d'ici, dit-elle avant de s'interrompre un instant. Tu sais que m'a proposition tient toujours. Tu pourrais facilement obtenir un visa de tourisme et passer quelques jours avec nous. Jitendra et moi adorerions te faire visiter. Et il y a autre chose que j'ai très envie de te montrer. Ce que j'ai fait avec le visage d'Eunice... (Sunday hésita.) Ce n'est pas tout, c'est une sorte de projet que je mène depuis longtemps. Mais il faudrait que tu viennes le voir en personne.

Geoffrey puisa dans son stock d'excuses.

— Je dois publier quelques papiers avant de pouvoir prendre des vacances. Et je dois noter des articles pour *Mind*.

— C'est toujours pareil, petit frère. Mais je ne critique pas. Tu aimes ton travail, c'est évident.

— Je pars demain. Tu veux venir voir le troupeau ?

— Je... il faut que je ramène ce corps, dit Sunday. Désolée. Et comme tu dis : peut-être une prochaine fois.

Geoffrey sourit dans le noir.

— Il n'y en a pas un pour rattraper l'autre, hein ?

— C'est ça, répondit sa sœur de là où son véritable corps se trouvait, sur la face cachée de la Lune. Et c'est mieux ainsi.

Il avait espéré que Sunday changerait d'avis – il y avait tant d'aspects de son travail qu'il aurait aimé partager avec elle – mais quand Geoffrey décolla ce matin, il était seul. Le point d'eau, remarqua-t-il, était plus petit qu'au début de la courte saison sèche qui accompagnait le changement d'année. Des endroits autrefois boueux étaient secs et privés de végétation, obligeant les animaux à se rapprocher pour chercher leur nourriture. L'herbe, d'un vert intense à la saison des pluies, était jaunie par le soleil, éparse et en manque de nutriments. Il n'y avait plus rien de comestible sur les arbres et à portée des trompes. La dernière longue sécheresse dans cette partie de l'Afrique remontait à plusieurs décennies et désormais on ne laisserait plus une telle aridité s'installer, mais les temps restaient tout de même difficiles.

Peu après, il aperçut un petit groupe d'éléphants près d'un bosquet d'euphorbes candélabres, et un autre un kilomètre plus loin, suivi d'une mère et de son petit. Il plissa les yeux contre le reflet du soleil dans ce qui restait d'eau et vit un mâle solitaire qui avançait dans une futaie d'acacias et de *cabbage-trees*. Quelques taches vert olive sur le gris des éléphants indiquaient qu'ils avaient, contre toute attente, trouvé de la boue fraîche.

D'après la forme de son corps, la longueur relative et la courbure de ses défenses ainsi que la façon indolente qu'il avait de marcher, l'animal solitaire devait être Odin, un mâle au mauvais caractère qui se déplaçait dans presque tout le bassin. Sa trompe était nonchalamment enroulée autour de sa défense gauche et il avançait en direction du groupe le plus proche, la famille O au sein de laquelle il était né une trentaine d'années plus tôt.

Geoffrey voqua une incrustation et l'aug afficha une flèche et la fiche d'identité de l'animal, confirmant qu'il s'agissait bien d'Odin.

Le Cessna continua sa ronde. Geoffrey remarqua un autre groupe d'éléphants, plus éloigné du point d'eau que les deux premiers. C'était la famille M, son principal groupe d'étude. Ils avaient parcouru une grande distance depuis la veille.

— Vire au nord-ouest, ordonna-t-il au Cessna, et descends à deux cents mètres.

L'avion obéit. Geoffrey s'efforça de compter les éléphants à l'œil nu, mais c'était déjà bien difficile d'une position fixe. Il passa au-dessus du groupe puis fit faire demi-tour à l'avion et obtint un chiffre différent : onze au premier passage, dix au second. Il abandonna et autorisa l'aug à étiqueter et à identifier le groupe. Il s'agissait bien de la famille M. et l'aug ne trouva que dix animaux. Il avait dû compter deux fois un des petits turbulents.

Il fit passer le Cessna au-dessus de la famille M. une fois de plus, encore plus bas, et regarda les éléphants lever la tête pour le suivre. Un des plus âgés le salua même de la trompe.

— Rends-moi les commandes, dit-il à l'avion.

Il choisit une bande de terre et descendit à trois cents mètres de la famille M. L'aug ne détecta pas d'autres éléphants – et surtout pas de mâles – à moins de trois kilomètres. Une marge d'erreur suffisante et, si la situation changeait, il serait prévenu.

Il annonça au Cessna qu'il reviendrait dans les deux heures, prit son sac à dos derrière le siège du pilote et partit en direction du troupeau.

Ne laissant rien au hasard, Geoffrey ramassa par terre une branche morte pour battre le sol en marchant, et éleva parfois la voix pour prévenir de son arrivée. Il ne voulait surtout pas effrayer un éléphant endormi qui n'aurait pas détecté son approche.

—C'est moi, Geoffrey.

Il se fraya un chemin à travers les arbres et aperçut enfin les animaux. Dix, comme l'avait confirmé l'aug, qui paissaient calmement, reniflant et fouillant l'herbe asséchée. La matriarche, Matilda, s'était déjà aperçue de sa présence. C'était un gros éléphant à la tête large, auquel il manquait une défense sur le côté droit et doté d'une entaille caractéristique, ayant la forme de l'Afrique, sur l'oreille gauche.

Geoffrey se débarrassa du bâton.

—Salut, grande fille.

Matilda renifla et releva la tête puis se remit à fouiller. Geoffrey observa le reste du groupe, attentif au moindre signe de maladie, de blessure ou d'humeur bagarreuse. Un des plus jeunes, Morgan, boitait encore, comme la veille. Geoffrey voqua un relevé biomédical spécifique. L'analyse de sang releva des taux de globules blancs et d'hormones liés au stress normaux, indiquant qu'il n'y avait pas d'infection ni d'atteinte au squelette, mais seulement un muscle foulé, une gêne qui s'effacerait avec le temps. Les bébés étaient résistants.

Quant aux autres membres de la famille M, ils étaient détendus et tranquilles, y compris Marsha, la jeune qui avait récemment fait semblant de charger Geoffrey. Elle semblait penaude, absorbée par sa recherche de nourriture, espérant sans doute que l'incident était oublié.

Geoffrey s'arrêta, fit un cadre avec ses doigts, comme un artiste en herbe, et cligna des yeux pour prendre quelques photos. Parfois, il lui arrivait de descendre une petite chaise pliante du Cessna et de s'installer, avec un carnet de croquis et un crayon 2B aiguisé, pour tenter de capturer la lourde majesté de ces créatures intelligentes et sérieuses.

—Alors, vieille dame, dit-il doucement en s'approchant de la matriarche, comment ça va aujourd'hui ?

Matilda le regarda sans grande curiosité, comme si elle allait s'en contenter en attendant un événement plus intéressant. Elle continua à sonder le sol de sa trompe tandis qu'un des petits, Mitchell, le fils de Meredith, fouinait autour de ses pattes arrière, repoussant les mouches avec la queue.

Geoffrey voqua la connexion avec Matilda. Un graphique représentant le cerveau de l'animal apparut dans le coin supérieur gauche de son champ visuel, une vue en coupe avec un code couleur indiquant l'activité électrique et chimique, du bleu et du rouge en mouvement, annotée de façon complexe.

Geoffrey posa son sac par terre et s'approcha de Matilda, d'une démarche dépourvue de la moindre menace et en lui montrant bien qu'il avait les mains vides. Elle se laissa toucher. De la paume, il caressa la peau ridée et parcheminée au sommet de ses pattes avant. Il la sentit inspirer et expirer lentement, comme un gigantesque soufflet.

—On fait ça aujourd'hui ? demanda-t-il.

Après six mois de négociations prudentes, il s'était rendu jusqu'à une clinique à Luanda, sur la côte angolaise, et avait rempli la paperasse nécessaire. Les modifications de ses propres protocoles aug étaient toutes légales et couvertes par des statuts de non-divulgation inattaquables. Les nouveaux implants avaient tous été injectés de façon indolore, migrant vers les zones cérébrales sélectionnées sans complications. Il fallut plusieurs semaines pour que les connexions neuronales avec son cerveau s'établissent, car les implants ne se contentaient pas de se relier à lui, mais exécutaient également des tests de diagnostic concernant leur propre fonctionnement.

L'année précédente, à la fin de l'été, il avait fait d'étranges rêves machiniques, remplis de motifs grillagés et de trames de néons clignotants d'une complexité folle. On l'avait prévenu. Lorsque les implants se calmèrent, ses songes redevinrent normaux et il se sentit exactement comme avant.

Sauf que de l'autre côté du pont qu'il avait désormais dans la tête, se trouvait un royaume étranger, fabuleux, et à peine exploré.

Il lui suffisait de trouver le courage de le traverser.

Geoffrey tourna autour de Matilda, sans ôter sa main de l'animal, pour qu'elle sache toujours où il se trouvait. Il sentit les autres éléphants qui l'observaient, la plupart d'entre eux assez adultes pour savoir que si elle ne le considérait pas comme une menace, ils n'avaient pas à le faire.

Geoffrey fit apparaître sa propre image cérébrale en temps réel près de celle de Matilda. Une légère activité apparut dans les centres visuels et auditifs tandis qu'elle le regardait tout en surveillant le reste de la famille. Lui, en revanche, affichait les indicateurs neurologiques classiques du stress et de l'anxiété.

Il n'avait pas vraiment besoin d'un scan pour s'en rendre compte : il le sentait dans sa gorge, dans sa poitrine et à l'estomac.

—Allez, un peu de cran, s'encouragea Geoffrey à voix basse.

Il voqua l'aug pour qu'elle démarre la transition. Une échelle graduée symbolisant l'intensité du lien partit de zéro et monta en douceur. À dix pour cent, aucune modification de son état mental n'était détectable. La première fois, six mois plus tôt, il était allé jusqu'à quinze et avait désactivé la connexion, apeuré, convaincu que des vrilles d'une peur inexplicable s'infiltraient lentement dans son esprit. À la deuxième tentative, il s'était persuadé que la terreur qu'il ressentait venait exclusivement de lui et n'avait rien à voir avec le fait de partager l'état d'esprit de Matilda. Mais à vingt pour cent, il l'avait de nouveau ressentie, se propageant comme une tache d'encre d'un noir terrifiant, et il avait, là aussi, coupé le lien. Les cinq fois suivantes, il n'était jamais monté au-dessus de trente-cinq pour cent.

Il pensait pouvoir faire mieux à présent. Le temps était venu de ne plus s'en vouloir pour les échecs passés, de ne plus prêter le flanc à la déception silencieuse de sa famille à son égard.

Lorsque l'aiguille dépassa les vingt pour cent, il se sentit, d'une façon sûre, en phase avec son environnement, comme si ses centres visuels et auditifs approchaient de l'état d'activité normal de Matilda. Chaque brin d'herbe, chaque ombre de la mi-journée semblait imprégnée d'innombrables potentialités. Il se demanda comment une créature pouvait à la fois être à ce point consciente de son milieu et garder encore de la place pour la moindre pensée non essentielle.

Il fallait peut-être régler les niveaux d'amplification respectifs. Ce qui à ses yeux ressemblait à un état de vigilance extrême était peut-être l'état d'insouciance normal de Matilda.

Il dépassa les vingt-cinq pour cent. Sa propre image perdait en cohérence : il lui semblait que ses terminaisons nerveuses traversaient sa peau et s'étendaient sur un volume bien plus vaste que celui délimité par son corps. Les signaux visuels n'avaient pas changé – il voyait toujours le monde par ses propres yeux – mais la partie du cerveau qui gérait son rapport à l'espace avait été envahie de données provenant de Matilda.

C'était donc ainsi qu'elle le considérait : comme une poupée que l'on pouvait facilement briser.

Trente pour cent. L'ajustement spatial était troublant, mais il parvenait à supporter cette étrangeté. C'était bizarre, et cela lui laisserait l'impression curieuse que tout son être était une sorte de mécanisme rudimentaire et stupide que l'on pouvait saboter et manipuler, mais sans aucun composant émotionnel.

Trente-cinq pour cent, et la terreur n'avait toujours pas fait son apparition. Il avait presque parcouru les quatre dixièmes du chemin qui le ferait penser comme un éléphant, et il se sentait pourtant toujours maître de ses propres processus mentaux. Son affect restait le même qu'au début de la connexion. Ce que Matilda pouvait lui envoyer ne suffisait pas à supprimer sa propre activité cérébrale.

Il sentit un frisson d'euphorie le traverser lorsque la liaison dépassa les quarante pour cent. Cette fois, il pouvait, hypothétiquement, aller au bout. Atteindre la moitié serait déjà un exploit. Lorsqu'il en serait là, il se prouverait alors à lui-même qu'il pouvait pousser le lien jusqu'à son terme. Mais pas aujourd'hui. Aujourd'hui, il se contenterait de cinquante-cinq ou soixante pour cent.

Un événement se produisit. Son rythme cardiaque s'emballa et il sentit une montée d'adrénaline. Geoffrey fut pris d'une panique plus intense et plus focalisée que la terreur rampante des essais précédents.

La matriarche avait remarqué quelque chose. L'aug n'avait pas détecté de gros prédateur dans la zone, et Odin restait encore trop loin pour poser un problème. Alors, peut-être des Massaïs… mais l'aug l'aurait alerté. Matilda poussa un grondement menaçant, tandis que d'autres éléphants de la famille se retournaient, inquiets, les plus âgés mettant les plus jeunes à l'abri.

Son sens des distances encore complètement perturbé, Geoffrey chercha un danger dans les broussailles. Matilda tonna de nouveau, agita les oreilles et frappa le sol d'une de ses pattes avant.

Un des petits barrit.

Geoffrey rompit la connexion. Matilda s'attarda un instant dans sa tête et son rapport à l'échelle resta déréglé. Puis la panique reflua et il sentit son image corporelle normale s'imposer. Il était en danger, c'était indéniable. Même si les éléphants ne souhaitaient pas lui faire du mal, leur instinct de survie prendrait le pas sur leur tendance naturelle à ne pas le blesser. Il recula, tout en se demandant ce qui pouvait bien approcher, puis tendit le bras vers son sac.

Un homme maigre et vêtu de noir sortit des broussailles. Il ôtait la poussière et les brindilles accrochées à son pantalon et ne semblait pas s'être rendu compte de la présence de la famille d'éléphants qu'il avait effrayée au point de la faire presque fuir.

Memphis.

Geoffrey cligna des yeux et fronça les sourcils, le cœur tambourinant dans la poitrine. Les éléphants se calmèrent ; ils avaient reconnu Memphis pour l'avoir déjà vu plusieurs fois et savaient qu'il ne représentait pas de menace.

— Je croyais que nous avions un accord, dit Geoffrey.

— Sauf, dit Memphis d'une voix raisonnable, en cas de circonstances exceptionnelles. C'est ce qui était convenu.

— Tu n'étais tout de même pas obligé de venir ici en personne.

— Au contraire, il le fallait. Tes préférences aug te rendent injoignable autrement.

— Tu aurais pu envoyer une doublure, dit Geoffrey, énervé.

— Dans mon souvenir, les éléphants n'aiment pas les robots. Pour eux, l'absence d'odeur est pire qu'une mauvaise odeur. Tu m'as raconté qu'ils parvenaient à différencier les Massaïs des non-Massaïs rien qu'à leurs effluves corporels. Ce n'est pas vrai ?

Geoffrey sourit, incapable de rester bien longtemps en colère contre Memphis.

—Alors, tu m'écoutais, finalement.

—Je ne serais pas venu si j'avais eu le choix. Lucas et Hector ont insisté lourdement.

—Que me veulent-ils ?

—Tu vas devoir venir pour le découvrir. Ils t'attendent.

—À la maison ?

—À l'airpod. Ils tenaient à marcher jusqu'ici, mais je leur ai dit qu'il était préférable qu'ils attendent là-bas.

—Tu as eu raison, dit Geoffrey, irrité à cette idée. S'ils voulaient me parler, ils n'avaient qu'à le faire hier soir, lorsque toute la famille était réunie.

—Ils ont peut-être décidé de te financer davantage.

—Ouais, dit Geoffrey en se baissant pour attraper son sac. C'est *super* crédible.

Lucas et Hector étaient debout sur la terre ferme, près de l'airpod vert métallisé. Ils portaient des costumes en lin aux tons pastel et des chapeaux aux larges rebords.

—J'espère que nous ne t'avons pas dérangé, dit Lucas.

—Évidemment que nous l'avons dérangé, dit Hector en souriant. Nous ne sommes rien d'autre, pour Geoffrey, qu'une fâcheuse interruption. C'est qu'il a du *travail.*

—J'ai transmis le caractère urgent de votre requête, dit Memphis.

—Je te remercie de ta coopération, dit Lucas, mais ta présence n'est plus indispensable. Retourne à la maison avec l'airpod et renvoie-le en pilotage automatique.

Geoffrey croisa les bras.

—Quoi que vous ayez à me dire, Memphis peut l'entendre.

Hector fit signe au gardien de monter dans l'airpod.

—S'il te plaît, Memphis.

Le vieil homme croisa le regard de Geoffrey et hocha la tête.

—J'ai des choses à faire. Je renverrai l'airpod aussitôt.

—Lorsque tu auras fini, prends le reste de la journée. Tu as bien assez travaillé, hier.

—Merci, Hector, dit Memphis. C'est très aimable.

Il hissa son corps mince dans l'airpod et s'attacha. Les soufflantes électriques se mirent à tourner, puis vrombirent jusqu'à l'ultrason, et l'appareil décolla, comme tiré par un câble invisible. Lorsqu'il eut dépassé le sommet des arbres, il tourna son nez arrondi vers la maison et s'élança.

— C'était gênant, dit Hector.

Lucas ramassa un insecte sur la manche vert pâle de son costume.

— Étant donné les circonstances, nous n'avions pas le choix.

Geoffrey posa les mains sur les hanches.

— À mon avis, ça doit souvent sembler le cas lorsqu'on a un bloqueur d'empathie. Il est allumé ou éteint, là ?

— Memphis a compris, dit Hector sous le regard noir de Lucas. Il a bien servi la famille, mais il sait où s'arrêtent ses responsabilités.

— Vous n'aviez pas besoin de lui pour venir ici.

Lucas secoua sa grosse et belle tête.

— Les éléphants le connaissent au moins un peu. Ce qui n'est pas notre cas.

— C'est votre faute. Vous n'êtes jamais venus ici.

— Ne commençons pas par les sujets qui fâchent, Geoffrey.

Le costume d'Hector, taillé sur le même modèle que celui de son frère, s'en distinguait par sa couleur, rose pâle. Les deux hommes se ressemblaient assez pour qu'on les confonde, mais n'étaient, en réalité, ni jumeaux, ni clones.

— Nous ne sommes pas venus t'annoncer de mauvaises nouvelles, après tout, reprit Hector. Nous avons une proposition qui risque de t'intéresser.

— S'il s'agit de prendre ma part de responsabilité dans les obligations familiales, vous savez où vous pouvez vous la mettre.

— Que tu t'intéresses davantage aux affaires stratégiques des Akinya serait vu d'un bon œil, dit Lucas.

— Avec vous, on dirait que je tire au flanc.

— Nous comprenons que ces animaux ont une énorme importance à tes yeux, dit Hector. Il n'y a pas de honte à avoir.

— Je n'ai pas honte.

— Néanmoins, dit Lucas, nous avons l'occasion de conclure une transaction commerciale avec toi. En échange de l'exécution d'une tâche relativement simple, qui ne serait ni risquée, ni gourmande en temps, pas plus de quelques jours, nous sommes disposés à dégager des fonds discrétionnaires supplémentaires…

— Une somme *substantielle*, dit Hector avant que Geoffrey puisse répondre. Autant, pour l'année prochaine, que ce que la famille a donné pour les trois précédentes. Ça changerait pas mal ton travail, non ? (Son regard, protégé par le rebord de son chapeau, se tourna vers le Cessna.)

Je ne suis pas un expert du financement de ce genre d'opération, mais je pense que tu pourrais aisément embaucher un ou deux assistants et qu'il t'en resterait assez pour renouveler ton équipement. Et cet apport ne serait pas non plus unique. Après vérification des comptes, il n'y aurait aucune raison pour qu'il ne soit pas prolongé, d'une année sur l'autre.

— Voire même augmenté, avec un dossier convaincant, dit Lucas.

Geoffrey ne pouvait pas rejeter une offre d'augmentation de son financement, quelles que soient les contreparties. Il allait devoir ravaler sa fierté, le troupeau le valait bien.

— Que voulez-vous ?

— Une affaire qui ne concerne que la famille doit être réglée de façon appropriée et discrète, expliqua Lucas. Il faudrait que tu ailles dans l'espace.

Il avait déjà deviné que tout cela devait avoir un rapport avec Eunice.

— Au Palais d'Hiver ?

— En fait, dit Lucas, sur la surface lunaire.

— Vous ne pouvez pas y aller ?

Hector échangea un sourire avec son frère.

— Dans une période de transition, il est important de dégager une impression de normalité. Lucas et moi n'avons rien à faire sur la Lune.

— Vous n'avez qu'à embaucher un étranger.

— Impliquer un tiers nous ferait courir un risque inacceptable, dit Lucas avant d'écarter le col de sa chemise de sa peau. (Comme Hector, il était à la fois musclé et bien plus grand que Geoffrey.) Nul besoin d'ajouter que tu es un Akinya.

— Ce que veut dire mon frère, dit Hector, c'est que tu fais partie de la famille et que tu as des parents sur la Lune, notamment dans le secteur sous administration africaine. Tu es le mieux placé.

Geoffrey réfléchit quelques instants, en s'efforçant de ne rien laisser paraître. Autant laisser les deux manipulateurs mijoter un peu, se demander s'il allait mordre à l'hameçon.

— Ces affaires sur la Lune : de quoi s'agit-il ?

— Un détail à régler, répondit Hector.

— De quel ordre ? Je ne m'engagerai à rien avant de savoir ce dont il s'agit.

— Malgré la complexité de la succession d'Eunice, expliqua Lucas, notre audit pointilleux n'a révélé aucun problème. Il n'en est rien ressorti d'inquiétant, et surtout rien qui ne doive soulever des questions en dehors de la proche famille.

— Il reste, cependant, un coffre, dit Hector.

Geoffrey leva une main pour se protéger les yeux du soleil.

— De quel genre ?

— Un coffre-fort dans une banque, dit Lucas. Ce concept te parle ?

— Il va falloir m'expliquer. Je ne suis qu'un humble scientifique, tout ce qui a rapport avec l'argent ou les banques m'échappe complètement. Oui, *bien sûr* que je sais ce qu'est un coffre-fort. Où est-il ?

— Dans une banque sur la Lune, dit Hector, dont nous te révélerons le nom et l'emplacement lorsque tu seras en route.

— Vous redoutez un squelette dans le placard.

Le coin de la bouche de Lucas se contracta. Geoffrey se demanda si son bloqueur d'empathie l'obligeait à tout prendre au premier degré, l'empêchait de comprendre une métaphore.

— Nous devons découvrir ce qui se trouve dans ce coffre, dit-il.

— La mission est simple, dit Hector. Aller sur la Lune, à nos frais. Ouvrir le coffre. Vérifier ce qu'il contient. Revenir à la maison. Tu peux partir demain ; il y a une place dans l'ascenseur de Libreville. Tu seras sur la Lune d'ici trois jours et auras fini avant quatre. Puis tu pourras faire ce que tu veux. Du tourisme. Rendre visite à Sunday. Élargir ton…

— Horizon. D'accord.

Le ton de Geoffrey parut fâcher Hector.

— Qu'est-ce que j'ai dit ?

— Laisse tomber, dit Geoffrey avant de se taire un instant. Je dois avouer que je vous admire, tous les deux. Je viens tous les ans vous supplier à genoux de m'accorder davantage de financement. J'ai supplié et emprunté, j'ai plaidé ma cause face à l'indifférence non seulement de mes parents, mais aussi la vôtre. Au mieux, j'ai récolté une augmentation symbolique, juste assez pour me faire taire jusqu'à l'année suivante. Pendant ce temps, ma famille a dépensé une fortune dans la réparation de la sarbacane sans même que je sois au courant, et lorsque vous avez besoin d'un service, vous trouvez subitement tout cet argent à jeter à mes pieds. Vous imaginez à quel point je peux me sentir insignifiant ?

— Si tu préfères que nous baissions la rémunération, dit Lucas, c'est possible.

— Vous allez cracher les yuans. Vous tenez tellement à votre coffre que vous n'avez sans doute pas encore fait votre meilleure offre.

— Ne va pas trop loin, prévint Hector. Nous pourrions tout aussi bien aller demander la même chose à Sunday.

— Mais vous n'irez pas, parce que vous considérez Sunday comme une quasi-anarchiste qui prépare en secret la chute de toute l'économie du système solaire. Non, je suis votre dernier espoir, sans quoi vous ne seriez pas venus me voir. (Geoffrey s'arma de courage.) Alors, parlons tarifs.

Je veux que les financements pour les recherches soient multipliés par cinq, indexés à l'inflation et garantis pour les dix ans à venir. Et ce n'est pas négociable : soit nous nous mettons d'accord tout de suite, soit je me barre.

— Refuser une offre maintenant, dit Lucas, pourrait être préjudiciable lorsque la prochaine échéance de financement arrivera.

— Non, dit doucement Hector. Il a donné ses conditions et il est en droit d'attendre des garanties. À sa place, nous aurions fait la même chose.

Lucas paraissait mal à l'aise, comme si l'idée d'être à la place de Geoffrey lui donnait une légère nausée. Geoffrey s'imagina qu'il s'agissait là de la première émotion humaine qui parvenait à contourner le bloqueur d'empathie.

— Tu as sans doute raison, convint Lucas.

— C'est un Akinya ; marchander est dans sa nature. Nous sommes d'accord pour accepter les conditions de Geoffrey ?

Lucas hocha la tête avec autant de réticence que possible.

— Nous avons tous consigné cette conversation dans nos mémoires ? demanda Hector.

— En intégralité, répondit Geoffrey.

— Alors que cela nous engage.

Hector tendit une main que Geoffrey serra après un instant d'hésitation, et Lucas fit de même. Geoffrey cligna des yeux pour saisir l'image de leur geste.

— Ne prends pas ça comme une corvée, dit Hector. Vois-le comme une façon de rompre la monotonie. Je suis sûr que tu vas apprécier. Et ça te fera du bien, de rendre visite à ta sœur.

— Nous te demandons, en revanche, de ne pas évoquer cette affaire avec elle, dit Lucas.

Geoffrey ne répondit pas et n'acquiesça pas non plus pour montrer qu'il avait compris la demande de Lucas. Il se retourna et partit, laissant les cousins en plan.

Matilda surveillait toujours son groupe. Elle le regarda, émit un bruit sourd, pas vraiment menaçant, mais un grondement témoignant tout de même de son mécontentement, puis elle se remit à examiner le sol devant elle, écartant, de la trompe, la poussière et les cailloux, avec aussi peu d'enthousiasme que si elle avait oublié pourquoi elle avait entrepris une tâche à ce point vaine.

— Désolé, Matilda. Ce n'est pas moi qui leur ai demandé de venir ici.

Elle ne le comprenait pas, évidemment. Mais il était certain que toute cette agitation, ces étrangers à l'odeur étrange et leur machine agaçante au vrombissement aigu l'avaient dérangée.

Il s'arrêta devant elle et envisagea de relancer la connexion, d'aller plus loin pour voir ce qu'elle avait vraiment dans la tête. Mais il était trop désorienté pour ça, pas assez sûr de ce que lui-même ressentait vraiment.

— Je crois que j'ai fait une bêtise, dit Geoffrey. Mais si c'est le cas, je l'ai faite pour de bonnes raisons. Pour toi et les autres éléphants.

Matilda poussa un faible grognement et plia sa trompe pour aller se gratter sous l'oreille gauche.

— Je vais partir quelque temps, reprit Geoffrey. Sans doute pas plus d'une semaine, en tout. Dix jours, au plus. Je dois aller sur la Lune, et… je rentrerai aussi vite que possible. Tu t'en sortiras, sans moi, pas vrai ?

Matilda se remit à tapoter le sol. Non seulement elle s'en sortirait, se dit Geoffrey, mais elle remarquerait à peine son absence.

— S'il arrive quoi que ce soit, j'enverrai Memphis.

Sans se soucier de ces paroles réconfortantes, elle reprit ses recherches.

# Chapitre 3

La dame de la banque s'excusa de l'avoir fait attendre, alors même qu'il ne s'était pas écoulé plus de quelques minutes. Elle s'appelait Marjorie Hu et semblait vraiment ravie de l'aider, comme s'il était tombé sur une journée calme où tout était bon à prendre pour rompre la monotonie.

— Je m'appelle Geoffrey Akinya, dit-il d'une voix hésitante. Un parent de la regrettée Eunice Akinya. Son petit-fils.

— Dans ce cas, toutes mes condoléances, monsieur.

— Merci, dit-il avec solennité, ménageant une petite pause avant de reprendre : Eunice avait un coffre dans cette agence. Il me semble qu'en tant que membre de la famille, je peux en examiner le contenu.

— Je vais regarder, monsieur. Il y a eu des travaux ici, autrefois, et le coffre a peut-être été déplacé vers une autre agence. Vous savez quand il a été ouvert ?

— Cela fait quelque temps.

Il n'en avait aucune idée. Les cousins ne le lui avaient pas dit. Le savaient-ils eux-mêmes ?

— Mais il est toujours sur la Lune ? demanda-t-il.

— Probablement. Et si c'est le cas, nous pourrons le récupérer d'ici six heures.

Marjorie Hu portait un chemisier et une jupe aux couleurs jaune et bleu de la Banque centrale africaine. D'ethnie chinoise, jugea-t-il, mais avec la stature allongée de ceux qui avaient grandi sur la Lune.

— Vous venez de loin, n'est-ce pas ? dit-elle.

— J'arrive d'Afrique.

Il avait voyagé comme un touriste lambda depuis son départ, le lendemain de la rencontre avec les cousins. Après s'être soumis aux procédures de sortie à Libreville, il avait été endormi et enfermé dans une capsule de passager de la taille d'un cercueil. On avait ensuite fait entrer sa nacelle, comme une cartouche de mitrailleuse, dans la chambre de réception du monte-orbite noir à la coque arrondie, où on l'avait insérée et reliée automatiquement à une alimentation interne et à des circuits de biosurveillance avec six cents autres capsules identiques, entassées de la façon la plus fonctionnelle possible.

Et trois jours plus tard, il s'était réveillé sur la Lune.

Il n'avait pas eu l'impression d'être allé plus loin que, disons, la Chine, jusqu'à son premier pas mal assuré et la sensation, dans ses os, qu'il n'était plus sur Terre. Il avait pris un petit-déjeuner et s'était plié aux formalités d'immigration du secteur sous administration africaine. Comme promis, un message des cousins l'attendait pour lui donner les coordonnées de l'établissement dans lequel il devait se rendre.

Le seul aspect surprenant de la succursale Copernic de la BCA était qu'elle ressemblait parfaitement à toutes les autres banques qu'il avait déjà fréquentées, de Mogadiscio à Brazzaville. La même odeur de tapis neuf, les mêmes meubles imitant le bois, la même politesse zélée de la part des employés. Tout le monde bondissait à cause de la pesanteur lunaire, et les accents étaient différents, mais à part ça, il aurait pu se croire chez lui. Même les images sur les murs, en perpétuel renouvellement, montraient surtout des paysages terrestres. Il y avait des publicités pour des assurances de voyages, des caisses de retraite et des portefeuilles d'investissement.

Marjorie Hu lui avait demandé de patienter dans une petite salle d'attente sans fenêtres, décorée par une plante en plastique et une fausse vue de vagues océaniques, le temps qu'elle recherche l'emplacement du coffre. Il avait voyagé léger, fourrant tout ce dont il avait besoin dans un grand sac de sport noir à fermeture éclair, un logo décoloré sur le flanc. Le bagage entre les pieds, il entreprit de racler la poussière terrestre sous ses ongles jusqu'à ce que la porte s'ouvre de nouveau et que Marjorie Hu entre.

— Pas de problème, dit-elle. Il est toujours dans notre salle des coffres. Depuis trente-cinq ans, quasiment depuis que nous avons une succursale à Copernic. Si vous voulez bien me suivre.

— Je pensais que vous alliez vérifier mon identité.

— C'est déjà fait, monsieur.

Elle lui fit descendre des escaliers. Des portes, assez solides pour maintenir la pression en cas d'accident, coulissèrent à l'arrivée de la femme. Elle tourna la tête vers lui sans cesser d'avancer.

— Nous allons sortir de la zone couverte par l'aug et je ne parle pas swahili, dit-elle en sortant un petit paquet emballé dans du plastique de la poche de sa jupe. Nous avons des oreillettes de traduction à disposition.

— Quelles langues parlez-vous ?

— Hum, voyons voir. Chinois et anglais, un peu de russe et j'apprends le somali et le xhosa, qui sont encore assez proches. Nous pouvons demander à un locuteur du swahili de vous accompagner, mais ça prendrait du temps.

— Je me débrouille en chinois, mais l'anglais sera plus facile pour tous les deux, j'imagine. Je connais même quelques mots de somali, mais seulement grâce à ma nounou, qui le parlait. C'était une gentille dame de Djibouti.

— Passons à l'anglais, alors, dit Marjorie Hu en rangeant les oreillettes. Nous allons perdre l'aug dans quelques secondes.

Geoffrey sentit à peine la transition, s'apparentant davantage à un retrait de vagues possibilités plutôt qu'à une brusque limitation des sources de données disponibles.

— Vous avez déjà eu des visiteurs pour lesquels une traduction s'est avérée impossible ? demanda Geoffrey.

— Pas depuis que je suis ici. Quelqu'un parlant une langue à ce point obscure devrait sans doute se faire accompagner.

Le ton de Marjorie Hu s'était modifié de façon microscopique depuis qu'il entendait sa véritable voix sortir de son larynx.

Une dernière porte les conduisit à la chambre forte. Les murs de la pièce, évoquant ceux d'une morgue, étaient remplis de petits coffres à la façade orange et argenté, empilés les uns sur les autres par rangées de six pour un total d'à peu près deux cents. Puisqu'il n'était plus possible de commettre un vol dans le Monde surveillé, ce genre de mesures de protection n'était désormais plus nécessaire. Mais la banque devait sans doute considérer la préservation de ces coffres comme une pénible obligation envers ses clients les plus âgés.

— Voici le vôtre, monsieur, dit-elle en lui montrant un emplacement situé dans la troisième rangée en partant du sol, le seul de la pièce où brillait une lumière verte au-dessus de la poignée. Ouvrez-le quand vous voulez. Je vais vous attendre dehors. Lorsque vous aurez terminé, repoussez le coffre dans le mur, il se refermera tout seul.

— Merci.

Marjorie Hu s'éclaircit nerveusement la voix.

— Je me dois de vous informer que vous restez sous surveillance. Les capteurs ne sont pas publics, mais en cas d'enquête, nous serions obligés de fournir les images enregistrées.

— Pas de problème. Je m'y attendais.

Elle le gratifia d'un sourire artificiel.

— Je vous laisse.

Geoffrey posa son sac tandis qu'elle quittait la pièce. La porte se referma derrière elle. Il ne perdit pas de temps. À son contact, le coffre glissa hors du mur jusqu'au bout d'une glissière de métal. Il s'ouvrait par le dessus, et à l'intérieur se trouvait une petite boîte crème. Il la sortit et la posa par terre. Même dans la pesanteur lunaire, elle lui parut étonnamment légère. Pas de lingots d'or, donc. De simples charnières, sans serrure, ni verrou, permettaient de soulever le couvercle de la boîte, marquée du logo de la banque. Il l'ouvrit et regarda dedans.

Elle contenait un gant.

Un gant de combinaison spatiale. Fait de couches de textile parsemées de plaques de plastique ou de composite, pour la résistance et la flexibilité. Le tissu était blanc cassé ou argent – difficile à dire avec l'éclairage sombre de la chambre forte – et les plaques beige ou peut-être jaune pâle. Au bout du poignet du gant, il y avait un anneau connecteur en alliage, une sorte de cercle de métal bleuté, muni de contacts compliqués, plaqués or, qui devaient s'emboîter lorsqu'on fixait le gant à la manche de la combinaison. On l'avait nettoyé, car, malgré son aspect crasseux, les mains restaient propres.

Il n'y avait rien d'autre. Pas d'objet serré dans les doigts, pas d'inscription à l'extérieur. Il ne voyait rien de coincé à l'intérieur. Il essaya d'y entrer la main, mais ne parvint pas à faire passer l'articulation de son pouce au-delà du poignet.

Geoffrey ne savait pas s'il devait être déçu ou soulagé. Un peu des deux, peut-être. Soulagé qu'il n'y ait pas là matière à ternir la mémoire d'Eunice – pas de document compromettant lui prêtant des liens avec un tyran ou un criminel de guerre disparu – mais légèrement déçu qu'il n'y ait rien de plus fascinant : une dernière surprise par-delà la mort, l'aboutissement qu'exigeait sa vie. Se retirer sur l'orbite lunaire, passer le restant de ses jours dans le Palais d'Hiver et mourir ne suffisait pas.

Il entreprit de ranger le gant dans la boîte pour remettre le coffre dans le mur.

Et il s'arrêta. Il n'aurait su dire pourquoi, en dehors du fait que le gant semblait mériter plus d'attention qu'il ne lui en avait porté. Toute sa vie, Eunice avait eu l'esprit pratique et ne s'était pas embarrassée de sentiments, ni de gestes inutiles. Elle n'aurait jamais placé cet objet là, à moins qu'il *ait une signification* : soit pour elle, soit pour celui qui était censé le trouver après sa mort.

Geoffrey glissa le gant dans son sac de sport. Il posa un sweat-shirt du FC Ashanti par-dessus, recouvrit le tout de sa casquette de base-ball, referma le bagage et rangea le coffre, désormais vide, dans son tiroir. Il le poussa jusqu'au fond et lorsqu'il s'emboîta dans le mur avec un « clic », la lumière verte passa au rouge.

Il ouvrit la porte extérieure et sortit de la pièce.

— C'est bon, dit-il à la banquière. Pour l'instant, en tout cas. J'imagine que je pourrais y avoir accès de nouveau sans problème ?

— Évidemment, monsieur, dit Marjorie Hu.

Si elle s'intéressait à ce qu'il avait découvert dans le coffre, elle le cachait bien. *C'est un événement pour moi*, pensa Geoffrey. *Des secrets de famille, une course clandestine sur la Lune, une boîte au contenu mystérieux. Mais elle accompagne sans doute une dizaine de personnes ici par semaine.*

Le gant toujours en sa possession, il se rendit à la station de métro souterraine. Des tubes sous vide transparents pour les trains à sustentation électromagnétique traversaient les murs du terminal à différents niveaux, reliant des plates-formes auxquelles on accédait par des escaliers en colimaçon et des escalator sinueux. Tout était en verre et semi-translucide. Il y avait des places commerciales et des zones de restauration, d'immenses sculptures et des bannières s'élevant sur plusieurs étages, des chutes d'eau, des fontaines et, partout, le tintement d'un piano qui le suivait comme un chien errant.

Il s'éloigna jusqu'à un coin calme du hall et voqua un appel à Lucas. Au bout d'une minute sans réponse, il transféra la demande sur Hector. Trois secondes plus tard, la chimère de son cousin – portant des bottes d'équitation, des jodhpurs et un polo – se tenait devant lui.

— Ravi d'avoir de tes nouvelles, Geoffrey. Comment s'est passé ton voyage ?

— Sans encombre. Et comment ça va, à la maison ?

— Tu n'as rien manqué. (Le décalage temporel lunaire donnait l'impression qu'Hector avait longuement réfléchi à la question.) Bon, et concernant la petite affaire que nous t'avons demandé d'étudier ? As-tu pu, par hasard… ?

— C'est fait, Hector. Tu peux le dire à Lucas ; j'ai essayé de l'appeler, mais il n'a pas répondu. Son bloqueur d'empathie l'a peut-être court-circuité.

— Il s'est cassé une jambe ce matin ; une mauvaise chute au cours d'un match. Que dois-je lui dire ?

— Qu'il était vide.

Hector inclina la tête.

— Vide ?

— Il n'y avait rien d'important. Rien qu'un vieux gant.

— Un vieux gant, dit Hector avant d'éclater de rire. Tu pourrais être plus précis, cousin ?

— Il vient d'une combinaison spatiale, je crois. Ancienne. Ça ne doit pas valoir grand-chose ; il doit y en avoir des tas en circulation.

— Elle l'a laissé pour une bonne raison.

— J'imagine. (Geoffrey haussa négligemment les épaules, comme s'il n'avait désormais plus à se soucier de ce genre de choses.) Je le rapporte, si tu veux.

— Tu es encore sur place, n'est-ce pas ?

— Non, je suis sur le quai du train à Coperville, en route pour voir Sunday. Je ne pouvais pas t'appeler de… là-bas, l'aug ne passait pas.

— Mais tu as remis l'objet là où tu l'as trouvé ?

— Oui, répondit Geoffrey.

C'était un mensonge sorti si aisément, d'une façon si plausible qu'il eut, un instant, l'impression d'avoir dit la vérité. Sa gorge se serra, brusquement sèche. Il rajouta :

— Je peux le récupérer avant de repartir.

— Ce ne serait pas une mauvaise idée, en effet.

Il y avait… *quelque chose* dans le regard de la chimère d'Hector. Du mépris pur et simple, peut-être, résultant de la facilité avec laquelle les cousins avaient pu manipuler Geoffrey pour qu'il exécute leurs ordres. Il aurait sans doute dû leur tenir un peu plus tête, faire monter les enchères. Voire même leur dire d'aller se faire foutre. Ils auraient respecté cette attitude.

— Je le rapporterai. Mais vraiment, ce n'est qu'un vieux gant.

— Peu importe ce que c'est, ça doit revenir à la famille désormais, et pas rester sur la Lune. Ton train part dans combien ?

Geoffrey fit semblant de regarder le tableau des départs.

— Quelques minutes.

— Dommage que tu ne m'aies pas appelé de la banque, dit Hector avant de faire un geste dédaigneux de la main, comme s'il avait mieux à faire que de se fâcher avec Geoffrey. Peu importe. Rapporte-le lorsque tu redescendras, et profite bien du reste de ton voyage. Passe le bonjour à ta sœur, bien sûr.

— Je n'y manquerai pas.

— Et n'oublie pas que cette affaire doit rester entre nous trois.

— Compte sur moi.

— Très bien. Et nous nous reverrons à la maison. Chingue si tu veux parler plus longuement, mais sinon tu peux savourer ces vacances bien méritées. Je suis sûr que Memphis te contactera s'il a une question à te poser.

Geoffrey fit un petit sourire.

— Souhaite un bon rétablissement à Lucas pour sa jambe.

— D'accord.

La chimère disparut. Geoffrey trouva le prochain train pour Verne – il y en avait un toutes les trente minutes – et se paya un billet en première classe. Il n'allait certainement pas voyager à la dure si ses cousins payaient la facture.

Il partit peu après, assis seul dans un wagon quasiment vide, engloutissant un poulet au curry enveloppé dans de l'alu, bercé jusqu'à la somnolence par le défilement hypnotique du paysage. Mais il ne cessa de penser à l'objet qui se trouvait dans le sac, désormais rangé sur le casier au-dessus. S'il n'avait pas senti son poids dans ses affaires, sur le chemin de la gare, il aurait pu croire qu'il n'avait finalement rien emporté.

Le soleil éclairait Copernic à son arrivée, mais depuis, Geoffrey se déplaçait vers l'est, vers un inévitable rencontre avec le terminateur, la ligne mouvante séparant la face de la Lune ensoleillée de celle qui restait à l'ombre. Il l'atteignit à l'ouest de la mer de la Tranquillité, tandis que le train descendait des plateaux entre les crevasses d'Ariadaeus et d'Hyginus. Geoffrey regarda alors dehors et, pendant un affreux instant, il eut l'impression que le train allait se précipiter depuis le haut d'une falaise abrupte vers une immense mer noire en dessous. Mais, l'instant d'après, ils se retrouvèrent en train de foncer *sur* cette mer, le train projetant une traînée de lumière chancelante et ondoyante sur le sol légèrement cahoteux, qui faisait ressortir les ténèbres au-delà. Face à l'immensité sombre de la vaste étendue, le train semblait suivre une chaussée étroite, qui s'engouffrait dans la nuit infinie.

Quelques minutes après le début de la traversée, les lumières de la cabine baissèrent pour permettre à ceux qui le souhaitaient de dormir. Geoffrey amplifia ses yeux. Il discerna quelques formes fugaces à mi-distance, rocher, escarpement ou autre surface qu'ils croisaient. Il y avait évidemment des communautés là-dehors, dont certaines des plus anciennes colonies humaines de la courte histoire lunaire. Au sud se trouvait le premier des sites d'alunissage d'Apollo, un haut lieu de l'ingéniosité et de l'audace des hommes qui était resté intact – et était désormais sous verre – pendant deux siècles. Avant que son voyage sur la Lune ne devienne réalité, Geoffrey s'était toujours dit qu'il profiterait d'un éventuel séjour pour visiter, comme tout bon touriste, le site de l'alunissage. Mais il devrait attendre sa prochaine venue pour faire ce pèlerinage, même si elle ne devait avoir lieu que dans plusieurs années.

Il chingua Sunday.

— Geoffrey, dit-elle tandis que sa chimère apparaissait face à lui. Il doit y avoir un problème avec l'aug, parce qu'elle m'indique que ton point d'origine est la Lune.

— Je suis là, dit-il. Dans le train venant de Copernic. Je suis... parti sur un coup de tête.

— Forcément.

— Nous en avons tellement parlé et, après les funérailles, je me suis dit : allez, je me lance. J'ai pris l'ascenseur, endormi, depuis Libreville. (Il fit une sorte de grimace.) Heu... je ne tombe pas mal, au moins ?

— Non, dit-elle, sans réussir complètement à cacher ses soupçons. Je suis vraiment contente que tu aies enfin décidé de venir nous voir. Mais c'est... surprenant, voilà tout. Tu aurais pu appeler avant, quand même.

— Qu'est-ce que je suis en train de faire ?

— J'aurais pu crouler sous le boulot, sans avoir le temps de manger, de dormir ni même de me laver.

— Si c'est un problème...

— Non, c'est bon. Nous serons ravis de te voir.

Il la croyait sincère. Elle était visiblement contente de sa visite. Mais il ne pouvait pas lui en vouloir de se poser quelques questions devant la soudaineté de son voyage.

— Bon, dit-elle, tu n'arriveras pas dans la Zone avant ce soir, avec toutes les formalités de touriste que tu vas devoir te taper. Jitendra et moi devions aller dîner dehors ; ça te dit de te joindre à nous ? Dans un petit resto qu'on aime bien, cuisine d'Afrique orientale, si tu n'en as pas trop marre.

— Ça me va parfaitement.

— Appelle-moi lorsque tu approcheras de la Zone et je te retrouverai à l'arrêt de tram. Nous irons directement au resto si tu n'es pas trop crevé.

— Je t'appellerai.

— Il me tarde de te voir, petit frère.

Il sourit, hocha la tête et ferma la connexion ching.

Tandis que le train fonçait dans les ténèbres de la mer de la Tranquillité, il plongea de nouveau dans son sac, écartant la casquette de base-ball Cessna et le sweat-shirt du FC Ashanti.

Geoffrey orienta la lampe de lecture au plafond pour mieux voir par l'ouverture du gant. Le poignet et la cavité de la main étaient vides, comme il le pensait, mais les doigts restaient dans l'ombre. Puis il pensa au crayon et au carnet de croquis qu'il avait mis au fond du sac au cas où.

Il sortit le 2B aiguisé. Il leva les yeux pour vérifier que personne ne l'observait et enfonça l'objet dans le gant, l'orientant jusqu'à ce qu'il trouve le trou de l'index. Il l'y fourra jusqu'à rencontrer une résistance. Il avait du mal à juger, mais il n'avait pas l'impression d'être allé au-delà de la première phalange.

Quelque chose était fourré là au fond, coincé dans les deux derniers tiers du doigt. Geoffrey retira le crayon et essaya le majeur pour s'apercevoir qu'il ne pouvait pas plus l'y enfoncer. Pareil avec l'annulaire, tandis que l'auriculaire et le pouce semblaient dégagés.

Il revint à l'index et y remit le 2B. Ce qui se trouvait là céda légèrement avant de l'empêcher de poursuivre. Il essaya de forcer le passage avec son outil improvisé, de façon à pouvoir remonter ce qui l'obstruait comme avec un crochet, mais sans succès. Après deux nouvelles tentatives, il ôta le crayon et le rangea dans son sac.

Il prit le gant et essaya de le taper contre la table, en le tenant par les doigts, afin de décoincer ce qui était bloqué dedans. C'était bien trop bruyant et, de toute façon, il comprit aussitôt que ça ne fonctionnerait pas. Rien ne semblait bouger et le crayon avait probablement coincé un peu plus les obstacles au fond du gant. Quoi que ce soit, cela devrait attendre son retour à la maison.

Ou au moins son arrivée chez Sunday.

Persuadé d'avoir fait le tour de ses mystères, Geoffrey rangea le gant dans son sac. Il prit sa casquette de base-ball pour la poser sur sa tête, la visière vers l'avant, et rêva d'éléphants.

— C'est votre dernière chance, dit la porte-parole de la Zone.

Mince, vêtue de cuir, perchée sur des hauts talons, elle était nord-africaine et avait des paillettes roses sur les pommettes ainsi que des cheveux d'un violet éclatant, minutieusement tressés et attachés avec de petites lumières scintillantes.

— À partir d'ici, l'aug va peu à peu disparaître complètement, reprit-elle. Si ça vous dérange, si vous pensez ne pas pouvoir le supporter, vous pouvez encore faire demi-tour.

Visages stoïques, sourires figés. Personne ne renonça à ses plans, car tous, comme Geoffrey, étaient allés trop loin pour ne pas continuer leur voyage.

— Alors, parfait, dit la femme aux cheveux violets qui semblait se douter que personne ne changerait d'avis. Vous avez vos visas, montez à bord.

Le laissez-passer en question était un rectangle vert pâle, flottant dans le coin droit de son champ visuel et doté d'un compte à rebours. On était le 4 février et il était autorisé à rester jusqu'au 9. S'il ne respectait pas les règles du visa, il serait expulsé de la Zone. On ne précisait pas, à dessein, la nature de l'expulsion : serait-elle littérale, à la surface avec ou sans combinaison, ou bien un peu plus humaine ?

Dans le tramway bondé, Geoffrey dut s'accrocher à une courroie. Ils s'enfoncèrent dans un miteux tunnel de béton. Il sentit que l'humeur de ses compagnons de voyage changeait et il envoya une requête à son aug, une simple demande de recherche d'emplacement. Le délai d'attente fut très perceptible. Il patienta un peu et recommença. Cette fois, il n'obtint aucune réponse, puis une série de messages d'erreur envahit son champ visuel. Simultanément, le brouhaha des conversations dans la rame augmenta fortement.

Ceux qui s'aperçurent de la transition sortirent de leur poche des écouteurs traducteurs ou allumèrent les oreillettes déjà installées. Les discussions diminuèrent de volume, s'arrêtèrent puis reprirent.

Geoffrey cligna des yeux pour effacer les derniers messages d'erreur et ne laissa que l'icone du visa et un autre – un globe cassé – indiquant que la liaison avec l'aug était actuellement indisponible. Les machines dans sa tête fonctionnaient toujours ; mais elles n'avaient plus personne à qui parler en dehors de son crâne. Il sentit leur agitation et leur trouble.

Le tram tourna et entama une descente dans le tunnel, entre les cadavres larvaires des foreuses abandonnées. Il fonçait vers la lumière qui baignait peu à peu le souterrain. La rame passa entre deux rangées de conteneurs entreposés et s'arrêta en douceur près du quai où des robots et des humains attendaient. Geoffrey aperçut immédiatement sa sœur. Il eut véritablement l'impression qu'il ne l'avait quittée que depuis quelques jours, même si des années s'étaient écoulées depuis leur dernière rencontre en chair et en os.

Elle lui fit signe. Près d'elle, un homme très grand le salua également, mais l'air gêné, le regard agité, comme s'il n'était pas tout à fait certain du passager qu'ils étaient censés accueillir. Geoffrey leur rendit leur bonjour tandis que les portes du tram s'ouvraient. Il sortit, alla rejoindre sa sœur et la serra dans ses bras.

— Comme je suis contente de voir, petit frère, dit Sunday en swahili. Jitendra, voici Geoffrey. Geoffrey, je te présente Jitendra Gupta.

Jitendra avait à peu près le même âge que Sunday, mais il mesurait au moins une tête de plus et avait vraiment l'allure d'un habitant de la Lune : maigre, chauve, d'une beauté innocente. Lorsque Jitendra comprit qui il devait regarder, son sourire s'agrandit et il serra la main de Geoffrey avec entrain.

— Ravi que tu sois là ! lança-t-il. Bon voyage ?

Autour d'eux, des robots s'affairaient avec les valises, aidant les passagers arrivés avec des bagages non locomoteurs.

— Pas mal, répondit Geoffrey. On peut pas dire que j'aie vu grand-chose depuis le train.

— Il faudra que tu reviennes pendant le jour lunaire. Il y a des endroits merveilleux, absents des guides touristiques, pas loin d'ici.

Geoffrey nota que Jitendra s'exprimait dans un swahili parfait. Il se demanda s'il avait fait cet effort dans le seul but d'impressionner Sunday.

— Comment t'habitues-tu à ta nouvelle vie sans aug ? demanda sa sœur.

Il retira sa casquette de base-ball et la fourra dans la poche de son sweat-shirt.

— Je tiens le coup.

Elle hocha la tête d'un air approbateur.

— Dans vingt-quatre heures, tu auras oublié que tu en as eu besoin un jour.

Il la serra dans ses bras, mais cette fois il tenta de sentir le corps vivant et respirant sous les vêtements.

— C'est toi, hein ? Pas un robot malléable ? Sans les tags aug, je ne suis sûr de rien.

— C'est bien moi, le rassura Sunday. Le robot est encore sur Terre, dirigé par quelqu'un d'autre. (Elle s'agita, impatiente.) Bon, on ne va pas passer la journée ici : où sont tes autres bagages ?

— Je n'ai que ça, expliqua Geoffrey en jetant son sac sur son épaule. Voyager léger, telle est ma devise.

— La mienne serait plutôt : ne pas voyager du tout, dit Sunday. Tu es toujours chaud pour aller dîner ce soir ?

— Bien sûr qu'il est chaud, lança Jitendra, enthousiaste. C'est obligé.

En réalité, Geoffrey avait faim : le léger repas dans l'express lui avait seulement ouvert l'appétit. Mais il en voulait un peu à Jitendra d'avoir répondu à sa place. Il lui jeta un regard méfiant, sans chercher à paraître inamical, mais réservant tout de même son jugement pour l'instant.

Il y avait une petite altercation un peu plus loin sur le quai. Geoffrey reconnut un des passagers avec qui il avait voyagé : un grand type blanc aux cheveux chromés, portant un costume rembourré, aux larges épaulettes, qui lui donnait l'air très musclé. Des employés locaux l'emmenaient à l'écart. Des voix s'élevèrent et quelques cris retentirent. L'homme, dont le visage rougissait, tentait de se dégager.

— Que se passe-t-il ?

— Aucune idée, dit Sunday comme si ça ne l'intéressait pas vraiment.

Mais Geoffrey n'arrivait pas à détacher le regard de la scène. Il n'avait presque jamais rien vu qui ressemblait à la désobéissance civile. Dans le Monde surveillé, personne ne se retrouvait jamais en position de devoir résister à l'autorité. Là-bas, ce citoyen se serait déjà retrouvé à terre, pris de spasmes et la bouche pendante, maîtrisé par l'intervention neuronale directe du Méca.

Un des employés lui tenait désormais fermement la tête à deux mains tandis qu'un autre lui éclairait l'œil droit avec un appareil de la taille d'un stylo. Quelques jurons fusèrent. L'individu sembla abandonner le combat et fut bientôt ramené dans le tram.

—Ses yeux auraient dû cesser d'enregistrer lorsqu'il a passé la frontière, dit Jitendra. Les tiens l'ont fait, sauf si tu as entrepris de gros efforts pour passer outre cette restriction.

—Ce n'est pas le cas, le rassura Geoffrey.

—Il avait dû faire installer d'autres appareils d'enregistrement, en espérant que nos détecteurs normaux ne les repéreraient pas, spécula Jitendra. Très culotté. Il a de la chance de s'en tirer avec une simple expulsion. Ils auraient tout à fait eu le droit de lui arracher les yeux sur-le-champ.

—Nous sommes un peu susceptibles en ce qui concerne la vie privée, ici, dit Sunday.

—Je vois.

La démonstration de force avait ébranlé Geoffrey. Il n'avait pas tenté sciemment d'enfreindre les protocoles de la Zone non observée, mais si cet homme avait simplement commis une erreur, et oublié, par exemple, une fonction installée dans ses yeux des années plus tôt ? Les facultés aug additionnelles qu'il s'était fait installer dans la clinique de Luanda… ne pouvaient être prises pour un système contrevenant aux règles de la Zone… n'est-ce pas ? Il s'efforça de ne plus s'inquiéter. Il était désormais dans la Zone. De par la nature même de l'endroit, il ne serait désormais plus soumis qu'à une surveillance minimale.

Ils quittèrent la gare du tram en suivant un long cortège désorganisé de voyageurs, de personnes venues les accueillir et de robots. Sunday dut remarquer qu'il essayait de lever la tête, pour tenter de voir au-delà du béton et des tunnels recouverts de spray.

—Il n'y a pas vraiment de fenêtres sur la Lune, lui expliqua-t-elle. Même au-dessus du régolite. C'est trop déprimant la nuit – des semaines de ténèbres – et trop radieux le jour. Si tu veux voir la Terre ou les étoiles, tu prends un véhicule de surface ou une combinaison, ou bien tu chingues sur l'autre face. Nous sommes venus ici pour les possibilités sociales, pas pour le paysage. Pour la belle vue, reste en orbite, ou va sur Mars. La Lune n'est pas faite *pour* ça.

—J'ignorais que la Lune était faite *pour* quelque chose, dit Geoffrey.

—Ce n'est qu'une plate-forme. Un espace de possibilités. Un endroit où l'on peut accomplir des choses intéressantes. Tu crois que la Zone serait tolérée ailleurs ? demanda Sunday, lancée dans une de ses diatribes. Alors, oui, il y a des angles morts dans quelques endroits du système solaire, mais seulement parce que la couverture est inégale, pas parce qu'ils ont été conçus exprès. Si nous étions sur Terre, ils auraient ressorti une vieille loi de derrière les fagots et auraient déjà envoyé les chars.

— Je crois qu'ils vous auraient d'abord laissé parler, dit Geoffrey. Il n'y a pas que des chars et des armes là en bas ; il y a aussi un truc qui ressemble à une civilisation en paix à l'échelle mondiale, la plupart du temps.

C'était classique : il n'était avec Sunday que depuis dix minutes et il endossait déjà le rôle de l'avocat qui défendait toute la planète.

— Où es-tu né, Jitendra ? demanda-t-il jovialement.

— Sur l'autre face, à Copernic. Tu es arrivé par là, non ?

— Oui, mais je n'ai pas vu grand-chose. (Ils longeaient un tunnel plat en béton lui-même recouvert d'une couche épaisse de graffitis psycho-réactifs scintillants.) D'après Sunday, tu travailles dans la robotique.

— Plus ou moins, dit Jitendra. C'est plutôt dans la recherche de pointe, expérimentale. Ça t'intéresse ?

— Un peu. Je crois. Je travaille sur la cognition des éléphants.

Jitendra se frappa le front.

— Mais oui, ça me revient. C'est toi l'homme éléphant !

Geoffrey grimaça.

— Tu dis ça comme si j'étais un étrange spécimen médical, conservé dans du formol.

— Je ne sais plus combien de fois j'ai dit à Jitendra ce que tu faisais, dit Sunday, exaspérée. Ce n'est quand même pas comme si je parlais d'un petit-cousin par alliance, par exemple.

Autour d'eux, les graffitis se reconfiguraient sans cesse, sauf aux endroits gris où la peinture ne fonctionnait plus, ou s'était écaillée. Geoffrey trouvait tout cela très désuet.

— Donc, oui, la cognition des éléphants, s'exclama Jitendra. Ça a l'air super intéressant. Que penses-tu du raisonnement bayésien et du principe de minimisation de l'énergie libre ?

— Si c'est libre, je suis pour.

— Geoffrey n'est pas vraiment un théoricien, dit Sunday. En général, ils ne puent pas la crotte d'éléphant et ne volent pas dans des coucous dangereux, vieux de deux siècles.

— Merci.

Elle passa un bras autour de sa taille.

— Mais c'est comme ça que je t'aime. Sans mon frère, je serais la seule tarée de la famille.

Elle s'arrêta près d'un endroit où la coloration marron des anciennes couches de graffitis sur le mur avait été recouverte d'une forme tremblotante et renvoyant des éclats argentés, comme les reflets d'une structure métallique complexe dans l'eau, ou des hiéroglyphes extraterrestres. Des blocs et des formes de couleurs primaires commençaient à attaquer l'argent, s'y enfonçant peu à peu et s'en prenant à ses bords.

Sunday posa un doigt contre le mur et réagença la forme, l'étendant de nouveau jusqu'à ses anciennes frontières. Là où elle appuyait, l'argent se déployait, devenait plus clair, plus brillant.

—C'est un des miens, dit-elle. Je l'ai fait il y a cinq mois et il tient toujours. Pas mal pour une œuvre d'art de consensus. La peinture tient compte de l'attention. Les œuvres qui ne sont pas assez regardées risquent d'être recouvertes. (Elle retira son doigt qui restait immaculé.) Je peux retravailler ma propre œuvre, si la peinture estime avoir été suffisamment observée. Et je peux repeindre sur celle de quelqu'un d'autre si elle n'a pas attiré assez de regards. Je ne le fais quasiment jamais, hein ; ce n'est pas très fair-play.

—Voilà donc Sunday Akinya qui impose, littéralement, sa patte.

—Je ne les signe pas, expliqua-t-elle. Et comme je fais surtout de la sculpture et de l'animation en ce moment, il y a peu de chances qu'on m'associe à une œuvre abstraite en 2D.

Geoffrey recula pour laisser passer un robot ployant sous les bagages.

—On aurait pu te voir les faire.

—Personne ne me connaît. Je ne suis personne, même ici.

—Elle tire vraiment le diable par la queue, dit Jitendra.

—Et la moitié de ceux qui vivent ici sont, ou se prennent pour des artistes, ajouta Sunday en les rejoignant. Je ne suis pas une Akinya, ici, mais rien qu'une femme qui essaie de gagner sa pitance.

Près de la sortie du couloir couvert de graffitis, Geoffrey comprit, grâce au changement d'acoustique et au reflux de cette sensation d'enfermement, que le tunnel allait donner sur un espace bien plus vaste. Il perçut même une légère brise.

Ils arrivèrent en hauteur, sur le flanc d'une immense grotte qui, d'après Geoffrey, devait bien mesurer deux kilomètres de large. Sur le plafond légèrement incurvé courait un réseau d'éclairages vifs qui baignait toute la grotte dans un simulacre de jour planétaire.

Des immeubles, tassés comme un jeu de quilles, remplissaient tout l'espace. La plupart montaient jusqu'au plafond et certains même le traversaient. Il y avait des tours, des coupoles, des flèches, des cannelures et des hélix trop lourds et vacillants, des accès baroques et cristallins et de troublantes masses ressemblant à des cerveaux ; tout resplendissait de couleurs criardes, de nuances et de motifs qui scintillaient et se modifiaient à chaque instant, comme si la ville était une sorte de vieux système informatique bloqué dans un cycle dément et sans fin d'erreurs et de redémarrages. Les parties les plus basses des immeubles, là où se trouvaient leurs entrées, au niveau de la rue ou de passerelles aériennes, étaient bariolées de couches de graffitis psycho-réactifs. En haut, on retrouvait des bannières, des drapeaux ou de l'enduit au néon fluide ainsi que des ballons attachés aux flancs éclairés.

— Tu as pensé à réserver ? demanda Jitendra.

— On est jeudi, dit Sunday. Ce ne sera pas bondé

Dans les plus bas niveaux surchargés, Geoffrey distingua une intense circulation, des véhicules électriques presque arrêtés tant ils étaient nombreux, telles de petites pièces de jeux moulées par injection. Il y avait des cyclistes, des conducteurs de pousse-pousse et des robots qui portaient des passagers sur leur dos. Du mouvement humain et mécanique partout.

Sunday les fit traverser un pont noir en fer. Son trottoir en bois, muni d'un garde-fou dangereusement bas, était interrompu çà et là par des baraques et des étals munis d'auvents en tissu rayé.

— Voilà *La Tourelle*, dit-elle en indiquant le bâtiment de l'autre côté du pont. La meilleure vue sur la grotte. J'espère que tu as faim.

À l'intérieur de *La Tourelle*, tout était organique et couleur pastel, égayé de verre et de mosaïques de porcelaine ressortant du stuc rougeâtre. Ils suivirent Sunday jusqu'à une fenêtre, dans une alcôve dont la forme évoquait celle d'une cavité naturelle creusée par l'érosion d'eau souterraine. Geoffrey dut observer la vue quelques minutes avant de confirmer que le paysage extérieur bougeait doucement. Sunday lui expliqua que la machinerie qui faisait tourner le restaurant provenait d'une centrifugeuse abandonnée. Leur mouvement était si lent et si homogène qu'il leur donnait l'impression que c'était le reste de l'univers qui se déplaçait.

Il était d'un côté de la table, Sunday et Jitendra face à lui. Avant que Geoffrey ait eu le temps de poser son sac, sa sœur avait déjà commandé une grande bouteille de merlot islandais et n'avait pas perdu de temps pour remplir les verres. Ils papotèrent en grignotant des amuse-gueules. Sunday le pressa de parler de ses conquêtes féminines, ou de leur absence, en l'occurrence, puis elle lui demanda s'il avait récemment eu des nouvelles de Jumai. Il lui raconta qu'elle avait chingué le jour de la mort d'Eunice.

— Son boulot a l'air passionnant. Et plutôt dangereux, dit Sunday.

— Elle est bien payée, dit Geoffrey.

D'habitude, parler d'une ancienne petite amie le mettait mal à l'aise, mais ainsi, au moins, le sujet qu'il ne voulait surtout pas aborder ne venait pas sur le tapis.

— Un peu plus de vin ? demanda Sunday quand le serveur vint chercher leurs assiettes vides.

Jitendra posa la main sur son verre.

— Je dois être frais demain. Il y a les Guerres de robots.

Geoffrey resta interdit.

— Jitendra fait de la compétition, expliqua Sunday. C'est son truc. Nous irons voir ça demain, tous les trois.

— Ça a un rapport avec l'énergie libre ? demanda Geoffrey, histoire de s'attarder sur un thème sans rapport avec la véritable raison de sa venue.

— Rien à voir, dit Jitendra avant de baisser la voix comme s'il craignait vraiment d'être entendu par les autres clients. Même si June Wing sera là, je pense.

— Tu travailles chez Plexus ? demanda Geoffrey en reconnaissant son nom.

— Je travaille *pour* eux, dit-il en marquant la différence. Ils me paient pour avoir des idées intéressantes tout en admettant que je ne pourrais jamais fonctionner dans un environnement d'entreprise orthodoxe. Ils me donnent également beaucoup plus de latitude créatrice que je n'en aurais en travaillant à plein-temps dans leurs labos. L'avantage, c'est que je n'ai pas vraiment de délais à respecter, ni de livrables à fournir. L'inconvénient, c'est que je suis mal payé. Mais ça nous permet de vivre là où nous sommes et je peux joindre June vingt-quatre heures sur vingt-quatre, ce que beaucoup doivent m'envier.

— Et donc ce... truc sur l'énergie libre, c'est un programme de recherche de Plexus ?

— Pas officiellement, parce que tout l'intérêt de l'énergie libre – en tout cas dans l'optique qui m'intéresse – c'est de créer des intelligences artificielles du niveau des humains. Et ce n'est certainement pas envisageable, encore aujourd'hui, dit Jitendra en grattant sa barbe de trois jours. Mais officieusement ? C'est une autre histoire.

— Nous en avons trouvé une, une fois, dit Geoffrey. Près de chez nous. Elle a essayé de s'emparer du cerveau de Sunday.

— Elle me l'a raconté. Ce que vous avez rencontré était une abomination, une intelligence militaire. Conçue pour être insidieuse, malveillante et hostile à toute vie, mais pas assez intelligente pour avoir une conscience. Néanmoins, les IA pourraient travailler pour nous, si nous les rendions plus malignes.

Lorsque le serveur arriva avec leurs plats, ils eurent droit à la petite confusion habituelle sur l'une de leurs commandes. Geoffrey se doutait que ce détail humain rassurant était désormais programmé dans le service.

— Ce n'est peut-être pas aussi facile qu'on croit, dit-il, de rendre les machines plus intelligentes.

— Tout dépend d'où l'on démarre, lança Jitendra, prêt à se défendre. Il me paraît évident que le meilleur point de départ serait le cerveau humain. De quoi s'agit-il sinon d'une machine pensante et consciente que l'univers nous a servie sur un plateau ?

L'image troublante d'un cerveau, servi avec de la salade et un accompagnement, vint à l'esprit de Geoffrey. Il la renvoya comme une entrée pas assez cuite.

— Il reste à faire dans le domaine de la cognition animale. Mais le cerveau humain ? On n'est pas allé au bout de toutes les recherches ?

Jitendra attaquait sa nourriture avec enthousiasme.

— Nous savons ce qui se passe dans un cerveau. Nous pouvons suivre les processus et les corréler avec la précision que l'on désire. Mais cela ne veut pas dire pour autant que nous les comprenions.

— Et c'est là, dit Sunday, que Jitendra débarque avec ses nouvelles idées révolutionnaires.

— Je m'en attribuerais le mérite s'il me revenait, dit Jitendra.

Il avala quelques bouchées en secouant son couteau pour signifier qu'il n'avait pas fini de parler.

Geoffrey se dit qu'il l'aimait bien. Et tant que c'était lui qui parlait, il n'avait pas à le faire.

— Le truc, reprit Jitendra en avalant entre deux mots, c'est que je ne fais pas ça en croyant que le monde a quelque chose à foutre d'une théorie de l'esprit. Ce qui intéresse les gens, ce sont les applications pratiques.

— D'où le rapport avec Plexus, dit Geoffrey.

— Tu as vu le robot malléable. C'est à la pointe, physiquement parlant. Mais il y a aussi la reconstruction, dans laquelle Sunday est impliquée au moins autant que moi.

— La « reconstruction » ?

— Plus tard, dit Sunday en souriant.

— Et au final… ça mène à quoi, tout ça ? demanda Geoffrey.

— Il nous faut de meilleures machines. Aussi intelligentes et adaptables que nous, pour qu'elles puissent *être* nous ; ou aller dans des endroits où nous ne pouvons aller, dit Jitendra.

Geoffrey paraissait sceptique.

— Tu vas bien finir par rencontrer les Pans à un moment ou à un autre pendant ton séjour ici, poursuivit Jitendra. Ce sont nos amis et, selon eux, seuls les hommes devraient avoir le droit d'aller dans l'espace. La chair doit hériter des étoiles ; tout le reste serait une trahison envers l'humanité.

Face à eux se trouvent les pragmatistes purs et durs comme Akinya Space qui enverra toujours une machine pour faire le travail d'un humain si c'est moins cher. C'est pour ça que je ne sais combien de millions de robots grouillent autour de la ceinture d'astéroïdes.

—Nous dînons dans un restaurant sur la Lune, dit Geoffrey. Il n'est pas un peu tard pour se soucier de qui a le droit d'aller dans l'espace ?

—L'heure du bilan n'a pas encore sonné, mais elle viendra, répondit Jitendra. Les Pans se renforcent et gagnent de l'influence et les profits des industriels les poussent toujours à croire que les robots restent les plus logiques. Tôt ou tard, ça va saigner. Peut-être pas sur Terre ni sur la Lune, mais à présent nous nous enfonçons toujours plus loin dans l'espace transneptunien, jusqu'à la limite intérieure de la ceinture de Kuiper, et nous avons même des machines dans le nuage d'Oort. C'est là que ça craint un peu plus. Si nous voulons être vraiment utiles là-bas, il nous faut des machines intelligentes, et un sacré paquet. Des machines qui exploseraient les seuils de cognition existants pour atteindre le calcul postintellart. Des penseurs de niveau humain qui pourraient vivre avec nous et être nos égaux tout en travaillant pour nous.

—Ce que tu me dis là est toujours aussi effrayant qu'il y a cinq minutes, dit Geoffrey.

—Écoute, dans mille ans, la différence entre humain et machine... sera aussi pertinente que la différence entre les protestants et les catholiques : le vestige absurde d'une vision passéiste, dit Jitendra avec un haussement d'épaules exagéré. Je ne prends pas parti pour les humains ou les machines. Je suis du côté des intelligences convergentes qui les supplanteront tous.

Geoffrey était appuyé contre le dossier de sa chaise, soufflé par la puissance de conviction de Jitendra.

—Et cette... énergie libre ? Ça sert à produire de meilleures machines ?

—Peut-être, concéda Jitendra. On l'ignore encore. Il y a trop de variables, pas assez de données. La reconstruction semble prometteuse... mais elle n'en est qu'à ses débuts et nous allons sans doute faire des erreurs en chemin. Tout ce que je sais, c'est que nous abandonnons deux cents ans de développement robotique orthodoxe et que nous partons dans une direction complètement différente.

—J'imagine que c'est ce que les actionnaires veulent entendre lors de leurs réunions, dit Sunday.

Jitendra s'attaqua à un morceau coincé entre ses dents.

—C'est dur à avaler. Mais June Wing, grâce lui en soit rendue, est au moins un peu ouverte à de nouvelles possibilités.

—Surtout si elles peuvent déboucher sur d'énormes profits, dit Sunday.

— C'est une femme d'affaires avant d'être une scientifique, expliqua Jitendra. On ne peut pas lui en vouloir pour ça ; si ce n'était pas le cas, elle ne tiendrait pas les cordons de la bourse.

— Puisqu'on parle de bourse, lança Sunday en faisant tomber des miettes de la serviette qu'elle s'était attachée autour du cou, il y a un truc que je voulais demander à mon frère : les cousins ont craché au bassinet ?

Geoffrey battit des paupières et tenta de redonner un peu de clarté à ses pensées confuses et embrouillées par le vin. Il ne s'attendait pas du tout à cette question.

— Les cousins ? demanda-t-il.

— Oui, Hector et Lucas. Les types qui ont le pouvoir de mettre un terme à toutes tes difficultés de financement.

Geoffrey se resservit du vin et en but une gorgée avant de répondre :

— Pourquoi me donneraient-ils plus d'argent ?

— Parce que tu t'es pointé aux funérailles, que tu t'es bien comporté et que tu ne t'es pas disputé avec eux.

Il sourit à sa sœur.

— Tu es venue aussi, et ce n'est pas pour ça qu'ils se sont mis à te couvrir de bienfaits, non ?

— Parce que je suis une cause perdue, mais avec toi, il reste encore un espoir.

— À leurs yeux.

Sunday acquiesça.

— Bien sûr.

— Je crois qu'ils vont m'allouer plus de financement, dit-il sur un ton neutre. J'ai bien plaidé la cause des éléphants, visiblement. De temps en temps, même les plus irréductibles des Akinya s'éloignent du capitalisme forcené pour se sentir coupables de négliger leur héritage africain.

— Pendant à peu près trente secondes.

Il haussa les épaules.

— Ce qui suffit pour transférer l'argent.

— Si je t'ai posé la question, dit Sunday en s'étirant sur sa chaise, c'est parce que je me demandais si tu t'étais pointé ici pour lever des fonds. Tu ne viens pas très souvent, et la dernière fois – si mes souvenirs sont bons – tu quémandais clairement des sous.

— Depuis le temps, je me suis simplement dit que je devais venir te voir. Tu ne vas quand même pas piquer une crise une des rares fois où je *t'écoute* ?

— Très bien, dit Sunday en levant les mains pour prévenir une dispute. C'était juste une question.

Pendant le café, la conversation retourna sur un terrain moins glissant : Sunday et Geoffrey échangèrent des anecdotes sur leur enfance à la maison, leurs rencontres avec des animaux, avec des Massaïs, ainsi que leurs drôles de relations avec Memphis. Jitendra fit parfaitement semblant de s'y intéresser vraiment.

Lorsque Sunday se fut chargée de l'addition et qu'ils sortirent sur le toit circulaire du restaurant, il faisait plus froid et les lumières du plafond avaient baissé pour donner l'impression que la nuit était tombée. La ville ne semblait pourtant pas ralentir pour autant, à en juger par les bruits de circulation, la musique, les cris et les rires incessants qui montaient d'en dessous.

Sunday lui montra les principaux monuments. Les immeubles les plus vieux, les plus récents, les endroits qu'elle aimait, ceux qu'elle n'aimait pas, ses restaurants préférés, les pires, les clubs et établissements dans lesquels Jitendra et elle ne pouvaient aller, faute d'argent. Ou plutôt, pensa Geoffrey, les endroits dans lesquels elle avait choisi de ne pouvoir entrer, faute d'argent, ce qui n'était pas tout à fait la même chose. Sunday avait rejeté l'argent des Akinya, mais elle pouvait tout à fait y avoir accès en un instant, pour peu qu'elle change d'avis. Il lui suffisait de renoncer à son mode de vie d'artiste décadente et d'accepter de devenir une associée prenant sa part de bénéfices de l'entreprise collective.

Lui aussi pouvait faire de même tout aussi facilement.

—Nous allons là-bas, dit-elle en désignant un vaste trou en demi-cercle dans le flanc opposé du mur de la grotte.

Geoffrey s'aperçut qu'elle était beaucoup moins ivre que les deux hommes qui l'accompagnaient. Il commença à se demander, avec une légère appréhension, si elle ne l'avait pas fait boire sciemment avant de l'interroger.

Au niveau de la rue, ils arrivèrent dans une sorte de souk nocturne, un labyrinthe de ruelles recouvertes de bandes de tissu en lambeaux et de bambous tressés. De la nourriture, des animaux, des vêtements, des appareils, des cosmétiques, des services chirurgicaux et des pièces détachées de robots s'alignaient sur les étals et les stands éclairés par des lanternes. Des tuyaux industriels enroulés, tels de gros serpents musclés, en plastique criard jaune et vert. Des hippocampes aux yeux en pierres précieuses et tachetés de paillettes iridophores. De minuscules poneys qui auraient pu entrer dans une maison de poupée, rose et bleu et anatomiquement parfaits. Des vendeurs qui proposaient ce que Geoffrey prit d'abord pour des bandes de tissu noir, marron et rose – pour fabriquer des robes ou des rideaux, peut-être – avant de se rendre compte qu'il s'agissait de peau sur mesure, de la chair artificielle vendue au mètre. Un nouvel épiderme, de nouveaux yeux, de nouveaux organes, de nouveaux os. La plupart de ces articles, illégaux partout ailleurs, devaient être fabriqués dans la Zone ou aux alentours. Il n'y avait pas que des artistes et des anarchistes, ici, mais aussi des industries. Comme à Dakar ou à Mogadiscio, un siècle auparavant, ce passé lointain et querelleur que chaque ville africaine propre, ordonnée et resplendissante s'efforçait de faire oublier.

Ils se frayaient un chemin dans la foule du souk. Jitendra passa quelques minutes à fouiller avec entrain dans des caisses en plastique remplies de pièces détachées de robots ; il en prenait une avant de la reposer ou en dénichait une autre qu'il levait près d'une lanterne pour l'examiner en plissant les yeux.

— Attention à ton sac, dit Sunday pendant qu'ils attendaient que Jitendra fasse affaire. C'est rempli de voleurs et de pickpockets.

Geoffrey ôta son sac de son épaule et le serra devant sa poitrine comme un coussin rembourré.

— Sérieux ? Je croyais que la plupart de tes concitoyens étaient passés au filtre des améliorations obligatoires, comme toi et moi.

— C'est vrai, concéda Sunday tandis que Jitendra continuait à marchander, mais il n'existe pas vraiment de partie du cerveau bien délimitée abritant « l'impulsion criminelle ». Et c'est quoi le crime, d'abord ? Nous nous entendons sur le fait que le viol et le meurtre sont affreux, mais que dire de la résistance armée à un gouvernement despotique, ou du fait de voler aux riches pour donner aux pauvres ?

— Il y a quand même assez peu de gouvernements despotiques et de pauvres, il me semble.

— Le crime découle d'un contexte social. Dans le Monde surveillé, vous avez oblitéré la criminalité de la société grâce à l'observation de masse, le marquage omniprésent et l'intervention neuronale ciblée.

Geoffrey haussa les épaules.

— Les serruriers se réorientent vers un autre métier.

— Mais à l'échelle temporelle des sociétés ? des siècles, des millénaires ? C'est ce qui nous inquiète ici ; il ne s'agit pas seulement de crypto-anarchistes et de fêtes dantesques.

— Tu crois que la criminalité est une bonne chose ?

— Qui sait ? Peut-être que le même groupe de gènes à l'origine de ce que nous appelons, faute de mieux, « criminalité » donne naissance à la créativité, au désir d'expérimenter, à l'envie de tester les limites sociales. Ça nous semble assez vraisemblable, voire probable, et c'est pour cela que nous avons tout fait pour que l'espace public puisse être de nouveau soumis au crime.

—Amusez-vous bien.

Sunday tapota du doigt sur sa tête.

—Il y a ici des cliniques Recrim qui défont au moins une partie du travail accompli par les améliorations obligatoires. Les gens qui ont été recrimés ne peuvent plus quitter facilement la Zone, et s'ils y parviennent, ils sont traités comme des bombes à retardement. Mais pour certains, cela vaut la peine. J'étais sérieuse à propos des pickpockets. Il y a ici des gens qui ne sont pas seulement capables d'accomplir des crimes, mais qui le considèrent même comme un devoir moral, comme ramasser les ordures ou relever les gens qui trébuchent. Il ne s'agit pas de propager du gaz neurotoxique ou de se lancer dans des meurtres de masse. Mais un faible et constant niveau de crime peut aider une société à devenir plus robuste, plus résistante.

—Et moi qui croyais qu'ils ne t'avaient pas vraiment contaminée.

—C'est la Zone, Geoffrey. Si c'était comme partout ailleurs, ça ne servirait à rien.

C'était toujours la même dispute, en boucle, et une fois de plus, il n'avait pas la force pour défendre ses positions.

—Quand tu en parles comme ça, ça ne paraît pas aussi ridicule.

—Tu essaies de m'amadouer, là.

—Qu'est-ce qui te fait dire ça?

Au bout d'un moment, Sunday répondit:

—Je ne voulais pas te mettre dans l'embarras, tout à l'heure, au restaurant.

—Tu n'avais pas tout à fait tort. Mais je ne suis pas venu ici quémander.

—Très bien. Non pas que je ne veuille pas que tu aies de l'argent, hein. Et ça n'a rien à voir avec Eunice?

—Pourquoi voudrais-tu qu'il y ait un rapport?

—Parce qu'elle vient de mourir. Tout près de la Lune. Et tout à coup, tu débarques pour rendre visite à ta sœur qui t'invite depuis des lustres et que tu n'es jamais venu voir. Jusqu'à aujourd'hui. Désolée, mais je ne peux m'empêcher de me demander si quelqu'un de la famille ne t'a pas exhorté à faire quelque chose pour lui.

Geoffrey plissa les yeux, comme si elle venait d'inventer le mot.

—Exhorté…

—S'il te plaît, petit frère. Dis-moi juste qu'il ne se passe rien que je devrais savoir.

C'est à ce moment délicat que Jitendra revint de l'étal en brandissant des trophées durement acquis.

— Encore de la camelote, soupira Sunday. Comme si on n'en avait pas déjà assez.

Geoffrey plongea une main dans la poche de son sweat-shirt pour y prendre sa casquette de base-ball Cessna. Il ne la trouva pas. Il comprit alors qu'on la lui avait volée. Être la victime d'un crime était, pour lui, une sensation aussi nouvelle et excitante que de recevoir un baiser, en pleine rue, de la part d'une parfaite étrangère.

Ce genre de choses n'arrivait jamais chez lui.

# Chapitre 4

Ils vivaient dans un appartement empilé. À l'origine, c'était celui de Sunday, mais ils le partageaient, désormais. Il se trouvait au sommet d'une tour de conteneurs de transport reconditionnés, maintenus ensemble par un châssis en alliage et qu'on avait découpés pour y aménager des fenêtres et des portes. Même de nuit, Geoffrey distinguait les couleurs et les logos fanés des entreprises auxquelles ils appartenaient auparavant, diverses compagnies de logistique et de transport chinoises et indiennes. L'édifice était parsemé de blocs d'air conditionné, accrochés dessus comme des crustacés à leur rocher, et de tuyaux, échelles et sorties de secours. Une espèce de plante grimpante tentait de transformer l'empilement en un monolithe vert olive.

Il n'y avait pas d'ascenseur, pas même jusqu'au module du dixième niveau où vivaient Sunday et Jitendra. En rebondissant sur l'escalier métallique boulonné sur le côté de l'immeuble, Geoffrey comprit vite pourquoi : atteindre le dixième étage ne lui avait pas demandé plus d'effort que de monter deux niveaux sur Terre. Il ne transpirait même pas lorsqu'ils arrivèrent dans la cuisine de Sunday.

— C'est génial, hurla-t-il, si heureux qu'il en oublia presque le vol de sa casquette. J'ai l'impression d'avoir de nouveau cinq ans !

— On s'y habitue au bout d'un moment, dit Sunday pour le calmer. Et on a de nouveau l'impression que ça fait dix étages.

Elle ouvrit un meuble et en tira une bouteille de vin, un blanc sec de Mongolie, cette fois.

— J'imagine qu'aucun de vous deux ne voit d'inconvénient à prendre un autre verre, dit-elle. Emmène-le au salon, Jitendra. Et fais en sorte qu'il ne se brise pas la nuque en trébuchant sur un de tes jouets.

Geoffrey n'avait jamais vu l'appartement, n'y avait jamais chingué en incarnation complète, mais il avait pourtant l'impression d'y être déjà venu.

Pas à cause de la disposition des pièces, des cloisons du conteneur, ni même des meubles et des tissus qui cachaient les murs composites de la structure originelle. Mais à cause des bibelots, tous ces petits objets de décoration qui ne pouvaient appartenir qu'à sa sœur.

Même si toutes ces choses qui lui rappelaient son passé le ravissaient, elles provenaient d'un lieu et d'une époque dans lesquels ni lui ni elle ne pourraient retourner. Ils étaient adultes, désormais, Memphis était vieux, et la maison paraissait bien trop petite pour avoir jamais abrité les innombrables salles et couloirs de l'enfance de Geoffrey.

Il s'efforça de dissiper ses idées noires et prit le verre que lui offrait Sunday.

— Désolée pour le bazar, dit-elle.

Geoffrey avait vu pire. Sur les étagères, entre les innombrables souvenirs et objets d'art de Sunday, il y avait des tas de petits robots, ou de pièces détachées, qui avaient tous été modifiés. Jitendra les avait mutilés puis recollés pour créer des monstruosités chimériques. Avec leurs jambes multiples, leurs morceaux dépareillés et leurs yeux globuleux, ils rappelaient à Geoffrey la laideur des créatures fossiles des schistes de Burgess.

Il eut bien conscience, en s'asseyant dans un fauteuil mou, qu'il était surveillé. Des yeux – certains au bout d'une seule tige, d'autres dans des amas de barillets – pivotaient et faisaient le point. Des membres et des parties de corps remuaient et s'étiraient.

— Tu utilises certains d'entre eux dans les Guerres de robots ? demanda Geoffrey.

La question parut perturber Jitendra.

— Dans les Guerres de robots ?

— Demain. Tu as dit que tu participais aux Guerres de robots.

— Ah ! dit Jitendra, comprenant enfin. Oui, mais non, pas avec ces robots. Ils sont conçus pour être intelligents, pas féroces. Ce sont mes cobayes, j'essaie sur eux différentes approches cognitives. Ceux qui participent aux Guerres… eh bien, ils sont plus gros, dit-il en se versant un demi-verre de vin. Beaucoup plus gros.

— Tu ne connais pas du tout, hein ?

Sunday s'était affalée sur le canapé, avant de retirer ses chaussures avec ses pieds puis de poser les talons sur la petite table aussi éclatante qu'un miroir.

Geoffrey se sentit désavantagé.

— Ben, non.

Elle le regarda, ébahie.

— Parfois, on dirait que tu vis avec un siècle de retard sur nous.

— Les éléphants se fichent bien du siècle où nous sommes. Seule la *saison* leur importe.

— Je vais chinguer June, dit Jitendra en se levant d'un bond pour aller dans une autre pièce de l'appartement. Je dois affiner les préparatifs pour demain. À tout à l'heure.

La fatigue s'empara alors de Geoffrey, et, avec elle, vint une marée bouillonnante d'émotions diverses. Il sut aussitôt qu'il ne pouvait plus lui mentir.

— Ne m'en veux pas, dit-il sans pouvoir regarder sa sœur dans les yeux, mais je ne suis pas venu seulement pour te voir.

— Je le savais bien.

Geoffrey leva la tête ; il s'attendait à une tout autre réaction.

— Tu le savais ?

— On ne change pas toutes ses habitudes comme ça, d'un seul coup.

— Tu es fâchée ?

Sunday inclina la tête d'un côté à l'autre.

— Tout dépend ce que recouvre le « pas seulement ».

Geoffrey poussa un soupir.

— Je ne voulais pas te mentir, mais dans la position où j'étais, je n'avais pas le choix.

— Quelqu'un t'a forcé.

Le soupir de Geoffrey s'attarda en un grand souffle las. Il ne s'était pas rendu compte du fardeau qu'il portait avant de s'en ouvrir à Sunday.

— Devine qui.

— Père et mère sont trop loin pour t'atteindre. Ce qui nous laisse… Hector et Lucas ?

Il acquiesça lentement.

— Ils sont venus me voir le lendemain des funérailles, pour me faire une proposition. Dont je n'ai d'ailleurs pas le droit de parler avec quiconque.

Il lui raconta le coffre et les instructions spécifiques auxquelles il avait déjà désobéi.

— Sales vipères manipulatrices et intrigantes, dit-elle en plissant les yeux comme si elle venait de mordre dans un fruit trop acide.

— En théorie, ce n'était pas du chantage.

— Ne cherche pas d'excuses à ces connards, petit frère, cracha-t-elle en croisant les bras sur la poitrine. Je comprends qu'ils ne veuillent pas que le nom d'Eunice soit traîné dans la boue, mais pourquoi se servir des gens ainsi ? Pourquoi ne pas leur demander de coopérer ?

— Je ne suis pas sûr que j'aurais accepté.

— Tu l'aurais fait s'ils avaient été convaincants. Mais ils croient que tout le monde fonctionne comme eux.

—Bon, écoute, dit Geoffrey, en sentant monter un étrange besoin de défendre Hector et Lucas en leur absence. Ce qui est fait est fait. Désolé de ne pas te l'avoir dit tout de suite, mais tu es au courant, maintenant.

—Oui, il manque juste une chose, dit-elle en le regardant droit dans les yeux. Tu ne m'as toujours pas dit ce qu'il y avait dans le coffre.

Sunday Akinya ignorait si elle devait être émerveillée ou déçue par le gant. C'était un objet d'aspect tout à fait banal : sale et vieux, le genre d'artefact qu'elle aurait pu trouver, en cherchant bien, dans une dizaine de marchés aux puces de la Zone. En fait, elle aurait sans doute même pu assembler une combinaison spatiale tout entière, avec le temps.

—C'est ça ? dit-elle.

—C'est ça, affirma son frère. Et c'est tout. Il n'y avait que ça dans la boîte.

—Soit Eunice était folle, soit le gant a une signification.

—C'est ce que je me suis dit – et Hector aussi. Tu t'y connais en combinaisons spatiales ?

—Elle paraît vieille. Et cette poussière est lunaire. Du coup, même si le gant a été fabriqué ailleurs, il a passé du temps ici.

—Tu arrives à dire qu'il s'agit de poussière lunaire, au premier coup d'œil ?

—Je le sens. L'odeur de poudre. Ou ce que devrait être l'odeur de poudre, d'après ce qu'on m'a dit. On devient bon pour ce genre de choses lorsqu'on passe pas mal de temps ici. Il a été nettoyé, mais on ne se débarrasse jamais des traces, dit Sunday en continuant d'examiner le gant avec une vague appréhension. Que je comprenne bien. Hector t'a demandé de le laisser là-bas le temps de venir me voir, puis de le récupérer avant de redescendre ?

—Oui.

—Donc pour l'instant, tu n'as trahi leurs instructions que de façon *théorique.*

—Je suis sûr qu'ils verront les choses du même œil.

Le gant était plus lourd que ce à quoi elle s'attendait. Les articulations étaient rigides, comme celles du gantelet rouillé d'une armure.

—Non, mais je veux dire que cela nous laisse un peu de temps pour réfléchir, expliqua Sunday.

Elle enfonça une main dans l'ouverture aussi loin que les doigts pouvaient aller.

—Il y a quelque chose coincé dans trois des phalanges, dit Geoffrey. Je n'ai même pas pu aller plus loin que l'anneau de jonction.

Sunday essaya quelques instants, puis retira sa main, très doucement.

— Il ne faut pas écarter l'idée que ça puisse être une sorte de… ben, de piège.

— Posé par Eunice ?

— Si elle était assez tarée pour foutre un gant dans un coffre à la banque, elle a très bien pu en faire une bombe.

— Je n'avais même pas pensé à une bombe, dit Geoffrey.

— Tu as vécu trop longtemps dans le Monde surveillé. Ce n'est pas parce qu'on ne peut pas assembler un mécanisme meurtrier là-bas qu'on ne peut pas le faire *ici* ; ou qu'elle n'aurait pas pu le faire il y a cent ans.

Face au regard sceptique de son frère, Sunday ajouta :

— Écoute, ce n'est sans doute *pas* une bombe, mais ce n'est pas une raison pour ne pas prendre de précautions, d'accord ?

Depuis qu'il avait le gant dans son sac, Geoffrey avait dû être scanné et sondé une dizaine de fois entre la banque et la gare. Chaque porte qu'il avait traversée aurait pu relever la présence de matériel ou d'un mécanisme dangereux, or il n'avait pas été arrêté ni questionné une seule fois. Si ce qui se trouvait dans le gant était dangereux – ou simplement suspect – c'était assez bien dissimulé pour tromper les systèmes habituels.

Jitendra, qui, jusqu'alors, les observait en silence, dit :

— Nous avons notre propre scanner. On pourrait peut-être y passer le gant pour être sûrs.

Sunday le lui donna avec méfiance, sachant bien à quel point Jitendra aimait démonter des objets, souvent sans être vraiment certain de savoir comment les remonter.

— Avant qu'on sache ce que ça vaut, je ne veux pas que tu y fasses la moindre égratignure.

On voyait d'un mauvais œil les portails actifs dans la Zone non observée : les gens n'aimaient pas se déplacer en ayant l'impression d'être des œuvres d'art vivantes faites de plusieurs épaisseurs de verre coloré. On n'aimait guère non plus les textiles intelligents, ceux que l'on pouvait porter, de jour comme pendant son sommeil, et remplis de détecteurs supraconducteurs. Sunday avait une manche médicale, qui pouvait détecter toute atteinte grave, mais au quotidien, ce qui se passait dans son corps ne regardait qu'elle. Dans la Zone non observée, il était même possible de tomber enceinte sans que tous vos voisins l'apprennent.

— Il y a un scanner médical commun au centre-ville, expliqua Jitendra. Il est très vieux ; c'est une pièce de musée, en réalité. Nous y passons tous, chacun à notre tour. Ils scannent n'importe quoi, si c'est une journée calme, mais si nous passons le gant, tout le monde voudra savoir pourquoi et notre petit secret mystérieux n'en sera plus un. Heureusement, nous avons une meilleure option ici même.

—Ah bon ? demanda Geoffrey, innocemment.

—Suis-moi.

L'antre de Jitendra était installé dans ce qui servait autrefois de garde-manger et de placard à balais. Bien dissimulée derrière des rideaux à perles, la pièce évoquait encore plus un charnier robotique que le reste de l'appartement. En général, Sunday ne s'en approchait pas à moins d'y être obligée.

Accrochés au bord de son établi, il y avait des bras ajustables, des verres grossissants, des outils de précision et des perceuses cernées de bacs en plastique remplis à ras bord de câbles et de connecteurs, de circuits faits maison et de systèmes nerveux cultivés en gélatine. Au milieu du plan de travail se trouvait un vieux scanner de bureau Hitachi de la taille d'une petite machine à coudre : sur son lourd châssis reposaient deux anneaux de balayage sur des rails. Dans le Monde surveillé, il aurait fait l'objet de plaisanteries – cette machine avait à peu près la même résolution et le pouvoir de pénétration qu'une taie d'oreiller ou qu'un tee-shirt – mais dans la Zone, on se débrouillait avec ce qu'on avait. Sans l'avouer, comme l'avait depuis longtemps deviné Sunday, Jitendra adorait travailler en faisant fi des contraintes et des limites arbitraires.

Dans le scanner, il y avait un ensemble composé d'une tête de poupée en plastique, parsemée de sortes d'aiguilles d'acupuncture, et de son torse, dont les images, agrandies en deux et trois dimensions, s'affichaient sur les murs entourant l'établi. Le repaire de Jitendra donnait l'impression d'être l'épicentre d'un culte vaudou sanguinaire et obscur.

Il sortit la poupée épinglée du scanner, la remplaça par le gant, et démarra l'appareil. Les anneaux se mirent à bourdonner puis avancèrent et reculèrent sur leurs rails tandis que des images du gant, en bleu et rouge, apparaissaient sur les murs.

Jitendra tapota une de ses dents.

—Tu as raison.

—À quel propos ? demanda Sunday.

—Il y a vraiment quelque chose qui bloque ces trois doigts. Quelque chose de mou enveloppant un contenu rigide. Comme de petites pierres ou un truc dans le style.

—Mais pas de bombe, dit Geoffrey.

—Non. Il n'y a pas de mécanisme, là-dedans, pas de détonateur.

—Tu penses pouvoir les faire sortir ? demanda Sunday. Sans les détruire, je veux dire. (Elle regarda Geoffrey.) Pourquoi donc aurait-elle mis des cailloux dans un gant ?

Son frère n'avait pas de réponse.

— Je crois que je peux sortir les paquets, dit Jitendra en fouillant parmi les outils de son établi. Laissez-moi quelques minutes. Si vous entendez un gros bruit, vous pourrez revenir sur votre théorie de la bombe.

Sunday avait décidé, provisoirement, de pardonner à son frère. Elle n'avait pas pris cette décision à la légère, car elle estimait que le pardon devait être considéré comme une énergie non renouvelable, tels le pétrole ou l'uranium. Il ne devait pas être distribué sans réserve, et il ne fallait jamais compter sur le sien.

Mais puisque Geoffrey était son frère, et qu'il n'était pas un de ces Akinya rapaces, elle était disposée à la clémence. Elle avait beau détester le mensonge et la dissimulation, elle comprenait que les cousins aient joué sur l'attachement de Geoffrey aux éléphants. Son frère avait des défauts, tout comme elle, mais la cupidité n'en faisait pas partie. Elle avait aussi perçu l'inquiétude qui l'avait rongé et son soulagement lorsqu'il avait enfin pu lui parler du coffre et du gant. Elle décida donc de ne plus en faire cas, même si elle lui en voulait encore de ne pas lui en avoir parlé immédiatement, dès la proposition initiale des cousins. Mais cela finirait par passer, et si Geoffrey ne lui mentait plus, elle oublierait cet accroc dans leurs relations.

Elle le ramena dans le salon et le fit asseoir près d'elle sur le canapé.

— Je crois qu'il est temps de te présenter la reconstruction. Lorsque le vin est tiré… tu connais le proverbe. Tu te rappelles quand je t'ai montré le visage, à la cérémonie ?

— Oui, dit-il prudemment.

— Ce n'est qu'une minuscule partie d'un tout. (Elle se tut, prise de doutes tardifs qu'elle rejeta.) Depuis deux ans, je travaille sur quelque chose d'énorme, sur mon temps libre. Je reconstruis Eunice.

— D'accord…, dit Geoffrey, hésitant.

— Une reconstruction complètement interactive, remplie de toutes les informations qui ont jamais été recueillies sur elle. Jusqu'ici, rien d'exceptionnel.

— Je veux bien te croire.

— Crois-moi, oui. C'est peut-être un projet annexe, mais ça reste tout de même au-dessus de toutes les reconstructions qui existent… en tout cas, de celles dont je connais l'existence. Les sous-programmes sur lesquels elle repose ne sont pas propriétaires. Ce sont des algorithmes bayésiens hautement expérimentaux, fondés sur le paradigme de minimisation de l'énergie libre. Jitendra dit que c'est une gynoïde. Ça la rend plus à même de réussir le test de Turing que tout ce qui existe et si les Cognes étaient au courant, ils seraient complètement sidérés. Mais ce n'est pourtant pas ce qu'il faut retenir. C'est une *personne*, petit frère. Ce n'est pas une personnalité fabriquée, mais la simulation d'un véritable individu décédé. Et parfois, ça peut désarçonner, surtout lorsqu'il s'agit de quelqu'un que l'on connaissait. On oublie, peut-être seulement une seconde, que ce n'est pas elle.

— Qu'est-ce qui te fait croire qu'elle serait au courant pour le gant ?

— Je n'en suis pas sûre, mais c'est bien possible. J'ai étudié sa vie et… (Elle leva les mains et fit un geste comme si elle essayait de plier un long morceau de bois.) Ça s'apparente à mesurer un littoral. De loin, ça paraît simple. Mais si je voulais faire un examen exhaustif de la vie d'Eunice, jusqu'au moindre détail, *ma* vie ne suffirait pas. Ce n'est donc pas possible. Le mieux que je puisse faire – le mieux que puisse faire un être humain – c'est de marquer les gros points de repère et d'étudier le plus de territoire possible entre eux. Sa naissance en Afrique. Son mariage avec Jonathan Beza. Sa période sur Mars et ailleurs. En réalité, la reconstruction en sait bien plus que je n'en apprendrai jamais, mais elle ne me dira rien si je ne pose pas les bonnes questions. Et tout ça avant même de s'intéresser aux trous, aux parties de sa vie que je ne peux étudier, dit-elle en haussant les épaules pour s'excuser. Mais ça vaut le coup d'essayer. Tout vaut le coup.

— Comment puis-je la voir ?

— Sous forme de chimère. En mode privé, je décide ainsi qui peut la voir. Tu vas devoir accéder à notre version locale de l'aug pour ça. C'est délibérément très basique, mais ça nous permet de chinguer et d'interagir avec des chimères. Je peux y aller et l'autoriser ?

— Je t'en prie.

Sunday voqua les ordres donnant à son frère un accès complet à la reconstruction d'Eunice. Mais Geoffrey ne pourrait pas pour autant trafiquer l'architecture profonde de la reconstruction ; il pourrait lui parler, lui dire des choses qu'elle absorberait dans sa base de connaissances, mais il ne serait pas en mesure de lui ordonner d'oublier ou de cacher quoi que ce soit, pas plus qu'il ne pourrait modifier de paramètres particuliers.

Seule Sunday pouvait entrer et changer l'âme d'Eunice.

— Invocation d'Eunice Akinya, dit-elle à voix basse.

Sa grand-mère prit forme. Elle paraissait parfaitement solide, projetant une ombre tangible, générée par l'aug.

Sunday avait choisi de représenter Eunice comme elle était après son ultime retour de l'espace lointain, juste avant le début de son exil lunaire en 2101. Petite et mince, avec des traits délicats, elle ne semblait pas assez forte pour avoir accompli la moitié de ce dont on la créditait. Mais on pouvait se faire une idée de sa résistance génétique, car elle ne ressemblait en rien à une femme approchant des quatre-vingts ans. Elle avait les cheveux courts et d'un blanc lumineux. Ses grands yeux sombres débordaient d'une intelligence qui pouvait être vive, judicieuse, mais aussi cruelle. Elle semblait toujours sur le point d'éclater de rire, et ne riait pourtant qu'à ses propres traits d'esprit. Elle portait – ou en tout cas, avait été habillée avec – des vêtements à la fois fidèles historiquement et assez quelconques pour ne pas paraître trop démodés : un pantalon noir en toile, des chaussures de sport à semelles souples, aux orteils séparés et aux pièces d'adhérence en geckopad pour l'apesanteur, ainsi qu'une tunique à manches courtes aux tons rouges et dorés automnaux. Elle n'avait aucun bijou d'aucune sorte, pas même une montre.

Elle était assise : Sunday avait fabriqué une chaise virtuelle, fonctionnelle et d'une sobriété de quaker. Eunice Akinya était légèrement voûtée vers l'avant, les mains jointes sur les cuisses, la tête penchée, perplexe. Elle était dans une posture attentive, mais elle donnait aussi l'impression d'avoir mille autres choses à faire dans la journée.

— Bonjour, Sunday, dit Eunice.

— Bonjour, Eunice, répondit Sunday. Je suis avec Geoffrey. Comment vas-tu ?

— Très bien, merci, et j'imagine que Geoffrey va bien aussi. En quoi puis-je vous être utile ?

C'était Eunice tout craché : faire la conversation était bon pour ceux qui avaient le temps.

— Il s'agit d'un gant, expliqua Sunday. Raconte-lui le reste, Geoffrey.

Il lui jeta un coup d'œil.

— Depuis le début ?

— Absolument : plus elle en sait, plus elle s'améliore.

— S'il vous plaît, ne parlez pas de moi comme si je n'étais pas dans la pièce.

— Pardon, Eunice, dit Sunday.

Elle ne l'appelait, évidemment, jamais « grand-mère ». Même si Eunice l'avait souhaité, Sunday aurait estimé cela inadéquat. Eunice était une appellation, un nom apposé à un ensemble de programmes réflexes qui avait simplement l'apparence d'un être vivant.

— J'ai trouvé un gant, expliqua Geoffrey. Dans un coffre à ton nom de la Banque centrale africaine à Coperville.

— Quel genre de gant ? demanda Eunice avec la promptitude d'un enquêteur acharné face à un témoin.

— Il provient d'une vieille combinaison spatiale. Lunaire, d'après nous.

— Nous nous demandions si ça éveillait quelque chose chez toi, dit Sunday. Y avait-il un gant qui possédait une signification particulière à tes yeux, en rapport avec une de tes expéditions, peut-être ?

— Non.

— As-tu perdu un gant, ou s'est-il produit un événement dans lequel un gant a joué un rôle ?

— J'ai déjà répondu à cette question, Sunday.

— Désolée.

— Il y a quelque chose dans le gant, dit Geoffrey, coincé dans les doigts. Ça te rappelle quelque chose ?

— Si je ne me souviens pas du gant, je vois mal comment je pourrais vous apprendre quoi que ce soit sur son contenu.

— D'accord, dit Sunday qui se sentait dans une impasse. Élargissons le champ de recherche. Tu as utilisé des combinaisons à l'époque. Y en a-t-il eu une plus importante que les autres ? une qui t'a sauvé la vie ou un truc dans le style ?

— Il va falloir être plus précise, ma chère. L'utilité première des combinaisons spatiales est de préserver la vie. C'est à ça qu'elles servent.

— Je voulais dire, détailla patiemment Sunday, d'une façon marquante. Y a-t-il eu un accident, quelque chose comme ça : une situation dramatique dans laquelle une combinaison spatiale a joué un rôle pivot, décisif ?

Malgré son habitude d'échanger avec la reconstruction – elles avaient déjà conversé durant des centaines d'heures – elle avait parfois encore du mal à contenir son agacement et sa frustration.

— Il y a tellement eu de « situations dramatiques », dit Eunice. On pourrait même résumer ma carrière comme une suite de « situations dramatiques ». C'est logique lorsqu'on décide d'aller dans des environnements dangereux, loin du filet de sécurité de la civilisation.

— Ce n'était qu'une question, dit Geoffrey.

— Nous sommes sur la Lune, dit Sunday, d'une patience à toute épreuve. Il s'est passé quelque chose ici ?

— Il m'est arrivé un tas de choses sur la Lune, chère enfant. Ce n'était pas un environnement plus clément qu'ailleurs dans le système solaire. Ce n'est pas parce que la Terre est visible, là-haut, comme une grosse bille bleue, qu'elle pourra sauver celui qui commet une erreur. Et même *sans* commettre d'erreurs, j'ai récolté des ennuis.

— Elle est chatouilleuse, hein ? murmura Geoffrey.

Eunice se tourna vers lui.

— Comment ?

— Tu ne peux pas chuchoter en sa présence, expliqua Sunday. Elle entend tout, même les subvocalisations. J'aurais sans doute dû te le dire.

Elle poussa un soupir et partit dans une transe aug momentanée.

Eunice et sa chaise disparurent.

— Que s'est-il passé ?

— Je l'ai dévoquée et j'ai effacé les dix dernières secondes de sa mémoire de travail. Comme ça, elle ne se rappellera pas que tu as dit qu'elle était chatouilleuse et elle ne t'en voudra pas jusqu'à ta mort.

— Elle a toujours été comme ça avec les adultes ?

— Je crois qu'elle prend assez mal la critique. Et elle ne supporte pas trop les imbéciles.

— Alors, elle a sans doute décidé que j'en étais un.

— Jusqu'à ce que j'efface sa mémoire de travail. Mais ne t'en fais pas. Au début, je l'ai fait au moins un million de fois. Dire que nous sommes partis du mauvais pied… serait un euphémisme. Mais encore une fois, c'est ma faute, pas la sienne. Pour l'instant, nous n'avons qu'une esquisse, une grossière caricature de la vraie personne. J'essaie d'arrondir les angles, d'atténuer les exagérations. Nous ne pourrons pas émettre de jugements sur la vraie Eunice Akinya avant que j'aie terminé.

— Alors, je vais lui laisser le bénéfice du doute. Bien qu'elle ne nous ait pas beaucoup aidés, non ?

— Si elle détient quelque chose qui pourrait nous être utile, il faut le viser avec des informations supplémentaires, le lui extirper. C'est ça ou rester assis à l'écouter raconter le moindre incident insignifiant de sa vie, et crois-moi, ton visa de tourisme expirerait avant la fin.

Le murmure du rideau perlé annonça le retour de Jitendra.

— Je peux peut-être vous aider.

Il leva la main : les trois petits paquets rembourrés posés dans sa paume ressemblaient à des friandises enveloppées dans du papier.

Jitendra les posa sur la table du salon. Ils en prirent chacun un et l'ouvrirent. Des pierres colorées s'en échappèrent en tintant sur le verre. On aurait vraiment dit des bonbons durs, comme le suggérait l'emballage.

— Elles sont vraies ? demanda Sunday.

— J'ai peur que non, dit Jitendra. De pâles imitations en plastique.

Ils regardèrent tous les trois les fausses pierres précieuses comme s'ils regrettaient qu'il ne s'agisse pas de bijoux rares. Celles de Sunday étaient d'un vert éclatant, mais d'aspect factice, celles de Geoffrey rouge sang et celles de Jitendra bleu pâle.

Il y avait huit pierres vertes, peut-être le double de rouges et de bleues. Jitendra était déjà en train de les compter, comme si leur nombre pouvait avoir une signification.

— Tu as abîmé le gant pour les sortir ? demanda Sunday.

— Pas le moins du monde, répondit Jitendra. Et j'ai noté de quel doigt venait chaque paquet.

— Nous pourrions la rallumer et lui demander, dit Geoffrey.

— À mon avis, ça ne marcherait pas, dit Sunday.

— Et j'imagine qu'il vaut mieux ne pas nous la mettre à dos en se répétant. Elle peut nous cacher des choses ? interrogea Geoffrey.

Jitendra déplaçait toujours les pierres, les arrangeant en groupes comme un enfant distrait avec sa nourriture.

— Ta sœur et moi, dit-il, avons de longues discussions passionnées sur le statut épistémologique précis de la reconstruction d'Eunice. Sunday est convaincue qu'elle est incapable de cacher quelque chose volontairement. J'en suis moins certain qu'elle.

— Elle ne mentirait pas, dit Sunday en espérant prévenir un autre débat sans issue, mais la véritable Eunice aurait pu le faire. C'est ça qu'il ne faut pas oublier.

— Huit, quinze, dix-sept, dit Jitendra. Vertes, rouges et bleues, dans cet ordre. C'est le nombre de pierres.

— Tu crois que ça veut dire quelque chose ? demanda Geoffrey.

— Les vertes sont plus grosses, dit Sunday. Elle n'aurait pas pu en mettre autant que les autres dans le doigt.

— Peut-être, dit Jitendra.

— Ce sont peut-être les couleurs qui ont une signification, pas leur nombre, avança Geoffrey.

— C'est le nombre, pas les couleurs, répondit aussitôt Jitendra avec dédain.

— Tu en es sûr ? demanda Sunday.

— Absolument. Les pierres sont de couleurs différentes pour nous empêcher de les mélanger. Elles auraient tout aussi bien pu être orange, roses ou jaunes.

— Il reste le problème, dit Geoffrey, de savoir ce que je vais dire aux cousins. Quand j'ai emporté le gant, je ne savais pas qu'il y avait quelque chose dedans.

— Rien ne t'empêche de remettre les pierres dans le gant et de prétendre que tu ne les avais pas remarquées, dit Sunday.

— La douane va examiner le gant quand je vais rentrer sur Terre. Je vais devoir m'expliquer.

Sunday haussa les épaules.

— Passer quelques bijoux en plastique en fraude n'est pas vraiment le crime du siècle.

— Et je suis un chercheur qui mendie pour obtenir de l'argent. Le moindre petit travers, la moindre petite erreur de ma part et je suis foutu.

Geoffrey s'était levé. Les bras croisés, il semblait déterminé comme jamais. Sunday connaissait assez son frère pour savoir qu'il ne changerait pas d'avis.

Alors, elle n'insisterait pas.

— Huit, quinze, dix-sept, dit Jitendra. Je connais ces chiffres. Je suis sûr qu'ils ont une signification.

Il se massa le front, comme au supplice.

# Chapitre 5

Au matin, le taxi les déposa au pied d'une des tours qui traversaient le plafond, un ananas à facettes autour duquel s'enroulaient des serpents de néons. Dans le hall d'entrée aux murs couleur de fumée, la queue pour les ascenseurs s'était déjà formée. L'endroit grouillait de jeunes gens à l'air sérieux, dont certains bien connus de Sunday et Jitendra. On se saluait en se serrant la main, en se frappant les paumes, en se touchant les phalanges. On échangeait des confidences en swahili, russe, arabe, chinois, pendjabi, anglais. Certains passaient d'une langue à l'autre, d'autres utilisaient des oreillettes de traduction, en général décorées de lumières et de bijoux, ou s'en sortaient simplement grâce à des gestes enthousiastes. L'atmosphère empestait la rivalité et les trahisons potentielles.

Geoffrey n'avait pas ressenti ça depuis sa dernière conférence universitaire.

— C'est très important pour Jitendra, expliqua Sunday. Il n'y a que deux ou trois tournois aussi importants que celui-ci par an. C'est pour ça qu'il y a du monde venu de partout. (Elle donna un coup de poing taquin à son partenaire.) Un peu stressé, monsieur Gupta ?

— Si je ne l'étais pas, il faudrait me faire examiner. (Jitendra pliait et dépliait les doigts, les muscles de son avant-bras travaillant sur un rythme de machine. Il courut sur place jusqu'à ce que leur cabine arrive.) Mais je n'ai pas peur.

L'ascenseur les emporta au cœur de l'immeuble, à travers le plafond puis des mètres de sol lunaire compacté, jusqu'à la surface nocturne. Ils sortirent dans une petite excroissance de verre : le hall d'embarquement pour les rovers aux verrières en forme de bulle transparente, garés comme des porcelets tétant autour du bâtiment. Dans toutes les directions, à une centaine de mètres d'intervalles, dépassaient du sol les sommets d'autres structures déversant lumières et symboles dans des tons de rouge, de bleu et de vert sur le sol sillonné de traces de pneus. Deux personnes en combinaison marchaient péniblement entre les véhicules garés, des boîtes à outils à la main. Mais il n'y avait aucune autre activité humaine visible par ailleurs.

— C'est ici que ça se passe ? demanda Geoffrey.

— Nous en sommes encore loin, petit frère, expliqua Sunday.

Ils se retrouvèrent bientôt dans un des rovers, s'éloignant de la structure d'embarquement. Le véhicule avait six énormes roues en treillis qui tamisaient le sol pour former de petites cataractes de poudre grise. Quand le véhicule passait sur un rocher, les roues se déformaient pour atténuer les cahots. La conductrice – parce qu'il y *avait* bien une conductrice et pas seulement une machine – prenait visiblement un malin plaisir à foncer droit sur les pires de ces obstacles. Elle était assise à l'avant, les mains sur des joysticks, ses dreadlocks s'agitant au rythme de sa musique privée.

Les bâtiments ne furent bientôt plus que des points de couleurs et disparurent derrière l'horizon. Désormais, le seul éclairage provenait de la lueur mouvante de la verrière du rover et des rares véhicules qu'ils croisaient.

— Je croyais que j'aurais récupéré la couverture aug, à ce stade, dit Geoffrey.

La bulle de verre était bondée et ils se tenaient donc tous les trois à des sangles. L'icone de son aug affichait toujours un globe brisé.

— Tu es toujours dans la Zone, dit Sunday. Tu peux te la représenter sous la forme d'une langue tirée avec une petite micro-Zone à son extrémité. Le Méca est absent, ici, il n'y a que notre aug privée et limitée. Même si le Monde surveillé pouvait nous atteindre, nous installerions des systèmes de brouillage.

Dans le noir le plus complet, quelle ne fut pas leur surprise lorsqu'ils passèrent une petite élévation et se retrouvèrent soudain face à un amphithéâtre brillamment éclairé : un cratère d'un kilomètre de diamètre avait été reconditionné pour servir d'arène, et des galeries pressurisées s'enfonçaient à l'intérieur de ses parois. Des capsules d'observation sphériques, au sommet protégé, ressemblaient à des globes oculaires reliés par d'épais nerfs optiques, les tunnels ombilicaux de liaison. Le rover passa dans une fente creusée dans le mur du cratère puis fit le tour à l'intérieur du périmètre.

Geoffrey s'approcha de la fenêtre. D'énormes machines jonchaient le sol, rejetées là par une immense marée sélénienne. Il y avait des vers, des asticots ou des mille-pattes : segmentés, dotés de plaques d'armure habilement entrelacées et de rangées de membres locomoteurs puissants sur toute la longueur de leurs corps aussi gros que des sous-marins. Ils étaient dotés de gueules prêtes à mordre, d'appendices de forage et de mécanismes pour saisir ou déchirer. Çà et là, les traces de symboles appliqués à l'aérosol survivaient, presque effacées par l'abrasion aux endroits où les machines étaient tombées sur les flancs ou bien s'étaient frottées les unes contre les autres. Des cicatrices argentées, encore épargnées par les modifications chimiques causées par les rayons cosmiques, révélaient des blessures plus récentes.

On travaillait sur les machines disséminées autour du périmètre, on les préparait au combat. Autour des portiques de montage et des nacelles élévatrices, des hommes en combinaison réparaient les dégâts ou effectuaient de subtiles améliorations décoratives avec des fers à souder à l'arc. Il y avait au moins vingt robots, sans compter ceux situés plus loin dans l'arène, allongés côte à côte ou repliés l'un contre l'autre, en général par paires. Geoffrey supposa qu'il s'agissait d'une pause entre deux combats puisqu'il ne semblait pas se passer grand-chose d'autre.

— J'imagine que ces machines n'ont pas été conçues pour s'amuser, à l'origine, dit-il à Jitendra.

— C'était du matériel d'extraction et de forage, expliqua Jitendra. Trop abîmé ou trop lent pour que les grosses compagnies continuent à l'utiliser. Elles nous l'ont donc vendu pour une bouchée de pain.

Geoffrey éclata de rire.

— Et vous n'avez rien trouvé de plus productif à en faire ?

— C'est foutrement mieux qu'une *vraie* guerre, dit Sunday.

— Voici le mien, dit Jitendra lorsqu'ils passèrent devant un des combattants en attente. Enfin, j'ai une participation de vingt-cinq pour cent et j'ai le droit de le piloter quand vient mon tour.

Il paraissait encore plus marqué par les combats que ses voisins, avec, sur les flancs, ses morceaux d'armure rongés qui laissaient apparaître un affreux enchevêtrement de câbles d'alimentation, de courroies hydrauliques et de tubes de commande. Le sigle de Plexus, un amas de nerfs, était à peine visible sur le côté de la machine.

— Il a reçu quelques coups, expliqua Jitendra en énonçant une évidence.

— Tu... entres dedans ?

— Merde ! non ! s'exclama Jitendra en regardant Geoffrey comme s'il était devenu fou. Pour commencer, ces trucs sont *sales* – ils sont alimentés par des réacteurs nucléaires de l'âge de pierre. Et il n'y a pas la place. Et puis c'est incroyablement dangereux d'être dans un robot pendant qu'un autre essaie de le réduire en pièces.

— J'imagine, dit Geoffrey. Bon, ça commence quand ?

Jitendra le regarda du coin de l'œil.

— Pardon ?

— Je veux dire : quand commencent les combats ?

— Ça a déjà commencé, petit frère, dit Sunday. Ils se battent déjà. Là-dehors. En ce moment même.

Quand le rover eut accosté, ils emmenèrent Geoffrey dans une des capsules d'observation privées. Elle était équipée d'un bar et d'un demi-cercle de fauteuils banals, regroupés autour de huit cockpits qui abritaient des places assises à larges rebords, aussi grosses et massives que des sièges éjectables, à l'armature vert pâle recouverte de décalcomanies publicitaires et d'autocollants d'avertissement pelés. Cinq personnes y étaient déjà sanglées, des casques de stimulation transcrânienne sur la tête.

— Geoffrey, dit Sunday. J'aimerais te présenter June Wing. June, voici mon frère, qui arrive d'Afrique.

— Ravie de te rencontrer, Geoffrey.

June Wing était une Chinoise réservée portant une longue robe noire, une veste de costume bordeaux et un chemisier nacré surmonté d'un col au fermoir argenté. Ses cheveux gris et blanc étaient soigneusement attachés, son expression sérieuse. Son allure, jugea Geoffrey, était trop sévère pour être naturelle. Elle cherchait à se donner une image autoritaire, de fermeté.

Ils se serrèrent la main. Sa peau était froide et élastique. C'était donc un golem, même s'il n'aurait su dire s'il s'agissait d'une forme fixe ou d'un robot malléable.

— Nous sponsorisons l'équipe de Jitendra, dit June. En général, je n'ai pas le temps d'assister aux tournois, mais j'ai réussi à venir, aujourd'hui. Je vois que vous êtes là en chair et en os ; comment s'est déroulé votre voyage ?

— Il a été très agréable, dit Geoffrey sans véritablement mentir.

— Sunday m'a dit que vous travailliez sur la cognition des éléphants. Quels sont vos objectifs ?

La spontanéité de la question de June Wing troubla Geoffrey.

— Eh bien, il y a plusieurs pistes.

— Vous cherchez seulement à étendre vos connaissances ou avez-vous un but concret ?

— Les deux, j'espère.

— Je viens de regarder la liste de vos publications. Étant donné que vous travaillez seul, dans un domaine qui est loin d'être en vogue, votre facteur d'impact est tout à fait honnête.

« Honnête ». Geoffrey l'estimait bien plus qu'honnête.

— Vous devriez peut-être venir travailler pour Plexus, dit June Wing.

— Eh bien, je...

— Vous avez des obligations, chez vous.

— Oui.

— Nous nous intéressons beaucoup au cerveau, Geoffrey. Pas seulement à l'étude des processus mentaux, mais à des mystères plus profonds. Comment réfléchit un autre esprit ? Que ressent-il ? Quand je pense à la couleur rouge, ma perception correspond-elle à la vôtre ? Quand nous nous disons joyeux, ou tristes, ressentons-nous vraiment les mêmes émotions ?

— Le problème des qualia.

— Nous pensons pouvoir le résoudre. Grâce à un processus de corrélation directe entre cerveaux. Un portail cognitif. Ça ne serait pas génial ?

— En effet, avoua-t-il.

June Wing ne s'était pas simplement intéressée de loin à son travail, ou alors elle en avait déduit l'idée maîtresse rien qu'en jetant un coup d'œil à la liste de ses publications. Il penchait pour la deuxième solution, malgré ce qu'elle impliquait de très troublant.

Il parlait sans doute avec une des personnes les plus intelligentes qu'il eût jamais rencontrées.

Que devait-on ressentir lorsqu'on se trouvait dans la même pièce qu'elle, et pas simplement face à une copie robot ?

— Bon, vous savez comment me contacter si vous décidez d'élargir votre horizon ? C'est la première fois que vous venez aux Guerres de robots ?

— Oui. Mais il n'a pas l'air de se passer grand-chose. C'est toujours comme ça ?

Il en était de plus en plus persuadé. Sur l'arène, les duos de machines n'avaient apparemment pas bougé depuis qu'il était descendu du véhicule.

— Seul un de nos opérateurs pilote un robot en ce moment, dit June Wing. Les quatre autres regardent, ou participent aux essais sous tension d'une des machines de secours. Les opérateurs rivaux – nos adversaires – sont dans les autres capsules.

— Mais rien ne se passe.

— Ce sont des robots qui creusent des tunnels, dit Jitendra. Ils sont conçus pour attaquer le terrain lunaire, pas pour battre des records de vitesse sur route.

En parlant, Jitendra se laissa tomber dans un des cockpits libres. Il leva les bras et attrapa le stimulateur transcrânien pour le poser sur sa tête.

— Nous ne pouvons faire accélérer les machines, reprit-il, mais nous pouvons nous faire ralentir. Les meilleurs implants civils ne s'attaquent pas au cerveau assez profondément pour perturber la perception du temps et il nous faut donc de l'aide. D'où une stimulation directe cortico-basale. Ainsi qu'une intervention neurochimique légèrement prohibée...

— Comme d'habitude, je vais faire comme si je n'avais rien entendu, dit June Wing.

Jitendra glissa ses poignets dans d'épaisses sangles médicales attachées à l'armature du siège.

— Ça les rendrait dingues, dans le Monde surveillé. Mais nous ne sommes *pas* dans le Monde surveillé... et ça ne nous empêche pas d'avoir des sponsors ou des spectateurs extérieurs. Il y a de l'argent à se faire, des réputations en jeu.

— J'imagine que l'aide financière de Plexus est très utile, dit Geoffrey.

— Ce n'est pas simplement de la pub, dit June Wing. Il y a aussi un vrai travail de recherche et développement, ici. Les robots ont des pilotes humains, mais ils ont aussi leurs cerveaux de combat embarqués, qui essaient de trouver la stratégie décisive, une solution à offrir au pilote, pour lui permettre de l'emporter.

— Très bien, c'est parti, dit Jitendra en fermant les yeux. Le ralentissement commence. Souhaitez-moi bonne... (il se tut un moment...) chance.

L'instant d'après, il n'était plus là, inanimé comme les autres pilotes. Pas inconscient, mais ralenti pour s'adapter au sensorium incroyablement lent du robot, dans l'arène.

— Il pilote, maintenant, dit Sunday en montrant le robot que Jitendra commandait. Tu peux les voir bouger en comparant leurs ombres au sol et celle du portique.

— Qu'est-ce que vous faites quand vous avez vraiment besoin d'action : des courses de limaces ?

— La vie passe vite quand on est une limace, lui rappela June Wing. Ce n'est qu'une question de cadre de référence perceptuel, ajouta-t-elle en montrant un des cockpits vides. Geoffrey peut regarder, s'il veut. J'ai une place réservée, mais je peux passer mon tour pour aujourd'hui.

— J'ai des implants aug assez spécialisés, expliqua Geoffrey en parlant de l'équipement qui lui permettait de se connecter à Matilda.

— Rien ne sera endommagé, petit frère, je te le jure, dit Sunday.

— Et si ça arrive, mes propres labos le répareront vite, ajouta June Wing, en rejetant, désinvolte, son inquiétude. Allez-y.

Geoffrey restait méfiant, mais une partie de lui voulait profiter à fond de son voyage sur la Lune.

— Tu as besoin de pisser ? demanda Sunday. Parce que tu vas rester dans ce truc au moins six heures.

Geoffrey consulta sa vessie.

— Je tiendrai. Je n'ai pas bu beaucoup de café ce matin.

Sunday l'aida à s'installer dans le cockpit libre.

— Les sangles vont analyser ton sang. Au moindre signe de stress dépassant ceux des niveaux de compétition normaux, le système t'éjectera. Pareil pour la stimulation transcrânienne. Elle n'est qu'en mode lecture/écriture. Il y a peu de chances que ça tourne mal.

— Peu.

Sunday pencha la tête d'un côté et parut réfléchir un instant.

— Bon, il y a bien eu ce type…

Elle baissa le casque transcrânien et le positionna soigneusement.

— Si tu prenais part à la compétition, on t'aurait coupé les cheveux pour que la sonde soit plus proche de ta peau, mais pour regarder, ça ira.

Des messages de statut aug clignotèrent dans son champ de vision pour l'informer qu'un agent externe affectait ses fonctions neuronales. Les implants proposaient de résister à l'intrusion. Il leur voqua d'obéir.

— Qu'est-il arrivé à ce type ?

— Pas grand-chose, dit gaiement Sunday. Le fait d'entrer dans ce cockpit a réinitialisé son horloge interne de façon permanente. Même après qu'on lui a retiré la stim et les drogues, il est resté bloqué sur le rythme de l'arène.

— Comment va-t-il maintenant ?

— Le problème, c'est qu'il n'a pas encore répondu à cette question.

Les sangles plantèrent leurs crocs indolores dans sa peau. Deux contacts froids, les produits neurochimiques qui s'injectaient, et il se sentit glisser, comme sur un toboggan à la pente toujours plus abrupte. Il tenta d'attraper les côtés du cockpit pour se soutenir, mais ses bras, ses doigts mêmes, lui paraissaient pris dans le granit.

Puis la sensation de vitesse disparut et il se sentit parfaitement immobile, d'un calme amniotique. Il crut que ça n'avait pas fonctionné.

— Très bien, dit Sunday. Ce que tu entends, là, c'est moi, ralentie dans ton cadre de référence. Tu es déjà dans le cockpit depuis vingt minutes.

— Je ne te crois pas, dit Geoffrey.

— Vingt et une, maintenant. June et moi allons au bar ; on revient dans une seconde ou deux. Nous allons te transférer les images directement dans le cerveau. Profite du spectacle.

Il avait vraiment du mal à la croire. Mais les chiffres sur son visa de tourisme tournaient à toute vitesse.

Les perceptions de Geoffrey tanguèrent alors fortement et il se retrouva dehors, à l'extérieur de son corps, libre de parcourir l'espace ching de l'arène. Le robot de Jitendra ne rampait plus ; il se propulsait par à-coups convulsifs, grâce à ses griffes locomotrices, les parties de son corps se déplaçant sur des pistons comme un lourd mécanisme industriel qui se serait libéré de ses chaînes. Le sol lunaire, perturbé par le passage du robot, s'effondrait sur lui-même comme s'il était composé de plomb fondu comprimé sous l'énorme pesanteur de Jupiter.

Sur le pourtour de l'arène, une frénésie de mouvements flous s'occupait des machines en attente. Ailleurs, des couples d'adversaires s'affrontaient dans des luttes titanesques, se tordant et se frappant à mort.

L'adversaire de Jitendra parcourait le sol nivelé comme un ver métallique dément. Il différait de celui de Jitendra dans les détails, mais était d'une taille comparable et équipé d'un arsenal à peu près similaire d'équipement offensif. Sur ses flancs, le logo triangulaire et escherien de MetaPresence, l'adversaire principal de Plexus dans la facilitation de ching et les doublures robotiques, brillait d'un rouge lumineux. Le sigle de l'amas de nerfs sur la machine de Jitendra était désormais tout aussi vif et éclatant, peint par l'aug. Des statistiques et des données techniques s'ajoutaient à ces surimpressions et essayaient de prédire l'efficacité de l'armure, des armes et des tactiques de combat.

Les deux robots s'arrêtèrent au cercle de combat délimité par des lasers. Articulés sur les deux tiers supérieurs de leur corps – ils avaient été conçus pour mener des opérations de forage de tunnels –, ils se dressèrent et s'inclinèrent pour se saluer. De longues minutes avaient dû passer en temps réel durant ce rituel martial.

L'affrontement fut aussi soudain et brutal que si deux sumos s'étaient foncé dessus. Au début, la machine de Jitendra parut prendre le dessus. Elle s'enroula autour de l'ennemi, grâce à des rangées de membres locomoteurs qui plantèrent leurs pointes acérées dans les interstices entre les plaques blindées. Elle releva sa queue et y activa le cauchemar vrombissant de ses roues dentées. Lorsqu'elles entrèrent en contact avec la tête en alliage de son adversaire, le métal fondu jaillit en paraboles aussi brillantes que des néons. Traduisant le succès initial de Jitendra – et les modifications des paris –, les statistiques passèrent brusquement en sa faveur.

Cela ne dura pas. Alors même que celui de Jitendra l'entaillait, l'autre robot songeait déjà à rendre les coups. Au milieu de sa carcasse, des panneaux blindés s'ouvrirent comme des ailes de papillon et un ensemble complexe de pinces coupantes en sortit. Des cisailles à vide, dirigées par des servomoteurs et maintenues en place par des griffes, s'attaquèrent au ventre du robot de Jitendra. La machine agressée fut prise d'une sorte de contraction musculaire, comme si elle avait vraiment mal. Elle lâcha prise, esquiva et retira le tourbillon de ses roues dentées. Les statistiques se mirent à jour. De la vapeur rose s'éleva, à vitesse artérielle, de la blessure dans le flanc du robot de Jitendra, comme s'il saignait, du liquide de refroidissement nucléaire ou du fluide hydraulique s'écoulant dans l'espace.

Les deux machines s'écartèrent en roulant. L'ennemi rangea ses pinces et son blindage se remit en place. Le robot de Jitendra contint sa perte de sang. Ils restèrent ainsi, dans l'impasse, pendant quelques secondes objectives, avant de reprendre le combat. L'ennemi tourna le bloc de sa tête et mordit son adversaire avec des sortes de bouches, d'affreux mécanismes acérés aussi gros que des poutrelles. Il grignotait – forant, creusant – dans le robot de Jitendra, des morceaux de métal et de machine s'échappant de la tête coupante. À l'arrière de la machine adverse, de son anus métallique, sortit un jet de matière traitée. Elle mâchait, mangeait, digérait et déféquait, tout ça en l'espace de quelques secondes. Les statistiques de Jitendra étaient désormais lamentables, et continuaient à baisser.

Mais il n'était pas battu. L'ennemi mordit dans quelque chose qu'il ne pouvait traiter aussi facilement que la roche lunaire : une jugulaire à haute pression. Pas bon pour Jitendra, mais encore pire pour la machine qui voulait en faire son déjeuner. L'ennemi fut pris d'une secousse, et régurgita une grosse quantité de pièces détachées mâchonnées. Les mécanismes de sa bouche convulsèrent et s'affalèrent tandis que les dégâts atteignirent ses entrailles. Le robot de Jitendra s'écarta vivement en se tordant. Il avait été grignoté autour de l'encolure, mais ses foreuses tournaient encore. Il se releva comme un cobra prêt à frapper et fonça sur l'ennemi. Des pièces détachées volèrent dans toutes les directions, creusant des cratères dans l'arène. La machine de Jitendra put alors sortir d'autres appareils pour s'accrocher à son adversaire et l'attaquer. Des plaques de blindage s'écartèrent comme les sabords d'une frégate. Les stats de Jitendra remontèrent.

Mais aucune des deux machines ne remporterait la victoire. L'ennemi était blessé, peut-être à mort, mais l'appareil dirigé par Jitendra prenait la même pente. Ses foreuses ne tournaient plus aussi furieusement que quelques instants plus tôt. Et toute sa carcasse s'affaissait, ne pouvant plus se soutenir seule, même dans la faible pesanteur lunaire. La fin arriva sans prévenir. La machine de Jitendra cessa simplement de fonctionner et chuta, comme si elle avait été tirée vers le sol par des câbles invisibles. Pendant un moment, le robot adverse tenta vaillamment de reprendre l'avantage, mais en vain. Son système avait aussi subi des dégâts catastrophiques. À la façon d'un ballon qui se dégonfle, il s'effondra au sol et s'immobilisa comme un cadavre, pathétique.

Aussitôt, des équipes de secours arrivèrent. Des tracteurs sortirent des silos. De minuscules silhouettes – Lilliputiens frénétiques en combinaison spatiale – jaillirent des véhicules et harnachèrent les monstres déchus, les recouvrant de filets de la tête à la queue, à une vitesse comique. Les hommes s'affairèrent puis disparurent de nouveau dans les tracteurs, comme aspirés à l'intérieur. Les véhicules traînèrent les machines mortes jusqu'au pourtour de l'arène, en creusant des traces aussi larges que des pistes d'atterrissage dans le sol.

C'était la fin du combat. Geoffrey le comprit, car il fut ramené en temps réel. Il sentit les produits chimiques se métaboliser pour quitter son sang. Les chiffres du visa ralentirent leur valse. La stim transcrânienne était terminée et le casque se releva pour quitter sa tête.

—Alors ? demanda Sunday, debout devant sa silhouette inclinée. Qu'en dis-tu ?

Pendant un instant, sa bouche refusa de fonctionner.

—Je suis resté combien de temps ? parvint-il à dire.

—Quatre heures et demie. June est repartie travailler.

Si elle mentait, le visa aussi.

—Je parie que tout le monde dit la même chose, mais je n'ai pas eu cette impression.

—Le combat a été court, pourtant. Parfois, ils durent sept ou huit heures, dit Sunday en lui mettant un verre dans la main. Voire même douze ou treize heures, c'est assez fréquent.

Il avait récolté un mauvais torticolis. Jitendra, que l'on sortait du cockpit, semblait épuisé, déshydraté comme un pilote de voiture de course. Des amis et des associés l'entouraient déjà, lui tapant dans le dos et arborant des visages déçus, mais compatissants.

—Désolé, dit Geoffrey en titubant jusqu'à Jitendra. J'ai bien cru un moment que ça allait tourner en ta faveur. Même si je n'y connais rien.

—Je me suis déconcentré, expliqua Jitendra en secouant la tête. J'aurais dû changer de plan d'attaque quand j'en ai eu l'occasion. Mais tout n'est pas négatif. Un match nul m'octroie assez de points pour garder mon classement, alors qu'il leur fallait gagner pour ne pas descendre.

Il remua les épaules, comme si ses bras étaient sortis de leur cavité et devaient être remis en place.

—Et je crois que les dégâts ne sont pas aussi importants qu'ils paraissent, reprit-il.

— Rien que l'on ne puisse réparer, dit Sunday.

— Il y a au moins un point positif, dit Jitendra avant de plonger le visage dans une serviette chaude.

— Lequel ? demanda Sunday.

— Huit, quinze, dix-sept, répondit-il en souriant. J'ai enfin compris. Et j'avais raison. Ces chiffres ont une signification pour moi.

De retour à l'appartement, Sunday et son frère préparèrent un repas simple puis ils burent une bouteille de vin que Geoffrey avait insisté pour acheter afin de fêter une journée réussie. Ils dînèrent en écoutant Toumani Diabaté. L'enregistrement datait de cent ans, d'une époque où le musicien adulé était très âgé, mais il restait aussi radieux et éblouissant qu'un reflet de soleil sur l'eau.

Une fois la vaisselle débarrassée et les verres emplis de nouveau, elle décida que le temps était venu d'invoquer la reconstruction. Elle était certaine que la solution se trouvait là. Si Eunice ne parvenait pas à les guider dans cette affaire, ils se retrouveraient avec un vieux gant sale et des pierres précieuses en toc. Et sans plus aucun mystère dans leur vie, ils pourraient retourner à leurs préoccupations quotidiennes.

— Bonsoir, Sunday, dit Eunice en swahili. Bonsoir, Jitendra. Bonsoir, Geoffrey.

— Bonsoir, Eunice, répondirent-ils en chœur.

— Comment se passe ton séjour ? demanda-t-elle à Geoffrey.

— Très bien, merci, dit-il avec une pointe de nervosité, comme s'il n'était pas tout à fait sûr que la mémoire de travail d'Eunice avait été effacée après leur dernière conversation. Sunday et Jitendra m'ont réservé un accueil trois étoiles.

— Parfait. J'espère que le reste de ta visite sera tout aussi agréable, dit-elle avant de tourner son regard autoritaire vers Sunday. Que puis-je faire pour vous ?

— Nous avons une question.

— S'il s'agit du gant, je crains de vous avoir dit tout ce que je savais.

— Il ne s'agit pas tout à fait du gant. Enfin, si, un peu, mais nous avons une autre question.

Sunday regarda Jitendra pour l'inviter à parler.

— J'ai découvert un motif, dit-il. Trois chiffres. Qui ont un rapport avec Pythagore.

— Où était ce motif? demanda aussitôt Eunice, comme si elle s'adressait à un petit garçon qui avait marmonné quelques mots en classe, sans y être invité.

— Il y avait des pierres dans le gant, expliqua Jitendra. Des rouges, des vertes et des bleues. Leur total forme un triplet pythagoricien : huit, quinze, dix-sept.

— Je vois.

— J'ai mis du temps à faire le lien, poursuivit Jitendra. J'y étais presque, mais je ne trouvais pas. Puis j'ai vu le logo de MetaPresence sur le flanc de l'autre robot… le triangle… et c'est comme si on avait déverrouillé mon cerveau. Ce n'était pas un triangle pythagoricien, évidemment, mais ça a suffi.

— La question est : pourquoi Pythagore ? demanda Sunday. Cela pourrait avoir plusieurs significations. Mais vu que nous sommes sur la Lune, et qu'il y a de fortes chances que ce gant provienne d'une combinaison lunaire… Je me suis demandé si cela pourrait avoir un rapport avec Pythagore lui-même.

Sa gorge se serra puis elle ajouta :

— Le cratère, celui qui est sur la face tournée vers la Terre.

Eunice cogita de longues secondes, en gardant exactement la même expression. Sunday avait pris la peine d'inculquer à la reconstruction certaines manies et habitudes de langage d'Eunice, dont ce genre d'hiatus.

— Il m'est arrivé quelque chose là-bas, dit-elle en brisant le silence. Une panne des systèmes alors que je m'apprêtais à me poser près de la station chinoise d'Anaximène. J'ai perdu la maîtrise de mes propulseurs et j'ai fait un alunissage d'urgence dans Pythagore. (Son poing vint claquer contre sa paume.) Le vaisseau était foutu, mais j'ai réussi à mettre ma combinaison et à m'en échapper avant la dépressurisation de la coque. Les Chinois savaient où je m'étais posée. Mais leur unique véhicule était en excursion et si j'attendais qu'ils viennent me chercher, je n'avais aucune chance. Ma seule option était de marcher et de tenter de les retrouver aux deux tiers du chemin, par-delà la paroi du cratère. Et c'est donc ce que j'ai fait : j'ai marché – ou plutôt sautillé – puis grimpé et il ne me restait plus que trois heures d'autonomie lorsque j'ai vu leur rover apparaître à l'horizon. (Elle haussa les épaules, nullement impressionnée par son propre récit.) C'était juste, mais ce genre de péripétie arrivait fréquemment, à l'époque.

— Et c'est tout ? demanda Sunday, incrédule. C'est tout ce qui t'est arrivé à Pythagore ?

— Tu aurais peut-être préféré que je ne m'en sorte pas, chère enfant, et dans ce cas, je m'excuse.

— Je ne voulais pas minimiser ce qui s'est passé, dit Sunday. Mais ce n'est qu'une histoire d'Eunice comme les autres. Pour n'importe qui d'autre, ce serait exceptionnel, mais pour toi… ça ne représente même pas un chapitre dans ta biographie. Tout juste une anecdote.

— J'ai eu mon lot d'aventures, concéda Eunice.

— Ça s'est passé quand ? demanda Jitendra.

— Ça devait être…, commença Eunice en faisant semblant de rechercher dans ses souvenirs. En cinquante-neuf, je crois. À l'époque où j'étais encore mariée avec Jonathan. La Lune était différente. Encore une contrée sauvage, à bien des égards. Il y a eu de gros changements durant les deux ou trois décennies qui ont suivi. C'est pour ça que nous avons décidé de déménager de nouveau.

— Sur Mars. Avec les Indiens, dit Sunday. Mais Mars n'était pas assez sauvage à ton goût.

— Finir sa vie là-bas convenait à Jonathan. Mais pas à moi. J'ai fini par revenir sur la Lune, mais seulement après avoir fait le tour de toutes les merveilles du système solaire.

— Ça m'étonne que tu ne sois pas rentrée en Afrique, dit Geoffrey.

— Pour me retrouver handicapée par un *g* de pesanteur ? Je n'avais quasiment pas mis les pieds sur Terre en quarante ans, petit. La maison me manquait ; j'aurais aimé revoir les acacias et les couchers de soleil. Mais ce qui ne me manquait pas, en revanche, c'était la pression due à toute cette matière inerte, sous mes talons, qui me clouait à la Terre, et ce ciel comme une couverture épaisse par une nuit d'été. (Elle posa un doigt sur le côté de sa tête.) L'espace m'avait changée ; je n'aurais jamais pu rentrer à la maison. C'est comme ça. Si ça pose un problème, mieux vaut rester chez soi.

— Désolé d'avoir une opinion, dit Geoffrey.

Elle l'observa puis acquiesça. Eunice avait toujours préféré, et de loin, ceux qui osaient tenir tête à sa personnalité hors du commun que ceux qui s'avouaient vaincus sans se battre.

— Je ne devrais pas vous en vouloir de vivre à une époque plus tardive que la mienne, dit Eunice en prenant le ton le plus conciliant dont elle était capable. Vous n'avez pas choisi de naître dans ce siècle plus que moi dans le mien.

— Et ça remonte, dit Jitendra.

— Tu crois ? répondit la reconstruction. Il y a des roches, là-dehors, à la surface de la Lune, qui n'ont pas bougé depuis le Grand Bombardement tardif.

— Elle a peut-être raison, dit Sunday. Si Eunice s'est écrasée dans un endroit aussi peu fréquenté que Pythagore, ses traces sont peut-être toujours intactes, depuis le site de l'alunissage dans le cratère jusqu'à l'endroit où les Chinois l'ont récupérée.

— Si on ne s'est pas mis à extraire de l'eau ou de l'hélium dans Pythagore, dit Jitendra. Et s'il n'est pas recouvert de casinos.

— La station chinoise d'Anaximène était un point de ravitaillement pour leurs opérations de minage et de raffinage de l'hydroxyle autour du pôle Nord, dit Eunice en tirant partie de sa base de connaissances instantanée. Une fois les pipelines installés et l'extraction automatisée, il n'y avait plus besoin de laisser des stations habitées. Il n'y a plus de présence humaine à Anaximène et j'ai été la dernière personne à fouler le sol de Pythagore. (Elle se tut et reprit la parole avant que quiconque puisse la devancer.) En fait, je mens : une équipe de récupération a volé jusqu'à l'appareil pour reprendre tout ce qui était encore utilisable : des appareils électroniques, de l'essence, des blindages. C'étaient des Indiens et, d'après la loi spatiale, ils avaient le droit de s'emparer de l'épave. Mais ce n'était que quelques semaines après et ils n'auraient pas touché à la plupart des preuves.

— Des preuves, dit Geoffrey. On dirait que l'on parle d'une scène de crime.

— Peut-être que nous extrapolons un peu trop, dit Sunday. Si le gant devait nous mener au cratère, pourquoi n'y avait-il pas une petite carte planquée dedans ?

— Une épreuve pour voir si vous étiez capables d'arriver à la bonne conclusion à partir des indices, peut-être ? proposa Eunice.

— Eh bien, bonne chance, dit Geoffrey. Je serai très curieux d'apprendre ce que vous allez y trouver, si vous trouvez bien quelque chose.

— Nous sommes tous dans le même bateau, dit Sunday.

— Parle pour toi. Tout ce que j'ai fait, c'est examiner un gant à la demande de la famille.

Sunday se tourna vers la reconstruction.

— Merci de nous avoir accordé du temps, Eunice, tu nous as été très utile.

— C'est terminé, dit Geoffrey lorsque la chimère eut disparu. Il n'y a aucun mystère. Aucune raison de ne pas dire la vérité à propos du gant ou des pierres.

Sunday haussa les épaules et décida, sans doute poussée par sa légère ivresse, de le mettre au pied du mur.

— Très bien. Appelle les cousins. Dis-leur ce que tu as trouvé.

— Ils croient toujours que le gant est à Copernic.

— Dis-leur que tu y es retourné pour le récupérer. C'est un pieux mensonge.

Jitendra inspira à travers ses dents.

— Je commence à regretter d'avoir été aussi malin.

— C'est bon, dit Sunday. Ce n'est qu'un truc entre frère et sœur.

— Ce qui échappe à Sunday, dit Geoffrey, c'est que, de mon côté, l'enjeu dépasse la réputation d'Eunice ou les affaires de la famille.

— Tu crois être le seul à avoir des responsabilités.

— Je dois faire passer les éléphants en premier, et pour ça, il faut satisfaire les cousins. Alors, je vais rapporter le gant sur Terre et déclarer son contenu à la douane.

Sunday ne répondit pas. Elle savait que son frère n'avait pas entièrement vidé son sac.

— Mais je ne parlerai pas aux cousins de la suite mathématique. Ils trouveront tout seuls, s'ils sont assez malins. Et je ne leur dirai pas non plus ce qu'Eunice nous a appris.

— Ils ne sont pas bêtes, dit Sunday.

— C'est un compromis. Jitendra et toi pourrez continuer votre chasse au trésor, si vous voulez. Les cousins n'ont pas à l'apprendre. Ils seront surtout soulagés qu'il n'y ait rien de clairement compromettant dans le coffre. Ils pourront retourner à leurs parties de polo la conscience tranquille.

— Nous sommes au moins d'accord sur un point, dit Sunday. Ni toi ni moi n'aimons beaucoup les cousins.

— Ce sont des Akinya, dit Geoffrey. Ça résume tout.

# Chapitre 6

Au matin, il trouva Sunday dans son atelier, déjà au travail. Elle avait toujours été du matin. Il y avait du pain frais, du lait et une odeur de café baignait l'appartement.

— C'est très joli, dit-il en admirant l'œuvre sur laquelle elle travaillait.

C'était une sorte de silhouette de Massaï à l'échelle 1/2 : un personnage squelettique muni d'une lance. Avec un outil, Sunday taillait les contours aiguisés d'une pommette et se mordait la langue, concentrée.

— C'est de la merde, oui. Une commande. J'en fais deux, pour encadrer l'entrée d'un restaurant ethnique de la troisième grotte.

Elle portait une robe longue, un tee-shirt noir et un foulard rouge. Des outils électriques, mouchetés de petites taches blanches, étaient accrochés à sa ceinture, portée bas sur ses hanches.

— C'est ça qui paie le loyer, ici, reprit-elle, pas d'aller fouiller dans le passé d'une ancêtre morte.

— Ça reste de l'art.

— On peut voir ça comme ça.

— Tu n'es pas d'accord ?

— Ils voulaient un truc africain. Je leur ai dit de préciser un peu : un truc de la côte ouest ? est ? On parlait bien d'un truc subsaharien, au moins ? Mais non, ils ont dit qu'ils voulaient que ce soit moins *spécifique* que ça.

— Comme tu disais, ça paie le loyer.

— Je ne devrais pas me plaindre. Picasso dessinait sur des serviettes pour rembourser ses ardoises. Et si je les rends à temps, il y en aura d'autres lorsqu'ils ouvriront un deuxième resto à l'autre bout de la ville.

Elle raccrocha son outil sur son attache et défit sa ceinture pour la poser sur une des surfaces de travail recouvertes de peinture et de plâtre.

— Puisque tu es debout, tu veux déjeuner ? Je pensais aller au zoo, aujourd'hui.

— J'ai pris du pain, dit Geoffrey. Où est Jitendra ?

— Il dort. C'est comme ça qu'il réfléchit le mieux, endormi.

Elle s'approcha d'un bol rempli d'eau où elle trempa les mains avant de les essuyer sur sa jupe.

— J'espère que tout ce qui s'est passé hier soir n'était pas trop pénible, reprit-elle.

— Tout ce qui a un rapport avec la famille finit toujours par être pénible, dit Geoffrey en baissant les yeux après avoir marché sur quelque chose d'humide et collant. Écoute, je tenais à te dire que j'avais eu tort de ne pas t'avouer dès le début ce que je faisais ici, mais j'avais l'impression d'avoir les poings liés. Si tu veux bien me pardonner...

— C'est déjà fait. Pour cette fois, dit-elle en achevant de s'essuyer les doigts, laissant des ovales sombres sur sa jupe. Mais, tu sais, toi et moi, nous devons tout nous dire. Ça a toujours été comme ça, non ? Toi et moi contre la maisonnée, dès que nous avons compris comment nous pouvions empoisonner le monde. Je me demande bien comment ce cher Memphis a réussi à ne pas nous étrangler.

— C'était différent, à l'époque. Notre rébellion n'avait pas de grosses conséquences. Nous étions consignés dans nos chambres sans manger de temps en temps, c'est tout. Désormais, des choses et des êtres dépendent de nous.

— Ce n'est pas pour autant que nous ne devons plus être honnêtes l'un envers l'autre, non ?

— Les cousins ne voulaient pas que tu sois au courant. Ils péteraient un plomb s'ils savaient que je t'ai parlé.

Sunday prit la sculpture par sa base et la plaça sous un groupe de lampes à lumière bleue.

— Alors, il faut faire en sorte qu'ils ne l'apprennent jamais.

Dans le parc, les enfants jouaient avec des ballons et des cerfs-volants. D'autres s'occupaient d'énormes engins flottants en forme de dragons, à peine plus petits que le Cessna, dont l'utilité première était visiblement d'affronter d'autres dragons flottants. Ils avaient un plumage en lames de métal luisant, des queues recouvertes d'étendards, et des ailes d'une précision anatomique remarquable qui battaient l'air avec la lenteur impressionnante d'un cœur de baleine. Ailleurs, on voyait des couples d'amoureux, des éruptions de théâtre public ou de monologues, des étals de vendeurs de glaces, des spectacles de marionnettes et tout un tas d'échassiers costumés. Geoffrey observa, fasciné, une magnifique fille sur échasses, couverte de feuilles et le visage peint en vert, tel un esprit de la forêt incarné.

— Tu crois, demanda Sunday, que les cousins avaient la moindre idée de ce que tu allais trouver à la banque ?

— Si c'était le cas, ils l'ont bien caché.

— Mais c'était quand même très risqué de t'envoyer regarder dans le coffre.

— Moins que de faire intervenir un étranger, dit-il avant de lécher la glace que Sunday lui avait achetée à l'un des étals. Pour bien faire, Hector et Lucas auraient dû venir ici eux-mêmes, mais on se serait alors demandé ce qu'ils venaient foutre sur la Lune. Et aussitôt, tout le système solaire aurait fourré son nez dans les affaires des Akinya.

— Tu crois que Memphis est au courant pour le coffre ?

— En tout cas, il ne m'a rien dit.

Geoffrey fit tomber un morceau de glace sur sa manche. Il leva le tissu jusqu'à sa bouche et lécha la tache.

— Mais il se doute de quelque chose, reprit-il. Je ne sais pas vraiment ce que le reste de la famille pense de mon absence, mais Memphis sait que je suis sur la Lune.

— Vers la fin, Memphis était plus proche d'Eunice qu'aucun d'entre nous.

— Elle lui a peut-être avoué des choses, alors, dit Geoffrey. Ou à n'importe quel moment de son exil. Elle est restée là-haut plus de soixante ans.

— Le plus simple serait peut-être de le lui demander directement, dans ce cas. Voir s'il a des informations sur le gant, les pierres et un rapport éventuel avec Pythagore.

— Si tu y tiens.

Ils passèrent au bord d'une petite mare municipale. Des enfants pataugeaient au bord et de petits bateaux en papier naviguaient et régataient les uns avec les autres, un peu plus au large. Sur l'autre rive, Geoffrey aperçut un petit mammifère sortir de l'eau avant de disparaître dans l'herbe. Une loutre, ou peut-être un rat, dont le liquide faisait luire la fourrure.

— Tu ne te poses pas de questions, hein ? dit Sunday sans chercher à cacher sa désapprobation. Tu vas rentrer en Afrique et retourner directement à ton ancienne vie.

— Comme si c'était mal.

— Fais simplement une chose pour moi : essaie de voir ce que sait Memphis.

— Écoute, avant de creuser plus avant, tu es absolument certaine que tu veux te fourrer là-dedans ? Tu ne pourras pas effacer tes cinq dernières minutes de mémoire de travail.

— Je connais un bon neuropraticien.

— C'est pas le problème.

— Ce n'était pas un monstre, Geoffrey. Un humain imparfait, sans doute. Et surtout, c'est *elle* qui a placé ce gant là-bas, personne d'autre. Tu ne trouves pas la coïncidence un peu grosse, que l'existence de ce coffre soit découverte dans les semaines qui suivent sa mort ? Toute cette affaire porte les empreintes d'Eunice.

— J'espère que tu as raison.

Ils quittèrent le parc et se rendirent dans la caverne suivante. Ils s'arrêtèrent au restaurant où les sculptures commandées à Sunday seraient installées. Il était fermé et couvert de poussière, en pleins travaux de rénovation. Sunday parla avec l'architecte d'intérieur et vérifia les derniers détails dont elle avait besoin avant d'achever le projet. Elle en sortit en secouant la tête, exaspérée et confuse.

— Ils les veulent en noir, dit-elle. D'abord, c'était en blanc, et maintenant en noir. Je dois tout recommencer.

— Que vas-tu faire des blancs ?

— Les détruire sans doute. Trop kitsch pour trouver un acheteur.

— Ne les détruis pas, s'il te plaît, dit Geoffrey sur un ton insistant.

— Ils ne me serviront à rien. À part à encombrer mon atelier.

— Je te les achèterai s'il le faut. Envoie-les à la maison. Mais ne les détruis pas.

Elle parut touchée et surprise.

— Tu ferais ça pour moi, petit frère ?

Il hocha la tête d'un air grave.

— Sauf si tu es trop chère pour moi.

Ils repartirent et parcoururent quelques centaines de mètres avant d'arriver devant ce qui ressemblait – en tout cas selon les critères de la Zone – à un bâtiment commercial ou résidentiel quelconque. Ses flancs bombés formaient une mosaïque d'écailles brillantes comme des miroirs, évoquant le tégument d'un reptile. Ils y entrèrent et empruntèrent un ascenseur pour descendre dans les niveaux souterrains.

Sunday donna à Geoffrey une oreillette de traduction.

— Mets ça, dit-elle. Chama ne parle pas swahili.

Elle avait voqué pour prévenir de leur venue et lorsque les portes s'ouvrirent, ils furent accueillis par un grand homme d'allure sérieuse. Geoffrey estima qu'il devait avoir à peu près son âge, à une décennie près.

De longs cheveux noirs, rideaux ébouriffés, tombaient de chaque côté de son visage à la peau brune et recouvert d'une barbe noire et propre, taillée avec la précision d'un laser.

— Chama, dit Sunday en mettant son propre traducteur. Voici Geoffrey, mon frère. Geoffrey, je te présente Chama Akbulut.

Chama tendit une main et ils se saluèrent. Il parla dans une langue que Geoffrey ne reconnut pas, mais la traduction apparut, nette et quasi simultanée.

— J'ai entendu parler de toi.

— En bien, j'espère.

— Oui. Même si Sunday m'a dit que tu ne viendrais jamais ici. Qu'est-ce qui t'a fait changer d'avis ?

— Des affaires de famille, répondit Sunday.

— J'espère que nous ne te dérangeons pas, dit Geoffrey.

— Je suis toujours content d'avoir de la visite.

Chama portait une blouse ample au col fermé par un cordon, sous un long gilet de cuir couvert de poches.

— T'es au courant pour la ménagerie, Geoffrey ? demanda-t-il.

— Pas vraiment.

— Super ! C'est encore mieux comme ça.

Chama les emmena plus avant dans le bâtiment jusqu'à un long couloir creusé dans la solide roche lunaire et recouvert d'un isolant en plastique grisâtre. Des tuyaux et des câbles d'alimentation mal agrafés couraient au plafond.

— Le transport et l'utilisation de matériaux génétiques sont soumis à des règles très strictes dans le système solaire, dit Chama en regardant par-dessus son épaule. Et je suis très fier de dire que Gleb et moi n'en avons quasiment pas suivi une.

— Il y a de bonnes raisons, pour ces régulations, non ? demanda Geoffrey. Personne n'a envie que des gens meurent à cause d'un vieux virus relâché dans la nature.

— Nos recherches n'ont rien de dangereux, dit Chama. Gleb et moi avons été obligés d'enfreindre certaines lois mal conçues, c'est tout. Des législations mises au point par des gouvernements stupides et sans aucune vision à long terme.

Geoffrey se crispa. À ses yeux, les gouvernements étaient plutôt utiles : il n'imaginait pas comment le monde aurait pu traverser les Crises de ressources et de réfugiés sans eux. Mais ici, dans la Zone non observée, la rhétorique anticentralisation était fréquente.

— Tout dépend des intentions que l'on a, dit-il.

— Votre grand-mère l'a souvent fait, elle aussi, dit Chama. Vous croyez que cette chère Eunice prenait le temps d'analyser chaque décision sous tous les angles, de réfléchir à toutes les implications éthiques avant d'agir ? Ou est-ce qu'elle n'était pas plutôt du genre à foncer ?

Ils débouchèrent devant une lourde porte, digne de celles qui menaient à la surface ou dans un tunnel non pressurisé. Chama se plaça sur un côté et laissa le cercle d'un scanner eidétique, évoquant celui d'un panier de basket, descendre au-dessus de son crâne. Il ferma les yeux pour visualiser la séquence d'images du sphinxware.

La porte se déverrouilla avec le bruit sourd et rassurant d'un pont-levis de château fort, puis s'ouvrit doucement.

— Bienvenue dans la ménagerie, dit Chama.

Geoffrey ne s'attendait pas à ce que la salle derrière l'entrée soit si grande – bien plus que la salle des coffres de la Banque centrale africaine mais loin de l'être assez pour abriter un zoo. Il lui fallut quelques secondes pour s'habituer au faible éclairage, une lueur rouge qui sortait du sol, au coin des murs. Les cloisons étaient composées de deux panneaux rectangulaires l'un sur l'autre, mais en dehors de ça, il ne discernait guère de détails. Il y avait une deuxième porte, à l'autre bout, cernée d'une pâle lueur rose.

— Je ne suis pas sûr de tout comprendre, dit Geoffrey.

Sunday sourit.

— Tu ferais mieux de lui montrer, Chama.

— Désolé de poser la question, mais tu es absolument certaine qu'on peut lui faire confiance ? demanda Chama.

— C'est mon frère.

Chama voqua. Des écrans polarisants devinrent transparents. Les panneaux rectangulaires au mur se révélèrent être des cloisons de verre derrière lesquelles se trouvaient des enclos remplis de végétation.

Geoffrey fut ébranlé. D'un simple coup d'œil, on comprenait que les habitats différaient de façons plus ou moins subtiles. Certains baignaient dans une lumière solaire équatoriale, l'intensité éclatante de la savane à midi. D'autres possédaient l'obscurité d'une forêt sous la dense canopée d'arbres qui cachaient le soleil. D'autres encore étaient torrides ou aussi arides qu'un désert.

Il s'approcha des deux fenêtres les plus proches. Elles étaient empilées l'une sur l'autre et les deux habitats ne paraissaient pas interdépendants.

— Je ne m'y connais pas autant que je devrais en botanique, dit Geoffrey en regardant l'incroyable profusion de plantes entassées derrière la vitre du haut.

Leurs feuilles vert olive étaient parées de gouttes étincelantes, fruits de la rosée ou d'une récente averse. Dans la pesanteur lunaire, la tension superficielle donnait au liquide la forme d'hémisphères quasi parfaits.

— Mais s'il y a autant de biodiversité dans cette pièce que je le crois, reprit Geoffrey, c'est une remarquable réussite.

— Nous faisons pousser des plantes dans l'espace depuis les premières stations spatiales, dit Chama, depuis l'époque de Saliout, Mir et de l'ISS. Certaines des lignées présentes ici remontent à cette période : elles ont été nourries par le premier millier de personnes à s'être aventurées dans l'espace. *Leurs mains les ont touchées.* (Il dit cela comme s'il parlait de reliques sacrées, tâtées par des saints.) Mais dès le départ, le travail avait un but scientifique et commercial : il s'agissait d'abord d'explorer les effets de l'apesanteur sur la croissance, puis d'approfondir notre connaissance des cultures hydroponiques, aéroponiques, etc. Lorsqu'elles ont été suffisamment maîtrisées, nous avons cessé d'emporter de nouvelles variétés dans l'espace. C'est la première fois que la plupart de ces espèces sont plantées hors de la Terre. Et ici, il ne s'agit pas de science, ni de commerce, mais de l'impératif de la panspermie.

— Ah ! dit Geoffrey, tout à coup profondément accablé. D'accord. J'aurais dû m'en douter.

— Tu n'approuves pas ? demanda Chama.

— Disons que je suis légèrement sceptique.

— C'est la façon qu'a mon frère de te dire qu'il te prend pour un gros taré, expliqua Sunday.

Geoffrey lui jeta un regard exaspéré.

— Merci.

— Autant mettre les choses au clair, répliqua Sunday.

— Tout à fait, convint Chama, plutôt cordialement. Donc, oui, je suis un Panspermique. Tout comme Gleb. Et oui, nous appartenons au mouvement. Mais ce n'est rien d'autre qu'une idée, une nécessité qui nous pousse. Ce n'est pas une secte de cinglés.

La porte à l'autre bout s'ouvrit et quelqu'un entra. Un autre homme, plus petit et trapu que Chama, poussait un chariot rempli de tubes et de bouteilles en plastique de toutes les couleurs.

— Voici mon mari, Gleb, dit Chama. Gleb, nous avons de la visite ! Sunday a amené son frère.

Gleb laissa le chariot contre un mur et vint les rejoindre en ôtant ses gants pour les ranger dans les poches de sa longue blouse blanche.

— L'homme éléphant ?

— L'homme éléphant, confirma Chama.

— Je suis ravi, dit Gleb en tendant la main à Geoffrey. Gleb Ozerov. Tu as vu le… ?

— Pas encore, dit Chama. Je viens seulement de lui annoncer la mauvaise nouvelle.

— Quelle mauvaise nouvelle ?

— Que nous sommes de gros tarés.

— Oh ! Et comment le prend-il ?

— Aussi bien que les autres.

Geoffrey serra la main de Gleb. Le mari de Chama aurait pu gagner sa vie en écrasant des diamants.

— Ça lui passera, dit-il en l'observant attentivement. Tu as l'air déçu, Geoffrey. Tu ne t'attendais pas à ça ?

— C'est une pièce remplie de plantes, pas le zoo qu'on m'a promis.

Gleb était un peu plus âgé que Chama – ou, en tout cas, il paraissait plus vieux – et avait des traits d'Asie centrale, de Russie ou de Mongolie peut-être. Il avait des cheveux noirs coupés très court et était rasé de près. Sous sa blouse blanche de laboratoire, Geoffrey l'imaginait râblé et musclé, bâti comme un lutteur.

— Bon, dit Gleb, tu es un citoyen de l'Union africaine et l'UA est une entité transnationale des Nations unies de la superficie. Tu vois donc les choses à travers le prisme d'un certain… filtre idéologique, pourrions-nous dire.

— Je ne crois pas être dupe de la propagande des NUS, dit Geoffrey.

— Nous sommes des Pans. Les Pans sont financés par les Nations unies aquatiques, comme tu le sais sans doute, et les NUA sont en désaccord permanent avec les NUS. Ainsi va le monde. Mais nous ne sommes pas en guerre, et cela ne veut pas dire que les Pans vont se lancer à la conquête du monde, que ce soit sur la Terre ou ici, sur la Lune. Mais nous croyons simplement à des choses… peu orthodoxes.

La voix de Gleb, qu'il entendait sous la traduction, s'exprimait dans une langue différente de Chama, un idiome sec et guttural, différent de l'intonation aiguë et lyrique de son mari. Il parlait les bras croisés, les muscles saillants sous le tissu blanc de ses manches.

— Les Pans, reprit-il, pensent que l'espèce humaine a le devoir, l'obligation morale, d'aider à la prolifération des organismes vivants dans l'espace lointain. Tous les organismes vivants, pas seulement ceux que nous *voulons* emporter avec nous parce qu'ils conviennent à nos besoins immédiats.

— Nous faisons de notre mieux, dit Geoffrey. Nous n'en sommes qu'aux débuts.

— C'est un point de vue, dit joyeusement Gleb. Qui tient si l'on veut se soustraire aux responsabilités de notre espèce.

— Tout se déroule pour le mieux, dit Sunday.

— Oui, confirma Geoffrey. Je ne suis là que depuis cinq minutes et j'ai déjà l'impression que je vais être exécuté pour mes crimes contre la biosphère.

— Chama et Gleb ne disaient pas ça contre toi personnellement. Pas vrai ? demanda Sunday.

— Si, mais nous serons ravis de faire une exception pour ton frère, dit Gleb en souriant.

— Quelle générosité, répondit Geoffrey.

— Nous avons une occasion, expliqua Chama. L'espèce humaine est à deux doigts d'une véritable transformation. Cela pourrait être merveilleux : une explosion de vie et de vitalité, une « Efflorescence verte », s'étendant au-delà du système solaire dans l'espace interstellaire. Nous sommes tout proches d'y parvenir. Mais en même temps, nous pourrions aussi être au bord d'une stabilisation, d'une consolidation, voire d'une sorte de repli.

Geoffrey secoua la tête.

— Pourquoi donc nous replierions-nous après être allés si loin ?

— Parce que nous n'aurons bientôt plus du tout besoin d'aller là-bas, dit Gleb.

— Très bientôt, même, poursuivit Chama, les machines seront assez intelligentes pour remplacer les humains dans le système solaire. Et à ce moment-là, quelle raison les hommes auront-ils de vivre dans ces endroits froids et isolés s'ils peuvent se contenter d'y chinguer ?

— Les machines pensantes ne vont pas se soulever et nous écraser, dit Gleb. Mais elles nous rendront ultradépendants et casaniers. Personne n'aura envie de se mettre en danger si des robots peuvent nous remplacer.

Geoffrey commençait à regretter de ne pas être resté dans le parc, avec ses vendeurs de glaces et ses batailles de cerfs-volants.

— Je ne vois pas le rapport avec les machines, dit-il en montrant les enclos derrière les vitres.

— Mais ça a tout à voir, répondit Gleb. Parce que c'est la base de tout.

Geoffrey regarda dans la fenêtre du bas et vit une sorte de paysage de mares et de pierres, avec des plantes basses et de l'eau qui gargouillait et bouillonnait.

— Combien d'espèces de plantes avez-vous apportées ici ? demanda-t-il.

— Qui vivent et se reproduisent, à peu près huit cents, dit Chama. En cryosommeil, ou sous forme de modèles génétiques, seize mille de plus. Il reste encore du travail.

— Ma foi ! il y a un truc vivant là-dedans ! s'exclama-t-il en tapant la vitre du doigt. Quelque chose qui bouge, je veux dire. Dans l'eau.

— Une tortue d'eau douce, dit Gleb d'un ton blasé. Les tortues, c'est facile. Si nous ne pouvions pas faire de tortues, je laisserais tomber tout de suite.

— Montrez-lui ce que vous faites d'autre, dit Sunday.

Gleb s'approcha d'une autre fenêtre, à quelques panneaux de celle où se trouvait Geoffrey.

— Viens ici, dit-il en tapant un de ses doigts épais contre la vitre.

La partie visible de l'habitat – qui s'étendait clairement loin de la pièce – était un cercle de terre nue et poussiéreuse, cerné de hautes herbes jaune pâle. Au-dessus de cette végétation, un rideau homogène de bleu émail était projeté de façon à paraître aussi réel et lointain qu'un véritable ciel. Geoffrey rejoignit Gleb qui n'avait pas cessé de tapoter la vitre. Il avait des ongles très sombres, d'une teinte vert presque noir. Quand Geoffrey arriva, les herbes s'écartèrent en bruissant et un animal de la taille d'un lièvre en sortit pour bondir dans la clairière.

C'était un rhinocéros gris, de la taille d'un chat domestique. Ce n'était pas un bébé. Ses proportions et sa démarche, pour autant que Geoffrey puisse en juger – et en mettant de côté les bonds que la pesanteur lunaire lui permettait –, étaient exactement celles d'un animal adulte.

Mais il était suffisamment petit pour entrer dans une valise.

Geoffrey tentait de s'assurer qu'il n'avait pas la berlue lorsque deux véritables bébés arrivèrent à la suite de leur mère. Aussi gros que des rats, ils se déplaçaient sur des pattes ridiculement épaisses, musclées et ridées. Ils étaient aussi petits, et aussi bien formés, que des jouets de bain moulés dans du plastique gris.

Il éclata de rire, abasourdi par ce qu'il voyait.

— Il s'agit d'optimiser la pression sur les ressources, dit Chama en les rejoignant près de la vitre. Nous n'avons pas les moyens d'élever des spécimens adultes de taille normale, en tout cas pas dans un habitat qui ne les rendrait pas complètement claustrophobes.

Il repoussa une mèche de cheveux de sa pommette et reprit :

— Heureusement, pour l'instant tout au moins, nous n'y sommes pas obligés. La nature nous a fourni un processus de miniaturisation déjà tout prêt.

— Le nanisme phylétique, dit Geoffrey.

— Oui. D'une facilité déconcertante à mettre en place chez les mammifères et les reptiles.

Chama disait vrai. Le nanisme insulaire apparaissait souvent lorsqu'une espèce se divisait en sous-populations isolées sur des îles. La spéciation allopatrique, et le nanisme qui en découlait, s'étaient produits à plusieurs reprises dans l'histoire de l'évolution, des allosaures nains jusqu'aux hominidés *Homo floresiensis*, en Indonésie. Cela advenait également chez les arbres. Il s'agissait d'une réaction, encodée dans les gènes, à un stress environnemental ; un moyen de permettre à une population de survivre lors d'une période difficile.

— Les mêmes processus faciliteront le passage de la vie animale dans l'entonnoir délicat des débuts de l'Efflorescence verte, expliqua Gleb. Nous nous sommes contentés de pousser un peu le mécanisme intégré pour aboutir à un nanisme extrême. On dirait que la nature a anticipé cette adaptation pour la survie future.

« Pousser un peu » semblait être bien en dessous de la vérité, estimait Geoffrey devant la taille minuscule des rhinocéros. Mais il n'avait aucun mal à croire que Chama et Gleb n'avaient pas eu à triturer en profondeur la structure génétique pour y parvenir. Les animaux nains s'ébattaient et reniflaient ; ils ne semblaient pas le moins du monde traumatisés par leur état.

Gleb avait récupéré son chariot, avait pris des granules de nourriture dans un pot et les déversait désormais dans l'enclos grâce à une trémie surplombant la fenêtre. Les rhinocéros nains devaient savoir qu'un doigt qui tapait contre la vitre annonçait l'arrivée du dîner.

— C'est… une solution ingénieuse au problème, dit Geoffrey.

— Ça te gêne, dit Chama.

— Je me demande s'il n'aurait pas mieux valu conserver ces organismes dans la glace jusqu'à ce que vous ayez les moyens de les faire grandir jusqu'à leur taille normale.

— Quitte à attendre des décennies ?

— L'Efflorescence verte ne me semble pas un plan à court terme.

Parler lui-même d'Efflorescence verte lui parut étrange, comme si en prononçant son nom, il accordait à l'entreprise une certaine légitimité, ou même qu'il l'approuvait de façon tacite.

S'agissait-il d'une sorte d'abominable fascisme écolo-misanthrope ? Il lui faudrait en apprendre bien plus pour pouvoir se faire une idée.

— Ces animaux ne savent pas qu'ils sont nains, dit Gleb avec une certaine patience. Sur les plans neurologiques et comportementaux, le développement est tout à fait normal. Une grande partie du tissu cérébral est superflue, ce qui explique pourquoi les oiseaux sont au moins aussi bons pour résoudre des problèmes que les primates, malgré l'énorme différence de volume crânien. Nous n'avons donc aucun scrupule éthique. Chama et moi ne pourrions jamais créer des êtres malheureux, uniquement pour servir un objectif utopique lointain.

— Ils me paraissent heureux, convint Geoffrey.

— Nous ne te cachons pas qu'il reste encore quelques difficultés avec certaines des autres espèces.

Un sinistre pressentiment s'abattit alors sur Geoffrey.

— Si vous savez fabriquer des rhinocéros, vous pouvez faire des mammouths et des éléphants. Ça fait un bail, mais je me rappelle avoir entendu parler de populations naines de ces espèces : les éléphants de Crète et les mammouths des îles de la mer de Béring.

— Nous pouvons faire des *Proboscidea*, dit Chama. Et nous en avons fait. Mais des difficultés subsistent.

Il emmena Geoffrey et Sunday devant une des fenêtres les plus éloignées. L'estomac de Geoffrey, tenaillé par l'appréhension, gargouillait.

— Je ne le sens pas trop, tout ça.

Gleb poussait de nouveau son chariot.

— Il nous faut encore nous améliorer. Mais ce n'est pas pour ça que les éléphants doivent être mis dans la glace, ou euthanasiés.

L'herbe était plus basse que dans l'habitat des rhinocéros, plus broussailleuse, sèche et blanchie comme dans le Serengeti avant la petite saison des pluies. À mi-distance, il y avait un point d'eau, désormais réduit à un trou boueux. De l'autre côté de cette mare, groupés en une masse cubiste dotée de plusieurs jambes et de plusieurs têtes, se trouvaient trois éléphants nains. Aussi gros que des bébés chèvres, leurs corps gris étaient couverts de taches marron de boue séchée.

— Expliquez-moi comment sont nés ces éléphants, dit Geoffrey.

— Dans des utérus artificiels, ici, dans la Zone non observée, répondit Gleb. Les œufs fertilisés ont été importés, transportés *in vivo* dans des mules humaines. Chama et moi portions tous les deux des œufs et nous avons eu des démêlés avec les autorités lunaires indiennes et chinoises à plusieurs reprises.

— De toute façon, il vous en faudrait des centaines – des milliers – pour obtenir une population viable.

Chama acquiesça.

— Nous en avons des centaines. Mais jusqu'ici, nous n'avons fait naître que ceux-là.

— Seulement ces trois ?

— Autant que l'habitat peut raisonnablement en supporter, expliqua Chama.

Geoffrey était resté neutre à propos des rhinocéros. Désormais, sa répugnance se transformait en un dégoût précis et ciblé.

— C'est inacceptable. Peu importent vos objectifs, vous ne pouvez pas faire ça à ces animaux.

— Geoffrey…, dit Sunday.

Il ne l'écouta pas.

— Les éléphants ne naissent pas dans le vide : ils grandissent dans une société complexe, qui les éduque, et dotée d'une forte hiérarchie maternelle. Un clan d'éléphants peut regrouper de trente à cent individus, et il y a également de forts liens entre les clans. Ce que vous faites ici reviendrait à placer des bébés humains dans des cubes d'isolation !

Sunday avait posé une main sur son bras. Elle serra un peu.

— Ils sont au courant de ces problèmes, petit frère.

Chama ne parut pas du tout offensé par la colère de Geoffrey.

— Dès la conception de ces habitats, nous savions que les éléphants auraient besoin de familles de substitution qui leur fourniraient un contexte de développement. Alors, nous avons cherché le meilleur moyen d'y parvenir. Dès le stade de l'embryon, ces animaux ont grandi avec des neuromécanismes dans la tête. Ça ne devrait pas te scandaliser, non ?

— Pas nécessairement, mais tout dépend de ce que vous faites de ces mécanismes, dit Geoffrey.

— Ces éléphants ont besoin d'un contexte sociabilisant, répondit Gleb. Alors, nous le leur offrons. Les neuromachines leur donnent des hallucinations en activant directement les modules visuels, auditifs et olfactifs de leur cerveau. Nous créons des chimères – en d'autres termes, un troupeau fantôme – qui leur fournit des stimuli et des conseils. Les éléphants vivent dans une réalité augmentée, tout comme nous lorsque nous chinguons.

— À la différence près que nous savons que les chimères sont des chimères. Les éléphants n'ont pas l'équipement cognitif pour faire cette distinction.

— Si c'était le cas, les chimères ne serviraient à rien, dit Chama.

— Les chimères sont créées par ordinateur, mais fondées sur l'observation de millions d'heures de la dynamique sociale dans les vrais troupeaux, expliqua Gleb. La même base de données nous rassure sur le fait que les réactions des nains correspondent à ce qu'elles seraient si les chimères existaient vraiment. Le développement de ces créatures n'est pas entravé.

— Bon, si vous n'avez pas de scrupules…

— Je ne dis pas que tout est parfait, l'interrompit Gleb.

— Les chimères créées par ordinateur peuvent fournir une sorte de cadre stabilisant, concéda Geoffrey en choisissant soigneusement ses mots, mais les éléphants sont des individus. Ils ont des souvenirs, des émotions. Ils ne peuvent pas être simulés par des logiciels sans âme. Ces nains ne deviendront peut-être pas des monstres. Mais ils ne seront jamais des éléphants complètement socialisés.

— Non, avoua Chama. Mais tu pourrais nous aider pour qu'ils le deviennent.

— Vous aider ? Je suis à deux doigts de vous dénoncer et de vous faire extrader pour biocrime de premier niveau !

— Nous connaissons ton travail, dit Gleb. Nous avons lu tes articles. Certains sont vraiment bons. (Il laissa cette insulte délibérée planer quelques secondes.) Nous savons ce que tu as fait avec les troupeaux de l'Amboseli.

— Puisque vous connaissez mon travail, dit Geoffrey, vous auriez dû vous douter que je ne serais pas très enthousiaste devant tout ça.

— Nous nous doutions aussi que tu pourrais peut-être nous fournir une solution, dit Chama.

Geoffrey passa un doigt dans sa ceinture.

— J'ai très envie d'entendre ce que vous proposez.

— Nous connaissons ta matriarche, Matilda, nous l'avons suivie avec un ching passif. Elle est magnifique. Elle est dotée de neuromachines, elle aussi, comme la plupart de tes éléphants.

— Elles ne servent qu'à la surveillance, c'est tout.

— Mais si on les reconfigurait, elles pourraient offrir une incrustation aug.

— Je ne vois pas trop où vous voulez en venir.

Mais même s'il ne voulait pas se l'avouer, il ne le savait que trop bien.

— Ces éléphants nains interagissent déjà avec des hallucinations, dit Gleb. Et si nous remplacions ces fictions créées par ordinateur par des chimères ching de Matilda et de son clan ? Rien ne s'oppose à ce que Matilda et ses éléphants perçoivent les nains lunaires comme physiquement présents dans le bassin et qu'ils les considèrent comme une autre famille ou un groupe d'orphelins en mal d'adoption. De la même façon, les nains lunaires pourraient vivre des interactions en temps réel avec de véritables éléphants d'Amboseli, comme s'ils étaient ici, sur la Lune.

Geoffrey n'avait même pas besoin de réfléchir aux implications techniques. Chama et Gleb avaient indubitablement envisagé le moindre petit détail. Il secoua tristement la tête.

— Même si c'était possible… ça ne marcherait pas. Mes éléphants n'ont jamais rencontré de nains et les vôtres n'ont jamais croisé la route d'adultes de grande taille. Ils ne sauraient pas comment se comporter les uns vis-à-vis des autres.

— La différence de taille ne compte pas, dit Chama. Le ching permet de l'effacer, elle ainsi que toute différence morphologique entre les deux populations. Chaque groupe percevra l'autre comme étant parfaitement normal. C'est possible, Geoffrey. C'est même très *facile.*

— Désolé, dit-il. Il m'a fallu des années pour établir un lien de confiance avec Matilda et sa famille. Je ne peux pas les trahir en manipulant leur vision de la réalité.

Chama n'abandonna pas.

— Du point de vue de Matilda – et de toute sa famille – ce ne serait qu'un détail mineur. Trois nouveaux éléphants, c'est tout. Les familles adoptent souvent des orphelins, non ?

— Et parfois, elles les laissent mourir, dit Geoffrey.

— Mais ça arrive, ce n'est pas quelque chose de complètement incongru chez ces animaux, dit Gleb. Pendant ce temps, toutes les autres interactions complexes du troupeau continueraient comme si de rien n'était. Mais les orphelins en tireraient un avantage incalculable. Ayant grandi dans un cadre stable, ils pourraient alors à leur tour accompagner une deuxième génération de nains lunaires jusqu'à l'âge adulte. Très vite, nous obtiendrions la base d'une société d'éléphants entièrement indépendante et autoreproductrice, ici, sur la Lune.

— Si tu nous aides, dit Chama, tu prendras part à une aventure épique.

— L'Efflorescence verte ?

— Oublie ça pour l'instant, dit Gleb. Pense seulement à ces éléphants et à ce qu'ils pourraient devenir. Quelles merveilles. Quels compagnons.

— Compagnons ? dit Geoffrey en s'efforçant de ne pas se moquer. Vous voulez dire : comme des animaux de compagnie ?

Chama secoua la tête.

— Comme des égaux cognitifs. Pense à tous les crimes commis contre leur espèce, durant tous ces siècles sanglants. Les atrocités, les injustices. Les carnages et la cruauté. Et imagine maintenant que nous leur offrions les étoiles.

— Comme une récompense ?

— Ce serait loin de compenser nos méfaits, dit Chama avant d'ajouter, d'une voix plus douce : mais ce serait un début.

Sunday fut soulagée de constater que la vieille station n'était pas aussi bondée qu'elle l'avait craint.

— C'est possible d'avoir une table dans le module japonais ? demanda-t-elle lorsqu'ils entrèrent dans l'intérieur blanc cassé, terne et anguleux de la Station spatiale internationale.

— Suivez-moi, dit l'employé en combinaison bleue, les épaules couvertes d'écussons de diverses agences spatiales presque toutes oubliées.

Sunday avait proposé qu'ils se retrouvent tous, y compris Chama et Gleb, après leur journée de travail. Les gardiens du zoo pouvaient être difficiles à supporter tant que l'on n'avait pas développé une certaine accoutumance à leurs propos. Sunday avait atteint ce stade depuis des années : les idées les plus folles de leur idéalisme rêveur la traversaient désormais sans plus de conséquence qu'un flux de neutrinos.

Et le moment était venu pour elle d'annoncer à Geoffrey que les Akinya étaient déjà impliqués.

— Bon, dit-elle durant leur première tournée, que penses-tu de Chama et Gleb ?

— Ils ont accompli des prouesses, dit Geoffrey. Je n'approuve pas forcément tout, mais ils se sont vraiment donné du mal et ont pris des risques.

— Mais tu n'es pas convaincu par toute cette histoire des Pans, dit Jitendra, sa grosse chope de bière à la main.

— J'ai bien peur de ne pas trop aimer les sectes et les illuminés.

— Écoute, expliqua Sunday, tu vas peut-être voir les choses sous un autre angle quand je t'aurais dit que nous y sommes déjà mêlés.

— Qui ça « nous » ?

— Nous. La famille. Ça remonte à loin, mais c'est la vérité. Tu as entendu parler d'une femme nommée Lin Wei ?

Geoffrey ne sembla pas faire le moindre effort pour essayer de s'en souvenir.

— Non, je ne crois pas.

— C'est la Première Pan, celle qui a lancé tout le mouvement à l'époque. Il y avait alors tout un tas de penseurs radicaux. Les extropiens. Les transhumanistes. Les longs-vivants. L'Horloge du Long Maintenant. La Mars Society. Plus une dizaine d'autres groupes de soutien à l'exploration spatiale qui – au premier abord – n'étaient pas d'accord sur grand-chose. Lin Wei est tout de même parvenue à les réunir et à les faire s'entendre sur une base commune. Certains ont dit « non merci » et sont partis. Mais Lin a trouvé des points d'accord avec les autres, des objectifs communs. Elle était très charismatique. C'est de là qu'est partie l'Initiative panspermique, et qu'ont été posées les bases des NUA.

Geoffrey sourit.

— Et où veux-tu en venir ?

— Lin Wei était la meilleure amie d'Eunice. Voilà où je veux en venir.

— Oh ! dit-il.

— Eunice n'a jamais été une Pan, en tout cas pas officiellement, mais elle a été proche du mouvement durant toute sa carrière. Les Pans ont apporté un gros soutien à un truc appelé Ocular.

Elle but une gorgée de vin et demanda :

— Tu connais ?

— Rafraîchis-moi la mémoire.

— Ocular fut le premier pas vers la colonisation d'exoplanètes. C'était un télescope assez gros pour obtenir des images de la surface d'une planète ressemblant à la Terre, en dehors de notre système solaire. Enfin, s'ils l'avaient achevé. Le projet a été abandonné à mi-parcours et c'est à partir de là que Lin et Eunice se sont fâchées.

Elle avait piqué la curiosité de Geoffrey.

— Que s'est-il passé ?

— Difficile à dire, mais ça a un rapport avec Mercure. C'est là qu'ils assemblaient les composants du télescope et qu'ils les envoyaient dans l'espace. Nous aidions à l'envoi du matériel et fournissions une assistance technique. Attention, ce n'était pas gratuit : Eunice et Lin étaient copines, mais les affaires sont les affaires. Les Pans ne nous payaient pas directement. En échange de nos services, les Akinya ont pu monter leur propre entreprise sur Mercure.

— Quel genre d'entreprise ?

— C'est à partir de là que ça devient trouble. Je fais partie de la famille et je n'arrive tout de même pas à savoir ce qui a mal tourné. (Sunday n'avait pu s'empêcher de baisser la voix : une réaction inutile, mais incontrôlable.) Nous avons construit une usine, là-bas, alimentée par le réseau de panneaux solaires que les Pans utilisaient pour monter Ocular et alimenter leur rampe de lancement. Ce que nous faisions dans cette usine... eh ben, c'est difficile à dire. De la recherche en physique prétendument, ce qui paraissait logique : nous cherchions à créer un système de propulsion et il faut beaucoup d'énergie pour faire quoi que ce soit dans cette zone. Mais ce n'était qu'un rideau de fumée.

— Si seulement ma famille était un dixième aussi intéressante que la vôtre, dit Jitendra.

Il avait apporté les pierres en plastique et s'en servait pour former de petits dessins cryptiques autour du cercle humide laissé par sa chope.

— Crois-moi, dit Sunday, je préférerais que ce ne soit pas le cas.

— Un rideau de fumée ? Mais pour quoi exactement ? demanda Geoffrey.

— Pour de mauvaises machines, dit Sunday. Des intellarts. Comme celle qui est entrée dans ma tête quand je suis tombée dans le trou. Rien n'a été prouvé, mais apparemment, nous utilisions nos moyens pour passer en contrebande des intellarts sur Mercure, sous le nez des autorités, dans le but de faire de la rétro-ingénierie et de les reproduire. Prendre de l'avance en vue du moment où les Cognes assoupliraient les règles de la recherche sur les IA.

Son frère se tapota le menton.

— Ce ne sont que des suppositions, pas vrai ?

— Lin Wei avait elle aussi des soupçons et elle nous a donc surveillés, expliqua Sunday. Elle a envoyé des espions industriels dans notre organisation et a découvert nos recherches sur les intellarts. C'est là que la brouille a commencé : non seulement nous avions menti sur nos intentions, mais nous développions des machines pensantes. Inutile de dire que Lin Wei l'a très mal pris. Et on peut la comprendre : toute une vie d'amitié et de confiance avait été trahie. Pendant ce temps, les Cognes menaient leur propre enquête. Ils finirent par aboutir sur Mercure où ils débarquèrent pour une inspection surprise.

— Que s'est-il passé ?

— Quand ils sont entrés dans l'usine, elle avait été saccagée. Du sabotage délibéré, pour cacher les preuves du crime. Ça a fait du bruit, à l'époque, et du mal à notre réputation et à celle des Pans, mais nous avons tous rebondi. La seule véritable victime a été Ocular. La fin des relations entre les Akinya et les Pans a signé l'arrêt de mort du projet avant qu'il soit complètement achevé. (Sunday désigna, de la tête, le plafond, le sol lunaire et le vide au-dessus.) Il est toujours là-bas, à récolter des données, mais pas autant qu'ils espéraient.

— Et la morale de cette histoire ? demanda Geoffrey.

— C'est simplement que nous sommes déjà associés aux Pans, petit frère. Personne n'a envie d'évoquer ce mariage en ce moment, mais on ne peut pas réécrire l'Histoire.

— Quoi qu'Eunice ait prévu, ça n'a rien à voir avec mes éléphants, ni avec moi.

— Non, mais ça a peut-être un rapport avec *moi*, dit Sunday. Peut-être qu'ils ont des informations sur Eunice que personne d'autre ne pourra me donner.

Le regard de Geoffrey s'éclaira alors.

— C'est pour ça que nous devons dîner avec Chama et Gleb.

Sunday contint son exaspération. Elle en demandait si peu à Geoffrey : pourquoi, pour une fois dans sa vie, ne considérait-il pas la situation autrement que par le petit bout de la lorgnette ?

— Ce ne sont que des pions, petit frère. Ils n'ont pas la clé de tous les secrets des Pans. Mais si nous les aidons, peut-être que quelqu'un d'autre pourra nous aider. Simple réciprocité.

— Cette visite du zoo n'était pas le fruit d'une impulsion soudaine, hein ?

Sunday s'aperçut que Chama et Gleb s'approchaient de la table en évitant les mains courantes et les casiers d'équipement accrochés à ce qui formait désormais le plafond, mais qui n'était autrefois qu'une des surfaces utilisables de l'ISS. Sunday et Jitendra se déplacèrent pour faire de la place aux gardiens du zoo.

Chama se pencha et tendit la main à Geoffrey.

— Ravi de te revoir ! dit-il avec un grand sourire.

Geoffrey la lui serra, mais répondit avec moins d'enthousiasme.

— Moi aussi.

Gleb ne portait plus sa blouse et Chama avait ôté les objets les plus gros des poches de son gilet. Mais en dehors de ça, ils ne semblaient pas avoir beaucoup changé depuis le zoo.

— Donc, Jitendra, dit Sunday en souriant tandis que Chama et Gleb plongeaient le nez dans la carte des boissons, des nouvelles d'Eunice ?

— Sunday…, dit Geoffrey.

Elle le regarda avec une expression perplexe.

— Quoi ?

— Je ne crois pas qu'il faille parler de ça en public.

— Chama et Gleb nous ont déjà avoué la nature de leurs travaux, dit Sunday. Le moins que nous puissions faire, c'est de leur rendre la politesse, non ?

— Oui, dit Geoffrey en lui lançant un regard sans ambiguïté sur ce qu'il pensait vraiment.

Chama leva les yeux.

— Nous ne voulons pas vous mettre dans l'embarras.

— Mon frère parle d'une affaire de famille, pas d'un secret d'État, expliqua Sunday. Et je ne pense pas que vous mettre au courant créera le moindre problème.

Jitendra eut un sourire gêné.

— J'ai peut-être quelque chose. C'est possible. Quand vous êtes sortis, j'ai décidé d'aller faire un tour vers Pythagore, pour voir ce que je pourrais trouver. La résolution du ching n'est pas géniale, il n'y a pas assez de capteurs publics dans cette partie de la Lune pour offrir une couverture homogène. Ce qui est problématique quand on veut jouer au détective amateur…

— Ce que nous ne sommes pas, l'interrompit Geoffrey.

— Mais c'est encourageant dans un autre sens, poursuivit Jitendra, car cela confirme ce dont nous nous doutions depuis le début : les traces laissées par Eunice en 2059 n'ont pas été dérangées depuis. (Il fit un grand sourire, ravi d'avoir été si astucieux.) Enfin, elles l'ont été, sans l'être.

Il repoussa les condiments, fit un tas avec les pierres colorées puis voqua une image rectangulaire sur la table. Celle d'un terrain gris argenté, couvert de cailloux et d'ombres, situé dans les hautes latitudes du paysage lunaire. Quadrillée et annotée avec des coordonnées, la photo avait dû être prise depuis un satellite.

— Un gros plan de l'intérieur du cratère Pythagore, qui date d'à peu près huit semaines, expliqua Jitendra. Assez récent pour ce que nous recherchons.

— Tu as trouvé l'endroit de l'alunissage ? demanda Sunday.

— Et pas seulement. (Il entrecroisa ses doigts et fit craquer ses phalanges.) Je vais zoomer pour vous montrer.

— L'endroit de quel alunissage ? demanda Gleb.

— Eunice a aluni, ou plutôt elle s'est crashée, dans ce cratère, il y a cent trois ans, répondit Sunday. Apparemment, elle nous a laissé quelque chose en rapport avec cet incident.

Le rectangle ne changea pas de taille, mais l'image s'agrandit pour afficher une étoile blanchâtre aux multiples bras – pas vraiment un cratère, plutôt une éclaboussure gelée – à l'endroit où un objet s'était écrasé sur la surface lunaire. La forme de l'impact était allongée et asymétrique, comme si l'appareil était arrivé en travers. Il y avait même une petite tache sur un côté, comme s'il avait rebondi une fois avant de s'arrêter.

— Ça a l'air terrible, mais nous savons qu'elle a survécu au choc, dit Jitendra.

— Mais aucune trace du vaisseau, dit Geoffrey en succombant à contrecœur à la curiosité. Tu es sûr que c'est le bon endroit ?

— C'est le seul qui correspond. Le vaisseau n'est plus là parce qu'il a été récupéré par une équipe d'Indiens. (Jitendra zooma de nouveau dans l'image en tapotant du doigt sur la table.) Ils avaient leur propre appareil. Là, ils ont soulevé de la poussière en atterrissant et voici les traces de leurs pas et de leurs véhicules, éparpillées sur le cratère d'Eunice, aussi fraîches que lorsqu'elles ont été faites. Mais c'est tout. Personne n'est retourné sur le site de l'alunissage depuis un siècle.

— Et le trajet d'Eunice ? demanda Sunday.

— Nous pouvons le suivre jusqu'à l'extérieur du cratère. Ses traces de pas sont les seules autres visibles sur Pythagore.

L'image se déplaça sur la droite, vers l'est. Sunday vit les empreintes qui suivaient une ligne droite, malgré quelques détours occasionnels pour éviter les obstacles. C'était un long message monotone en code Morse : des traits d'union aux endroits où elle avait bondi, entrecoupés de suites de points là où elle avait ralenti sa progression pour marcher. Lorsque Jitendra fit un zoom arrière, réduisant les empreintes à des rayures à peine visibles, elle prit conscience de la longue distance qu'Eunice avait dû parcourir.

Une minuscule présence humaine, contenue dans un sac d'air et de chaleur perdu dans l'immensité stérile du paysage lunaire, comme un insecte qui traverse une piste d'atterrissage.

— Nous pouvons suivre ces empreintes jusqu'à la paroi et au-delà, pour arriver à l'endroit où elle a retrouvé l'équipe de secours chinoise, dit Jitendra. On voit même là où leur véhicule a fait demi-tour pour rentrer chez eux, avec Eunice à bord. Tout concorde.

Sunday soupira.

— D'accord, son histoire est vraie. C'est tout ce que tu as ?

— Il reste quand même quelque chose *d'un peu* étrange. (Il fit défiler l'image et zooma de nouveau jusqu'aux empreintes.) Nous sommes à trente kilomètres du site de l'alunissage, là. Et brusquement, il y a *ça*.

— Oh ! oui ! dit Chama.

Au nord des traces – à peut-être cent mètres – le sol avait été soufflé par un appareil qui s'y était posé. Sunday discernait clairement le motif cruciforme des trous creusés par les jambes de son train d'alunissage.

Il y avait également des empreintes de pas : deux rangées, qui allaient du vaisseau jusqu'aux premières traces et qui repartaient dans l'autre sens. Il n'y avait nul besoin d'être un expert pour remarquer que l'espacement entre les pas était similaire, voire identique, à celui d'Eunice.

À l'endroit où les deux empreintes se rejoignaient, le sol était strié. Sur à peu près cinq mètres, les traces originelles d'Eunice avaient été effacées.

— Elle est revenue, dit Sunday. Mince ! Elle est revenue.

Jitendra acquiesça.

— On dirait bien. Après avoir été sauvée par les Chinois – et il peut s'être écoulé des semaines, des mois, des années, qui peut le dire ? – elle est retournée au même endroit faire quelque chose.

— On dirait qu'elle a creusé, dit Gleb. Soit pour retrouver un objet enterré auparavant, ou pour enfouir quelque chose d'autre. Tu peux revenir en arrière et trouver d'autres images ?

— Gleb a raison, dit Sunday. Si nous pouvions trouver une photo prise après son sauvetage, mais avant les nouvelles empreintes, nous y verrions plus clair.

— Je cherche, dit Jitendra. Mais je fais aussi extrêmement attention. Je n'ai pas envie de laisser de traces de ma pêche aux images.

— Personne d'autre n'est sur cette piste, dit Geoffrey. Enfin, c'était le cas jusqu'à ce que ma sœur se mette à en parler à tous ceux qui veulent bien l'écouter.

— Il faut vraiment que nous allions là-bas, voir ce qu'il y a sous terre, dit Sunday.

— Ça risque d'être problématique, expliqua Jitendra. Pythagore est désormais sous administration chinoise. On ne badine pas avec le Mur fantôme.

— Alors tant mieux puisque nous n'allons pas le faire, dit Geoffrey.

— Tu n'es pas du tout curieux ? demanda Sunday.

— Ce ne sont que des suppositions, fondées sur quelques taches sur une photo.

— Nous en aurions le cœur net si nous y allions, dit-elle. Avec deux pelles, peut-être une excavatrice ; tu crois que ça nous prendrait combien de temps ?

— Sous la surveillance des Chinois, qui se demanderaient pourquoi nous creusons ? Tu crois que les cousins ne seraient pas vite mis au courant ?

— Il ne faut pas passer par les canaux officiels, dit Jitendra.

— J'ai une idée, lança Chama. (Il regarda son mari et Gleb hocha très légèrement la tête pour l'encourager. Leurs boissons arrivèrent. Il en but une petite gorgée.) Quoi qu'il se passe, il y a toujours le risque d'être arrêtés et détenus par nos amis chinois. Et même si personne n'y tient vraiment, nous avons tout de même une certaine expérience dans ce domaine.

— Ce n'est pas pour ça qu'ils vous relâcheront la prochaine fois, dit Geoffrey.

— Il ne s'agit pas de trafic, mais simplement de creuser sur le sol chinois : pas vraiment le crime du siècle, non ? (Gleb avait désormais pris la parole.) L'Initiative a une certaine influence dans les cercles chinois et nous avons June Wing dans notre camp. Avec les mots justes et les bons arguments, nous sortirons vite.

— Ou pas, ajouta Geoffrey.

— Nous prenons le risque, dit Chama en se penchant en avant, les coudes sur la table. Vous découvrirez ce qui se cache là-bas. Et en échange, vous nous devrez une faveur. Qu'en dis-tu, l'homme éléphant ?

Il secoua la tête.

— Nous en avons déjà parlé. Je ne travaillerai pas avec vous.

— Nous voulons simplement, dit Gleb, t'offrir une chance de nous aider avec nos nains.

— Niveau chantage émotionnel, j'ai déjà ma dose avec ma famille, merci, inutile de vous y mettre.

— Nous ne te demandons pas grand-chose, dit Chama sur un ton raisonnable.

Il but une autre gorgée de sa bière et essuya la mousse d'un revers de main, avant d'ajouter :

— C'est nous qui prenons tous les risques. Personne n'a besoin d'être au courant de ton implication.

— Il reste quand même le petit problème de la commission d'éthique, dit Geoffrey.

— Oh ! mais on s'en fout, dit Gleb. Il faudrait déjà qu'ils apprennent l'existence des nains et nous ne sommes pas encore prêts à la dévoiler.

Geoffrey parut soulagé, comme s'il avait enfin trouvé une objection insurmontable.

— Alors, ce n'est pas possible. Si les neuromachines communiquent, quelqu'un, quelque part, voudra savoir pourquoi il y a tant de trafic ching entre les éléphants et la Zone non observée.

— Nous pouvons contourner ce problème, dit Chama. L'Initiative a déjà plus qu'assez de connexions cryptoquantiques entre la Terre et la Lune. Elles ne sont pas totalement inviolables, évidemment, mais quasiment.

— Tu vas encore ramer avant de trouver quelque chose qu'ils n'ont pas déjà prévu, dit Sunday.

— En dehors du fait que si je participe, ça fera de moi un criminel.

— Personne ne le saura, répliqua Gleb. Et dans cette affaire, tu conserves ton intégrité morale, non ? Nous t'avons présenté une situation, un fait accompli, que tu as accepté d'améliorer.

Il regarda son mari et dit quelques mots que l'oreillette ne traduisit pas : une langue ou un dialecte trop obscur.

— Je pense que nous pourrons nous entendre aussi sur des compensations financières, dit Chama après avoir réfléchi un instant. Je ne peux rien promettre… mais ce n'est pas inenvisageable. Tu dépends des dons de ta famille, en ce moment, non ?

— J'ai plusieurs sources de financement, dit Geoffrey en jetant un regard noir à Sunday.

Chama haussa les épaules.

— Mais je suis sûr que tu ne cracherais pas sur davantage d'autonomie.

Sunday saisit l'occasion.

— Puisque nous négocions, j'aimerais avoir accès à vos archives.

— Que cherches-tu exactement ? demanda Chama.

Sunday hésita avant de répondre.

— Ma grand-mère connaissait votre fondatrice, Lin Wei. Elles ont fréquenté la même école, en Tanzanie, quand le pays était indépendant, avant la Fédération. Regardez.

Elle débarrassa une partie de la table et voqua une image de deux filles du même âge. L'une était sa grand-mère. L'autre Lin Wei.

Celle-ci portait une robe rouge, des collants blancs et des chaussures noires.

Sunday jeta un coup d'œil à son frère et hocha la tête. Son regard indiquait qu'elle avait elle aussi fait le lien avec la mystérieuse fillette à la cérémonie, l'étrangère au lien ching cryptique.

— Eunice connaissait la Première Pan ? demanda Gleb, stupéfait. Comment cela a-t-il pu rester secret tout ce temps ?

— Je ne l'ai découvert moi-même que récemment, dit Sunday en se trémoussant sur sa chaise. (C'était un mensonge, mais étant donné la situation, un pieux mensonge.) Elles étaient très amies et ont collaboré sur le projet Mercure. Mais Eunice a abusé de la confiance de Lin Wei. Je ne sais pas trop si elles se sont revues ensuite.

— Eunice vient à peine de mourir, dit Geoffrey.

— Hum, oui, dit Sunday. J'avais remarqué.

— Ce que je veux dire, c'est qu'elle n'était pas *si* vieille. Pas selon les critères actuels. Et donc si elle était à l'école avec cette Lin Wei, qui dit que Lin Wei n'est pas toujours vivante ? Peu importent les archives ou les Pans, tu pourrais lui poser la question directement.

— Je crains que non, dit tristement Chama. Lin Wei *était* la Première Pan. Elle est morte il y a des décennies.

Sunday acquiesça.

— C'est aussi ce qu'on m'a dit. Apparemment, elle se serait noyée, ou un truc affreux dans le style.

# Chapitre 7

Lorsque la demande de ching arriva le lendemain matin, Sunday posa la cafetière avec une forte appréhension. Elle accepta la connexion, sans se départir d'un pressentiment intense et familier.

— J'ai des infos, dit Chama. Je crois qu'il vaut mieux que je te les donne d'abord, afin que tu puisses comprendre ma démarche et ensuite tout expliquer aux autres.

— Ça a un rapport avec la conversation d'hier soir, pas vrai ?

Des bottes résonnèrent sur le sol métallique à l'extérieur. On frappa énergiquement à la porte.

— Petit frère ! cria Sunday. Tu veux bien aller ouvrir ?

Geoffrey alla à l'entrée et revint à la cuisine en compagnie de Gleb. Le gardien de zoo semblait soucieux.

— Ce n'est pas bon, dit-il.

— Chama, lança Sunday à la chimère, pourquoi chingues-tu depuis l'extérieur de la Zone ?

— Parce que dans ma situation actuelle, je ne vois pas comment je pourrais chinguer d'ailleurs.

Chama était sanglé sur un épais siège noir, enfoncé dans sa partie capitonnée. Il portait le plastron jaune d'une combinaison spatiale moderne et ultralégère, sans le casque.

— Tu es à bord d'un engin spatial, dit Sunday.

Les coordonnées se mettaient à jour constamment, les derniers chiffres tournant à toute vitesse.

— Chama, que fais-tu dans un vaisseau ? demanda-t-elle.

— Tu connais l'expression « battre le fer tant qu'il est chaud » ?

— C'est vraiment pas bon, dit Gleb en insérant son oreillette. Sunday, voque-moi l'autorisation concernant la chimère, s'il te plaît. Je veux pouvoir lui parler et le voir moi aussi.

Sunday connaissait déjà la réponse à sa prochaine question, mais elle la posa tout de même.

— Chama, as-tu l'intention de faire quelque chose qui risque d'énerver les Chinois ?

— C'est dans l'ordre du possible, dit-il tandis que Sunday voquait les réglages du ching de façon que tout le monde puisse se joindre à la conversation.

— Ton mari est ici. Et il n'est pas content.

— Gleb, désolé, mais il était inutile de rester assis à discuter. Tu as toujours été plus prudent que moi. Tu m'aurais dit de remettre ça à plus tard, d'y réfléchir.

— Et comment ! cria Gleb.

— C'était maintenant ou jamais. Écoute, j'en ai parlé aux Pans de Tiamaat. J'ai… leur autorisation tacite. Ils me sortiront de taule, quoi qu'il arrive.

— Tu veux dire qu'ils feront leur possible !

— Ils sont très bons pour ce genre de choses, Gleb. Tout ira bien.

— À qui est ce vaisseau ? demanda Sunday. Et est-ce que cette connexion ching est sécurisée ?

— L'appareil appartient aux Pans, répondit Chama. C'est un vaisseau de courte portée, qui possède à peine le delta-v nécessaire pour se libérer de la gravitation lunaire, mais convient très bien aux transferts balistiques et aux alunissages illicites. Nous l'avons utilisé plusieurs fois.

— Et la connexion ? répéta-t-elle.

— Cryptoquantique. Il y a peu de chances qu'on nous écoute, même pas les Chinois. Évidemment, ils vont essayer… mais ils vont mettre du temps avant de contourner la protection, et nous avons des lignes de rechange prévues. (Il sourit.) Quoi qu'il en soit, il faut que vous soyez tous au courant de ce qui se passe. Je suis sur le point de faire une grosse bêtise.

— Non, dit Sunday. Nous n'aurions jamais dû en parler, pas même en évoquer la lointaine possibilité. Ce n'était qu'une *idée*, Chama, tu ne t'y es pas engagé.

— Tu veux venir ? Il y a assez de place sur ces liaisons pour quelques passagers supplémentaires.

— Cette affaire concerne les Akinya, dit Geoffrey. Ça n'a rien à voir avec vous.

— Ça a cessé de concerner uniquement les Akinya dès que vous vous êtes mis à en discuter, l'homme éléphant. Bref, je vais vous rendre un service, égocentriques et malheureux Akinya, en mettant ma tête sur le billot.

La chimère de Chama se tourna sur un côté tandis qu'une voix enregistrée parlait sévèrement, sans être hostile.

— Oh ! c'est parti, dit-il. Premier avertissement. Une demande polie de changer d'itinéraire. Aucune menace pour l'instant. Je n'ai pas encore traversé le Mur fantôme.

— Fais demi-tour, lança Sunday.

— Trop tard, je le crains. Je me suis interdit l'accès aux commandes ; même si je le voulais, je ne pourrais plus changer de direction.

— Tu es dingue, dit-elle.

— Non, simplement déterminé. Oh ! voilà. Deuxième avertissement. Plus sérieux, cette fois. On me parle de contre-mesures et de représailles. Mince ! c'est génial, non ? (Sa chimère leva un bras et il attrapa le casque resté jusqu'ici invisible.) ça m'étonnerait qu'ils me fassent exploser en plein vol. Mais mieux vaut quand même prendre ses précautions.

Il l'abaissa à quelques centimètres de son anneau de col et laissa les aimants le fermer avec une suite de petits bruits sourds et de vrombissements. À l'exception d'une colonne en col-de-cygne qui remontait de la nuque jusqu'au sommet, le casque était transparent.

— Mais tu peux venir avec moi, Sunday. Vous pouvez tous venir. (Chama entra des commandes sur l'épais écran entouré de caoutchouc, accroché à son poignet.) Mais faites vite. Je n'aurais pas beaucoup de temps là-bas, s'ils me laissent arriver à l'endroit où elle a enterré l'objet. Oh ! je vois le Mur fantôme maintenant. Monumental. Très chinois. Qui d'autre a encore une frontière en hallucination consensuelle à moitié aussi impressionnante ?

Sunday interrompit le monologue de Chama.

— Tu disais quoi, que nous n'étions pas repérables ? Tu en es absolument certain, à cent pour cent ?

— Non, dit Chama en haussant les épaules sous sa combinaison moulante. Comment le pourrais-je ? Mais tu es dans la Zone, Sunday. Les grandes puissances comme la Chine détestent la Zone justement parce qu'ils ne peuvent *pas* y remonter des signaux jusqu'à leur source. Et le fait qu'ils nous haïssent pour cette raison est la meilleure garantie que je puisse donner qu'ils ne nous suivent pas. Alors, sois folle. Chingue avec moi.

— Tu as emmené des doublures ? demanda Gleb.

— Deux. Il n'en rentrait pas plus. Les autres n'ont qu'à rester passifs.

Sunday n'avait pas pensé aux doublures.

— Nous allons devoir parler, quand tu seras revenu, dit-elle.

— Toi, t'es une véritable amie. Oh ! troisième avertissement !

La chimère de Chama fut prise d'une violente convulsion, comme si son vaisseau ignorait qu'il n'y avait pas d'atmosphère et avait rencontré des turbulences.

—Intéressant, dit-il d'une voix toujours aussi nette, malgré le casque. Ils tentent de prendre le contrôle de mes commandes. Intéressant, mais loin d'être suffisant. Ils vont devoir faire mieux s'ils veulent arriver à quelque chose.

Le vaisseau se calma. Sunday prit une profonde inspiration.

—Excuse-moi un instant.

—Je ne vais nulle part, dit Chama.

—Tu n'aurais pas pu l'empêcher ? demanda-t-elle à Gleb.

—Il avait quitté l'appartement avant que je m'en rende compte. Tu crois que j'aurais été d'accord ?

Elle se calma. Elle ne gagnerait rien à passer sa colère sur l'autre gardien du zoo. Elle comprit tout à coup à quel point ce devait être difficile pour Gleb, dont le mari était là-haut, à défier l'entité nationale la plus puissante de la Lune.

—Bon, nous sommes quatre et il y a deux doublures, dit Jitendra. Je resterai passif. Gleb peut prendre une des machines.

—Je préfère ne pas avoir de corps, dit Gleb. Avec des bras et des jambes, je risque d'avoir envie d'étrangler quelqu'un.

—S'il y a un trésor dans le sol, dit Geoffrey en regardant sa sœur, il nous appartient. Je crois que nous devrions prendre les corps.

Il y avait quatre connexions ching ouvertes : deux pour des doublures corporelles, deux pour des chings passifs. Sunday s'assigna une des liaisons pour doublure et laissa l'autre à Geoffrey. Jitendra et Gleb se débrouilleraient seuls.

—J'y vais, dit-elle. J'espère que vous serez là quand j'arriverai.

Elle voqua un ching. Pendant un instant, trop familier pour être douloureux, elle sentit son âme glisser hors de son corps, pas dans une direction précise, mais dans toutes à la fois, comme si elle n'était plus qu'une image d'elle-même qui devenait floue et s'étalait dans une brume quantique. C'était le neuromécanisme qui prenait le dessus, aiguillant les entrées sensorielles et proprioceptives vers le robot en attente, de l'autre côté de la Lune.

Puis tout redevint net et elle se retrouva ailleurs, dans un autre corps, dans un appareil qui fonçait dans le ciel interdit de la Région spéciale lunaire autonome de la république populaire de Chine.

Elle était accrochée à un mur, face à Chama.

—Je suis là, dit Sunday. Bon, comment je dois m'y prendre pour que tu fasses demi-tour ?

—Je te l'ai déjà dit, expliqua-t-il en tournant sa visière transparente vers la doublure, il n'y a rien d'autre à faire que profiter de la balade.

Sunday avait l'impression d'avoir été placée dans un objet où son corps ne rentrait pas vraiment, comme si on l'avait fourrée dans une armure raide et rouillée. Puis quelque chose *céda* – quelque chose se détendit dans son cerveau – et la transition finale dans le nouveau corps fut achevée.

Elle observa sa nouvelle anatomie. Une unité Aeroflot bas de gamme, à peine meilleure qu'un châssis androïde, composée de tubes métalliques bleus et d'articulations universelles bulbeuses. Elle était devenue un bonhomme en fil de fer mécanique, une sorte de cric hydraulique qui avait décidé de se déplier et de marcher debout.

À sa droite, une autre doublure, quasiment semblable, mais rouge métallisé, se mit à bouger.

Elle regarda Chama, puis Sunday. Sa tête était un ananas anguleux, couvert de capteurs panoramiques protégés par des barres de sécurité en alliage.

— Bon, dit Geoffrey. Je suis là.

Il bougea un bras, le levant pour examiner le poignet, la main, puis les doigts et le pouce, de configuration humaine, élégants et agiles. Ses gestes manquaient de naturel, mais cela ne durerait pas. Ce n'était pas comme s'il n'avait jamais dirigé de doublure ; il manquait seulement d'entraînement.

— Où sommes-nous exactement ? demanda Sunday à Chama.

— Bonne question, dit Geoffrey. À laquelle il faudrait ajouter : « mais bordel ! qu'est-ce que je fous là et pourquoi je me retrouve mêlé à ça ? »

— Nous sommes en plein dans l'espace aérien chinois, répondit Chama. En phase de descente vers Pythagore, à cinquante-cinq kilomètres du site de l'enfouissement. Nous devrions y être dans six minutes.

Sunday observa ce qui l'entourait. Elle avait déjà vu des cabines de douche plus grandes. Il n'existait pas d'appareils plus petits, autrement on passait dans la catégorie des capsules de survie ou des combinaisons spatiales très spacieuses.

— Peu importe ce qui est enterré, dit Geoffrey, ça ne te regarde pas, Chama.

Le vaisseau tressauta et s'agita de nouveau. Les golems accrochés contre le mur s'entrechoquèrent bruyamment. Chama lança un juron et remua violemment le joystick manuel intégré à l'accoudoir de son siège jusqu'à ce que l'appareil se stabilise.

— Ils sont malins, dit-il. Il faut le leur accorder. Ils ont trouvé une porte dérobée dans le programme de contrôle dont j'ignorais même l'existence.

— Je croyais que tu n'avais pas les commandes manuelles, dit Sunday.

— Nous en parlerons plus tard, répéta Chama. Où sont Gleb et Jitendra, au fait ?

La tête et le haut du torse de Jitendra apparurent dans la cabine.

— Ici.

— Et moi ici, ajouta Gleb.

— Vous en avez mis du temps, dit Sunday.

— Il y avait moins de bande passante que tu disais, répondit Jitendra. Nous sommes restés en attente.

— Ce sont les Chinois qui tentent de briser les accès cryptoquantiques, expliqua Chama, ou de nous priver de bande passante.

— Ils peuvent faire ça ? demanda Sunday.

— C'est facile pour un gouvernement. Ils se servent des transmissions diplomatiques prioritaires, ce genre de trucs. Ils inondent la bande passante d'un tas de signaux gouvernementaux qui *doivent* passer avant le trafic normal. C'est très ingénieux. (Sunday aperçut un sourire à travers son casque.) Heureusement que nous sommes plus malins. Oh ! oh !

— Que signifie « oh ! oh ! » dans ce contexte ? demanda Geoffrey.

— Que je viens de recevoir mon dernier avertissement, dit joyeusement Chama. Les intercepteurs de la police aux frontières sont en route.

— Peut-être qu'ils bluffent, dit Sunday.

— Sauf que le radar a des échos, qui foncent vers nous. Et qui vont trop vite pour être des appareils dotés d'équipage. Il s'agit sans doute de drones armés.

— Des drones armés, dit Geoffrey. Tu n'imagines pas à quel point ça me fait plaisir.

— De dissuasion, répondit Chama d'un ton dédaigneux comme si son interlocuteur avait fait preuve de trop de naïveté. C'est tout. Personne ne tire plus sur personne. Nous ne sommes plus sur Terre, désormais.

Une alerte d'impact se mit à sonner. Les parties des cloisons qui n'étaient pas encombrées de fenêtres, d'instruments ou de modules d'équipement se mirent à clignoter en rouge. Sunday vit Jitendra et Gleb trembloter puis disparaître et elle sentit presque aussitôt la traction des fils de marionnette pour la ramener dans son propre corps, dans la Zone non observée.

Elle y resta un instant, debout dans son salon, au milieu de son bazar familier. Puis elle se retrouva de nouveau dans l'appareil, avec ses amis, revenus eux aussi.

— OK, dit Chama. Changement de plan. Je vais descendre plus vite et plus fort que prévu. C'est amusant, non ?

— Je me retrouve au beau milieu d'un incident diplomatique majeur, dit Jitendra, émerveillé. Ce n'est pas vraiment ce que j'avais prévu pour la journée.

— Tu n'es au milieu de rien du tout, le corrigea Chama. Tu n'es qu'un observateur. On ne pourra jamais te condamner pour ça. Oh ! *s'il te plaît*, la ferme !

Il s'adressait à l'appareil qui fit taire ses alarmes et éteignit ses lampes clignotantes.

La surface lunaire défilait en dessous à une vitesse toujours croissante tandis que le véhicule perdait de l'altitude. Bien qu'il fasse jour sur Pythagore, les ombres restaient longues et d'un noir d'encre à cause de la haute altitude du cratère. Rien, ou presque, n'indiquait que quiconque était venu dans cet endroit gris comme de la pierre ponce ; nul scintillement métallique ou plastique ne dénotait la présence d'habitations et aucune machine n'accomplissait de pénibles tâches.

Il n'y avait que les traces. Sur le talc antique de la surface, les signes d'activité humaine dans le passé restaient tout à fait visibles. Sur Terre, on aurait pu les prendre pour des coulées de lave ou des lits de rivière asséchés. Sur la Lune, elles indiquaient clairement que quelqu'un avait parcouru la zone.

Sunday dut se défaire de ses idées préconçues lorsqu'elle se rendit compte que les marques de véhicules qu'elle essayait de déchiffrer, étrangement espacées, étaient en réalité des empreintes de pas, et que l'appareil n'était qu'à quelques centaines de mètres de la surface de la Lune, et pas à des kilomètres. Ils étaient descendus bien plus vite qu'elle ne l'aurait cru.

— Et voilà, dit Chama en le désignant. L'endroit où ta mamie est revenue : tu vois le sol tout râpé ?

— Je ne vois rien, avoua Sunday.

— Voque la disparition de notre appareil. Tu as l'autorisation.

Sunday lança l'ordre – qui ne lui était pas venu à l'esprit auparavant – et le vaisseau disparut presque en entier. Il ne resta plus qu'une esquisse au néon de ses contours principaux, un prisme de forme triangulaire en trois dimensions avec Chama engoncé en son centre. Les golems, ainsi que les têtes et les torses désincarnés de Gleb et Jitendra, accompagnaient la balade.

Elle voyait désormais l'endroit couvert de traces où Eunice était revenue, un temps indéterminé après sa longue marche depuis le site du crash de 2059. Tout était semblable à l'image aérienne que Jitendra leur avait montrée dans l'ISS : les traces d'alunissage d'un autre vaisseau, les petites empreintes de pas qui croisaient les marques originelles d'Eunice puis retournaient à l'appareil. La surface de régolite retournée comme si un cheval s'y était roulé sur le dos.

Et rien d'autre. Rien n'indiquant que quiconque y était venu avant eux.

— C'est maintenant que ça devient intéressant, dit Chama. Voilà les intercepteurs.

Sunday se crispa. Elle n'était pas vraiment en danger, mais Chama était peut-être trop confiant. Il n'y avait pas eu d'échanges mortels entre deux puissances spatiales depuis des décennies... Ce n'était pourtant pas complètement inenvisageable, en cas de provocation suffisante.

— Combien ? demanda Gleb.

— Trois, répondit Chama. Je m'y attendais. De petits drones autonomes. Au masque de démon. Tu veux les voir ? Je peux neutraliser l'aug chinoise si tu ne veux pas, mais ils se sont donné tellement de mal qu'il serait dommage de...

Les drones leur foncèrent dessus et virèrent au dernier moment pour ne pas percuter l'appareil. Sans leur camouflage, ils étaient si rapides et si agiles qu'ils ressemblaient à des étincelles en mouvement. Peut-être qu'ils étaient armés, ou qu'ils comptaient seulement sur leur vitesse et leur vivacité pour rentrer dans tout objet qui se déplaçait. En tout cas, ils se cantonneraient strictement aux limites de la légalité. Ils avaient beau opérer dans l'espace aérien chinois, il leur fallait tout de même se conformer aux traités de non-prolifération globaux qui encadraient les entités spatiales.

Mais rien ne les empêchait de s'entourer d'incrustations aug effrayantes. Les masques de démon donnaient ainsi l'impression qu'ils étaient plus gros que l'appareil de Chama. Chacun d'eux représentait une tête morbide et souriante, à la mode chinoise, des bannières de feu dans leur sillage. Lorsque les drones se mirent à tournoyer autour du vaisseau en phase de descente, le harcelant sans jamais vraiment entrer en contact avec lui, leurs traînes de flammes s'emmêlèrent pour former un tourbillon multicolore. Un des démons était d'un vert pâle et maladif, un autre d'un bleu froid. Le troisième avait la couleur rouge d'une langue baveuse. Leurs yeux blancs et déments étaient surmontés de sourcils proéminents. On aurait dit des chiens pékinois fantomatiques atteints par la rage.

— Cessez votre descente, dit une voix qui leur parvint dans la cabine. N'essayez pas de vous poser. Vous allez être escortés dans l'espace aérien lunaire neutre. Si vous ne coopérez pas sur-le-champ, vous serez considérés comme des ennemis. Et subirez les représailles des forces militaires.

Les démons tourbillonnants se rapprochaient, tournoyant en cercles de plus en plus serrés autour de l'appareil.

— Obéis, supplia Gleb.

— Ce ne sont que des menaces, dit Chama. Je m'y attendais.

Il leva tout de même le bras pour toucher l'anneau autour de son cou, comme pour s'assurer que le casque était bien en place et pressurisé.

— Cessez votre descente, répéta la voix. C'est le dernier avertissement.

— J'ai l'impression qu'ils sont sérieux, dit Sunday.

— Ils bluffent. Ils ne veulent surtout pas dégommer un touriste débile qui s'est trompé de coordonnées en réglant son pilote automatique.

— À mon avis, ils ont compris qu'il ne s'agissait pas d'un touriste débile, dit Geoffrey.

— C'est possible, avoua Chama.

Le démon bleu percuta l'appareil. Lorsqu'il s'éloigna, sans dégâts apparents, le vaisseau tournoya doucement. Chama lâcha le joystick et laissa l'avionique stabiliser le véhicule. Ça ne servit pas à grand-chose. Chaque fois qu'il se remettait de nouveau d'aplomb, un autre démon venait le frapper et le déséquilibrait. Les coups devenaient de plus en plus violents et le sol fonçait vers eux comme le fond d'une cage d'ascenseur. Les démons attaquaient désormais à deux ou trois à la fois, et frappaient la coque comme des marteaux-piqueurs. La culbute était devenue complètement incontrôlable, et le sol apparaissait et disparaissait plusieurs fois par seconde.

Chama essaya de parler. Peut-être pour dire : « Accrochez-vous ! », Sunday ne sut pas très bien. Une seule chose était sûre : un instant plus tard, Chama avait disparu. Le siège fut remplacé par un cocon d'impact, une coquille adaptative rembourrée et blanche qui avait enveloppé à la fois le fauteuil et son occupant, en un clin d'œil.

Tout devint noir. Sunday resta une seconde dans les limbes puis se retrouva de nouveau dans l'appartement. Mais rien qu'un instant. La connexion ching avait été interrompue, mais pas coupée. Elle retomba dans le golem qui n'était plus dans son harnais, mais allongé, les membres emmêlés contre un des modules d'équipement sur le mur opposé. L'esquisse au néon avait disparu et l'appareil avait repris sa forme pleine et entière. La tête et le torse de Jitendra n'étaient visibles que par intermittence, quadrillés de parasites tramés indiquant la compression de la bande passante. Gleb clignotait. Le golem de Geoffrey pendouillait encore dans ses attaches.

— Ça s'est bien passé, dit Chama.

Le cocon d'impact s'était résorbé et il détachait sa ceinture. À l'envers, il tomba vers ce qui était le plafond à l'allure de la gravitation lunaire. Jitendra se stabilisa. Geoffrey dégagea son golem de son harnachement. Sunday tenta de bouger son propre corps de doublure et s'aperçut que ses membres métalliques bleus fonctionnaient correctement.

— Ils nous ont descendus, dit-elle, stupéfaite.

— Immobilisation tactique, répondit Chama, complètement dérouté. Très bien joué. Nous sommes toujours étanches et la collision restait dans les paramètres de survie. (Il agrippa une poignée jaune et se propulsa vers la porte de l'appareil.) Accrochez-vous. Je dépressurise. Plus la peine d'économiser l'oxygène désormais.

L'air quitta le véhicule dans un sifflement allant *decrescendo*, entraînant avec lui un nuage de poussière argentée et de détritus humains pailletés. Chama, désormais dans le vide, actionna le volumineux mécanisme d'ouverture de la porte. Il découvrit alors un paysage digne d'un Rothko de la dernière période : un rectangle de ciel noir en bas, et un rectangle de sol lunaire éblouissant en haut.

Les systèmes de vision du golem démarrèrent des programmes de filtres pour atténuer la brillance du terrain jusqu'à un gris supportable.

Chama sortit le premier. Il s'élança à travers la porte et retomba sur la surface avec l'agilité d'un chat. Sunday le suivit, et lorsqu'elle toucha la poussière, il avait déjà rebondi de l'autre côté de l'appareil.

Elle se retourna et vit la machine de Geoffrey sortir de l'appareil retourné, puis les têtes et les épaules, flottant comme des ballons, des chimères de Jitendra et Gleb. Tous les deux n'étaient que des observateurs en mouvement, dépendant entièrement de Chama et des golems qui fournissaient à leurs connexions ching des mises à jour en temps réel de leur environnement. Les drones au masque de démon tournoyaient toujours dans le ciel, dessinant des cercles et des hélices au-dessus de l'endroit où Chama s'était écrasé.

— Par là, dit-il en s'élançant comme s'il avait des bottes de sept lieues, lançant loin les bras à chacune de ses extraordinaires enjambées. Ça ne doit pas être très loin au nord d'ici.

Les golems, conçus pour être plus résistants que rapides, n'arrivaient pas à suivre son rythme bondissant. Chama avait une pelle accrochée dans le dos de sa combinaison, un outil de jardin tout ce qu'il y avait de plus banal. Il transportait également un cylindre en alliage gris, glissé sous le sac à dos contenant son système de survie.

Les drones avaient sans doute dû recevoir de nouveaux ordres, car ils mirent fin à leur vol en spirale et s'éparpillèrent dans trois directions, fonçant vers la paroi du cratère qui marquait l'horizon. Mais ils ne partirent pas. À un kilomètre de distance à peu près, ils firent demi-tour et revinrent, filant à hauteur d'homme près du sol du cratère, les masques de démon pointant vers l'avant, les yeux brillants, la langue féroce et baveuse.

Ils criaient et hurlaient à travers l'aug.

— Continuez d'avancer, lança Chama. Ils veulent seulement nous intimider. Ils ne nous toucheront pas.

— Ça marche, je suis bien intimidé, là ! dit Jitendra.

Sunday tressaillit lorsque le démon rouge lui bloqua le passage, son visage canin aussi vaste qu'une maison. Le masque manquait de consistance ; à travers ses flammes ondulantes et transparentes, elle discerna le noyau du drone qui planait, maintenu en équilibre par les petites pointes des micropropulseurs.

— Ne bougez pas, dit la voix impérieuse qu'ils avaient déjà entendue dans le véhicule. Vous êtes en état d'arrestation. Vous devez rester dans cette zone en attendant d'être rejoint par la police aux frontières.

— Continue d'avancer, répéta Chama.

Il avait son propre démon pour l'empêcher de progresser : le bleu. Mais il ne s'arrêta pas et le drone recula pour ne pas s'approcher trop de ce qu'il avait détecté comme étant une présence humaine qui respirait, dégageait de la chaleur et qui pouvait facilement être blessée. Le démon vert s'occupait de Geoffrey. Aucun d'entre eux ne prêtait la moindre attention à Jitendra ou Gleb dont les chimères étaient indétectables.

Mais si le drone bleu n'était pas disposé à arrêter Chama, les deux autres n'avaient aucun scrupule à bloquer les golems. Leur intelligence avait déjà compris qu'il s'agissait de machines jetables. Le visage monstrueux anticipait les mouvements de Sunday avec un regard noir, plongeant d'un côté ou de l'autre comme un gardien de but enthousiaste.

Puis, sans prévenir, les masques de démon disparurent.

Un homme se retrouva alors devant Sunday les mains croisées dans le dos, le drone planant derrière lui. Il portait un costume élégant d'un gris platine et à la coupe moderne sur une chemise blanche et une cravate nacrée. Ses chaussures avaient échoué à rejoindre le sol et leurs semelles flottaient un centimètre au-dessus de la poussière. Il était jeune, beau et d'un réalisme très plausible.

— Bonjour, dit-il d'une façon plutôt chaleureuse. Je suis monsieur Pei, du département des Contrôles aux frontières. Auriez-vous l'amabilité de rester où vous êtes jusqu'à la fin de cette affaire ? Des officiers vont bientôt arriver.

Un autre exemplaire de M. Pei était apparu devant Geoffrey, visiblement pour lui réciter le même laïus. Y avait-il un véritable être humain derrière ces chimères, ou s'agissait-il d'une sorte de message automatique ?

— Je ne pense pas, monsieur Pei, dit Sunday.

Elle se disait qu'elle ne risquait pas de dégrader beaucoup sa situation, déjà bien délicate, en suivant Chama.

Elle tenta de nouveau de contourner le drone.

— Je me permets d'insister, dit M. Pei.

Il avait une voix ferme, mais agréable, et un sourire de regret adoucissait ses paroles.

—Laissez-moi passer, s'il vous plaît.

M. Pei avait toujours les mains dans le dos.

—Je dois vous demander de ne pas aggraver les choses en désobéissant à une demande tout à fait raisonnable. Comme je vous l'ai dit, les douaniers vont bientôt arriver et nous pourrons passer à l'enquête et à l'interrogatoire. Pourriez-vous m'indiquer votre nom et votre emplacement ? Pour l'instant, nous savons que vous êtes dans la Zone non observée, mais ne parvenons pas à vous localiser plus précisément.

—Alors, je crois que je vais m'abstenir de répondre, merci.

—Ce serait dans votre intérêt. Votre complice sera bientôt arrêté. Toute l'aide que vous pourrez nous fournir maintenant sera prise en considération lorsque nous choisirons la sentence pour votre pénétration non autorisée dans notre territoire. (Il sourit de nouveau et ramena ses mains vers l'avant pour l'inciter à coopérer.) Quant à votre identité, et à l'endroit d'où vous chinguez ? Nous les découvrirons bientôt, alors autant nous le dire tout de suite.

—Je crains que vous ne deviez vous débrouiller seul, monsieur Pei.

—S'agit-il d'une déclaration sans équivoque de non-coopération ?

—Ça y ressemble, non ?

—Très bien.

M. Pei regarda par-dessus son épaule et hocha la tête. Le drone le traversa pour foncer droit sur le golem. Il lui arracha un bras et le projeta au sol où il le laissa agité de soubresauts, endommagé. Elle ne ressentit aucune douleur, mais une simple réduction de ses sensations. Pendant un instant, Sunday regarda le ciel, jusqu'à ce que M. Pei apparaisse, penché sur elle.

—Je regrette qu'il ait été nécessaire d'agir ainsi, mais vous ne nous avez pas laissé le choix.

Le drone lui passa à travers et tourna jusqu'à ce que son arme pointe droit sur le corps immobile de Sunday. Le canon cracha puis tout devint noir.

Elle s'attendait à retourner dans l'appartement. Mais au lieu de ça, son point de vue épousa celui de Chama qui regardait une paire de gants creusant le sol lunaire avec la pelle de jardin à la poignée en plastique. Il était à genoux, le souffle court. Il avait commencé son excavation au milieu de la zone où le sol avait été remué et avait déjà foré une tranchée assez grande pour accueillir un corps. La combinaison l'aidait, mais il devait néanmoins faire beaucoup d'efforts.

Un autre M. Pei était à côté du trou, admonestant Chama tandis qu'un drone rôdait alentour.

— Je dois vous demander de cesser. Vous vous êtes déjà attiré des ennuis en entrant sur notre territoire et en refusant de coopérer à votre détention. N'aggravez pas la situation, je vous prie, en pratiquant cette fouille interdite dans le sol chinois.

Chama jeta un tas de poussière au bord de la tranchée.

— Sinon quoi, monsieur Pei ? Vous allez me tirer dessus, comme sur le golem ? Ça m'étonnerait. On m'observe, vous savez. Il y a des témoins.

— Nous sommes au courant de la présence d'autres participants à cette sévère infraction aux lois interplanétaires, dit M. Pei. Soyez sûr que la justice s'appliquera avec fermeté à tous les contrevenants. Cessez votre activité, s'il vous plaît.

— Je suis toujours là, dit Gleb.

— Moi aussi, ajouta Sunday.

— Pareil, dit Geoffrey.

— Présent, lança Jitendra, enthousiaste. On est bien, ici, non, dans le casque de Chama ?

M. Pei jeta un coup d'œil oblique tandis que les deux autres drones rejoignaient le troisième pour former un triangle autour de l'homme qui creusait. Il n'y avait plus qu'un seul M. Pei désormais : les autres chimères étaient de trop.

— Ah ! dit-il. Les douaniers.

Un dragon approcha, serpentant dans le vide comme s'il suivait les contours d'une topographie invisible. Il était rouge et sinueux, tout en ailes et en griffes, une moustache donnant un air sournois à son visage. Il crachait des flammes et contenait une sorte de navire suborbital, un véhicule rectangulaire doté de six pattes d'alunissage et de propulseurs ventraux dirigés vers le bas.

— Quelle entrée, monsieur Pei ! dit Sunday.

— Ce n'est rien. Le moins que nous puissions faire pour nos chers invités étrangers.

— Il faudrait peut-être creuser plus vite, lança-t-elle.

Elle se retrouva alors dans l'appartement, à regarder un rayon de soleil sur la table basse. Geoffrey, Gleb et Jitendra étaient là aussi, comme des somnambules, l'esprit ailleurs. L'interlude dura une seconde, puis elle retourna avec Chama.

— J'ai été éjectée un instant, dit-elle. Je crois qu'ils se remettent à surcharger la bande passante. Vous l'avez senti ?

— Pendant une seconde, dit Geoffrey. Je crois qu'il ne faut pas trop compter sur…

Puis il disparut.

— Gleb et Jitendra ne sont plus là non plus, il ne reste plus que toi et moi, désormais, dit Chama. Tant que le cryptage quantique tient bon.

— Ils prennent ça plus au sérieux que je m'y attendais. Tu as trouvé quelque chose ?

Chama ne répondit pas, trop occupé à creuser. M. Pei l'observait, en remuant la tête, déçu, comme s'il regrettait toutes les issues plus favorables qui auraient pu clore cette situation, s'ils avaient été plus raisonnables et prêts à se plier à la volonté de fer de l'autorité étatique.

Le dragon passa au-dessus, avec un claquement de fouet au ralenti. Ses ailes tannées de chauve-souris battaient trop lentement pour une créature si immense. Il incurva son cou, souffla des flammes de dessin animé puis sortit ses griffes et alunit avant de s'enrouler en une masse évoquant un python. Le masque de dragon demeura quelques secondes puis se dissipa tandis qu'une rampe s'abaissait depuis la proue en biseau de l'appareil des douaniers. Des hommes en combinaison en sortirent, tenant à deux mains et près de leur poitrine des armes de la taille de fusils. Ils descendirent d'un pas cadencé, comme une troupe de ballet surentraînée.

— Je crois que nous sommes allés au bout, là, dit Sunday. Il faudrait peut-être envisager de se rendre.

La pelle de Chama heurta quelque chose. Sunday sentit le choc remonter à travers la combinaison et l'enchevêtrement de connexions ching qui reliait le sensorium à son corps dans la Zone.

— Ma parole ! dit-elle.

— Tu es surprise ?

— Oui.

— Ce qui est découvert sur ou en dessous du sol chinois reste propriété de l'État chinois, dit M. Pei avec obligeance.

Chama redoubla ses efforts. Il commença à mettre au jour ce que la pelle avait frappé, tandis que les policiers arrivaient en bondissant du transporteur. Ils n'étaient pas masqués. Leurs combinaisons blindées et leurs armes étaient suffisamment intimidantes.

— Je vous demande encore une fois de cesser, dit M. Pei.

Chama continua à travailler. L'objet apparaissait peu à peu. C'était une boîte rectangulaire, posée dans le sens de la longueur. Les drones s'étaient rapprochés de M. Pei pour mieux y voir. Chama sortit sa découverte de la tranchée et la posa sur le sol, entre deux tas de terre qu'il venait d'excaver. Elle était de la taille d'une grosse boîte à chaussures et entièrement métallique. Les gros doigts gantés de Chama trouvèrent le mécanisme d'ouverture avec une facilité déconcertante et le couvercle se releva. Il y avait quelque chose à l'intérieur, en vrac.

Du bric-à-brac mécanique, des câbles et des fils.

—Je dois vous demander de vous lever, maintenant, dit M. Pei tandis que les douaniers cernaient désormais Chama.

Celui-ci leva les yeux et Sunday suivit son point de vue.

—D'accord, dit-il. Vous pouvez m'arrêter, maintenant.

—Lâchez l'objet, s'il vous plaît, dit M. Pei.

Mais Chama obéissait déjà. Il se releva en laissant la boîte, ainsi que son contenu, à ses pieds.

—Et maintenant ? demanda-t-il.

—Rompez la connexion. Jusqu'à la fin de votre interrogatoire.

—Rompez-la vous-même, répliqua Chama.

M. Pei donna un signal à un des gardes. L'homme sans visage fit pivoter son arme, la crosse vers l'avant, et passa dans le dos de Chama. Sunday le vit surgir dans l'affichage arrière du casque puis le fusil vint frapper comme un maillet. L'impact fit tomber Chama et lui coupa le souffle.

—Je crains qu'il ne faille désormais recourir à des moyens de contention administrative, dit M. Pei.

Chama se mit à genoux. Un autre garde s'avança et détacha de sa ceinture un appareil qui ressemblait à un extincteur miniature. Il visa Chama puis abaissa légèrement le canon, corrigeant l'angle de tir pour ne pas toucher de zones vulnérables de la combinaison. Un jet blanc argenté vint frapper la poitrine de sa cible où il prit la forme d'une étoile de mer aplatie et obscène qui lança des tentacules exploratoires, à la recherche de points d'entrée vers les mécanismes intérieurs de la combinaison.

Chama s'efforça de se débarrasser de la substance, mais elle entoura ses doigts et remonta à toute vitesse le long du poignet avec la vivacité d'une amibe.

—Apparemment, c'est bientôt l'extinction des feux, dit Chama. Soyez sages jusqu'à mon retour, d'accord ?

Un des gardes de M. Pei eut simplement le temps de se baisser pour ramasser la boîte. Il prit l'objet qui se trouvait à l'intérieur et le leva pour l'examiner entre deux doigts. Sunday put alors le revoir. Elle se demandait si elle n'avait pas rêvé, la première fois.

Mais ça ressemblait vraiment à de la camelote.

Puis la connexion ching s'interrompit et elle retourna dans la Zone.

Ils tremblaient tous. Sunday jeta un coup d'œil à ses amis et se demanda pourquoi ils n'arrivaient pas à se maîtriser et à se retenir de paraître aussi anxieux devant Gleb. Puis elle sentit le frisson de l'adrénaline dans ses propres mains et comprit qu'elle était tout aussi coupable.

— Ils ne vont pas tarder à découvrir son identité, dit Gleb. Chama n'est pas très à cheval sur les règlements, mais il a bien dû remplir un semblant de plan de vol avant de prendre cet appareil.

Sunday poussa un profond soupir.

— Je m'en veux. Nous n'aurions jamais dû vous mêler à ça.

— Chama a agi de son propre chef; tu ne lui as pas mis un pistolet sur la tempe. Et ce n'est pas comme si nous n'en retirerons rien.

— Nous n'avons rien signé, dit Geoffrey.

— La ferme, petit frère. Ce n'est vraiment *pas* le moment.

— Désolé, dit-il, et pendant un instant il sembla disposé à tenir sa langue. Mais bon, reprit-il avec ténacité, nous n'avons pas demandé à Chama de risquer sa peau et la situation a encore empiré. Nous ne savons toujours pas ce qu'Eunice a enterré, et il y a de fortes chances pour que nous ne le sachions jamais. Et soyez-en sûrs : tout le système solaire va bientôt être au courant. À votre avis, combien de temps va-t-il falloir aux cousins pour faire le lien ?

Jitendra avait les yeux vitreux.

— Je regarde les fils d'infos. Il n'y a toujours rien.

— Parce que ça vient juste d'arriver, dit Geoffrey.

— Peut-être que ça ne sortira pas, dit Sunday. Les Chinois ne rendent pas publiques toutes les intrusions. Ils ne veulent pas donner l'impression que le Mur fantôme est une passoire.

— Je n'ai pas eu l'impression qu'il manquait de surveillance, répliqua Geoffrey. Et depuis quand tu es une experte en relations internationales ?

— Pas la peine d'être méprisant, petit frère. Je dis simplement que tout n'est pas aussi dramatique que tu le penses.

— Espérons-le, dit Gleb.

— Vous avez bien regardé ce qu'il y avait dans la boîte ? demanda Jitendra, radieux, comme si la conversation venait brusquement de prendre une tonalité bien plus joyeuse.

Sunday secoua la tête.

— Pas vraiment. J'ai à peine vu. Ça n'avait pas l'air important, pour être honnête. Un truc mécanique, une sorte de composant appartenant à une machine plus vaste. On aurait dit une pièce détachée d'un de tes robots, à vrai dire.

— Ça ne va pas nous avancer beaucoup, dit Geoffrey.

— Chama l'a mieux vu que moi. Peut-être que ça a suffi.

Geoffrey posa les mains sur la table, les doigts écartés comme s'il s'apprêtait à jouer du piano.

— Bien. Faisons le point sur la situation. Nous venons de participer à un *crime*.

Sunday devait avouer que ce mot avait un certain charme. Parvenir à commettre un crime, même dans la Zone non observée – ou depuis elle, en tout cas – était un véritable exploit.

— Oui, dit-elle. Nous avons commis un crime. Ce qui fait de nous des *criminels*. (Elle avait prononcé ce mot d'une façon étrange, comme un obscur juron.) Mais c'était un petit crime en réalité. Personne n'a été blessé. Il n'y a pas eu de dégâts. Pas d'intention de nuire. Nous voulions simplement… récupérer un objet qui nous appartient.

— Nous sommes en sécurité ici, ou les Chinois vont-ils réussir à remonter les paquets ching ? demanda Geoffrey.

— Ils sont bons, dit Sunday, mais nos passerelles aveugles devraient protéger notre anonymat. Au niveau international, ils pourraient demander une injonction pour récupérer les données, mais je ne crois pas qu'ils iront jusque-là. Nous sommes entrés sur leur territoire, c'est tout ; ce n'est pas comme si nous avions tenté un coup d'État.

Elle se tut un instant et sa gorge se serra.

— Évidemment, ils pourraient simplement *demander* à Chama…, ajouta-t-elle.

— Je me demande combien de temps il va tenir durant l'interrogatoire, songea Geoffrey.

Gleb lui lança un regard noir.

— S'il te plaît.

— Désolé. Mais je crois qu'il faut mettre la question sur le tapis.

— Malheureusement, mon frère a raison, dit Sunday. Ils ne vont sans doute pas torturer Chama, mais il ne pourra pas leur cacher grand-chose s'ils lancent une intervention neuronale approfondie. Mais ils n'iront peut-être pas jusque-là. Les Chinois ne sont pas bêtes. Ils ne feront rien de plus que ce que la situation exige.

— Espérons-le, dit Geoffrey.

Un icone ching apparut dans le champ visuel de Sunday. Correspondant : Hector Akinya. Origine : Maison Akinya, Fédération d'Afrique de l'Est, Terre.

Elle poussa un grognement.

— Oh ! il ne manquait plus que ça. Hector veut me parler.

— Tu pourrais ne pas lui répondre ? demanda Geoffrey.

— Les rares fois où nous devons nous parler, nous chinguons en général dans un territoire neutre. Mais si je ne réponds pas, ça semblera suspect.

Jitendra, va faire du café. Gleb, tu peux lui donner un coup de main ? Je pense que nous allons en avoir besoin.

Tandis qu'ils partaient vers la cuisine, elle voqua pour faire apparaître la chimère en s'assurant que Geoffrey puisse aussi la voir. Hector, debout, souriait, observant son environnement avec un mélange d'horreur et de fascination anthropologique.

— C'est un privilège rare, dit-il. Je n'ai pas souvent eu le plaisir de me rendre dans la Zone non observée et encore moins dans un de vos logements.

— C'est chez moi, lui dit Sunday. Ne prends pas trop tes aises.

— Eh bien, j'imagine que la vie d'artiste implique un certain inconfort. Mais, comment vas-tu ? Et toi, Geoffrey ? Nous commencions un peu à nous inquiéter. Nous n'avons pas eu de tes nouvelles depuis quelque temps.

— Ce n'était pas la peine de vous en faire, dit Geoffrey.

— Oh ! je ne m'en fais pas. Et Lucas non plus. Il va très bien, au fait, sa jambe guérit normalement et il lui tarde à lui aussi d'avoir de tes nouvelles. Tu *allais* nous appeler, n'est-ce pas ?

— J'avais dit que je ferais un peu de tourisme avant de rentrer sur Terre, dit Geoffrey.

— Puisqu'il le faut, dit Hector, comme si Geoffrey avait demandé son approbation pour commettre des horreurs sans nom. Mais tu peux aussi comprendre notre… non pas appréhension, mais disons, notre besoin impérieux que cette affaire soit réglée au plus vite, et aussi proprement que possible.

— De quelle affaire parles-tu, cousin ? demanda Sunday.

— Accorde-moi un minimum d'intelligence, cousine. Ton frère est avec toi et nous venons d'être mis au courant d'un incident diplomatique impliquant une de tes connaissances et un endroit de la Lune auquel était liée notre grand-mère. Tu crois vraiment que je n'ai pas fait le lien ?

— Tu es très fort, Hector, dit Sunday.

— Je fais de mon mieux.

— Mais je crains qu'il n'y ait pas de lien, mentit-elle en tentant le tout pour le tout. Oui, Geoffrey m'a parlé du gant qui vous excite tant. Je l'y ai obligé. Mais c'est tout. Cet… comment tu dis ? incident diplomatique ? Nous n'avons rien à y voir.

— D'après nos sources, un de tes amis proches est en détention.

— J'ai des centaines d'amis proches. Je ne suis pas au courant de tous leurs faits et gestes.

— Et c'est une coïncidence que ton ami – qui s'appelle Chama Akbulut, au fait – ait été arrêté près du site où s'est écrasée notre grand-mère ?

— Oui, une coïncidence, Hector. Et c'est quoi cette histoire, notre grand-mère s'est écrasée ?

Hector s'apprêtait à répondre, mais il ferma la bouche et secoua très lentement sa grosse et charmante tête. La chimère tourna son regard sinistre et profondément déçu vers le frère de Sunday.

— C'est très regrettable, Geoffrey. Tu n'aurais pas dû parler à ta sœur. Il s'agit d'une violation des termes de notre accord.

— Mon frère ne sait pas mentir, dit Sunday. Mais c'est votre faute puisque vous l'avez envoyé ici sous un faux prétexte. Et je ne sais pas ce que vous lui avez promis, mais vous avez intérêt à tenir parole.

— Tout dépend s'il rapporte le gant intact et de ta pleine et entière coopération à partir de maintenant, répondit Hector.

— Vous l'aurez, votre foutu gant, dit Geoffrey.

Hector acquiesça.

— Je n'attends rien de moins. Mais je suis sérieux et ça vaut aussi pour toi, Sunday : Lucas et moi exigeons une transparence complète.

La chimère disparut. Sunday regarda encore quelques instants la partie de la pièce où se trouvait Hector. Ella avait l'impression d'être toujours observée par une présence maléfique.

— Tu aurais pu refuser la connexion, dit Gleb, de retour de la cuisine.

— Et agir comme si nous avions quelque chose à cacher ?

Jitendra resservit du café. Même s'il n'allait pas vraiment la calmer, Sunday accepta avec joie une des tasses fumantes.

— Non, je devais prendre la connexion, conclut-elle.

Son frère se tripotait les cheveux.

— Je me demande comment Hector a tout découvert si vite.

— Comme il l'a dit : il a des sources. Nous sommes en affaires avec les Chinois, et Hector a sans doute un ou deux amis de l'autre côté du Mur fantôme. Si ça se trouve, M. Pei en fait partie.

— Tu crois que nous devrions appeler quelqu'un ? demanda Gleb. Enfin quoi, mon mari vient d'être arrêté !

L'estomac de Sunday se noua un peu plus. Chama était son ami, mais Gleb devait faire face à l'arrestation de la personne qu'il aimait le plus au monde. Les gardiens du zoo étaient ensemble depuis longtemps et leur mariage était un des plus solides qu'elle connaissait. Elle avait beau tenter d'imaginer Jitendra dans la même situation que Chama, ce n'était en rien comparable à ce que Gleb traversait. Et malgré l'impression d'être insensible qu'elle en retirait, c'était indéniable.

En même temps, Chama avait déjà vécu ce genre de choses. Tout comme Gleb, d'ailleurs.

Elle entendit des pas, dehors. On montait l'escalier extérieur.

— Ça ne peut pas être les autorités, dit-elle doucement. Rien ne nous relie à l'incident à la frontière.

— Sauf si, dit Jitendra, ton cousin a décidé de faire circuler l'info.

Geoffrey plongea la tête dans les mains.

— C'était une erreur depuis le départ.

— Un peu de cran, petit frère. Nous ne pouvons pas être arrêtés, ni extradés sans procès et ce n'est pas nous qui sommes dans la merde de l'autre côté du Mur fantôme.

On frappa. Sunday pensa reconnaître le rythme.

— Ouvrez, s'il vous plaît, lança une femme dont elle connaissait la voix.

Elle posa son café et tenta de se calmer. Elle n'avait aucun mal à assurer aux autres qu'ils n'allaient pas être arrêtés, mais au fond d'elle-même, elle n'en était pas si sûre. Se foutre de la souveraineté territoriale de la Chine n'était pas rien. Il était tout à fait possible que les protocoles « habituels » soient mis de côté.

Elle ouvrit la porte à une femme portant un chemisier à haut col et une longue jupe sobre, et dont elle ne connaissait pas le visage.

— C'est June, dit l'inconnue.

— Comment puis-je en être sûre ?

— Il n'y a aucun moyen. Mais laissez-moi tout de même entrer.

Sunday laissa passer la doublure et referma la porte derrière elle. Le visage fondit comme une montre de Dalí. Lorsqu'il se reconfigura, Sunday vit June Wing, chinguant dans un robot malléable de Plexus semblable au prototype qu'elle-même dirigeait sur Terre.

— Ce n'est pas un appel de courtoisie, n'est-ce pas ? demanda-t-elle.

Le robot ajusta sa robe en s'asseyant.

— Je n'irai pas par quatre chemins : la situation est grave. Que faisait exactement Chama Akbulut derrière le Mur fantôme ?

— Mieux vaut que vous en sachiez le moins possible, dit Jitendra.

— Alors, je vais reposer la question.

Sunday regarda Jitendra, Gleb, puis son frère avant de revenir au golem. Le nœud dans son estomac était désormais si serré qu'il aurait pu servir de sujet de thèse de topologie. Elle était stupéfaite que tout le monde ait été prévenu si vite, mais, en y réfléchissant, il n'y avait là rien d'étonnant. De la même façon qu'Akinya Space partageait des intérêts commerciaux avec la Chine, Plexus avait ses propres liens, ses contacts bien informés.

— Nous cherchions à récupérer quelque chose qui nous appartient, dit-elle. À ma famille. Ça ne regarde personne d'autre.

— Et vous n'avez pas réfléchi, c'est ça ? Et pourquoi est-ce Chama qui est allé creuser et pas vous ?

— Chama a décidé tout..., dit Gleb.

— Parce qu'il voulait que vous ayez une dette envers lui ? l'interrompit June. Oui, je connais les méthodes de Chama. Effronté et... quel est le contraire de craintif ? D'une témérité qui confine au suicide ?

— Les Chinois ne veulent pas d'un incident diplomatique, dit Jitendra.

— Non, confirma June Wing. Et c'est d'ailleurs la seule chose qui joue en votre faveur.

— Ma famille va intervenir, dit Sunday.

— Seulement si votre liberté est menacée, et encore, dit June Wing en émettant un constat sévère, mais crédible. Quant à Chama, pourquoi lèveraient-ils le petit doigt pour l'aider ?

— Peut-être pour empêcher un secret de famille d'être dévoilé, dit Gleb.

Le golem acquiesça vivement.

— Oui, et l'optimisme est une chose merveilleuse qui doit être inculquée aux jeunes. Mais d'après ce que je sais, Chama n'a rien déterré d'utile.

— Vous en savez beaucoup, dit Geoffrey.

— Je suis June Wing, répondit-elle comme si cette explication suffisait.

— Alors, ils vont devoir relâcher Chama, dit Gleb. Ils ne peuvent pas le garder en prison pour avoir simplement creusé un trou dans le sol.

— Il y avait quelque chose dans cette boîte, fit remarquer Sunday. Je l'ai vu. Rien d'intéressant, visiblement, mais elle n'était pas vide. Et qui sait ce que ça pouvait signifier pour Eunice ou ce que les Chinois vont en penser ?

— Voici ce qui va se passer, dit June Wing sur un ton ferme et autoritaire qui ne souffrait aucune discussion. Nous allons laisser aux Chinois le temps de répondre. Une journée, au minimum. Voire trois. Si aucune proposition n'émane de derrière le Mur fantôme, alors nous chercherons des moyens de persuasion commerciaux plus subtils.

— Ça va marcher ? demanda Geoffrey.

— Seulement s'ils ne se sentent pas au pied du mur. Ils utilisent des machines Plexus, par millions, fournies et entretenues selon des termes très compétitifs. Ils n'ont aucune envie de mettre en danger cet accord.

— Et je doute fort que Plexus soit prêt à abandonner un contrat lucratif simplement pour aider un ami d'ami, dit Geoffrey.

Il s'attira un regard noir de Sunday, qui ne trouvait pas qu'il arrangeait vraiment les choses.

— Nous n'irons pas jusque-là, répondit June Wing, imperturbable. Mais les deux camps ont tout intérêt à conserver des relations cordiales.

— Ce qui m'inquiète, dit Sunday, c'est ce que vous allez nous demander en échange de la libération de Chama.

— Occupez-vous simplement de contenir votre famille, Sunday. Laissez-moi faire et l'issue sera favorable. Mais si Akinya Space se lance dans des menaces et des sanctions, ne comptez pas sur Plexus pour vous sortir de la panade.

Sunday secoua la tête.

— J'ai peur de ne pouvoir maîtriser les cousins. Il va falloir espérer qu'Hector ait cru à mon histoire et qu'il ne pense pas qu'il y a vraiment un lien entre Chama et le gant.

— À propos duquel vous ne m'avez rien dit.

— Chaque chose en son temps, June, répondit Sunday.

June Wing s'apprêta à répliquer, mais son visage se figea, paralysé. Le golem resta assis devant eux, aussi raide qu'une statue de cire. Toute vie avait quitté le robot malléable.

— June ? demanda Jitendra.

— Le ching a dû être coupé, dit Sunday. Elle est en dehors de la Zone. Les Chinois auraient pu bloquer le cryptage quantique ?

— Rien d'aussi radical, mais tu as déjà vu ce dont ils sont capables, répondit Gleb.

Le visage bougea, reprit vie. Les habits du robot se transformèrent et changèrent de couleur. Ils avaient maintenant devant eux un homme d'âge et d'ethnie indéterminés, vêtu d'un costume satiné vert glauque. Ses traits, étonnamment ternes et quelconques, faisaient penser au résultat d'une moyenne mathématique réalisée à partir de tous les visages de sexe masculin. Sa peau était d'un gris perle irréaliste, une teinte qu'on ne voyait généralement que dans les morgues. Les orbites, sans pupilles, de ses grands yeux noirs évoquaient des trous pratiqués à travers un masque.

— Vous ne me connaissez pas, dit-il avec un sourire bienveillant, mais je crois que nous allons devenir très familiers.

— Qui êtes-vous ? demanda Sunday. Et qu'est-ce qui vous prend d'interrompre ma conversation, putain ?

— J'ai profité de l'occasion, expliqua l'homme en levant les paumes. Une connexion ching était ouverte, une voie cryptoquantique attribuée. Au lieu de me fatiguer à en ouvrir une autre, j'ai décidé de me servir de celle qui existait déjà.

— Je croyais que nos comms étaient protégées, dit Jitendra.

— Plus ou moins, répondit l'homme un instant plus tard, son sourire dévoilant un vide sans dents et sans langue à la place de la bouche.

— Ce sont les Pans, dit Geoffrey en s'adressant à Gleb. N'est-ce pas ? Tu nous as déjà avoué que les Pans pouvaient manipuler les connexions quantiques au nez et à la barbe de tous.

— Possible, répondit Gleb comme si c'était la réponse qu'il craignait le plus.

— Je m'appelle Truro, expliqua l'intrus. Et oui, à un titre qu'il me serait trop fastidieux d'expliquer, je parle au nom de l'Initiative panspermique.

— Il y a un décalage, dit doucement Sunday. J'ai observé ses réactions. Il essaie d'anticiper ce que nous disons, mais il n'est pas assez bon pour le cacher complètement. Il doit chinguer depuis la Terre ou depuis une basse orbite terrestre.

— Ne perdons pas de temps avec ma localisation, dit Truro. Mais je vous félicite de votre perspicacité.

— Que nous voulez-vous ? demanda Sunday.

Si Gleb connaissait cet homme, il ne l'avouait pas.

— Rien. Absolument rien. Je veux que vous ne fassiez, ni ne disiez rien. C'est de la plus haute importance. Je suis au courant de vos problèmes – comment pourrait-il en être autrement puisque Chama Akbulut est un des nôtres ? – et nous avons déjà pris des mesures pour améliorer la situation.

— Nous nous en sortons tout seuls, merci, dit Geoffrey.

— Je crois que vous sous-estimez votre degré d'implication. Chama a pris le risque de blessures physiques et d'une incarcération pour accomplir cette action. Vous comprenez sans doute que vous lui êtes donc redevables ?

— Chama ne nous a rien demandé, dit Geoffrey.

— C'est vrai, ajouta Gleb. Chama a fait ça dans notre dos. Aucun d'entre nous n'aurait jamais été d'accord. Pas même moi.

— Néanmoins, dit Truro, nullement perturbé par cet argument, vous deviez bien vous douter que Chama agirait ainsi lorsque vous lui avez présenté les faits.

— Vous voulez dire qu'en partageant un secret avec lui, nous l'avons encouragé ? demanda Sunday.

— Connaissant son caractère, vous deviez savoir qu'il y avait de fortes chances qu'il se lance. Et lorsque l'occasion s'est présentée, vous lui avez tous donné votre aval en l'accompagnant derrière le Mur fantôme.

— Nous ne lui avons rien donné du tout ! bafouilla Jitendra. Nous essayions de le convaincre d'abandonner !

— Jusqu'à la fin ?

— Nous étions inquiets pour lui, dit Sunday. Nous avons tenté de l'observer le plus longtemps possible.

— Néanmoins, vous lui êtes redevables. Chama et Gleb ne s'expriment pas au nom de toute l'Initiative, mais ils ont bien fait de reconnaître l'importance du travail de Geoffrey par rapport au leur. (Truro, qui arborait toujours son sourire en balafre noire, balaya la pièce du regard.) Nous avons... de l'influence. L'Histoire a rattrapé les Chinois depuis des décennies. Ils ont eu leur siècle et demi au soleil, l'apogée de trois cents ans d'étatisme ininterrompu. Ils ont accompli de belles et grandes choses. Et maintenant ? L'Inde a réussi et c'est désormais le tour de l'Afrique. La roue tourne. Le problème est qu'un tel état ne change pas facilement de direction. Les Chinois ont besoin d'une nouvelle voie. Et ils retournent donc à ce qu'ils savent faire le mieux : planifier à long terme, relancer de grands programmes impériaux. Évidemment, l'Initiative panspermique ne leur a pas échappé. L'Efflorescence verte est typiquement le genre d'entreprise de longue durée dans lequel ils peuvent se lancer. De tous les États terrestres et célestes, c'est la Chine qui a toujours eu les meilleures relations avec les Nations unies aquatiques.

— En quoi ça nous aide ? demanda Geoffrey.

— Pour faire simple, nous voulons vraiment éviter de vexer les Chinois et *vice versa*. On ne sait jamais, nous allons peut-être travailler ensemble pendant un *sacré* bout de temps. Bref, tout le monde est extrêmement prudent quant à la suite, par peur de commettre le moindre impair qui pourrait compromettre des affaires à venir. Voilà pourquoi la petite expédition de Chama crée tant de problèmes. Mais qui, je l'espère, ne sont pas insurmontables.

— Vous avez dit que nous ne devions rien faire, dit Sunday.

— Très bientôt, comme prévu, vous allez apprendre que les autorités chargées de la surveillance frontalière ont décidé de faire preuve d'une mansuétude inhabituelle avec Chama. Il va être relâché et tout ça sera oublié, dit-il en se penchant en avant pour insister sur le point suivant. Mais les négociations sont une machinerie délicate. Une intervention malvenue d'Akinya Space ou de Plexus pourrait tout faire capoter. Peut-être de façon catastrophique. Vous voulez revoir votre ami, non ? Avec la mémoire à peu près intacte ? Alors, ne faites rien.

— Vous avez intérêt à ne pas vous tromper, dit Geoffrey.

— Je ne me trompe jamais, répondit Truro avant de regarder Geoffrey et lui seulement. Je vous recontacterai, monsieur Akinya. À propos des éléphants. Je suis persuadé que nous allons avoir une longue et fructueuse relation.

Le golem se flétrit. Il se voûta un instant puis des fils invisibles lui redonnèrent vie. Les permutations intégrées agitèrent le visage tandis que les vêtements et les cheveux miroitaient et se déformaient dans un petit bruit de succion. Puis June Wing fut de retour dans la pièce.

— Ce qui vient de se passer est scandaleux ! dit-elle.

Visiblement, June Wing n'avait pas l'habitude de se faire pirater.

Les robots surveillants de l'Administration lunaire africaine brillaient du gris acier de couverts suédois onéreux. Sur leurs casques chromés, leurs visages ressemblaient à des masques noirs d'escrime. Incapables de tuer, ils étaient néanmoins dotés d'une myriade d'armes non létales, en majorité extrêmement déplaisantes, voire susceptibles de causer des dégâts irréversibles au système nerveux central.

— Lequel d'entre vous est Gleb Ozerov ? demanda le premier dont la voix synthétique traversait le visage grillagé.

— C'est moi, répondit Gleb, craintif.

— Gleb Ozerov, nous plaçons cet individu sous votre responsabilité selon la loi lunaire. Indiquez votre accord.

— Je suis d'accord, dit Gleb. Je suis absolument d'accord. Merci. Ça ira.

Ce n'était pas tout, évidemment, mais les termes additionnels de la libération de Chama étaient inscrits dans un long texte aug rempli de clauses que son mari avait déjà lu et accepté avant la remise du prisonnier.

De toutes les issues possibles, ils n'étaient pas loin de la meilleure. Après huit heures de détention et de débriefing, Chama avait été renvoyé à Coperville par un appareil suborbital et placé sous la garde des surveillants. Les robots l'avaient emmené à la gare où ils avaient pris le train. Chama se tenait docilement entre ses geôliers lorsque Sunday, Geoffrey, Jitendra et Gleb l'avaient retrouvé au terminus du tram.

— Ouah ! avait dit Sunday dans un souffle. Ils ne plaisantent pas. Je n'avais encore jamais *vu* le moindre surveillant avant. Je crois qu'ils ne les assemblent que lorsqu'ils ont besoin d'eux quelque part.

— Ils sont effrayants, avait dit Geoffrey.

— C'est le but, avait répondu sa sœur.

En dehors des généralités, les termes de sa libération s'avéraient cléments. Chama n'était accusé de rien et il avait simplement reçu un avertissement officiel qui resterait inscrit sur son dossier jusqu'au siècle suivant. Il n'avait plus le droit d'entrer en territoire chinois, que ce soit sur la Lune ou ailleurs dans le système solaire, pendant dix ans. De plus, il devait rester dans la Zone non observée pendant les cent prochains jours, une forme de détention assouplie qui lui interdisait aussi d'utiliser un ching passif ou une incarnation. Toutes ses communications vers l'extérieur de la Zone seraient soumises à une surveillance et à une analyse systématiques par des robots et des humains.

En dehors de ça, Chama était théoriquement « libre ».

Sunday émit quelques réserves sur l'opportunité d'aller le chercher, craignant d'être ainsi trop liée à l'incident à la frontière. Jitendra lui assura qu'elle n'avait rien à craindre.

— Même si Chama s'était lancé là-dedans sans que nous soyons au courant, expliqua-t-il, nous aurions été obligés de nous en mêler à ce stade. Nous sommes ses amis.

— J'espère que tu as raison, dit Gleb. Mais merci d'être venus, tout de même. Je n'aime pas trop ces surveillants.

— Nous non plus, dit Sunday.

Chama ne parla guère après sa libération. Peut-être qu'il n'arrivait pas à croire qu'il n'était plus prisonnier. Sa remise en liberté et son retour dans la Zone s'étaient déroulés sous le regard public du Monde surveillé. Même s'il n'avait que quelques amis proches, Chama connaissait des centaines de personnes et toutes cherchèrent à savoir pourquoi il avait été déposé à un quai du tram par des robots menaçants. Sur le chemin jusqu'à la station de taxis, ils repoussèrent des questions provenant de partout. Des sympathisants se mirent même à chinguer, formant une foule fantôme autour de Chama et de ses amis, comme un halo de matière noire froide.

— Ça ne va pas arranger la situation avec Hector et Lucas, dit Geoffrey tandis que le taxi s'insérait dans la circulation du centre-ville.

— Qu'ils aillent se faire foutre, dit Sunday. Hector n'a appelé que pour se réjouir de notre malheur. Il n'a jamais eu l'intention de lever le petit doigt pour nous aider.

— Ils vont quand même m'en faire voir à mon retour.

— Alors, commence à prévoir ce que tu vas dire. Tu as trouvé un gant, point. Si Hector et Lucas veulent croire que ça a un lien avec ce qui s'est passé à Pythagore, c'est leur problème. Rien ne nous oblige à les aider.

— Et ça ? demanda Jitendra en ouvrant le poing pour montrer les pierres colorées. Geoffrey va les rapporter ou pas ?

Sunday passa un bras par-dessus l'épaule de Jitendra et les fit glisser dans sa main.

— Je les garde. Tu n'étais même pas censé les sortir de l'appartement.

— Nous étions tous ici, dit Jitendra. J'avais peur que quelqu'un vienne tout retourner pour les trouver pendant notre absence.

— Oh ! dit Sunday avec inquiétude, comme si elle n'avait même pas envisagé cette possibilité.

Geoffrey et Jitendra étaient devant, Sunday, Chama et Gleb à l'arrière. Chama portait toujours la combinaison spatiale protectrice, le casque posé sur les genoux. Il l'entourait de ses bras, le menton posé sur son sommet arrondi. Les Chinois avaient soigneusement nettoyé la combinaison. Elle brillait, comme neuve.

— Apparemment, ils ont fait les choses à fond, dit Geoffrey.

Chama hocha la tête au-dessus de son anneau de cou.

— Plutôt.

— Et j'imagine qu'ils n'ont pas changé d'avis et qu'ils ne t'ont pas laissé garder ce que tu avais déterré là-bas, dit Sunday.

— Je n'ai pas insisté, dit Chama, plein de regret. Ils ont déjà été bien assez gentils de me laisser partir.

— C'était impossible de réussir, dit Geoffrey. Qu'avons-nous réussi à en tirer à part une rencontre avec les forces de sécurité frontalières, une dette envers Truro et quelques cheveux blancs ?

— À vous de le découvrir, dit Chama en retournant le casque et en plongeant une main à l'intérieur. Tiens. Fais-en ce que tu veux.

Il donna quelque chose à Sunday. C'était un cylindre rigide blanc cassé, comme un morceau de bambou.

Il lui fallut un instant avant de comprendre qu'il s'agissait de papier, enroulé très serré et attaché par un élastique qu'elle retira avant de dérouler les feuilles. Il y avait plusieurs pages, une dizaine, roulées, mais pas agrafées. Le papier paraissait fragile, prêt à s'effriter. Elle reconnut quelques mots du texte écrit en anglais, mais ne comprit pas son sens général. Lorsque ses yeux affichèrent un filtre de traduction sur les pages, elle ne fut guère plus avancée.

— Ça veut dire quelque chose ? demanda-t-elle en feuilletant sa découverte.

— À toi de me le dire, lança Chama. Il n'y avait que ça dans la boîte.

Geoffrey se retourna.

— Nous savons ce qu'il y avait dans la boîte, Chama. Nous l'avons vu. C'étaient des pièces détachées, pas un rouleau de papier. Nous le saurions, si nous avions vu un rouleau de papier.

Chama poussa un soupir.

— Ce bric-à-brac était pour les Chinois. Je m'étais dit qu'ils confisqueraient ce que j'allais trouver dans ce trou, alors j'ai emporté quelque chose. Quand vous avez chingué dans mon sensorium, j'avais déjà ouvert la boîte et remplacé le papier par le fatras. Vous n'avez pas remarqué que je l'avais ouverte très facilement la deuxième fois, comme si je savais parfaitement comment faire ?

— Comment pouvais-tu savoir que ça marcherait ? demanda Geoffrey.

— On ne va pas très loin dans la vie si l'on n'est pas prêt à prendre des risques. Il fallait donc que je sois en mesure d'ouvrir la boîte et d'échanger son contenu sans que les drones voient ce que je faisais. Ce n'était pas si difficile, au final, car ils ne tenaient pas à s'approcher ; après tout, ils étaient essentiellement des missiles à propulsion nucléaire et je n'étais qu'un fragile humain en combinaison spatiale, sur la surface de cette putain de Lune.

— D'accord, dit Sunday en acceptant, pour l'instant, cette explication. Je veux bien que tu aies échangé le rouleau et que les Chinois aient confisqué les câbles comme s'ils étaient dans la boîte depuis le début. Mais j'ai du mal à croire qu'ils n'aient pas trouvé les feuilles par la suite, pendant ton interrogatoire.

— Oh ! mais ils les ont trouvées. Et je leur ai dit que je les avais sur moi avant de partir. Un souvenir, un porte-bonheur. Ce n'est rien qu'un rouleau de papier, après tout. Pourquoi douteraient-ils de ma parole ? Pourquoi quelqu'un irait-il déterrer de vieilles feuilles sur la Lune ?

— Une sacrée chance, dit Geoffrey. Tu ne pouvais pas savoir qu'il y avait du papier dans cette boîte.

— Une sacrée chance, en effet. Mais peu importe son contenu, j'aurais tout de même eu le temps de regarder à l'intérieur pendant l'échange. Les Chinois m'ont confisqué la boîte sur-le-champ, mais ils n'ont entamé la fouille de ma combinaison que deux heures plus tard, quand j'étais en cellule. Même s'ils avaient pris ce que contenait la boîte, j'aurais eu tout le loisir de l'examiner.

D'après ce qui était imprimé au sommet des pages étrangement numérotées, les feuilles provenaient d'un exemplaire des *Voyages de Gulliver*. Après avoir réfléchi quelques instants, Sunday se rappela la cérémonie et ce que Memphis leur avait alors dit : il s'agissait d'un des livres préférés d'Eunice, et elle aimait le lire sous l'acacia près de la maison.

— Bon, ça n'aurait peut-être servi à rien, dit Chama comme s'il était branché en prise directe sur le cerveau de Sunday. Parce que j'imagine que ces pages n'ont une signification que pour vous, les Akinya, et que ça me dépasse complètement.

— Eunice aimait lire ce livre, dit Geoffrey. C'est tout. Ça prouve sans doute que les pages proviennent bien d'elle, mais en dehors de ça…

— Elle les a enterrées pour une bonne raison, dit Sunday. Bien joué, Chama. Passer ça, sous le nez des Chinois… il fallait le faire.

— C'est bien ce que je me disais, affirma Chama.

—Mais ça ne nous mène nulle part, dit Geoffrey.

—Pour l'instant, corrigea Sunday. Il faut le montrer à la reconstruction, pour voir ce qu'elle en pense. Nous pouvons aussi effectuer des tests sur le papier, voir s'il ne contient pas des éléments qui nous dépassent : de l'encre invisible, des micropoints, un code secret intégré au texte, ce genre de trucs. Ou peut-être quelque chose dans le texte lui-même.

—Amuse-toi bien. Demain, je repars en Afrique. Mon visa expire dans l'après-midi et je ne vais pas prendre de risques pour quelques heures.

—Alors, tu me laisses ça ?

Geoffrey sembla surpris par la question.

—Fais-en ce que tu veux. Tu as mon soutien.

—De loin.

—Je ne peux pas être à deux endroits à la fois. Si je me mets à chinguer ici à la moindre occasion, les cousins vont commencer à se demander ce qui se passe. Et on ne veut pas éveiller leurs soupçons, non ?

—Non, dit Sunday à contrecœur. En effet.

—Mais tu devrais être prêt pour ce qu'Eunice te réserve, dit Chama. Elle t'a fait venir ici depuis la Terre. Tu crois vraiment qu'elle voudrait que tu t'arrêtes maintenant ?

—Ma sœur doit aussi payer son loyer, dit Geoffrey. Elle peut jouer au petit jeu d'Eunice jusqu'à un certain point, mais à un moment, la réalité reprend ses droits. Nous avons un métier. Et au cas où vous ne l'auriez pas remarqué, nous ne roulons pas sur l'or.

—Alors, c'est moi qui paie le dîner, dit Chama, grand prince. Ce n'est que justice, non ? J'ai envie de fêter ça. Ce n'est pas tous les jours qu'on devient un pion dans les relations internationales.

Ils allèrent donc dîner, ce soir-là, tous les cinq, dans un restaurant de cuisine indienne et africaine orientale, et lorsqu'ils eurent terminé deux plats et achevé de repousser tous les curieux désireux de féliciter Chama d'être revenu sain et sauf, Sunday prit le cylindre de papier enroulé, retira l'élastique et l'étala avec précaution sur une partie de la table encore vierge de toute tache de nourriture ou de vin. Deux bouteilles firent office de poids, empêchant les pages de reprendre leur forme initiale.

—Je crois que j'ai compris, dit-elle en osant à peine dire à voix haute ce qu'elle pressentait, de peur que les autres trouvent l'idée ridicule. Le fait qu'il s'agisse des *Voyages de Gulliver* n'est pas le seul élément qui relie le livre à Eunice.

Geoffrey semblait prudent, mais curieux.

—Continue.

— Quand tu seras rentré, je veux que tu vérifies que ces pages ont bien été arrachées à l'exemplaire qui se trouve dans les archives de la maison. Ce que je crois. Mais je parie aussi qu'Eunice a délibérément choisi ce passage du livre. C'est un poteau indicateur. Qui nous dit où chercher ensuite.

— C'est-à-dire ? demanda Jitendra.

Sunday prit une inspiration.

— Je dois aller sur Mars. Ou plutôt sur les lunes de Mars. C'est le but.

Chama leva les yeux du troisième plat qu'il avait commandé pendant que les autres en étaient à leur deuxième.

— Gulliver est allé sur Mars ? Je ne me rappelle pas ce passage.

— C'était Robinson Crusoé, dit Gleb avec conviction. Enfin, je crois qu'il est allé sur Mars. Sinon, pourquoi y aurait-il une ville qui porte son nom là-bas ?

— Le truc, dit Sunday avant que la conversation ne dérive irrévocablement, c'est que Gulliver a rencontré les astronomes laputiens. Sur leur île volante. Et ils ont montré à Gulliver leurs instruments et lui ont dit qu'il y avait deux lunes qui tournaient autour de Mars.

— Ce qui n'a rien… d'exceptionnel, puisqu'il y a *bien* deux lunes autour de Mars, dit Jitendra avec la diction ralentie d'une personne ivre.

Il prit une bouteille de vin et les pages reprirent la forme d'un tube blanc cassé.

Sunday serra les dents et poursuivit :

— C'était avant qu'on connaisse l'existence des vraies lunes. Swift a deviné. Il a même donné leurs orbites et leurs périodes. Qui étaient fausses, évidemment, mais bon, il a au moins essayé.

— Et tu crois que c'est un indice ? demanda Geoffrey.

— J'ai demandé à la reconstruction. Elle est d'accord avec moi.

— C'est toi qui l'as fabriquée, dit Geoffrey. Ça n'a rien d'étonnant.

Sunday fronça les sourcils d'un air sévère.

— Elle est parfaitement capable de descendre en flammes mes théories, petit frère. Mais cette fois, elle pense que j'ai vu juste.

— Mars est une grosse planète, songea Gleb. Par où vas-tu commencer ?

— Les indices pointent vers les lunes, alors je vais aller voir par là. Nous pouvons déjà mettre Deimos de côté, car Eunice ne s'y est jamais rendue. Ce qui nous laisse…

— Phobos, dit Chama. La peur, tandis que Deimos signifie la terreur. Hum. Tu es sûre de vouloir aller sur un bout de rocher qui s'appelle Peur ?

Jitendra remplissait les verres.

— Même si elle s'appelait la Merveilleuse Lune du Bonheur, s'y rendre resterait difficile. Écoute, c'est une belle idée, de se lancer dans une aventure, mais il faut être réaliste. Nous ne pouvons pas nous payer un voyage sur Mars.

— Je pourrais partir seule, dit Sunday.

— Et ça deviendrait alors possible ? demanda Jitendra en secouant la tête et avec le sourire dédaigneux du seul adulte de la pièce. C'est trop pour nous, je le crains. Tu as des commandes à rendre et j'ai des recherches à finir pour June Wing. Nous ne pouvons pas nous permettre de décevoir des clients alors que nous avons des factures à payer.

Sunday n'était pas fière d'elle-même, mais elle lâcha tout de même :

— Rien à foutre des factures.

— Et rien à foutre d'Eunice non plus, rétorqua Geoffrey. Même si elle a vraiment éparpillé des indices dans tout le système solaire, c'était il y a des décennies. Peu importe que nous les retrouvions tout de suite ou dans un an.

— Oh ! petit frère ! Tu ne comprends pas, hein ? dit-elle en secouant la tête et en tapotant la table du doigt. C'est la vie. Ce n'est pas une répétition. Si nous ne le faisons pas maintenant, autant commencer à préparer notre enterrement. Je n'ai aucune envie d'être sensée et prudente. Faire preuve de sagesse et de retenue, c'est bon pour des connards comme Hector et Lucas. Nous nous sommes détournés de tout ça, tu ne vois pas ? Nous voulions de la vie, des surprises, du risque… pas de valeurs financières, de parts de marché et de putains de conseils d'administration chiants à mourir sur le coût de l'importation de la glace depuis… Neptune ! (Elle s'aperçut qu'elle s'emportait et attirait les regards de tout le restaurant puis baissa alors la voix.) Ce n'est pas ça, la vie, pour moi, d'accord ? Tu as peut-être changé d'avis, mais pas moi. Et si je dois trouver un moyen d'aller sur Mars, je le ferai.

Geoffrey la gratifia d'un hochement de tête agacé lui intimant de se calmer.

— Très bien. Je comprends. Oui, vraiment. Et même si tu ne me crois pas, je suis d'accord. Mais si nous devons faire ça, il faut le faire ensemble. Partager les risques. Et il ne faut pas se précipiter.

— Tu as passé ta vie à ne pas te précipiter.

Il ne releva pas sa pique.

— Peut-être, Sunday, mais je suis sérieux. Si tu veux vraiment aller sur Mars, alors je veux venir. C'est aussi ma grand-mère. Mais nous le ferons par nous-mêmes, sans demander de faveurs à quiconque. Les cousins ont promis de très bien me payer pour mon voyage sur la Lune, et d'autres financements vont suivre. Si je peux trouver un moyen d'en mettre de côté pour un billet vers Mars... peut-être deux billets... je le ferai. Mais il me faut du temps pour y parvenir, et je ne veux surtout pas que tu éveilles d'autres soupçons chez eux. (Il se tut et grattouilla le coin de l'étiquette d'une des bouteilles de vin, d'un air absent.) Peu m'importe qu'il faille pour cela attendre des mois, voire une année.

— La conjonction est plus favorable en ce moment, dit Sunday. Mars n'a jamais été aussi proche, et le voyage aussi facile.

— Ça reviendra, répondit Geoffrey.

— Merci. J'ai tout de même quelques notions de mécanique orbitale.

Jitendra lui prit la main.

— Geoffrey a peut-être raison, tu sais. Personne ne te demande de laisser tomber. Mais un an, deux ans... qu'est-ce que ça va changer puisque ces indices sont là depuis des années ?

Geoffrey hocha vivement la tête.

— Quoi que nous fassions, il ne faut pas agir tout de suite. Ce serait la pire des choses, si nous voulons nous débarrasser d'Hector et de Lucas. Une fois à la maison, je leur donnerai le gant, et dans quelques semaines ils auront tout oublié. Crois-moi, ils n'ont pas assez d'imagination pour aller voir plus loin. Pas s'il n'y a pas d'argent à se faire.

— Laisser la piste se refroidir... puis frapper ? demanda-t-elle.

— Exactement.

Elle perçut le plaisir et le soulagement que ressentait son frère à la voir se rallier à son avis.

— D'ici là, reprit-il, nous pourrons... réfléchir à tout ça. Nous ne savons pas vraiment dans quoi nous mettons les pieds. Aujourd'hui, nous nous en sommes tirés, mais nous avons eu de la chance et nous n'en aurons peut-être pas la prochaine fois. Nous pensons connaître Eunice, mais il ne s'agit peut-être que d'une blague de sa part, depuis l'au-delà, pour se moquer de notre bêtise.

— Elle s'est donné beaucoup de mal pour enterrer cette boîte sous Pythagore, dit Sunday. Quelles que soient ses motivations, il ne s'agissait pas seulement de méchanceté. Et elle ne nous enverrait pas sur Mars par malveillance, non. Elle savait que seule la famille avait accès à ce coffre. Elle cherche peut-être à nous tester, mais pas à nous faire du mal.

— C'est ce que tu espères, dit Geoffrey.

— Je connais cette femme, petit frère. Aussi bien que quiconque encore en vie.

Et à cet instant, elle sentit qu'elle n'avait jamais été aussi certaine de quoi que ce soit.

Elle se réveilla au milieu de la nuit, la silhouette calme et tachetée de bleu de Jitendra près d'elle. Ils avaient fait l'amour, tandis que son frère dormait dans l'autre pièce, puis elle avait sombré dans un sommeil profond et sans rêves, avant de se réveiller. Pour une fois, le silence régnait presque dans le monde au-delà de l'appartement. À travers le mur, elle entendit Geoffrey ronfler doucement. Des bribes de conversation parvenaient jusqu'à elle de deux ou trois modules en dessous. Un cliquetis dans le circuit d'air ; un murmure dans la plomberie. Le cri d'un chat résonna dans un immeuble voisin. Le lointain bourdonnement urbain nappait le tout, comme un moteur dans le sous-sol de la réalité.

Sunday sortit du lit, en s'efforçant de ne pas déranger Jitendra, puis s'entoura d'un drap à motifs, au cas où son frère se réveillerait. Elle passa dans le salon, en désordre depuis leur retour du restaurant. Bouteilles de vin, de bière et verres tachés de rouge. Chama et Gleb étaient repassés ici avant de rentrer chez eux. Malgré quelques remous, la conversation s'était achevée dans une ambiance cordiale. Ils étaient amis, après tout. Ils avaient même terminé la soirée en s'échangeant des instruments de musique. Geoffrey s'était révélé particulièrement doué pour jouer de sa vieille kora tandis que Chama les avait époustouflés en tirant des *blues* du désert d'une guitare acoustique poussiéreuse, abandonnée dans un coin de son atelier par un ancien locataire. Puis ils avaient regardé du cricket et bu davantage de vin. Les gardiens du zoo avaient finalement pris congé et, peu après, Geoffrey s'était couché, épuisé et angoissé à l'idée de rentrer sur Terre.

Elle entra dans l'atelier et ferma les portes. Elle s'approcha des statues qu'on lui avait commandées, les silhouettes blanches et minces que ses clients voulaient en noir. Elle caressa leurs contours laborieux et sentit le frémissement électrique des heures de travail accumulées. La frontière entre l'art et le kitsch était franchissable, voire poreuse. Dans le décor adéquat, le bon contexte, ces pièces auraient pu bénéficier d'une certaine intégrité. Mais elle savait très bien où elles finiraient, blanches ou noires : autour de la porte d'un restaurant ethnique qui ne s'embarrassait même pas de savoir quelle partie de l'Afrique il était censé parodier.

L'indifférence se transforma en haine. Elle détestait toutes les heures que cette commande lui avait volées. Elle la haïssait pour tout l'art véritable qu'elle l'avait empêchée de créer. Elle la méprisait de l'avoir lancée sur une telle voie pour l'avenir. Elle se plaisait toujours à croire qu'elle avait de l'ambition. Produire de la merde figurative pour des clients débiles n'avait rien à voir avec ses désirs. Il n'y avait rien de plus facile que de prendre une commande par-ci, une commande par-là, pour payer le loyer. Mais si elle en faisait trop, elle devrait cesser de se considérer comme une artiste.

Prise d'une poussée d'autoflagellation, elle leva une main pour briser les sculptures. Mais elle se calma, désireuse de ne pas réveiller Jitendra ou Geoffrey.

*Ça te résume bien*, se dit-elle. *Tu ne supportes pas ce que tu fais pour survivre, mais tu n'as pas le courage de changer les choses. Tu prends des boulots de merde pour payer le loyer et tu ne manges dans de bons restaurants que lorsque Chama et Gleb paient l'addition. En réalité, tu es tout aussi prisonnière de l'argent que si tu avais décidé de travailler pour la famille. Tu te leurres en pensant t'être échappée. Tu peux te moquer de ton frère, se foutre de son manque d'audace, mais lui au moins a ses éléphants.*

Au matin, ils se levèrent tôt, les yeux bouffis et encore dans le cirage, pour lui dire au revoir. Geoffrey redoutait de devoir retourner à la Banque centrale africaine de Coperville. Mais il n'avait pas le choix. D'après son récit, le gant était toujours dans le coffre. S'il ne retournait pas à l'agence, la vérité éclaterait au grand jour à la moindre petite question des cousins.

— Ça va aller, lui dit-elle.

Il acquiesça, moins convaincu qu'elle.

— Je dois retourner dans la salle des coffres et en sortir. C'est tout. Et la banque ne va pas trouver cela bizarre ?

— Ça ne les regarde pas, petit frère. Qu'en ont-ils à faire ?

Ils accompagnèrent Geoffrey à la gare et l'embrassèrent. Elle regarda son frère retourner dans le Monde surveillé, et repensa au mensonge qu'elle venait de lui servir.

Parce que avant de partir, il lui avait fait promettre de ne commettre aucune imprudence.

# Chapitre 8

Le monte-orbite descendait sur son câble à une vitesse d'au moins mille kilomètres à l'heure. On avait endormi Geoffrey au terminus de Coperville, mais l'argent des cousins lui avait permis d'exercer son droit à se faire réveiller quand ils ne seraient plus qu'à trois heures de Libreville. Être ranimé avant l'atterrissage coûtait plus cher que dormir tout du long – cela nécessitait une surveillance médicale à bord, une salle de récupération et de la place pour étendre ses jambes – mais il s'était dit qu'Hector et Lucas lui accorderaient volontiers cette occasion de voir le paysage. Après tout, il ignorait s'il quitterait de nouveau la Terre un jour.

C'était l'après-midi du 12 février. Il n'avait passé que six jours pleins sur la Lune, mais cela suffisait amplement à rendre le retour à la pesanteur normale désagréable. Certains des passagers marchaient dans des exos corporels complets qu'ils portaient soit sous leurs vêtements – même s'ils restaient toujours visibles à travers – soit à l'extérieur, assortis à leurs habits. Geoffrey se contentait de *patchs* de médicaments à libération prolongée, collés sur les bras et les jambes. Ils envoyaient des signaux chimiques à ses os et à ses muscles pour accélérer leur réacclimatation, tout en neutralisant l'essentiel de la gêne. Il se sentait engourdi, comme s'il avait fait beaucoup de sport la veille ou l'avant-veille, et il lui fallait toujours regarder ses pieds pour ne pas tomber. Mais, malgré tout, ses symptômes de réadaptation restaient minimes. Il était surtout soulagé que ce soit terminé. Il n'avait rencontré aucun problème à la Banque centrale africaine. Il était retourné dans la salle des coffres, avait ouvert le tiroir puis l'avait refermé. Le gant n'avait pas bougé de son sac. Sunday avait les pierres et les pages déchirées du livre d'Eunice.

C'était fini. Il pouvait se détendre, profiter du paysage.

Le pont de récupération et d'observation était tout en bas du cylindre noir, sa seule fenêtre panoramique incurvée ouvrant sur le bas pour offrir une visibilité maximale. Les autres passagers réveillés étaient au-dessus, au niveau de la salle de détente et du restaurant. S'il n'y avait eu cette femme qui observait la vue un peu plus loin, Geoffrey aurait eu l'étage d'observation pour lui tout seul.

L'Afrique s'étendait devant lui, dans toute son immensité étonnamment bigarrée. Le point d'ancrage de Libreville se trouvait en réalité à cent kilomètres au sud de la ville du même nom, et plus à l'ouest, dépassant sur l'Atlantique. En regardant droit en dessous, il vit le trait gris de la péninsule artificielle battue par la mer qui saillait des côtes gabonaises, le cercle du point d'ancrage s'élargissant à sa pointe ouest.

Au nord, commençant à disparaître derrière la courbe terrestre, il distinguait l'immense vide très peu peuplé de l'Afrique saharienne, allant de la Mauritanie au Soudan. Des dizaines de millions de personnes y vivaient encore moins d'un siècle plus tôt – de quoi remplir la plus dense des mégapoles de la planète. Entassés autour des minuscules espaces vivables que représentaient les oasis ou les rivières, ces millions d'habitants avaient laissé ce vide quasiment intact. S'ils avaient survécu là, dans ces régions désertiques où la moindre famine, la moindre sécheresse créait de terribles souffrances, c'était au prix d'un acharnement de tous les instants. Mais ils y étaient parvenus, pendant des millénaires. Ce n'était qu'à l'arrivée de l'Anthropocène, le changement de climat récent induit par l'homme, que le dépeuplement du Sahara avait commencé. En quelques décennies, toute la zone avait subi une migration massive planifiée. Le Mali, le Tchad, le Niger… ces entités politiques existaient toujours, mais d'une façon tout à fait abstraite et technique. Leurs frontières étaient maintenues, on calculait toujours leur PIB, mais personne n'y vivait vraiment, à part quelques équipes réduites d'agents de l'UA et d'industriels.

La montée du niveau des mers au XXIe siècle n'avait guère entamé la côte africaine et ce qui aurait dû être perdu au profit de l'océan avait été préservé grâce à des milliers de kilomètres de murs, bâtis à la hâte puis renforcés et consolidés plus tard en vue de nouvelles inondations. Mais l'Afrique n'avait pas été épargnée. La modification des moussons avait volé les pluies de certaines régions pour les redistribuer ailleurs : le Congo avait été asséché au profit de la région, autrefois aride, du Sahel subsaharien, s'étendant de la Guinée au Nigeria.

Des changements à une telle échelle, la redéfinition d'une nouvelle carte, ne s'effectuaient pas sans douleur. Il y avait eu des temps difficiles : la période des Crises des ressources et des réfugiés compta parmi les pires que dut endurer l'humanité. Mais il s'agissait d'Africains, habitués à ce genre de choses. Ils avaient déjà traversé le sombre tunnel des XIXe et XXe siècles et s'en étaient tirés. Et, au moins, le changement climatique, lui, n'arrivait pas en ville avec des tanks, des fusils et des machettes.

Enfin, dans la plupart des cas. Il ne servait à rien de se voiler la face : il y avait bien eu des éruptions de bêtise locales, des microatrocités. Les tensions ethniques qui couvaient depuis des décennies s'étaient ravivées à la moindre provocation. Mais ce phénomène avait touché tout le monde, pas simplement l'Afrique.

La bande énergétique du centre du Sahara renvoya à Geoffrey un million de reflets du soleil. Après le départ de la population, les machines étaient arrivées. Elles avaient laissé des batteries de panneaux solaires, rangées de cellules photovoltaïques et imposantes chaînes de tours de traitement, alimentés par des miroirs qui suivaient le soleil et aussi gros que des radiotélescopes. La bande s'étendait sur des milliers de kilomètres, du Moyen-Orient jusqu'à l'Atlantique, puis à travers l'océan jusqu'aux États-Unis du Sud, et elle déployait ses bourdonnants tentacules supraconducteurs tout autour du reste de la planète, pour fournir de l'énergie à de nouvelles et denses conurbations en Scandinavie, au Groenland, en Patagonie et dans l'Antarctique occidental. Partout où il y avait de la glace cent cinquante ans plus tôt, on ne voyait plus désormais que du vert ou le gris fané des infrastructures urbaines. La moitié des besoins énergétiques de la planète provenaient du soleil saharien, tout au moins jusqu'à ce que les réacteurs à fusion reprennent le flambeau. D'une certaine manière, ces installations étaient le signe d'une catastrophe globale, le symptôme visible d'une crise planétaire débilitante. Mais c'était aussi, sans conteste, un spectacle magnifique.

— Vous voyez cette partie, là, dit la femme qui s'était rapprochée de Geoffrey et lui montrait la côte du Soudan et de l'Érythrée, la limite est de la bande saharienne. Cette partie, un peu au nord de Djibouti. Ce fut la première zone mise en service, en cinquante-neuf. C'est aussi là que nous avons envoyé sous terre les premiers puits géothermiques à grande pénétration.

Geoffrey ne voulait pas paraître impoli, mais il n'avait pas envie de faire la conversation.

— Pardon ? demanda-t-il doucement.

— Nos miroirs et nos puits, Geoffrey. Les projets solaires et géothermiques d'Akinya.

Il la regarda, étonné, et vit alors son visage.

— Que se passe-t-il ? demanda-t-il en baissant la voix. Que fais-tu ici ?

— Oh ! du calme. Je ne suis pas vraiment *ici*, répliqua-t-elle, visiblement énervée. Je me sens obligée de te le dire, même si ce n'est pas quelque chose que j'aurais mentionné dans la vie réelle. Bon, on peut passer à la suite ?

En lui prêtant attention, il remarqua qu'elle n'avait pas d'ombre. Et lorsqu'elle posait les mains sur le garde-corps qui entourait la fenêtre, ses doigts se troublaient.

— Ce n'est pas la réponse que j'attendais.

— Tu peux voquer, je t'entendrai correctement. (Elle se détourna et regarda le paysage quelques instants.) Écoute, c'est très simple. Sunday t'a autorisé à accéder à une de mes copies. Elle se disait que tu apprécierais la compagnie.

De la main, elle suivit le contour indigo de l'atmosphère comme s'il s'agissait du flanc en sueur d'un cheval de course.

— Regarde cette planète, reprit-elle. Elle est encore belle. Elle nous appartient encore, c'est toujours chez nous. Les océans sont montés, l'atmosphère s'est réchauffée, la météo s'est détraquée, nous avons fait des guerres débiles et inutiles. Et nous avons tout de même trouvé le moyen de nous en tirer, de survivre. Et pas seulement de survivre. De nous en sortir en ayant conservé notre foyer.

— Comment peux-tu apparaître dans ma tête ? Je n'ai pas autorisé ta chimère.

— Sunday peut passer outre ton autorisation parce que vous êtes frère et sœur, et que lorsque vous étiez enfants, vous avez accepté de vous faire une confiance aveugle. À moins que tu n'aies oublié ce moment ? demanda-t-elle sans attendre de réponse. Pour moi, tout est cyclique. Tu as entendu parler de « l'événement de 3 900 ans avant Jésus-Christ » ?

Elle reprit encore une fois sans lui laisser le temps de répondre :

— C'est bien ce que je me disais. Il s'agit d'un épisode de désertification, une grosse sécheresse. Qui a peut-être commencé dans les océans. Il a asséché le Sahara et mis fin au subpluvial néolithique. Une migration à l'échelle mondiale s'est ensuivie, obligeant tout le monde à s'entasser autour des vallées fluviales du centre de l'Afrique du Nord jusqu'à la vallée du Nil et à se lancer dans ce que nous n'avions encore jamais pratiqué : la civilisation. C'est là que tout a vraiment démarré : l'émergence d'une société dirigée par l'État, au quatrième millénaire avant J.-C. Les villes. L'agriculture. La bureaucratie. Et à l'échelle géologique, c'est comme si c'était *hier*. Tout ce qui a suivi, toute l'Histoire, chacun des événements qui la composent, d'Hannibal à Apollo, n'est qu'une conséquence de ce simple déplacement forcé. Nous avons été repoussés vers les rives des fleuves. Nous avons bâti des villes. Inventé le papier, les routes et la roue. Construit des casinos sur la Lune.

— Sunday aurait dû me demander.

— Vois ça avec elle. Je n'ai pas eu mon mot à dire. (Eunice le contourna puis alla reposer une main sur le garde-corps.) Mais ce changement de climat, le réchauffement de l'Anthropocène, c'est aussi un déplacement forcé, il me semble. Un autre déclic. Mais nous sommes si proches de son début que nous ne pouvons pas encore voir où il va nous mener.

— Tu n'as ton mot à dire sur rien, Eunice.

— Le réchauffement était global, mais l'Afrique a été un des premiers endroits à vraiment sentir l'impact du changement climatique. Les programmes de dépeuplement, les migrations forcées… nous avons été à l'avant-garde de tout ça. Par certains aspects, c'est à ce moment-là que le Monde surveillé est né. Nous avons vu le meilleur et le pire de ce dont nous sommes capables, Geoffrey. Les démons qui nous habitent, et aussi nos côtés angéliques. Mais surtout les démons. C'est de cette période de crise qu'est né le réseau de surveillance global, ce dieu invisible et omniscient qui n'est jamais fatigué de nous observer, de nous empêcher de nous faire du mal. Oh ! il existait déjà pour partie, avant, mais c'est à ce moment-là que, pour la première fois, nous avons délégué toute l'autorité au Mécanisme. Et tu sais quoi ? Ce n'est pas ce qui a pu nous arriver de pire. Nous vivons tous dans un État totalitaire, mais dans l'ensemble, c'est une dictature douce et bienveillante. Et désormais le Monde surveillé ne se limite même plus à la Terre. C'est une notion, un mode d'existence qui s'étend dans le système solaire au rythme où l'humanité le conquiert. Mais nous n'en sommes qu'aux débuts. Un siècle, qu'est-ce que ça représente ? Tu crois qu'il n'a fallu qu'un siècle pour que les effets de l'événement de 3 900 ans avant J.-C. se fassent sentir ? Ces phénomènes se déroulent sur des échelles temporelles bien plus grandes. Après presque six mille ans d'un certain type de société humaine complexe et très organisée, nous allons passer à autre chose. De la complexité au carré, ou au cube. Où serons-nous dans mille, ou six mille ans ?

— Je peux te faire taire ou c'est aussi une des prérogatives de Sunday ?

— Tu es mieux élevé que ça.

— Juste une question : tu es dans mon crâne que je le veuille ou non ?

— Bien sûr que non. Je ne suis même pas dans ton crâne : je suis délocalisée et transmise par l'aug. Tu peux toujours neutraliser les réglages et me débrancher. Mais pourquoi rejetterais-tu le cadeau de Sunday ?

— Parce que j'aime être seul.

La chimère soupira, comme si ce n'était pas digne de parler de ce genre de sujets.

— Je serai là si tu as besoin de moi. Il te suffit de prononcer mon nom. Si tu ne me veux pas, je m'en irai. C'est aussi simple que ça.

— Et tu ne vas pas regarder le monde à travers mes yeux pendant que je te croirai ailleurs ?

— Ce serait d'une impolitesse extrême. Je ne vois et n'entends que ce que l'environnement autorise. Je ne vais pas m'immiscer dans le peu d'intimité qu'il te reste.

— Mais tu parleras aussi à Sunday ?

— Je suis une copie ; Sunday en a une autre. Nous étions semblables jusqu'au moment où nous avons été dupliquées, mais j'ai désormais vu et vécu des choses que l'autre n'a pas connues… et *vice versa*, évidemment. Ce qui fait de nous deux personnes différentes, jusqu'à ce que nous soyons réunies, dit-elle en jetant un œil vers le plafond et les cieux. De temps en temps, nous échangeons des souvenirs et des caractéristiques acquises. La fusion. Nous ne serons plus jamais exactement pareilles, mais nous ne divergerons pas trop non plus.

Elle approcha une main de la sienne, mais s'abstint de le toucher.

— Ne le prends pas mal, Geoffrey. Je n'ai pas été envoyée pour te martyriser, ni pour faire de ta vie un enfer. Sunday avait les meilleures intentions du monde.

— Je connais le refrain.

— Vous vous ressemblez beaucoup, tous les deux.

Elle tourna de nouveau son regard vers la fenêtre, sans cesser de sourire. Depuis que Geoffrey était sur le pont d'observation, la descente du monte-orbite avait rapproché sensiblement la Terre. La courbe de l'horizon, bien qu'encore prononcée, n'était plus aussi marquée que lorsqu'il était arrivé dans la pièce et il commençait à discerner des détails, jusqu'alors invisibles, à la surface. Là, proche du point d'ancrage, se trouvait le « V » blanc et net du sillage d'un navire ; il parvenait même à distinguer le vaisseau lui-même, à l'endroit où les traits blancs convergeaient. Il devait être aussi gros qu'un paquebot, mais ressemblait à un simple éclat scintillant. Il devinait aussi des petites communautés, des villes moyennes et plus seulement des grandes cités.

— C'est beau, n'est-ce pas ? dit Eunice. Pas seulement le monde, mais le fait que nous soyons là, vivants, à l'observer.

— Un seul d'entre nous l'est.

— Je n'aurais jamais cru vivre assez vieille pour voir les neiges revenir au Kilimandjaro. Mais les choses s'améliorent, non ? Le désert reverdit. Les gens repeuplent des villes que nous croyions abandonnées à jamais. Le monde dans lequel je suis née ne reviendra jamais. Mais ce n'est pas non plus l'enfer.

— Nous ne devrions pas faire preuve d'ingratitude, dit Geoffrey. Sans le réchauffement climatique, nous n'aurions jamais fait fortune.

— Oh ! ce n'est pas aussi simple. Certes, nous nous sommes trouvés au bon moment avec les bonnes idées. Mais pas simplement par hasard. Nous étions malins et flexibles. Notre bonheur n'est pas le fruit d'une perfusion de misère humaine.

Il se dit que c'était probablement vrai. En tout cas, il n'allait pas la contredire. Personne ne pourrait jamais le savoir. On ne pouvait pas remonter un siècle et demi dans le passé et changer les conditions de départ pour la Terre. La famille Cho avait fait fortune grâce aux murs maritimes qui se montaient et se rénovaient seuls : d'extraordinaires structures évoquant des barrages qui poussaient de la mer, comme un récif vivant. Lorsque la montée des océans cessa, cette technologie permit aux industriels de Cho de se diversifier dans les bâtiments submergés et les cités-États flottant au milieu de l'océan. Ils créèrent de merveilleux palais marins byzantins, sous forme d'élégantes flèches lumineuses, et les peuplèrent de belles sirènes et de charmants tritons. Ils devinrent les architectes et les artisans à la base des aqualogies des Nations unies aquatiques.

Les Akinya avaient bien profité de la catastrophe, eux aussi. Tel un élixir pour un homme souffrant, leurs puits géothermiques, leurs assemblages de miroirs solaires et leurs câbles électriques sans perte avaient fourni au monde les gigawatts dont il avait besoin pour survivre à la fièvre des pires bouleversements du XXI^e siècle. Ce savoir-faire dans l'ingénierie du manteau profond, l'alignement de précision des miroirs et la physique des supraconducteurs leur avaient fourni les bases nécessaires pour créer la sarbacane du Kilimandjaro.

*Des accidents dus à la géographie et aux circonstances*, se dit Geoffrey. Les familles Akinya et Cho étaient intelligentes et ambitieuses au départ, mais cela ne suffisait pas toujours. Malgré ce que pouvait en penser Eunice, le pur hasard et l'absence de scrupules avaient eux aussi joué un rôle.

— Je ne sais pas si nous avons du sang sur les mains, dit-il. Mais je ne sais pas non plus si nous sommes irréprochables.

— Personne ne l'est.

— Sauf toi, bien sûr. Passant ton temps à juger le reste de l'espèce humaine depuis ton château en orbite lunaire. Se moquant de nous depuis l'au-delà.

— La mort n'a rien de drôle pour personne, Geoffrey, dit-elle d'une voix sévère. Et certainement pas pour moi.

— Alors pourquoi l'as-tu fait ?

— Pourquoi j'ai fait *quoi*, mon enfant ?

— Enterrer ces trucs à Pythagore. (Il secoua la tête, exaspéré au plus haut point d'en être arrivé à considérer cette chimère comme un être vivant.) Oh ! À quoi bon ? Autant poser des questions à une photo. Y mettre le feu et exiger qu'elle me donne des réponses.

— Il me semble que Sunday t'a bien expliqué que je ne pouvais pas mentir, ni cacher des informations. Mais je ne peux pas non plus te dire ce que j'ignore.

— En d'autres termes, tu ne sers à rien.

— J'en sais beaucoup, Geoffrey. Sunday m'a rempli de toute une vie de données publiques me concernant. Et je te dirais tout, si je pouvais, mais cela prendrait une autre vie et aucun de nous deux n'a *tant* de temps devant lui. Nous allons donc devoir nous supporter. Si tu as une demande spécifique, je m'efforcerai d'y répondre. Et si j'ai une remarque qui me paraît pertinente, je te la fournirai au moment opportun.

— Quand tu parles, on dirait qu'il y a vraiment un cerveau qui travaille.

— Toi aussi.

C'était un tour de passe-passe, évidemment. Aucune volonté consciente n'animait la reconstruction de sa grand-mère, mais simplement un ingénieux mécanisme. Les réponses enregistrées et les données rassemblées par des moteurs de postérité durant toute la vie d'Eunice devaient fournir suffisamment de vraies réactions documentées, tirées de situations conversationnelles semblables à celle-ci, pour les adapter à la situation. Un vulgaire tour de passe-passe.

Mais plutôt époustouflant.

— Bien, je voulais simplement te prévenir de ma présence, dit Eunice. Je vais te laisser. J'imagine que tu as quelques soucis.

— Quelques-uns.

— J'adorerais revoir la maison. Tu me feras ce plaisir, n'est-ce pas ?

Des algorithmes le suppliaient.

— À condition que tu ne me déranges pas.

— Merci, Geoffrey. Tu as été très tolérant. Mais Sunday me l'avait promis. Je me rends compte que vous avez toujours été mes préférés. De tous mes enfants et petits-enfants, vous étiez les seuls à posséder cet éclat rebelle.

Geoffrey repensa à toutes les fois où Eunice avait pris la peine de communiquer avec lui, de son vivant. Si l'opinion de la reconstruction reflétait vraiment les sentiments réels de la femme, elle les avait très bien cachés au reste de la famille. En orbite depuis son exil lunaire, elle avait fait preuve d'autant de chaleur que Pluton.

— Tu nous l'as vraiment bien montré, dit-il.

Se retrouver sous le soleil, au Gabon, homme libre de retour sur Terre, lui fit un choc.

Il avait passé la douane de l'immigration lunaire ; il lui restait maintenant celle du côté de Libreville. Geoffrey savait que ses papiers étaient en règle et qu'il n'enfreignait aucune loi. Mais il ne pouvait s'empêcher de penser à l'incident à la frontière chinoise, convaincu que tôt ou tard, son nom allait ressortir de l'enquête. On lui taperait sur l'épaule, on lui murmurerait quelques mots à l'oreille. Il serait entraîné dans une salle sans fenêtres par des fonctionnaires contrits, porteurs d'un mandat d'arrêt.

Mais rien ne se passa à Libreville. Ils ne s'intéressèrent même pas au gant, qu'il avait mis son point d'honneur à déclarer avant de passer la sécurité. Peut-être qu'il les avait intrigués – pourquoi prendre la peine d'importer un objet d'une telle banalité ? – mais pas assez pour qu'ils s'y intéressent de près.

Il se promena quelques minutes dans les jardins du point d'ancrage, s'arrêtant souvent sur des bancs du parc pour reposer ses muscles. Les fontaines crachotaient, étincelantes, autour de lui. C'était le milieu d'un après-midi sans nuages, et le ciel d'un bleu absolu semblait infini, comme s'il s'étendait jusqu'à Andromède et n'était pas seulement confiné dans la courbe indigo qu'il avait vue depuis l'espace. En comparaison des cavernes éclairées aux projecteurs de la Zone non observée, on aurait dit qu'une autre dimension avait été ajoutée à la réalité. Quel plaisir, d'être assis là, sur un banc du parc, à suivre du regard les six câbles de guitare de l'ascenseur qui s'élançait vers le haut avant de disparaître, dans une parfaite démonstration du point de fuite. Des monte-orbites s'élevaient et descendaient, perles d'huile noire glissant le long de câbles. Des brisants venaient frapper le mur maritime de la péninsule dans une percussion de cymbales sans fin. Des mouettes traversaient son champ de vision, éblouissantes fenêtres blanches en forme d'oiseaux donnant sur une autre création, plus pure.

Il se releva péniblement et souleva le sac de sport qui lui paraissait désormais rempli d'une dizaine de lingots de tungstène. Il traversa, en grimaçant sous l'effort, les jardins chatoyants jusqu'à la gare ferroviaire d'où il comptait prendre l'express équatorial pour Nairobi. Le train de nuit lui laisserait le temps de rassembler ses esprits et repousserait de quelques heures son retour à la maison. Mais lorsqu'il arriva dans le hall, l'aug l'informa qu'un airpod privé, envoyé spécialement à son intention, l'attendait dans la zone d'atterrissage réservée.

— Merci, les connards ! souffla-t-il.

Deux heures plus tard, il était de retour dans l'espace aérien de la FAE. Le soleil ne s'était même pas couché lorsqu'il se posa devant la maison ; un exo l'attendait, debout comme un squelette sans tête, prêt à l'accueillir dans son étreinte capitonnée. Il lui donna un coup de pied et entra dans la maison comme un type prêt à se lancer dans une bagarre de bar.

Hector et Lucas l'attendaient, se prélassant dans des fauteuils de jardin et sirotant un apéritif sur la terrasse donnant vers l'ouest. À l'horizontale devant eux, comme un jeu de plateau, flottait la projection d'un match de football de première division.

—Geoffrey, dit Hector en faisant mine de se lever de son siège. Ravi de te revoir sur la terre ferme ! Je constate que tu as trouvé l'airpod.

—Je ne pouvais pas le manquer, dit Geoffrey en lâchant le sac de sport à ses pieds. Mais ce n'était pas la peine.

—Il nous semblait opportun de t'aider à revenir vite, dit Lucas en grattant la peau sous le mille-pattes de plastique accroché à sa jambe. (Il portait un short, des tennis et une chemise psychédélique orange et jaune.) Tu as préféré ne pas utiliser l'exo.

—Je ne suis pas handicapé, cousin.

—Bien sûr que non, dit Lucas avant de voquer la disparition du match. Mais nous voulions simplement t'aider. Mon frère et moi nous adaptons désormais facilement à la pesanteur terrienne, mais seulement parce que nous avons tous les deux accumulé énormément d'heures dans l'espace. La réadaptation devient plus aisée avec le temps.

—Je prends note. (Il ne voulait pas être trop aimable avec les cousins tant qu'il avait quelque chose à leur cacher.) Bien que je n'aie aucunement l'intention de repartir dans l'espace.

—La Lune compte à peine, de toute façon, dit Hector. Mais ne gâchons pas le plaisir de Geoffrey. Je suis persuadé qu'il a vécu ça comme une sacrée aventure. Et ce problème, avec ton ami emprisonné ? N'en parlons plus. En vérité, nous te sommes très reconnaissants. (Il jeta un coup d'œil évocateur au sac) Le... heu... l'objet. Il est là-dedans ?

Geoffrey se pencha et ouvrit le bagage. Le gant était au-dessus de ses vêtements ; il avait été rangé en dernier, après la douane. Il le sortit et le lança brusquement à Hector qui dut poser son verre à la hâte pour l'attraper.

Hector l'observa avec l'œil inquisiteur et plissé d'un collectionneur de timbres.

—Montre-moi, dit Lucas.

—Nous pouvons consulter les archives de la maison, dit Hector en donnant l'objet à son frère, pour voir s'il correspond à une des combinaisons qu'Eunice a portées.

Lucas, dégoûté, passa un doigt dans le gant en plissant le nez.

— Du strict point de vue des coûts-bénéfices, envoyer Geoffrey sur la Lune pour le récupérer n'a sans doute pas été le plus prudent de nos récents choix financiers.

— Il a l'air plutôt abîmé, convint Hector avant de reprendre son verre. Et il n'y avait vraiment rien d'autre dans le coffre, Geoffrey ?

— Comme je l'ai dit.

— Rien d'autre ? insista Lucas. Pas la moindre documentation pour l'accompagner ?

— Rien que le gant, dit Geoffrey, irrité.

— Elle était toquée, dit Hector en prenant le gant à son frère. C'est la seule explication possible. Peu *importe* pourquoi elle l'a mis là. Nous craignions qu'il y ait quelque chose de nuisible dans le coffre, quelque chose qui aurait pu porter atteinte à la réputation de la famille. Nous pouvons déjà être rassurés sur ce point, n'est-ce pas ?

Il examinait toujours le gant, avec un regain d'intérêt.

— J'imagine, lui accorda Lucas. Nous pouvons donc oublier notre crainte initiale.

— Qui était ? demanda Geoffrey.

— De trouver des papiers, des documents, dit Hector. Qui auraient exigé une enquête. Alors qu'une vieille relique comme celle-ci, nous pouvons la placer dans le musée familial et personne ne s'en souciera plus.

— Si vous n'avez plus besoin de moi..., dit Geoffrey en refermant le sac de sport.

— Oui, bien sûr, dit Hector, rayonnant. Tu as été formidable ! Un modèle de discrétion. Il n'a pas été merveilleux, Lucas ?

— Tu as parfaitement satisfait à nos exigences, affirma Lucas.

— Je dois te l'accorder, Geoffrey, dit Hector. Peu importe ce qui a pu être dit par le passé sur ton implication dans la famille, tu t'en es très bien sorti. Tu peux marcher la tête haute, à nos côtés, comme un vrai Akinya, désormais.

— C'est très gentil, dit Geoffrey.

— Et nous respecterons, évidemment, notre engagement, poursuivit Hector. Dès que j'aurai terminé ce verre, je ferai le premier versement de ton nouveau budget de recherche.

Geoffrey passa son sac sur l'épaule.

— Memphis est dans le coin ?

— Il a dû se rendre physiquement à Mombasa, pour affaires..., expliqua Lucas en regardant attentivement Geoffrey. Mais il devrait être rentré. Tu as quelque chose à lui dire de précis ?

— C'est mon ami. Je veux simplement le voir.

Lucas eut un sourire crispé.

— Il nous appartient à tous d'extraire le maximum d'un élément aussi précieux.

Il voqua pour rappeler le match puis applaudit une passe en cloche du milieu de terrain camerounais.

— Des gènes de phoque, confia-t-il à son frère d'un air épaté. Densité de myoglobine musculaire améliorée pour fournir de meilleurs apports et stockages de l'oxygène. J'ai bien envie de m'en faire injecter, moi aussi.

Geoffrey laissa volontiers les cousins à leur football pour entrer dans la fraîcheur de la maison. Sa chambre était propre et spartiate, le lit parfaitement fait et il n'y avait rien sur les étagères, à l'exception d'un ou deux livres et de quelques artefacts. Les rideaux remuaient mollement dans la brise de l'après-midi qui passait par la fenêtre entrouverte. Il posa une main sur l'éléphant mâle en bois qui menait le défilé et caressa son dos lustré et doux avant de poser son sac sur le lit. Il ouvrit un des tiroirs pour voir s'il avait de quoi se changer.

Il s'installa au bureau et voqua les financements de ses recherches. Le premier versement avait déjà été fait, comme Hector l'avait promis. C'était une somme d'argent stupéfiante, plus qu'il n'en avait jamais eu sur aucun de ses comptes. Il était censé la dépenser pour ses recherches sur les éléphants, mais il se disait que les cousins n'avaient que faire de ce qu'il en faisait réellement. L'argent, tout au moins dans de telles quantités, était comme de l'eau pour eux. Il avait une fonction, comme du fluide hydraulique, mais à une échelle si petite qu'il entrait à peine dans leur comptabilité.

Il décida de remettre sa douche à plus tard et sortit de la chambre. Il marcha dans la maison jusqu'à ce qu'il trouve Memphis, assis dans son bureau du rez-de-chaussée, dos à la porte, droit comme un piquet, son vieux costume impeccable posé sur ses épaules minces, les finances de la maison incrustées en aug autour de lui dans un demi-cercle de registres multicolores et de feuilles de calcul. Il déplaçait des chiffres d'un panneau à l'autre et poussait les symboles brillants comme de petits lutins bien dressés.

— Memphis, dit Geoffrey en frappant doucement sur le chambranle. Je suis rentré.

Memphis termina une transaction puis fit disparaître les affichages. Son vieux siège sur pivot pneumatique grinça lorsqu'il se tourna et adressa à Geoffrey un grand sourire.

— Comment s'est passé le voyage de retour ?

— C'était rapide. J'avais envie de prendre le train de nuit, mais les cousins en ont décidé autrement. Ils ont envoyé un airpod.

— Je peux comprendre que tu aies eu envie de prendre ton temps. Mais j'imagine qu'il te tardait aussi de rentrer, non ?

— J'étais persuadé que tu saurais t'occuper des affaires courantes en mon absence.

— Je pense tout de même être plus doué pour gérer la maison que des animaux. Tu es allé voir le troupeau ?

— Non, pas encore. Je ne vais pas tarder, simplement pour qu'ils sachent que je suis revenu. Et, demain matin… tu ne voudrais pas venir avec moi ?

— Je crains d'avoir encore à faire à Mombasa, et tu connais mon aversion pour le ching. Je pourrais changer mes plans, mais…

— Inutile, dit Geoffrey. Et après-demain ?

— Pourquoi pas ? Tu veux me montrer quelque chose en particulier ?

— Rien de plus que d'habitude. C'est bien que les éléphants te voient régulièrement et qu'ils t'associent à moi.

— Je serai ravi de t'aider. Je ne sais pas ce que tu avais à régler, mais j'imagine que c'est terminé et que tu vas pouvoir reprendre ton train-train ?

— Je l'espère.

Memphis acquiesça.

— Moi aussi.

Geoffrey lui dit au revoir et repartit se promener dans la maison. Il finit par se retrouver dans la fraîcheur de l'aile musée. Il n'y avait personne, aucun autre membre de la famille, pas de parasite, ni de personnel de maison, et il resta donc là à traîner, ce qui ne lui ressemblait pas, observant les objets sous verre qui n'avaient jusqu'ici mérité qu'un bref coup d'œil.

Il finit par trouver le livre, l'exemplaire des *Voyages de Gulliver* dont Memphis avait parlé durant la cérémonie. Il était posé dans une des vitrines, presque à la verticale, sur un présentoir noir.

Geoffrey ouvrit la vitre dont les charnières en métal grincèrent. La tenant d'une main, il plongea l'autre à l'intérieur pour prendre le livre. Sa couverture d'un bleu-gris fané avait les coins cornés, mais l'ouvrage n'était pas aussi poussiéreux qu'il paraissait. Il l'ouvrit doucement.

La deuxième de couverture était contrecollée de papier marbré. Il discerna quelques mots griffonnés au crayon noir, d'une écriture qu'il ne connaissait pas, mais qui avait un certain charme. C'était de l'anglais, mais rédigé à la main et pas assez visible pour que l'aug puisse le détecter et le traduire. « Pour Eunice en son vingtième anniversaire, le 20 janvier 2050 », lut-il à voix haute. « Avec tout notre amour, Père et Mère. »

Le livre était apparemment bien plus ancien ; ce devait déjà être une antiquité lorsque Eunice l'avait reçu en cadeau. Il tourna les pages pour arriver au récit proprement dit.

Il trouva le passage où les feuilles manquaient, un peu après la moitié du livre. Il était difficile à découvrir si on ne le cherchait pas, simplement marqué par une légère irrégularité dans la façon dont la reliure était attachée au dos. Peut-être avait-on remarqué les pages manquantes avant de placer le volume dans la bibliothèque, mais sans en faire grand cas : les livres auxquels on tenait beaucoup finissaient toujours par être les plus abîmés, à force d'être lus et trimballés partout. D'un autre côté, il était possible que personne n'ait rien remarqué.

Il grava dans sa mémoire les numéros des pages manquantes, puis remit le volume en place. Il s'apprêtait à refermer la vitrine et à sortir lorsqu'il remarqua le texte gravé en blanc à la base du présentoir.

> « Don d'Eunice Akinya à la collection privée en 2100, juste avant sa dernière mission dans l'espace profond. »

Elle était revenue un an et quelques mois plus tard, des confins du système solaire. Encore aujourd'hui, personne n'était allé aussi loin. Mais depuis son retour en orbite lunaire, Eunice n'avait jamais été en mesure d'aller enterrer des objets sur la Lune. Si elle avait quitté le Palais d'Hiver, le moindre de ses déplacements aurait été suivi et enregistré pour la postérité. Elle avait donc passé les soixante années suivantes dans la station.

Quoi qu'elle ait fait, du gant dans le coffre aux feuilles enterrées dans le sol de Pythagore, et en supposant que personne d'autre n'ait été impliqué, cela s'était forcément produit avant qu'elle parte pour l'espace lointain.

Et c'était donc prémédité.

# Chapitre 9

Le Kilimandjaro était un diamant taillé tombé du ciel, coupé à sa base par un mince trait de brouillard. Il semblait flotter au-dessus du sol, comme si, par miracle, la montagne lévitait.

Il trouva le clan sans difficulté, après moins de trente minutes de vol. Il descendit et fit un virage si abrupt que le bout de son aile gauche manqua de couper quelques branches des marulas et des *cabbage-trees* qui bordaient un des points d'eau. Les éléphants se tournèrent pour l'observer, levant leur trompe et battant des oreilles. Matilda était facilement reconnaissable : elle continuait à traîner son appendice pour fouiller le sol, sans paraître impressionnée, et essayait vaillamment de donner l'impression qu'elle n'avait rien à faire de son retour.

Il choisit une bande de terre où ses atterrissages précédents avaient déjà transformé l'herbe en sillons arides, et y posa son Cessna très lentement, à un poil du décrochage. Il coupa les moteurs dès que les pneus touchèrent le sol et le laissa rouler dans un quasi-silence, jusqu'à ce que l'appareil s'arrête. Il prit son sac de toile et s'extirpa du cockpit, toujours vêtu des habits qu'il portait à son départ de l'appartement de Sunday.

Geoffrey s'éloigna de l'avion et marcha lentement dans l'herbe, vers les éléphants. Le vent, dans son dos, poussait son odeur devant lui. C'est justement pour cela qu'il ne s'était pas changé, ni douché. Après une telle absence, il ne voulait prendre aucun risque. De temps en temps, il frappait dans ses mains et poussait un cri pour bien prévenir de son arrivée.

L'après-midi touchait à sa fin. Les ombres noires, grises et violettes s'étendaient, mouvantes et fusionnant sous l'effet du vent qui agitait la végétation. Il imagina ce qu'il ne voyait pas, ces formes musclées ramassées et ces paires d'yeux qui le suivaient avec un éclat vigilant. Le bruissement sombre de l'herbe évoquait la lente respiration de créatures patientes et affamées, prenant une dernière inspiration avant de bondir sur leur proie. Tous les trois ou quatre pas, des formes au sol prenaient l'aspect de serpents en mouvement et le faisaient hésiter. Cette partie de son cerveau, si ancienne et si idiote qu'elle soit, ne pouvait être complètement désactivée. Mais il avait appris à faire abstraction de cette peur simiesque autant que possible.

Matilda était là, un peu plus loin, son profil sombre dessiné entre deux euphorbes candélabres. Il poussa un nouveau cri et frappa dans ses mains, les aisselles trempées de sueur. Puis il lança :

— Salut, Matilda. C'est moi, Geoffrey. Je suis rentré.

Comme si elle n'avait pas vu que c'était lui qui était tombé du ciel. Le Cessna était aussi bizarre et reconnaissable qu'une licorne.

Elle le laissa approcher, mais conserva une posture vigilante, une prudence que les autres éléphants perçurent. Geoffrey s'arrêta lorsqu'il entendit et sentit un grognement menaçant provenant d'une des autres femelles de haut rang. Matilda répondit en vocalisant à son tour, peut-être pour la rassurer, ou l'équivalent en langue éléphant de : *Tais-toi et laisse-moi gérer ça.*

Geoffrey attendit un instant puis reprit son approche.

— Je t'avais dit que je devais partir, lança-t-il. Tu devrais te réjouir que je ne sois pas resté absent plus longtemps.

Il observa la famille de la matriarche. En vol, l'incrustation aug avait vérifié qu'ils étaient tous présents et indemnes, mais ce n'était qu'une fois au sol qu'il pouvait chercher des traces de blessures ou de maladies. Il s'attarda particulièrement sur les plus jeunes et ne constata rien d'anormal.

— Tout s'est déroulé sans encombre, donc, dit-il doucement autant pour lui que pour Matilda.

Il trouva une souche, s'assit dessus et sortit son carnet et son crayon 2B. Il travailla avec acharnement, dans la lumière faiblissante, cherchant à capturer ce moment avec le moins de traits possible, tel un mathématicien luttant pour trouver la méthode la plus rapide de démontrer un théorème. Il n'avait pas le temps pour la nuance, ni pour les détails ou les hachures ; tout devait se faire dans l'économie, avec une approche martiale et fervente du croquis. Il dessina jusqu'au noir complet, lorsque les éléphants ne furent plus que des monticules arrondis, des ombres grises dans le pourpre. Ses yeux avaient amplifié les contrastes et l'aug proposa une incrustation pour améliorer sa vue, mais Geoffrey déclina l'offre.

Après avoir rempli trois pages, il rangea le carnet, remit son sac sur l'épaule et se leva de la souche, les os endoloris. Les éléphants étaient désormais plus calmes et acceptaient sa présence avec tolérance. Il s'approcha de la matriarche, s'immobilisa et se laissa examiner par la trompe de Matilda.

— Tu ne me croirais pas si je te disais où je suis allé. Ou peut-être que si, si tu étais capable de le comprendre. Peut-être que ça ne te paraîtrait pas plus loin que la Namibie. J'étais sur la Lune, Matilda. C'est pas génial ? J'étais là-haut.

On ne voyait pas la Lune, cette nuit-là, mais il la lui aurait montrée s'il avait pu.

Geoffrey voqua la connexion, et le scanner cérébral en temps réel de Matilda apparut dans le coin supérieur gauche de son champ visuel. On y distinguait de l'activité dans toutes les zones fonctionnelles habituelles, mais rien d'anormal. Son état cérébral n'avait jamais été aussi banal, laissant apparaître les marques standard correspondant à l'état de veille nocturne.

Il tenta de se convaincre qu'il ne devait pas le faire. Il n'était pas rentré depuis assez longtemps pour passer à l'étape suivante de la connexion entre les deux cerveaux. Mais pourquoi pas ? Il était extrêmement calme, l'esprit apaisé par le vol et la tranquillité du troupeau. Ce ne serait peut-être pas le cas demain.

Il voqua sa propre image cérébrale et entama la transition. Il passa rapidement les premiers pourcentages, dix, vingt et suivants. À vingt-cinq pour cent, il sentit son propre schéma perdre en définition, son esprit se séparant de son cerveau, sa perception des échelles gonflant, comme dans un rêve, et Matilda rétrécissant jusqu'à ce qu'elle ne paraisse pas plus grande qu'un des nains phylétiques.

Il passa au-delà des trente-cinq puis des quarante pour cent. Les schémas neuronaux affichèrent des zones de congruence, des territoires cérébraux s'allumant de conserve. Les détails anatomiques étaient différents, évidemment, mais les relations fonctionnelles restaient intactes. Les processus de pensée de Matilda guidaient les siens, allumant des incendies dans son cerveau. Il se sentait encore calme et maître de lui-même, conscient que son esprit était influencé par un tiers, mais avec suffisamment de détachement pour ne pas être déconcerté. Il n'avait pas peur – pas encore – même lorsqu'il passa les quarante-cinq pour cent et qu'il atteignit la barrière psychologique des cinquante pour cent, où il ne s'était encore jamais risqué. Il n'avait pas simplement l'impression d'être déconnecté de son propre corps, désormais ; il se sentait multiple, appartenant à un grand tout. L'identité de matriarche de Matilda était tellement liée à sa famille qu'elle englobait d'autres éléphants. Geoffrey chancela, étourdi par les changements de perception, mais il s'arma de courage et monta jusqu'à cinquante-cinq puis soixante pour cent. Il était loin, désormais, nageant dans les eaux neuronales profondes. Le monde lui parvenait avec la netteté surnaturelle d'une hallucination, inondant ses sens et son cerveau de plus de stimulations qu'il ne pouvait en assimiler. Le bruit de fond du point d'eau et de son environnement ressortait à part, déconstruit comme la séparation mathématique d'un signal en composantes de Fourier, fils sonores spécifiques détricotés : chaque arbre, chaque bruissement de broussaille offrant son propre apport, chaque respiration, chaque pas prenant une existence propre. Il sentait les grondements d'éléphants, proches et lointains, dans son ventre plus que dans sa tête.

Pourtant, cette révélation d'une complexité infinie n'était qu'une partie de la tapisserie sensorielle. L'odorat de Matilda était précis et inlassable, et la connexion enflamma donc les centres olfactifs de Geoffrey. La traduction était trop rudimentaire pour dupliquer précisément les impressions, mais il se sentit tout de même submergé par des odeurs tirées de sa propre expérience, arrivant toutes accompagnées d'un enrobage de souvenirs et d'émotions. L'odeur d'un nouveau tapis feuillu, dans une salle récemment meublée de la maison lorsqu'il avait huit ans. Celle d'une fuite du liquide de transmission dans une des Jeep. Une boîte en carton de pastels, rangés par couleurs, comme un arc-en-ciel parfumé prêt à déverser ses teintes sur le papier. La fois où il avait plongé la main dans une crotte de hyène encore fraîche après avoir trébuché et où il était rentré en pleurant à la maison, tenant sa main souillée comme s'il s'était coupé. Les souvenirs étaient, en général, ceux d'événements de son enfance, issus de structures cérébrales construites depuis longtemps et établies lorsque l'architecture de son cerveau était encore énormément flexible.

Soixante-cinq pour cent, soixante-dix. Cela suffisait pour le moment, estima-t-il. Il se pouvait même qu'il n'aille jamais plus loin. Il pourrait toujours pratiquer des améliorations, peaufiner l'interface pour que les impressions sensorielles soient rendues plus précisément, de façon que lorsque Matilda sentait un lion, il le perçoive lui aussi et le reconnaisse. Il suffirait d'amasser des données, de comparer les états neuronaux avec les facteurs externes. Il n'y avait aucune raison théorique ou philosophique pour qu'il ne puisse pas ressentir le monde comme elle, jusque dans les moindres détails. Il pourrait alors avoir un aperçu de ses processus de pensée, même si ce n'était qu'à travers les ombres portées sur le mur de la grotte de son esprit.

Durant tout le processus, elle était restée extrêmement calme et attentive, sans prendre conscience des machines qui lisaient son cerveau ; ni du fait que son esprit était copié dans la tête d'une autre créature. Geoffrey savait que le moment était venu pour lui de couper le lien : il était déjà allé plus loin que dans toutes ses précédentes sessions. Mais une partie de lui voulait continuer, puisqu'il avait désormais surmonté ses peurs initiales. Il ne s'agissait pas d'augmenter le pourcentage, mais d'autoriser le trafic dans l'autre sens. Après tout, c'était son but ultime : il ne voulait pas seulement regarder dans son esprit, mais il désirait établir un moyen de communication. Quelle expression avait employée June Wing : un portail cognitif ? Les protocoles du neuromécanisme étaient déjà en place ; il lui suffirait d'une série d'ordres voqués pour commencer à transmettre son état d'esprit dans la tête de Matilda.

Mais était-elle prête pour ça ? Et comment l'animal réagirait, en l'absence du moindre cadre de référence rationnel pour calmer ses réflexes instinctifs ? Rien, dans toute l'évolution de l'espèce de Matilda, ne lui fournissait les moyens de comprendre ce qu'il envisageait de lui faire.

Néanmoins, il n'était pas allé aussi loin dans son projet pour laisser de telles appréhensions l'arrêter maintenant. Pour tirer un enseignement de son expérience, il fallait bien la mettre en pratique. Et tant pis s'il aboutissait à la conclusion que son travail était dans une impasse et n'avait plus aucun intérêt.

Il prit la précaution de rabaisser le seuil de l'interface neuronale existante à trente pour cent. Elle était désormais assez basse pour que sa conscience de soi redevienne à peu près normale, mais pas trop afin qu'il continue à sentir le monde de Matilda se déverser dans le sien, avec sa profusion de détails clinquants sur plusieurs canaux.

*Cinq pour cent dans l'autre sens*, se dit-il. C'était bien assez pour commencer.

Il envisagea de se rétracter, de couper la connexion et de repartir au Cessna. Puis il pensa à Sunday, qui aurait secoué la tête devant son manque d'audace.

Il voqua l'ordre.

L'absence de tout changement perceptible le découragea quelque peu. L'activité cérébrale de Matilda se modifiait chaque seconde, mais c'était le cas depuis qu'il avait activé la connexion. Il voyait simplement le bruit de fond naturel causé par les stimuli normaux incessants, lorsque les autres éléphants se déplaçaient ou s'exprimaient, ou que d'autres visions, bruits et odeurs lui parvenaient. Son propre esprit réagissait lui aussi aux mêmes motifs en permanence, mais il n'envoyait pas un signal assez fort pour provoquer une réponse mesurable par le scan de Matilda. Il ajoutait simplement du bruit au bruit.

Matilda voyait mieux que lui et, ainsi, toute l'activité dans ses centres visuels venait d'elle. Impressions fugaces, semblables aux images hypnagogiques que l'on voit avant de s'endormir, voletant sur l'écran de son esprit. Comme avec l'odorat, la traduction était trop imprécise pour fournir quoi que ce soit de reconnaissable, mais lui parvenait tout de même l'impression de formes arrondies et massives, hachurées, mélangées et sans véritable structure, telle la représentation cubiste d'éléphants.

Geoffrey ferma les yeux et bloqua les rares données extérieures qu'il recevait désormais. Il se concentra sur une énigme mentale particulière : il se représenta en esprit un dessin d'Escher, le triangle de MetaPresence, puis le tourna tout en essayant de continuer à voir nettement tous ses détails. Cela exigeait un effort conscient intense et comme l'exercice puisait dans ses processus visuels, il y eut une réaction dans la carte neuronale de son propre cerveau, qui planait toujours dans le coin supérieur gauche de son champ de vision. Son cortex visuel rayonnait, l'afflux sanguin et les marqueurs neurochimiques signalant une concentration de ressources.

Il dut faire encore plus d'efforts pour garder le dessin d'Escher à l'esprit tout en suivant les changements neuronaux dans les scans posés côte à côte. Mais il s'y était entraîné, à de nombreuses reprises, jusqu'à être capable de passer rapidement de l'un à l'autre et parvenir à pratiquer les exercices de concentration tout en surveillant leurs effets.

Et il récoltait désormais le fruit de ses efforts : le cortex visuel de Matilda commençait lui aussi à s'allumer, en réponse au sien. Il n'avait aucune idée de ce qu'elle pouvait ressentir, mais elle ne pouvait pas recevoir tant de stimuli sans ressentir quelque chose. Pendant un instant, il perçut lui aussi l'augmentation du potentiel lorsque la réponse visuelle qu'il générait en elle revint s'écouler dans sa propre tête. Mais cela cessa aussitôt : il avait installé des protocoles tampons pour empêcher ce genre de rétroaction positive.

Il cessa de se représenter le symbole d'Escher et rouvrit les paupières. Leurs esprits étaient de nouveau calmes, sans activité hors norme dans aucun des deux cortex visuels.

Geoffrey était certain que la connexion avait fonctionné comme prévu et qu'il pourrait observer de nouveau la même réaction. Il n'avait rien fait qui aille contre les lois de la physique et s'était contenté de relier, d'une façon spéciale, deux esprits ensemble. Il n'y avait aucune raison que ça ne fonctionne pas.

Il était temps d'essayer autre chose.

Geoffrey n'aimait pas les scorpions. Enfant, il en avait piétiné un – qui s'était introduit, une nuit, dans une de ses chaussures – et le souvenir de la douleur lancinante et électrique au moment où le venin avait atteint son système nerveux était toujours vif, trente ans plus tard. Il avait appris à surmonter sa peur, sans quoi il n'aurait jamais pu vivre normalement dans un endroit où tant d'autres bêtes pouvaient piquer et blesser, mais cet incident avait laissé en lui une profonde phobie dont il ne se débarrasserait jamais. Cette peur l'avait parfois handicapé, mais elle allait enfin lui servir à quelque chose.

Le simple fait de penser à un scorpion ravivait en lui des sensations désagréables, mais il s'efforça tout de même non seulement de revivre l'incident, mais de l'imaginer de la façon la plus détaillée possible. Il était assez âgé, à l'époque, pour comprendre qu'il devait faire attention aux scorpions, assez âgé pour saisir qu'il valait mieux ne pas se faire piquer, mais à cinq ans, il n'avait pas encore acquis la pénible discipline consistant à vérifier chaque fois. Pourtant, lorsque son pied avait touché le scorpion, et qu'il avait senti la piqûre, il y avait eu un instant de délicieuse clarté, une accalmie pendant laquelle il avait précisément compris ce qui s'était passé, ce qui *allait* se passer, et que rien dans l'univers ne pourrait plus l'empêcher. Cela s'était propagé comme un incendie battu par le vent, remontant dans sa jambe, à travers les embranchements complexes de son système nerveux, et il avait alors pris conscience pour la première fois qu'il *avait* un système nerveux.

Il le voyait désormais, tracé de lumière tordue tel le gréement d'un navire pris dans un feu de Saint-Elme. En cet instant, il aurait pu dessiner un plan anatomique de son propre corps.

Il avait tenté d'échapper à ce souvenir, et c'était peut-être justement pour cette raison qu'il restait vif, chaque détail, chaque couleur et chaque sensation gravée dans son esprit. Il sentit sa poitrine se serrer, son rythme cardiaque augmenter et la sueur couler dans son dos. Dans le scan neuronal de son cerveau, il vit la réaction que la peur allumait.

Matilda la sentait elle aussi, désormais. Elle poussa alors un rugissement menaçant et Geoffrey recula d'un pas en percevant son agitation croissante. Il avait les yeux grands ouverts. Il abandonna le souvenir et le remisa dans la boîte mentale où il l'avait conservé pendant toutes ces années. Ça suffisait pour le moment ; il était allé assez loin pour montrer qu'il avait raison. Quel dommage de devoir commencer par une émotion comme la peur, mais il avait besoin de pouvoir produire un signal dépourvu de la moindre ambiguïté. Les schémas neuronaux de Matilda se calmaient, désormais ; il espérait que ce qui s'était déroulé ne l'avait pas trop perturbée.

Il s'apprêtait à fermer la connexion lorsque, sans prévenir, Eunice apparut. Elle se trouvait à sa droite, et observait la séance, les mains dans le dos.

Geoffrey allait réprimander la chimère – elle lui avait quasiment promis de ne pas apparaître sans qu'il l'appelle – lorsqu'il s'aperçut que, puisque Matilda partageait son sensorium, elle devait aussi avoir pris conscience d'Eunice.

Il voqua pour interrompre le lien, mais les dégâts étaient déjà faits. Matilda avait vu quelque chose, quelque chose d'entièrement nouveau, quelque chose qu'elle n'avait jamais rencontré dans sa vie. L'apparition de la chimère devait être déjà assez perturbante en soi – les éléphants vivaient dans un monde solide de sols poussiéreux, de rochers et d'arbres érodés par le temps – mais le seuil des cinq pour cent avait aussi dû rendre la chimère, fantomatique et translucide, visible. Les éléphants n'avaient pas besoin de croire aux fantômes pour qu'une apparition les perturbe profondément.

Une chose était sûre : Matilda n'aimait pas ça. Il l'avait déjà préparée en stimulant une réaction de crainte, mais il ne voyait pas dans quelles circonstances elle aurait pu accepter la chimère. Elle alterna barrissement et rugissement menaçant avant de s'éloigner de l'endroit de l'apparition. Geoffrey avait vite coupé la connexion, mais Matilda aurait du mal à s'en remettre.

— Espèce d'imbécile ! cria-t-il. Je t'ai dit de ne pas te pointer comme ça.

— Que se passe-t-il ? Pourquoi se comportent-ils ainsi ?

— Parce qu'elle était dans ma tête quand tu es apparue. Elle t'a vue, Eunice. Et elle ne sait pas à quoi s'en tenir.

— Comment aurait-elle pu me *voir*, Geoffrey ?

— Dégage de là, lança-t-il. Va-t'en. Tout de suite. Avant que je te vire de ma tête à coups de pierre.

— Je suis venu te faire une annonce importante. Je viens de l'apprendre de la part de mon double sur la Lune. Ta sœur est en route vers Mars.

— Quoi ?

— Mars, répéta la reconstruction. Un rapide de Maersk Intersolar part demain et les Pans lui ont pris un billet. C'est tout.

La chimère disparut, le laissant seul avec les éléphants.

Matilda était peut-être le seul éléphant relié neurologiquement à Geoffrey, mais il avait suffi de quelques secondes pour qu'elle transmette son agitation aux autres. Ils n'avaient rien vu, mais lorsque la matriarche les avait alertés qu'il y avait un problème, ils l'avaient crue sur parole. Geoffrey ne discernait pas leurs yeux, mais à en juger par leurs postures, ils regardaient l'endroit où Eunice était apparue. Il n'avait aucune idée de ce qu'ils croyaient qu'avait vu ou perçu Matilda, mais ils ne prenaient visiblement aucun risque.

Il envisagea de rouvrir la connexion et d'essayer ainsi de la rassurer… mais dans son état d'esprit actuel, il n'aurait pas pu faire pire.

Mars. À quoi jouait Sunday, après ce qu'elle lui avait promis ?

Pas de décision hâtive.

Il leva les mains.

— Je suis désolé, Matilda. Tout va bien, mais tu n'es sans doute pas capable de bien le comprendre. Et c'était ma faute. (Il recula, en s'efforçant de ne pas penser à ce qui pourrait se trouver derrière lui, dans les ténèbres.) Je crois qu'il vaut mieux que je vous laisse seuls, que je vous laisse vous débrouiller entre vous. Je suis vraiment désolé.

Elle poussa un barrissement dans sa direction, un grondement de réponse qu'il ne put s'empêcher d'interpréter comme de la colère qui lui était sans nul doute destinée. Après tout, il représentait la seule présence étrangère de cet environnement. Et si elle avait compris que la chimère était, d'une certaine manière, irréelle, alors on l'avait ridiculisée, devant tout le troupeau, en la surprenant avec quelque chose qui n'était pas là. Elle était bel et bien la matriarche, oui, mais seulement jusqu'à ce qu'une autre femelle vienne la défier.

Il laissa les éléphants à leurs rugissements. Il percevait toujours le mécontentement de Matilda, mais il prit tout de même le risque de lui tourner le dos. Il retourna au Cessna, le chemin éclairé par l'aug et ses mains ne cessèrent de trembler qu'en vol. Il s'aperçut alors qu'il avait laissé son sac au bord du point d'eau, avec ses dessins : il les avait oubliés lorsque la chimère était apparue.

Dans d'autres circonstances, il aurait pu faire demi-tour pour retourner les chercher. Mais pas ce soir.

Il avait fait assez de dégâts.

# Chapitre 10

Sunday se demandait quelle heure il était en Afrique – ou, plus précisément, à la maison – lorsque son frère lui envoya une demande de ching. Une telle coïncidence aurait dû la troubler, mais elle acceptait sans sourciller ce genre d'événements depuis longtemps.

Elle se rendit dans un coin du hall de départ couvert de végétation, tandis que Jitendra allait tapoter sur un robot de maintenance bloqué dans une sorte de boucle comportementale pathologique.

— J'allais justement t'appeler, dit-elle à son frère lorsque la chimère apparut.

Après les deux secondes et quelques de délai habituelles, il répondit :

— Bien, je suis ravi de l'entendre.

Elle observa sa réaction.

— Tu n'as pas l'air enchanté, Geoffrey. J'ai fait une bêtise ?

— S'il n'y en avait qu'une. Tu es en route vers Mars sans m'avoir prévenu, malgré ce dont nous étions convenus et je me retrouve avec ma grand-mère dans la tête.

— Vous avez donc déjà fait connaissance.

— On peut dire ça comme ça.

— Écoute, j'aurais sans doute dû te prévenir, mais… il faut bien ménager des surprises de temps en temps, non ? Et je me disais que ça serait utile à la reconstruction. Il lui faut un peu plus voir le monde, et je ne vais pas beaucoup l'aider sur ce point. Alors, je me suis permis.

— En effet.

— Je pensais que ça te plairait. Elle peut… se révéler très utile.

— Bien. Maintenant, tu vas me dire ce que tu crois faire. D'après ton tag, tu es déjà à la station de départ.

— Oui et nous sommes deux. Jitendra et moi n'allons pas tarder à embarquer à bord du rapide.

Ils étaient montés par l'express orbital, avaient passé quelques heures dans les zones en apesanteur de la station, mangé un morceau, bu trop de café et passé les derniers tests médicaux avant le cryosommeil.

— Ils vont bientôt nous endormir, reprit-elle. Jusqu'à Phobos.

— Putain ! mais où t'as trouvé l'argent ?

— Plexus, répondit Sunday. June Wing paie le billet de Jitendra pour qu'il aille travailler sur le terrain pour la division de R&D.

— Il paraît que les Pans paient le tien.

— Ouais. Ils veulent mettre un artiste dans la boucle, quelqu'un qui pourrait transmettre leurs idées révolutionnaires au grand public. Comme je suis une amie des gardiens du zoo, ils m'ont engagée, du moins à l'essai. Il y a des Pans sur Mars, ils y ont une start-up.

— Et tout ça, sans contreparties ?

— Oh ! quelques-unes. Mais je ne suis pas obligée de croire en leur idéologie ; il me suffit d'y souscrire pendant quelque temps.

— Et tu vas partir combien de temps ?

— Au minimum dix semaines, même en reprenant le vaisseau dès mon arrivée sur Mars. Ce qui n'est, évidemment, pas l'idée. Ça va sans doute durer à peu près quatre mois ; et le voyage de retour sera plus long. Je n'y vais pas simplement passer quelques jours, et comme les Pans paient la facture… (Elle fit une pause.) ça ne te pose pas de problème, hein ?

— Comme si j'avais le choix.

— Ce n'est que Mars. Ce n'est pas comme si je partais pour un voyage transneptunien.

— Être sur la Lune ou… je ne sais pas, à vingt minutes-lumière, ce n'est pas tout à fait pareil.

— Je dois le faire, Geoffrey. J'ai trente-cinq ans et, à l'exception de quelques admirateurs dans la Zone, je suis quasiment inconnue. Dans deux ans, je serai plus vieille que Van Gogh lorsqu'il est mort ! Je ne peux plus vivre comme ça : c'est maintenant ou jamais. Cette occasion s'est présentée et je l'ai saisie. Tu comprends, n'est-ce pas ? S'il s'agissait d'éléphants et que ce soit important pour toi…

— Je crois quand même que je t'en aurais parlé. Je dis ça comme ça.

Leur conversation ressemblait à une drôle de danse. Geoffrey était, à juste titre, en colère à cause de sa décision de partir sur Mars, mais il était bien conscient de ses véritables motivations, qui n'avaient rien à voir avec l'Initiative panspermique. S'il y avait le moindre risque que leur conversation soit écoutée, il devait faire semblant d'être surpris par tout ça, et ne pas laisser entendre qu'il y avait le moindre rapport avec Pythagore. Et sa question sur l'argent était tout à fait sincère. Elle n'aurait jamais pu se payer ce voyage seule.

Mais ils n'en avaient pas eu besoin. Quelques mots à Chama et Gleb, et Truro était bien vite réapparu. La question du billet avait donc été rapidement réglée, même si cela l'endettait encore plus vis-à-vis des Pans. De la même façon, Jitendra avait fait appel à June Wing.

— Si je t'en avais parlé, dit-elle, nous aurions tout de même eu cette conversation, et tu aurais encore pu me convaincre de ne pas partir.

— Je n'essaie pas d'être trop protecteur. (Il se tut un instant.) Enfin, peut-être juste un peu. Mais Mars, c'est pas tout près. Et tout peut arriver, là-bas.

— Je ne voyage pas seule et je ne vais pas faire de bêtises.

En dehors, pensa-t-elle, du genre de bêtise que son frère et elle avaient déjà entamé.

— Je sais que tu voulais bien faire avec la reconstruction, dit Geoffrey, mais elle m'a déjà mis dans la panade.

— Comment ça ?

— Elle est parvenue à foutre en l'air un de mes échanges avec Matilda. Elle a fait peur au clan tout entier et je vais devoir tout reprendre de zéro pour rétablir la confiance.

— Comment… ?

Sunday ne termina pas sa question. Elle ne parvenait pas à imaginer comment la reconstruction avait pu jouer un rôle dans les recherches de Geoffrey sur les éléphants. Mais son instinct l'empêcha d'exprimer son étonnement.

— Si c'est le cas, j'en suis désolée. Vraiment. C'est ma faute : je lui ai donné la possibilité de s'autovoquer, en fonction de tes stimuli perceptuels. En gros, si elle perçoit suffisamment d'attention chez toi, elle peut apparaître.

— Même alors que je lui avais dit de ne pas le faire ?

— Elle peut être contrariante. Mais tu n'auras plus à la supporter : je vais désactiver ta copie. Je peux le faire d'ici.

— Attends, dit Geoffrey en soupirant. Avoir Eunice sous la main ne me dérange pas. Mais je ne veux pas qu'elle apparaisse comme un diable à ressort et me fiche les jetons. Tu pourrais régler cette… possibilité d'apparaître ou je ne sais pas quoi ?

Sunday sourit.

— Je m'occuperai des modifications avant qu'on m'endorme.

— Merci.

— Tu me rends un fier service avec ça, même si je pense que tu le sais déjà.

— Mais que les choses soient claires, dit Geoffrey, je ne la garderai que jusqu'à ce qu'elle me rende fou ou que tu reviennes de Mars. Le premier des deux.

— Je t'appellerai à mon réveil. Mais prépare-toi au décalage ; nous ne pourrons pas chinguer, alors ça va te paraître… étrange. Comme à l'époque des navires à vapeur et des télégrammes.

— Au pire, envoie-moi une carte postale.

— D'accord. En attendant, transmets mes amitiés à Memphis, d'accord ?

— Nous allons voir les éléphants ensemble demain. Nous pourrons discuter comme avant.

— J'aurais aimé être avec vous.

Geoffrey eut un petit sourire.

— Il y aura d'autres occasions.

— Oui, dit-elle en acquiesçant. Je n'en doute pas. À bientôt, petit frère.

La réponse de Geoffrey tarda plus que ne pouvait l'expliquer le décalage.

— À bientôt, grande sœur.

Il coupa la connexion pour qu'elle n'ait pas à le faire.

# Chapitre 11

Il arriva dans ce qui était visiblement un hall de départ, clair et bordé d'arbres, avec des restaurants et des boutiques de vêtements taillés dans une sorte de pierre blanche, aux fenêtres irrégulières, aux portes en demi-cercles et aux toits arrondis. Le sol et le plafond s'incurvaient jusqu'à disparaître dans le lointain et les passants se déplaçaient du pas élastique qui lui indiqua que la pesanteur devait être proche de celle sur la Lune.

Il n'avait pas d'incarnation corporelle. Toutes les doublures et autres golems étaient attribués et le resteraient pendant au moins une heure. Mais la chimère qu'on lui avait fournie suffirait pour ce qu'il avait à faire. Lorsqu'il s'élança, il y eut un décalage de trois secondes avant qu'il ne bouge puis son point de vue se déplaça vers l'avant, des bras fantômes se balançant énergiquement tandis que des pieds immatériels glissaient sans friction contre le sol. Le corps était légèrement transparent, afin de lui rappeler qu'il n'avait pas vraiment d'enveloppe corporelle et qu'il ne pouvait pas, par exemple, intervenir en cas d'urgence médicale, ni empêcher un accident ou un crime en s'interposant. Les autres personnes dans le hall le verraient sous la forme d'une chimère parfaitement réalisée, d'une présence spectrale, d'une tache volante évoquant un feu follet – simple point de vue – ou, selon la configuration de leur aug, pas du tout.

Marcher avec le décalage n'était pas facile, mais s'arrêter l'était encore moins. L'environnement de Geoffrey ne pouvait pas le blesser, évidemment, et le ching était assez attentionné pour le ralentir ou ajuster sa trajectoire avant qu'il ne rentre dans des obstacles et risque ainsi d'apparaître maladroit.

En dehors de ça, on oubliait aisément qu'il existait un décalage. Il pouvait tourner la tête instantanément, mais simplement parce que ses « yeux » ne captaient qu'une minuscule partie du champ visuel disponible.

Il erra dans le hall, achevant un tour complet de la centrifugeuse sans rien voir du vaisseau. Il finit par en sortir pour pénétrer dans une partie de la station qui ne tournait pas. Les protocoles ching autorisaient une sorte de nage aérienne, qui était en réalité bien plus efficace que s'il avait été incarné. Il avança jusqu'à une fenêtre orientée face au centre de la station et vit le rapide de sa sœur, dépassant de chaque côté du cylindre creux comme une brochette.

Geoffrey l'observa quelques minutes avant de penser à voquer Eunice.

— Il faut que tu voies ça, dit-il doucement lorsqu'elle apparut à ses côtés. C'est le vaisseau de Sunday, celui qui va l'emmener sur Mars. Elle est déjà à bord. Sans doute inconsciente.

— Tu me reparles ? demanda Eunice. Après tout ce tintouin avec les éléphants ?

— Sunday a dit qu'il te fallait davantage de stimulation, dit-il en lui montrant la vue. Alors, voilà des stimuli. Profites-en.

Les mains fantomatiques d'Eunice étaient posées sur la rambarde incurvée. Personne ne lui prêtait la moindre attention. La chimère de Geoffrey était peut-être visible pour tous ceux qui décidaient de la voir, mais sa grand-mère était une hallucination totalement privée.

— Ils sont quasiment prêts à partir, dit Eunice. Les raccordements au quai et les connexions d'alimentation sont tous détachés et rétractés.

Elle resta silencieuse quelques instants et regarda l'appareil.

Le vaisseau de Maersk Intersolar était, pour l'essentiel, un simple châssis d'un kilomètre de long, avec les moteurs à une extrémité, le chargement ainsi que les systèmes de navigation et de manœuvre au milieu, et les passagers et les quartiers de l'équipage à l'avant, sous le cône arrondi et noir de l'aérofrein du vaisseau. Les moteurs étaient à l'autre bout du cylindre, trop loin pour être vus autrement que comme trois structures rectangulaires de la taille d'un pâté de maisons, bordées d'ailettes de refroidissement. Le rapide était laid et asymétrique parce qu'il n'emportait pas le moindre kilogramme qui ne soit pas utile à la mission. En termes darwiniens, il était aussi redoutablement efficace et effilé qu'un espadon.

— Toute cette histoire, qu'elle a été embauchée par les Pans en tant qu'artiste, observa Eunice, c'est une couverture, tu ne crois pas ?

— Je n'ai pas d'avis là-dessus.

— Ne te braque pas, Geoffrey. Nous pouvons soit nous aider, soit nous faire du mal, et je suis là pour aider, aujourd'hui. Je sais pourquoi Sunday devait aller sur Mars : c'est à cause de ce que nous avons trouvé sur Pythagore.

— « Nous », ricana-t-il. Comme si tu étais partie prenante, désormais.

— Mais regarde ce vaisseau ! dit Eunice avec un regain d'enthousiasme. Qu'est-ce que nous n'aurions pas donné pour avoir l'équivalent de ces fusées à propulsion magnéto-plasmique lorsque j'étais jeune ! Même nos moteurs VASIMR[1] ne leur arrivaient pas à la cheville. Vitesse d'éjection de l'ordre de deux cents kilomètres par seconde, impulsion spécifique incroyable : nous aurions tué père et mère pour en bénéficier. Nos meilleurs réacteurs à fusion avaient la taille d'un cuirassé, même avec le refroidissement à effet Mpemba, pas vraiment pratique pour se promener dans le système solaire. Mars est accessible en quatre semaines, maintenant, et même plus la peine d'être éveillé pour le trajet ! C'est le problème avec vous, les jeunes, vous ne vous rendez pas compte de la chance que vous avez. Nous sortions à peine de l'époque de la propulsion chimique et nous en avons plus fait en cinquante ans que vous n'en ferez en un siècle.

— Tu as assisté à tous ces progrès, dit Geoffrey, mais plutôt que d'en profiter, tu as préféré vivre en recluse.

— J'ai eu mon heure de gloire.

— Alors, ne nous en veux pas de continuer à vivre. Tu as repoussé les limites de l'espace lointain. Nous sommes nombreux à faire de même avec l'espace intérieur, le cerveau. Ça n'a peut-être pas le romantisme de l'exploration du système solaire, mais ce n'en est pas moins important.

— Je ne dis pas le contraire. Mais simplement que j'aurais aimé être à bord de ce vaisseau.

Il attendit un instant puis il dit :

— Je sais de quand date ton dernier séjour sur Phobos : 2099, juste avant ta dernière expédition. Un an plus tard, peut-être moins, tu as donné le livre au musée familial. Et si nous pouvions estimer le moment où tu es retournée sur Pythagore, ce devrait être dans ces eaux-là, non ? Tu courais dans tous les coins pour aller cacher ces indices. Qu'est-ce que Sunday va trouver sur Phobos ?

— Je l'ignore.

Mais devant l'air contrarié de Geoffrey, elle ajouta :

— Tu ne comprends toujours pas. Je ne suis pas là pour mentir, ni pour te cacher des choses. Si je pensais pouvoir t'être utile, je le dirais.

— Mais tu ne sais même pas ce que tu as fait sur Phobos.

— Je suis retournée sur Mars pour les funérailles de Jonathan. Je ne sais pas ce que j'y ai fait, ni où. Mais c'est une petite lune, sans grandes possibilités.

---

1. Acronyme en anglais de *Variable Specific Impulse Magnetoplasma Rocket.* (*NdT*)

— Sunday aurait quand même dû me prévenir.

— Au risque d'être découverte par les cousins ? Nous pouvons en parler sans risque, là, mais lors d'une simple connexion ching entre la Terre et la Lune, avec un cryptage quantique minimal ? Sunday n'a pas osé prendre le risque, Geoffrey.

— Hector et Lucas n'auraient pas pu l'arrêter.

— Tu ne comprends toujours pas. Sunday ne craignait pas qu'ils fassent pression sur elle. Mais sur *toi*. Elle pensait à toi, à tes éléphants, à toute ton existence en Afrique. La grande sœur a protégé son petit frère.

— Je me réjouirai quand elle sera rentrée, dit Geoffrey après avoir retourné dans sa tête ce que venait de dire Eunice et conclu qu'elle avait sans doute raison. Quand je saurais qu'elle est saine et sauve sur la Lune.

— Je la surveille. Tout ira bien.

Le départ, tout banal qu'il fut, avait attiré un petit groupe de badauds, dont des doublures et des golems. Deux remorqueurs orange tirèrent lentement le vaisseau hors de son terminal jusqu'à ce que le bloc-moteur soit sorti de l'ouverture. Puis le rapide alluma ses moteurs verniers – pointes d'épingle de lumière bleue au clignotement stroboscopique parsemant toute la longueur de l'appareil – et se mit à tourner, se renversant complètement pour viser Mars, ou plus exactement le point de l'écliptique où Mars se trouverait dans quatre semaines.

Le vaisseau s'éloigna lentement jusqu'à disparaître, les remorqueurs toujours accrochés. La main fantôme d'Eunice tira sur la manche fantôme de Geoffrey.

— Allons voir depuis l'autre fenêtre. Je ne veux pas manquer ça.

Les autres badauds s'étaient rendus à un hublot différent pour obtenir une meilleure vue. Geoffrey et Eunice les y suivirent à la hâte. Pendant une heure, le vaisseau resta là, avec la Lune qui tournait doucement en toile de fond. De temps en temps, un moteur vernier s'allumait pour un microréglage ou une ultime vérification des systèmes. Quelques spectateurs perdirent patience et s'éloignèrent. Geoffrey attendit, bien décidé à y assister jusqu'au bout. Il commençait presque à oublier que son corps était resté en Afrique, sur un toit chaud, lorsqu'un insecte le lui rappela gentiment en le piquant dans le cou.

Peu après, on alluma les moteurs principaux du rapide. Trois fines colonnes de plasma rose pâle jaillirent du bloc-moteur puis se mirent à briller avec l'intensité d'une lance. Grâce à leurs fusées auxiliaires, les remorqueurs, désormais détachés des flancs du vaisseau, s'éloignaient rapidement pour éviter de le heurter. Geoffrey reporta son attention sur les étoiles. Le rapide mit presque une minute à parcourir sa propre longueur.

Puis il parut se déplacer plus clairement, chaque seconde ajoutant encore un mètre par seconde à son élan. On aurait dit une maison qui glissait sur le flanc d'une montagne en gagnant de la vitesse, inexorable et terrible.

Les moteurs resteraient allumés encore une journée, pour fournir une accélération régulière jusqu'à ce que le vaisseau atteigne cent kilomètres par seconde... plus vite que Geoffrey ne pouvait l'imaginer, mais néanmoins – il fit le calcul de tête – à peine à un trentième d'un pour cent de la vitesse de la lumière. C'était sans doute faux. Il avait dû se tromper d'une décimale ou deux. Mais non, ses calculs étaient corrects. Après deux siècles de vol spatial, deux cents ans de progrès méthodiques et réguliers associés à des avancées intuitives et osées... l'espèce humaine ne parvenait qu'à atteindre une vitesse ridicule, qui représentait à peine un mouvement à l'échelle cosmique.

—Je pensais qu'un jour nous ferions mieux que ça, dit Eunice comme si elle avait lu dans ses pensées. Après tout, ils ont eu quasiment toute ma vie pour y parvenir.

—Désolé de t'avoir déçue.

—De qui parles-tu ?

—Du reste de l'espèce humaine, dit Geoffrey. Nous ne nous sommes pas montrés dignes de tes exigences.

—Vous avez essayé, dit Eunice. C'est déjà pas mal.

Au matin, il retourna voir les éléphants. Memphis l'accompagna dans le Cessna et ils atterrirent sur la piste quasi permanente, proche de la station de recherche de Geoffrey : trois cabanes modulaires disposées sur trois côtés d'un enclos carré où stationnaient un vieux camion zébré et une Jeep zébrée plus ancienne encore. De l'herbe aux teintes de blé venait caresser les pare-boue et les pare-chocs blindés.

Il aida le vieil homme à descendre de l'appareil. S'il lui restait des doutes sur sa réadaptation musculaire à la pesanteur terrienne, ils s'évanouirent lorsqu'il supporta le poids de Memphis pour l'extirper du cockpit. Il lui parut aussi léger et aussi sec qu'un sac de branches.

—Désolé, dit Geoffrey lorsque les chaussures à lacets lustrées de Memphis touchèrent le sol. Je n'aurais pas dû t'infliger ça. Nous aurions très bien pu prendre un des pods.

Les trois cabanes sur pilotis, structures en plastique évoquant un savon aux coins arrondis, étaient respectivement un module de logement, une zone de recherche et un bâtiment de stockage. En pratique, Geoffrey n'avait besoin que de la cabane de recherche où il finissait souvent par dormir et par se faire à manger. Tout son équipement, ses échantillons, ses médicaments vétérinaires et sa documentation ne prenaient qu'un tiers de l'unité de stockage et le reste était réservé aux assistants de deuxième ou troisième cycle que le budget de recherche de Geoffrey ne lui avait pas encore permis d'embaucher. Désormais, il allait pouvoir l'envisager. Les nouveaux financements lui permettraient de payer un assistant, voire deux, ainsi que tout un tas d'outils d'étude flambant neufs. Il devrait rapatrier son équipement domestique dans la cabane de logement, pour libérer de la place et donner un semblant d'ordre à l'espace de recherche. De toute façon, l'endroit avait bien besoin d'un coup de balai. Mais il venait seulement de réaliser que ses jours de solitude, de paix et de calme étaient peut-être comptés.

Ils ne s'attardèrent pas. Geoffrey prépara du thé chai pour Memphis et le fit asseoir dans la cabane de recherche le temps qu'il range l'équipement, et mette du matériel dans une boîte qu'il apporta ensuite dans le Cessna. Il alla, dans une des tours du périmètre, changer un module du collecteur solaire, puis remplaça un câble qui menait à une autre tour, sans cesser de réfléchir à la façon d'aborder le sujet d'Eunice avec Memphis.

Finalement, Memphis lui facilita les choses. Ils volaient de nouveau, vers l'ouest, cent mètres au-dessus de la cime des arbres.

— Je me trompe peut-être, dit-il, mais j'ai l'impression que ce voyage ne concerne pas seulement les éléphants.

Geoffrey tenta de faire fi de la remarque en souriant. Il jeta un coup d'œil à son passager avant de se reconcentrer sur les commandes.

— Qu'est-ce qui te fait dire ça ?

— Tu t'es mis en tête d'accomplir des tâches qui pourraient attendre une semaine, ou un mois. Comme si tu avais besoin d'une excuse pour aujourd'hui.

— Je ne peux pas toujours tout remettre au lendemain, dit Geoffrey. Tu sais comment c'est.

— Tout de même, dit Memphis.

Il regarda par la fenêtre et aperçut, au loin, des girafes qu'il suivit du regard. Elles couraient en bondissant, avec leurs grandes pattes en ciseaux, comme des compas de dessinateur industriel sur une carte. Elles voyaient des machines volantes depuis deux cent cinquante ans et réagissaient toujours comme si c'était la première fois, régies par la peur et l'instinct, à jamais alarmées par leurs propres ombres.

— Il y a bien quelque chose.

— Évidemment, dit Memphis. Cela a sans doute un rapport avec ton récent voyage. Et tu ne voulais pas en parler à la maison, de peur d'être entendu.

— Tu me connais vraiment trop bien. Écoute, désolé pour le subterfuge, mais je n'ai pas trouvé d'autre moyen d'avoir cette conversation.

— Inutile de t'excuser, Geoffrey. Je crois que nous nous comprenons parfaitement.

Geoffrey chercha sa piste d'atterrissage suivante et s'efforça de poser le Cessna presque sans le moindre cahot, pour ménager son passager. Ils quittèrent le cockpit et Memphis descendit tout seul, cette fois. Geoffrey avait choisi un endroit loin de tout troupeau. Il ne voulait pas que les éléphants l'associent au travail qu'ils allaient accomplir.

Une des boîtes de matériel contenait un objet translucide et fin qui ressemblait à une libellule géante préhistorique. Geoffrey la tint délicatement entre ses doigts, au niveau de la quille noire de son thorax en fibre de carbone. Il la retourna, ouvrit son couvercle et la chargea de six fléchettes à tête chercheuse provenant d'une autre boîte. Les projectiles ressemblaient à des avatars miniatures de la même créature, répliquant jusqu'à l'origami complexe de leurs ailes à lames pliables.

— Tu sais pourquoi les cousins m'ont envoyé sur la Lune ?

— Une affaire de famille, dit Memphis en posant son pied gauche sur le carénage du train d'atterrissage pour refaire ses lacets. C'est tout ce qu'Hector et Lucas ont bien voulu me confier, Geoffrey. Pour ton bien, il vaudrait mieux que tu ne m'en dises pas plus.

— Parce que tu penses qu'ils pourraient le découvrir ?

— Parce que ce risque existe. Et j'imagine que tu n'as pas fait cette course sans contrepartie.

— Non, en effet, et tu as parfaitement le droit d'être au courant de ça, au moins. Tu connais mon budget de travail et tu aurais été le premier à remarquer des rentrées d'argent.

— C'est sans doute difficile pour toi de te l'avouer, dit Memphis en passant à l'autre chaussure, mais tes cousins veulent bien faire.

— C'est ce que je finis toujours par me dire, dit Geoffrey en refermant le couvercle ventral et en tournant la libellule vers le haut. Ils sont vénaux et manipulateurs et ils ne s'intéressent véritablement qu'à leurs profits, mais ils ne sont pas vraiment méchants. Et je crois qu'ils ne savaient pas dans quoi ils m'envoyaient.

Il donna un coup énergique à la libellule et ses ailes se déployèrent complètement. Sans leurs supports veinés ressemblant à des poils, elles auraient été invisibles.

— S'ils avaient su, ils ne m'auraient jamais mêlé à ça, reprit Geoffrey.

— Peut-être vaudrait-il mieux que tu n'en dises pas plus, répondit Memphis.

Geoffrey appuya sur un bouton de la tête de la libellule et les ailes se mirent à battre, une pulsation tranquille qui se mua peu à peu en un vrombissement régulier.

— Memphis, quelque chose est-il arrivé à Eunice, avant son exil ?

— Pas mal de choses.

— Je veux dire : en dehors de ce que nous savons déjà.

Geoffrey lâcha la libellule qui s'éloigna de sa main en volant. À près d'un mètre au-dessus de sa tête, elle s'arrêta et attendit d'autres instructions. Les yeux plissés face au soleil, il la voyait à peine. Ses ailes étaient un halo tremblotant en forme de papillon et son corps allongé – avec son chargement de fléchettes – une simple tache dans sa vision.

— Je ne parle pas des aventures et des exploits qui sont déjà connus de tous, reprit Geoffrey.

— Je ne suis pas certain de pouvoir t'aider.

— Eunice a fait quelque chose. Inutile d'entrer dans les détails, mais disons qu'elle a préparé un truc, une série d'indices qui n'étaient pas censés ressortir avant sa mort.

— Le voyage de Sunday sur Mars, dit Memphis, pensif, aurait un lien avec tout ça ?

— Libre à toi d'en tirer tes propres conclusions.

— D'accord.

— Les cousins m'ont envoyé sur la Lune chercher quelque chose, un détail qu'ils ne pensaient pas avoir une importance quelconque.

— J'imagine que tu en as parlé à ta sœur ?

— Ce que j'ai découvert là-bas n'était… pas ce à quoi les cousins s'attendaient. Je ne pouvais pas le cacher à Sunday.

— Tu vas me dire de quoi il s'agit ?

— Je ne veux pas que ça te retombe dessus, et ça pourrait bien arriver si je t'en dis trop.

Geoffrey se tut pour envoyer la libellule dans la direction où le troupeau avait été vu pour la dernière fois. Une fenêtre aug s'était déjà ouverte dans le haut de son champ de vision, au centre, lui montrant le point de vue de l'appareil qui filait à toute allure au-dessus du sol.

— Je veux juste savoir une chose, Memphis. Avant de revenir de l'espace profond en 2101 – des jours, des mois, ou même des années plus tôt, j'ignore quand exactement – il a fallu qu'elle aille placer ces indices. Elle a pu le faire toute seule ou être assistée. Pour l'instant, je ne sais pas trop. Mais si elle a demandé de l'aide, c'est forcément à toi.

— Tu parles d'indices. Tu es certain que c'en est bien ?

— Si ce n'est pas le cas, alors nous avons tous imaginé des liens qui n'existent pas. Mais à mon avis, le détail inexpliqué, l'objet que les cousins m'ont envoyé retrouver, n'est pas apparu par hasard. Eunice avait dû le prévoir ainsi. Elle savait qu'un audit complet de ses biens aurait lieu après sa mort, au sein même de la famille.

— Si elle souhaitait envoyer un message de l'au-delà… pourquoi ne pas le faire directement ?

Geoffrey avait aperçu le troupeau, à près d'un kilomètre de la libellule.

— Peut-être qu'on saura tout lorsque Sunday reviendra de Mars.

— Mais pour l'heure, tu te demandes si je ne pourrais pas t'éclairer sur le sujet.

— Désolé de te faire ça, Memphis.

— Et je regrette de ne pouvoir t'aider davantage.

Geoffrey perdit un peu le moral. Il avait peut-être fait preuve de trop d'optimisme, mais il espérait tout de même davantage. Cela dit, après toutes ces années de service, s'attendait-il vraiment à ce que Memphis craque à la première question ?

En supposant qu'il fût au courant de quoi que ce soit.

— Si elle avait dit ou fait quelque chose… N'importe quoi qui te paraisse pertinent… Tu m'en aurais parlé, n'est-ce pas ?

— Ça serait plus facile si j'avais la moindre idée de ce que sont ces indices, dit Memphis d'un air sévère avant de lui adresser un sourire rassérénant. Mais je comprends ta réticence. Tu as eu beaucoup de mal, ne serait-ce qu'à aborder le sujet.

— Je ne veux surtout pas mettre en péril notre amitié.

— Il en faudrait plus que ça, Geoffrey, dit Memphis en lui tapotant l'épaule de sa main osseuse. Il n'y a aucun risque.

— Merci.

— Mais tu es tout de même déçu.

— J'espérais que tu en saurais plus. Et que tu pourrais me dire ce qu'il en est, ce que je dois faire ensuite.

— Apparemment, Sunday a décidé toute seule.

— S'il n'y avait pas eu les éléphants, je l'aurais accompagnée. Non pas que je ne te croie pas capable de bien t'occuper d'eux, mais…

— S'absenter une semaine et plusieurs mois, ce n'est pas pareil. C'est bon, Geoffrey, inutile de te justifier. Ces éléphants ont besoin de toi.

— Ils ont besoin de *nous*, corrigea gentiment Geoffrey. D'intendants humains. Ils ne nous appartiennent pas et nous ne prétendons pas leur être moralement supérieurs. Mais après tout ce que nous leur avons fait par le passé, nous avons le devoir de les accompagner jusqu'à des jours meilleurs, dit-il en souriant avant de se reprendre. Mince ! je parle presque comme un Panspermique. Voilà ce que ça fait, de passer du temps avec les amis de Sunday.

— Ça n'a pas dû te faire de mal, dit Memphis avant de tousser. Bon, qu'est-ce que je peux faire ? Tu m'as amené ici pour aider, après tout.

— Je suis presque au-dessus du troupeau, dit Geoffrey. L'aug va te montrer les petits qui n'ont pas encore d'implants. Désigne-les avec la libellule puis laisse les fléchettes trouver leur chemin. C'est le même protocole que la dernière fois.

— Je vais faire de mon mieux pour m'en souvenir.

Memphis cessa de marcher et se redressa, concentré, les mains derrière le dos, le visage légèrement tourné vers le ciel.

— Tu es sûr que tu me fais confiance ? demanda-t-il.

— Je ne laisserais personne d'autre le faire. Je te passe les commandes de la libellule... maintenant.

Memphis laissa ses paupières se fermer presque complètement.

— Je l'ai. Je décris des cercles autour du troupeau. La vue est merveilleuse. Ils vont me voir ?

— Certains, oui, mais ils ne feront pas le lien entre la libellule, les fléchettes et nous. Ils ne perçoivent pas grand-chose à propos des machines, mais mieux vaut jouer la sécurité et éviter toute association négative.

— J'ai le premier des petits désignés, là. C'est Melissa, je crois.

— Deux petites taches proches sur l'oreille droite, c'est elle.

Memphis envoya une fléchette qui déploya ses ailes et cibla l'éléphanteau. L'aug afficha une note d'avertissement, un tag aux sous-icones dénotant la présence de nanomachines potentiellement dangereuses, ainsi que les numéros de série et les codes qui prouvaient le statut légal de ces nanomachines selon diverses conventions des NUS et protocoles médico-vétérinaires intergouvernementaux.

Memphis attendit que Melissa s'écarte d'au moins quelques mètres des autres éléphants pour activer la fléchette. Elle atterrit sur sa nuque, juste en dessous de la base de son crâne, et s'y agrippa comme une sorte de réplique minuscule d'un robot mineur d'astéroïde, plongeant des pattes acérées dans la croûte molle de la peau. La fléchette envoya un pénétrateur de surface pour prélever du sang dans les tissus, une mèche télescopique qui, une fois qu'elle eut relevé et analysé un échantillon d'ADN, put vérifier qu'elle avait bien atterri sur un éléphant et pas sur un autre organisme sélectionné par erreur. Cela prit trois cents millisecondes de plus et, au total, la fléchette s'était posée depuis près d'une demi-seconde. Quelque part ailleurs dans le monde, ayant été prévenu des résultats du test d'ADN, un système de surveillance biomédical des NUS donna l'autorisation de procéder à la nanoculation.

Malgré l'anesthésique que la sonde injectait en perçant, Melissa la sentit. Deux secondes plus tard, elle barrit et courba sa trompe vers l'arrière, comme pour enlever l'objet intrusif.

Mais la subite arrivée des nanomachines avait déjà commencé, armée liquide d'engins médicaux submicroscopiques envahissant un territoire ennemi. Les machines savaient se diriger dans un cerveau, y compris dans celui d'un éléphant. Elles se dupliquèrent et tissèrent une toile de connexions luisantes.

Tout cela prit du temps. Les premiers germes n'avaient été installés qu'en quelques secondes, mais il faudrait encore des semaines avant que l'intégration neuronale complète soit achevée. Et même alors, seul un millième du volume cérébral de Melissa aurait été assimilé dans le nouveau réseau. Ce qui suffisait pour offrir une fenêtre – et une porte – à Geoffrey dans son esprit.

Moins de cinq secondes après son arrivée, le travail de la fléchette était achevé. Elle retira ses sondes autocautérisantes, se détacha de la peau de l'éléphant et s'envola de nouveau. Melissa cessa de barrir et baissa la trompe, l'air égarée, comme si elle n'était pas sûre de ce qui l'avait dérangée. Les autres éléphants, momentanément perturbés, se remirent à leurs occupations habituelles. Melissa retourna près de sa mère, une des femelles de haut rang. Memphis ordonna à la fléchette de se démanteler.

Il restait quatre autres éléphants à piquer, mais Geoffrey savait qu'il s'en sortirait sans problème. Il était soulagé que son vieil ami et mentor ne se soit pas vexé des questions qu'il lui avait posées. Il n'en donnait pas l'impression, en tout cas.

Et Memphis avait dit la vérité. Geoffrey n'avait jamais été à ce point persuadé de quoi que ce soit.

Lorsque le dernier des éléphants fut nanoculé et que l'aug confirma que les germes étaient bien ancrés, Geoffrey et Memphis prirent la direction du nord à bord du Cessna puis survolèrent les autres troupeaux de l'Amboseli, virant lentement pour que Geoffrey puisse voir les éléphants sous tous les angles.

— Je peux reconnaître quelques centaines de ces animaux rien qu'en les regardant, dit Geoffrey. Peut-être deux cents instantanément, sans trop réfléchir. Et cinq cents grâce aux diagrammes de leurs oreilles.

— M'étonnerait que quiconque puisse en dire autant, déclara Memphis.

— Ce n'est rien. Comparé à certains des vieux chercheurs, ceux qui étaient ici il y a un siècle ou deux, je débute à peine.

— Je ne sais même pas si je pourrais identifier cinq cents personnes, alors des éléphants…

— Je suis sûr que tu t'en sortirais aussi bien que moi si tu passais tes journées à travailler ici.

— Peut-être quand j'étais jeune. Mais je suis maintenant trop vieux pour apprendre de telles choses.

— Tu n'es pas vieux, Memphis. Tu es juste débordé, sans que jamais ton travail ne soit reconnu à sa juste valeur. Rien ne t'empêche de vivre aussi vieux qu'Eunice, voire plus. Cent cinquante ans, facile. Il faut seulement que tu fasses plus attention à toi-même, et que tu ne laisses pas la famille dominer ta vie.

— La famille *est* ma vie, Geoffrey. Je n'ai rien d'autre.

— Mais tu ne lui dois rien, pas en ce moment. Les cousins n'ont pas besoin de toi, Memphis. Ils ont plus d'égards pour les doublures que pour toi.

— J'ai promis à Eunice que je serais là pour les Akinya lorsqu'elle ne pourrait plus. Quoi qu'il arrive.

Quelques instants plus tard, Geoffrey demanda :

— Quand as-tu promis, Memphis ? Et pourquoi te l'a-t-elle demandé ? Elle n'était peut-être pas ici physiquement, mais elle était toujours là pour nous, à nous observer depuis le Palais d'Hiver.

— J'ai promis, dit Memphis. C'est tout.

Geoffrey reçut la visite de son père le lendemain. Le golem de Kenneth Cho fonctionnait de façon autonome puisque l'enveloppe organique de Kenneth se trouvait alors sur Titan, à superviser la production d'hydrocarbures d'Akinya Space sur les rives du lac Kraken. C'était un très bon golem : pas un robot malléable, mais un des meilleurs disponibles, et malgré le tag ching qui rappelait à Geoffrey que la doublure était pilotée depuis l'autre bout du système solaire, avec des heures de délai, il avait du mal à se faire à l'idée que son père n'était pas là réellement, en chair et en os, toujours prêt à faire pression sur lui.

— Ta mère et moi, déclara Kenneth tandis qu'ils marchaient ensemble dans la maison, sommes très inquiets de ce qui se passe, Geoffrey. Ta sœur et toi avez toujours été entêtés, et nous avons fini par l'accepter, à défaut de pouvoir le changer. Mais en même temps, nous avons toujours cru que tu pourrais modérer ta sœur, la détourner de ses envies les plus insensées.

—Je ne suis pas le..., se mit à protester Geoffrey.

—Elle a renoncé à toute responsabilité, il y a des années, poursuivit Kenneth, un homme élégant, mince, avec des traits fins et symétriques, et une allure de vieux bibliothécaire revêche à la voix feutrée. Elle a préféré une vie d'hédonisme, à suivre tous ses désirs, au lieu de prendre ses responsabilités au sein de la famille. Tu n'as guère été mieux, mais il reste au moins en toi une lueur de décence. Tu perds ton temps avec les éléphants, alors que tu pourrais utiliser ton intelligence à de meilleurs desseins. Mais toi, au moins, tu fais passer les animaux avant ton propre bien-être, tout comme nous faisons passer la famille avant le nôtre.

—Tu vis dans le luxe, père, et tu te balades dans le système solaire sur un coup de tête. Comment peux-tu dire que tu fais passer quoi que ce soit avant ton propre bien-être ?

Geoffrey était épuisé et d'humeur à se disputer. Il venait d'être contacté par un autre groupe de recherche qui se plaignait de son accès quasi exclusif au groupe M. Il ne voulait surtout pas que quiconque vienne fouiller dans la tête de Matilda, ni dans celle d'aucun des membres du troupeau. Il pourrait les tenir éloignés s'il le fallait, mais le simple fait de devoir protéger sa recherche de tous les côtés le rendait irritable.

Le golem traita sa réponse.

—Tu étais avec elle récemment, sur la Lune. Hector et Lucas nous l'ont dit. Tu as dû faire ou dire quelque chose qui l'a poussé à agir de cette façon étrange.

—Je ne vois pas quoi, dit-il en haussant les épaules. Si tu ne me crois pas, repasse la dernière conversation par ching entre Sunday et moi, celle que tu as forcément dû écouter. Est-ce qu'il t'a semblé que j'approuvais son voyage ou même que j'étais déjà au courant ?

Kenneth répondit de la même voix basse et imperturbable qui caractérisait la plupart de ses déclarations :

—Je ne suis pas du tout au courant de cette conversation.

—C'est ça. Et les poules au sommet du Kilimandjaro ont des dents. Écoute, tu n'as qu'à en parler avec ma sœur. Même si j'avais quelque chose à foutre de ce que tu penses et si j'essayais de la raisonner, elle ne m'écouterait pas.

—Sunday est en stase, en ce moment, comme tu le sais. Son vaisseau est en chemin. Rien ne pourra l'empêcher d'atteindre Mars.

—Alors, tu vas devoir t'y faire.

—Nous sommes inquiets, Geoffrey. Sans parler de la « raison » qui l'y a poussée, *comment* Sunday a-t-elle pu se payer un voyage sur Mars ?

Geoffrey pensa à ses parents, à Kenneth et Miriam, et se demanda ce qui pouvait bien leur passer par la tête à cet instant, sur le lointain Titan. Il imaginait que cette conversation n'était pas la priorité de Kenneth. Son père projetait des versions de lui-même partout où elles étaient requises, parfois plusieurs à la fois. Que cette version paraisse inquiète pour Sunday ne signifiait pas pour autant qu'elle n'était pas simplement un sujet annexe pour le vrai Kenneth.

— Même si ça peut te paraître difficile à croire, elle a peut-être gagné de l'argent avec son art, dit Geoffrey.

Kenneth prit un air compatissant, comme s'il avait une nouvelle fâcheuse, voire terrible, à annoncer.

— Au cours des deux dernières années, Sunday n'a fait que deux grosses ventes, à des acheteurs d'outre-monde anonymes. Le reste n'a été que des commandes déshonorantes. Un boulot par-ci, un autre par-là. À peine de quoi payer son loyer. Tu veux vraiment connaître la vérité ?

— Non, merci.

— Sunday est une artiste compétente, rien de plus. Elle a eu ses moments, des poussées d'inspiration. Mais elle n'obtiendra jamais la gloire, ni la fortune, et elle ne laissera rien à la postérité.

— Tu ne sais rien sur elle, dit Geoffrey au golem. Tu es incapable de comprendre le moindre aspect de la vie de ma sœur.

Mais l'idée que Kenneth sache tout des finances de Sunday lui parut tout à fait plausible.

— Écoute-moi bien, Geoffrey. Lorsqu'elle arrivera à destination, il t'incombera de la raisonner. Je ne sais pas dans quelle situation elle compte se fourrer, mais tu vas devoir l'en dissuader. Elle pense peut-être ne pas avoir de comptes à rendre, pouvoir faire ce qu'elle veut, mais, malheureusement, elle se leurre. Je ne vais pas rester là, à la regarder traîner notre nom dans la boue.

— C'est ta fille. Pourquoi n'essaies-tu pas de la traiter comme un être humain plutôt que comme une filiale qui ne fournit pas un bon retour sur investissement ?

— C'est ma fille, en effet, affirma le golem. Mais c'est une Akinya avant tout, avec ce que cela implique.

— Passe le bonjour à mère, dit Geoffrey en se détournant du golem.

Plus tard dans l'après-midi, il était allongé dans son hamac de la station de recherche, en train de lire un article en vue d'une évaluation par les pairs – un papier verbeux et qui n'apportait rien de nouveau –, lorsque l'alarme de protection du périmètre sonna. Geoffrey descendit du hamac et mit ses chaussures. Parfois, des Massaïs venaient discuter, échanger du chai ou simplement papoter, mais en général, pas à cette heure de la journée. L'aug n'avait pas non plus remarqué de présence humaine à distance de marche, lorsqu'il était arrivé en avion, un peu plus tôt.

Il alla chercher le pistolet dans son meuble en alliage, à droite de la porte, juste en dessous du kit de premiers secours. Plusieurs dispositifs de neutralisation, allant des projecteurs laser et acoustiques aux fléchettes anesthésiques à effet rapide, avaient été ajoutés autour de la structure légère de l'arme.

Geoffrey activa le pistolet et ouvrit la porte. De l'autre main, il se protégea les yeux du reflet du soleil. Il examina les environs, à la recherche de ce qui avait bien pu déclencher l'alarme.

Et il les vit. Les cousins marchaient vers lui, passant près du camion zébré. Au loin, posé assez loin pour passer inaperçu, se trouvait un airpod, d'un vert brillant parmi les broussailles sèches.

— Bordel de… ! lança Geoffrey.

— Range ça, dit Hector. Tu ne voudrais pas qu'un coup parte par accident, n'est-ce pas ?

Geoffrey descendit l'escalier de la cabane de recherche, le pistolet à la main.

— Tu n'as rien à faire ici, Hector, dit-il avant de se tourner vers l'autre cousin. Toi non plus, Lucas. C'est mon travail, ça ne vous regarde pas.

— Quel accueil, dit Lucas. Tu as des progrès à faire.

Les deux cousins portaient des pantalons fins, des chaussures de ville et des chemises à motifs. Les lunettes de soleil d'Hector, moulantes, donnaient l'étrange impression qu'un rectangle de plastique noir avait été inséré dans une rainure creusée dans son visage. Lucas tenait une ombrelle jaune et bleu et une bosse sous son pantalon révélait l'emplacement du mille-pattes accroché à sa jambe. Il portait aussi des lunettes de soleil, à verres miroirs, et qui, bizarrement, ne reflétaient pas ce qu'il regardait.

— Le pistolet, s'il te plaît, dit Hector. Pose-le, Geoffrey.

Il était sur le point d'obéir lorsqu'il changea d'avis et décida de prendre le pistolet par le canon, le poing fermé sur l'amas de cylindres des divers appareils de neutralisation.

— Vous n'avez pas à venir ici, dit-il. Pas sans mon autorisation.

— L'hostilité et le repli sur soi ont leur place dans le milieu des affaires moderne, dit Lucas en pliant l'ombrelle, mais si les membres d'une même famille ne peuvent se rendre visite sur un coup de tête, où va-t-on ?

— Ne fais pas comme si tu t'étais jamais intéressé à mes recherches, Lucas.

— Nous avons investi une somme importante, dit Hector, tu ne pensais tout de même pas que nous allions nous en désintéresser complètement ?

— Nous voulons tout surveiller, dit Lucas. Les entrées et les sorties d'argent. Les dépenses des fonds alloués.

Geoffrey pointa la crosse de l'arme vers Hector.

— Vous n'avez jamais dit que vous comptiez superviser quoi que ce soit.

— Dans de telles circonstances, dit Lucas en utilisant l'ombrelle comme une sorte de canne, il vaut toujours mieux lire les petits caractères.

— Nous étions d'accord, dit Geoffrey.

Hector et Lucas étaient presque arrivés devant sa porte.

— J'ai fait votre foutue course, vous m'avez donné l'argent. Il n'y avait pas de contrepartie.

— Explique-moi ce que fout ta sœur à bord d'un appareil de Maersk Intersolar, en route vers Mars, dit Hector.

— C'est ma sœur, pas mon employée. Ce qu'elle fait ne regarde qu'elle.

— Si seulement c'était aussi simple, dit Lucas dont les lunettes affichaient une scène nocturne, une boîte chic ou une réception éclairée au néon, peuplée de personnes séduisantes et prestigieuses. Ce n'est pas le genre de ta sœur de partir sur Mars sur un simple coup de…

Il hésita.

— Tête, dit Hector. Et nous nous demandons ce qui a motivé sa décision.

— Vous n'avez qu'à le lui demander, dit Geoffrey.

— Elle est en stase, expliqua Lucas. Ce qui entrave quelque peu l'échange d'informations.

— De toute façon, il s'agit de Sunday, dit Hector, et elle ne nous donnerait même pas l'heure si nous parvenions à la joindre. Alors que toi… eh bien, tu nous parleras, que tu le veuilles ou non. Surtout depuis que cet argent est sur ton compte. Nous pouvons annuler notre accord, tu sais.

— Les procédures de remboursement sont déjà prêtes, dit Lucas.

— Va te faire foutre, avec tes procédures, Lucas.

Lentement, sans quitter Geoffrey des yeux, Hector tendit le bras vers le pistolet.

— Ne prenons pas ce chemin, cousin. Nous étions tous copains lorsque tu es revenu de la Lune. Inutile de nous fâcher.

Geoffrey écarta le pistolet d'Hector.

— Nous n'avons *jamais* été copains. Que les choses soient bien claires. Et Sunday agit comme bon lui semble.

— Geoffrey, dit Hector, essaie de te mettre à notre place, s'il te plaît. Tu as dû faire ou dire quelque chose qui l'a poussée à agir ainsi. Nous aimerions savoir quoi. (Il lui adressa un sourire dépourvu de la moindre chaleur, un simple rictus cryogénique.) Alors, allons-nous en discuter entre adultes, ou vas-tu continuer à insulter notre intelligence ?

— Ça, c'est impossible, dit Geoffrey.

— Bien, il faut toujours établir de bonnes bases pour les négociations, dit Lucas.

Il était toujours à deux mètres de son cousin, un peu en retrait de son frère, mais d'un mouvement vif, il leva le manche de l'ombrelle pour frapper la crosse du pistolet qui, sous l'impact, tomba de la main de Geoffrey. Celui-ci recula le bras, choqué, s'attendant presque à découvrir ses doigts cassés par le choc.

Hector se baissa pour ramasser l'arme.

— Mon frère a de très bons réflexes, expliqua-t-il. Des dérivations neuronales par axone de calamar – le dernier cri – ainsi qu'une amélioration des longues fibres musculaires. Il pourrait battre un chimpanzé à main nue. Il n'est vraiment pas fair-play.

— Mon chirurgien propose de bons tarifs aux membres de la famille, dit Lucas en rajustant sa manche. Je devrais te mettre en contact, Hector. Inutile d'être aussi désavantagé dans la vie.

Hector tenait toujours le pistolet. Il le regarda avec dédain puis régla le sélecteur de mode avant de tirer une des fléchettes tranquillisantes dans le sol. Puis il le rendit à Geoffrey comme si c'était un jouet qu'il l'estimait assez âgé pour manipuler.

— Tu ferais mieux de le ranger, je pense, dit Hector sur le ton de la confidence.

Geoffrey tremblait toujours. Il n'avait assisté qu'à très peu d'actes de violence dans sa vie, et il s'était encore plus rarement retrouvé du mauvais côté.

— Réfléchis, dit Lucas, à ce que tu as dit à Sunday et à ce que ce travail représente pour toi. Tu vas trouver le temps, pas vrai ?

— Bien sûr que oui, dit Hector. Geoffrey est proche de sa sœur, et nous ne pouvons pas lui en vouloir pour ça. Mais il sait aussi ce qui est le mieux pour lui et pour ses éléphants. Pas vrai, mon gars ?

— Fais donc nos amitiés au troupeau, dit Lucas

Les deux cousins firent demi-tour et retournèrent vers l'airpod. Geoffrey resta à la porte, le pistolet tremblant à la main, le cœur tambourinant, le torse pantelant. Il sentait toujours la sueur dans son dos lorsque l'appareil s'éleva dans le ciel, vacilla comme un œuf qu'on aurait lancé puis prit la direction de la maison.

# Deuxième partie

# Chapitre 12

Lorsqu'elle reprit connaissance, Sunday se sentait bien, satisfaite. Elle n'avait plus aucun souci matériel, mais conservait tout de même assez de recul pour saisir que son euphorie relevait d'une grosse intervention biochimique et transcrânienne. En connaître l'origine n'entachait pourtant en rien sa béatitude. Cela avait même quelque chose de réjouissant, car les machines ne l'auraient pas réveillée si elle n'était pas arrivée à destination, si le rapide n'avait pas traversé l'espace jusqu'à Mars.

Elle était allée jusqu'à Mars, ou en était assez proche pour que ça n'ait plus d'importance à ce stade. Et ce simple fait était stupéfiant. C'était presque miraculeux qu'elle se soit endormie près de la Lune et qu'elle se retrouve… *ici*, autour de cette sinistre tête d'épingle de lumière dorée qu'elle avait parfois vue dans le ciel. Tout d'un coup, elle comprit ce qu'elle était réellement : un singe extrêmement savant. Elle était un singe savant qui avait traversé l'espace interstellaire dans un objet fabriqué par d'autres singes savants. Et elle éclata de rire, comme si elle venait enfin de comprendre la chute d'une blague très complexe.

*Je suis la chute*, se dit Sunday. *Je suis le point final d'une discussion alambiquée et extrêmement longue, une chaîne chaotique de hasards et d'imprévus qui s'étend de la découverte du feu dans les gorges d'Olduvai, en passant par l'invention du langage, du papier et de la roue, à travers des siècles oubliés jusqu'à…* ça. *Jusqu'à cette situation. Sortir d'hibernation à bord d'un vaisseau spatial en orbite autour d'une autre planète. Vivre au* XXII*e* *siècle. Être une créature dotée d'un système nerveux central assez complexe pour comprendre le concept d'être une créature avec un système nerveux central.* Exister, *tout simplement.*

Prenez toute la matière inanimée de l'univers, tous ces atomes débiles, toutes ces molécules sans cervelle, tous ces grains de poussière, ces cailloux, ces rochers, ces amas de glace, ces mondes et ces étoiles inconscients, toutes les galaxies et tous les superamas dépourvus de pensée qui tournaient dans les mégaparsecs hantés par le temps du supervide cosmique. Dans toute cette immensité, elle était tout de même parvenue à *être* un être humain, un minuscule et microscopique amas, insignifiant à l'échelle cosmique, de systèmes de traitement de l'information, relié à un cerveau à la structure plus complexe que la Voie lactée, peut-être même encore plus que tout le reste de *ce foutu univers dans son ensemble.*

Elle était le fil dans le chas de l'aiguille de la création, la flèche qui avait mis dans le mille cosmique.

*Et ça,* se dit-elle, *c'était un putain d'exploit.*

— Bonjour, Sunday Akinya, dit une voix automatisée, mais douce. Je suis ravie de vous informer que votre phase d'hibernation s'est déroulée sans incident. Vous avez atteint l'espace administratif martien et êtes désormais en observation dans le complexe de réveil de Maersk Intersolar sur Phobos. Pour votre confort et votre convenance, le contrôle volontaire de vos muscles est momentanément suspendu jusqu'à la fin de l'examen médical. Il s'agit d'une étape nécessaire du processus de réveil et il est inutile de vous inquiéter. Sachez aussi que vous risquez de subir quelques altérations de votre état émotionnel, le temps que votre neurochimie se rééquilibre. Vous pourrez subir des révélations religieuses ou spirituelles ainsi que des sentiments d'une importance disproportionnée. Là non plus, ne vous inquiétez pas.

Elle ne pouvait rien remuer, pas même les paupières, mais l'aug fonctionnait et pouvait lui fournir un flux visuel dans la direction où elle souhaitait regarder. Elle était étendue sur une banquette, collée là par une pesanteur plus forte que sur la Lune, mais moindre que sur Terre.

La banquette était aussi un scanner médical : elle l'avait deviné grâce au cerceau qui avançait sur toute sa longueur et à l'appareil hémisphérique refermé sur sa tête. Elle était dans une pièce étroite, aux meubles blancs, et dont une des cloisons était un mur de verre incurvé qui allait se fondre dans un plafond transparent. Au-delà de la vitre, il y avait une prairie, une mare et des arbres aux nombreuses feuilles caduques. Un ciel bleu sans nuages. Des chants d'oiseaux et le bruit du vent dans les branches traversaient le verre. Ce décor ne ressemblait en rien à l'Afrique, mais possédait tout de même un effet thérapeutique, d'une façon calculée et manipulatrice.

En réalité, avec l'intense et importune stimulation à l'œuvre dans son cerveau, tout lui aurait paru thérapeutique. Elle décida de rester allongée et de l'accepter. N'ayant rien de mieux à faire, elle parcourut les flux d'actualités de tout le système solaire, légèrement déçue qu'aucun événement marquant ne se soit déroulé pendant son sommeil. Aucune personne célèbre n'était morte ; personne n'avait déclaré la guerre à quiconque ; et il n'y avait même pas eu de catastrophes naturelles. Le yuan avait faibli face à l'euro, mais pas suffisamment pour qu'on se jette du haut de gratte-ciel. En Uttar Pradesh, la capture d'un tigre adulte qui n'était pas équipé d'implants avait fait craindre que d'autres prédateurs puissent se balader sans être contrôlés par le Mécanisme. Dans la mer Caspienne, un bateau de tourisme s'était renversé, faisant deux victimes. À Riga, les héritiers d'une illustre lignée d'artistes prétendaient que les améliorations obligatoires les privaient du talent qu'ils auraient pu recevoir à la naissance. Une cérémonie avait eu lieu pour célébrer la destruction de la dernière prison du monde, un ancien centre de détention de haute sécurité près de Guadalajara. Un Stradivarius de l'âge d'or avait été détruit dans un étrange accident de transport tandis qu'un tableau de Vermeer perdu avait resurgi dans le grenier d'un particulier, à Naples. Sur la Lune, un scandale de match truqué dans le dernier tournoi de cricket. Une épidémie de grippe, vite isolée et maîtrisée, dans les Communautés synchrones. Une pop star était enceinte. Une autre avait rompu avec son clone.

Elle sentit peu à peu des picotements et des fourmillements. Ses sensations revenaient dans différentes parties de son corps et le système la prévint enfin qu'elle pouvait désormais faire quelques mouvements prudents.

Sunday descendit du lit.

Elle dut mettre au travail ses muscles ramollis et les malmena comme une main-d'œuvre indolente. Elle portait toujours la minuscule robe argentée ornée du logo Maersk Intersolar qu'on lui avait donnée avant de l'endormir. Elle espérait que ses vêtements étaient arrivés sur Mars, parce que cette tenue ne ferait pas l'affaire.

Elle tenta de voquer Jitendra. Pas de réponse.

Une porte s'ouvrit alors dans la clairière. Un médecin chinois entra avec un chariot à roulettes et la soumit à quelques ultimes tests, dont certains consistant simplement à taper sur son genou avec un petit marteau mécanique, avant de hocher la tête d'un air encourageant.

— Vous pouvez partir, dit-il à Sunday. Si vous ressentez quelque chose qui sorte de l'ordinaire, contactez un employé de Maersk. Mais vous ne devriez avoir aucun problème à terminer le voyage vers Mars.

— Je voyageais avec un ami, dit Sunday en swahili. Je n'ai pas pu le joindre.

— Tout le monde n'est pas encore réveillé. Nous n'avons pas la place de ranimer tous les passagers en même temps, pas depuis qu'ils ont lancé des vaisseaux à mille couchettes. On construit un complexe plus grand de l'autre côté de Phobos, mais il ne sera pas opérationnel avant au moins un an.

— Mais tout va bien ?

Le médecin rangeait ses instruments.

— Tout va bien. Nous n'avons pas perdu un passager depuis dix voyages.

Cette réponse ne lui apporta pas le réconfort qu'elle espérait. Mais Sunday estima qu'il lui avait parlé avec sincérité et qu'elle devrait s'en contenter.

Un peu plus tard, on la conduisit dans une autre pièce où l'on avait déposé ses affaires et elle retira volontiers sa robe pour passer ses propres vêtements, en l'occurrence une jupe qui descendait aux chevilles et un haut sans manches. Elle sélectionna un motif vert-jaune pour la jupe et laissa le haut dans son noir par défaut. Elle s'attacha les cheveux derrière la tête avec une écharpe blanche et partit à la recherche de Jitendra.

Mais il était bel et bien toujours en stase. Il avait été chargé dans une autre partie du vaisseau – sans autre explication, visiblement c'était habituel – et était débarqué et traité en ce moment même. Il ne serait pas conscient et mobile avant six heures.

Elle appela Geoffrey, sans même prendre la peine de vérifier l'heure locale en Afrique. Cela ne serait pas un ching en temps réel, et si Geoffrey ne voulait pas prendre l'appel, il pourrait toujours écouter son message plus tard.

— C'est moi, Sunday, dit-elle. Je suis bien arrivée sur Phobos ; j'attends que Jitendra soit réveillé, puis nous partirons. Je n'ai pas encore vu Mars, mais je vais bientôt aller dehors : je te clignerai quelques photos de la surface de Phobos. C'est assez incroyable, petit frère. Je n'ai pas l'impression d'avoir dormi pendant un mois. On dirait qu'il y a deux jours à peine… nous étions encore sur la Lune, et je te parlais avant le départ. J'ai vieilli d'un mois, j'ai fait un bond de trente jours jusqu'à mon prochain anniversaire, et je ne le ressens pas du tout.

Elle se tut en s'apercevant qu'elle n'avait parlé que d'elle.

— J'espère que tout va bien à la maison : j'imagine que les cousins sont au courant de mon petit voyage, maintenant. J'espère qu'ils ne t'ont pas rendu la vie trop impossible et que tu as pu passer du temps avec les éléphants. Et j'espère qu'Eunice… s'est bien conduite. Pour l'instant, je pense qu'elle peut nous être utile. Une copie d'elle m'accompagne, et il y en a une autre avec toi… et c'est la même Eunice, si l'on excepte quelques différences dues au décalage temporel. Même lorsque nous ne sommes pas en contact, elle peut continuer à se synchroniser, mettre à jour sa mémoire interne, apprendre tout le temps. Et cela pourra nous aider, petit frère. C'est la meilleure source d'information que nous ayons sur la vraie vie d'Eunice, et comme je te l'ai dit sur la Lune, la reconstruction en saura toujours plus sur le passé documenté d'Eunice que je pourrais moi-même en apprendre. Et cela pourrait faire une sacrée différence, pour tous les deux.

Elle s'arrêta pour reprendre son souffle.

— Bon, je la ferme, maintenant. Réponds quand tu pourras, mais ne t'en fais pas si tu es occupé. On se reparlera lorsque je serai sur Mars. « Sur Mars », répéta-t-elle à voix basse une fois la connexion ching coupée.

*« Sur Mars ». Et je veux bien être pendue si c'est pas dément de dire ça.*

Sunday découvrait déjà la pesanteur martienne. Elle était dans une des roues concentriques centrifuges, entassées comme des rouages de montre à l'intérieur de Stickney, le cratère de huit kilomètres de diamètre creusé sur un côté de la lune en forme de pomme de terre. Les boutiques et les restaurants étaient intégrés dans des façades de pierre rouge taillées de façon sommaire. Décorés de mosaïques noir et blanc, les trottoirs et les rues contournaient des fontaines, des panneaux et des objets d'art abstrait, installations au néon rose tournant pour la plupart autour des thèmes des tourbillons de poussière et des dunes.

Du kitsch tout à fait banal, mais Sunday n'était pas la mieux placée pour juger : elle avait elle aussi œuvré dans le même style.

Il y avait des voyageurs partout, certains marchant d'un pas assuré, d'autres en exo, d'autres encore suivis d'exos ne s'éloignant jamais de plus de quelques mètres de leurs propriétaires. Certains étaient trop faibles, même pour des exos, ou avaient peut-être complètement oublié comment on marchait. Ils étaient couchés sur des brancards inclinables en forme d'autos tamponneuses et glissaient comme des patients sur leur lit de mort, pris d'une ultime fièvre acheteuse. Ils venaient de Cérès, des autres communautés de la ceinture d'astéroïdes, des satellites galiléens de Jupiter, ou des lunes de Saturne, voire même de plus loin. Dans leurs mondes de basse pesanteur, Sunday aurait été une balourde empotée et aurait, à juste titre, inspiré la pitié.

L'argent des Panspermiques lui permit de louer une combinaison de surface pour Phobos. Un tunnel la conduisit à la limite de Stickney, dans une enceinte souterraine où les employés du loueur surveillaient les opérations avec des expressions blasées.

Les scaphandres de Phobos, qui arrivaient en tremblant par un rail au plafond, comme des funiculaires, avaient été conçus pour supprimer les risques. Ils étaient composés d'une capsule ovoïde de survie dont l'hémisphère supérieur était parfaitement transparent, et fermé par une épaisse ceinture métallique. Quatre membres extrêmement flexibles et pliables partaient de la ceinture : l'un d'entre eux était accroché au rail au plafond et les trois autres entourés autour de l'ovoïde comme les bras d'un chandelier. Il n'y avait aucun moyen de ramasser ou de tâter quoi que ce soit.

On aida Sunday à entrer dans la première combinaison libre, à l'intérieur de laquelle elle trouva un siège et des manettes de direction. Le dôme se referma et se pressurisa, puis on l'emmena à travers une série de sas avant de la faire sortir par un hall aux allures de bunker et cerné de barres émettant une lueur verte. Les membres enroulés autour du scaphandre se baissèrent et plantèrent des pitons de déplacement dans la surface d'un noir d'asphalte qui aspirait la lumière de la lune. La quatrième patte se détacha du rail au plafond et elle fut libérée. Elle pouvait déplacer le véhicule-combinaison dans toutes les directions en appuyant sur des flèches ou en poussant un simple joystick. Le scaphandre s'occupait de la locomotion et maintenait une prise digne d'une tarentule pour contrer la faible pesanteur de la lune.

Partout où Sunday tournait le regard, elle voyait d'autres araignées aux couleurs primaires se déplaçant avec agilité sur le sol vallonné d'un noir d'encre. Malgré les contorsions nécessaires aux jambes pour avancer dans les cratères et les sillons de toutes tailles, les capsules pressurisées suivaient des trajectoires élégantes. Plus les araignées étaient éloignées, plus l'angle de vue était aigu. Elle les regardait disparaître derrière la courbure du monde.

— Phobos paraît bien loin de la Terre, dit Eunice qui marchait, en combinaison, près du véhicule de Sunday. Mais ce n'est plus la même histoire lorsqu'on prend en compte la mécanique de transfert orbital.

— D'accord. Je me demandais quand tu allais apparaître.

— Je n'allais pas manquer l'occasion de revoir cet endroit. J'y ai passé tellement de temps.

Le pas décidé et bondissant d'Eunice donnait une impression erronée de la faible pesanteur.

— J'ai du mal à voir comment cet endroit peut ne pas être très éloigné de la maison, dit Sunday.

— Grâce à l'efficacité énergétique, ma chère. Delta-v. Si tu pars de la Terre, il te faut plus de combustible pour aller sur la Lune que sur Phobos. C'est contre-intuitif, j'imagine, mais pas si l'on connaît les principes de base.

— Ce qui n'est pas mon cas.

— La nature nous a offert gratuitement cette étape. Elle était là, autour de Mars, prête à être exploitée. Alors, nous sommes venus, nous avons vu et nous l'avons colonisée.

Eunice tourna son casque pour suivre Sunday.

— Où vas-tu ? demanda-t-elle.

— À ton ancien camp de base. L'endroit où il y a le plus de chances que tu aies enterré un indice.

— Observons d'abord Mars, déclara Eunice. Puis nous irons au camp de base. Tu me dois bien ça.

Sunday estimait ne rien devoir à la reconstruction, mais elle se retint de le lui dire. Toute déclaration qui ne ressemblait pas à ce qu'elle aurait pu dire à sa grand-mère de son vivant était au mieux du bruit, au pire une donnée potentiellement nuisible.

— Comme tu veux.

Les membres qui tournoyaient en fouettant le sol avalaient les kilomètres et parcouraient le terrain avec précision et sur un rythme effréné. Mars apparut bientôt au-dessus de la crête anguleuse de l'horizon.

Sunday ne s'arrêta pas avant que l'horloge n'affiche deux heures, la moitié de sa durée de location. Elle put alors profiter de ce nouveau monde.

Mars dominait le ciel. La planète était à moitié éclairée, l'hémisphère dans l'ombre ne servant qu'à souligner qu'il s'agissait d'un objet tridimensionnel, une sphère qui bombait ostensiblement vers Sunday Comme il n'y avait pas d'air entre elle et l'atmosphère de la planète – et très peu dans cette atmosphère – les particularités du terrain semblaient fabuleusement nettes, dessinées avec la méticulosité d'un concepteur de cartes. L'hémisphère éclairé avait une teinte saumon et, par endroits, des nuances d'ocre poussiéreux et de terre de Sienne brûlé. De la neige blanche couvrait le pôle visible. Les marques de griffure d'un système de canyons stupéfiant, creusé dans la chair du monde, striaient la surface. *Valles Marineris*, se dit Sunday : elle savait au moins ça. Et cette zone de fracture, où les canyons allaient s'entrecroiser en un tapis de sillons complexes, était le Noctis Labyrinthus, le labyrinthe de la nuit. Les trois volcans au-delà : Ascreaus Mons, Pavonis Mons et Arsia Mons.

Elle s'apprêtait à voquer l'aug pour demander une incrustation de détails topographiques lorsqu'elle réalisa qu'elle était déjà accompagnée du meilleur guide qu'on pouvait trouver.

— Ça te rappelle de bons souvenirs ? demanda Sunday.

— Ce n'était pas comme ça lorsque Jonathan et moi avons débarqué sur Phobos, dit Eunice. Une tempête de sable planétaire avait démarré pendant notre voyage et lorsque nous sommes arrivés, nous n'y voyions presque rien. Nous avons dû attendre que ça passe avant de pouvoir descendre sur Mars.

—Mais il y avait déjà des gens, là-bas.

De sa main gantée, Eunice masqua un éclat qui venait frapper son casque.

—Ils avaient assez de provisions pour survivre à la tempête, si elle ne durait pas des mois. Mais ils ne pouvaient guère se déplacer, et il était trop dangereux d'envoyer ou de recevoir quoi que ce soit. C'était avant l'ascenseur, évidemment.

—Je m'en doutais un peu.

—Ce n'était pas comme sur la Terre. Chez nous, si on loupe son point d'atterrissage, on n'est jamais loin des secours. Ça ne marchait pas ainsi sur Mars, surtout à l'époque.

Eunice avait trente et un ans lorsqu'elle était venue sur Phobos avec son mari en 2062 ; à peine plus jeune que Sunday maintenant. Elle était la quatre-vingt-dix-huitième humaine à poser le pied sur le sol rouillé en bas, juste avant que l'afflux ne se transforme en torrent.

—Nous pouvons aller voir le campement, maintenant ? demanda Sunday. Je dois rendre ma combinaison de location dans les temps.

—Suis-moi, dit Eunice en poussant un soupir. Ce n'est pas très loin. Rien n'est jamais très loin sur Phobos.

La tempête de poussière n'était pas le pire événement qui aurait pu se produire. Néanmoins, aucun des premiers explorateurs n'avait apprécié de voir son voyage vers Mars interrompu par la météo à la surface. Mais Phobos en avait bénéficié. Longtemps, ce n'avait été qu'un relais pour l'exploration martienne mais, à partir de 2062, un bidonville transnational s'était organisé spontanément en un assortiment précaire et mal conçu de dômes, de cabanes de surface et d'habitats troglodytes pour abriter une population dont la moitié était permanente et qui se chiffrait déjà en dizaines.

Dès cette époque, certains décidèrent qu'ils préféraient la vie en orbite à la pesanteur martienne, ou même à la Lune ou à la Terre. Il leur suffisait de regarder par la fenêtre ou de se risquer à la surface pour profiter de la vue, et l'incessant ballet des vaisseaux qui arrivaient ou partaient offrait une diversité incessante. De plus, leurs compétences techniques étaient extrêmement recherchées par tout un éventail d'entreprises allant de la maintenance de véhicules jusqu'à la fourniture de narcotiques et de sexe tarifé.

La plus grande partie du bidonville originel n'existait plus désormais, avalée par l'agrandissement des installations autour de Stickney. Mais il y avait eu quelques avant-postes disséminés ailleurs sur Phobos, dont celui dans lequel Eunice avait passé la quasi-totalité de son séjour ici.

Lorsqu'elle vit apparaître quelque chose à l'horizon, Sunday se dit qu'elles devaient arriver au campement. Mais l'objet était trop grand.

Il était aussi sombre, voire davantage, que le reste de Phobos, et culminait au moins à quatre-vingts mètres de la surface. Elles arrivèrent sur le terrain crevassé autour de sa base, à l'endroit où il s'était planté dans Phobos, des siècles plus tôt. Deux autres combinaisons tournaient autour du site, éclairant de leurs phares le sommet de l'objet. Lorsque les lampes se baissèrent, elles firent apparaître des détails finement gravés : des collerettes, des tuyaux, des séries répétitives d'éléments semblables, comme des vertèbres ou des côtes. Des excroissances osseuses fusionnées avec de vieilles pièces de machines fossilisées. Des tuyères de fusée ressemblant à des cavités orbitaires, des ports d'amarrage évoquant des maxillaires ouverts ou des organes reproductifs. Une coque blindée parcourue de fentes de fontanelle.

— On l'a baptisé le Monolithe, dit Eunice. On l'a découvert sur des photos de Phobos, au tout début du XXI$^{e}$ siècle. On ne voyait pas vraiment l'objet, mais simplement son ombre, qui indiquait sa grande taille. Inutile de te dire que les premiers arrivés se sont dépêchés d'aller l'examiner.

Sunday parcourut du regard les détails morbides et fascinants. L'objet était couvert de bosses et asymétrique, mais il s'agissait visiblement d'une sorte de véhicule, le nez enfoncé dans la croûte.

— J'aurais quand même dû entendre parler d'un vaisseau spatial extraterrestre, non ?

— Certains des premiers explorateurs ont commencé à s'ennuyer, coincés ici avec trop de temps à tuer. Parmi eux, il y avait une certaine Chakrabarty. Indienne, je crois. Ou peut-être pakistanaise. Un jour, pour s'amuser, elle a dessiné un plan, très détaillé et méticuleux, et s'est mise à sculpter des choses dans le Monolithe. Son équipe possédait des appareils de découpe, des explosifs, tout ce qu'il fallait. Elle a commencé en bas et a remonté. C'était assez facile. On peut grimper jusqu'en haut sans harnais de sécurité. Même si on tombait du sommet, ça ne serait pas pire que de sauter d'un muret sur Terre.

— Tout ça… a été fait par cette femme ?

— C'est Chakrabarty qui a commencé. Puis elle est allée sur Mars, et quelque temps plus tard on a appris sa mort ; défaillance de sa combinaison, je crois. Mais ses plans étaient toujours sur des fichiers au campement. Et c'est devenu une tradition. Tous ceux qui sont coincés ici pour plus de quelques jours… mettent une combinaison et vont ajouter leur contribution à la Folie de Chakra. C'est une façon de rendre hommage à sa mémoire et de dire : « Nous étions là, nous l'avons fait. » Dans des millions d'années, le Monolithe sera toujours là. Jusqu'à ce que Phobos tombe sur Mars.

— Il est terminé ?

— Ils sont arrivés au sommet il y a des décennies. Ils l'ont même vaporisé de plastique pour le protéger des vandales et des météorites.

Sunday distingua des cratères de la taille d'un poing. De minuscules particules avaient dû heurter la Folie de Chakra après qu'elle eut été taillée et décorée, et en avaient détruit quelques détails. Elle supposa que les dégâts dataient d'avant l'application de la couche protectrice.

— Tu y as ajouté quelque chose ? demanda-t-elle.

— Je pense que oui.

— Tu penses ?

— Je ne me rappelle pas si je l'ai fait ou pas. Ça te va comme réponse ?

Sunday tempéra sa frustration. Elle ne pouvait pas en vouloir à la reconstruction de ne pas savoir des choses qu'on ne lui avait pas dites.

— Il doit bien y avoir un enregistrement de qui a fait quoi, quelque part.

— N'y compte pas. Et peut-être que je n'ai rien fait. À ce stade, nous ne le saurons peut-être jamais. (Eunice se pencha pour ramasser quelque chose par terre, un bout de matériau à la surface – arraché au Monolithe, sans doute –, mais ses doigts glissèrent à travers.) Ce n'était pas la peine de venir jusqu'ici pour regarder la Folie, dit-elle en se relevant avec un grognement, irritée. Tu aurais pu faire apparaître une chimère de la structure et l'examiner en détail depuis la Lune. Bref, je ne crois pas que ce soit pour ça que je voulais que tu viennes ici. Tout ce qui concerne la Folie est dans le domaine public. Je n'aurais jamais pu y cacher un message.

— Quelque chose de gravé dans les motifs, peut-être ?

— Difficile. On ne laissait pas les gens s'écarter du plan de Chakrabarty. Ça portait malheur, prétendument.

— Comme si tu croyais à ce genre de choses.

— Je n'aurais pas cherché à m'attirer des ennuis, dit Eunice en penchant la tête en arrière, une main au-dessus de sa visière. C'est tout de même magnifique. Non, vraiment, tu ne trouves pas ?

— Dommage que Chakra ne l'ai jamais vue terminée.

— Nous la voyons pour elle.

Sunday aurait voulu contester ce fait : il n'y avait pas de « nous » en ce qui la concernait, mais rien que ses yeux, son esprit et ses sensations. Mais même si cela pouvait paraître absurde, elle n'avait pas le courage de contredire Eunice. Elle voulait bien la laisser croire qu'elle pouvait rendre hommage à une morte, si elle y tenait.

Après avoir quitté le Monolithe, elles atteignirent vite le campement indien. Il dominait l'horizon comme un galion à l'approche dont les mâts et les voiles étaient les tours et les panneaux réflecteurs d'un centre de communication depuis longtemps abandonné. Des bâtiments plus petits entouraient le groupe principal. C'était une ville fantôme, décrépite.

— Ça a chauffé entre les Indiens et les Chinois, au milieu des années cinquante, expliqua Eunice, et Sunday dut se rappeler qu'elle parlait des années *2050* et pas 2150. Ils n'en sont jamais arrivés jusqu'aux tanks et aux bombes, mais il y avait assez d'animosité pour que les Indiens ne veulent rien avoir affaire avec le campement chinois. Ils sont donc venus jusqu'à Phobos et ont construit cet endroit, quasiment à distance de marche du bidonville originel.

— Ils n'auraient pas pu simplement oublier la politique de l'ancien monde ?

— Nous étions jeunes, le monde était jeune.

Sunday était incapable de dire si quelqu'un s'était approché de l'avant-poste récemment. Il n'y avait pas d'empreintes sur Phobos, et les traces de pas laissées par les combinaisons de surface ressemblaient trop aux trous et aux anfractuosités creusés dans le sol depuis des milliards d'années. De toute façon, qui aurait bien pu s'intéresser à ce campement ?

Peut-être que dans cent ans, des historiens se pencheraient sur ce site laissé à l'abandon et trouveraient son état de délabrement impardonnable. Mais pour l'instant, il ne s'agissait que de détritus humains, des ordures sur le bas-côté de la route, laissées par ceux qui vivaient là autrefois.

Eunice partit d'un côté et s'approcha d'une structure étrange ressemblant à un râtelier qui avait été plantée dans la croûte supérieure du sol de Phobos. Elle semblait faite de bric et de broc, asymétrique, comme si elle avait été montée avec un enthousiasme inopportun, après une beuverie. Eunice passa sa main contre les roues accrochées à son châssis, montées sur des axes verticaux de façon qu'on puisse tourner les jantes facilement.

— Des Tibétains et des Mongols, expliqua-t-elle. Ils appartenaient à la première mission indienne, ou sont arrivés juste après, je ne me rappelle plus exactement.

— Qu'est-ce que c'est que ces trucs ?

— Des roues de prière. Les Tibétains les appelaient des *'khor*. Des gyroscopes en céramique et des disques de contrôle par réaction pris dans les systèmes de stabilisation des engins spatiaux. Les motifs peints sur les bords sont essentiellement des incantations bouddhistes : les huit symboles propices de l'*Ashtamangala*. On s'attirait, disait-on, un bon karma en tournant les roues chaque fois que l'on rentrait ou qu'on partait du camp.

La main fantôme d'Eunice traversa les roues de prière sans les faire bouger.

—Ne me dis pas que tu y crois.

—Il est inutile de croire à quoi que ce soit pour rester en bons termes avec ses voisins. Leur cuisine était super et ça ne me coûtait rien de tourner leurs stupides vieilles roues. Je leur ai même suggéré de les relier à des dynamos, pour recueillir un peu plus d'énergie. (Elle ponctua sa phrase d'un « tss-tss ».) Ça ne leur a pas trop plu.

—Alors pourquoi touches-tu les roues, maintenant ?

—Par habitude, hésita Eunice. Par respect pour ceux qui ont vécu là. Il y avait... ce jeune Tibétain. Je crois que l'espace lui était déjà monté à la tête lorsqu'il est arrivé sur Phobos. Enfermé ici, le pauvre gamin a déraillé complètement. Il restait assis là, à se balancer et à psalmodier, pour l'essentiel. Puis il s'est accroché à moi. C'était ma faute. J'avais un casque... et j'avais peint le visage d'un lion autour de la visière. Nous avions tous customisé nos combinaisons et ça ne me paraissait donc pas extraordinaire.

—Et ?

—Ce pauvre gamin... il voit ce visage, qu'ils appellent la Dakini. *Khandroma*, en tibétain : « celle qui traverse le ciel ». Une de ses incarnations est Senge Dongma, à la face de lion. Elle est sur certaines de ces roues. Lorsque je suis arrivée avec mon casque... Disons simplement qu'il a eu un peu de mal à s'y faire.

Sunday ne se rappelait pas avoir déjà entendu cette histoire. Mais elle était pourtant là, quelque part dans la vie documentée d'Eunice, soit dans les archives publiques ou conservée dans des enregistrements privés collectés par les moteurs de postérité de la famille. Sans quoi la reconstruction n'aurait pas pu être au courant.

Une vie pouvait être vraiment formidable, d'une complexité élémentaire, pleine de merveilles.

—Tu l'as fait basculer dans la folie, dit Sunday.

—Il était prêt à croire à ces bêtises sans que j'y sois pour rien, dit Eunice. C'était avant les améliorations obligatoires, rappelle-toi. Mais c'était un gentil garçon. J'ai fait de mon mieux pour minimiser l'importance de mon karma, mais je ne voulais pas détruire complètement son système de croyance.

—Très aimable de ta part.

—C'est ce que je me suis dit.

À la base de la tour de communications se trouvait un petit dôme couvert de roches. On l'avait gonflé et pressurisé puis recouvert ensuite d'une couche de décombres protecteurs qui lui donnait sa teinte ébène et son éclat. De ce dôme central partaient trois tunnels en forme de demi-cercles, reliés à trois monticules munis chacun d'un sas ressemblant à un igloo coiffé d'une fenêtre circulaire aux vitres épaisses.

Le complexe indien dans son ensemble était plus petit qu'une aile de la maison des Akinya, mais Eunice y avait pourtant passé des mois de sa vie, terrée avec plus d'une dizaine de voyageurs qui attendaient, comme elle, la fin de la tempête.

— Comment… passiez-vous le temps ? demanda Sunday. Vous ne pouviez même pas chinguer pour vous évader, n'est-ce pas ?

— Nous avions une autre forme de ching, répondit Eunice. Une version plus ancienne de la réalité virtuelle, bien plus robuste et n'ayant que faire du décalage temporel. Tu en as peut-être entendu parler. Nous appelions ça la « lecture. »

— Je connais les livres, dit Sunday. C'est un de tes foutus livres qui m'a conduite ici.

— Eh bien, nous lisions beaucoup. Et nous regardions des films, nous écoutions de la musique et nous nous livrions à cet étrange comportement qui consiste à « nous divertir par nous-mêmes ». (Elle se tut un instant.) Nous ne nous contentions pas de regarder le temps passer. Nous avions du travail, il fallait maintenir la base en état de fonctionnement, forer dans Phobos, et nous rencontrions même parfois les Chinois et les autres colons de Stickney. Ce n'est pas parce que les gouvernements nous avaient obligés à construire des bases séparées que nous ne pouvions pas nous voir.

Sunday avait guidé sa combinaison jusqu'au dôme principal et ses trois satellites.

— Je ne vois pas d'entrée. Il y a des sas sur chaque petit dôme, mais ils sont tous fermés. Et de toute façon, je ne crois pas que le scaphandre pourrait passer.

— Le campement a été abandonné à la fin du siècle, sans doute à l'époque où j'ai dû revenir. Mais ce produit d'étanchéité doit être plus récent que ça.

— Il y a soixante ans, quand tu cherchais le meilleur moyen de me faire perdre mon temps, il ne t'est pas venu à l'idée que je ne pourrais peut-être pas entrer là-dedans ?

Eunice se pencha pour regarder par le hublot du sas le plus proche et essuya la vitre de sa main fantôme.

— Tu t'avances un peu. Il est peut-être inutile d'entrer physiquement dans les dômes. Il y a de l'aug, ici, apparemment. Si elle couvre les dômes, nous pouvons chinguer à l'intérieur.

— J'ai déjà essayé. On ne peut pas entrer, que ce soit de façon active ou passive.

Eunice alla jusqu'au sas suivant.

— Il faut s'en assurer.

Sunday avait installé, dans la reconstruction, une série de sous-programmes afin de maximiser l'efficacité de la simulation, y compris lorsque l'aug était faible ou que le trafic de données locales était très encombré. Ces sous-programmes protégeaient presque totalement les conversations d'Eunice, même avec un bas niveau de cryptage quantique. Elle pourrait peut-être flairer un moyen d'entrer dans le dôme grâce à ces mêmes outils.

Sunday n'était guère optimiste. S'il n'y avait aucun appareil de surveillance à l'intérieur, pas de caméra de sécurité, de robot, ni de réseau de détecteurs, elles repartiraient de zéro. Et que feraient de telles machines dans un campement abandonné ?

— OK, j'ai trouvé un moyen d'entrer. Impressionnée, petite-fille ? Tu devrais. Je n'ai pas perdu la main.

— Oui, je suis… (Mais Sunday se tut. Devait-elle être impressionnée qu'un programme ait accompli ce pour quoi il avait été créé ? Ne servait-il pas justement à ça ?) Dis-moi ce que tu as trouvé.

— Un ching qui fonctionne, ma chère. Il y a… un robot. Quelqu'un l'a laissé là-dedans et il est toujours mobile.

— Quelqu'un a *laissé* un robot là-dedans ?

— Tu veux chinguer ou pas ? Tu n'as pas besoin de connaître les coordonnées. Je peux te transférer moi-même.

— Et où vais-je atterrir ?

Eunice fit un geste vague.

— Dans le dôme à notre gauche, je pense. Peu importe, parce que je serai avec toi et que je connais la disposition des lieux. Une fois à l'intérieur, nous pourrons nous rendre dans mes quartiers.

— Balance le lien, dit Sunday.

C'était, et de loin, le pire ching qu'elle avait jamais connu, encore pire que la doublure qu'elle avait utilisée sur la Lune, durant l'expédition de Chama derrière le Mur fantôme. Elle y voyait, mais n'avait aucune autre sensation ; pour son esprit, son corps était toujours dans le véhicule-combinaison. Lorsqu'elle tenta de regarder autour d'elle, le point de vue vibra comme une caméra mal calée.

— Tu es là ? demanda Eunice.

Elle était à côté de Sunday, son casque sous un bras. Au grand étonnement de Sunday, l'objet avait reçu une nouvelle peinture décorative durant les quelques secondes où elle avait quitté Eunice des yeux.

La gueule rugissante d'un lion, ocre et doré, avec un regard bleu saisissant et une mâchoire cernée de rouge et remplie de dents, entourait la visière.

— Très joli, dit Sunday.

— D'après tes détecteurs, il n'y a pas d'air, mais ça me faisait bizarre de porter un casque ici.

La fenêtre circulaire au sommet du dôme ne laissait pas entrer beaucoup de lumière. La lampe intégrée sur la tête du robot de Sunday avait dû s'allumer dès l'instauration de la connexion ching. Elle dirigea son faible rayon jaune dans la pièce sans oxygène et découvrit un triste amas de débris et de bric-à-brac. La salle paraissait avoir subi un tremblement de terre, ou un pillage. Il y avait des lits de camp, des casiers et de vieux systèmes informatiques cassés. Des tirages d'imprimante, photos d'êtres chers, dessins d'enfants, étaient toujours accrochés aux murs incurvés.

Son robot était avachi, les genoux touchant la poitrine, contre un mur. Elle essaya de le relever. Il hésita, puis s'agita brusquement avant de se déplacer lentement. Il boitait et le contrôle moteur des mouvements délicats était défectueux. Il était visiblement très endommagé, ce qui expliquait sans doute pourquoi on l'avait laissé pourrir dans le campement. Quelque chose était attaché à son torse, une sorte d'araignée mécanique avec des pattes blanches articulées et au corps de crabe aplati. Sunday supposa qu'il s'agissait d'un robot de réparation qui s'était cassé en tentant de rafistoler son homologue.

Elle le détacha d'un petit coup de l'avant-bras et du gant. Les doigts étaient bloqués, inutilisables, comme sur une main gelée.

— Par ici, dit Eunice en passant entre des tas de débris.

Elles empruntèrent le couloir reliant les dômes. Eunice se retournait, impatiente, tandis que Sunday s'efforçait de suivre le rythme. La décompression avait dû être soudaine. Il y avait des plantes grimpantes gelées, leurs branches encore collées aux murs. Lorsque Sunday les toucha, elles tombèrent en éclats verts, comme des sucreries cassantes.

— Je n'aime pas cet endroit. J'espère qu'il n'y avait personne lorsqu'a eu lieu la décompression.

— Tu vois des cadavres ?

— Non.

— C'était abandonné bien avant de se délabrer, j'en suis sûre. Personne n'est entré en ces murs depuis très longtemps.

— À quoi bon ? Il s'agit d'un lointain passé. Les personnes sensées ont mieux à faire de leur temps.

Eunice lui adressa un sourire suffisant.

— Qu'est-ce que tu fous là, alors ?

— Trouve ta chambre puis fichons le camp d'ici.

L'intérieur du dôme principal était séparé par des portes pressurisées, désormais ouvertes, en l'absence d'air. Une table noire, sur laquelle était gravé un signe du zodiaque, trônait au centre de la zone de détente, entourée de chaises colorées que seuls des ceintures et des étriers faisaient sortir de l'ordinaire. Il restait encore une tasse, munie d'un couvercle et d'une paille en plastique, sur la table. Sunday s'approcha pour l'examiner, mais la main du robot n'était pas assez ouverte pour l'attraper. Elle la laissa retomber sur la table : l'objet roula jusqu'au bord puis alla heurter le sol sans se casser. On pouvait y lire « Reykjavík 2088 », sous les cinq anneaux olympiques.

— Par ici, dit Eunice.

Elle passa une porte et Sunday la suivit dans la pièce suivante.

Sunday agita sa lampe de tous les côtés.

— Tu es sûre que c'est là ?

— Oui, absolument.

Eunice n'avait aucune explication à donner. Si elle en était certaine, cela signifiait que, d'après les archives, ses quartiers se trouvaient à cet endroit de la base indienne. Il devait exister des images, des films, avalés par la curiosité sans bornes de la reconstruction.

— Mais peut-être que je n'ai pas été la dernière à l'occuper et ils n'avaient aucune raison de faire de cet endroit un lieu saint pour rendre hommage à mon importance.

— Alors, nous perdons notre temps, c'est ça ?

— Ce n'est visiblement pas ce que pensait mon moi d'autrefois, sinon elle n'aurait pas enterré ces papiers dans Pythagore.

— Et ça s'est super bien passé, non ? Ton moi d'autrefois n'avait pas anticipé qu'une partie de la Lune serait annexée par la Chine, et elle s'est peut-être trompée ici aussi.

— Un peu de confiance, mon enfant.

Dans un coin de la pièce en forme d'arc de cercle se trouvait un ensemble couchette-hamac, optimisé pour le sommeil en micropesanteur. Partout ailleurs, il y avait des casiers et des étagères remplis de boîtes, de cartons, de fournitures médicales et un tas de bistouille spatiale.

Sunday passa une main sur une des étagères et souleva de la poussière. Après la dépressurisation, elle avait eu des décennies pour se redéposer et former un sédiment gris écœurant sur toutes les surfaces.

La jeune femme vit quelque chose sur la couchette. Elle s'en approcha et tenta de le ramasser, mais elle n'arrivait à rien avec ses mains.

— C'est ton gant, dit-elle. Le deuxième de la paire. On dirait celui que Geoffrey a trouvé à Coperville. Mais je ne peux pas l'attraper. (Puis une idée lui vint à l'esprit.) Et même si je *pouvais*, comment pourrais-je le sortir d'ici ?

— Casse la fenêtre au plafond et lance le gant dehors : il faut simplement faire attention à ne pas le mettre en orbite.

— Et ensuite ? Le temps qu'il retombe à la surface, il pourrait se retrouver n'importe où sur Phobos !

Eunice, son casque sous le bras, se grattait l'arrière de la tête de l'autre main.

— Il ne s'agit pas du gant, dit-elle doucement. Le gant n'est qu'un cadeau, pour te dire que tu es proche. Mais ce n'est pas le gant. Ça ne me ressemble pas.

Sunday alla dans une autre partie de la pièce. Elle avait déjà remarqué le miroir, mais n'avait pas encore eu l'occasion de se placer devant et de s'y regarder. Pendant un instant, elle ne comprit pas vraiment ce qu'elle voyait, l'image qu'on lui renvoyait. Elle chinguait dans un robot androforme, comme elle s'y attendait : blindé et articulé tel un être humain. La lumière sur la tête de la machine l'éblouit en se reflétant dans le miroir.

Mais il ne s'agissait pas d'un robot androforme. C'était une combinaison spatiale, avec un casque.

Et il y avait quelque chose derrière la visière.

Sunday avisa le visage funèbre qui lui rendait son regard. Il y avait un crâne à l'intérieur du casque. Un crâne avec de la peau collée, de la peau comme du papier de riz.

— Eunice… ce n'est pas un robot.

Elle ne reconnaissait plus sa voix, transformée par la terreur.

— Pardon ?

— Je me promène dans une combinaison spatiale avec un cadavre à l'intérieur. Je t'en prie, dis-moi que tu n'étais pas au courant.

Eunice la regarda. Elle n'avait pas changé d'expression, ni ne paraissait saisir ce qui se passait.

— Comment aurais-je pu le savoir, Sunday ?

— Tu savais. Tu as cherché quelque chose où chinguer, et tu as trouvé… ça. Tu as trouvé un moyen d'entrer. Tu n'aurais pas pu le faire sans t'apercevoir que les coordonnées ching correspondaient à une combinaison, pas à un robot.

— J'ai… improvisé, ma chère. C'est une combinaison assistée par servomoteurs et dotée d'une caméra intégrée au casque. Elle bouge, elle voit. En quoi est-elle vraiment différente d'un robot ?

— Il y a un cadavre dedans.

Elle était tellement en colère qu'elle ne parvint pas à jurer, à exprimer cette rage.

— Le destin nous a offert cette occasion : je l'ai saisie.

— Comment peux-tu manquer d'humanité à ce point ? C'est... c'était une personne et tu t'en sers comme..., dit Sunday avec nervosité, comme d'un outil au rabais, un morceau d'équipement jetable. Et je suis bloquée à l'intérieur, dans un... un *cercueil.*

— Remets-toi. Tu crois que ce type en a quelque chose à foutre, Sunday ? Qui que ce soit, qui que ce fût, personne n'a pris la peine de revenir le chercher. Ils ont fermé cet endroit, sans même se rendre compte qu'il restait encore un cadavre à l'intérieur. Il ne devait manquer à personne.

— Tu ne me facilites pas les choses.

— Nous l'avons trouvé, non ? Quand nous retournerons à Stickney, nous préviendrons les autorités et ils pourront revenir ouvrir le campement. Ils pourront sans doute remonter la piste de la combinaison et retrouver à qui elle appartenait. Mais d'ici là ? Est-ce que je vais refuser de m'en servir simplement parce que quelqu'un est mort dedans, il y a longtemps ? Soyons sérieuses, Sunday.

Sunday contint son dégoût.

— Finissons-en. Et si jamais tu me refais un truc comme ça...

— Quoi ? Tu m'effaceras parce que j'ai eu l'audace de prendre une décision ? Je te croyais plus maligne que ça, petite-fille. Au fait, pendant que nous parlions, j'ai remarqué que ce casier n'était pas au bon endroit.

— Quoi ? demanda Sunday, se méfiant d'une diversion.

— Regarde les traces par terre. Il a été déplacé. Ça pourrait bien être mes propres empreintes de pas.

Sunday ne pouvait pas davantage attraper le casier que la tasse ou le gant, mais dans la pesanteur de Phobos, elle n'eut aucun mal à le pousser jusqu'à ce qu'il se renverse au ralenti. Elle dirigea la lampe de son casque vers la partie du mur cachée jusqu'ici par le meuble.

Eunice avait vu juste. Il y avait une peinture, ou une fresque, plus exactement, peinte directement sur le mur incurvé du dôme

Sunday l'observa, émerveillée. Pendant un instant, elle oublia qu'elle se trouvait dans la combinaison d'un cadavre.

— J'ai déjà vu ça.

— Bien sûr. C'est une copie de celle de ma chambre, à la maison. Je n'ai rien à voir avec l'original, mais je suis certaine d'avoir fait cette copie.

— C'est toi qui l'as peinte ?

— J'ai projeté l'original sur le mur et je l'ai copiée. Ça ne fait pas de moi une artiste.

Sunday regretta que la reconstruction ne lui ait pas laissé le temps de l'identifier avant de rompre le charme. Eunice avait raison, évidemment. Sunday était entrée dans la chambre abandonnée de sa grand-mère en quelques occasions solennelles – la pièce lui avait toujours donné l'impression d'être la chambre d'une morte plutôt que d'une absente – et il s'agissait bien de la même fresque.

— Qui aurait pu imaginer ça ?

La reconstruction lui lança un regard sévère.

— Imaginer quoi, mon enfant ?

— Que toi, la grande, l'impitoyable Eunice Akinya, tu aies pu avoir le mal du pays. Sinon pourquoi aurais-tu apporté ce morceau de ton passé avec toi ?

Exécutée avec une effronterie enfantine, la fresque était une peinture vivante et colorée du Kilimandjaro. La pente de la montagne était exagérée et son sommet enneigé ressortait, telles les facettes d'un diamant, devant le ciel bleu. Une bande horizontale d'arbres, rendus avec une symétrie et un soin naïfs, coupait l'image en son milieu. De nombreux oiseaux colorés à longue queue et au bec cornu décoraient les arbres, perchés sur des branches comme des bijoux et des lanternes. En arrière-plan, il y avait des hautes herbes ocre et des arbustes émeraude. Perdus au milieu des herbes se trouvaient différentes espèces d'animaux zébrés, comme dissimulés par un cryptage partiel : lions, zèbres, girafes, rhinocéros, serpents et scorpions. Il y avait même des Massaïs, avec leurs grandes silhouettes noir et rouge et leur lance à la main, offrant les seuls éléments récurrents verticaux de la composition.

— Je n'avais pas le mal du pays, dit Eunice au bout d'un moment. J'étais fière de mes origines. Ce n'est pas pareil.

Sunday cligna la fresque.

— J'ai pris une photo. Mais je ne suis pas sûre que c'était ça que nous devions trouver.

— Et je suis certaine du contraire. Quand je suis revenue ici, j'ai forcément dû modifier le dessin. C'était bien exécuté, non ? Peut-être que j'ai tout refait pour m'assurer qu'on ne verrait pas les raccords.

— Qu'as-tu découvert ?

— Ça ne correspond pas. J'ai l'original en mémoire… et il est différent.

— Explique.

— Il faut d'abord s'en assurer, d'accord ? Je ne peux pas être certaine que mon souvenir de la fresque soit fidèle. Mais ton frère est toujours en Afrique. Demande-lui de visiter ma chambre et de nous cligner l'image. Puis nous discuterons.

Jitendra était conscient, mais encore à moitié endormi, dans une pièce semblable à celle où Sunday s'était réveillée un peu plus tôt. Assise sur une chaise près du lit, elle sourit lorsqu'il refit surface. Il plissa les yeux à cause de la lumière et passa sa langue sur ses lèvres sèches.

— Salut, mon amour. Nous sommes sur Mars. Enfin, presque.

Jitendra avait déjà récupéré ses fonctions musculaires ; il put donc ainsi tourner la tête et lui rendre son sourire. La peau de son visage était flasque, mais elle retrouverait bientôt tout son tonus.

— Nous avons réussi, dit-il en bafouillant.

Il s'arrêta un instant, puis reprit :

— Non pas que j'en doutais… mais bon.

— Ça reste miraculeux.

Le technicien avait donné à Sunday une boîte contenant six petites éponges en forme de cubes, collées au bout de bâtons comme des sucettes. Elles étaient imprégnées d'une substance sucrée, chimiquement adaptée au goût de Jitendra. Elle se pencha et lui en tapota les lèvres.

— Merci, dit Jitendra.

— Comment tu te sens ?

— Comme si j'étais mort pendant un mois.

— C'était le cas, monsieur Gupta. Ça s'appelle le voyage spatial.

Il se releva péniblement, en s'appuyant sur un coude, et s'assit. Il portait un pyjama argenté. Ils l'avaient même rasé, et lorsque Sunday lui embrassa la joue, elle sentit sa peau douce et parfumée à la violette. Jitendra regarda autour de lui, examina la chambre blanche et la fausse fenêtre aux vagues éternelles.

— Tout s'est bien passé, hein ?

Sunday lui tamponna de nouveau les lèvres.

— Parfaitement. Ils m'ont réveillée plus tôt, mais visiblement, ça arrive. J'ai eu le temps d'aller faire un petit tour dehors, pour voir le paysage.

— S'il te plaît, ne me dis pas que tu as vu Mars avant moi.

— Non, dit-elle un peu trop vite. Pas encore. J'étais de l'autre côté. Nous la verrons ensemble.

— Très bien, dit Jitendra avant de se frotter le crâne et d'y sentir des poils. Il faut que je me fasse couper les cheveux.

— Nous avons trouvé quelque chose, lâcha-t-elle.

— « Nous » ?

— Eunice et moi. Je dois parler à mon frère, mais… je crois déjà savoir ce qui va se passer ensuite.

Jitendra resta assis, silencieux, attendant qu'elle continue.

— Tu vas me dire quel est ce grand secret, oui ? finit-il par demander.

— C'est Mars, répondit Sunday. Où nous allions de toute façon, bien sûr. Mais il y a une complication.

Jitendra parvint à sourire.

— Pourquoi ne suis-je pas surpris ?

Lorsque Mars apparut, sa surface lui parut différente, mais elle ne le mentionna pas. Il s'agissait d'une autre face de la planète, pas de celle qu'elle avait déjà vue, et d'une certaine façon cela lui facilitait les choses, car elle pouvait l'observer d'un œil nouveau sans devoir faire semblant. Sunday regrettait d'avoir menti, mais cela n'avait guère d'importance.

Ils se tenaient côte à côte, assez loin des autres touristes pour pouvoir s'imaginer seuls sur cette crête sans atmosphère, les uniques êtres vivants sur Phobos. Bientôt, elle ne conserverait plus que ce souvenir et laisserait l'autre s'évanouir. Et avec le temps, elle finirait même par croire que c'était à cette occasion qu'elle avait vu Mars se lever pour la première fois, dans toute son immensité marquée par le temps.

— C'est merveilleux, dit Jitendra.

— C'est un monde. Les mondes sont merveilleux.

Ils restèrent là, silencieux, figés, jusqu'à ce qu'un doux carillon sur la console leur annonce qu'il allait bientôt être l'heure de rapporter leurs combinaisons de location et de se préparer au reste du voyage.

— Avant de rentrer, dit Sunday, il faut que tu voies la Folie de Chakra. Je crois qu'on a encore le temps. En chemin, tu pourras me parler de l'Évolvarium.

— Pourquoi ça t'intéresse, tout d'un coup ? Je croyais que c'était plutôt mon domaine.

— Parce que c'est là que nous allons.

# Chapitre 13

Le ching était passif, mais la résolution bien suffisante pour ce qu'il allait en faire. Il sortit de son corps qui se tenait debout, s'éleva dans les airs et dériva au-dessus de la cime des arbres en gagnant de la vitesse et de l'altitude. Il appréciait parfois de ne pas prendre le Cessna, ni aucune autre machine, et de devenir un témoin désincarné, au point de vue recréé à partir de plusieurs capteurs publics. La scène lui parvenait avec une minutie de détails, jusqu'à la moindre feuille, la moindre empreinte de sabot ou de patte d'éléphant dans la poussière. Chaque incertitude du flux d'images était altérée par interpolation avant même que son cerveau ait à remplir les blancs.

Il trouva rapidement le troupeau. Si Matilda avait perdu un quelconque crédit face aux autres femelles lorsqu'elle avait été surprise par la chimère d'Eunice, elle l'avait regagné dans les semaines suivantes. Son autorité transparaissait toujours dans sa position et sa posture. Elle guidait sa famille sur une piste étroite bordée d'acacias et de *cabbage-trees*.

Se délectant de sa liberté – il avait beau aimer voler à bord du Cessna, il y avait un côté délicieux à ne pas avoir de corps, ni d'inertie, et à pouvoir traverser le ciel comme un démon, sur un coup de tête –, Geoffrey alla voir les autres troupeaux et en profita pour se remettre en mémoire leurs structures et leurs hiérarchies. Il localisa également les mâles itinérants, seuls ou en petits groupes querelleurs. Leurs cerveaux, baignant dans la testostérone, obnubilés par leur position sociale et par le sexe, lui paraissaient bien plus étrangers que ceux des matriarches et de leurs troupeaux. Il connaissait pourtant nombre de ces mâles lorsqu'ils étaient plus jeunes, aussi turbulents et insouciants que les autres.

Rien n'était plus étrange que le cerveau. La curiosité et l'espièglerie dont faisaient preuve ces éléphants dans leur jeunesse ressemblaient beaucoup à certaines facettes de la conscience humaine. On pouvait même envisager que leur esprit soit, en réalité, plus proche de celui des êtres humains avant que l'âge adulte enferme ces qualités derrière les murs d'acier de la domination et de l'agression.

La société des éléphants était le fruit de la nécessité et avait été façonnée par des facteurs environnementaux durant des millions d'années. Mais qu'est-ce que cela signifiait, ici et maintenant ? Les choses changeaient pour les éléphants, et ce depuis des siècles. Les humains étaient venus et ils avaient modifié le climat, ébranlant le monde au passage. En allant des bateaux à vapeur aux ascenseurs spatiaux : tout ça en un clin d'œil darwinien, des transformations condensées en un éclair. Les éléphants devaient encore s'habituer au fait que les singes possédaient le feu et des lances ; ils n'avaient même pas *commencé* à appréhender la révolution industrielle, sans parler de l'ère spatiale ou de l'Anthropocène.

Des changements encore plus radicaux arrivaient, auxquels les humains eux-mêmes auraient du mal à se faire. L'Initiative panspermique, l'Efflorescence verte.

Observer les éléphants, les surveiller, voire même se glisser dans leur crâne : tout ça était acceptable aux yeux de Geoffrey. Mais les changer, modifier leur société comme si elle n'était qu'un mécanisme défectueux, la transformer pour qu'elle soit mieux à même de survivre ?... Il n'était pas certain d'apprécier. On leur avait fait assez de mal, même avec les meilleures intentions du monde.

Lorsqu'il retourna dans son corps, quelqu'un attendait la permission de se manifester. Il ne reconnaissait pas le tag et, pendant un instant, il supposa qu'il s'agissait de Sunday qui avait emprunté une connexion non orthodoxe et fortement cryptée.

Il prit l'appel dans la cabane de recherches. Il avait préparé du café avant de chinguer et versait le liquide amer dans sa tasse lorsque la chimère apparut.

— J'espère que je ne vous dérange pas, monsieur Akinya. J'avais dit que je vous recontacterais, n'est-ce pas ?

Geoffrey examina l'homme au regard vide, au costume vert glauque et à la bouche sans dents, la peau si pâle qu'on l'aurait crue arrachée au ventre d'un reptile.

— J'espérais que vous aviez oublié, Truro.

— Eh bien, vous êtes honnête, au moins. Mais non, nous n'oublions pas les dettes. Surtout lorsqu'elles augmentent. Quand l'on prend une deuxième hypothèque.

— Si Sunday a passé un accord avec vous, vous devriez voir avec elle.

— Ah ! mais ça ne fonctionne pas comme ça. Jamais. Nous vous avons rendu deux services, désormais, monsieur Akinya. J'aimerais que nous puissions au moins envisager d'évoquer l'idée d'une réciprocité.

— Commencez déjà par me dire d'où vous chinguez.

— Oh ! pas très loin de vous. Votre sœur a vu juste en déduisant que j'étais sur Terre ou presque. Il se trouve que je suis vraiment tout proche. J'appelle de Tiamaat, pas très loin des côtes somaliennes. Vous en avez entendu parler, évidemment.

— Je ne suis pas débile. Pourquoi avoir attendu jusqu'à aujourd'hui pour me contacter ?

— Vous aviez besoin de temps pour réfléchir, pour évaluer vos obligations envers votre famille. Sunday est arrivée à destination : nous avons facilité sa visite et le lien cryptoquantique depuis Phobos. Elle est réveillée. L'Histoire est de nouveau en marche. Il est temps de reprendre les négociations.

Geoffrey savait que Sunday était saine et sauve. Il avait reçu son message et lui avait cligné aussitôt une vue du Kilimandjaro.

— Je ne suis pas certain qu'il y ait quoi que ce soit à négocier.

— Chama Akbulut... a trouvé quelque chose, non ? Sur la Lune, dans le secteur chinois.

Geoffrey ramassa une mouche à la surface du café froid.

— Si vous le dites.

— Je dois vous avouer qu'il y a deux raisons pour lesquelles nous devrions nous rencontrer face à face, et assez urgemment. La première est cette histoire avec Chama, Gleb et les nains phylétiques. C'est un petit projet merveilleux qui a tout mon soutien. Mais il y a autre chose. Vous avez attiré l'attention de... bon, je ne peux pas en parler pour l'instant. Mais un de mes collègues a demandé à vous parler.

— Le problème, c'est que mon agenda est plein.

— Et il s'agit de la science, monsieur Akinya. Quoi que vous ayez prévu, je suis persuadé qu'il n'y a rien qui ne puisse être repoussé de quelques jours.

Geoffrey ouvrit la bouche pour émettre une objection, mais à part la vague intention d'avancer sur la paperasse, il n'avait rien prévu de précis.

— Vous ne me lâcherez pas, hein ?

— Comme vous pourrez le constater, je suis quelqu'un de très obstiné.

— Vous allez continuer à me déranger, alors autant en finir.

— Parfait, dit Truro comme s'il ne s'attendait à aucune autre réponse. Venez donc à Tiamaat, j'en serai ravi ! J'ai vos coordonnées ching. Disons... ici, demain matin. Dix heures ? Très bien.

La poignée cliqueta et la porte s'ouvrit avec un grincement de protestation digne d'un couinement de souris. La chambre d'Eunice était fraîche, les volets toujours fermés. Un ventilateur au plafond agitait l'air sans véritable efficacité. Geoffrey était entré dans la pièce à diverses occasions au cours de son enfance et de son adolescence, mais presque jamais depuis l'âge de vingt-cinq ans. La chimère d'Eunice s'était parfois manifestée ici, mais pas plus souvent qu'autre part dans la maison ou dans le domaine. Dans tous les cas, il avait toujours fait en sorte d'être ailleurs.

La chambre était une capsule temporelle, un morceau du XXIe siècle hébergé dans le présent. La tapisserie en imprimés roses était en véritable papier et pas en matériau actif : elle était collée au mur et ne pouvait être modifiée à la demande. Des marques rectangulaires et pâles indiquaient les endroits où se trouvaient autrefois des photos, et des jointures ceux où les bandes de papier ne correspondaient pas parfaitement. On distinguait aussi de petites éraflures sur le mur. La carpette par terre n'était pas un tapis feuillu autonettoyant, mais faite d'une sorte de matière textile. Lorsqu'il mit le pied dessus, les fibres ne remontèrent pas sur ses chaussures pour les nettoyer et se nourrir. Les meubles étaient en bois, pas de ce bois que l'on faisait pousser directement en forme de meuble, mais celui qui avait d'abord été un arbre avant d'être coupé, transporté, scié et taillé à la vapeur. Cette pièce contenait des objets plus vieux que le Cessna.

Un des murs n'était pas recouvert de tapisserie, mais peint. La fresque ne recouvrait pas toute la zone ; elle était cernée de blanc et plus petite que dans les souvenirs de Geoffrey. La cloison faisait face à l'est, vers le vrai Kilimandjaro.

— J'avais raison, dit Eunice. Tu peux le cligner pour Sunday, mais je l'ai vu à travers tes yeux et c'est suffisant.

— Je n'ai pas vu l'autre. Quelle est la différence ?

— Juste en dessous de la montagne, là, dit-elle en désignant un oiseau aux longues pattes, peut-être une grue, ou un ibis. L'étymologie de Kilimandjaro n'est pas établie, mais cela pourrait signifier « montagne blanche » ou « colline blanche ». Cet oiseau est blanc, tu le vois ?

— Oui.

— Dans la version de Phobos, c'était un autre oiseau. Je l'ai vu tout de suite, mais je devais m'en assurer. Sunday ne s'en serait jamais rendu compte, mais…

— Viens-en au fait, Eunice, dit-il, les nerfs à vif depuis la visite de Truro. Je n'ai pas que ça à faire.

— C'est un paon, dit-elle, peint exactement dans la même position. C'est la seule différence entre les deux fresques. Nous avons des images du campement indien prises vers 2062 et, sur certaines d'entre elles, on peut voir la peinture. Il n'y a pas encore de différence à ce stade, et j'ai donc dû faire la modification lorsque je suis retournée sur Phobos en 2099.

— Super. Et je suis censé savoir ce que ça veut dire ?

— Nous sommes passés de la montagne blanche à la montagne du paon, Geoffrey. Faut-il vraiment que je te l'explique ? La fresque originale fait référence au Kilimandjaro ; celle de Phobos au Pavonis Mons, forcément.

— Pavonis Mons, répéta-t-il.

— Sur Mars. C'est le...

— Point culminant de la planète. Un volcan. Ou un truc comme ça.

— C'est Olympus Mons le point culminant, mais tu n'es pas loin. Pavonis Mons reste tout de même impressionnant. Le truc, c'est que j'y suis allée. S'il n'y avait pas de lien documenté avec mon passé, on pourrait te pardonner de ne pas faire grand cas de la fresque. Mais *j'y suis allée*. J'ai marché sur cette montagne. C'était en 2081 ; j'avais cinquante et un ans, j'étais enceinte de Miriam. Nous avons les coordonnées exactes.

— Alors, il suffit à Sunday de..., dit Geoffrey avant de se taire un instant. Elle a parlé de complications, Eunice.

La gorge de la chimère se serra.

— C'est... difficile.

— Comment ça ?

— Cette région de Mars... Le dôme de Tharsis... il a un peu changé depuis mon époque.

Memphis fit signe à Geoffrey de s'asseoir en attendant qu'il ait terminé son appel. Geoffrey se servit de l'eau dans la cruche sur la table basse, près du bureau du vieil homme.

— Que puis-je faire pour toi, Geoffrey? demanda Memphis aimablement, lorsqu'il eut achevé son ching.

— Je dois m'absenter, pour deux jours seulement, et je pars demain matin. Pourrais-tu surveiller les affaires courantes durant mon absence ?

— Tu me préviens un peu tard.

— Je sais, mais je serais rassuré si tu pouvais faire ça pour moi.

Memphis secoua la tête, signe d'une légère exaspération gravée dans la mémoire de Geoffrey depuis son enfance. *« Qu'allons-nous faire de toi, jeune homme ? »*

— Deux jours, tu as dit ?

— Pas plus. Et tu n'auras pas besoin d'y passer des heures.

— Tu ne pourras pas chinguer de là où tu seras ?

— Ça risque d'être compliqué. Et je préférerais que tu y ailles en personne. Tu sais comment c'est.

— Oui, dit Memphis sur un ton patient. Je sais. Bon, j'imagine que tu ne me le demanderais pas, si ce n'était pas important. J'irai visiter le troupeau de Matilda avec un airpod. Ça suffira ?

— Si tu pouvais aussi atterrir, vérifier les moniteurs du périmètre et jeter un œil au campement, ce serait encore mieux.

— Une inspection par jour suffira ?

Geoffrey s'agita sur sa chaise.

— Si c'est tout ce que tu me proposes…

— C'est ta façon à toi de me dire que tu préférerais que j'en fasse deux.

Geoffrey fit un petit sourire.

— Merci, Memphis.

— Ton mystérieux voyage… Tu me diras de quoi il s'agissait, quand tu seras revenu ?

— Oui, promis. Je ne veux pas qu'il y ait de secrets entre nous.

— Moi non plus.

Le silence retomba. Memphis semblait prêt à se remettre au travail, alors Geoffrey se leva. Mais son vieux mentor n'en avait pas fini.

— Puisque Eunice ne reviendra pas, nous devrions envisager quoi faire de sa chambre. Elle n'aurait pas aimé qu'elle reste ainsi, comme un lieu saint poussiéreux et triste.

— Il y a bien d'autres chambres libres dans la maison.

— Lorsque nous avons beaucoup de visiteurs – comme ce fut le cas pour la cérémonie – nous sommes limite. Si ce sujet te perturbe, je ne t'en parlerai plus. Mais je sais que tes cousins ont envie d'avancer.

— D'enterrer le passé, tu veux dire.

— C'est le prix à payer pour continuer de vivre, dit Memphis.

Au matin, Geoffrey vit un éclat argenté, un appareil volant doté d'un aileron de queue dressé vers le ciel, qui passait juste au-dessus des arbres. Peu à peu, il entendit le vrombissement d'un… Il secoua la tête, prêt à éclater de rire face à l'absurdité de la chose. Le seul objet de sa connaissance qui produisait un bruit comparable était le Cessna, et l'avion était posé, bien visible.

— Eunice, dit-il doucement. J'aurais besoin d'aide.

Elle apparut aussitôt comme si elle ne s'était jamais éloignée de plus de quelques mètres.

— Qu'y a-t-il, Geoffrey ?

— J'ai du mal à en croire mes yeux. Dis-moi qu'il ne s'agit pas d'un avion encore plus vieux que le mien.

Geoffrey l'observait en se protégeant du soleil. Eunice imita son geste, mais sortit en même temps une paire de fines jumelles vert clair – sans qu'il sache très bien d'où elle les avait tirées – qu'elle porta devant ses yeux d'une main, aussi délicatement que des lunettes d'opéra. Elle suivit le déplacement de l'appareil qui s'apprêtait à se poser.

— Si je ne m'abuse, il s'agit d'un DC-3 Dakota. Pour quelle raison un DC-3 viendrait-il se poser aussi loin de tout, au milieu de l'Afrique de l'Est équatorienne ?

— C'est mon vol, dit Geoffrey.

Eunice baissa les jumelles.

— Où vas-tu ?

— Dans un endroit intéressant, j'espère.

Le DC-3 passa sous la cime des arbres, les moteurs au ralenti. Ils s'en approchèrent.

— Il y en avait énormément et ils étaient très résistants, expliqua Eunice tandis qu'ils traversaient des broussailles sèches. Seize mille, sans compter les copies et les contrefaçons. Même une fois usés, on pouvait encore retirer l'avionique, mettre un nouveau moteur et les faire repartir, comme neufs. Les Dakota volaient toujours quand j'étais petite.

— Tu aimais les avions ?

— Je les adorais. (Eunice avançait gaiement dans les herbes qui remontaient à mi-cuisse, comme si elles n'existaient pas.) Tu te rends compte que tu es né à une époque où l'on peut *voler dans le ciel dans des machines* ? Comment ne pas tomber amoureux de cette idée ?

Le DC-3 était posé, la queue au sol, au bout de la piste. Il était d'une beauté étonnante : magnifique et fin, avec les courbes et la subtilité d'un dauphin.

Mais, étrangement, il n'y avait pas trace d'un comité d'accueil. Une porte s'était ouverte et une volée de marches abaissée, mais personne n'était apparu au sommet pour lui faire signe de monter à bord.

— Tu es sûr qu'il est pour toi ?

— Je croyais, dit-il, de moins en moins confiant.

Mais qu'est-ce que cela pouvait être à part le transport promis par Truro ? Puis il vit un petit logo sur l'aileron de queue, une galaxie en spirale peinte en vert, la seule inscription sur le fuselage argenté ultraréfléchissant.

Cela réglait la question.

Ils montèrent à bord. Il y faisait frais, des sièges et des canapés étaient disposés comme dans un salon tandis qu'un bar occupait l'arrière du fuselage. Le compartiment remontait jusqu'au nez : pas de cockpit, pas d'instruments de vol ni de tableau de bord, rien que deux sièges supplémentaires pour qui voulait profiter de la vue par l'avant.

Derrière eux, les marches se replièrent dans l'avion et la porte se referma. Les moteurs se lancèrent de nouveau et Geoffrey sentit que l'appareil faisait demi-tour sur la piste.

— Et tu ne sais pas du tout de quoi il s'agit ?

— De toi, en définitive, dit Geoffrey.

Peu après, ils rebondissaient sur la piste, puis ils décollèrent et montèrent lentement, frôlant la cime des arbres de quelques centimètres.

— Eh bien, c'est vraiment chouette ! dit Eunice en passant impérieusement d'une fenêtre à l'autre. Je suis toujours là. Celui qui a envoyé ce truc te laisse un accès complet à l'aug. C'est rassurant, non ? On ne te kidnappe pas.

— Je ne l'ai jamais envisagé.

Eunice en eut vite assez de la vue et elle alla s'asseoir dans un des sièges.

— Alors, qui a envoyé cet avion ?

— L'Initiative panspermique. Tu les connais, tu côtoyais Lin Wei, à l'époque.

— Je ne connais personne du nom de Lin Wei.

— C'est normal, il te manque une partie de ta vie. Sunday a prouvé le lien avec Lin, mais elle n'a pas assez d'informations pour remplir les trous.

— Je vais devoir te croire sur parole, alors. Nous allons donc voir cette Lin Wei ?

— Ça m'étonnerait, vu qu'elle est morte. Mon contact s'appelle Truro.

— Et tu lui fais assez confiance pour monter à bord de cet avion ?

— J'ai une dette envers lui. En réalité, nous avons tous une dette envers lui, mais visiblement, je suis le seul censé rembourser.

— L'Initiative panspermique, dit Eunice, languide, en étirant les mots comme si elle les lisait, écrits dans le ciel. (Elle s'abreuvait à l'aug, avalant des litres de données.) Il faut faire attention avec ces gens, reprit-elle. Tous ces trucs sur les besoins de l'espèce ? De l'autoglorification de merde.

— Ils pensent que nous sommes dans une période critique, une occasion unique. Si nous n'en profitons pas maintenant, nous risquons de ne jamais sortir du système solaire pour aller au-delà, dans la galaxie.

— Car ce serait forcément super, c'est ça ?

— Tu n'étais pas avare de grands projets, de ton temps.

Elle pouffa.

— Je n'avais pas de nobles intentions pour le reste de l'humanité. Je n'agissais que pour moi, et tous ceux assez malins pour me suivre.

— Non, dit Geoffrey en secouant la tête. Tu étais une pionnière et tu prenais des risques, c'est clair, mais tu avais aussi de l'ambition. Tu n'es pas allée sur Mars simplement pour marquer le sol de ton empreinte puis retourner chez toi. Tu voulais y vivre, prouver que nous pouvions le faire.

— Moi et un millier d'autres.

— Peu importe : tu es partie dès que tu as pu. Mais ton problème, c'était que tu ne pouvais pas rester en place. Il fallait toujours que tu te déplaces, que tu ailles plus loin. Tu préférais l'idée de vivre sur une seule planète à la réalité. C'est pour ça que tu as quitté ton mari.

— Nous ne nous entendions plus, avec Jonathan. Quel rapport avec tout ça ?

— Si tu étais encore vivante, avec suffisamment d'influence pour prendre part à tout ça, tu en serais une des têtes pensantes.

— Tu parles avec l'assurance de la jeunesse. Eh bien, je suis désolée de briser tes rêves, mais tu ne t'es jamais demandé pourquoi je suis revenue au Palais d'Hiver ? Tout ce que représentait Eunice Akinya commençait à m'ennuyer profondément.

— Et tu as donc décidé de devenir une vieille sorcière recluse, qui comptait ses sous et faisait la morale à ses descendants.

— C'est joliment dit, mais oui.

Ils volaient depuis deux heures lorsqu'ils quittèrent l'Afrique et traversèrent les contreforts blancs du mur maritime autoreconstituant et entrèrent dans le ciel au-dessus de l'océan Indien.

Il y avait des bateaux sur la mer, des navires de pêche et de plaisance, et même quelques élégants cyberclippers à plusieurs mâts : des *Marie-Céleste* inoffensives, remplies à ras bord d'encombrants chargements non périssables. Au sud, le bord d'une des plaques flottantes formait une île artificielle surmontée de son propre système météo fébrile. Un autre îlot, plus petit, était couvert d'une dense forêt de gratte-ciel, comme si Singapour s'était brusquement détachée et avait dérivé autour du globe. À l'approche du DC-3, la ville se dévoila sous la forme d'un amas de fermes empilées, culminant deux kilomètres au-dessus du niveau de la mer. Les piles étaient couvertes de végétation, leurs flancs complètement verts. Des dirigeables robots moissonnaient leurs sommets et s'amassaient autour comme de gros bourdons qui attendaient leur tour. À l'exception de quelques techniciens, personne ne devait vivre sur cette île.

Le DC-3 continua son vol. Geoffrey regarda sa montre. Il était 2 heures de l'après-midi ; ils voyageaient depuis quatre heures. Il n'avait pas prévu que le trajet durerait si longtemps.

Alors qu'il commençait à craindre que l'avion ne les emmène jusqu'en Inde – malgré le nombre d'heures de vol que cela supposait – quelque chose apparut dans la brume de l'océan. Une masse d'aspect solide, au sommet arrondi et symétrique, dépassait de l'eau. C'était une structure, immense, avec l'orifice ouvert d'un tuba tourné vers Geoffrey. Le DC-3 fonçait droit dessus.

Geoffrey savait qu'il n'avait rien à craindre ; si les Pans avaient voulu le tuer, il existait des moyens bien plus simples qu'un accident d'avion. La tonalité du moteur changea ; le sol s'inclina tandis que l'avion perdait de l'altitude.

— Tu sais ce que c'est ?

— La conduite de transit d'une aqualogie, dit Eunice. Ils les construisent depuis les fonds marins, sur des échasses de corail artificiel qui pousse et se renouvelle seul, comme les murs maritimes.

Il alla s'asseoir dans un des sièges avant pour mieux y voir. Un appareil pâle aux allures de chauve-souris sortit du tuba et fila vers le sud. Un des dirigeables moissonneurs rôdait près de l'entrée, attendant l'autorisation d'avancer. Des tas de biomasse verte dépassaient de ses paniers de récolte.

Le DC-3 avait la priorité. La pente s'accentua et ils se retrouvèrent dans le tuba, volant dans un couloir aérien complètement fermé. Geoffrey tenta d'estimer l'angle de descente, mais sans horizon visible, c'était difficile. Il lui semblait bien plus aigu que lorsqu'il atterrissait avec le Cessna, mais, en même temps, tout lui paraissait banal et tranquille, aussi doux qu'un trajet en ascenseur. On ne lui avait même pas dit de s'asseoir, ni d'attacher sa ceinture.

Le couloir s'assombrit au fur et à mesure que l'entrée s'éloignait. Des lumières rouges défilaient sur les côtés, marquant leur progression. Ils croisèrent un autre appareil aux ailes de chauve-souris, le symbole vert de l'Initiative peint sur son fuselage argenté.

— Nous sommes descendus longtemps, dit Geoffrey. Nous devons être sous le niveau de la mer, désormais.

— Ils me bloquent.

— Quoi ?

— Dégradation de l'aug. Le conduit doit interférer avec le signal. À mon avis, ça n'a rien d'accidentel.

— Tu ne peux rien y faire ?

— On dirait presque que tu t'inquiètes de mon sort, mon cher.

— Ce n'est pas le cas. J'apprécie simplement d'avoir un autre point de vue.

Il se tut un instant.

— Eunice ?

Des messages d'erreurs apparurent dans tout son champ visuel. La reconstruction de sa grand-mère n'était plus là.

Les oreilles de Geoffrey se débouchèrent. L'appareil se redressa quelques instants. Puis, si doucement qu'il crut presque l'avoir imaginé, le DC-3 se posa. Il roula quelques instants, sans le moindre cahot, comme s'il glissait sur de la glace, et s'arrêta. Le tunnel s'était élargi sur un espace plus vaste, éclairé par des rangées de lumières bleues.

Les portes s'ouvrirent en vrombissant et les escaliers se baissèrent simultanément. Geoffrey prit son nécessaire de voyage et sortit de l'appareil désormais silencieux. Il posa le pied sur un sol noir, luisant comme de l'asphalte humide. La pièce était assez grande pour accueillir une demi-douzaine d'autres appareils, mais aucun n'était aussi vieux que le DC-3. Près de lui, un moissonneur vidait ses paniers de récolte.

Sans Eunice, et sans aug, Geoffrey se sentait plus vulnérable qu'il ne l'avait prévu. Il devait à tout prix éviter de penser à toutes ces mégatonnes d'eau de mer au-dessus de sa tête, malgré les quelques gouttes qui tombaient du plafond.

— Eh bien, merci pour l'accueil, dit-il doucement.

Une aquatique sortit des ténèbres. Sa prothèse de marche ceignait son corps au niveau de la cage thoracique et la serrait comme un corset. Des jambes mécaniques sortaient de la gaine pelvienne de l'exo, bien espacées l'une de l'autre sur des jointures complexes. Elles étaient articulées sur l'arrière, et lui donnaient l'allure d'un immense oiseau qui se pavanait. L'exo émettait des bourdonnements et des bruits secs comme s'il n'était pas en très bon état. Son armature était d'un vert bouteille et couverte de symboles lumineux évoquant le varech.

Dans un swahili impeccable, la femme dit :

— Bonjour, monsieur Akinya. J'espère que vous avez fait bon voyage.

— Qui a eu l'idée du Dakota ?

— Truro s'est dit que cette antiquité vous ferait plaisir. Mais ne vous inquiétez pas, vous rentrerez chez vous par des moyens plus conventionnels. Je m'appelle Mira Gilbert, du Bureau de liaison scientifique et technique des NUA. Je suis ravie de vous accueillir à Tiamaat. J'espère que l'absence d'aug ne vous dérange pas trop ?

— On s'y fait.

— Nous avons notre propre aug locale, ici, et quelque chose qui ressemble beaucoup au Mécanisme. Vous aurez accès aux fonctions de base, mais avant ça, je crains que nous ne devions neutraliser les appareils d'enregistrement que vous pourriez avoir emportés.

— Je n'en ai pas.

— Il s'agit également de vos yeux, monsieur Akinya. Leurs fonctions de prise d'image et d'enregistrement doivent être éteintes, dit-elle d'une voix contrite, mais ferme. J'espère que cela ne vous dérange pas trop ? Les informations qui sont déjà dans vos yeux ne devraient pas être détruites.

Geoffrey se hérissa, mais il avait fait trop de chemin pour s'énerver maintenant.

— S'il le faut.

— Suivez-moi, je vous prie.

Elle fit demi-tour, l'exo vrombissant, et partit en cliquetant, invitant Geoffrey à prendre une porte dans le flanc de la grotte pour passer dans un couloir froid et au sol détrempé.

— Vous parlez très bien swahili, lui dit-il.

— C'est pratique, dans la région. D'après ce que j'ai compris, vous étiez encore récemment dans l'espace.

— Je suis allé sur la Lune, si on peut appeler ça l'espace. Vous quittez Tiamaat souvent ?

— Je ne quitte pas *l'eau* souvent, et encore moins la ville. Honnêtement, il me tarde de me débarrasser de ce truc qui cliquette. Même si j'étais ravie de venir vous chercher.

Elle fit quelques pas et ajouta :

— Mais je suis allée dans l'espace. J'étais pilote avant d'être affectée à Tiamaat.

— Depuis combien de temps êtes-vous... ?

Il ne put terminer sa phrase.

— Une aquatique ? Cela fait treize ans. S'habituer aux modifications prend tout de même un peu de temps : le cerveau doit apprendre une toute nouvelle façon de se déplacer, toute une nouvelle hydrodynamique. Les six premiers mois ont été très durs. Mais depuis, je ne l'ai jamais regretté.

— Et vous pourriez... revenir en arrière ? Si vous le vouliez ?

— Peut-être, dit Mira en donnant l'impression qu'elle n'avait jamais vraiment envisagé cette idée. Certains sont redevenus des glèbeux. Mais ils avaient dû effectuer la transformation pour de mauvaises raisons. (Elle se retourna pour regarder par-dessus son épaule.) Les gens croient que prendre cette forme est un sortilège qui va tout régler dans leur vie et mettre fin à leurs tracas quotidiens. Aujourd'hui, les critères psychologiques sont bien plus rigoureux. Et il y a une énorme liste d'attente pour passer sur le billard. On ne peut pas simplement se lever un matin et décider de devenir aquatique.

— Vous ne devez pas trop craindre la surpopulation.

— Pas vraiment. Il y a plus de surface ici que dans toutes les masses terrestres combinées. La Terre coexiste avec une planète aussi grosse que Mars et il suffit de nager pour passer de l'une à l'autre. Mais il y a des embouteillages. Nos cliniques ne peuvent pas suivre le rythme d'autant de transformations et les progrès dans les cellules germinales font qu'il y aura bientôt des enfants aquatiques nés de parents aquatiques, qui ne seront jamais passés sur le billard. Nous devrons alors imposer des quotas plus stricts. Il est évident que nos enfants auront la priorité. Mais il n'est pas trop tard pour nous rejoindre.

— Et prendre la citoyenneté ? Merci, mais j'ai autre chose de prévu.

Ils prirent un ascenseur qui montait et arrivèrent dans une salle aseptisée, aux carreaux blancs. Le sol carrelé donnait sur un rectangle scintillant d'eau turquoise auquel on accédait par divers escaliers et rampes, comme une sorte d'immense piscine intérieure. Une faible lueur verte se diffusait depuis des fenêtres au plafond, soutenues par de nombreux étrésillons. Ce devait être l'océan, au-dessus de sa tête, se dit-il : suffisamment d'eau pour que la lumière de la surface soit réduite à cette lueur trouble et olivâtre.

— Vous pouvez finir le trajet en marchant, si vous voulez, dit Mira, mais il serait bien plus logique que vous vous déplaciez dans l'eau. Vous savez nager ?

Geoffrey ne se rappelait pas la dernière fois où il avait mis le pied dans une piscine.

— Un peu.

L'aquatique désigna une porte blanche dans le mur carrelé, à la droite de Geoffrey.

— Il y a une combinaison, là-dedans. Laissez vos habits et vos affaires, on vous les apportera dans vos quartiers.

Timidement, Geoffrey s'enferma dans le vestiaire et retira ses vêtements. Il les entassa dans une corbeille métallique puis observa la combinaison de plongée qui l'attendait. Il ne savait comment elle tenait au mur, les bras et les jambes écartés. D'une teinte jaune-vert, elle avait la texture du papier de verre très fin. Il commençait à réfléchir au meilleur moyen de l'enfiler, lorsque la combinaison s'ouvrit sur une couture invisible, exactement comme un gentil *poltergeist* qui lui proposerait de l'aide.

Geoffrey se retourna et recula, les bras et les jambes dans la même posture que la combinaison, puis il attendit que le tissu vienne se refermer autour de son corps. Au début, il se resserra de façon inquiétante, se collant à sa peau comme s'il voulait faire le vide. Mais étonnamment, il s'aperçut qu'il pouvait toujours respirer sans difficulté. En réalité, il avait l'impression d'être tout nu, et lorsqu'il passa ses doigts sur le textile au niveau du torse, il lui sembla qu'il touchait sa propre peau. Un système de transmission tactile de haute résolution, supposa-t-il, comme dans les combinaisons spatiales actuelles. Il sortit de la pièce, plus embarrassé qu'il ne l'aurait cru. Le vêtement le recouvrait du cou aux chevilles, mais ses contours moulants ne préservaient pas tout à fait sa pudeur.

— Bien, dit Mira en lui jetant à peine un coup d'œil. Maintenant, passons au harnais d'aquamobilité.

Elle l'emmena jusqu'au mur opposé, où, sur un râtelier, étaient alignés une dizaine d'appareils blancs aux lignes pures. Ils ressemblaient à des morceaux de squelettes de mammifères marins, tous dotés d'une colonne vertébrale articulée, d'un barbillon, de nageoires pectorales et d'un crâne qui semblait taillé en dentelle. Il y avait aussi une sorte de cage thoracique ouverte.

— Je suis censé entrer là-dedans ?

— Si vous voulez me suivre, dit Mira, il vaudrait mieux. Placez-vous dos au harnais, je m'occuperai du reste.

Geoffrey obéit et choisit le premier appareil. La cage thoracique vint refermer ses pinces autour de lui, serra fermement son torse, l'intérieur capitonné des « côtes » changeant de forme pour offrir la plus grande zone de contact possible. Le crâne ceignit sa tête et forma une cage ajourée équipée d'un équipement de respiration et de lunettes à ventouses. Il sentit le harnais se détacher du mur et dut alors porter son faible poids. Il lui semblait aussi fragile et léger qu'un costume de carnaval au rabais.

— Qu'est-ce que je dois en faire ? demanda Geoffrey, embarrassé.

Il pouvait toujours parler et y voir : l'appareil de respiration ne s'était pas encore refermé sur sa bouche et son nez, et les lunettes n'étaient pas fixées autour de ses orbites.

— Entrez dans l'eau. Le harnais percevra vos intentions et agira en conséquence.

Mira se délesta alors de son exo. Elle en sortit pour se glisser dans l'eau, ses courbes aussi pures que celles d'une loutre. Sans l'appareil, elle était nue, mais elle avait une apparence si différente que Geoffrey aurait aussi bien pu être en train de regarder un documentaire animalier.

Il prit une des rampes et descendit dans l'eau à température corporelle. Lorsqu'il fut immergé jusqu'à la taille, le harnais s'accrocha à ses jambes et les fit doucement se rejoindre. Sans apparente volonté de sa part, l'accessoire lui fit prendre une posture de nage horizontale. Le masque et les lunettes vinrent lui couvrir le visage avant qu'il puisse avaler de l'eau. Il y voyait parfaitement bien à travers les verres, sans la moindre déformation optique, ni buée.

— Suivez-moi, dit Mira.

Il l'entendit très nettement dans l'eau. Elle banda ses muscles et le doubla comme une torpille, tout en exécutant un tonneau enthousiaste.

Il battit des jambes et fit des mouvements des bras. Par miracle, il avança, le harnais ployant tout le long de sa colonne vertébrale et répercutant sa traction sur ses membres inférieurs. Les faibles coups de pagaie de ses bras furent amplifiés une dizaine, ou une centaine de fois, par les élégantes et amples nageoires qui se déplièrent de deux bons mètres de chaque côté.

Mira le devançait toujours et nageait sous l'eau aussi vite qu'un coureur sur la terre ferme, mais Geoffrey n'était qu'un ou deux mètres derrière elle. Malgré toute la puissance déployée dans sa nage, le processus était très efficace, car elle ne produisait presque aucune turbulence dans son sillage.

— Vous n'êtes pas claustrophobe, n'est-ce pas ? demanda-t-elle.

— Si c'était le cas, ce serait un peu tard pour s'en inquiéter.

— Nous allons prendre le tube express, alors. Vous allez aimer.

Dans les murs immergés de la piscine, il y avait plusieurs entrées de tunnels, toutes cernées d'un anneau brillant d'une couleur primaire.

— Les rouges sont des tubes de sortie, il ne faut pas les prendre, dit Mira. De toute façon, on ne pourrait pas avancer contre le courant, même avec l'apport de puissance.

Elle visa l'ouverture à l'anneau violet et parut accélérer dans l'entrée, au dernier moment. Geoffrey la suivit ; il signala à ses muscles son intention de s'y diriger et le harnais répondit instantanément. En effet, l'objet semblait s'adapter à lui aussi rapidement que lui s'adaptait à l'objet. Il nageait sous l'eau avec l'aisance d'un dauphin.

Il sourit. Il serait fou de ne pas en profiter.

Il sentit la poussée du courant du tunnel l'emporter et il la suivit, accélérant le long des murs de verre, Mira toujours légèrement devant lui. Tandis que le tube tournait à plusieurs reprises et que l'eau coulait à l'intérieur, il se demanda ce qui propulsait ce courant : il n'avait pas vu de pales, ni de pompe. Se pouvait-il qu'elles se rétractent au passage des nageurs ? Ou peut-être s'agissait-il de péristaltisme, une impulsion faible, mais continue, produite par les murs.

À peine eut-il formulé cette idée qu'ils se retrouvèrent, étonnamment, *dehors*, passant d'une partie de Tiamaat à une autre, seulement protégés de la pression de l'eau environnante par le verre du tube. Ils traversaient une forêt de tours nocturnes éclairées, munies de tourelles, de collerettes et de coupoles, gratte-ciel sous-marins ornés de guirlandes de lumière colorées jaillissant des sombres profondeurs. Les bâtiments étaient reliés et étayés par d'immenses passerelles voûtées à fenêtres, de plusieurs étages de haut, et tout le quartier, pour ce qu'il en voyait, était pris, tel un nid d'oiseau, dans un entrelacs de tubes remplis d'eau. Il discernait une ou deux formes qui se déplaçaient, loin en dessous et au-dessus : des nageurs possédant leur propre système d'éclairage qui devenaient des corpuscules brillants dans un système artériel divin. Partout ailleurs, des aquatiques nageaient dans l'océan, à l'extérieur des tubes, accompagnés de divers engins submersibles, allant du sous-marin miniature monoplace au véhicule de service au moins aussi gros que les cyberclippers qu'il avait vus du ciel.

Geoffrey n'en revenait pas. Il connaissait l'existence de Tiamaat, celle des Nations unies aquatiques et avait une vague idée de ce que leurs habitants tramaient sous les vagues. Mais une telle ampleur était saisissante.

Il comprit alors qu'il s'était mépris. Lorsqu'on vivait sur la terre ferme, il était facile de croire que les aquatiques ne représentaient qu'une expérience incertaine de vie sous la mer, telle une des premières bases lunaires.

Mais il s'agissait d'un royaume. Pendant un instant, étourdi, il se demanda si ce n'était pas *son* existence qui était l'expérience ratée.

Aussi vite qu'elle était apparue, la vue de Tiamaat lui fut retirée et il se retrouva à l'intérieur, le tube obliquant et plongeant de nouveau, puis il se laissa guider avec un joyeux abandon dans une série de virages verticaux en S jusqu'à ce qu'ils se retrouvent tous les deux dans une autre piscine, ou plutôt, comprit-il alors, dans une sorte d'échangeur entre les différents systèmes de tubes, avec leurs propres portails aux différents codes couleurs. Ce carrefour était plus grand et, cette fois, ils n'étaient pas seuls. D'autres aquatiques rôdaient dans la piscine, assez loin des points d'entrée et de sortie et de leurs forts courants. Il y avait même des visiteurs et des nouveaux venus qui portaient des harnais comme le sien. Ils étaient rassemblés en groupes et parlaient, riaient.

Certains avaient une forme aquatique complète, comme Mira Gilbert, mais d'autres conservaient une base anatomique de glèbeux, avec tous leurs membres. Une immersion prolongée ne semblait poser aucun problème à certains de ces cas limites, mais d'autres portaient toutes sortes de respirateurs légers. D'après ce que Geoffrey avait compris, le procédé complet d'aqua-transformation ne se faisait pas en un jour ; ce parcours comportait plusieurs étapes, et tout le monde ne choisissait pas de continuer les opérations chirurgicales après avoir reçu les modifications basiques.

Mira nagea jusqu'à un portail orange puis ils empruntèrent de nouveau un tube – pas aussi longtemps, cette fois – jusqu'à un autre carrefour, légèrement plus vaste que le précédent. Cette piscine possédait plusieurs portails, mais également des sorties colorées qui n'étaient pas ouvertes. Mira s'approcha de l'une d'elles et posa une main palmée sur le panneau à sa droite ; la porte circulaire s'ouvrit en roulant et dévoila un couloir éclairé et rempli d'eau.

Après une courte distance, ils émergèrent dans une piscine à peine plus grande qu'un jacuzzi privé, située dans une pièce aux murs incurvés et verts et bordée de fenêtres. Geoffrey se redressa et sortit la tête de l'eau. Le masque et les lunettes se détachèrent automatiquement, se décollant de sa peau avec un petit bruit. Un millier de gouttelettes de la taille d'un scarabée s'écoulèrent de son corps.

Les fenêtres lui dévoilèrent un autre aspect de l'immense étendue sous-marine de Tiamaat : des tours et des dômes géodésiques ayant poussé comme des champignons et dont la végétation intérieure produisait une lumière verte. Tiamaat s'étalait sur des kilomètres.

Une sorte de canal ou de fossé partait du jacuzzi, sous une arche, pour rejoindre une pièce voisine. Mira l'emprunta, le visage et le haut du corps en grande partie hors de l'eau. Geoffrey, désormais debout, marcha à sa suite. Le harnais rétracta ses nageoires et les rangea comme des ailes d'ange pliables. Il n'avait été aquatique que quelques minutes, et marcher lui apparaissait déjà comme une impasse évolutionnaire absurde.

Le canal les conduisit à Truro.

— Je suis vraiment ravi que vous ayez accepté mon invitation, dit-il solennellement. Vous n'aviez, évidemment, aucune obligation de traiter de nouveau avec nous.

— Ce n'est pas l'impression que j'avais, dit Geoffrey.

— Voyons le bon côté des choses. Vous êtes ici, maintenant, et nous allons probablement trouver un terrain d'entente.

Truro avait changé. Ce n'était plus l'homme en costume émeraude.

Il flottait désormais dans une piscine aux carreaux verts en forme de haricot et à la surface couverte de mousse parfumée. Sa tête était reliée sans transition à l'ovoïde lisse de son torse, tous les détails de son squelette et de sa musculature dissimulés sous des couches de gras isolant. Sa peau grise, totalement dépourvue de poils, brillait d'un éclat nacré et cireux. Il n'avait pas d'oreilles externes et pas vraiment de nez. Ses narines étaient deux fentes contrôlées par des muscles qui s'ouvraient et se fermaient à chaque respiration. Il avait de grands yeux presque ronds, très sombres et perçants. Leur double membrane les faisait cligner de façon complexe.

— Pourquoi votre chimère ne ressemblait-elle pas à ça ?

— Cela n'aurait fait que compliquer les choses, je pense. Et j'ai tendance à reprendre mon ancienne anatomie, chaque fois que je me manifeste. Un peu de nostalgie, dit Truro en touchant, de ses doigts palmés, la zone où, avant sa chirurgie, devait se trouver son nez. Même si je n'ai aucun regret. Mais parfois, vous savez, en souvenir du bon vieux temps.

Des consoles et des écrans de données dotés de gros claviers étanches dansaient sur l'eau comme des jouets de bain aux couleurs criardes. Geoffrey ne se souvenait pas de la dernière fois où il avait vu des systèmes d'interface et de visualisation de données solides, hors d'un musée. Les livres étaient plus courants que les écrans et les commandes par touches.

Truro envoya un clavier flotter un peu plus loin pour dégager l'espace devant lui.

— Venez me rejoindre, dit-il en leur faisant signe d'avancer. Nous avons beaucoup de choses à nous dire.

— Je peux y aller, maintenant, monsieur ? demanda Mira.

— Bien entendu. Merci, Mira.

Une fois seul avec Truro, Geoffrey se débarrassa du harnais de mobilité et le posa contre un mur avant de retourner dans la piscine. Il entra dans l'eau moussante agitée puis s'assit en tailleur face à l'aquatique.

— Alors, que pensez-vous de cet endroit ? demanda Truro en s'adossant, ses bras musclés posés sur le rebord carrelé de la piscine et ses doigts palmés trempant dans l'eau.

— Le peu que j'en ai vu est très impressionnant.

— La vie est merveilleuse, ici. Nous sommes des singes aquatiques, au fond. Retourner dans les mers correspond à quelque chose que nous avons au plus profond de nous. Une prédisposition, si l'on peut dire. Et chaque année, nous sommes de plus en plus nombreux à répondre à cet appel.

— Je croyais que les Pans voulaient migrer vers l'extérieur, pas dans les océans.

— Plusieurs chemins mènent à l'objectif. Nous pouvons retourner dans les mers et emporter les mers avec nous dans les étoiles, dit Truro avant de sourire brièvement, comme s'il avait été trahi par ses propres paroles. Parfois, je me laisse déborder par la rhétorique. Ne prenez pas ce que je dis *trop* au sérieux, s'il vous plaît. Ça n'irait pas du tout.

— Je suis heureux sur la terre ferme, merci. (Geoffrey se tut, sentant que le meilleur moyen d'en finir avec tout cela était encore d'en venir tout de suite au fait.) Pouvons-nous parler des nains phylétiques, puisque c'est visiblement pour ça que je suis ici ?

Truro, généralement imperturbable, parut peiné face à cette interruption brutale des préliminaires.

— C'est un des sujets, en effet. D'ailleurs, j'ai Chama en attente. Je lui ai dit que je le préviendrais quand vous arriveriez.

— Je ne savais pas que Chama pouvait entrer en contact avec le monde extérieur à la Zone non observée.

— À quoi serviraient les liens cryptoquantiques privés, si ce n'était pas à contourner de telles limites légales ? dit Truro en attrapant un des claviers flottants et en appuyant sur une des touches spongieuses. Chama, tu peux apparaître. Geoffrey Akinya est arrivé. (Il se tourna vers Geoffrey.) Je vous donne accès à l'aug locale. Veuillez m'excuser le temps que je prenne mes propres dispositions.

L'aquatique chercha, dans l'eau, une paire de lunettes d'un jaune criard, qu'il passa sur ses yeux sombres de phoque et cala avec des lanières élastiques.

— Vous n'avez pas d'implants rétiniens, dit Geoffrey, surpris.

— On me les a enlevés lors de ma transformation en aqua. Ça vous choque ? demanda Truro avant de se tourner vers la gauche et de regarder une zone du sol carrelé où se trouvait désormais la chimère de Chama. Ah ! dit-il avec un sourire magnanime, ravi de vous voir.

Chama avisa Geoffrey.

— Comment vont les éléphants ?

— Bien. Ils se sont à peine aperçus de mon départ.

Le décalage temporel ralentit la réponse de Chama.

— Gleb et moi avons eu largement le temps de discuter, et nous sommes de plus en plus convaincus qu'il s'agit de la voie à suivre.

— Chama m'a déjà expliqué les bases, dit Truro. De notre point de vue, il n'y a pas de problèmes techniques insurmontables. Nous devrions étendre l'intervention neuronale à tous les éléphants de votre groupe d'étude, à l'exception peut-être des plus jeunes, et limiter l'interaction avec les membres du troupeau non augmenté autant que possible. Mais d'après ce que j'ai compris, dans l'état actuel des choses, nous pouvons commencer les essais immédiatement.

— Les connexions cryptoquantiques sont attribuées ? demanda Chama comme s'il ne restait que de menus détails à régler.

— Tout est prêt, dit l'aquatique. La charge prévue n'est pas exorbitante et nous devrions pouvoir mener notre affaire sans trop attirer l'attention.

— Vous mettez la charrue avant les bœufs, dit Geoffrey, inquiet de les voir agir comme s'il avait déjà donné son accord. Pour commencer, il y a des problèmes éthiques.

L'aquatique se gratta une aisselle graisseuse et sans poils.

— Mes chers amis, il n'y a sans doute rien de *plus* éthique que de contribuer activement au bien-être d'une espèce.

Geoffrey sourit, comprenant soudain son rôle.

— C'est comme ça que vous vous y prenez, hein ? Vous allez toujours un peu trop loin en misant sur l'idée que les gens conviendront que ce qui est fait est fait, et qu'il n'y a plus qu'à coopérer.

— Pose-toi la question, dit Chama. Tu préfères obtenir un financement à long terme de notre part ou de ta famille ? Nous sommes engagés sur la durée. Et nous sommes disposés à vous protéger, les troupeaux de l'Amboseli et toi, d'interférences extérieures.

— Vous êtes forts, dit Geoffrey.

— Il le faut bien, expliqua Truro. C'est comme ça que l'on fait avancer les choses.

— Nous pouvons démarrer quasiment sur-le-champ, dit aussitôt Chama, avec quelques tests simples de chimères : envoyer des images fantomatiques d'autres éléphants dans leur champ de vision, assez loin pour pouvoir se passer d'hallucinations olfactives et auditives. Nous lancerons les mêmes protocoles d'évaluation sur les nains lunaires.

— Il vous suffit de nous donner les codes ching, dit Truro. Et nous pourrons alors avancer.

— Collabore avec nous, le supplia Chama. Lance-toi dans quelque chose qui va dépasser ta famille. Qui aura encore un sens dans des siècles.

— Rejoindre les Pans, dit Geoffrey d'une voix qui lui parut caverneuse et abattue.

— Il vous suffit de nous accompagner, c'est tout. Personne ne vous demande d'adhérer à toute l'idéologie, dit Truro. Et je ne vous ferai pas l'insulte de vous rappeler que vous avez une dette envers nous depuis ce qu'a fait Chama sur la Lune. Cela avait un rapport avec votre grand-mère, n'est-ce pas ?

Geoffrey ne vit aucune raison de mentir ou de se dérober.

— Je suis certain que Chama vous a tout raconté.

— Seulement l'essentiel. Pile au moment où nous pensions Eunice Akinya finie… Elle nous surprend. Elle était proche de nous autrefois, vous le saviez ?

— J'ai entendu parler de son engagement avec les Pans.

— Cette histoire sur Mercure… quelle *tragédie* qu'elle ait fini ainsi. Nous aurions pu accomplir tant de choses ensemble, mais il a fallu qu'Eunice trahisse Lin.

Geoffrey entrevit une ouverture.

— Vous connaissiez Lin Wei ? Ma sœur espérait découvrir ce qui s'est vraiment passé là-bas.

— Non, je n'ai jamais eu le plaisir de rencontrer la Première Pan originelle… Lin Wei s'est noyée. On a dû vous le dire.

— Oui, répondit Geoffrey.

— Arethusa la connaissait très bien. Lorsque l'actuelle Première Pan a eu vent de votre… intérêt, elle s'est… disons, intéressée à son tour à vous.

Truro semblait avoir du mal à trouver les mots qui convenaient. Il reprit :

— Je ne veux pas manquer de respect à Chama ni aux éléphants, mais c'est là, la vraie raison de votre présence ici. Arethusa a *exigé* de vous parler.

— Puisque j'ai déjà fait tout ce chemin, dit Geoffrey, autant aller rencontrer celle qui veut me voir. La Première Pan va venir ici ?

Les traits minimalistes de Truro prirent malgré tout un air contrit.

— Je crains que la montagne ne doive aller à Mahomet. Ça vous dirait de nager encore un peu ?

# Chapitre 14

D'après l'aug, ils étaient quelque part au-dessus des montagnes équatoriales de Syrtis Major, de l'autre côté de Mars, à l'opposé de Pavonis Mons.

Ils étaient descendus à bord de la navette la moins chère. Sunday ne regrettait aucunement d'avoir fait le choix du moyen le plus rapide : elle était bien trop excitée pour ça. Jitendra était pressé d'arriver lui aussi et son sourire s'élargit lors de l'entrée dans l'atmosphère. Ils étaient passés de la pesanteur centrifuge de Stickney à la chute libre de la navette, puis le poids revenait peu à peu tandis que l'appareil pénétrait dans la couche de gaz entourant la planète et s'enveloppait d'un cocon brûlant de plasma rose au néon. Au pic de décélération, les sièges s'ajustèrent pour soutenir tout leur corps. Sunday n'avait pas subi une si forte pesanteur depuis des années. Elle adorait regarder le plasma claquer et onduler autour de la coque, comme un drapeau par vent fort.

Puis la pression diminua et la chute devint vol. La coque de la navette se transformait, s'optimisant pour correspondre aux conditions changeantes, résistant à la gravitation jusqu'au dernier moment. Des ravines et des cratères défilaient en dessous, leurs ombres bien dessinées. Sunday était persuadée qu'elle aurait pu, en tendant la main, sentir la texture parcheminée de la surface racler sous sa paume comme la couverture d'un vieux livre. Pour l'instant, rien n'indiquait qu'ils n'étaient pas les premiers humains à atteindre ce monde. Aucune colonie, pas la moindre route, ni même le reflet d'un émissaire robotique depuis longtemps abandonné et recouvert de siècles de poussière. Tout ce vide était stupéfiant.

Jitendra vit quelque chose et désigna avec enthousiasme une traînée sombre et sinueuse menant à un nœud qui tournait frénétiquement et laissait un sillage serpentant à la surface.

— C'est un véhicule, je crois. Une voiture martienne ou une sorte d'appareil de basse altitude.

Sunday avait déjà voqué la définition au maximum.

— Il dégage beaucoup de poussière. Et va plutôt vite.

— C'est un tourbillon de poussière, dit Eunice en s'immisçant dans les pensées de Sunday. Une simple tornade.

Sunday se tourna vers Jitendra et répéta ce que venait de lui apprendre la reconstruction.

— Oh ! dit-il, déçu.

— Il a grandi sur la Lune, dit Eunice sur un ton désapprobateur. Il ignore tout des systèmes météo des planètes terrestres.

— Je ne pensais pas que tu apparaîtrais avant que nous soyons posés, Eunice, voqua Sunday.

— Il y a une aug locale, et suffisamment de connectivité pour moi. Je suis en train de me synchroniser avec ma copie sur Terre. Ça va prendre du temps. Tu as des nouvelles de ton frère ?

— Je lui ai parlé juste avant de prendre la navette. Il est au courant que je vais bien, dit Sunday sans quitter des yeux le paysage qui défilait. Tu as été en contact avec lui ?

— Pas depuis qu'il a disparu du réseau.

Sunday se crispa.

— Comment ça, « disparu du réseau » ?

— Ton frère est actuellement l'hôte des Nations unies aquatiques, à Tiamaat. Truro a envoyé un avion le chercher.

— Je me disais bien qu'il n'oublierait pas la dette que nous avons envers lui. Je ne suis ici que parce que les Pans ont payé mon billet.

— Ils s'intéressent plus à nous que je croyais, cela dit. Il ne s'agit pas simplement de réciprocité. J'ai peur que ce soit moi qu'ils veuillent, en réalité.

— Tu n'existes pas. Et, au risque de blesser ton *ego*, tous les habitants de l'univers connu ne sont pas obsédés par toi et ton histoire secrète.

— Enfin, il y en a quand même un tas.

— Mais seulement parce que tu as passé la moitié de ta vie à te transformer en énigme. Geoffrey m'a cligné une copie de la fresque dans ta chambre. Apparemment, tu avais raison à propos des modifications sur Phobos.

— Ravie de voir mes soupçons confirmés. Je ne suis pas infaillible, et je ne peux pas jurer de l'exactitude de mes souvenirs.

— Crois-moi, je ne t'ai jamais crue infaillible. Que sais-tu sur Truro ?

— Ce n'est pas le grand chef, mais presque. Il obéit à la Première Pan, qui qu'elle puisse être. Mais il y a un hic. Si tu passes en revue le registre de mes conversations, comme je l'ai fait, tu verras des traces de connexions occasionnelles entre Tiamaat et moi. Cryptoquantiques, ce qui empêche d'avoir accès au contenu, mais j'ai parlé à quelqu'un là-bas. Pendant des années, des décennies. Cela remonte même à l'époque de Mercure.

— Tu as une théorie.

— Ma… mort a réveillé des fantômes, Sunday. Je ne suis sûre de rien. Mais rares sont les personnes avec qui j'ai pu entretenir une relation si longue, sans que l'un de nous deux, ou les deux, finissent par s'ennuyer à mourir. Ce qui nous amène à la question : est-ce que la Première Pan me connaissait ? Est-ce que je connaissais la Première Pan ?

— Dis-moi à quoi tu penses.

— Pas encore. Il me faut davantage de données, mais il va falloir que j'aie fini ma synchronisation et que je sois de nouveau en contact avec Geoffrey.

Sunday bouillonnait de colère.

— Je t'ordonne de me le dire.

— Et je refuse. Il s'agit d'un conflit épistémologique profond, petite-fille. Tu ne peux pas m'obliger à me *ressembler de plus en plus* puis piquer une crise si je choisis de me comporter comme telle. Tu dois accepter ton œuvre, ma chère. C'est toi qui as fait de moi la garce arrogante que je suis.

La présence humaine se manifesta peu après sous la forme d'un tuyau ou d'une gaine de câble qui perçait la surface sur des tangentes abruptes. Quelque temps plus tard, tandis que la ligne zigzaguait en suivant leur trajectoire, ils passèrent au-dessus d'un amas de dômes argentés ressemblant à des œufs de grenouille, l'avant-poste d'une sorte de complexe d'entretien. Même en zoomant au maximum, Sunday ne vit pas âme qui vive. Puis, cinq ou six minutes plus tard, la ligne croisa un autre tronçon qui arrivait du nord et, au carrefour, la jeune femme discerna une sorte de village ou de hameau : plusieurs dômes, des bâtiments carrés, un tapis géométrique d'hexagones vert-de-gris s'étendant vers le sud – des collecteurs solaires ou des lits de semences peut-être – et une rayure pâle pointant vers l'ouest, trop euclidienne pour n'être qu'une piste formée par un tourbillon de poussière.

Elle la suivit – ils allaient eux aussi vers l'ouest – jusqu'à apercevoir la forme poupine et empotée de ce qui ne pouvait être qu'un véhicule de surface. Il s'agissait d'un scarabée argenté doté de six immenses roues qui rentrait chez lui pesamment.

Les traces de civilisation ne cessèrent ensuite de croître. D'autres villages, puis une ville dont les dômes s'étendaient à partir d'un point central pour composer une spirale galactique enroulée. Elle ne voyait personne se déplacer, même en utilisant son zoom, et lorsqu'elle tenta de chinguer au niveau de la rue, sa demande fut poliment rejetée.

La ville avait une voie ferrée, qui partait également vers l'ouest, coupait quelques cratères, en contournait d'autres et plongeait parfois sous terre sans raison. Puis elle vit le train, qui fonçait sur les rails dans le sens opposé au leur : six cylindres argentés aux extrémités en forme de tubes à essai, étonnamment arrondies.

Ils suivirent la voie ferrée jusqu'à une autre ville qu'ils traversèrent, puis une cité plus grosse scintilla à l'horizon occidental. Crommelin Edge, dit l'aug, et Sunday se rappela que c'était là qu'ils devaient achever les formalités martiennes d'immigration. Le point d'ancrage de l'ascenseur se trouvait à l'autre bout de Mars, et Crommelin Edge – situé près de l'équateur, proche du méridien zéro et au milieu du plateau truffé de cratères d'Arabia Terra – était donc l'un des deux principaux points d'entrée des voyageurs qui débarquaient.

La navette fit un passage au-dessus de la ville et perdit de l'altitude et de la vitesse. La colonie avait la forme d'un croissant qui suivait partiellement la paroi externe du cratère homonyme. Rien ne semblait planifié, ici ; l'écume bouillonnante de dômes et autres structures multicolores, cubes, rhomboïdes, cylindres, pylônes et pales évoquait moins un village qu'un sac de billes et de jouets de construction pour enfants déversés par terre et rassemblés n'importe comment. L'artiste qu'était Sunday appréciait la forme ordonnée de la spirale qu'elle avait vue plus tôt, mais cette disposition, par son côté hasardeux et humain, lui plaisait aussi. Elle préférait les villes aux géométries noueuses et contre-intuitives.

La navette se posa sur une piste entourée de dômes et de terminaux en forme d'amibes flasques. La coque devint entièrement transparente et les ceintures de sécurité se rétractèrent en ondulant. Des véhicules de service cernaient déjà l'appareil et un tube d'amarrage se déplia vers lui comme la trompe d'un éléphant curieux. Au-dessus du spatioport, le ciel, mauve et découpé par de fins nuages d'altitude, s'assombrissait.

— Bienvenue sur Mars, dit une voix flûtée. La date solaire de Mars est cent deux mille, quatre cents et quarante-sept sols. L'heure solaire moyenne locale est dix-huit heures et trente et une minutes. Information destinée aux passagers en provenance de la Terre : il est 17 h 35 en Temps universel coordonné, le 13 mars.

Immense et lumineux, le terminal ressemblait à un centre commercial banal, comme on en trouvait de Mombasa à la Lune. Des exos se tenaient prêts à aider ceux qui avaient du mal avec la pesanteur, mais personne ne semblait être en difficulté. Des publicités tentaient d'attirer l'attention, proposant des services et des produits, pour la plupart typiquement martiens.

Sunday ne fut pas du tout surprise d'être emmenée à l'écart pour un interrogatoire et un examen plus poussé de ses antécédents. Ils avaient signalé le cadavre sur Phobos avant d'embarquer à bord de la navette et avaient été retenus le temps que la procédure bureaucratique se mette en place. Nul crime n'avait été commis : elle avait parfaitement le droit de se promener sur la lune et elle n'avait enfreint aucune loi en chinguant dans le campement abandonné. Ils avaient tout de même dû attendre que les autorités de Stickney envoient des enquêteurs dans le dôme fermé pour vérifier la version des événements de Sunday, mais ils avaient ensuite pu repartir.

Cela avait attiré l'attention sur elle, cependant. Il était déjà bien assez difficile de voyager incognito lorsqu'on s'appelait Akinya, mais si l'on ajoutait en plus le cadavre et son lien avec les Panspermiques…

Ils étaient dans la salle d'attente lorsque la nouvelle arriva de Phobos : les enquêteurs avaient effectué des analyses sur la combinaison et comparé l'ADN du cadavre avec leurs archives. Le défunt était un certain Nicolas Escoffery, citoyen martien qui avait disparu sur Phobos près de cinquante ans plus tôt. Escoffery était un brocanteur qui vendait de l'équipement d'occasion, un magouilleur et négociant qui accomplissait de nombreux allers-retours entre la lune et la surface et dont les opérations étaient aux limites de la légalité. Au moment de sa disparition, il faisait l'objet d'une enquête pour fraude douanière et tentait visiblement de se faire oublier. On avait fouillé une zone de Mars, mais personne n'avait eu l'idée de le chercher sur Phobos.

— Ce serait impossible, aujourd'hui, expliqua-t-on à Sunday. On ne peut plus s'en tirer comme ça, maintenant.

Mais on ignorait encore comment Escoffery était mort. Il n'était pas resté coincé dans le campement, car les portes n'avaient été fermées que bien après sa mort. On supposait que sa combinaison avait eu une défaillance, qu'il avait été immobilisé par le blocage de ses servomoteurs et qu'il s'était transformé en un cercueil de forme humaine. Sunday se rappelait pourtant l'araignée blanche qu'elle avait chassée de la tenue d'Escoffery et elle n'adhérait pas tout à fait à cette théorie… mais elle préféra ne rien dire à ce propos.

On finit par les laisser partir. Malgré le dégoût que l'association de Sunday avec les Panspermiques inspirait aux autorités, ce n'était pas un prétexte suffisant pour les empêcher d'entrer. Elle sentait tout de même qu'ils auraient aimé lui coller autre chose sur le dos, à elle ou à Jitendra.

Ils récupérèrent leurs bagages qui les attendaient déjà lorsqu'ils eurent passé la douane. Sunday s'efforça d'oublier les récents événements. Ce qui s'annonçait ne la réjouissait guère et elle avait encore des visions de ce crâne parcheminé au sourire figé derrière sa propre visière... Mais c'était fini, et si elle continuait d'y penser, elle allait se gâcher une merveilleuse expérience : ses premiers pas sur un autre monde. Même si elle revenait un millier de fois ici, ce ne serait jamais pareil.

— Nous y sommes, dit-elle en serrant Jitendra dans ses bras. J'ai du mal à y croire. Sous mes pieds... c'est Mars.

Littéralement. Dans le hall d'arrivée, on avait coupé une bande dans le sol pour laisser apparaître la terre martienne nue, tel un tapis rouge couvert de bosses. On avait dû vaporiser dessus un polymère de l'épaisseur d'un atome pour éliminer la poussière, même si elle ne le sentit pas sous ses pieds, ni sous la paume de la main. Pendant un instant, elle dut repousser l'envie ridicule de s'agenouiller et de l'embrasser.

Jitendra acheva de réarranger le contenu de leurs valises, afin qu'ils puissent les porter plus facilement.

— Il faut fêter ça. Allons boire un verre. Tout de suite. Avant que l'instant ne soit passé.

— Nous vivons une expérience incroyable et précieuse, quelque chose qui ne nous arrivera qu'une fois dans notre vie, et avant que nous ayons pu former des connexions neuronales profondes, tu veux les massacrer à coups de produits toxiques ?

Jitendra y réfléchit sérieusement.

— En fait, dit comme ça, c'est exactement ce que j'avais en tête.

— Bien, répliqua Sunday en décidant qu'il valait mieux le suivre plutôt que de tenter de le dissuader. Ça me va.

Mais ils avaient d'abord des affaires à régler. Les Pans avaient donné à Sunday une adresse ching qu'elle devait appeler dès son arrivée. Même si elle était tentée de remettre ça à plus tard, elle ne ferait que retarder l'inévitable. Elle trouva un coin tranquille de la salle d'attente de la zone d'arrivée et voqua l'appel.

La connexion passa par un fort cryptage quantique, et elle se retrouva dans une pièce qui – à en juger par la hauteur du soleil – était un peu à l'ouest de Crommelin. Ses pieds étaient posés sur du verre, et sous la vitre, il y avait le vide, jusqu'au sol rouge usé, si loin dessous qu'elle aurait tout aussi bien pu être en orbite. De chaque côté, de très vieilles falaises érodées disparaissaient derrière la brume lointaine. Quelques bâtiments fins en forme de disques étaient taillés dans les parois, ou en dépassaient.

— Bienvenue, Sunday, entendit-elle. Comment s'est passé le voyage ?

— Sans problème, excepté le comité d'accueil à Crommelin.

— Il faut excuser nos agents de la douane : ils exigent la courtoisie et le respect, mais n'en font pas preuve eux-mêmes.

Sunday, tendue, fit un pas de côté, en se méfiant du sol. Même en ching, il était difficile de se débarrasser du vertige, ou de l'instinct de survie. D'autant plus lorsque la doublure était un organisme vivant.

Le chair-et-sang appartenait à une femme qui devait avoir son âge et sa corpulence, et une peau plus pâle que la sienne. Elle portait un costume d'employée de bureau : jupe et chemisier assortis, aux imprimés vert foncé et aux liserés argentés, des bas et des chaussures noirs, pratiques, sans talons.

Sunday n'aurait jamais pu se balader en talons sur un tel sol.

Elle remua les doigts de la chair-et-sang. Elle n'avait chingué ainsi qu'à une ou deux reprises, par le passé, bien assez pour détester cela au plus haut point.

— Où suis-je ?

— Dans l'antenne des Pans à Valles Marineris, répondit la voix. Nous sommes tout au bord de la gorge la plus profonde, le plus grand graben du système solaire. Je me suis dit que vous aimeriez la contempler à travers des yeux humains. La chirurgienne qui veille sur ma transformation, Magdalena, a accepté de se laisser piloter.

— C'est très gentil.

— Et tout à fait cohérent, qui plus est. Vous êtes toutes les deux sculptrices. Vous travaillez avec de l'argile et de la pierre, et Magdalena avec de la chair humaine. Et maintenant, vous ne faites plus qu'une.

Sunday se détourna de la vue de Valles Marineris. Son interlocuteur lui faisait face depuis une sorte de lit, posé sur un tapis feuillu autostérilisant, oblong et blanc. Le meuble était aussi lourd et chargé qu'un affreux poumon d'acier ou qu'un scanner du Moyen Âge de la médecine. Il était raccordé au mur derrière et bourdonnait et gargouillait comme une cafetière expresso. L'objet ressemblait plus à une baignoire qu'à un lit, car son occupant était en grande partie immergé dans un liquide retenu par des flancs hauts et antiéclaboussures. Le fluide aussi épais que de la mélasse avait une teinte chimique bleuâtre.

— Rapprochez-vous, dit le patient. Je ne mords pas. Mordre est une des nombreuses choses qui me sont actuellement impossibles.

Près du lit se tenaient deux infirmières en uniforme vert : une avec un brancard chirurgical, l'autre avec une sorte d'ordinateur adapté aux Pans et composé d'une tablette et d'un stylet. Sans un mot, elles sortirent en marchant comme des mannequins durant un défilé, l'une d'elles poussant le brancard. Une porte à l'arrière de la pièce s'ouvrit et se referma comme un iris.

Sunday s'approcha. Elle ne pouvait rien sentir par la connexion ching, mais elle se demanda si le fluide – ou même le patient – dégageait une forte odeur.

— Je m'appelle Holroyd, dit la voix. N'ayez pas peur. Je n'ai pas vraiment mal, et malgré les apparences, je pense que j'ai encore des chances de m'en sortir.

La chose dans le fluide était à peine un homme. En le voyant, elle pensa d'abord à un cactus. Son corps, pour ce qu'elle en voyait, était couvert d'excroissances sombres et irrégulières, qui saillaient de chaque centimètre carré de sa peau. Elles brillaient et ressemblaient à des feuilles aux rebords acérés, parsemées de barbillons et d'épines. Sur le haut de son torse, sur ses membres immergés, sur sa tête et son visage… il y avait des excroissances partout. Ses yeux la regardaient depuis le fond de tunnels d'aspérités élaguées. Elle se demanda ce qu'ils voyaient réellement.

— Que vous est-il arrivé, monsieur Holroyd ?

Il ne parut pas du tout dérangé par la franchise de sa question.

— Trop d'orgueil, sans doute. Ou d'impatience. Ou un mélange des deux.

Elle ne voyait pas de bouche former les mots.

— J'étais un volontaire génétique, poursuivit-il. Un Pan, évidemment, et un vieil ami de Truro, même si je crains de ne jamais le revoir. Nous avons pris des directions très différentes. Lui dans l'océan. Et moi vers… eh bien, ça.

— C'est Magdalena qui vous a fait ça ?

— Elle faisait partie de l'équipe qui, avec mon accord, s'est chargée de l'intervention génétique… et elle fait désormais partie de celle qui tente d'en annuler les effets.

Une main, inutilisable tant elle était couverte d'épines et de piques, évoquant le croisement entre une masse d'armes et un gantelet, sortit du fluide. Il y avait des blessures dans l'armure, des cicatrices guéries et des balafres d'où suintait un liquide blanc.

— Le but était de modifier mon corps, de le blinder pour qu'il puisse survivre dehors sans combinaison, avec l'ajout de quelques équipements de survie. Isolation thermique, conservation de la pression et de l'humidité… tout cela était à notre portée. J'aurais toujours eu besoin d'air, évidemment, et une partie de Mars me serait restée intolérable, mais ça valait le coup d'essayer. Faire une tentative, au moins. Montrer que nous étions là pour de bon. Que nous ferions tout pour que ça fonctionne. Y compris modifier notre aspect humain.

— Qu'est-ce qui a mal tourné ?

— Il n'y a pas de catastrophes en science, Sunday, rien que des leçons. Je préfère vivre dans un univers capable de produire des monstres comme moi plutôt que dans un dont nous comprenons toutes les règles jusqu'à la moindre note de bas de page. Je suis la preuve vivante que la réalité peut encore nous jouer des tours. Et comme je le disais, je n'ai pas mal. Et récemment, nous avons fait… je ne dirais pas des progrès, ce serait exagéré. Mais nous avons vu des signes, la possibilité d'une modeste avancée thérapeutique. Tout n'est pas encore perdu !

— J'espère que tout ira bien pour vous, monsieur Holroyd.

— J'essaie de voir le bon côté des choses. C'est essentiel, non ? (La main et le bras disparurent sous la surface du liquide. Le lit cliqueta et le fluide se mit à bouillonner énergiquement.) Bon, passons à nos affaires, et excusez ce brusque changement de ton, je vous prie. Je suis ravi que vous soyez arrivée sur Mars et je peux vous assurer que l'Initiative fera tout ce qui est en son pouvoir pour faciliter votre… enquête. Vous passerez les deux prochaines nuits à Crommelin Edge, et j'espère que vous prendrez le temps de visiter la ville et le cratère, de prendre le pouls de Mars. Ensuite, nous avons prévu un trajet jusqu'à Pavonis Mons, ou aussi près que nous pouvons vous y emmener. Nous vous aiderons, évidemment, en cas d'imprévu logistique, dans la limite de nos ressources, bien entendu. J'ose préciser, même si cela peut paraître grossier, que nous nous attendons à une certaine réciprocité.

— Je comprends, monsieur Holroyd. Je n'aurais jamais pu venir sur Mars sans l'aide financier des Pans. J'ai accepté de vous rendre service et je suis toute disposée à respecter mon engagement.

— Très bien, Sunday. Je me suis penché sur votre travail, vous le saviez ?

— Non, monsieur.

— Je ne suis pas un expert, mais ça m'a plu. Vous pourrez aider l'Initiative de façon visible et publique, mais nous verrons ça le moment venu. Pour commencer, je me demande si nous ne pourrions pas envisager une étude plus personnelle, une sorte d'échauffement.

— Je suis ouverte aux idées.

— Je n'en ai jamais douté. Mais peut-être que vous… (Holroyd hésita.) Il me semble que cela pourrait être difficile pour vous, mais je me demande si vous ne pourriez pas créer une œuvre qui s'inspirerait… de moi ?

— Comme vous étiez, monsieur, ou comme vous êtes censé devenir ?

— Non, la corrigea gentiment Holroyd. Comme je suis, ici et maintenant. Dans toute ma splendide laideur. Un monument à la gloire de l'ignorance et des possibles. Orgueil et espérance. Voilà, je vous ai déjà donné un titre. Comment pourriez-vous dire « non » ?

Sunday n'avait jamais ressenti aussi peu d'enthousiasme pour une commande, ni d'intérêt pour un titre.

— Je crois que j'aurais du mal, monsieur.

La porte s'ouvrit et une des infirmières en uniforme vert revint avec un brancard couvert d'instruments de chrome brillants, dont un qui ressemblait beaucoup à un sécateur.

— J'ai vraiment besoin d'un verre, maintenant, dit Sunday lorsqu'elle sortit du ching.

— Un client difficile ?

— Disons plutôt épineux.

Ils trouvèrent un bar du nom de *Menace Rouge*, à l'extrémité d'un centre commercial vitré composé de magasins haut de gamme et de boutiques de souvenirs onéreux. Niveau décoration, la *Menace Rouge* faisait dans l'invasion martienne kitsch, avec ses cocktails verts et baveux, ses barmen au masque de crâne, ainsi que ses tripodes wellsiens à vapeur qui apportaient les consommations en cliquetant, les verres dans leurs tentacules et les amuse-gueules dans des paniers attachés sous leur corps. Des rayons calorifiques faisaient fumer de la glace carbonique, tandis qu'une musique militaire pompeuse résonnait dans les baffles sous le sol.

Sunday aurait dû être consternée, mais l'ambiance du bar correspondait parfaitement à son humeur. Elle retirait le sel du rebord de sa deuxième Sauterelle Argentée – Jitendra en était à sa troisième – lorsqu'elle s'aperçut que quelqu'un les regardait depuis l'entrée, debout, immobile, les observant à travers les nuages de glace carbonique qui nappaient le bar.

Elle examina le grand homme à la peau noire et eut soudain l'impression qu'un immense malheur venait de s'abattre sur elle, comme si tout ce à quoi elle croyait jusqu'alors avait été annihilé. Le choc lui coupa le souffle. L'univers sembla s'immobiliser, étirant un instant en une vie.

La forme de son visage, la lumière sur ses pommettes, ses épais sourcils bien dessinés. C'était un des cousins.

Elle prit la main de Jitendra et, malgré l'effort presque insupportable, parvint à respirer et à lui dire :

— Regarde.

Jitendra avisa l'homme et posa son verre. Avec un calme qui parut déplacé, il lança :

— Il n'est pas là en personne.

Elle augmenta le seuil de son aug, et le tag l'informa que la silhouette était un golem.

— Bonjour, dit-il en arrivant à leur table. Je suis ravi que vous soyez arrivés ici sains et saufs. Je peux m'asseoir ?

Le golem indiqua, de la tête, la troisième chaise, vide.

— Que nous veux-tu ? demanda Sunday.

Le golem s'assit.

— Je suis la présence légale attitrée de Lucas Akinya sur Mars.

— Il est autonome, chuchota Jitendra. Tu crois qu'il était là avant ou qu'il est venu dans le même vaisseau que nous ?

— Qui sait ? Lucas et Hector ont sans doute des milliers de ces conneries, dans tout le système, prêtes à bondir comme des toasts du grille-pain dès qu'ils ont besoin d'une présence légale. (Elle jeta un regard noir à l'intrus.) Je te le redemande : que nous veux-tu ?

— Votre visite, dit le golem, a déclenché quelques alarmes. Nous avons parlé à Geoffrey. Il n'est pas très doué pour garder des secrets.

Elle voyait le piège vers lequel il la poussait, pour lui en faire dire plus que nécessaire.

— Quels secrets ?

Le golem parlait d'une voix très basse, sans jamais cesser de sourire.

— Tu prétends être envoyée par les Panspermiques.

— Je ne prétends rien du tout.

— Comment définirais-tu ta relation d'affaires avec eux ?

— Je suis une artiste. Les Pans ont besoin de propager leurs idées par l'art. Ce n'est pas pour ça que j'ai adhéré à leur parti.

Le golem s'arrêta. Il n'était guère intelligent. Il pouvait faire des déclarations et des réponses qui paraissaient plausibles, mais le moindre écart, le moindre changement de cap au cours d'une conversation humaine normale lui embrouillait les idées.

— Cette visite sur Mars suit de près celle de ton frère sur la Lune. On pourrait voir un lien de cause à effet entre les deux voyages.

— Tu tires les conclusions que tu veux, ce n'est pas mon problème.

— Geoffrey était chargé d'une enquête au nom de la famille. Quoi qu'il ait pu te dire, te rendre visite n'était pas le seul but de ce voyage.

— Dans ce cas, tu as fait une putain de grosse erreur en le disant à l'instant, non ?

Le visage du golem devint un masque mortuaire trop serré.

— Il y a autre chose. (Il se tut un instant.) Un incident à la frontière lunaire chinoise, et un lien vérifiable avec les Panspermiques. Ton camarade Chama a été arrêté puis relâché, sous certaines conditions.

— Rien à voir avec moi.

— L'incident s'est déroulé près de l'endroit où Eunice s'est écrasée, dit le golem avant de se pencher en avant et de parler avec une certaine intensité. Qu'a trouvé Geoffrey à la Banque centrale africaine ? À part le gant, dont nous connaissons déjà l'existence.

— Aucune idée.

— Il t'incombe de faire preuve de responsabilité, Sunday. Dans cette période d'incertitude économique, le maintien de la bonne réputation du nom Akinya est primordial.

— Sa bonne réputation ?

Elle repensa à la façon dont elle avait été traitée à la douane.

— Tout le monde déteste notre nom, même ici. Tu crois que j'en ai quelque chose à foutre, de le protéger ?

Une fois de plus le golem ne sembla pas très sûr de la bonne façon de répondre.

— Akinya Space est un pilier, déclara-t-il. L'emploi et le bien-être de milliers de personnes dépendent de nous. De millions, indirectement, par le biais des contrats et des accords commerciaux. Des milliards d'autres, simplement parce que nous existons. Nos machines rapportent des matières premières de tout le système, de la ceinture principale des astéroïdes aux corps de glace transneptuniens. Sans cet afflux régulier, toute l'infrastructure de la colonisation humaine vacillerait.

— Je ne cherche pas à détruire la civilisation humaine, Lucas. Pour cela, il faudrait que j'en aie quelque chose à foutre.

— Nous craignons qu'Eunice n'ait eu des tendances autodestructrices. Nous avons peur que ce qui se trouve dans cette boîte soit une bombe à retardement métaphorique, posée sous la famille par une vieille dame pleine de ressentiment.

— Tu ne peux pas croire ça.

— Ne doute pas, je te prie, du bien-fondé de mes craintes, ni de ce qu'Hector et moi serions prêts à faire pour protéger cette famille

Sunday resta assise en silence, comme si elle réfléchissait à ce que venait de dire le golem. Elle ne prit la parole qu'après une pause appropriée.

— Nous ne sommes plus en Afrique, cousin. Ce n'est pas la maison. Nous sommes sur Mars, loin de chez nous. Je ne te dois rien. C'est ma vie et j'en fais ce que je veux. Je ne veux plus avoir à te parler durant mon séjour ici. Je ne veux même plus te voir. Alors, laisse-nous tranquilles, je te prie, avant que je fasse exactement le genre de scène que tu aimerais vraiment éviter.

— Ce n'est peut-être pas l'Afrique, dit le golem, mais ce n'est pas non plus la Zone non observée. Tu es dans le Monde surveillé, désormais, Sunday. (Il se leva de son tabouret avec la précision d'un périscope bien graissé.) Et il fonctionne selon nos règles, pas les tiennes.

# Chapitre 15

Elle travaillait vite, mais pas parce qu'elle considérait cette commande indigne d'elle. C'était simplement sa façon d'envisager son art. Elle préparait, réfléchissait, passait des heures à méditer, puis passait à l'action dans une explosion rapide et résolue, tel un coup d'épée vif et sans merci. Une exécution, dans tous les sens du terme.

Le lendemain de son arrivée sur Crommelin, au matin, elle avait chingué dans le pavillon des Pans au bord de Valles Marineris, dans une doublure cette fois, et pas dans le corps chair-et-sang de l'infirmière de Holroyd. Elle avait annoncé ses préférences et les Pans avaient donné leur accord. Magdalena pouvait désormais faire son travail et Sunday portait un mannequin mécanique noir à la taille de guêpe. Modèle récent, il était décoré de plantes grimpantes émettant une lueur pastel et de guirlandes de pâquerettes entourant ses membres.

— Je voulais vous dire que je vous ai trouvé un guide, annonça Holroyd. Il connaît l'Évolvarium, et son expérience vous servira sans doute. Peu de gens s'y rendent sans but précis, et généralement c'est pour affaires. Vous êtes certaine que vous ne voulez pas laisser cette opération à des… spécialistes ?

— Je suis venue sur Mars pour une bonne raison, monsieur Holroyd.

— C'était avant que vous découvriez où votre grand-mère avait enterré l'objet suivant.

Holroyd attendit que Magdalena coupe une excroissance aussi grosse qu'un pouce d'une de ses épines de poitrine. De la blessure suinta un liquide laiteux. S'il avait mal, il faisait bien attention à ne pas le montrer.

— Ce rebondissement est… malheureux, reprit-il, mais j'imagine que nous ne pouvons pas lui en vouloir de ne pas l'avoir prévu si longtemps à l'avance.

— Elle aurait pu nous épargner pas mal d'ennuis et mettre le premier et le dernier indice au même endroit, dit Sunday.

— Ce n'était visiblement pas son intention.

La sculpture n'était pas encore finie, mais elle avait atteint le point où l'on pouvait estimer sa probabilité de réussite ou d'échec. Sunday avait commencé avec un cylindre d'un matériau gris argenté et brillant qu'elle avait placé debout sur un socle. La matière en question, presque aussi haute que Sunday, était de l'argile active : un milieu inerte saturé de nanomachines à une densité de cinq pour cent, à la fois par poids et volume. Elles étaient programmées pour répondre aux signaux gestuels et de proximité des mains – pilotées par doublure – de Sunday, et ces machines ne déplaçaient pas seulement leur propre corps, mais également la matrice inanimée dans laquelle elles étaient enchâssées.

Sunday ne les voyait pas, mais leur effet sur le matériau était apparent. Elle n'avait qu'à frôler de ses doigts la surface active et l'argile réagissait, s'écartant en canaux, sillons ou larges courbes festonnées en fonction de l'orientation précise de sa main et de ses doigts. À mesure qu'elle la déformait, l'argile devenait réfléchissante. Elle obéissait à une pseudo-dynamique des fluides, parsemée de tourbillons et de turbulences qui formaient des plaques ondulant telles des vagues, ou des extrusions globulaires bouillonnantes et miroitantes, comme du mercure ralenti des milliers de fois. Quand elle retirait sa main, l'argile active se figeait dans sa dernière configuration. En approchant l'autre main, Sunday créait des vecteurs de répulsion qui pouvaient façonner le matériau en des géométries solides d'une complexité surprenante.

— Je ne sais pas ce qu'elle attend de nous. Tout ce que je sais, c'est que ça ne peut pas être personnel. Elle ne savait pas que ce serait mon frère qui irait regarder dans ce coffre de banque.

— Mais elle savait que ce serait l'un d'entre vous. Forcément un Akinya. Je ne sais pas ce qu'elle faisait, mais elle paraissait très déterminée à ce que ça reste dans la famille, non ?

Sunday donna un petit coup de poignet vers un endroit de la sculpture et écarta le matériau comme les prophètes fendaient les eaux. Elle devait admettre que l'œuvre ne ressemblait pas vraiment à un homme. Plus à un poumon, ou à un arbre trempé dans du plomb fondu. Mais son côté piquant, toutes ces épines et ces pointes entassées rappelaient son hôte.

— Si elle nous met ainsi à l'épreuve, c'est qu'il doit y avoir une bonne raison.

— Un trésor au pied de l'arc-en-ciel ? Ou rien qu'une morte qui s'amuse aux dépens de ses descendants ?

— Je l'ignore. Mais, quoi qu'Eunice ait prévu, cela a été mis en place bien avant sa dernière mission. Elle est peut-être devenue un peu cinglée dans le Palais d'Hiver – on peut la comprendre –, mais elle avait encore toute sa tête lorsqu'elle est partie à bord de la *Reine d'Hiver* pour sa dernière expédition.

— Dans ce cas, il existe tout un tas d'images et de vidéos de l'époque.

Sunday acquiesça et forma un arc d'argile tournant sur sa propre parabole martienne lente qui alla se figer pour former la courbe tordue d'une aile de mouette. Elle ne travaillait pas souvent avec de l'argile active ; c'était trop cher pour ses commandes habituelles et les conditions d'importation de la nanotechnologie dans la Zone étaient très strictes.

— C'est ce qui me dérange. Depuis qu'elle est revenue, tout le temps qu'elle a passé là-haut, en orbite autour de la Lune… elle gardait le secret de ce… plan.

— Vous parlez d'elle comme si elle était toujours en vie.

— C'est involontaire, mais lorsqu'on s'intéresse au passé d'une personne, et que…

— Je suis au courant pour la reconstruction, Sunday. Une entité de données comme elle, répartie dans le cloud – nous ne pouvions que détecter sa présence dans l'aug martienne.

Elle cacha sa surprise. Même si les Pans découvraient tous ses secrets, elle n'allait certainement pas, en plus, leur faire le plaisir de paraître étonnée.

— Évidemment. Mais parfois, pendant quelques instants, j'oublie qu'il ne s'agit pas de ma grand-mère.

— Une erreur compréhensible. Mais que vous ne commettez pas trop souvent, il me semble.

— J'essaie, en tout cas.

Au bout d'un moment, Holroyd dit :

— Votre grand-mère est née dans un monde bien différent, Sunday. Un siècle différent. Elle a vécu une période difficile ; elle a vu le meilleur et le pire de ce dont nous sommes capables. Comme des milliards d'autres personnes… Mais elle était dans une position privilégiée, sans doute même unique. Elle n'a peut-être pas connu directement les guerres, mais elle a rencontré nombre de personnes que les combats ont affectées, et de la pire des manières. Il n'y avait pas non plus d'améliorations obligatoires à l'époque d'Eunice. Elle avait dû comprendre que parfois, souvent même, on ne peut pas toujours faire confiance aux gens pour agir comme il faut. Même avec le Mécanisme pour nous guider, même avec des neuropraticiens qui retirent le mal de nos têtes.

— Je ne vois pas bien où vous voulez en venir, monsieur.

— Ce que je veux dire, c'est que… votre grand-mère était la mieux placée pour voir la vraie nature de l'humanité. Et avec tout ce qui lui est arrivé, elle était la mieux placée pour faire la découverte d'une vérité dangereuse.

Sunday cessa de sculpter.

— Une vérité dangereuse.

— Je ne fais que spéculer. Mais si votre grand-mère avait appris quelque chose, de quelque façon que ce soit… quelque chose qu'elle estimait que nous n'étions pas prêts à apprendre… vous croyez vraiment qu'elle aurait été égoïste au point d'emporter ce secret dans sa tombe, pour l'éternité ?

# Chapitre 16

Geoffrey descendit dans les profondeurs. Enfin, la buse de transit donna sur une salle sous-marine d'une taille qu'il ne pouvait qu'estimer. Elle était grande, assurément : sans doute assez pour contenir les deux ailes de la maison des Akinya ainsi qu'une bonne partie de son terrain. Sphérique, avec des murs noirs, son équateur ouvrait sur des entrées et des sorties de tunnels à intervalles réguliers, et des cercles lumineux rouges et verts offraient des notions d'échelle et de perspective.

Devant lui, à travers l'eau aussi claire qu'un verre optique, flottait une image luisante, projetée sur la courbe du mur opposé de la sphère. Pendant un instant, il crut qu'il s'agissait de la Terre, vue de l'espace : elle n'était guère différente de ce qu'il avait observé depuis l'ascenseur de Libreville. Mais en l'examinant de plus près, il s'aperçut qu'il ne s'agissait pas de la Terre, ni d'aucun autre monde du système solaire. Elle avait des océans de surface, des continents et des systèmes météo, mais ils étaient méconnaissables.

Une forme sombre, telle une lune éclipsant cette planète extrasolaire, se plaça entre Geoffrey et l'image.

À travers le casque du harnais, il entendit :

— Vous pouvez le laisser avec moi, merci. Je le raccompagnerai lorsque nous aurons fini.

Et en entendant ces paroles, prononcées dans un swahili quasiment dépourvu d'accent par une voix féminine, il sentit un élément subsonique, aussi grave qu'un grondement d'éléphant durant le musth, se propager dans l'eau, pour atteindre son ventre, son système nerveux.

Comme si la Terre elle-même avait parlé, formant des mots grâce au frottement de plaques tectoniques.

Il regarda autour de lui. Ses guides étaient partis.

— Bienvenue, Geoffrey Akinya, dit la voix féminine, toujours accompagnée du même grondement. Merci d'avoir accepté de me voir. Votre rencontre avec Truro a-t-elle porté ses fruits ?

Geoffrey scrutait l'eau et essayait de déterminer les contours et la surface de la forme sombre tout en espérant qu'elle ne s'étendait pas aussi loin – et qu'elle n'était donc pas aussi *grande* – que ses yeux le lui indiquaient.

— Arethusa ? demanda-t-il.

— Excusez-moi. J'ai tendance à présumer que je n'ai pas besoin de me présenter à mes visiteurs, mais c'est très impoli de ma part. Oui, c'est moi, Arethusa.

Geoffrey jugea qu'il serait prudent de répondre à sa question.

— Truro m'a fait… des propositions intéressantes.

— Et qu'avez-vous répondu ?

— Je crains de ne pas être en position de pouvoir dire « non », après ce qui s'est passé sur la Lune.

— Vous pensez avoir une dette envers nous.

— On me l'a *fait* ressentir. Ce qui revient au même, j'imagine.

— On m'a informée des recherches de Chama et Gleb sur les nains phylétiques. Ce n'est qu'un petit aspect de notre travail, mais qui reste tout de même important. Ils méritent de réussir. Je suis sûre que vous pourrez jouer un rôle essentiel dans cette réussite.

— Et risquer de gâcher ma carrière.

— Ou d'en créer une toute nouvelle. Pourquoi rester prisonnier de votre passé ?

Il prit cela pour une invitation à changer de sujet et à évoquer Eunice.

— On m'a dit que vous aviez connu Lin Wei ?

— Nous étions proches. Elle parlait souvent de votre grand-mère.

— Mais vous n'avez vous-même jamais rencontré Eunice ?

— Lin m'en a fait un portrait précis. Sans complaisance, comme on dit. Vous connaissiez bien votre grand-mère ?

— Pas particulièrement. Elle était déjà au Palais d'Hiver lorsque je suis né et elle ne chinguait pas en Afrique très souvent. Pour être honnête, je crois qu'elle ne s'intéressait plus à nous.

— Mais elle vous intéresse, désormais.

Visiblement, Arethusa connaissait l'existence du gant, l'enterrement à Pythagore, toute la partie martienne.

— Je me suis retrouvé mêlé à quelque chose que j'aurais préféré éviter. Mais ma sœur s'intéresse au passé d'Eunice depuis bien plus longtemps que moi. Elle a un projet qui…

— La reconstruction, oui. Je suis au courant. Un travail courageux.

— Je suis étonné que cela ne vous dérange pas. Pour commencer, c'est une machine qui pense. Et ensuite, Sunday m'a raconté que notre grand-mère n'avait pas rempli sa part du marché avec Lin Wei.

— C'était il y a longtemps. Lin Wei ne lui en voulait pas, dans ses dernières années. Je ne vois aucune raison pour ne pas célébrer le projet de Sunday.

— Il y a des lacunes dans les connaissances de la reconstruction. Elle ne se souvient même pas de Lin Wei.

— Ah bon ?

Les yeux de Geoffrey s'étaient peu à peu habitués à l'obscurité. Arethusa avait une forme allongée, qui flottait, inclinée, dans l'eau, la tête vers lui et la queue plus bas et plus loin. Il était quasiment certain qu'il s'agissait d'une baleine, à cause de sa forme et de sa taille, des nageoires aux contours harmonieux de chaque côté de son corps et de la communication subsonique. Il restait la question de savoir si elle était née baleine ou si elle avait obtenu cette apparence à coups de génétique postnatale et d'interventions chirurgicales.

Il n'avait jamais rien vu comme elle, nulle part dans toute la création. Une baleine avec une intelligence humaine, ou une personne transformée en cétacé. Il ne savait pas très bien ce qui était le plus miraculeux

— Vous savez ce qui s'est réellement passé sur Mercure ?

— Je sais qu'il y a eu tromperie, répliqua Arethusa avec une prudence évidente. Récemment, je me suis demandé jusqu'où était allée cette tromperie.

Elle s'arrêta et d'un geste languide de ses nageoires se mit à tourner son immense forme.

Par-delà des mètres d'eau, Geoffrey sentit l'incroyable remous.

— Quand vous êtes-vous parlé pour la dernière fois ?

— Juste avant sa mort. J'ai chingué au Palais d'Hiver et nous avons conversé dans sa jungle démente. J'ai sans doute été une des dernières à lui adresser la parole.

— Je suis étonné que vous ayez eu tant de choses à vous dire.

— Je me sentais redevable. Votre grand-mère a joué un rôle crucial dans Ocular.

Il se rappela ce que lui avait dit Sunday.

— C'était une sorte de télescope, n'est-ce pas ?

— Une machine pour dresser la carte d'exoplanètes, le corrigea Arethusa sur un ton savant. L'*Oort Cloud Ultra-Large Array* : tout un tas d'yeux, tournés vers les ténèbres lointaines, reliés par interféromètres laser pour fonctionner comme une seule lentille immense, plus vaste que le système solaire. Même à moitié achevé, c'était une formidable prouesse technique. Mais Lin Wei a eu le cœur brisé lorsqu'elle a vu ce qu'était devenu son bel enfant.

— Je suis un peu au courant du lien avec Eunice.

— Votre famille nous a aidés pour l'infrastructure. En échange, nous leur avons cédé un bail sur Mercure. Akinya Space a pu construire son usine polaire en prétendant qu'elle était destinée à la recherche sur la physique.

— Ce qui était un mensonge, dit Geoffrey en présumant qu'il n'y avait aucun risque à répéter ce qu'on lui avait dit. Ils travaillaient sur les intellarts, de façon illégale.

— C'est ce que nous croyions à l'époque. Mais Eunice était bien trop intelligente pour se laisser prendre ainsi. Si elle avait vraiment voulu pratiquer des recherches illicites sur les intellarts, elle aurait pu trouver un autre endroit, aussi éloigné de la Police cognitive que Mercure. Le système solaire est vaste, après tout. Il ne manque pas de recoins sombres.

— Donc, d'après vous, il se passait autre chose et il ne s'agissait pas d'intellarts ?

— L'usine tirait son énergie du réseau destiné au lancement d'Ocular. Elle servait bien à *quelque chose.*

— Eunice aurait placé un rideau de fumée pour cacher un rideau de fumée ?

— Vous connaissez l'expression « faire quelque chose au nez et à la barbe de tout le monde » ? Lin Wei elle-même ne l'a pas deviné à l'époque. Elle était tellement concentrée sur l'idée que se déroulaient des recherches illégales sur les intellarts qu'elle n'a pas regardé de plus près le camouflage, ce qu'Eunice ne cherchait pas du tout à cacher.

— Il s'agissait donc de la physique depuis le début ?

Mais Geoffrey ne voyait pas bien où tout cela menait.

— Depuis le début, confirma Arethusa.

— Ce n'est qu'une supposition, dit Geoffrey. Eunice a disparu. Lin Wei aussi. Si les Cognes n'ont rien trouvé d'intact sur Mercure à l'époque, il ne doit plus rien rester après toutes ces années.

— Alors, il faut regarder ailleurs. Je parie que vous avez remarqué la planète projetée sur ma sphère.

— Je me demandais quand vous alliez en parler. C'est un véritable monde, ou une simulation ?

— Tout ce qu'il y a de plus vrai. C'est une image composite fournie par Ocular de 61 Virginis f, une planète que nous avons baptisée Creuset. Elle se trouve à moins de vingt-huit années-lumière, pas très loin à l'échelle cosmique. À un jet de pierre. J'ai montré Creuset à Eunice parce qu'il y a quelque chose là-bas, quelque chose de si remarquable que Lin Wei aurait souhaité qu'elle le voie.

— Parce que vous savez très bien ce qu'aurait voulu Lin Wei, c'est ça ?

— Il y a un drôle de sous-entendu dans cette question, répliqua l'immense masse de façon tout à fait menaçante.

— Si vous voulez, dit Geoffrey en repensant à la fille des funérailles, la chimère qui ressemblait parfaitement à une jeune Lin Wei. Cette découverte, ne faudrait-il pas la rendre publique ?

— Elle le sera bientôt. Nous ne sommes tombés dessus que l'année dernière, il y a moins de quatre mois. Nous sommes toujours dans la période d'embargo, ce qui veut dire… qu'en ce moment… il y a à peu près une dizaine de personnes, dans tout le système solaire, qui sont au courant. Toutes ont un lien très étroit avec Ocular, sauf vous.

Geoffrey se demanda où elle voulait en venir.

— Et donc, qu'avez-vous trouvé ?

— Je ne peux pas dire que j'ai trouvé quoi que ce soit. C'est Ocular, ou plutôt Arachne, l'esprit qui dirige l'instrument. Arachne est une intellart, très intelligente, issue des travaux des labos d'Eunice. La Police cognitive connaît son existence et, techniquement, elle fait partie des éléments qui la préoccupent. Mais le projet a obtenu une dérogation spéciale. Arachne est une orpheline inoffensive, qui flotte dans l'espace profond, qui ne voit rien d'autre que ce que lui montrent les yeux d'Ocular. Ce qu'elle a trouvé était prodigieux et renversant. C'est pour cela qu'elle m'en a parlé.

L'image avait changé pendant que Geoffrey regardait ailleurs. Il s'agissait toujours de la même planète, mais la couverture nuageuse s'était désormais levée et la bille bleu-vert renvoyait sans voile l'éclat d'océans, de glace et de masses terrestres.

— Je ne…, dit Geoffrey.

— Zoomons, l'interrompit Arethusa, jusqu'à une résolution effective de trois cents mètres. Ce n'est pas assez pour afficher des structures à petite échelle comme des routes ou des maisons, mais suffisant pour déceler de la géo-ingénierie, des villes, de la déforestation, de l'agriculture, voire même les sillages de gros vaisseaux maritimes. La zone que vous voyez fait mille kilomètres de large et est centrée très précisément sur l'équateur.

Geoffrey regarda ce qu'Arethusa lui montrait. Il lui parut évident que cela n'avait rien à faire là.

— Arachne lui a donné le nom d'Anomalie par rapport à l'entropie maximale 563/912261. Mais il lui fallait évidemment un meilleur nom. C'est pour ça que j'ai décidé de l'appeler Mandala.

— Man-da-la, répéta-t-il en détachant bien chaque syllabe. C'est un joli nom.

— Oui.

Cette vision l'émerveilla. Si la peau malléable de Creuset – la croûte planétaire – avait été de la cire chaude sur laquelle on avait tamponné un sceau impérial d'une grande complexité, le résultat aurait pu ressembler à l'Anomalie : ce Mandala.

Son centre était composé d'un système de cercles concentriques, comme des rides figées pendant qu'elles s'étendaient, mais cette organisation de base était masquée par des couches additionnelles de complexité géométrique. Il y avait des carrés, des triangles, des cercles plus petits, certains placés au centre de la formation principale, d'autres un peu à l'écart. On voyait des spirales et des sinusoïdes, des ellipses, et d'autres encore en forme de queue de cheval ou de virgule. Tout était, pour autant que Geoffrey puisse en juger, d'une symétrie merveilleuse et hypnotique, tant sur le plan vertical qu'horizontal.

— Et ce… truc, ça ne peut pas être une erreur, quelque chose… je ne sais pas, rajouté sur les données par… comment l'avez-vous appelée ?

— Par Arachne ? Non. Elle est infaillible. J'ai fait tourner assez de tests dans le flot de données d'Ocular pour être sûre de sa fiabilité absolue. Évidemment, nous avons effectué bien d'autres examens, et nous allons continuer jusqu'à ce que nous rendions notre découverte publique. Mais il n'y a aucun doute : Mandala est réel.

— D'accord, fit-il doucement, persuadé qu'Arethusa jugerait de sa valeur intellectuelle à partir de sa réaction. C'est réel. Et je vois bien que ce n'est pas naturel. Rien dans la nature n'aurait pu produire une telle chose, pas même en dix milliards d'années. Mais vous avez une idée de ce que c'est ?

— Pour autant que je sache… un système de canaux qui agissent comme des miroirs, gravés à la surface de la planète. Doublés d'un matériau très réfléchissant, parfois exposé et, d'autres fois, recouvert d'eau.

— Parfois ?

— Creuset a deux grosses lunes. Leurs marées produisent une houle, ou plutôt un système de houle qui entraîne parfois l'inondation des canaux. L'eau n'est pas un bon réflecteur, et l'effet est donc très visible. L'eau s'écoule dans les canaux et les remplit d'une façon complexe. Elle se vide et s'évapore ensuite, de façon tout aussi complexe, pour laisser de nouveau les miroirs apparaître. Le motif n'est pas tout à fait semblable selon les cycles. Nous ignorons encore s'il s'agit du hasard ou si le système suit des séquences… des changements d'état numériques. Pour le découvrir, il faudra l'examiner de plus près.

— Y a-t-il des éléments mobiles ?

— C'est une bonne question, et encore une fois, nous n'en savons rien : notre résolution ne permet pas de les voir. Mais que des morceaux de Mandala bougent ou non, l'ensemble doit se renouveler, ou se réparer tout seul. Si nous creusions de tels canaux sur Terre, même avec les meilleurs matériaux dont nous disposons, vous croyez qu'ils dureraient plus de quelques millénaires sans être entretenus ?

— Ce n'est peut-être pas si vieux ?

— Je doute fort qu'il ait été construit pendant l'histoire humaine. Étant donné l'âge de la galaxie, celui des autres étoiles et planètes… ce serait vraiment une coïncidence extraordinaire, non ? Que quelqu'un ait fabriqué ce truc et que notre civilisation accède aux moyens de le détecter une milliseconde plus tard, à l'échelle de l'univers ?

— D'après vous, c'est beaucoup plus vieux que ça ?

— Oui, mais pas non plus de centaines de millions d'années. Creuset a une tectonique des plaques, comme notre Terre. Les masses terrestres se déplacent à sa surface. Nous avons détecté les contours de leurs littoraux et en avons déduit qu'elles étaient autrefois collées ensemble, comme l'Afrique et les Amériques. Aucune structure aussi grosse ne peut subir des mouvements de plaques sans être déformée ou détruite. La symétrie géométrique de Mandala est, d'après les mesures que nous pouvons faire pour l'instant, parfaite. Elle ne peut pas avoir plus de quelques dizaines de millions d'années. Ce qui, je vous l'accorde, reste une milliseconde à l'échelle de l'univers.

Geoffrey avait l'impression d'avoir sauté d'une falaise mentale et d'être toujours en train de tomber. Sans savoir si c'était très judicieux, il rejeta l'idée qu'Arethusa puisse lui mentir. C'était vrai ; ou en tout cas, elle le croyait. Ocular avait trouvé quelque chose d'une importance extraordinaire, une des deux ou trois plus grosses découvertes de l'histoire de l'espèce humaine, et il était dans la confidence depuis quasiment le début. C'était prodigieux et renversant, selon les propres mots d'Arethusa. Et il était bien obligé d'admettre qu'elle n'avait pas exagéré.

Cela changeait tout. Tôt ou tard, le monde l'apprendrait et à partir de là… chaque pensée, chaque action, le moindre désir et la moindre ambition seraient teintés de façon indélébile par cette découverte. Comment pourrait-il en être autrement ? Il existait une autre espèce intelligente quelque part, assez près pour établir un contact. Et même si elle n'était plus là, la simple existence de son œuvre était assez stupéfiante pour changer fondamentalement la vision qu'avait l'humanité de l'univers.

Bon, peut-être. Le monde n'avait eu aucun mal à encaisser les étourdissantes leçons de la science moderne, après tout. La réalité n'était qu'un tour joué par la cognition, une illusion tissée par le cerveau. Sous la peau apparemment solide de l'univers se trouvait une effervescente irréalité de mécanique quantique, qui se déroulait dans un paysage aussi déformé et surréaliste qu'un tableau de Salvador Dalí. Des mondes fantômes se détachaient du présent à chaque décision. L'univers lui-même retomberait un jour dans un état de stase entropique absolu, la véritable fin des temps. Aucune action, nul souvenir d'une action, pas la moindre trace de souvenir, ne pouvait durer pour toujours. Tous les agissements humains, du minuscule geste de bonté à l'immense réussite artistique, étaient vains, au final.

Mais personne n'y pensait lorsqu'on allait rencontrer son amoureux, qu'on choisissait un menu ou qu'on devait se rappeler un anniversaire. La banalité de la vie normale prenait toujours le dessus sur le miraculeux. La mort d'Eunice avait fait les gros titres pendant sept jours, comme le ferait l'annonce de la découverte d'Ocular. Peut-être que cela durerait sept mois, ou sept ans, estima Geoffrey, charitable. Mais tôt ou tard, les affaires reprendraient comme si de rien n'était. Les bourses continueraient à monter et à descendre. Les célébrités à apparaître et à disparaître. Il y aurait des scandales politiques et même quelques meurtres. Et, pour la plupart des gens, savoir que l'humanité n'était pas seule dans l'univers deviendrait aussi pertinent que le fait que les protons étaient composés de quarks.

Mais tout de même... Cela *restait* capital, et quel privilège d'être l'un des premiers au courant.

Il ignorait pourtant encore pourquoi Arethusa l'avait estimé digne de ce privilège et ce qu'elle attendait de lui en échange.

— Pardonnez mon scepticisme, mais..., risqua-t-il. Vous êtes absolument certaine qu'il ne s'agit pas d'un phénomène naturel ? Enfin, pensez aux fourmilières... aux ruches. Elles possèdent une structure, une organisation qui fait penser à une intention consciente. Et certains processus géologiques ou chimiques peuvent donner l'illusion d'avoir été planifiés.

— C'est bien que vous ayez des doutes, mais je ne crois pas que vous vous rendiez encore bien compte. C'est cent fois plus, non disons mille fois plus complexe que tout ce dont la nature est capable. Il s'agit d'une planète comme la Terre, Geoffrey. Sa météo et sa chimie de surface obéissent à des règles prévisibles. Une seule conclusion s'impose, celle que Mandala a été fabriqué. C'est artificiel et cela a été conçu pour être vu. Les gens... les êtres... qui ont fait ça, savaient précisément à quel point ils étaient visibles. Ils savaient que des instruments comme Ocular pourraient les observer à des dizaines d'années-lumière. Et ils l'ont fait tout de même, en sachant très bien qu'une autre civilisation pourrait détecter leur œuvre. C'était délibéré. Fait pour être vu.

— Comme une carte de visite, dit Geoffrey.

— Ou peut-être une invitation à rester à l'écart. Un marqueur de territoire. Peut-être un signe d'avertissement utile, comme un symbole de radiations ou de danger biologique. Je n'en sais rien. Je pense à cette image depuis des mois et je ne suis guère plus avancée. Ocular va continuer à surveiller Creuset et le rapport signal/bruit va s'améliorer... mais les découvertes que nous pourrons faire d'ici resteront limitées. Nous allons devoir nous en approcher.

— Vous voulez dire aller là-bas ?

— Si cela prend mille ans, c'est faisable. Ne soyez pas si surpris, Geoffrey, je pensais que vous aviez plus d'imagination que ça.

Il frissonna, avec la désagréable impression que c'était sa grand-mère qui lui parlait.

— Il faut déjà des mois, rien que pour aller sur Jupiter.

— Mais l'Efflorescence verte exige déjà de nous que nous trouvions le moyen de traverser l'espace interstellaire. Nous en avons déjà pris le chemin. Si Creuset est l'aiguillon qui nous permet d'accélérer le processus, tant mieux.

— Vous dites que vous avez fait cette découverte en fin d'année dernière.

— Exact.

— C'est à peu près à cette période que ma grand-mère est morte.

— Et vous vous demandez si... ce n'est pas le choc qui l'a achevée ?

Geoffrey doutait qu'il y ait quoi que ce soit dans l'univers qui aurait pu choquer sa grand-mère.

— Ou autre chose, lui accorda-t-il.

— Elle était surprise, comme vous l'imaginez. Elle avait mille questions. Des questions précises et perspicaces. Votre grand-mère a gardé toute sa tête jusqu'à la fin. Mais une fois la nouvelle encaissée, et après m'avoir posé assez de questions pour satisfaire sa curiosité, on aurait dit qu'elle avait décidé de ne plus du tout penser à ça, comme si ce n'était pas très important, rien qu'un sujet de conversation pour passer le temps. Comme si la découverte d'une intelligence, ailleurs dans l'univers, n'avait pas plus de conséquences que, disons, la nouvelle qu'une connaissance commune allait mourir d'une maladie très rare. Je lui avais annoncé la plus extraordinaire des nouvelles, lui avais révélé ce secret que moi seule connaissais alors, et elle fut d'abord stupéfaite, puis simplement intéressée pour finir carrément déroutée, expliqua Arethusa avant de se taire quelques instants. C'est à ce moment-là que je me suis demandé si toutes ces années de solitude n'avaient pas atteint son cerveau. Avait-elle perdu la capacité à s'étonner parce que rien d'étonnant ne lui était arrivé depuis si longtemps ? Mais comment pouvait-on devenir aussi blasé ?

— D'après ce que je sais d'elle, tout ce que vous venez de me raconter me semble cohérent. Elle n'avait plus aucun lien émotionnel, elle était coupée de ce qui comptait autrefois pour elle. Je ne suis même pas sûr qu'elle s'intéressait à quoi que ce soit, à la fin.

— Et il reste le fait qu'elle soit morte si peu de temps après ma visite.

— Il pourrait s'agir d'une coïncidence.

— J'en conviendrais s'il y avait eu, précédemment, le moindre signe qu'elle déclinait.

— Vous avez chingué avec elle. Vous n'avez donc vu que ce que la doublure vous a laissé voir. Elle était peut-être plus mal qu'elle voulait bien le laisser paraître.

— Possible, concéda Arethusa. Mais même si elle était malade, l'enchaînement me paraît tout de même bizarre. Je lui montre les images de Creuset et elle meurt quelques semaines plus tard ? Alors qu'elle *vivait* depuis cent trente ans ? (Elle se tut un instant.) Vous y êtes allé, depuis sa mort ? Au Palais d'Hiver ?

— Non, pas moi. Seulement Memphis ; disons qu'il s'agit de notre domestique. Il travaille pour la famille depuis des années et c'est le seul d'entre nous qui voyait Eunice en personne, alors qu'il n'était pas un Akinya.

— J'aimerais beaucoup parler à Memphis. Apparemment, il la connaissait mieux que vous autres.

— Bon courage si vous voulez en tirer quelque chose. Il n'est pas du genre à trahir des secrets.

— Parce qu'il a quelque chose à cacher ?

Geoffrey éclata de rire.

— Ça m'étonnerait. Mais Memphis lui était fidèle de son vivant, et il ne va pas changer parce qu'elle est morte.

— Et vous lui avez déjà parlé d'Eunice ?

— Je lui ai posé quelques questions, mais il ne répétera pas ce qu'on lui a confié. Quoi qu'il se soit passé entre eux, je pense que Memphis l'emportera dans sa tombe.

— Sauf si vous enquêtez de votre côté.

— J'aimerais pouvoir reprendre le cours de ma vie. Je suis un scientifique, pas un expert en affaires familiales privées.

— Vous comprenez sans doute que cela dépasse votre famille, désormais, Geoffrey. Vous aviez raison de noter que je n'ai fait que chinguer au Palais d'Hiver. Étant donné les circonstances me concernant, c'était inévitable. Mais vous, vous pourriez y aller, non ?

— C'est un peu tard pour ça.

— Je pensais à ce qu'elle a laissé. Des enregistrements, des témoignages. Une explication de sa mort. Vous devriez y aller tant que c'est encore possible.

— Le Palais d'Hiver est là-haut depuis des décennies. Il ne va pas disparaître.

— Votre famille voit peut-être les choses d'un autre œil.

Du texte apparut à droite de Creuset. Pendant un instant, les mots planèrent là en chinois, avant que ses yeux appliquent une incrustation de traduction.

Il s'agissait d'une requête pour « destruction d'un actif abandonné ». L'actif en question était une structure habitable volante stabilisée sur un axe, plus communément appelée Palais d'Hiver. La demande émanait d'Akinya Space et était destinée à l'Administration du trafic spatial circumlunaire des Nations unies orbitales.

Elle avait été déposée le 12 février.

Le lendemain de son retour de la Lune. Le jour où il avait donné le gant aux cousins.

— Si j'étais vous, dit Arethusa, je n'attendrais pas trop avant d'aller jeter un œil là-haut. Évidemment, si vous avez besoin d'aide pour vous y rendre, vous savez qui appeler.

# Chapitre 17

Même avec le zoom de ses yeux réglé sur le maximum, Sunday ne parvenait pas à voir le bout du câble du téléphérique. Il était tressé avec de la fibre arachnide, tendu entre des pylônes. Une tempête de poussière soufflait depuis le bord opposé de Crommelin et elle ne discernait que le filin, suspendu comme par un tour de magie et disparaissant dans un mur de volutes de caramel.

Le véhicule, de la taille de huit conteneurs attachés, possédait deux étages, un immense pont promenade et un petit restaurant. Il y avait au moins cent personnes à bord, et il restait de la place. Le golem n'était pas là – sauf s'il portait le visage de quelqu'un d'autre, ce qui n'était pas le cas, d'après les renseignements des Pans – mais cela ne signifiait pas pour autant que Sunday n'était pas surveillée, observée, scrutée de près. Il y avait sans doute d'autres golems et doublures à bord, et selon toute probabilité, un ou deux chair-et-sang également. Sunday trouvait que chinguer dans ce genre de situations n'avait aucun sens. Tout l'intérêt d'être dans le téléphérique résidait dans la proximité physique avec le paysage. On pouvait chinguer passivement autant qu'on voulait, ça ne remplaçait pas le fait d'être ici, suspendu à un câble en fibre arachnide. Ou peut-être était-elle vieux jeu ? Elle se demanda ce que June Wing aurait dit à ce propos.

Jitendra revint de l'autre côté du pont d'observation avec deux cafés sur un plateau en plastique.

— Nous sommes de plus en plus bas, lança-t-il d'un air excité. Le wagon descend du câble principal, il y doit y avoir des treuils dans le trolley, pour que nous puissions monter ou descendre suivant le terrain.

Sunday prit son café.

— Tu pourras me faire un dessin plus tard. Je trouverai sûrement ça passionnant.

— Tu n'apprécies pas ?

— Je pourrais, si nous étions venus profiter du paysage. Mais j'ai d'autres préoccupations en tête.

Il en fallait plus pour atténuer l'enthousiasme de Jitendra. Tout en buvant son café, il observa attentivement les autres touristes.

— Tu es sûre que c'est la bonne voiture ?

— Je suis montée dans la première qui s'est présentée. C'est ce que Holroyd m'a dit de faire. D'après lui, notre guide va se faire connaître.

— Bon. Nous n'avons donc plus qu'à attendre, pas vrai ?

Elle devait admettre que le paysage était grandiose. Elle n'était pas venue pour faire du tourisme, mais elle devait *faire semblant* d'être une touriste, ce qui n'était guère différent.

À Crommelin, on pouvait étudier, à ciel ouvert, des milliards d'années d'histoire secrète et ancienne de Mars. Au cours des innombrables et mornes années du Noachien, la première époque de la planète, l'eau et le vent avaient déposé des couches de roches sédimentaires, les unes par-dessus les autres, dépôt après dépôt, jusqu'à ce qu'elles forment d'immenses strates antiques, aussi poussiéreuses et inhospitalières que les pages d'un livre fermé depuis longtemps. L'intérieur de Crommelin – assez grand pour contenir Nairobi ou Lagos tout entières – était une mosaïque de couches sédimentaires. Mais ici, le hasard avait causé quelque chose de remarquable. Il n'y avait pas si longtemps – une éternité à l'échelle humaine, à peine un instant pour Mars –, un astéroïde ou un morceau de comète avait heurté le sol et creusé dans les couches de Crommelin.

L'objet, quel qu'il fût, avait mis au jour les dépôts sédimentaires, les exposant sous la forme d'une immense série de plusieurs dizaines de marches horizontales empilées. Une lente et extraordinaire érosion avait travaillé ensuite pour produire un paysage d'une étrangeté inédite. Des plateaux aux sommets plats et des formations en pyramides ou ressemblant à des sphinx s'élevaient au-dessus du sol sombre, leurs flancs dessinés en gradins comme du contreplaqué d'un kilomètre d'épaisseur coupé au laser. Certaines des formations étaient anguleuses et Sunday s'imagina alors qu'il s'agissait des vertèbres calcifiées d'un immense monstre mort, à demi enfoui dans la croûte martienne.

D'autres tourbillonnaient, complexes, comme un café à demi remué, ou du sirop de caramel dans de la glace à la vanille ou à la noix de pécan. C'était magnifique, émouvant, séduisant. Mais comme partout ailleurs sur Mars, c'était aussi à la fois dangereux et mort.

Le téléphérique descendit de nouveau – Sunday sentit le mouvement, cette fois, car le câble se détendit un peu plus – et ils passèrent au-dessus du bord d'une falaise fauve aussi haute qu'un immeuble de la Zone. Son estomac se souleva très légèrement. Des robots aux membres brillants vert et jaune étaient accrochés au flanc de la falaise, collés comme des geckos. Elle voqua une grille d'échelle. En fait, ils n'étaient pas du tout minuscules, mais aussi gros que des bulldozers. Il ne s'agissait pas de grimpeurs, ni même de doublures ching, d'après ce qu'elle comprit, mais de machines scientifiques, à la recherche d'échantillons.

Le wagon remonta et redescendit une nouvelle fois, franchissant une crête aux longues marches. Un autre câble apparut au nord-est et croisa le leur. Sunday regarda le deuxième téléphérique s'abaisser jusqu'à une plate-forme dotée de balustrades et étayée sur le flanc d'une des formations rocheuses. Quelques silhouettes en combinaison attendaient d'embarquer sur le quai : d'autres sortirent de la voiture et suivirent un chemin de métal sinueux accroché à la paroi. Le téléphérique repartit vers le haut, s'enroulant sur son câble pour prendre de la hauteur, et il disparut bientôt dans la poussière caramel.

Une voix aiguë demanda :

— Sunday Akinya ?

C'était une doublure, un robot au corps couleur cuivre dont le crâne, ouvert, laissait apparaître de nombreux engrenages et de nombreuses roues qui cliquetaient et ronronnaient. Ses yeux, dignes de télescopes sortis d'un musée, saillaient de son visage d'horloge.

— Bien sûr, dit-elle. Puisque visiblement vous n'êtes pas Holroyd, vous devez être notre guide.

Sunday était seule. Jitendra était parti regarder dans une des paires de jumelles d'observation qui parsemaient le pont promenade.

— Gribelin vous retrouvera à Vishniac. Il connaît l'Évolvarium. Il a déjà été très bien payé, alors ne le laissez pas vous soutirer de pourboire. Voici vos billets de train.

La doublure tendit une main de cuivre que Sunday serra. Les doigts aux ongles vermeils se refermèrent. Un icone apparut à la gauche de son champ visuel, lui indiquant qu'elle était désormais en possession des documents en question. Deux sièges dans un compartiment privé de l'express de nuit de Crommelin à Vishniac qui partait le lendemain.

— Ce Gribelin ne m'a pas l'air très fiable.

— C'est un mercenaire, mais il est sérieux. Il vous attendra dans le café du hall public de Vishniac.

Sunday examina le tag de connexion. La doublure était chinguée depuis Shalbatana, mais étant donné les compétences des Pans dans le cryptage quantique, cela ne voulait pas dire grand-chose.

— Holroyd a parlé du golem ?

— Nous sommes au courant et nous ferons ce que nous pourrons pour le ralentir, mais en dehors de ça, il n'y a aucune garantie.

— Vous ne pouvez pas… l'arrêter ? envoyer quelqu'un lui briser les jambes ?

— Ça ne servirait à rien, à part à attirer l'attention, d'une bien mauvaise manière, sur nous. Votre cousin trouverait sans problème un autre corps, quitte à ce qu'il ne lui ressemble pas. Nous pouvons l'empêcher de chinguer vers Vishniac en louant toutes les doublures libres là-bas, mais nous ne pouvons pas afficher une opposition frontale aux intérêts des Akinya. (La doublure regarda autour d'elle, ses yeux télescopiques cliquetant et pivotant.) Nous avons réservé des billets sur la moitié du train et il ne pourra donc pas acheter un billet à la dernière minute. Malgré tout, ne lui en laissez pas la possibilité. La gare n'est pas loin de votre hôtel, alors n'arrivez pas trop en avance.

— D'accord, dit Sunday.

— Holroyd vous contactera quand vous reviendrez. On m'a demandé de vous faire savoir qu'il est, pour l'instant, très satisfait de votre travail.

— Je suis… ravie de l'entendre, dit Sunday.

La doublure de cuivre acquiesça et partit, se fondant dans la masse des touristes.

— On peut leur accorder, dit Eunice, d'avoir tout prévu ou, en tout cas, tout ce qu'ils pouvaient prévoir. Bloquer les réservations du train, louer des doublures à Vishniac… et ce n'est pas tout. J'ai eu des difficultés à me synchroniser avec mon homologue terrienne depuis notre arrivée. Et pas seulement parce que ton frère est à Tiamaat. Quelqu'un se donne beaucoup de mal pour entraver les communications entre la Terre et Mars, par tous les moyens légaux possibles.

— Ils sont donc de notre côté, même si ça te gêne.

— D'après moi, dit la reconstruction, ils sont du côté qui les sert le mieux et peuvent en changer d'un moment à l'autre.

Sunday sentit qu'on lui touchait le bras. Elle se retourna, s'attendant à voir Jitendra, ou peut-être la doublure revenue ajouter quelque chose qu'elle aurait oublié de lui dire. Mais le jeune homme qui la regardait dans un uniforme marron vif rehaussé d'argent était un employé du téléphérique.

— La combinaison que vous avez réservée, mademoiselle Akinya, dit-il en souriant sous son calot. Nous vous attendons depuis dix minutes.

Sunday plissa les yeux.

— Je n'ai pas réservé de combinaison.

— Il y en a pourtant une de côté, mademoiselle Akinya. Je peux annuler, évidemment, mais si vous voulez prendre votre réservation, notre prochain arrêt aura lieu dans à peu près dix minutes, dit-il tandis que son sourire commençait à s'effondrer à la jointure des lèvres. Vous pourrez profiter d'une heure au sol avant le dernier ramassage de la journée.

— C'est Jitendra qui a réservé ?

— Je l'ignore, désolé.

— Non, dit Eunice pour répondre à sa question. À moins qu'il soit parvenu à le faire sans que je le sache, et Jitendra a beau être très intelligent, il ne l'est tout de même pas assez. C'est donc quelqu'un d'autre qui a réservé pour toi, et si les Pans avaient été au courant, la doublure en aurait parlé.

— Si vous voulez bien me suivre, dit le jeune homme.

— Si c'était moi, je n'irais pas, dit Eunice.

— Ça ne peut pas être Lucas. S'il veut me parler, il lui suffit de se pointer, comme il l'a fait lorsque nous avons atterri.

— Tu ne sais donc pas qui est derrière tout ça. Tu devrais t'en méfier d'autant plus, si tu veux mon avis.

— Je ne t'ai rien demandé.

Sunday regarda à travers les fenêtres, se demandant ce qui pouvait lui arriver de pire.

La combinaison appartenait à la compagnie du téléphérique, et on pouvait donc supposer qu'elle serait en bon état. Et ce n'était pas comme si elle allait s'aventurer dans le désert. Les sentiers du cratère étaient clôturés, il y avait des balustrades, ainsi que le Méca, qui la surveillerait comme partout ailleurs à Crommelin, sans parler des touristes qui se promenaient.

Il ne pouvait rien lui arriver : l'endroit était même plus sûr que la Zone non observée.

— À tes risques et périls, dit Eunice.

— Si tu pouvais simplement dire à Jitendra que je suis partie. Tu peux, n'est-ce pas ?

— C'est dans mes cordes, oui.

— Dis-lui de rester au quai du téléphérique où nous sommes montés. Je reviendrai dès que je pourrai.

— Pourquoi ne pas le lui dire toi-même ?

— Parce qu'il ne va pas apprécier.

— En effet. Car c'est une erreur.

— Alors, accorde-moi le luxe de le faire toute seule, grand-mère, lança-t-elle avant de se reprendre. Je ne voulais pas dire ça.

— Mais tu l'as fait, répondit Eunice en regardant Sunday avec un sourire de douce délectation. Tu as oublié, rien qu'un instant. Tu as oublié que je ne suis pas vraiment moi-même.

Sunday se détourna avant que la reconstruction puisse lire la honte sur son visage.

Il y avait trois autres touristes sur la plate-forme d'atterrissage : la dernière expédition de la journée. La combinaison était un peu raide, ses fonctions locomotrices accusant un retard d'une milliseconde, juste assez pour que son cerveau remarque la résistance. Dans tous les autres domaines, elle paraissait en parfait état de fonctionnement, avec une visière propre et tous les cadrans de survie au vert. À travers le gant, elle sentit le froid de la balustrade, ainsi que les endroits rugueux où la peinture s'était écaillée.

Un des employés du téléphérique ferma une porte derrière le groupe à la surface et le wagon redémarra, s'éloignant en remontant dans les airs. Elle le regarda disparaître dans la poussière et espéra que Jitendra ne serait pas trop effrayé par sa brusque décision.

Trois chemins bordés de clôtures en métal partaient de la plate-forme avant de s'évanouir autour de rochers et de falaises. Il n'y avait pas de visite guidée, pas même d'indications de direction, alors Sunday attendit que les autres touristes soient partis avant de choisir son itinéraire, celui qui lui avait paru le moins emprunté.

Les sentiers étaient accrochés aux flancs pentus des formations rocheuses, suspendus des dizaines – et parfois des centaines – de mètres au-dessus de la terre ferme. Le sol était recouvert d'un matériau adhésif antiglissade. Elle accrocha un câble de sécurité de sa taille jusqu'à une balustrade qui suivait la falaise. Il n'y avait pas de véritable risque de tomber, mais elle s'attacha tout de même.

Sunday marcha aussi vite que le lui permettait la combinaison : elle savait qu'elle devrait être de retour à la plate-forme pour attraper le dernier téléphérique de la journée. Son équipement possédait assez de réserves pour passer la nuit dehors, s'il le fallait, mais elle ne voyait pas cette possibilité d'un très bon œil. Pour Jitendra, elle se jura de ne pas être en retard pour le ramassage.

Mais – et c'était le hic – le paysage de Crommelin était tout bonnement fantastique. Il n'y avait pas d'autres mots. La Lune avait sa désolation magnifique, son absence d'air et son silence comme l'espace entre les pensées, mais il avait fallu une éternité de pluie et de vent pour sculpter ces formes sidérantes et précises.

*La nature ne devrait pas pouvoir faire ça*, pensa Sunday. Elle ne devrait pas pouvoir créer quelque chose qui ressemblait à l'œuvre d'une intelligence déterminée, quelque chose d'aussi artistique, lorsque les seuls facteurs qui entraient en jeu étaient une physique dépourvue de pensée et une durée aussi longue qu'indécente. Le temps de déposer les sédiments, déluge après déluge, durant des époques entières dans un passé extrêmement lointain, quand Mars étaient encore chaude et humide et qu'elle croyait, faussement, avoir un avenir. Le temps pour le hasard cosmique de jeter un poing venu du ciel frapper ces couches soigneusement superposées, perforant des chapitres géologiques comme une balle traversant un livre. Et encore plus de temps – d'innombrables millions d'années – pour que le vent et la poussière s'adonnent à leur impitoyable travail de décapage et d'érosion, qu'ils usent les couches exposées à différentes vitesses selon leur dureté et leur chimie jusqu'à ce que ces marches et contours à angle droit qui paraissaient conçus délibérément prennent une solidité majestueuse, et semblent s'élever des profondeurs comme les escaliers des dieux.

Impressionnant, en effet. Parfois, on avait tout à fait le droit d'être impressionné. Et le fait de connaître les caractéristiques physiques de ces formations, le rôle du temps, de la matière et des forces nucléaires, n'atténuait en rien cette sensation. Qu'était Sunday, au final, sinon le résultat de la physique et de la matière ? Et son art était-il autre chose que le résultat de la physique et de la matière travaillant sur elle-même ?

Elle négocia un virage de la corniche. Il y avait une silhouette, un autre touriste en combinaison spatiale, penché sur la balustrade extérieure, les bras croisés sur la traverse. En l'entendant arriver – ses pas résonnaient sur le chemin – l'autre la regarda quelques secondes puis reprit son observation de la gorge. Sunday continua à avancer, persuadée qu'il s'agissait de celui ou celle qui avait réservé la combinaison pour elle.

Son équipement doré et chromé différait du sien. Celui de l'inconnu paraissait plus vieux, sans être antique, mais datant d'au moins vingt ou trente ans. La combinaison semblait néanmoins bien entretenue et Sunday ne doutait pas qu'elle était toujours en parfait état de fonctionnement.

Sunday rejoignit la silhouette, posa les bras sur la balustrade et baissa le regard. Avec le refroidissement de la fin du jour, des vents soulevaient des tourbillons de poussière des recoins et des chicanes des cratères. Des ombres aussi noires qu'une panthère s'élevaient des profondeurs.

L'autre posa une main sur la manche de Sunday et établit une connexion de combinaison à combinaison.

— Je sais qui vous êtes, dit une voix de femme en swahili, mais avec une pointe d'accent martien.

Il n'y avait pas d'incrustation de traduction, du moins pas du côté de Sunday.

— Qu'est-ce qui me le prouve ? répondit-elle.

— Sunday Akinya, dit lentement l'inconnue pour bien montrer qu'elle ne se trompait pas. Vous êtes venue sur Mars pour apprendre la vérité sur votre grand-mère.

— Connaître mon nom n'a rien de difficile. Malgré tous mes efforts, je ne peux pas vraiment voyager incognito. Vous auriez très bien pu faire une demande aug à mon propos avant que je quitte le téléphérique, ou à n'importe quel moment depuis mon arrivée.

— Et l'autre information ?

— Pas besoin d'être un génie pour aboutir à cette conclusion, non ? Ma grand-mère est morte récemment. Quelques jours après ses funérailles, je pars sur Mars. Quelles chances y a-t-il pour que les deux événements n'aient aucun rapport ?

— Vous auriez peut-être pu prendre un peu de recul. Mais ce n'est pas vraiment le cas, n'est-ce pas ? Vous cherchez quelque chose.

— Comme tout le monde.

Sunday se tourna vers la femme, mais sa visière était un miroir qui rendit à Sunday son propre reflet et une vision déformée du paysage.

— Vous connaissez mon nom, reprit-elle. Et si vous me disiez le vôtre ?

— Soya, répondit l'autre femme sans hésitation, comme si cela ne lui coûtait rien.

— C'est un nom africain, je crois. Et visiblement, vous parlez très bien swahili.

— Mes ancêtres étaient nigérians, mais je suis née ici. (Soya réfléchit un instant avant de continuer.) Vous comptez aller vers l'ouest, il me semble. Sans trop entrer dans les détails, vous souhaitez aller dans un endroit très dangereux.

— Dites-le donc, puisque vous semblez si certaine.

— Je ne préfère pas. Nous sommes *à peu près* à l'abri des oreilles indiscrètes ici, c'est pour cela que j'ai pris la peine de vous louer une combinaison et que je me suis assurée que l'aug ne passait pas – l'avez-vous seulement remarqué ? Mais nous ne sommes pas complètement à l'abri. Nous ne le sommes nulle part.

— Bon, parlez par énigme si vous voulez.

Sunday dut admettre qu'elle n'avait pas remarqué l'absence d'aug. Contrairement à d'autres, et surtout à ceux qui vivaient hors de la Zone, elle n'y plongeait pas chaque seconde de son existence. Mais l'aug était toujours là, accessible au besoin. Et en ce moment, Sunday aurait bien apprécié d'y avoir accès.

— Vous travaillez pour les mêmes personnes que Holroyd? demanda-t-elle.

— Je ne « travaille » pour personne. Je suis seulement venue vous dire de faire attention.

— C'est une menace ?

— Comment pourrais-je vous menacer ? Par la violence ? Soyons sérieuses. Non : vous devez vous méfier de ceux qui ont payé cette expédition. En d'autres termes, les amis de Holroyd. Ils vous ont beaucoup aidée jusqu'à présent, n'est-ce pas ?

Sunday ne vit aucune raison de le nier.

— Nous tirons un bénéfice mutuel de notre relation.

Soya éclata de rire.

— Je n'en doute pas. Mais inutile de faire semblant de croire qu'ils se sont lancés là-dedans par bonté d'âme.

— Je n'ai jamais dit cela. Ils m'aident et mon frère les aide en retour. Tout le monde est content.

— Vous pouvez le voir comme ça. Je suis sûre que c'est leur cas.

Sunday commençait à en avoir assez.

— Venez-en au fait, quoi que vous vouliez me dire.

— Que les choses soient claires. Je ne dis pas que les Pans sont malfaisants. Ils sont zélés, bien sûr, et un peu effrayants lorsqu'ils parlent de leurs objectifs à long terme et de la façon dont nous allons être emportés dans leurs plans que nous le voulions ou non… Cela ne fait pas d'eux des êtres maléfiques. Mais si les choses se gâtent, ils penseront d'abord à eux. C'est certain.

— Nous faisons toujours passer nos intérêts en premier.

— En effet. Pourquoi êtes-vous là, sinon par curiosité intellectuelle ? Ne s'agit-il pas d'une motivation égoïste, au final ? Vous voulez des réponses pour vous sentir mieux, pas parce que vous pensez qu'elles feront nécessairement du bien au reste d'entre nous.

— Je ne le saurai pas avant d'avoir des réponses, non ?

— Si vous obtenez des réponses, la corrigea Soya. C'est le problème. Les Pans vous ont surveillée à chaque étape de votre voyage, n'est-ce pas ? Toujours présents, prêts à aider. Vous avez bien rencontré un des Pans sur le téléphérique, non ?

— Je ne peux pas y arriver sans eux. Je ne suis pas la gamine riche et gâtée que vous imaginez sans doute.

— Je n'en doute pas. Mais sachez une chose : quoi que vous trouviez ici, vos nouveaux alliés puissants seront au moins aussi intéressés que vous, et ils pourraient bien décider de vous écarter au dernier moment.

— Ça ne les regarde pas. Ni vous, d'ailleurs.

Sunday recula du bord, mais fit attention à ne pas rompre le contact avec l'autre femme.

— Bien, reprit-elle, vous m'avez dit votre nom. Mais ça ne signifie rien. Qui êtes-vous, Soya ? Que voulez-vous ?

— Dites-vous que je suis une amie, dit Soya. Vous n'avez rien à savoir de plus pour l'instant.

De la main qui n'était pas sur la manche de Sunday, elle toucha un bouton sur le côté de son casque. La visière cessa aussitôt d'être un miroir. Soya se tourna pour montrer à Sunday son visage derrière la vitre et, pendant un instant, la jeune femme eut du mal à garder son équilibre.

Le visage était le sien.

# Chapitre 18

Ils renvoyèrent Geoffrey en Afrique le lendemain. L'appareil en forme de faucille était supersonique, un privilège embarrassant puisque même les airpods les plus rapides ne dépassaient pas le mur du son. Seule personne à bord, Geoffrey resta, durant la majeure partie du trajet, debout face à la fenêtre avant incurvée, une main sur la balustrade, César observant Rome.

Lorsqu'ils furent au-dessus de la pleine mer, plus véloces que tous les autres objets volants à des kilomètres à la ronde, et l'aug étant de nouveau disponible, Eunice revint.

— Je m'inquiétais pour toi. J'espère que tu n'as pas fait de bêtises pendant mon absence.

— Je me débrouille très bien tout seul, grand-mère.

— Eh bien, c'est nouveau, ça, que tu m'appelles « grand-mère ».

— C'est sorti tout seul.

— Apparemment.

Elle se tut et Geoffrey espéra qu'elle n'allait rien ajouter, mais après une pause appropriée, elle reprit :

— Que s'est-il donc passé là-bas ? Tu veux bien me raconter ?

— Nous avons parlé de Lin Wei, l'amie que tu as trompée.

— Je ne connais aucune... Oh ! attends, tu m'en as déjà parlé, non ?

— Qu'as-tu vraiment fait sur Mercure, Eunice ?

— Comme tout le monde : j'ai ramassé quelques souvenirs, je me suis immergée dans la culture locale.

Il changea de sujet, comprenant bien qu'il n'obtiendrait rien.

— Lin Wei est venue te voir juste avant que tu meures.

— Comment le sais-tu ?

— Parce que je crois que je l'ai rencontrée. Elle ne s'est pas du tout « noyée ». Ou alors, ce n'était qu'une noyade métaphorique. Elle ne fait plus qu'un avec la mer. Elle a changé de nom, et de forme. C'est une baleine, désormais, tu le savais ? Elle a pris le nom d'Arethusa.

— Tu pourrais au moins essayer d'être *plausible.*

— Ocular a fait une découverte, annonça-t-il en haussant les épaules, indifférent. Tu te rappelles Ocular, n'est-ce pas ? Ou peut-être est-ce encore une partie de ton passé que tu as commodément enterrée. Mais peu importe. Je vais tout de même te le dire. Lin a trouvé des preuves d'une intelligence extraterrestre, la structure Mandala, et elle voulait que tu sois au courant. Visiblement, elle pensait qu'elle te le devait encore, malgré tout ce que tu lui as fait.

Eunice était debout à la fenêtre, près de lui, tandis que la côte africaine arrivait vers eux. Le mur blanc cassé du barrage côtier ressemblait à une falaise de craie qui s'élevait des eaux. Des bateaux de pêche et de plaisance défilaient en dessous. Ils volaient à peine plus haut que les voiles, mais même à une vitesse supersonique, l'appareil des Pans n'émettait presque aucun bruit.

— Je n'ai guère été impliquée dans Ocular, dit la chimère d'Eunice.

— C'est peut-être ce que disent les archives publiques. Mais Lin devait savoir que c'était plus important pour toi. C'est pour ça qu'elle a tenu à remplir sa part du contrat en t'annonçant cette nouvelle. Puis, peu après, tu es morte.

— Et l'enchaînement de ces deux événements te pose un problème ?

— J'ai de plus en plus l'impression que la coïncidence est trop grosse. Lin devait penser la même chose, sans quoi elle ne m'en aurait pas parlé. Elle est venue à tes funérailles, tu te rends compte ? Cette petite fille en robe rouge, que personne ne connaissait ? C'était une doublure ching de Lin Wei qui se manifestait sous la forme d'une enfant. Sous l'apparence qu'elle avait lorsque vous étiez amies.

Il se tut un instant puis ajouta :

— Je vais aller au Palais d'Hiver. Si tu as quelque chose à me dire à propos de cet endroit, il faudrait le faire maintenant.

— Qu'aurais-je à te dire ?

— Tu as vécu là-bas, Eunice. Tu l'as créé.

— J'aimerais pouvoir t'aider, Geoffrey. Je le ferais si je pouvais, dit-elle avant de se tourner vers lui. Je n'ai qu'une chose à te dire : fais très attention là-haut.

Il comprit que quelque chose n'allait pas dès que l'appareil des Pans ralentit sous la vitesse du son et se mit à décrire des cercles autour de la station de recherche, pour choisir un site d'atterrissage. Le Cessna était là où il l'avait laissé, cloué comme un crucifix sur la terre fauve. Garés un peu plus loin – assez près du trio de cabanes sur pilotis de la station –, deux airpods propres étincelaient. Le premier était ambre, et le second d'un jaune vif, trop brillant. Il distingua des silhouettes, au sol, qui entraient et sortaient des cabanes. Des humains, des robots et des golems. Quelque chose, par terre, ressemblant à une momie enveloppée dans du papier aluminium, sur quoi était penchée une forme humanoïde.

— Pose-moi, lança-t-il. N'importe où.

L'appareil atterrit verticalement sur l'espace dégagé le plus proche. Geoffrey sortit par la trappe ventrale, en ayant lancé son sac devant lui, avant que la manœuvre soit totalement achevée. Il heurta la terre bien tassée, se remit debout, attrapa son bagage et parcourut en courant la distance qui le séparait des cabanes. Une ombre passa au-dessus de lui lorsque l'appareil des Pans remonta dans le ciel. Il la remarqua à peine.

— Geoffrey, dit Hector en l'avisant. Nous avons essayé de t'appeler… de chinguer. Tu n'étais pas joignable. Où étais-tu, bon sang ?

— Je vous ai dit de ne pas venir ici, déclara-t-il.

Il toussa, les poumons irrités par la poussière soulevée par l'appareil.

— C'est Memphis, dit Lucas, debout près de la forme ressemblant à une momie et étendue par terre.

— Quoi ? demanda Geoffrey, abasourdi.

— Memphis était en retard à la maison, expliqua Hector. Ce matin. (Il était agité et de la sueur coulait sur son front.) Nous l'attendions à une heure précise. Nous étions censés le retrouver pour parler des comptes de la maison.

— Nous n'avons pu établir aucune connexion ching, dit Lucas, avant de se répéter un instant plus tard : Nous n'avons pu établir aucune connexion ching.

Comme si ce simple fait avait ouvert un abîme d'injustice existentielle, une sinistre altération de l'ordre naturel des choses.

— Nous sommes venus aussitôt, dit Hector. Son airpod… Nous avons vu où il avait atterri.

Geoffrey repoussa Hector et le fit reculer près de Lucas qui regardait fixement le sol. Il toussa pour évacuer un peu de poussière de sa trachée. L'océan, le royaume turquoise de Tiamaat, la danse nocturne des aquatiques, tout cela ne lui paraissait plus qu'un joli rêve dont il venait de se réveiller brusquement. Geoffrey n'avait pas besoin de diagnostic médical pour comprendre que Memphis était mort. Son cadavre était visible à travers la chrysalide protectrice qui avait été pulvérisée autour de lui. Sous la teinte émeraude, son corps ensanglanté et écrasé ressemblait à un jouet que l'on aurait donné à un enfant turbulent et vindicatif. Sans son sempiternel costume, taché de poussière et de sang, mais dont les rayures familières restaient visibles, il aurait été méconnaissable. Une des chaussures en cuir noir de Memphis avait été arrachée de son pied et laissait apparaître une chaussette poussiéreuse. Le soulier était désormais par terre, hors de la chrysalide.

— Que s'est-il passé ? chuchota Eunice en apparaissant près de lui.

— Pas maintenant. Ce n'est vraiment pas le moment.

Elle continua à regarder le cadavre sans mot dire. La forme robotique penchée au-dessus de la chrysalide se releva de toute sa hauteur de bipède. Geoffrey vit qu'il s'agissait d'une des doublures habituelles de la maison, fine comme une figure de Giacometti, avec des trous et des ouvertures dans ses membres, son torse et son bloc de tête.

— Vous n'auriez rien pu faire, déclara la doublure avec un doux accent sénégalais. Ces blessures nous indiquent qu'il a été tué très vite. Nous lui ferons passer un examen médical complet, évidemment, étant donné la nature accidentelle de sa mort, mais je doute que nous ayons des surprises. Vous dites que son cadavre a été retrouvé près d'éléphants ?

— Il travaillait avec eux, dit Lucas en jetant un coup d'œil à Geoffrey.

— Ce ne sont pas les éléphants qui ont fait ça, dit son cousin.

Hector lui posa une main sur l'épaule.

— Je sais que tu vas avoir du mal à l'accepter...

Geoffrey fut à deux doigts d'écarter violemment le poignet de son cousin.

— Ce ne sont pas les éléphants.

— Ses blessures nous indiquent qu'il a été écrasé, dit la doublure, hésitante, comme si elle ne voulait pas être entraînée dans une dispute familiale. Et cette plaie sur son abdomen... elle correspond à un coup de défense.

— Vous en avez vu beaucoup ? demanda Geoffrey. Je croyais que les accidents étaient censés être rares, de nos jours.

— J'ai vu des blessures semblables dans les manuels, répondit la doublure.

— Le docteur essaie seulement de nous aider, dit Hector sur un ton apaisant.

— Il a raison, ajouta Eunice en chuchotant à peine. Ce n'est pas la faute de la doublure, ni du médecin à l'autre bout.

Mais Geoffrey ne parvenait pas à accepter ce que lui disaient ses sens, ni le témoignage honnête d'un expert médical.

— Ce ne sont pas les éléphants qui ont fait ça, répéta-t-il, mais plus doucement, comme s'il essayait de se convaincre lui-même.

— Il n'aurait pas dû finir ici seul, à son âge, dit Hector.

— Il n'avait que cent ans, fit remarquer Lucas.

— Il ne me paraissait pas très en forme, dernièrement. Il n'aurait jamais dû prendre ce risque. Que faisait-il ici, Geoffrey ? demanda Hector, les mains sur les hanches. C'était ton travail, pas le sien.

D'une voix monotone, Geoffrey répondit :

— Memphis m'a toujours aidé.

— Tu n'aurais pas dû lui demander ça, dit Lucas. Il avait assez à faire à la maison. Tu as profité de sa bonté.

Geoffrey tenta de lui donner un coup de poing, mais manqua sa cible. Son élan le déséquilibra. Il serait tombé si Hector ne l'avait pas retenu.

— Ce n'est pas le moment de porter des accusations, dit celui-ci en s'adressant à son frère. Nous sommes tous bouleversés.

— Reprends-toi, Geoffrey, l'exhorta Eunice d'un air désapprobateur et les bras croisés. Si la couverture du Méca était meilleure, il te serait tombé dessus rien que pour avoir envisagé un acte de violence.

Geoffrey toussa une dernière fois. Il avait de la poussière dans les poumons, le nez, les yeux.

— Il s'occupait simplement des tâches de routine pour moi, dit-il en éternuant tandis qu'Hector relâchait sa prise. Pendant mon absence.

— Tu ne nous as toujours pas dit où tu étais, dit Lucas.

— Parce que ça ne te regarde pas, bordel !

La doublure pivota la tête, leur rappelant qu'elle était toujours là, toujours chinguée.

— J'ai appelé une amburgence. Ils emporteront le corps à l'hôpital de Mombasa. Ils feront ce qu'ils pourront, mais autant vous prévenir tout de suite, il y a peu de chances de rétablissement.

Hector hocha la tête d'un air grave.

— Merci de votre honnêteté, docteur.

— Si j'avais pu arriver plus tôt..., dit la doublure en secouant la tête. Je ne comprends pas comment il a pu laisser ça se produire.

— « Laisser » ? demanda Geoffrey.

— Dans un endroit si dangereux, dit Lucas en regardant autour de lui, il n'aurait pas dû être seul. Le Mécanisme ne peut pas être partout à la fois, ce n'est pas dieu. Un chien de garde aurait dû l'accompagner, en cas de difficultés.

Il désigna le cadavre et reprit :

— Regarde, il ne portait même pas de bracelet. Qu'aurait-il fait si un serpent l'avait mordu, ou s'il s'était foulé la cheville et n'avait pu retourner à l'airpod ?

—Il savait ce qu'il faisait, dit Geoffrey.

—Il a dû être surpris, dit Hector. C'est la seule explication. L'éléphant l'a attaqué avant qu'il ne puisse réagir.

—À mon avis, il n'a pas souffert, dit le docteur. Comme vous dites, s'il s'était cru en danger...

—Nous aurions trouvé un cadavre d'éléphant près du sien, dit Lucas. Ou plusieurs.

Eunice regarda Geoffrey dans les yeux puis disparut.

# Chapitre 19

Sunday et Jitendra fonçaient, à bord du train express qui traversait la plaine de Chryse vers l'ouest, à la mi-journée martienne, lorsque Geoffrey chingua.

Sunday comprit aussitôt que quelque chose n'allait pas.

— Si tu pouvais, dit sa chimère, prendre cette conversation à l'écart. Pas forcément de Jitendra. Ça serait bien qu'il soit là. Mais pas en public.

Le visage de Geoffrey lui apprit tout ce qu'elle avait besoin de savoir, à l'exception du pire.

— J'ai une mauvaise nouvelle à t'annoncer.

Les Pans leur avaient payé un compartiment privé dans le train et Sunday n'avait donc nul besoin de prendre l'appel ailleurs. Elle laissa la chimère parler, en maudissant la distance qui l'empêchait de lui répondre en temps réel. En maudissant la physique, la structure de base même de la réalité.

— Il est à peine plus de midi, ici. Je suis revenu de Tiamaat ce matin. Je devais atterrir à la station de recherche, mais en arrivant, j'ai vu qu'il se déroulait quelque chose au sol. Les cousins étaient là, et ils avaient trouvé Memphis.

La gorge de Geoffrey se serra et il fit bouger sa mâchoire.

— Il était mort, Sunday. Quelque chose s'était passé là-bas et... il était mort, sur le sol, étendu là.

Geoffrey se tut et regarda ses pieds.

— Il y avait déjà un médecin sur place quand je suis arrivé, mais il s'était déjà écoulé trop de temps. Ils ont emporté Memphis à Mombasa, mais le pronostic n'est pas bon... Je crois qu'ils ne pourront pas faire grand-chose.

Jitendra avait déjà refermé sa main sur celle de Sunday, mais elle sentait à peine sa présence. Le compartiment, les vitres pressurisées, le paysage rouge qui défilait au-dehors, tout s'éloignait dans un lointain galactique.

—Je ne sais pas ce qui s'est passé, reprit Geoffrey. Il avait accepté de m'aider avec les éléphants durant mon absence. Le médecin dit qu'il a été écrasé… comme s'il avait eu des problèmes avec les animaux. Mais ce n'est pas possible. Memphis connaissait le troupeau presque aussi bien que moi, sans quoi je ne lui aurais pas demandé de m'aider, et il était le seul sur qui je pouvais compter pour faire correctement le travail. (Il ferma les yeux.) C'est tout pour l'instant. Je t'appellerai quand j'aurai d'autres nouvelles, mais je crois que tu devrais te préparer au pire. (Il ouvrit les yeux et tenta d'ajouter quelque chose avant d'abandonner.) Je crois que je devrais te dire que je regrette de ne pas être avec toi, mais c'est faux. J'aurais préféré que tu sois ici, avec moi, en Afrique. Mars me paraît vraiment très loin, là. (Il hocha la tête et, étrangement, la regarda droit dans les yeux.) Fais attention à toi, petite sœur. Je t'aime.

Geoffrey disparut. Le train fonçait, sans se soucier de la nouvelle. Elle se dit qu'il aurait dû ralentir, pour lui permettre de s'éclaircir les idées. C'est ce qui aurait convenu.

Elle ne savait pas quoi faire, ni quoi dire. Jitendra serra sa main un peu plus fort et lui chuchota qu'il était désolé, ce qui la réconforta autant qu'on pouvait l'être dans un tel instant.

—Je dois retourner sur Terre.

—Attends ce que vont dire les médecins. Les neuropraticiens font des merveilles, de nos jours.

—Tu as entendu mon frère : c'est déjà trop tard.

Jitendra ne savait pas quoi répondre. Elle savait qu'il avait essayé d'être gentil, mais elle ne devait pas se rattacher à de faux espoirs.

—Je dois y retourner, répéta-t-elle.

—Ça… ne changera rien, dit Jitendra très prudemment. Il t'a fallu un mois pour venir ici, et même si nous repartions en orbite et que nous trouvions, par miracle, une place sur le prochain rapide… il nous faudrait au minimum cinq semaines pour retourner dans les environs de la Terre.

—La Terre s'éloigne un peu plus à chaque semaine que je passe ici.

—Si des funérailles doivent avoir lieu, tu les manqueras quoi qu'il arrive, même si tu pars maintenant. À moins qu'ils ne t'attendent. De qui Memphis était-il le plus proche ? De ton frère et toi. Et ton frère est en Afrique. Il ne va rien laisser se dérouler avant ton retour, tu ne crois pas ?

—Ne parle pas de funérailles, je te prie, dit Sunday. Pas encore. Pas avant que nous ayons eu des nouvelles de Mombasa.

Mais il avait raison. Elle pensait déjà aux funérailles.

# Chapitre 20

La neuropraticienne qui chinguait depuis Mombasa, où le corps de Memphis avait été examiné en détail, annonça son verdict aux membres de la famille rassemblés dans la maison.

Ils *pouvaient* le ressusciter, avait dit la chimère, cela restait une option, malgré son coût exorbitant. Mais il faudrait reconstruire une si grosse partie de son cerveau à partir de rien que le résultat final ne ressemblerait pas à celui qu'ils avaient connu. L'organisation structurelle de base de sa personnalité aurait été réduite en miettes.

— Désolée de vous l'annoncer ainsi, mais vous récupéreriez un bébé dans un corps de vieillard, leur expliqua la chimère.

Geoffrey n'arrivait pas à se défaire de l'impression que tout cela était un peu trop bien répété, que la neuropraticienne leur servait son discours habituel dans ce genre d'occasions, en essayant de lui donner une apparence impromptue et sincère. Il aurait aimé lui en vouloir pour ça, mais n'y arrivait pas. Elle s'efforçait d'être aimable.

— Un bébé confus et effrayé, avec juste assez de souvenirs pour se rappeler ce qui lui manque, reprit la spécialiste. La mémoire. Le langage. Toute trace de la famille et des amis. Toutes les compétences et les connaissances difficilement acquises au cours d'une vie. Et sans avoir assez de temps devant lui pour réapprendre ce qui est perdu. Nous respecterons évidemment vos souhaits, mais je vous demande de bien réfléchir avant de décider.

Il était inutile de discuter. Pour une fois, tous les Akinya étaient d'accord. La décision leur revenait entièrement, car Memphis n'avait d'autre famille que celle qui l'employait.

— Il n'aurait pas voulu ça, dit doucement Hector.

Geoffrey hocha la tête pour marquer son assentiment, conscient qu'il répondait aussi au nom de sa sœur.

— Je crois que vous faites ce qu'il convient, dit la spécialiste. Et je suis vraiment désolée de ce qui est arrivé.

Geoffrey tentait toujours d'encaisser ce que la journée lui avait réservé. Tout lui paraissait irréel, détraqué. Memphis avait eu une plus grande importance dans sa vie qu'Eunice. Elle était une recluse qui apparaissait parfois depuis le Palais d'Hiver, mais qui ne venait jamais en personne dans la maison. Qu'elle disparaisse de sa vie lui avait fait le même effet que si on avait démonté et rangé une partie de son passé, pour l'éternité, dans un carton. Cela l'avait attristé, mais pas dévasté.

Mais Memphis, c'était différent. Il avait toujours été là, présence humaine vivante. Son odeur, le tissu rêche de son costume, le grincement de ses chaussures sur le sol ciré lorsqu'il patrouillait dans les couloirs, la nuit, plus vigilant qu'un chien de garde. Doux lorsqu'il le fallait, sévère quand la situation l'exigeait. Toujours prêt à pardonner, même s'il n'oubliait pas. Le meilleur être humain qu'il ait jamais connu.

Il se rappela les paroles de Lucas : *« Tu as profité de sa bonté. »*

Cela faisait mal à entendre, mais c'était la vérité. Il en avait toujours été ainsi.

— Merci de m'avoir tenu au courant, dit Sunday lorsqu'elle répondit, par ching, à sa dernière transmission. Pour l'instant, je ne sais pas du tout quoi dire. J'essaie de percuter. Désolée que tu aies dû le voir... comme ça. Mais quoi que tu puisses penser, ce n'était pas ta faute, d'accord ? Tu as demandé à Memphis de te rendre un service, mais ça ne veut pas dire que tu sois responsable de ce qui lui est arrivé. Memphis était assez grand pour décider seul : s'il avait estimé que ce que tu lui demandais était dangereux, il te l'aurait dit. Alors ne prends pas ça pour toi, c'est déjà assez difficile. S'il te plaît, petit frère ? Pour moi ? (Sunday se calma ; avec la chimère, on avait du mal à savoir si elle avait pleuré ou non.) Je suis en route vers Pavonis Mons, là. Tiens-moi au jus et je te recontacte dès que je le pourrai, dit-elle avant de poser un doigt sur ses lèvres. Je t'aime, petit frère. Tiens le coup, pour nous deux.

Il acquiesça. Il essaierait, même s'il ne s'attendait pas à ce que ce soit facile.

Geoffrey devait sortir de la maison, et il partit donc se promener dans les jardins en s'efforçant de sortir ses pensées de leur ornière. Mais partout où il allait, il trouvait des traces de l'œuvre de Memphis. Des choix concernant le réaménagement du terrain, la remise à neuf des fontaines ornementales, les arabesques dans les murs d'enceinte, la sélection des fleurs et des arbustes dans les massifs : tout cela était du ressort de Memphis. Même lorsque la famille devait choisir entre différentes options, il avait déjà réduit les possibilités, de sorte que, quel que fût leur choix, il le trouvait acceptable. Un de ses plus beaux – et plus subtils – cadeaux aux Akinya était de leur avoir donné l'illusion du libre arbitre.

Plus tard, cet après-midi-là, lorsque Geoffrey fut rentré, Jumai chingua pour prévenir qu'elle était dans le train de Lagos. Au début, il s'en étonna, avant de se rappeler qu'il l'avait bel et bien appelée et qu'il lui avait laissé un message, peu après le départ du corps. Tout était confus. Jumai travaillait et elle n'avait donc pas pu prendre l'appel. Il restait néanmoins surpris qu'elle soit en chemin.

— Descends du train à Kigali, lui dit-il. Je te retrouverai là-bas.

— D'accord, répondit-elle sur un ton sceptique, comme si elle ne s'attendait pas à un tel accueil.

— Je serai ravie de revoir Jumai, dit Eunice pour annoncer sa présence.

— Tu ne la connaissais pas, lança Geoffrey. Tu ne connaissais personne.

Ce ne fut que plus tard qu'il s'aperçut qu'elle avait eu la décence de ne pas s'immiscer dans sa tête pendant qu'il errait dehors.

Le vol dura deux heures et il atterrit à Kigali au milieu de la soirée. Une pluie douce et chaude, au parfum de miel, tombait, prenant des teintes écarlates, cobalt et dorées aux abords de la signalisation aux néons démodée de la gare. Il venait juste de manquer l'arrivée de Jumai : elle s'abritait sous l'avant-toit du hall, tandis que des taxis et des airpods filaient et que des camelots remballaient pour la nuit. Pour tout bagage, elle n'avait que deux sacs noirs, affaissés sur le béton humide autour de ses pieds, comme deux petits chiens épuisés.

— Tu n'étais pas obligée de faire ça, dit Geoffrey lorsqu'ils furent dans le ciel, décrivant un virage au-dessus de Kigali, plongée dans la nuit, en route vers la maison.

— Je connaissais bien Memphis, dit Jumai comme s'il l'avait oublié.

Ils s'étaient tous les deux trempés entre la gare et l'airpod, mais ils séchaient vite grâce au chauffage de la cabine.

— J'ai fait partie de ta vie suffisamment longtemps, je te rappelle, rajouta-t-elle.

— Je sais bien.

Mais alors qu'il s'était souvenu qu'il devait appeler Jumai – elle aurait été vexée dans le cas contraire –, ce ne fut qu'à cet instant qu'il commença à se rappeler à quel point leurs vies avaient été entremêlées.

Des semaines, des mois, dans l'Amboseli. Memphis était souvent venu à la station de recherche pendant que Jumai travaillait sur l'architecture du neurolien humain-éléphant. Ils avaient souvent dîné ensemble, tard le soir, sous une unique lampe oscillante autour de laquelle des moustiques orbitaient comme de petites planètes frénétiques prises dans l'attraction mortelle d'une étoile très massive.

De longues histoires, des éclats de rire déments, trop de vin. Oui, Jumai connaissait Memphis. *Elle l'avait connu*, se corrigea-t-il. *Il faut parler au passé, désormais.*

Il se mit à pleurer. C'était ridicule, rien n'avait déclenché ces larmes, à part la progression désordonnée de ses propres pensées, mais il ne pouvait plus s'arrêter. Quel idiot il avait été de croire qu'il pourrait se contenir, tout au moins en public.

— Désolée, Geoffrey, dit Jumai en lui prenant la main. Ce doit être vraiment dur. Je sais combien il comptait pour toi.

— C'est difficile aussi pour Sunday, dit-il lorsqu'il fut capable de parler.

— Elle va venir ?

— Ce n'est pas possible. Elle est sur Mars, en route vers Pavonis Mons.

Ils passaient au-dessus de la pointe sud du lac Nyanza. Les nuages s'étaient écartés au-dessus, et l'eau était toujours aussi calme et claire que du marbre noir.

— Que se passe-t-il, Geoffrey ? Eunice meurt. Puis Memphis… Et ta sœur décide d'aller sur Mars.

— Quelque chose. Mais j'ignore quoi. (Il se tut un instant.) Je vais peut-être devoir aller dans l'espace. Pour un travail…, dit-il avant de fermer les yeux. Ça a un rapport, mais je ne peux en dire davantage. Je risque de devoir entrer par effraction dans une propriété familiale.

— C'est pour ça que je suis ici ? Parce que je peux t'être *utile* ?

— Tu me connais mieux que ça.

— Peut-être.

Elle resta silencieuse quelques secondes et reprit :

— Bon, il se trouve que je viens de démissionner à Lagos. Une sale journée au boulot.

— Sérieux ?

— Ouais, c'est vrai. J'ai failli me faire empaler. Je me suis dit qu'il était temps que j'arrête, avant de tomber sur un truc vraiment affreux. Et pour quoi ? Un connard de patron ? Des comptes en banque vieux de cent ans, des secrets pour faire chanter les gens riches et célèbres ? (Elle loucha et prit un air écœuré, comme si elle venait de sortir quelque chose de dégoûtant de son nez.) Franchement, quitte à mourir au travail, je préfère que ce soit pour un sujet plus intéressant que des histoires à scandale datant de plus d'un siècle.

Geoffrey pensa au Palais d'Hiver.

— J'ai peur de n'avoir rien de mieux à te proposer.

Le silence retomba. L'airpod corrigea légèrement sa trajectoire. De temps en temps, un autre les croisait, mais en dehors de ça, ils avaient le ciel nocturne pour eux seuls.

— Si tu as envie de me dire ce qui s'est passé, dit Jumai au bout d'un moment, en chuchotant à peine, tu peux, tu le sais. (Puis, comme Geoffrey ne répondait pas tout de suite.) Tu as dit qu'on l'avait découvert près des éléphants, qu'il y avait eu un accident.

— Quelque chose l'a attaqué. Mais ce n'étaient pas les éléphants.

— Alors quoi ?

— Je ne sais pas. Autre chose. Memphis savait comment se comporter près du troupeau. Ce ne sont pas les éléphants qui ont fait ça.

— Ça a dû être rapide, dit-elle quelques instants plus tard.

— C'est ce qu'a dit le médecin. Il n'a rien vu venir, sans quoi il se serait... protégé.

— Je n'ai jamais vu personne recourir à de telles extrémités.

— Moi, oui, dit Geoffrey en repensant au jour où ils avaient trouvé la machine destructrice et que Sunday avait failli mourir. Une fois, quand j'étais petit.

Ce fut le lendemain matin, pendant qu'il prenait le petit-déjeuner avec Jumai, que l'idée lui vint, et il s'étonna, avec le recul – et étant donné ce qu'il pensait de ses cousins –, de ne pas l'avoir eue plus tôt. Peut-être qu'inconsciemment elle lui était déjà apparue. Mais il ne se l'était pas encore figuré consciemment. Et maintenant qu'il l'avait fait, maintenant que l'idée s'était frayé un chemin jusqu'à sa conscience, comme un rhinocéros qui charge en plein jour, il restait assis là, abasourdi et effrayé par ce que son esprit avait osé conjurer.

— À quoi penses-tu ? demanda Eunice.

— Je me disais que ce serait génial si tu pouvais aller te faire foutre.

— Geoffrey ? demanda Jumai.

Il regardait derrière elle, à travers la fenêtre, les arbres au-delà du mur d'enceinte. Eunice avait disparu.

— Je suis désolé, dit-il d'un air distrait. Mais...

— Je n'aurais pas dû venir ici, c'est ça ?

— Non.

Mais en vérité, le retour de Jumai à la maison, sans qu'ils couchent ensemble, le déroutait. Et d'autant plus maintenant que Memphis n'était plus là. Souvent, son esprit retombait dans les mêmes pièges mentaux. *« Il faut en parler à Memphis. Memphis saura quoi faire. Qu'en dira Memphis ? »* Et chaque fois, il se reprenait en se disant qu'on ne l'y reprendrait plus, et il se trompait toujours.

Ils avaient dormi dans deux chambres différentes et s'étaient retrouvés dans l'aile est pour le petit-déjeuner. Le personnel de la maison oscillait entre la discrétion funeste et le maintien d'un courage de façade et faisait comme si rien ne s'était passé. Geoffrey s'en agaça jusqu'à ce qu'il s'aperçoive qu'il se comportait lui-même exactement de la même façon, avec ses sourires exagérés et ses petites blagues nerveuses. Ils essayaient simplement tous d'agir comme l'aurait voulu Memphis, c'est-à-dire de reprendre le cours de leur vie comme si de rien n'était. Mais ils en faisaient trop.

— Inutile de t'excuser, dit Jumai. Je comprends que ce qui s'est passé te bouleverse. Mais si ma présence te gêne, je peux partir. Ça ne m'empêchera pas, reprit-elle un ton plus bas, de travailler sur cette, heu… commande.

— Honnêtement, ça n'a rien à voir avec toi, lui assura Geoffrey. Je suis ravi de ne pas être seul. Mais… j'ai un tas de choses en tête.

Comme le fantôme de sa grand-mère morte qui revenait le déranger de l'au-delà. Comme la possibilité qu'un de ses cousins – voire les deux – ait tué Memphis.

Ça y était, cette fois, il l'avait formulé sans aucune ambiguïté. Fini les tergiversations.

Les cousins avaient tué Memphis.

Quand ce soupçon était apparu, il avait espéré pouvoir le rejeter aussitôt. Évacuer les gravats et tout oublier. Après tout, jusqu'à présent, il ne détestait pas les cousins. Ou en tout cas, sur l'échelle de la haine, ils ne se situaient qu'au niveau d'une légère antipathie : leurs petits jeux manipulateurs le dégoûtaient, il était écœuré par leur avarice et n'appréciait pas qu'ils fassent passer la famille avant tout. Mais il ne les détestait pas vraiment. Il ne leur souhaitait pas les pires souffrances. La plupart du temps.

Mais l'idée qu'ils puissent avoir tué Memphis, ou rendu sa mort possible… Eh bien, lorsqu'on la formulait ainsi, elle ne paraissait pas impossible. Les cousins regrettaient amèrement d'avoir demandé de l'aide à Geoffrey, cela ne faisait aucun doute. Depuis son retour de la Lune, ils savaient bien que Sunday et lui leur cachaient des choses. Cela avait un rapport avec Eunice, et quel meilleur moyen avaient-ils pour limiter les dégâts qu'ils pressentaient que d'ôter de l'équation le seul homme qui en savait plus sur la vieille femme qu'eux ? Tuer Memphis bloquait tout un pan de l'enquête de Geoffrey. Cela signifiait aussi que tout ce que le vieil homme aurait pu révéler de préjudiciable ne risquait plus désormais de voir le jour.

Et oui, un *meurtre*... un acte difficile dans le Monde surveillé. Il était sans doute plus facile de voler la Grande Muraille de Chine. Ce simple mot avait le charme sombre et alchimique des crimes désormais réservés à l'Histoire, comme le régicide ou le blasphème.

Néanmoins, un meurtre n'était pas impossible, même en 2162. Même hors de la Zone non observée, sous le regard panoptique et aimant du Mécanisme. Parce qu'il n'était pas infaillible, et que ce dieu artificiel infatigable ne pouvait être partout à la fois. Les améliorations obligatoires étaient censées éliminer les pires tendances criminelles des cerveaux en développement avant l'adolescence... mais ces tendances elles-mêmes étaient imprécises, et il restait toujours des individus qui, de temps en temps, passaient à travers les mailles du filet. Des personnes possédant les structures mentales nécessaires à la préméditation. Des hommes malintentionnés.

Et si vous vouliez commettre un tel crime, le bassin d'Amboseli n'était pas un des pires endroits pour le faire.

Quand était mort Memphis ? Durant l'absence de Geoffrey, alors qu'il ne surveillait plus le vieil homme.

Où était-il mort ? Dans la cambrousse, où l'aug passait à peine et le Mécanisme était incompétent. Memphis ne portait même pas son bracelet biomédical, même si on avait pu facilement le lui retirer après sa mort.

Qui l'avait trouvé ? Hector et Lucas. Les cousins.

Geoffrey ferma les yeux et tenta de détourner ses pensées de cette voie. Il n'y parvint pas.

Les cousins avaient tué Memphis.

— Désolé de t'avoir entraînée là-dedans, dit-il.

— Entraînée dans quoi ? Nous avons à peine commencé.

— Dans la famille, dit-il. Memphis. Tout ça.

— Tu m'as offert une échappatoire à Lagos, Geoffrey. Je ne vais pas t'en vouloir pour ça.

— Malgré l'intérêt que je peux en tirer ?

— Comme nous le disions, il s'agit d'affaires. Tant que nous sommes d'accord là-dessus, il n'y a pas de problème.

Elle piochait sa nourriture comme un oiseau picorant des miettes au bord d'une route. Geoffrey n'avait guère faim, lui non plus. Son café était posé près de lui, comme un déchet toxique.

— Vous avez déjà prévu… ? dit-elle avant de se taire.

— Quoi ?

Jumai prit une expression qu'il se rappelait bien, inspirant à fond et faisant ressortir sa mâchoire.

— J'imagine que des funérailles vont bientôt avoir lieu. Je n'ai pas pu assister à celles de ta grand-mère, mais puisque je suis ici…

— Rien n'est décidé. Memphis ne m'a jamais dit ce qu'il voulait après sa mort et il ne s'est sans doute pas confié à quelqu'un d'autre, au sein de la famille. Sunday elle-même n'est pas aussi proche de lui que moi. N'était. (Il s'efforça de sourire.) J'ai du mal à m'y faire. Mais c'est bien que tu parles de funérailles, parce que je n'y avais pas encore pensé.

— Vraiment ?

— J'étais tellement concentré sur ce qui s'est passé, et ce que ça signifie… Mais tu as raison. Il y aura une cérémonie, évidemment, et je veux que ma sœur puisse y assister.

Jumai prit un air dubitatif.

— Mais elle est sur Mars ?

— Elle reviendra un jour ou l'autre. Rien ne nous oblige à incinérer Memphis et à disperser ses cendres à la hâte, comme ma grand-mère. Tout le monde n'avait pas pu retourner à la maison, alors. Il faut dire que certains se trouvaient sur Titan. Ce sera différent pour Memphis.

Jumai acquiesça calmement.

— Et tu vas t'en assurer.

— Oui, déclara Geoffrey. Parce que je le dois à ma sœur. Et c'est ce que Memphis aurait voulu.

— C'est bien un truc que je n'ai jamais compris à propos de ta grand-mère, dit Jumai. Je conçois que personne n'ait voulu remettre les funérailles pour me permettre de venir. Mais pourquoi est-ce que vous autres avez dû revenir ici si vite ?

— Parce que c'était le souhait d'Eunice, dit Geoffrey. Une crémation et une dispersion des cendres rapides. Elle ne voulait pas attendre un an, ou en tout cas le temps qu'il aurait fallu à tout le monde pour revenir en Afrique.

— Elle te l'avait dit ?

— Non, répondit-il prudemment. Mais elle en avait parlé à Memphis.

Et il pensa alors à ce que cela signifiait précisément.

Après le petit-déjeuner, Jumai alla nager. Geoffrey retourna dans sa chambre et s'assit sur le lit fait. Il ouvrit le tiroir du bas de sa table de nuit et sortit la chaussure qu'il avait rapportée de la station de recherche.

Il la tint dans ses mains, de la poussière ocre et crayeuse sur les doigts. Les lacets étaient toujours attachés : la chaussure avait glissé du pied du vieil homme sans qu'ils se défassent. Geoffrey toucha le nœud, se demandant si Memphis avait pour habitude d'attacher en premier son soulier gauche ou le droit. Il le revoyait, un pied posé sur le train d'atterrissage du Cessna, refaisant ses lacets, mais il ne se rappelait pas par laquelle il commençait. Des détails ordinaires et quotidiens commençaient déjà à disparaître. Et il ne s'était écoulé qu'une journée.

Il rangea la chaussure dans le tiroir et le referma. Il ne savait pas ce qui lui avait pris de la ramasser tandis que l'on emportait le corps de Memphis, dans sa chrysalide, vers le véhicule médical. Hector et Lucas l'avaient même peut-être vu faire, il ne savait pas très bien.

Il s'approcha de son bureau, s'assit sur sa chaise et voqua une requête aux Nations unies orbitales, demandant des informations concernant le statut de la propriété GGFX13419/785G, c'est-à-dire le Palais d'Hiver. Les données étaient libres et publiques, mais même si ça n'avait pas été le cas, sa demande passait par les canaux Akinya.

Du texte se mit à flotter devant lui :

**Date : 20/2/62 07:14:03 : 11 UTC**
**Sujet : Demande de destruction d'actif abandonné.**
**Code actif: GGFX13419/785G**
**Type actif: Structure habitable en vol libre stabilisée axialement.**
**Statut : Autorisation de destruction accordée.**
**Mode de destruction : À la discrétion des intéressés.**

— Qu'est-ce qui te tracasse ? demanda Eunice.

Il envisagea un moment de ne pas répondre, avant d'abandonner.

— Ils vont détruire le Palais d'Hiver.

— Laisse-les faire, dit-elle en haussant les épaules, indifférente. Je n'y vis plus, Geoffrey. Ça fera un détritus de moins dans l'orbite lunaire.

— Ce n'est pas qu'un vieux bidule. Il appartient à l'Histoire, c'est une partie de nous. Une partie de ce qui nous a façonnés. Les cousins ne peuvent pas l'éliminer.

— Visiblement, si.

Elle observait le texte et avait accès aux mêmes données.

— Sauf si quelqu'un les en empêche, dit Geoffrey.

— Tu ne vas pas commettre d'imprudence, hein ?

— Je te dirai ça plus tard.

Geoffrey voqua la disparition du texte et sortit à la recherche des cousins. Il rencontra Hector en premier. Il revenait du court de tennis, une serviette trempée de sueur autour du cou. Une doublure marchait près de lui en agitant une raquette. Geoffrey leur bloqua le chemin.

— Qui que tu sois, dit-il à la doublure, tu peux chinguer pour rentrer chez toi.

— C'est regrettable, Geoffrey, dit Hector en le regardant de haut. Je suis habitué à ton impolitesse, mais tu n'es pas obligé de l'imposer à mes invités.

— J'allais partir, de toute façon, dit la doublure. Beau match, Hector. On remettra ça.

La forme mécanique baissa les épaules et sa tête dodelina dès que la connexion ching se coupa, la raquette pendant au bout de sa main molle.

Hector la prit, la colla à la sienne et renvoya la doublure se ranger toute seule.

— C'était vraiment inutile de faire ça, cousin.

— Tu t'en remettras.

La doublure partit comme un acteur dans un film en accéléré. Hector puisa en lui-même pour afficher un sourire peiné.

— Et moi qui me disais que nous nous étions bien entendus, hier.

— C'était hier, dit Geoffrey.

— Tu as besoin de moi pour quelque chose en particulier ?

— Tu pourrais commencer par me dire ce qui s'est vraiment passé là-bas.

— Où *ça*, là-bas, cousin ?

Hector déplia la serviette et entreprit de s'essuyer les cheveux.

— La mort de Memphis. C'était pratique, non ? Ça résolvait tous vos problèmes d'un seul coup. Pas étonnant que tu sois d'humeur à jouer au tennis.

— Rentre, respire un grand coup et reprends-toi. On va faire comme si cette conversation n'avait jamais eu lieu.

— Je ne prétends pas que vous l'ayez tué, lança Geoffrey.

Il comprit tout de suite qu'il était allé trop loin, qu'il avait laissé sa colère prendre le dessus. Au loin, Eunice secouait la tête.

Hector le jaugea en acquiesçant.

— Bien. Parce que si c'était le cas…

— Mais ça vous arrange bien, hein ? Vous n'avez qu'une hâte, enterrer Eunice et tout ce qu'elle a fait. Vous voulez simplement reprendre le cours des choses sans qu'aucune surprise surgie du passé ne vous saute au visage.

Hector jeta sa serviette par terre. Il savait qu'un robot d'entretien viendrait la ramasser.

— Je crois qu'il faut que l'on discute, toi et moi. Tu es vraiment bizarre depuis que tu es revenu de la Lune. Encore plus bizarre qu'avant, je devrais dire. Que faisais-tu à Tiamaat ?

Geoffrey le regarda d'un air interdit.

— Quoi, tu crois qu'on ne peut pas suivre un avion ? lui lança Hector. Nous savions où tu étais. Tu es dans les petits papiers des Pans, maintenant, c'est ça ? Eh bien, ils ont de l'argent, je te l'accorde. Mais rien n'est jamais gratuit. Si je n'étais pas un Akinya, je ne leur ferais pas plus confiance qu'à nous-mêmes.

— Il n'a pas tort, commenta Eunice.

— Je choisis moi-même à qui va ma loyauté, merci, dit Geoffrey.

— Personne ne t'en empêche, dit Hector. Mais ce serait une grosse erreur de croire que les Pans travaillent pour toi. Que possèdes-tu qu'ils veulent, précisément ? Parce qu'il ne s'agit pas d'argent, et s'ils recherchent du charme et de la diplomatie… (Hector tapota les deux raquettes contre son front.) Oh ! attends. C'est l'un ou l'autre, hein ? Les éléphants ou la merde des éléphants. (Il baissa les raquettes.) Tu crois que tu peux te servir d'eux, Geoffrey ? Les faire travailler pour toi et pas le contraire ? Tu es plus naïf que je pensais, alors, et c'est beaucoup dire. (Il se tut un instant et prit un ton plus sérieux.) Lucas et moi n'avions rien à foutre de Memphis, de toute façon, si je dois être honnête. Il était vieux et ses meilleures années étaient derrière lui. Mais quoi qu'il se soit passé là-bas, tu ferais mieux de te mettre en tête que nous n'avons rien à y voir. Alors que tu as envoyé un vieillard faire ton sale boulot parce que tu avais mieux à faire. Moi, j'ai la conscience tranquille.

— Je ne vous laisserai pas détruire le Palais d'Hiver.

— Comment ça ?

— Je n'ai pas besoin de te l'épeler. Eunice n'est plus là, Memphis non plus. Le seul lien qui nous reste avec le passé est… ce truc là-haut. Et vous ne pouvez pas le garder.

— Lucas avait raison : il m'avait prévenu que te demander de te rendre utile était une erreur. J'aurais dû l'écouter.

Il essuya un peu de sueur au coin de ses yeux.

— Tu profites de certains avantages, cousin, reprit-il. Tu te crois supérieur à nous, mais tu es toujours ravi de retourner à la maison lorsque tu en as besoin. Une chambre sans loyer ? La nourriture et le transport gratuits ? Te servir de ton nom de famille lorsque cela t'ouvre des portes ?

Geoffrey lui jeta un regard noir.

— Je n'ai jamais fait ça.

— Tu as besoin de te colleter avec la réalité, je crois. Je ne vais pas te jeter dehors de la maison, pas alors que tu as une invitée, mais considère que tous tes privilèges sont annulés. Sur-le-champ. Je vais préparer un billet de train pour Jumai et un airpod pour la gare, mais quand je le déciderai, pas toi. Tu t'es déshonoré, Geoffrey. Arrête avant d'aggraver encore ton cas.

Geoffrey tenta de donner un coup de poing à Hector.

C'était un réflexe stupide et non prémédité, un geste qu'il n'avait pas du tout prévu. S'il y avait réfléchi plus longtemps que la seconde qu'il avait fallu à la colère pour s'emparer de lui, il aurait compris que cette tentative se révélerait inutile.

Hector ne cilla même pas ; il leva à peine les raquettes dans une réaction défensive. Il recula d'un pas tandis que le Mécanisme évaluait l'intention de Geoffrey et intervenait pour empêcher l'exécution d'un acte de violence. Ce n'était plus comme à la station de recherche, lorsque Geoffrey avait affronté les cousins : là-bas, la couverture de l'aug était mauvaise et l'omniscience du Mécanisme imparfaite.

Mais ici, dans les environs bien ordonnés de la maison, c'était différent. Un million de points de vue le suivaient chaque seconde, un public de détecteurs impassibles reliés au réseau inépuisable de maintien de la paix du Monde surveillé. Dans la poussière sous ses pieds, dans le miroitement du granit du mur, dans l'air même, il y avait plus de capteurs publics qu'il pouvait l'imaginer. Ses mouvements avaient été modélisés et extrapolés. Des algorithmes s'étaient déclenchés et leur sévérité intensifiée. De cet endroit d'Afrique de l'Est équatoriale, une onde sismique avait alerté le Mécanisme. À son épicentre, une triste vérité : *Un être humain tentait de faire du mal à un autre.*

Les algorithmes débattirent. Des systèmes experts furent consultés. Des décisions furent prises. L'historique des cas précédents fut consulté pour déterminer la meilleure façon d'intervenir. On n'avait pas le temps de faire appel à des spécialistes humains ; ils ne seraient prévenus que lorsque le Mécanisme aurait agi.

Geoffrey avait à peine entamé son geste lorsqu'il sentit son crâne se fendre en deux.

Ce n'était qu'une migraine, mais si brusque, si douloureuse, que son effet était aussi instantané et débilitant que s'il avait été frappé par la foudre. Il se figea, paralysé, incapable de hurler sa douleur. Eunice disparut comme un signal brouillé. Déséquilibré par l'élan qu'il avait déjà mis dans son coup, Geoffrey vacilla derrière Hector et s'effondra durement au sol, raide comme une statue.

La paralysie cessa. Il resta là, étendu, impuissant, tremblant après le choc de l'intervention, de la poussière et des cailloux dans la bouche, les paumes brûlantes, le pantalon souillé à l'endroit où il avait perdu la maîtrise de sa vessie.

L'intervention s'acheva aussi vite qu'elle était venue. La migraine disparut et ne lui resta qu'un écho de douleur dans la tête.

— C'était… débile, dit Hector en passant au-dessus de lui pour se pencher et lui tapoter une cuisse de ses raquettes. Très, *très* bête. Il va maintenant y avoir une enquête, et tu sais ce que ça signifie. Il y aura des psychologues. Des neuropraticiens. Notre nom va encore être traîné dans la boue. Tout ça, parce que tu es incapable d'agir comme un adulte responsable.

Geoffrey se releva. Malgré le choc qu'il avait reçu, il restait en colère. Si absurde que cela parût, il avait toujours envie de frapper Hector. De lui faire ravaler son sourire.

Eunice n'était pas réapparue.

— Ce n'est pas terminé, dit-il.

Hector détourna les yeux du pitoyable spectacle qu'il avait sous les yeux.

— Va te rendre présentable.

# Chapitre 21

Geoffrey tremblait encore, et s'efforçait de ne pas penser aux conséquences de ce qui venait d'arriver, tandis qu'il jetait ses vêtements souillés dans la machine et en passait des propres. Son premier réflexe fut de rejeter la faute sur Hector.

Mais même si son cousin était responsable de son geste violent, il ne pouvait l'être de l'intervention. C'était justement l'intérêt du Mécanisme : on ne pouvait le convaincre et en aucune manière l'influencer. Et il n'en avait pas fini avec lui. Cela prendrait peut-être des heures, voire des jours, mais il devrait rendre des comptes auprès de psys et de praticiens, se soumettre à un examen complet : pas simplement pour s'assurer qu'il se repentait correctement, mais pour que les consultants humains du Mécanisme certifient que son geste impulsif n'était qu'une aberration, et pas la manifestation d'un trouble psychologique plus profond qui nécessiterait une nouvelle intervention chirurgicale.

Il avait donc, incontestablement, des ennuis. Mais il avait aussi toutes les raisons du monde de se méfier des cousins, de penser qu'ils ne perdraient pas une seconde pour se débarrasser de l'héritage d'Eunice.

Sans quitter sa chambre, la porte entrouverte, il utilisa le cryptage quantique de Truro pour chinguer à Tiamaat.

— La situation a évolué, dit Geoffrey lorsque l'aquatique au visage lisse eut pris forme.

— Vous parlez de la destruction prévue ? dit Truro, à moitié immergé dans de la mousse bleu pastel et hochant vigoureusement sa tête graisseuse. Vous avez dû vous aussi en entendre parler. Il n'y a pas de date prévue pour l'opération, mais nous pouvons imaginer qu'elle ne tardera plus, maintenant que l'autorisation a été accordée.

— Ce n'est pas tout. J'ai agi de façon… impétueuse. Ou idiote, dit Geoffrey en baissant les yeux, incapable de regarder le Pan directement. J'ai défié les cousins.

— Tout à fait compréhensible étant donné les circonstances.

— Et j'ai essayé d'en frapper un.

— Ah ! dit Truro après un instant de réflexion. Je vois. Et ce… geste, a-t-il… ?

— Le Mécanisme est intervenu.

— Ouf ! (Ses immenses yeux sombres de phoque clignèrent.) Douloureux, je présume. Et sans nul doute humiliant.

— J'ai connu de meilleures matinées.

— Vous avez, euh… déjà eu des antécédents ?

— Je n'ai pas pour habitude de chercher à frapper des gens, non, dit-il, mais il se mit à bien y réfléchir. Je me suis battu, adolescent, à cause d'un jeu de cartes. Ou d'une fille. Ou les deux, peut-être. Et plus jamais depuis. Avant cela, il n'y avait eu que les trucs habituels de l'enfance, lorsqu'on apprend comment ça fonctionne.

— Alors, il n'y aura guère de complications. Nous sommes des animaux, au fond, même après les améliorations : le Mécanisme n'attend pas de nous que nous soyons des saints. Mais tout de même… ça complique nos affaires.

— C'est bien ce que je me disais.

— Le protocole habituel, dans ce genre de situation, est une période de… confinement probatoire, c'est le nom qu'ils lui donnent, je crois – perte des droits d'aug et de ching, réduction de la liberté de déplacement, etc. –, jusqu'à ce qu'une équipe d'experts décide que vous n'êtes plus une menace pour la société et que vous pouvez reprendre votre vie sans nouvelle amélioration… et avec une mise en garde ajoutée à votre dossier comportemental, évidemment. La prochaine fois que vous prendrez part à une situation semblable, le Mécanisme n'hésitera pas à présumer que c'est vous qui aurez déclenché les hostilités… et il pourra renforcer sa réaction en conséquence.

Autrement dit : le Mécanisme n'hésiterait pas à le tuer pour empêcher qu'un innocent perde la vie. Cela n'arrivait pas très souvent, mais c'était toujours possible. Le crime de Geoffrey le plaçait tout en bas de la liste des contrevenants qui risquaient ce genre d'intervention. Néanmoins… le simple fait d'appartenir à cette liste ne l'amusait pas vraiment.

— Que dois-je faire ?

— Nous devons vous transférer à Tiamaat avant que le confinement probatoire soit prononcé. Un humain doit valider le processus et il a sans doute plus d'une dizaine de cas semblables en attente sur sa pile. Ce qui nous laisse sans doute une heure ou deux.

— Et en quoi ça m'aidera, d'être à Tiamaat ?

— Nous avons… des ressources. Mais vous devez nous rejoindre, Geoffrey. Nous ne pouvons pas venir vous chercher pour l'instant.

Il regarda la petite chambre, peu meublée et impersonnelle, comme dans un hôtel où il viendrait d'arriver. Il se rendit compte qu'elle ne lui manquerait pas s'il n'y remettait jamais les pieds. À part quelques babioles, rien, ici, ne lui ressemblait.

— Je vais voir ce que je peux faire.

— Dépêchez-vous, dit Truro. Vous devez vraiment vous hâter.

Jumai faisait des longueurs, transperçant l'eau comme un rapide espadon aux lignes pures et brillantes. Elle donnait l'impression que cette activité, inhumaine au fond, était non seulement praticable, mais également le meilleur moyen de se déplacer.

— Je me disais que nous pourrions prendre un vol, dans le coin, dit-il d'un air vague lorsqu'elle s'arrêta pour reprendre son souffle à un bout de la piscine, les coudes sur le rebord.

— Tu n'as pas des choses à régler, pour Memphis ?

— Rien de pressé.

— Tout va bien, Geoffrey ? demanda-t-elle en regardant son pantalon et sa chemise. Pourquoi t'es-tu changé ?

Il haussa les épaules.

— J'en avais envie.

Il montra, de la tête, l'horizon bleu clair, sans nuages, et dénué de la moindre trace du système météorologique qu'ils avaient traversé autour de Kigali.

— Un front approche. Je me disais que nous devrions l'éviter.

— Un front ? Vraiment ?

— Le programme météo vient d'être révisé, dit-il, sans conviction.

— Et ça ne peut pas attendre ?

— Non, répondit-il en espérant qu'elle le comprendrait, qu'elle lirait, dans ses yeux, le message qu'il ne pouvait prononcer. Non, c'est impossible.

— D'accord. Je vais sortir de l'eau.

Elle se changea en vitesse et le rejoignit, les cheveux encore crépus de les avoir essuyés avec sa serviette. Geoffrey s'inquiétait du moment où la poigne d'acier du confinement probatoire allait se refermer sur lui.

— Que se passe-t-il ? lui demanda-t-elle tout bas, en chemin vers les airpods.

— Quelque chose.

— Ça a un rapport avec ma présence ici ?

— Rien à voir avec toi, lui répondit-il également à mi-voix. Mais j'ai besoin de toi.

— C'est à propos du boulot ?

— Peut-être.

Il fit signe à l'airpod le plus proche de s'ouvrir. Jumai monta dedans, confiante, et Geoffrey la suivit. Ce ne fut que lorsqu'il pénétra dans la fraîcheur du compartiment passager qu'il se rendit compte à quel point il transpirait. La sueur séchait sur lui et lui picotait le front en refroidissant.

— Manuel, voqua-t-il.

Puis il attendit que les commandes sortent de leurs points d'accès cachés, se déplient et s'assemblent, à une vitesse trompeuse, devant lui. Un instant passa, puis un autre. Il n'avait toujours rien en main.

— Manuel, répéta Geoffrey.

— Je crains que le vol en manuel ne soit pas disponible, dit l'airpod avec une amabilité exaspérante. Veuillez indiquer une destination ou des coordonnées.

Jumai jeta un coup d'œil à Geoffrey.

— Tu es bloqué ?

— Emmène-moi à l'aqualogie de Tiamaat, dit-il.

— Cette destination est inconnue, répliqua l'airpod. Reformulez, je vous prie.

— Emmène-moi en mer, au-dessus du bassin de Somalie.

— Veuillez être plus précis.

— Pars vers l'est.

— Je crains que ces coordonnées ne soient pas acceptables.

— Tu n'as pas le droit de m'emmener vers l'est ?

— Je ne suis pas autorisé à accepter des destinations ou des coordonnées qui m'obligeraient à voler au-dessus de la mer.

Geoffrey secoua la tête, déconcerté.

— Qui a programmé ces restrictions ?

— Je crains de ne pouvoir…

— Peu importe.

Geoffrey serra les poings, et abandonna l'idée de l'airpod. Il ouvrit le cockpit, laissant échapper la bulle d'air frais et parfumé et faisant entrer la chaleur africaine.

— Enfoirés de Lucas et Hector ! lança-t-il.

Jumai descendit.

— Ils les ont tous bloqués, j'imagine.

— Les airpods, oui, dit Geoffrey. Mais pas le Cessna.

Il était garé au bout de la rangée de machines volantes, déjà orienté dans la direction de la piste.

— Démarrage, voqua Geoffrey avant même d'y arriver.

L'hélice se mit à tourner, le moteur électrique alimenté par une pile à hydrogène n'émettant qu'un léger vrombissement de sauterelle qui devint bien vite un ultrason. Enfin une bonne nouvelle : il ne pensait pas que les cousins pouvaient bloquer l'autorité qu'il avait sur le Cessna, mais il ne lui restait désormais plus grand-chose d'autre.

— Puisque tu savais qu'ils ne pouvaient pas arrêter l'avion, dit Jumai, pourquoi n'avons-nous pas... ?

Le câble d'alimentation en hydrogène était débranché, posé sur le sol près de l'avion. Geoffrey l'avait relié à son arrivée, lorsqu'il lui restait encore assez de concentration pour y penser, mais il ne savait pas du tout quand les cousins avaient pu venir pour le retirer.

— Attention au souffle de l'hélice, dit Geoffrey en ouvrant la porte pour permettre à Jumai de monter à l'ombre de l'aile, sur le siège du copilote.

Il ôta les cales et la rejoignit dans le cockpit. Il ne prit pas la peine de vérifier les cadrans, desserra les freins et fit accélérer le moteur. Le Cessna se mit à rouler, rebondissant sur des monticules et des traces de roues sur le chemin vers la piste. Geoffrey regarda alors la jauge de carburant. Plus basse qu'il ne l'avait espéré, mais pas vide. Il estima qu'il y en avait assez pour arriver à Tiamaat.

— Nous nous enfuyons, hein ? dit Jumai en attachant sa ceinture. C'est ça, non, en gros ?

Geoffrey aligna l'appareil pour le décollage.

— J'ai merdé. J'ai frappé Hector.

Elle le lui répéta comme si elle avait mal entendu :

— Tu as « frappé » Hector.

— J'ai essayé. Mais le Mécanisme est intervenu et a largué un rocher sur mon crâne.

— Oh ! mince !

Elle souriait, partagée entre la joie et l'horreur.

— Superbe façon de résoudre les conflits, Geoffrey.

— Je suis en guerre contre ma famille. L'escalade était dans l'ordre des choses.

— Ouais. C'est ce qu'on appelle des « représailles préventives », dit-elle en secouant la tête. Et maintenant, on fait quoi ?

Il poussa l'accélérateur à fond. Le Cessna partit vers l'avant, sur un trajet d'abord cahoteux avant que la vitesse n'aplanisse les ondulations du sol.

— Nous partons pour Tiamaat.

— Ils sont trop radins pour envoyer un avion ?

— Ils ne peuvent plus depuis que je suis dans le collimateur du Mécanisme. Ils ne vont pas non plus affronter directement la famille.

Ils avaient atteint la vitesse de décollage. Il pivota et les emmena dans le ciel.

— Quelque chose a changé chez toi, dit Jumai. Je ne suis pas sûre que ce soit très bon, mais quelque chose a changé. Tu étais rasoir, autrefois.

— Et maintenant ?

Geoffrey fit un virage sur l'aile à gauche et les ramena au-dessus du « A » blanc et bleu de la maison.

— Un peu moins, dit Jumai en détachant sa ceinture. Bon, à combien se trouve la côte ?

— À peu près cinq cents kilomètres. (Il regarda de nouveau la jauge de carburant et se demanda s'il n'était pas trop optimiste.) Disons, deux heures de vol. Puis nous devrons encore rejoindre Tiamaat. (Il tapota la console.) Mais ça va aller.

— On ferait aussi bien d'y aller à pied.

— C'est un vieux coucou, mais tant mieux : les cousins ne peuvent rien faire aux vieilles machines.

— Ce n'est peut-être pas des cousins dont il faudrait s'inquiéter, dit Jumai. D'autant plus que tu viens d'énerver le Mécanisme.

Geoffrey sourit. La maison défilait sous eux. Deux silhouettes se tenaient près d'un des murs et regardaient le ciel en se protégeant les yeux. Il agita les ailes et mit le cap sur l'océan.

Évidemment, il ne pouvait en réchapper ainsi. Dix minutes après leur départ, deux airpods s'approchèrent, un de chaque côté, prenant le Cessna en tenaille à moins d'une longueur d'aile de distance. Geoffrey quitta l'horizon des yeux juste assez longtemps pour s'assurer qu'il s'agissait bien des cousins. Ils volaient dans les deux appareils garés, plus tôt, près du corps de Memphis : Hector à tribord, Lucas à bâbord.

— Je crois qu'ils veulent parler, dit Jumai. Y a quelqu'un qui n'arrête pas d'essayer d'envoyer une chimère.

— Ils peuvent aller se faire foutre. Nous avons dépassé depuis longtemps le stade de la discussion.

Il avait rejeté les demandes de chimères depuis qu'il avait raillé les cousins dans le ciel. Il ne voulait plus leur parler.

— Ils s'approchent très près. Je sais que les airpods ne peuvent pas entrer en collision les uns avec les autres, mais…

Elle ne termina pas sa phrase.

— Ne t'en fais pas, dit Geoffrey. S'ils font quoi que ce soit qui ressemble un tant soit peu à une tentative de nous abattre, je crois que je cesserai alors d'être la préoccupation principale du Mécanisme.

— Ça me sera d'un grand réconfort lorsqu'on me ramassera par terre à la petite cuillère.

— Nous n'allons pas nous écraser. Et de toute façon, c'est la routine, tout ça, pour toi, la reine de la récupération de données à haut risque. Tu te moques bien des explosifs et des gaz neurotoxiques.

— Geoffrey, fit une voix qui perça ses pensées comme un brise-glace. Désolé d'utiliser ce canal, mais tu ne m'as pas laissé le choix.

— Sors de mon crâne, Lucas.

Jumai, qui n'entendait pas le cousin, le regarda, consternée.

— Avec plaisir, dit Lucas, si tu me laisses accéder à un moyen de communication plus orthodoxe.

— Que se passe-t-il ? demanda Jumai.

— Lucas a trouvé un moyen d'entrer dans ma tête, expliqua Geoffrey en criant pour étouffer la voix qui bourdonnait encore entre ses oreilles. Je ne sais comment.

Il n'en avait aucune idée. Memphis lui-même ne pouvait le joindre lorsqu'il voulait être seul, et il n'avait aucune raison de supposer que les cousins connaissaient une porte dérobée qui leur permettait d'entrer dans l'esprit de Geoffrey. Si c'était le cas, ils l'auraient déjà utilisée lorsqu'ils essayaient de le contacter pour lui annoncer la mort de Memphis.

— C'est simple, expliqua Lucas. Tu as quitté les lieux d'une intervention de haut niveau avant qu'une équipe d'évaluation des risques ait pu t'interroger. Le Mécanisme ne voit pas ça d'un très bon œil. Il t'arrêterait de nouveau si cela ne risquait pas de vous mettre en danger, ton otage et toi.

— Ce n'est pas mon otage, dit Geoffrey.

— Explique-le aux autorités, cousin. Le Mécanisme m'a donné un accès direct, parce que je suis de ta famille et que je pourrais peut-être te convaincre de ne pas aggraver les choses.

— Bon, tu pourras leur dire que tu as essayé. Et maintenant, va te faire foutre.

— Geoffrey, écoute-moi. Nous savons bien que tu traverses une période difficile sur le plan émotionnel, mais si tu te comportes de la sorte, cela ne fera qu'empirer.

— Ne me mets pas ça sur le dos, Lucas. C'est vous qui avez tout déclenché en m'envoyant sur la Lune.

—Mieux vaut laisser certaines choses dans le passé, dit Lucas. Si tu te souciais de cette famille et de ses intérêts, tu le comprendrais. Des millions de personnes dépendent de nous, de notre stabilité.

—Nos actions ont à peine frémi, Lucas. À part nous, personne d'autre n'a rien à foutre d'Eunice.

—Et c'est justement pour ça que rien de ce que tu fais ne vaut la peine. Elle appartient à l'Histoire, Geoffrey. C'est un fantôme.

—Laisse faire le Mécanisme. Ce n'est plus ton problème.

Il ne s'attendait pas à ce que Lucas le prenne au mot, mais quelques secondes plus tard, les airpods des cousins s'écartèrent et laissèrent le Cessna seul dans le ciel. Geoffrey fut surpris d'en être à ce point bouleversé. Il se retourna sur son siège pour voir les deux appareils disparaître au loin.

—Lucas est parti, dit-il doucement.

—Ils ne pouvaient rien faire, dit Jumai. Tu l'as dit toi-même : nous abattre n'était pas possible.

Le Mécanisme finit par arriver, comme prévu. Ils étaient au-dessus de l'océan et l'alarme du carburant avait déjà sonné trois fois. Deux appareils de l'Administration civile approchèrent, le blanc et bleu officiel de leur coque recouvert des emblèmes, générés par aug, de la FAE et de l'UA, arrivant de Nairobi ou peut-être de Mombasa, plus gros et plus rapides que les airpods des cousins, le nez émoussé, les ailes courtes, des turbines partout, aussi laids que des rhinocéros avec leurs plaques de blindage angulaires et les cornes formées par les protubérances noires des systèmes d'armement. Ce n'était pas rien, par les temps qui couraient, de se retrouver face à une telle démonstration de force de la part des autorités. Geoffrey ne se rappelait pas la dernière fois où il avait vu quelque chose d'équivalent, sur Terre tout au moins. *Tout ça, pour moi ?* eut-il envie de demander. *Vraiment, c'était inutile.*

—Je n'aurais peut-être pas dû démissionner de mon job, dit Jumai.

—Ils croient que tu es mon otage, dit Geoffrey. C'est en tout cas la position qu'ils ont décidé de prendre. Alors, si j'étais toi, je ne m'en ferais pas trop : ils ne vont rien dire, ni faire qui puisse te mettre en danger.

—Jusqu'à ce qu'ils fouillent dans mon passé et décident que, eh ! finalement, son ex nigériane est peut-être complice, après tout.

—Ils ne vont rien faire d'idiot. Je n'ai pas commis de crime. J'ai simplement fui la scène d'un crime que je ne suis pas parvenu à commettre.

—Garde ça pour le juge.

Elle regardait par la fenêtre, et passait de tribord à bâbord comme quelqu'un qui suit un match de tennis disputé.

— J'ai déjà vu des machines pas commodes, Geoffrey, et j'en ai même piloté…

— Elles sont conçues pour l'intimidation. Et c'est pour ça que nous n'aurons pas peur.

Les appareils de sécurité, leurs emblèmes planant autour d'eux comme des bannières au néon prises dans leurs sillages, étaient bien plus gros que le Cessna. Mais cela avantageait Geoffrey. Quand ils regardaient ce petit avion blanc qui ressemblait à un jouet, les pilotes voyaient un appareil vieux et fragile, et ne se rendaient pas compte que cette coque antique était en fait bien plus solide qu'elle le paraissait.

— Geoffrey Akinya, dit une voix qui traversa tout, exactement comme l'avait fait celle de Lucas. Ici l'Administration civile. Veuillez retourner à votre point de départ.

— Désolé, c'est impossible, répondit-il.

— Une intervention a eu lieu pour empêcher l'exécution d'un acte violent, Geoffrey. (On lui parlait comme à un enfant, avec une infinie patience.) Étant donné les circonstances, un examen complet doit être mené. Soumettez-vous au confinement probatoire et vous n'aurez rien à craindre. Je vous invite à faire demi-tour.

La voix était grave, masculine, indéniablement tanzanienne.

— Vous ne pouvez pas m'arrêter, n'est-ce pas ? Vous ne pouvez rien faire pour modifier ma trajectoire.

Les appareils s'approchèrent. Ils étaient aussi gros que des maisons, aussi blindés que des bunkers. Ce type de technologie militaire était comme un cœlacanthe : elle n'avait rien à faire dans le présent. Mais Geoffrey comprit alors qu'elle n'avait jamais cessé d'exister, dans une partie cachée du monde, dissimulée, par bienséance, jusqu'à ce qu'il défie le Mécanisme.

— C'est le dernier avertissement, dit la voix. Faites demi-tour.

Et ils tombèrent en panne de carburant. Geoffrey n'avait jamais fait d'amerrissage forcé auparavant, il n'avait même jamais envisagé de devoir, un jour, en effectuer un. C'était ce qui arrivait lorsque les choses tournaient mal, lorsqu'on s'était trompé.

Pourtant, il allait devoir faire amerrir le Cessna. Lorsqu'il arriva juste au-dessus de la vitesse de décrochage, il ouvrit les volets à fond, et piqua du nez au dernier moment. Les roues touchèrent l'eau. L'appareil ralentit rapidement, l'avant tomba dans l'eau puis il se pencha lentement vers tribord jusqu'à ce que le bout des ailes soit submergé. Les moteurs s'étaient arrêtés. Le Cessna tanguait sous l'effet de la houle verte de l'océan Indien, n'émettant que quelques craquements, comme s'il lui avait tardé, depuis toujours, de devenir un bateau.

— Il y a un gilet de sauvetage sous le siège, dit Geoffrey. (L'air marin lui chatouillait le nez.) Il faut sortir. L'appareil n'est pas prévu pour flotter.

Jumai sortit son gilet.

— Nous allons devoir finir à la nage ?

— Je crains que nous n'ayons d'autre choix.

— Ces eaux sont infestées de requins.

Il acquiesça.

— Ça va aller. Le Mécanisme a sans doute déjà vidé la zone des gros prédateurs, ou euthanasié ceux qui n'avaient pas compris.

— C'est ce que tu espères.

— Pour l'instant, nous faire bouffer est le cadet de nos soucis.

Les appareils de l'Administration rôdaient au-dessus. Ce qui était plutôt rassurant, parce qu'ils n'auraient pas à attendre longtemps des secours ; Mécanisme ou non, Geoffrey n'appréciait guère l'idée de passer des heures dans l'océan. Et également inquiétant, puisque, une fois que Geoffrey et Jumai flotteraient dans l'eau, les autorités ne tarderaient pas à trouver un moyen de les placer en détention.

Mais le Cessna coulait. Depuis leur amerrissage, l'eau entrait en clapotant par les jointures des portes et les ouvertures du moteur. Avec leurs gilets de sauvetage, Geoffrey et Jumai grimpèrent sur la surface inclinée d'une aile, dans l'espoir de gagner quelques minutes, guère plus. La jeune femme était assise sur l'aile penchée, les pieds suspendus par-dessus le rebord. Geoffrey, debout, les mains sur les hanches, les genoux fléchis pour garder l'équilibre, scrutait l'horizon, inquiet. En l'air, il pouvait encore voir la terre, mais plus maintenant.

— Quoi qu'il arrive ensuite, dit Jumai, je suis désolée pour ton avion.

— Moi aussi.

Un bruit sourd résonna sous le fuselage, assourdi par la flottaison, comme si le train d'atterrissage submergé venait de toucher la terre ferme. Le Cessna se redressa brusquement et son aile reprit une position horizontale. Geoffrey chancela, manquant de perdre l'équilibre. Jumai tendit le bras pour lui attraper une cheville et faillit tomber à son tour. L'eau s'évacuait de l'avion en petits ruisseaux.

Avec la régularité d'un ascenseur qui monte, le Cessna émergea de la mer.

— Putain ! mais c'est quoi ? lança Jumai.

Geoffrey haussa les épaules. Il ne comprenait pas non plus.

Une route noire venait d'apparaître sous les roues. Elle s'élevait et se dévoila au grand jour : le liquide s'en écoulait aussi par ses larges flancs incurvés. Geoffrey se tourna doucement, quasi persuadé de ce qu'il allait découvrir. Dans la direction opposée, la route donnait sur une tour noire et brillante dont la forme arrondie et fuselée s'élevait jusqu'à un pont d'observation rectangulaire.

— Nous sommes sur un sous-marin, dit Geoffrey. (Il dut le répéter pour s'en convaincre.) Nous sommes sur un sous-marin.

Jumai descendit de l'aile jusque sur le pont glissant et parsemé de bandes de revêtement antidérapant.

— Et c'est bien ou pas ?

— Je crois que c'est bien. Pour l'instant.

Le sous-marin venait de Tiamaat ; il l'avait compris avant qu'une porte s'ouvre à la base de la tour et qu'une aquatique vêtue d'un exo en sorte. Une brusque bourrasque salée d'embruns lui fit plisser les yeux.

C'était Mira Gilbert. Derrière elle se trouvaient trois autres aquatiques en exo.

— Salut, les glèbeux ! dit-elle en leur faisant signe. Entrez. Nous allons attacher l'avion puis repartir.

Geoffrey descendit de l'aile et posa une main sur un côté du capot du moteur, pour lui assurer qu'il reviendrait. En réalité, il ne savait pas ce qui l'attendait. Tous les plans qu'il avait élaborés étaient en lambeaux. Il avait refusé de se soumettre à l'autorité du Méca, mais il se rendait désormais à des gens qu'il connaissait à peine, et à qui il ne faisait pas vraiment confiance.

Il n'était pas trop tard. Les appareils de l'Administration planaient encore. Il pouvait encore tenter sa chance dans l'océan, se laisser embarquer. Pendant un instant, écartelé entre deux possibles divergents, deux versions de sa vie s'écartant l'une de l'autre comme des traînées d'avion, il resta paralysé.

— On n'attend plus que vous, monsieur Akinya, dit Mira.

— Tu n'es pas obligée de t'embarquer là-dedans, dit-il à Jumai. Tu pourrais encore…

— Merde, non, dit-elle en jetant un regard dédaigneux aux machines volantes. Je préfère tenter ma chance avec les aquatiques, si ça te va. Et si t'es pas trop con, tu feras pareil.

Elle avait raison, évidemment. Il s'était engagé sur cette voie dès l'instant où il avait tenté de décoller avec un airpod. Changer d'avis maintenant ne servait plus à rien.

Ainsi, ils entrèrent, et, tandis que les appareils de l'Administration planaient encore, le sous-marin remplit ses cuves et disparut sous les vagues. L'*Alexandre Nevski* était l'un des cargos sous-marins de la petite flotte de Tiamaat. Il servait généralement à porter ou remorquer des chargements trop lourds, trop volumineux ou trop dangereux pour les cyberclippers éoliens qui géraient désormais les neuf dixièmes du fret mondial.

L'*Alexandre Nevski* datait d'au moins cent cinquante ans et avait été réhabilité à partir d'un ancien sous-marin de dissuasion nucléaire à la carrière discrète. À son bord, le seul reliquat de technologie atomique était désormais son moteur. On avait vidé les compartiments à missiles de leurs terribles secrets pour les transformer en soutes. Il était suivi d'une lourde traîne d'ancres flottantes, toutes aussi grosses que le sous-marin lui-même, et recouvertes de polymères en peau de requin pour minimiser la résistance.

L'*Alexandre Nevski* ne nécessitait pas un gros équipage, à en juger par le très faible choix en matière de cabines. En réalité, il remplissait sans doute la plupart de ses missions sans aucun homme à bord, sauf les passagers qui voulaient profiter de la balade.

— Comment êtes-vous arrivés si vite ? dit Geoffrey à Mira lorsqu'ils furent de nouveau en route, et après lui avoir demandé au moins vingt fois de lui confirmer qu'ils s'occupaient du Cessna.

— L'*Alexandre Nevski* naviguait déjà dans la zone, lui expliqua l'aquatique. Une livraison de routine. J'ai pris un pod pour monter à bord lorsque nous avons estimé possible de vous rejoindre.

On avait donné à Geoffrey et Jumai des vêtements secs, des serviettes et des tasses pleines à ras bord de chai vert marin et salé. Ils étaient sous l'eau, désormais, et avançaient à la vitesse de croisière sous-marine maximale sans que rien le laisse paraître à l'intérieur de l'*Alexandre Nevski*. Il n'y avait pas de couverture aug, aucune possibilité d'ouvrir une fenêtre à travers le derme d'acier de sa coque.

— Je ne sais pas ce que vous a dit Truro, expliqua Geoffrey, mais j'ai de gros problèmes avec le Mécanisme. Je ne crois pas qu'ils vont laisser tomber si facilement.

— Nous pouvons les retenir un moment, dit Mira. Techniquement, vous êtes entré sans autorisation sur la propriété de l'Initiative, vous comprenez ?

— En plantant mon avion ?

Mira hocha la tête, enthousiaste.

— Sur notre sous-marin.

— J'ignorais qu'il était là, dit Geoffrey, légèrement exaspéré. Comment est-ce que ça *peut* être une entrée non autorisée ?

— C'est mieux ainsi. Vous êtes désormais sous notre juridiction, ce qui signifie que nous pouvons les retarder grâce à des mesures quasi légales.

Geoffrey frissonna. Il faisait froid, dans l'*Alexandre Nevski*, malgré les vêtements chauds qu'on leur avait donnés.

— Cela ne va pas vous faire mal voir du Mécanisme ?

— Vous êtes venus jusqu'à nous, et pas le contraire, expliqua Mira. Cela change tout. Nous pouvons maintenant… lancer certaines procédures.

— De quel genre ? demanda Jumai.

— Si Geoffrey demande la citoyenneté de Tiamaat, le Méca devra attendre que nous ayons achevé notre batterie d'examens psychologiques… qui, raisonnablement, pourront durer aussi longtemps que nous le souhaitons.

— Et puis quoi ? Vous me renverrez ?

— Nous y viendrons plus tard. Pour l'instant, commençons par votre demande de citoyenneté. (Elle sourit en le voyant hésiter.) Ce n'est qu'une formalité, le rassura-t-elle. Vous ne vendez pas votre âme à Neptune et à ses laquais aquatiques.

— Qu'est-ce que je dois faire ?

Elle voqua le texte qui apparut dans l'air.

— Lisez ce paragraphe et ça ira.

# Chapitre 22

Durant la nuit, ils avaient traversé nombre de failles et de rifts qui composaient le système complexe de Valles Marineris. Pendant qu'ils fonçaient sur des ponts étroits et hauts – à peine assez larges pour l'unique monorail étincelant du train, ce qui leur donnait l'illusion troublante qu'ils volaient au-dessus de cet immense vide – Sunday avait cherché à repérer les bâtiments intégrés aux flancs de la gorge qu'elle avait vus depuis la pièce de Holroyd. Une fenêtre, une infirmière, un homme aux épines vertes dans un bain chirurgical. Mais elle n'avait pas trouvé la moindre trace d'habitation humaine, aucune lueur, ni pipeline, ni route, de toute la nuit. Valles Marineris était assez vaste pour contenir l'Afrique, de l'océan Atlantique à l'océan Indien : on aurait pu cacher des pays entiers dans tout cet espace, alors des immeubles et des fenêtres...

Elle essayait de le garder à l'esprit, mais son cerveau n'était pas fait pour traiter des paysages à l'échelle martienne.

Elle n'avait pu réussir à dormir, pas après les nouvelles de la Terre. Geoffrey avait rappelé pour lui annoncer ce dont elle se doutait malheureusement déjà, que Memphis était mort depuis si longtemps qu'ils ne pourraient le ranimer. Elle n'avait aucune raison d'en douter. La famille n'était pas du genre à lésiner sur les frais médicaux et les docteurs de Mombasa étaient aussi bons que partout ailleurs.

Memphis était donc mort : tout un pan de sa vie qu'on lui arrachait sans prévenir, un fil doré qui s'effilochait jusqu'à son enfance. Elle ne pouvait pas l'accepter, pas encore. Elle n'avait pas besoin d'être consolée parce qu'elle ne ressentait toujours rien qui ressemblât à de la peine, mais simplement un étrange vide, une absence d'autres émotions. C'était comme si son cerveau avait entamé un rangement, se débarrassant des meubles dont il n'avait plus besoin. Quelque chose allait s'installer à la place, pendant des mois ou des années. Sunday se demanda à quoi ressemblerait la peine, lorsqu'elle arriverait.

Jitendra revint dans le compartiment, visiblement plus joyeux et reposé qu'il aurait dû l'être, selon elle. Il était allé prendre un petit-déjeuner tandis que Sunday s'excusait de ne pas avoir faim et espérait que cela ne le dérangeait pas de manger seul. Il terminait un croissant enveloppé dans du papier.

— Nous sommes presque à Vishniac, dit-il en passant une main sur son menton rasé de près pour en déloger des miettes.

Il semblait différent et Sunday ne détermina pas immédiatement l'origine de ce changement. D'habitude, il avait la tête rasée pour que le stimulateur transcrânien puisse fonctionner correctement, mais, désormais, ses cheveux s'étaient mis à repousser.

— J'imagine que notre véhicule nous y attendra, reprit-il entre deux bouchées. Tu es sûre que tu veux faire ça ? On peut encore renoncer.

— Ça me changera les idées.

— Peut-être que ce qui s'est passé va mettre du plomb dans la cervelle de tes cousins, dit-il en lui proposant la moitié de son croissant.

Elle secoua la tête.

— Tu es sûre ? Il faut manger.

— Je vais bien, dit-elle.

Mais elle ne se sentait pas bien. Elle avait la nausée et des vertiges, comme si elle n'était pas vraiment dans son corps, mais ailleurs et que la connexion ching se détériorait. Pas simplement à cause de la mort de Memphis, même si cela y contribuait. Mais elle avait l'impression d'être désorientée depuis que Soya l'avait contactée à Crommelin.

Soya, sa visière miroir et son visage qui lui faisait penser au sien.

Il ne s'agissait pourtant que d'un écho. Plus tard, Sunday avait repassé l'enregistrement rétinien et si Soya lui ressemblait beaucoup, elle n'était pas sa copie conforme ; pourtant, sur le moment, avec la déformation due aux couches de verre qui les séparaient, elle avait pu croire le contraire. Mais un air de famille ? Indubitablement.

Ce qui occasionnait plus de questions que de réponses.

Elle avait cru ne pas connaître ce nom, mais en réalité, elle ne s'en souvenait plus. C'était pourtant celui de la mère d'Eunice. Mais cette Soya-là était morte depuis plus de cent ans et, surtout, elle n'avait jamais quitté la Terre. Née dans la seconde moitié du XX$^{e}$ siècle, elle avait, selon les critères de l'époque, eu une vie longue et heureuse. Mais elle n'avait assisté qu'aux premiers exploits accomplis par sa fille. De toute façon, les portraits de Soya Akinya ne correspondaient pas au visage qu'avait vu Sunday, même sur les rares photos granuleuses qui existaient d'elle jeune. Les gènes Akinya étaient présents chez les deux femmes, mais ils s'exprimaient de manière différente.

Si elle n'avait pas été coincée dans cette combinaison de tourisme, elle aurait pu facilement effectuer une recherche par aug. Mais c'était justement le but recherché : il ne s'agissait pas simplement de protéger leur conversation des oreilles indiscrètes, mais aussi d'en révéler le moins possible sur la véritable identité de Soya.

Tout cela était bien assez déstabilisant, mais ce qui avait perturbé Sunday tout autant que de voir son propre visage, c'était l'avertissement que Soya lui avait transmis. Sunday savait bien qu'elle ne devait pas avoir une foi aveugle dans les Pans – croire le contraire serait naïf – mais comme elle n'avait pas *d'autre* choix que de leur accorder sa confiance, qu'était-elle censée faire exactement de cette information ?

Et comment Soya était-elle au courant pour les Pans, Sunday et le jeu de piste d'Eunice ?

Se sentir comme un rouage dans une machine, même un rouage volontaire et docile, n'avait rien d'agréable. Vers qui se tourner, désormais ? se demandait Sunday. Vers Jitendra pour trouver de l'amour et de l'affection, tout ce qu'elle pouvait espérer d'un compagnon ? Mais Jitendra ne pouvait pas l'aider à prendre les décisions qui s'imposaient. Son frère ? Sans hésiter. Mais Geoffrey était sur une autre planète et toutes leurs communications passaient par les Pans…

Ce qui laissait la reconstruction d'Eunice, un projet artistique qu'elle avait elle-même conçu et auquel elle avait donné vie. Un assemblage, un collage, une poupée automate. Eunice faisait une bonne base de données, pratique, et facilement accessible, concernant son homonyme décédée, et elle possédait quelques talents pour retrouver des informations, mais de là à ce que Sunday se tourne vers la reconstruction pour lui demander conseil, de *l'aide* en temps de crise…

C'était ridicule.

*Je m'appelle Sunday Akinya*, se dit-elle. *J'ai trente-cinq ans. Je suis en bonne santé. Je ne suis pas une des femmes les plus moches du monde. Sauf accident, je devrais encore vivre cent vingt ans, au minimum. Je suis une artiste méconnue, mais talentueuse, je vis sur la Lune et je me promène actuellement sur Mars, avec mon petit ami, tous frais payés, un privilège pour lequel certains n'hésiteraient pas à tuer, si l'on pouvait encore commettre des meurtres.*

*Alors, pourquoi est-ce que je ne m'amuse pas ?*

La gare de Vishniac était bien plus petite que celle de Crommelin et que bon nombre des stations intermédiaires qu'ils avaient rencontrées en chemin. Elle était pressurisée – le train avait traversé un collier hermétique en plongeant sous terre – mais l'air était froid et lui paraissait raréfié. Il s'agissait évidemment d'une illusion, qu'elle devait autant à son état d'esprit qu'au fait de savoir qu'ils avaient pris énormément d'altitude. Quelques dizaines de passagers étaient descendus et il ne lui fallut pas longtemps pour vérifier que ce n'était pas le cas du golem. Sunday attendit, avec appréhension, jusqu'à ce que le train quitte la gare, en accélérant tellement qu'elle eut l'impression qu'il aspirait l'air dans son sillage. Une fois le train parti, le golem n'était toujours pas apparu.

Il n'y avait nul besoin de se soumettre à des formalités douanières pour passer d'un secteur administratif martien à un autre, et ils sortirent vite de la gare pour débarquer sur le parvis au faste délabré de Vishniac. L'endroit, qui devait être neuf et moderne trente ans plus tôt, semblait ne jamais avoir été entretenu. Sunday localisa le café où on leur avait dit de retrouver Gribelin ; il était coincé entre un fleuriste et un salon de manucure fermé.

Leur guide les attendait, assis seul à une table isolée, les jambes croisées, buvant dans une tasse à café blanche à peine plus grosse qu'un dé à coudre. Ses lunettes d'aviateur semblaient avoir été greffées, par chirurgie, à son visage. Il était chauve et cadavérique.

— Monsieur Gribelin ? demanda Sunday.

Il posa son café qui tinta délicatement contre la table de verre, puis il se leva et prit, sur le dossier de sa chaise, un pardessus en cuir qui lui arrivait aux genoux. Il était grand, même en regard des critères lunaires, et dépassait Sunday et Jitendra.

— Il ne faut pas rester là, dit-il sans un mot de bienvenue. Votre ami a pris le train qui est parti de Crom juste après le vôtre. Il vous suit depuis le début.

— Combien de temps cela nous laisse ? demanda Sunday.

— Deux heures, peut-être moins. Nous avons déjà perdu la plus grande partie de notre avance.

Il enfila le manteau marron, sale et muni d'épaulettes. Son col remontait au-dessus des oreilles. Maintenant qu'elle pouvait bien l'observer, Sunday distingua des petits tatouages qui couvraient toutes les parties visibles de sa peau : visage, cuir chevelu et nuque. Les dessins représentaient de petits bonshommes en bâtons qui dansaient, exécutés en traits primitifs et en gribouillis.

L'étrangeté ne la dérangeait pas – elle vivait dans la Zone non observée, après tout – mais elle s'attendait à un chauffeur calme et assuré, pas à un type qui avait l'air psychotique.

— Bon, visiblement, tes cousins n'ont pas entendu raison, dit Jitendra, d'un air sombre.

— Peut-être que le golem est en pilotage automatique. Peu importe, je ne suis pas d'humeur à en discuter.

— Tout va bien ? lui demanda Gribelin avec désinvolture, comme s'il ne se souciait pas vraiment de la réponse.

Les lunettes saillantes renvoyaient à Sunday le reflet de son visage.

— J'ai connu mieux. On peut y aller ?

— Bien sûr, chérie.

Ils prirent un ascenseur. Dans l'espace confiné, Gribelin dégageait une drôle d'odeur de moisi, rappelant l'intérieur d'un vieux placard. Ils débarquèrent dans un garage, trois ou quatre niveaux sous le parvis. Pressurisé et éclairé, il y faisait encore plus froid que dans les zones publiques au-dessus. Sunday enviait à Gribelin son manteau et ses bottes. Le sol était couvert d'un asphalte brun qui collait à ses chaussures. Ils passèrent devant des rangées de grosses machines, dont certaines aussi grosses que des maisons : transports de marchandises, pelles mécaniques et bus de tourisme, tous montés sur plusieurs ensembles de roues ajourées et résilientes.

— Voilà votre véhicule, dit Gribelin en s'arrêtant devant l'un des camions. N'allez pas érafler la peinture.

Il fit descendre une échelle et il monta agilement vers la cabine du taxi. À mi-chemin, il s'arrêta, regarda vers le bas et désigna les bagages de Sunday. Elle lui donna son sac, puis celui de Jitendra et le suivit dans le véhicule tout en essayant de nettoyer, du mieux possible, la boue qui collait à ses semelles. Elle n'avait rien à foutre de la peinture, ou de ce qu'il en restait.

C'était un camion à six roues, un dragon approximatif peint à l'aérographe sur son flanc. À l'avant se trouvaient une cabine arrondie et une bulle de pilotage, le moteur et la soute à l'arrière, et sur le toit des antennes de comm et des panneaux solaires dépliables, pour l'instant rangés comme un cran d'arrêt refermé. Un robot de maintenance humanoïde était attaché tout devant, sous la bulle de pilotage, comme un trophée.

Sunday n'aurait jamais imaginé que l'intérieur serait si spacieux. Deux petites cabines pour dormir – une pour Gribelin, l'autre pour ses passagers – et une minicuisine avec quatre sièges pliables. Ils s'assirent de chaque côté de leur guide dans la bulle de pilotage. Le camion sentait autant le renfermé que son propriétaire, avec sa poussière et sa moisissure dans les coins, ainsi que ses brûlures de cigarette sur les tissus.

Gribelin avait une main sur le manche de direction et l'autre sur une rangée de leviers d'alimentation. Ils empruntèrent la sortie en colimaçon du garage ; le camion peina dans la forte montée avant de trouver son rythme.

Gribelin accéléra à fond, les roues patinèrent puis les murs incurvés défilèrent à quelques centimètres de distance des jantes. Ils montèrent longtemps, ralentissant à peine lorsque la rampe s'aplanit, puis le camion traversa trois rideaux pressurisés à fermeture automatique.

Ils se retrouvèrent dehors. Pendant quelques minutes ils roulèrent bruyamment à la surface, entre des rangées d'immeubles bas aux allures de bunkers, dotés de minces fentes pour toutes fenêtres, et de logos fanés par le climat sur le toit. Les routes n'étaient composées que de plaques perforées, posées sur pilotis. Des panneaux installés sur des pylônes vantaient les mérites des commerces qui bordaient la voie, d'énormes flèches au néon indiquant les rampes menant aux sas et aux parkings. Des câbles d'alimentation pendaient au-dessus et frôlaient la route et ses croisements. C'était la banlieue, la périphérie d'une petite ville sur une planète où la plus vaste cité restait minuscule en comparaison de celles de la Terre ou de la Lune. Sunday vit une équipe d'entretien qui travaillait avec des chalumeaux sur le bord de la route, mais aucun piéton.

Les immeubles se raréfièrent et ils traversèrent bientôt un mur de béton par une porte flanquée de deux phares clignotants, au-delà de laquelle la route redescendit sur le sol martien pour se transformer en une piste à deux voies. Des rochers et des grosses pierres, écartés par des bulldozers et laissés sur les côtés, formaient une démarcation rudimentaire. Tous les trois ou quatre cents mètres, ils passaient devant un transpondeur ou une balise plantés sur de minces poteaux, seuls marquages de la route.

Mais cela ne semblait pas déranger Gribelin, qui fit accélérer encore le camion. Sunday regarda le compteur monter à cent soixante kilomètres par heure. Les roues soulevaient de la poussière. Des creux dans la piste, sculptés par le vent, faisaient monter et descendre le nez du véhicule, comme un bateau par gros temps.

— Dans combien de temps arriverons-nous à l'Évolvarium ? demanda-t-elle.

Gribelin ouvrit la boîte à gants et se roula une cigarette d'herbe noir et rouge avant de répondre :

— Huit, neuf heures, finit-il par dire. Je ne peux pas être plus précis.

— J'aurais préféré que nous ayons plus d'avance sur Lucas.

Il tira sur sa cigarette et examina soigneusement sa clope.

— C'est votre pote dans le train, le golem ?

— Ce n'est pas mon ami, dit Sunday.

— Façon de parler, chérie. J'ai bien compris que vous n'étiez pas super copains.

Le camion arriva au sommet d'une colline ; Gribelin poussa un des leviers de sélection de l'alimentation. Ils passèrent devant l'épave d'un autre véhicule, renversé dans la poussière.

— Le golem va devoir trouver quelqu'un pour l'emmener, reprit-il, sauf s'il veut partir à pied. Avec un peu de chance, il n'y aura pas de transport avant le matin. Qui est de l'autre côté de la doublure ?

— Mon cousin, sur Terre.

Il acquiesça lentement.

— Vous venez de là, vous aussi, hein ?

— De la Lune, dit Sunday. Pas exactement pareil.

— La Terre, la Lune, rien que des trous perdus dans le ciel. C'est quoi, une sorte de guerre familiale ?

— Un truc dans le style.

— La prochaine fois, essayez peut-être de régler vos comptes chez vous, dit-il avant de se gratter à la limite de ses lunettes. Nous avons eu notre compte de politique terrienne.

— Merci de votre opinion. Vous êtes extrêmement bien payé pour ce travail, non ?

Il haussa les épaules.

— J'ai pas à me plaindre, chérie.

— Alors, fermez-la, s'il vous plaît, à moins que je vous pose une question. J'ai perdu quelqu'un qui m'était très cher et je ne tiens pas vraiment à me taper votre nationalisme martien de comptoir. (Elle inspira.) Et si vous m'appelez encore une fois « chérie », je vais vous arracher ces lunettes et vous les faire bouffer.

Gribelin sourit, tira de nouveau sur sa cigarette et se pencha pour parler à l'oreille de Jitendra.

— Je commence vraiment à l'apprécier. Elle est toujours comme ça ?

# Chapitre 23

Le bruit métallique qu'il avait émis en s'amarrant à *quelque chose* ne trompait pas : l'*Alexandre Nevski* avait bien accosté. Mais Geoffrey savait que ce ne pouvait être dans l'aqualogie. Ils n'avaient pas parcouru une assez grande distance. Pourtant, ce qu'il avait entendu lui avait donné l'impression d'une grande solidité. Une station plantée au fond de la mer, peut-être, ou un navire océanique bien plus vaste.

Les aquatiques leur firent emprunter des couloirs noirs de métal blindé où étaient accrochés, au plafond, des conduites de gaz et, au sol, des tubes remplis d'eau. À travers les portes, Geoffrey vit d'autres aquatiques, des techniciens glèbeux et des robots qui travaillaient sous des lumières vives, entourés de palettes remplies de nacelles de chargement soigneusement étiquetées. Une aquatique, debout grâce à un exo, effectuait des vérifications sur un bloc-notes avec un stylet au bout luisant.

Puis, lorsqu'il eut compris qu'ils avaient débarqué dans la base de lancement d'un des appareils orbitaux de Tiamaat, ils lui montrèrent la fusée en question.

Elle reposait dans son silo comme une cartouche dans sa chambre, le nez arrondi et vert pâle. Des portiques de chargement perçaient les murs et traversaient le vide pour rejoindre les soutes de l'appareil. La partie basse de la fusée de trois cents mètres de haut était déjà submergée. Sous les yeux de Geoffrey, la marée monta de façon visible, recouvrant le renflement aérodynamique du carénage du moteur. Ils inondaient la salle pour se préparer au lancement.

— Au final, ce n'est qu'une grosse bouteille d'eau pétillante, dit Mira Gilbert lorsqu'ils avisèrent la fusée depuis une des fenêtres d'observation du silo. On la secoue et on attend ensuite que quelqu'un la débouche.

La fusée était propulsée par de l'hydrogène métallique. Geoffrey en savait juste assez à propos de l'HM pour ne pas se sentir à l'aise dans ses parages. Il n'avait rien d'exotique, ni de rare : on le trouvait à l'état naturel dans le système solaire et cela en grosses quantités ; il n'y avait qu'à se servir. Le seul hic était qu'il n'existait qu'au fond de l'atmosphère de géantes gazeuses comme Jupiter et Saturne, où il avait été formé par l'effondrement brutal de tous les gaz qui le recouvraient. Sous des pressions à peine concevables de plusieurs dizaines de gigapascals, l'hydrogène normal prenait une forme ultradense conductrice d'électricité. La particularité de l'HM était sa métastabilité : lorsque la pression se relâchait, il ne reprenait pas aussitôt son état d'hydrogène normal. Cela ne signifiait en aucun cas qu'il était sans danger, mais simplement qu'il était assez stable pour être transporté et utilisé comme combustible pour fusée à haute densité d'énergie dont l'impulsion spécifique potentielle dépassait de loin celle que l'on pouvait obtenir par réaction chimique.

On ne l'extrayait pas encore. Akinya Space avait des parts dans le programme visant à développer la technologie adéquate. Il s'agissait de descendre un seau stabilisé par effet piézoélectrique dans l'atmosphère de Jupiter sur un câble en fibre arachnide et à puiser le matériau. Malgré quelques démonstrations de faisabilité prometteuses, il était si difficile d'y parvenir de façon rentable et répétée qu'en comparaison les ascenseurs spatiaux semblaient être l'œuvre de néandertaliens. Il faudrait encore attendre des décennies, voire des siècles, et faire des investissements risqués puisque l'HM n'avait aucune application économique précise dans la propulsion vers l'espace lointain, mais seulement dans le domaine des courtes distances, afin de s'échapper des puits gravitationnels planétaires. Pour l'instant, donc, on le fabriquait, à un tarif prohibitif, dans d'immenses plates-formes de production orbitales, en utilisant l'énergie cinétique des appareils à l'approche pour actionner des pistons à enclumes de diamant eux-mêmes aussi gros et complexes que des moteurs de fusée.

— Les cuves ne sont pas complètement remplies d'HM, dit Mira. Ce serait *vraiment* terrifiant. Elles sont minuscules, une simple petite bulle à la base de l'appareil. Le problème de l'hydrogène métallique est qu'il dégage plus de chaleur qu'à la surface du soleil et que nous ne savons pas fabriquer de pompe ou de tuyau qui puissent le supporter sans fondre. Il nous faut donc le diluer, abaisser la température de la combustion jusqu'à ce que nous puissions gérer la réaction et, pour cela, nous utilisons de l'hydrogène liquide.

— En d'autres termes, dit Jumai, l'HM est si effrayant qu'à côté, l'hydrogène normal, cette affreuse substance inflammable, cette matière qui explose et tue, semble une option sûre et réjouissante.

— Il y a mieux, dit Mira qui semblait se moquer du danger. Vous allez monter à bord, tous les deux. En général, ces fusées n'embarquent que du fret, mais au besoin elles peuvent prendre des passagers humains. Le trajet sera agité, mais vous n'aurez pas à vous en soucier : vous serez endormis pendant le voyage.

— Tout ça rien que pour nous envoyer au Palais d'Hiver ? demanda Geoffrey.

— Le lancement était déjà prévu, expliqua Mira en froissant légèrement son *ego*. Et vous ne serez pas les seuls passagers vivants.

Elle désigna de la tête l'un des portiques, sur lequel on chargeait une nacelle en forme de torpille dans le flanc de l'appareil. Elle était bien plus grande que tous les autres conteneurs qu'ils avaient vus jusque-là et accompagnée par six ou sept techniciens, aquas et glèbeux, qui l'encadraient comme des porteurs de cercueil et semblaient s'en occuper avec un soin particulier.

— Il y a quoi, à l'intérieur ? demanda Jumai.

— La question n'est pas *quoi*, la corrigea gentiment Mira. Mais *qui*.

# Chapitre 24

La pente ne cessait jamais de s'élever. Depuis qu'ils avaient quitté Vishniac, ils roulaient dans l'après-midi froid d'une journée de début de printemps sur Mars et montaient, encore et toujours. Ils étaient désormais sur les hauteurs du plateau de Tharsis, neuf kilomètres au-dessus du niveau moyen de la surface martienne, et traversaient un renflement de lave de la taille d'un continent, plus haut que le Kilimandjaro, plus haut que l'Everest, plus haut que tout lieu sur la Terre. Et le terrain continuait de grimpait vers le cône de Pavonis Mons.

La montagne du paon. Ils ne la voyaient pas encore ; le sommet était dans la brume et, de toute façon, le volcan ne leur paraîtrait pas plus gros qu'une petite bosse, même par temps clair.

Et ce n'était même pas le plus haut volcan de Mars.

Ils ne croisèrent aucune trace de civilisation en activité. À peine quelques véhicules abandonnés, l'étage de descente d'une fusée depuis longtemps oubliée, la carcasse flétrie et déchirée par le vent d'un dirigeable qui avait dû se poser des décennies plus tôt. Ils passèrent près d'un hameau, rassemblement de dômes couleur étain bordés de petits amas de poussière en forme d'éventails, du côté sous le vent. Gribelin n'accorda un regard à aucun de ces jalons lugubres. Sunday songea qu'il devait faire le trajet si souvent que le paysage n'avait plus aucun intérêt à ses yeux. Ils étaient partis depuis deux heures et avaient déjà parcouru une longue distance.

— Voici votre clôture, les petits, finit par dire Gribelin en ralentissant pour faire passer le camion à travers une rangée de poteaux transpondeurs qui penchaient, pour la plupart, dans la direction opposée au vent. Ce qui ne signifie pas grand-chose, à vrai dire. Les machines la sentent et savent qu'elles seront punies si elles traversent. Mais ça ne veut pas dire qu'elles ne tentent pas le coup de temps en temps. Ni que nous allons tomber sur des machines dès que nous serons passés.

Il tapota sur une carte pliante, visualisation physique de la zone est de Pavonis Mons. L'écran tremblota puis de la couleur se répandit sous son doigt. Les contours montraient les élévations du terrain. Des symboles cryptiques, têtes de chevaux, châteaux, cavaliers et pions – comme des notations d'échecs, sauf qu'il y avait aussi des scorpions, des serpents et des crânes –, parsemaient, seuls ou par groupes, la démarcation à peu près circulaire de l'Évolvarium. On comptait des centaines de pions, un peu moins de scorpions, de serpents et de têtes de chevaux, et seulement quelques cavaliers, crânes et châteaux.

— La zone est immense, expliqua Gribelin, et c'est super facile de s'y perdre.

— Ces symboles indiquent où se trouvent les machines ? demanda Sunday.

— Ils me disent où elles pourraient se trouver, en fonction de la dernière fois où elles ont été aperçues, il y a des heures ou des jours. C'est nouveau pour vous, non, tout ce concept de ne pas savoir où sont les choses ?

— Je viens de la Zone non observée, dit Sunday. Y a pas d'aug, ni de Méca, dans la Zone, en tout cas pas comme la plupart des gens l'entendent.

— Mais c'est intentionnel, dit Jitendra. Dans la Zone, ils l'ont choisi. J'ai du mal à comprendre pourquoi vous ne voulez pas connaître l'emplacement de ces machines.

— Il y a des capteurs publics en orbite, dit Gribelin, mais quand le vent soulève la poussière, ils n'y voient que dalle. Les machines sont rusées : elles s'en servent dès qu'elles le peuvent, et quand il n'y en a pas, la plupart d'entre elles peuvent faire voler de la terre ou creuser pour se camoufler. Vous devez sans doute maintenant vous demander pourquoi ils ne tapissent pas toute cette putain de zone de capteurs.

Sunday se hérissa. C'était, en effet, sa prochaine question.

— Et donc ?

— Les machines les bouffent. C'est comme si on leur envoyait à manger, de la nourriture dans le désert. Miam, miam.

— Vous n'avez qu'à coller des traceurs aux machines, dit Jitendra.

— C'est le même problème. Tous ces parasites, tout ce qui n'est pas bénéfique à l'hôte, est ramassé et mangé comme un asticot. (Il tapota de nouveau sur la carte.) C'est vraiment naze, mais on n'a rien de mieux. C'est fondé sur des infos des Flotteurs, qu'ils compilent et partagent lorsqu'ils sont d'humeur.

— Les Flotteurs ? demanda Sunday.

Jitendra prit la parole avant que Gribelin puisse répondre : il voulait peut-être montrer qu'il n'était pas complètement ignorant de ce qui se passait ici ; qu'il avait tout de même fait ses devoirs.

— Les courtiers qui dirigent l'Évolvarium. C'est un peu comme… les dresseurs des coqs qui s'affrontent. Leur but serait de créer l'animal de combat idéal. Ils imaginent sans cesse de nouvelles façons de stresser la population, d'obliger les machines à évoluer. Et dès que les robots découvrent quelque chose d'utile – une innovation, un tuyau, ou une idée exploitable – les courtiers se tirent la bourre pour le récupérer les premiers et gagner de l'argent sur les marchés technologiques. C'est pour ça que cet endroit intéresse June Wing.

— June Wing ? demanda Gribelin.

Jitendra eut un bref sourire.

— Une… amie. Qui s'intéresse à la robotique de pointe. Qu'est-ce que vous savez de nous ?

— Je sais juste qu'il y a un boulot, que les poiscailles sont derrière et que je suis censé ne pas poser de questions.

— Vous étiez au courant pour le golem, dit Sunday.

— Les Pans m'ont dit de ne pas traîner, une fois que vous serez descendus du train. On m'a aussi dit de faire gaffe à un robot malléable, au cas où celui qui vous suivait vous aurait devancés. Quant à savoir pourquoi vous avez un golem aux trousses, chérie, je n'ai pas demandé et ils n'ont rien dit. (Il adressa à Sunday un sourire laissant apparaître des dents étrangement taillées et aux bouts recouverts de métal.) Merde, je vous ai encore appelée comme ça, non ?

— Nous ne sommes pas des touristes, déclara posément Sunday, en choisissant de ne pas exécuter sa menace antérieure. Les Pans ont dû vous dire de nous approcher le plus possible de coordonnées précises dans l'Évolvarium. Il y a une raison à cela.

— Laquelle ?

Sunday et Jitendra échangèrent un regard avant qu'elle réponde :

— Quelque chose qui m'appartient est enterré dans la zone.

— Qui vous appartient ?

— Qui appartient à ma famille, dit-elle. Mais dont je ne veux pas que le golem s'empare avant moi.

— Et vous savez que c'est enterré ? demanda Gribelin.

— Si ce n'est pas le cas, ce n'est sans doute plus là.

— Il y a de grandes chances.

— Je dois m'en assurer, dit Sunday.

Le crâne de Gribelin s'éleva et s'abaissa lorsqu'il haussa les épaules.

— C'est vous qui voyez.

Un instant plus tard, elle demanda :

— C'est quoi, ces trucs sur votre crâne ?

— Des oreilles.

— Non, les tatouages. Ils ont une signification ? On dirait du *rock art* ou un truc comme ça.

— Du « *rock art* », répéta-t-il en souriant de nouveau. Ouais, on va dire ça.

Ils passèrent devant la première carcasse une heure après être entrés dans l'Évolvarium.

Le vent qui soulevait la poussière ajouté au travail de pilleurs enthousiastes, humains et robots, avait fait régresser la machine de guerre à l'état de squelette couleur rouille, de cent mètres de long de son sommet au bout de sa queue. Composé d'une dizaine de segments modulaires articulés, le robot détruit ressemblait à la colonne vertébrale, rongée par les vautours, d'une créature bien plus grosse. La poussière était fine sur le dôme de Tharsis, une couche d'à peine un centimètre couvrant la pierre de lave, et les os métalliques de la machine de guerre étaient donc presque entièrement exposés. Gribelin ralentit pour contourner le cadavre, en l'observant avec méfiance.

— Elle est là depuis plus longtemps que la plupart des autres, dit-il tout bas. Morte, complètement inoffensive et privée de tout ce qui était utilisable. Mais parfois des unités actives s'en servent pour se cacher. Des prédateurs experts en embuscade. Je crois qu'il n'y a pas de risque, aujourd'hui, mais...

— Elles nous attaqueraient ? demanda Sunday.

— La plupart des machines sont assez intelligentes pour nous laisser tranquilles. (Il la regarda et le visage de Sunday sembla énorme dans ses lunettes.) Du simple instinct de survie : elles se battent entre elles, se servent de tout ce qu'elles peuvent, évoluent, mais ne doivent pas embêter les Flotteurs.

— Vous avez dit « la plupart », s'étonna Jitendra.

— Le darwinisme en action, mon ami. De temps en temps, dans certaines situations, les règles ne comptent plus.

— Vous risquez gros en nous amenant ici, dit Jitendra.

— Je connais la zone, fit-il en regardant de nouveau la carte. Et je sais de qui il ne faut pas s'approcher. Vous croyez que je serais ici si je ne pensais pas pouvoir m'en sortir ? Vos amis paient bien, mais pas assez pour un suicide.

À 4 heures de l'après-midi, un nuage de poussière orangée s'éleva à l'horizon. Il s'étendit sur le paysage, comme poussé par une main invisible. Sunday crut d'abord qu'il s'agissait d'un tourbillon, mais sur la carte de Gribelin, le symbole d'un pion était visible près de l'endroit où ils se trouvaient.

— Une cribleuse, dit-il. Les plus basiques des brouteurs. Ils mâchent la poussière et les couches supérieures de la roche, à la recherche de tout ce qu'ils pourraient recycler. Ce qui peut servir comme carburant ou pour se réparer, ils le gardent. Ce qui reste, ils l'échangent entre eux ou avec des prédateurs.

— C'est quoi ? demanda Sunday en montrant, droit devant, le terrain qui montait un peu plus loin.

Une tache gris foncé flottait dans les airs, comme une mouche morte sur un pare-brise, juste au-dessus de l'horizon. Ses entrailles pendaient, comme si elle avait été écrasée. Sunday tenta de zoomer, mais il n'y avait pas d'aug.

Gribelin fit descendre une paire de jumelles accrochées au plafond sur un support dépliable et ajusta ses lunettes contre les oculaires cernés de caoutchouc.

— C'est la *Dame Dédaigneuse*, dit-il doucement. En général, elle ne vient pas si loin à l'est. Elle a dû suivre la cribleuse, pour récupérer ce qu'elle pourrait recracher.

— Nous pouvons l'éviter ? demanda Jitendra.

— Seulement si Dorcas est de bonne humeur.

Gribelin vira vers la gauche et l'appareil du Flotteur se déporta lentement vers la droite de la bulle de pilotage. Il passa les jumelles à Sunday.

— Allez-y.

Les oculaires étaient couverts de transpiration et de petites peaux. L'appareil de visualisation mit quelques instants à déterminer ce qu'elle cherchait à voir. Le point de vue bondit, se stabilisa, s'ajusta, se recouvrit d'une grille, puis afficha des coordonnées donnant la distance, l'altitude et l'azimut de la cible.

La machine du Flotteur était un appareil ventru, qui avait plus ou moins la forme d'une flèche. Une nacelle angulaire, attachée dessous, se fondait dans le profil deltoïde de son enveloppe gazeuse. Les « entrailles » étaient sinueuses, une dizaine de tentacules mécaniques évoquant des fouets, qui sortaient de la base de ce cockpit. L'appareil évoluait si près de la surface que les bras pouvaient ramasser des objets sur le sol. C'était ce qui occupait la *Dame Dédaigneuse* actuellement : elle rôdait et inspectait.

Cela rappela à Sunday un des éléphants de Geoffrey qui fouillait la poussière avec sa trompe. Ou toute une famille d'entre eux, fondue en un seul organisme.

— Dorcas est une amie ? demanda Sunday.

— Une « amie », dit Gribelin en prononçant ce dernier mot comme s'il était nouveau pour lui. On ne peut pas vraiment parler d'amis, ici. C'est plutôt chacun pour soi. Les machines se niquent entre elles, les Flotteurs niquent les machines et se niquent entre eux pour l'argent. Je me bats pour les miettes. Dorcas et moi ? Ça remonte à loin. On ne se déteste pas vraiment. Mais nous ne sommes pas non plus en super bons termes.

— Vous ne voudriez pas plutôt être au sommet de la chaîne alimentaire ? demanda Sunday.

Elle pensait avoir une idée du fonctionnement de la zone : les machines, dans leur incessante lutte pour l'évolution, révélaient des nouveautés, des gadgets ou des procédés industriels que le reste du système solaire pouvait utiliser. La technologie qui avait permis le prototype de robot malléable, par exemple, celui qu'elle avait utilisé pour chinguer aux funérailles. Le matériau à métamorphose rapide provenait de l'Évolvarium et il allait désormais faire engranger des billions à Plexus.

— À flotter là-haut, comme un dieu ? reprit-elle. Parce que c'est ce qui se passe ici, non ? Des dieux planent au-dessus des mortels et s'amusent de leur guerre éternelle et de leurs souffrances.

— Je n'irai pas jusque-là, dit Jitendra. Ces machines ont beau être superadaptatives, elles n'ont aucune conscience. Elles ne savent pas qu'elles sont des machines. Elles ne savent que survivre et essayer de ne pas se faire dépasser dans la course à l'armement. Elles ne sont pas plus capables d'entretenir des notions de religion que les homards.

— Si seulement c'était aussi simple, dit Gribelin. Moi, j'en suis pas si sûr. Si vous aviez passé autant de temps que moi ici, vous auriez vu des trucs qui auraient remis en question vos certitudes.

— Vraiment ? demanda Jitendra, sceptique.

— Vous croyez que ces machines ne comprennent pas ce qu'elles sont, qu'elles ne font pas la différence entre l'existence et la non-existence ? (Il se tut pour prendre une gorgée dans sa bouteille d'alcool, ôtant le bouchon du pouce sans lâcher le volant.) Un jour, près du flanc ouest, j'ai vu une cribleuse supplier qu'on la laisse en vie, avant d'être détruite par un collecteur solitaire.

— Un réflexe dû à l'évolution, comme un chien qui gémit, dit Jitendra sur un ton hautain. Ça ne prouve pas qu'il se passait quelque chose dans sa tête.

— Si vous aviez vu ce que j'ai vu, vous ne diriez pas ça.

— Montrez-moi les images, je me ferai ma propre opinion.

— Il n'y avait pas assez de capteurs publics pour l'enregistrer, répondit Gribelin. Mes propres caméras ont été livrées aux Flotteurs. Ils ont effacé les preuves.

— Je comprends pourquoi, dit Sunday.

La *Dame Dédaigneuse* suivait la pente qui descendait, trois ou quatre tentacules traînant par terre. Sunday pouvait désormais mieux voir l'appareil aux allures de raie manta qui s'approchait. Il était gigantesque, comme il se devait de l'être dans la faible atmosphère martienne. Des moteurs à hélices aussi gros que des turbines sous-marines étaient fixés à la nacelle gris-vert.

Elle imaginait qu'il aurait dû produire un son, un affreux bourdonnement, mais elle n'entendait rien.

— Vous pouvez le semer ? demanda Jitendra.

Gribelin secoua rapidement la tête.

— Pas la moindre chance, et même si nous le pouvions, nous nous retrouverions face à d'autres Flotteurs plus loin dans l'Évolvarium. Mais ne vous en faites pas, je vais bien trouver un moyen d'amadouer Dorcas.

— Grâce à votre charme naturel et à votre diplomatie, dit Sunday.

— Si vous saviez combien ils m'ont servi.

L'appareil décrivit un cercle au-dessus du camion qui continuait d'avancer, puis prit approximativement la direction du sud, posant son ombre triangulaire sur eux comme une cape. Gribelin conduisait toujours, mais il n'essayait plus de pousser le véhicule à fond. Sunday leva les yeux et vit le ventre de l'aéronef, des centaines de mètres d'envergure et parsemé de zones réparées, éclipser peu à peu le ciel. La nacelle était aussi grande que le téléphérique de Crommelin, et illuminée par de minuscules fenêtres jaunes.

On discernait quelques silhouettes mystérieuses à l'intérieur, éclairées par l'arrière.

Quelque chose les heurta. Sunday sursauta. Jitendra attrapa la poignée la plus proche. Gribelin pesta, pourtant visiblement résigné. Le camion se mit à pencher comme s'il venait de rouler sur une zone sableuse. Le sol s'éloigna, de la poussière tombant des roues. La *Dame Dédaigneuse* soulevait leur véhicule avec un – ou plusieurs – de ses tentacules.

Cinquante mètres, puis peut-être cent. L'horizon pivota, l'enveloppe deltoïde tournant doucement au-dessus de leurs têtes. Les tentacules les remontèrent jusqu'au niveau de l'avant de la nacelle et ils virent les fenêtres enfoncées dans la coque de ce qui devait être la passerelle de l'appareil.

Elle était grande, et comptait au moins six membres d'équipage visibles, dont aucun ne semblait être une doublure.

Une silhouette attira l'attention de Sunday. Une femme, portant un long manteau noir qui descendait jusqu'à ses bottes, allait et venait sur la passerelle, en pointant ses subalternes d'un doigt menaçant. Elle s'arrêta devant une console ou un podium puis tordit un micro encombrant jusque devant sa bouche.

Une tête et des épaules apparurent dans le camion, planant au-dessus du tableau de bord, légèrement transparentes.

— Tu ne vois pas que nous sommes occupés, là, Gribelin ?

Elle avait le visage fin et pâle comme un fantôme, un menton pointu et de longs cheveux gris cendré, avec une raie sur le côté qui envoyait une mèche lui recouvrir tout un côté de la figure. Son nez était percé et des tas d'anneaux pendaient au lobe de son oreille visible.

— Nous sommes occupés nous aussi, Dorcas, dit Gribelin. Comme tu peux sans doute l'imaginer. Tu veux bien nous laisser partir tant qu'il fait encore jour ?

— Tu dois te plier à nos règles pour traverser le 'Varium, quand nous voulons bien t'y laisser entrer. Pourquoi dois-je toujours te le rappeler ?

— Écoute, je serais ravi de discuter, mais…

La femme passa une main dans ses cheveux et les laissa reprendre leur position initiale.

— En général, tu n'es pas si pressé. Ça a un rapport avec l'autre véhicule qui te suit depuis Vishniac ?

Sunday jeta un coup d'œil à son chauffeur.

— Demandez-lui s'il est loin.

— Inutile, je vous ai entendue, dit Dorcas. Tu n'étais pas au courant ?

— Tu sais bien que la couverture aug n'est pas géniale, par ici, dit Gribelin.

— Surtout quand quelqu'un s'est donné du mal pour bloquer toutes les doublures et inonder les capteurs publics de requêtes débiles. Tu agis seul, normalement, Grib. Pourquoi ai-je l'impression que quelqu'un tire les ficelles dans ton dos, cette fois ?

— Parlez-moi du véhicule, dit Sunday. S'il vous plaît.

Dorcas parut fléchir, à peine un instant.

— C'est un rover de surface de location, un peu plus petit que votre camion. Deux heures et demie derrière vous, peut-être moins.

— Lucas, dit Sunday comme si cela ne faisait aucun doute. Et il n'a pas traîné. Il a dû louer ce rover avant l'arrivée du train.

— Ce n'est pas un de tes potes ? demanda Dorcas.

— Je fais une course pour deux clients, expliqua Gribelin. Un golem les suit depuis qu'ils ont quitté Crommelin.

— Cette course… elle ne va pas gêner mes affaires, hein ?

— Tu sais ce que je pense de l'Évolvarium, Dorcas. C'est un endroit où je n'aime pas traîner.

— Et tes clients ?

Sunday se pencha en avant.

— Nous repartirons d'ici le plus vite possible, et rien de ce que nous ferons n'aura d'impact sur votre travail.

— Et je suis censée vous croire sur parole ?

Sunday ferma les yeux, le temps de faire le point.

— Je vais vous dire la vérité. À vous de voir si vous voulez me croire ou non. Je m'appelle Sunday Akinya.

— Comme… ?

— Il y a plus de soixante ans, ma grand-mère a enterré quelque chose ici, au beau milieu de l'Évolvarium. Bon, à l'époque, ce n'était pas encore l'Évolvarium. Ce n'était qu'une zone de Mars qui avait une signification pour elle. Je suis venue récupérer ce qu'elle estimait assez important pour l'enterrer, et je dois donc localiser l'endroit précis et creuser.

— Je lui ai déjà dit qu'elle était tarée de croire qu'elle allait trouver quoi que ce soit, dit Gribelin, mais elle est décidée à vérifier par elle-même.

— Vous avez des coordonnées ?

Sunday acquiesça.

— Rien de précis, mais je crois que je peux m'en approcher. Ma grand-mère a passé du temps dans une station météo russe abandonnée près d'ici, avant d'y retourner pour enterrer l'objet mystère. Je sais où se trouvait la station et il n'y a pas eu de modifications géologiques depuis sa dernière visite.

— Nous sommes à peu près à deux cents kilomètres de là, dit Gribelin. Nous pouvons y être dans deux heures, voire trois s'il faut contourner de gros spécimens.

— Et la nuit sera alors tombée, dit Dorcas. Vous ne pourrez pas faire grand-chose.

— Au moins, nous y serons les premiers.

Dorcas réfléchit longuement avant de répondre, chuchotant des apartés à son équipage le temps de se décider.

— Nous avons toujours bien travaillé ensemble, pas vrai, Grib ?

— Il y a eu des hauts et des bas.

— Aucun de nous n'est un philanthrope. Mais toutes ces années, nous avons plus ou moins réussi à ne pas nous marcher sur les pieds.

— C'est juste.

— Nous nous sommes même aidés lorsque la situation l'exigeait.

— Ce qui est le cas maintenant.

— En effet. Voilà pourquoi je vais te faire une proposition. Je vais te rapprocher du site de l'atterrissage en beaucoup moins de trois heures. Nous utiliserons les instruments de la *Dame Dédaigneuse* pour chercher ton objet, et je te le donnerai si nous le retrouvons. En échange, tu m'accorderas vingt-cinq pour cent de ta paie. Que nous le trouvions ou non.

— Je ne suis pas Crésus, dit Gribelin.

— Mais d'autres oui. D'une façon ou d'une autre, je vais trouver qui est impliqué là-dedans et combien ils te paient.

— Jamais je n'essaierai de te berner, Dorcas. (Pendant un instant, Gribelin parut paralysé par le doute, avant de décider que l'honnêteté était la seule option viable.) Ce sont les Pans, dit-il avec un petit soupir. Tu l'aurais découvert tôt ou tard, avec ce qu'ils ont fait aux comms.

Dorcas partit d'un rire méprisant.

— Pourquoi te laisses-tu diriger par les Pans ?

— Ils paient bien. Extrêmement bien. Et mes clients…

— Nous ne sommes pas des Pans, dit clairement Sunday. Nos chemins se sont simplement croisés. Ce que nous voulons… coïncide, jusqu'à un certain point. C'est pour ça qu'ils ont payé mon voyage ici et qu'ils m'aident à ralentir le golem. Mais nous ne sommes pas des Pans.

— Oui, dit Dorcas en laissant apparaître un très léger sourire. Je crois que j'avais compris la première fois.

C'était l'heure du thé à bord de la *Dame Dédaigneuse*. Ils se retrouvèrent autour d'une table tandis qu'un des subalternes de Dorcas leur apportait des tasses blanches en porcelaine de Mars. Des cartes militaires, bien plus complexes que celle de Gribelin, attiraient l'attention sur la table lisse. Ces relevés en temps réel de l'Évolvarium étaient accompagnés du murmure bas et incessant des analyses de terrain de l'équipage. Autour des murs, des données provenant des bourses de tout le système solaire suivaient les échanges de produits technologiques de Mercure à la ceinture de Kuiper. Des histogrammes dansaient sur une musique silencieuse. Des courbes d'analyse de marchés s'élevaient et retombaient en rythmes sinusoïdaux comme les composantes de Fourier d'un fabuleux battement cardiaque extraterrestre. Des flux d'actualités débitaient les dernières infos. Dehors, le soleil descendait vers l'horizon comme s'il avait un travail à reprendre.

Le thé chai était trop léger, mais bon, agrémenté de jasmin, estima Sunday. Jitendra et elle étaient agenouillés d'un côté de la table, Gribelin et

Dorcas de l'autre. Cette position était presque aussi confortable dans la pesanteur martienne que sur la Lune : elle faisait bien moins mal aux genoux que sur Terre.

La conversation tournait autour de deux sujets, voire trois. Jitendra profitait de l'occasion d'en apprendre le plus possible sur l'histoire et l'organisation de l'Évolvarium, et il adressait des questions autant à Dorcas qu'à Gribelin. La Flotteuse, quant à elle, semblait disposée à répondre… mais elle avait aussi des interrogations, qu'elle destinait surtout à Sunday. Elle cherchait à s'informer davantage sur ce secret enterré, et à déterminer s'il pouvait avoir un intérêt pour quelqu'un d'autre qu'elle.

— Je ne peux pas vous dire ce qu'elle a enterré là-bas, dit Sunday. Si je le savais, je n'aurais pas eu à venir jusqu'ici. Je ne suis même pas sûre que ce soit là qu'elle voulait que j'aille.

— Et les Pans ? demanda Dorcas. Que veulent-ils ?

Sunday se rappela l'avertissement de Soya et se demanda ce qu'elle avait le droit de révéler.

— Ils s'intéressent à ma grand-mère, dit-elle avec circonspection. Elle connaissait Lin Wei, qui est plus ou moins la fondatrice des Pans.

— C'est tout ? Un simple intérêt historique ?

— J'imagine que leur curiosité est piquée, dit Sunday.

Un des membres de l'équipage de Dorcas s'approcha, se pencha et lui chuchota quelques mots à l'oreille. Elle acquiesça, et fit danser ses doigts sur la table. Les positions de quelques spécimens de l'Évolvarium changèrent.

— Mise à jour, expliqua-t-elle. Augmentation de l'activité des cribleuses dans le secteur huit et deux nouvelles sous-espèces de chasseurs-tueurs dans la trois. L'Agrégat, lui, est anormalement actif depuis quelques jours.

— L'Agrégat ? demanda Jitendra en souriant comme un gamin qui aurait reçu tous ses cadeaux d'un coup. Vous l'avez rencontré ?

— Grib l'a pas mal croisé, non ? dit Dorcas.

— J'essaie de l'éviter le plus possible.

Dorcas acquiesça d'un air entendu.

— C'est judicieux.

— De quoi s'agit-il ? demanda Sunday.

— De ce qui arrive lorsqu'un tas de machines se réunissent et décident d'agir ensemble, plutôt que de s'affronter pour des miettes, expliqua Jitendra. Une sorte de protocivilisation émergente.

— Une nuisance pour certains, dit Dorcas. Un dieu martien naissant pour d'autres. N'est-ce pas, Grib ? Ou est-ce un sujet que tu ne veux plus aborder, maintenant ?

— C'est du passé, tu le sais.

Dorcas sourit.

— Il vous a parlé des tatouages ? J'imagine que non.

— Si les tatouages me dérangeaient, je les aurais fait enlever.

— Ça coûte de l'argent, et tu préfères le dépenser en putes, en came ou en pièces détachées de camion. (Dorcas, qui avait capté leur attention, en profita pour s'éclaircir la voix.) Il y a trente ou quarante ans, Gribelin a rencontré un petit groupe de cinglés, à l'extérieur de l'Évolvarium. C'est ce paysage, ce vide, cette morne désolation : parfois ils jouent sur la petite partie prête à croire en un dieu, que certains d'entre nous possèdent encore. Comment s'appelaient ces gens, Grib ?

— Les Agrégationnistes, dit-il, laconique. On peut passer à autre chose ?

— Ils n'existent plus. Il paraît que leur chef, le dément qui était derrière tout ça, s'est réveillé un matin et a compris qu'il n'était entouré que de tarés. Non seulement ça, mais des dingues serviles dont il avait entretenu la folie. Ils l'appelaient l'Apostat. Il s'est barré et les a laissés se débrouiller. Tu l'as rencontré, non, Grib ?

— Nos routes se sont croisées.

Dorcas resservit du thé à ses invités.

— Je ne sais pas ce qu'est devenu l'Apostat, mais l'Agrégat s'en sort bien tout seul. Il est autosuffisant, pour ce que l'on en sait, et n'a pas à se soucier des cribleuses. Il est assez fort pour se débarrasser des menaces de niveau moyen, et suffisamment agile pour éviter tout ce qui est assez gros pour l'intimider. Si, au début, il s'agissait d'une nation-État, c'est devenu une ville fortifiée.

— La question qui se pose est… peut-on s'en servir pour gagner de l'argent ? dit Jitendra.

— Si c'est possible, personne n'en a encore trouvé le moyen, dit Dorcas sans paraître se formaliser de la franchise de la question. L'Agrégat ne perd aucune de ses pièces et nous ne pourrons pas vraiment le démonter pour regarder dedans avant sa mort. Mais quelqu'un finira bien par y parvenir. Nos… rivaux ne cesseront pas d'essayer, et nous non plus. Pour l'instant, il a repoussé toutes nos tentatives de négociations commerciales. Mais tout a un prix, non ?

— Faites attention à ne pas pousser quelque chose à trop évoluer, dit Sunday. Nous savons bien comment ça se termine.

Dorcas eut un sourire crispé.

— Nous avons assez de charges explosives, rien que sur cet appareil, pour transformer tout l'Évolvarium en une fosse radioactive, si nous le voulons. Personne ne prend ça à la légère, dit-elle avant d'adresser un regard perçant à Sunday. Évidemment, vous préféreriez que nous ne le fassions pas tout de suite, non ? Pas tant que votre secret n'est pas déterré.

— Je ne sais même pas s'il y a un secret, dit Sunday.

— Si vous êtes venus jusqu'ici, vous ne devez guère en douter. Ni les Pans, vu leur intérêt. Que pensez-vous qu'elle ait pu laisser ?

— Si ça se trouve, ce n'est qu'un autre indice cryptique qui mène autre part.

Dorcas leva un sourcil soigneusement épilé.

— Sur Mars ?

— N'importe où.

— Et si au final il n'y a rien, pas de trésor, vous ferez quoi ?

— Nous rentrerons chez nous et reprendrons le cours de nos vies, dit Sunday.

Un autre assistant vint chuchoter à l'oreille de Dorcas. Elle écouta puis hocha la tête.

— Le deuxième véhicule a pénétré dans le périmètre, dit-elle. À un point d'entrée très proche du vôtre, et il suit à peu près le même parcours que vous avant que nous vous ramassions. Vous disiez qu'il y avait un golem dans ce truc ?

Sunday acquiesça.

— Probablement.

— Il doit donc agir de façon quasiment autonome, désormais. Sait-il où elle a enterré l'objet ?

— Ceux qui dirigent le golem, dit Sunday avec prudence pour ne pas donner plus d'informations sur sa famille que nécessaire, sont assez malins pour être arrivés aux mêmes conclusions que moi.

— On ne peut pas faire grand-chose, dit Dorcas. (Elle reposa sa tasse et se leva en lissant son long manteau noir.) Peu importe. Nous avons deux heures d'avance et nous sommes presque arrivés.

— Vous pensez qu'on ne trouvera rien, n'est-ce pas ? dit Sunday.

— Les machines sont minutieuses, mais si l'objet a été enterré suffisamment profond… il reste peut-être une mince chance qu'il y soit encore.

— Sauf qu'Eunice n'aurait eu aucune raison d'enterrer quoi que ce soit si profondément, dit Jitendra.

— Essayons de rester optimistes, dit Dorcas.

# Chapitre 25

Il ne restait rien de la station météo russe, et aucun indice du retour d'Eunice des décennies plus tard. Toutes les traces avaient été effacées par le vent et les années ; tous les artefacts et les détritus absorbés et recyclés par les machines de l'Évolvarium. Mais l'endroit précis était connu à quelques mètres près et, lorsque la *Dame Dédaigneuse* régla ses moteurs pour se placer en vol stationnaire, ils comprirent qu'ils se trouvaient pile au-dessus de la bonne bande de terrain.

— S'il y avait quelque chose de gros et de magnétique sous la poussière, nous serions déjà au courant, dit Dorcas. À mon avis, ça n'annonce rien de bon. Pareil pour les anomalies gravitationnelles. Si quelque chose est enterré directement en dessous de nous, à moins de deux mètres sous la surface, alors il doit avoir la même densité que la pierre qui l'entoure, pour que nos détecteurs de masse ne puissent pas le trouver. (Elle était face à la console aux allures de chaire, les bras écartés de chaque côté d'un écran incliné.) Mais nous pouvons tenter autre chose, avant d'envisager de chercher plus profond.

— Le radar à pénétration du sol ? demanda Gribelin.

— Nous balayons déjà trois mètres sous la surface, sur une zone de cinquante par cinquante. Nous pouvons augmenter la grille des recherches, mais ça prendra du temps.

Gribelin avait les bras croisés sur la poitrine.

— Et les capteurs sismiques ?

— Déjà sur le coup ; et là encore, nous n'obtiendrons pas de données tout de suite.

Depuis les fenêtres de la nacelle qui donnaient vers le bas, Sunday regarda les tentacules ramasser des rochers détachés, les soulever en l'air avant de les renvoyer par terre. D'autres appendices, déployés aussi loin de l'appareil que possible, frottaient la surface pour capter les vibrations transmises à travers la géographie souterraine. Les temps d'arrivée des impulsions permettraient à Dorcas d'obtenir un profil sismographique du terrain et d'aller ainsi plus profond qu'avec un radar. Mais c'était long, et dangereux – l'appareil n'était pas équipé de sondes sismiques précises, ni des programmes pour traiter rapidement les données – et Sunday se demanda quels effets auraient tout ce fracas et ces coups sur les autochtones de l'Évolvarium. S'ils voulaient se lancer dans leurs recherches discrètement, sans attirer l'attention, ils s'y prenaient bien mal.

—Eunice, Eunice, Eunice, murmura-t-elle. Tu aurais pu nous faciliter les choses...

Maintenant qu'elle ne pouvait plus accéder à la reconstruction, celle-ci lui manquait. Eunice avait beau n'être qu'une illusion, un tour de passe-passe qui se contentait de ressembler et de parler comme un être humain doué de conscience, elle ne portait pas le même regard que Sunday sur les événements. Et elle avait vu des choses que Sunday ne verrait jamais.

—Ce n'était pas vraiment ce qui était prévu, dit Gribelin en arrivant près d'elle, devancé par son odeur de moisi, mais je crois que nous pouvons faire confiance à Dorcas.

Sunday était seule, désormais. Les autres Flotteurs s'affairaient sur leurs instruments et leurs systèmes techniques tandis que Jitendra lisait des témoignages sur l'histoire de l'Évolvarium.

—Vous croyez, ou vous en êtes sûr ? demanda-t-elle.

—Quand il s'agit de Dorcas, on ne peut pas l'être à cent pour cent, petite, lui confia-t-il d'une voix rauque. Nous allons devoir faire avec ce qui se présente et... nous adapter. Parfois, elle n'est pas fiable, c'est vrai. Mais nous non plus. (Il déplaça, dans sa gorge, un tas de glaire qui avait l'air de s'y sentir bien.) Mon comportement là-bas... lorsque je vous ai embarqués...

Il n'acheva pas sa phrase, comme s'il voulait qu'on l'invite à poursuivre.

—Allez-y, consentit Sunday.

—Dans ce boulot, on rencontre toutes sortes de gens. Des gosses de riches, surtout. Qui cherchent l'aventure. Je savais que vous aviez de l'argent, mais... vous n'êtes pas vraiment ici pour l'aventure, n'est-ce pas ?

—J'avais une vie agréable sur la Lune. Je n'ai rien voulu de tout ça. Ça m'est tombé dessus, je n'ai rien demandé. (Elle se tut un instant.) Vous ne seriez pas en train de vous excuser, par hasard, Gribelin ?

—Pour ne pas avoir été sympa ? (Il haussa les épaules, comme si c'était la seule chose à dire à ce propos.) Mais pour ce que ça vaut... quoi qu'il arrive, quand je prends un boulot je n'abandonne pas mes clients.

— Et si notre hôte voit les choses différemment ?

— Nous improviserons. Et si ça devient… chaud, la grande perche et vous ferez exactement ce que je vous dirai, d'accord ? Pas question de mettre en doute la parole du vieux Gribelin. Parce que si ça foire, nous n'aurons pas le temps de tailler une petite bavette pour peser nos options.

— Nous obéirons, dit Sunday. Ce n'est pas comme si nous avions un grand choix de guides, dans le coin.

Puis, doucement, elle ajouta :

— Merci, Gribelin.

Il se tourna, paraissant en avoir fini avec elle, mais quelque chose le poussa à s'arrêter. Après un instant de silence, il dit :

— Vous m'avez posé des questions à propos des marques sur mon crâne, pendant le trajet. Dorcas a parlé de ma rencontre avec l'Apostat. Je pensais que vous seriez plus curieuse.

— Je n'ai pas l'impression que ça me regarde.

— Moi non plus. Mais tout le monde ne serait pas de cet avis. (Il baissa les yeux.) J'ai un peu perdu la boule, là-bas. Ils m'ont mis des idées en tête. De petits hommes qui dansent, des silhouettes gravées dans la pierre. L'Apostat lui-même est devenu fou, mais je crois qu'il s'en est guéri. Il m'a fallu plus longtemps et je crois que j'en garde encore quelques traces. Mais c'est entre moi et le dieu auquel je ne crois pas.

Les ombres s'étaient allongées et les vents du soir commençaient à souffler des plaines du nord lorsque Dorcas leva les yeux d'un instrument d'optique qui pendait.

— Je ne sais pas vraiment quoi dire, expliqua-t-elle en ajustant les commandes sur le flanc de l'appareil.

— Vous ne savez pas comment m'annoncer qu'il n'y a rien là en bas ? demanda Sunday.

— Non, répondit Dorcas en repoussant une mèche derrière son oreille pour l'ôter de ses yeux. Plutôt comment vous annoncer que nous avons trouvé quelque chose. Il y a un objet, là-dessous. En métal, mais pas très loin de la surface. Ce qui, franchement, est impossible.

Néanmoins, il leur faudrait attendre le lever du jour pour creuser. La température baissait, la nuit, et cela compliquait tout, mais il y avait d'autres raisons pour ce délai. Le soir, lorsque le froid et les ténèbres tombaient, les castes de machines les plus basses devenaient moins actives, préférant généralement conserver leur énergie et rafraîchir leurs coques pour s'approcher de la température de leur environnement et devenir plus difficiles à détecter. Les prédateurs, à l'inverse, devenaient plus actifs.

Il n'était toujours pas facile de tuer, mais les chances d'y parvenir, une fois qu'une poursuite ou qu'une attaque avait été lancée, augmentaient considérablement. Il n'était jamais très bon d'être à la surface, expliqua Dorcas, mais ça l'était encore moins la nuit que le jour, y compris pour les Flotteurs, et ils ne prendraient donc pas le risque de creuser avant l'aube.

— Et le golem ? Nous avons pris de l'avance sur lui : à quoi bon la gaspiller maintenant ?

— Votre golem est au sol, dit Dorcas. Il n'ira donc nulle part avant le jour, lui non plus. Pas s'il connaît un minimum l'Évolvarium et qu'il veuille voir l'aube en un seul morceau. Allez dormir. Faites comme chez vous.

Mais Sunday ne parvint pas à dormir beaucoup, pas alors que cet objet l'attendait, sous la roche. Cette nuit-là, tandis que le Flotteur restait stationnaire et qu'une équipe réduite prenait le dernier quart, elle resta donc debout dans les ténèbres de la nacelle, l'œil ouvert. Un radar et des détecteurs à infrarouge balayaient le plateau desséché et battu par le vent. Très occasionnellement, à mi-distance de l'horizon ou plus loin, quelque chose sortait de son abri. Vif et fugace, il se faufilait dans les méandres du terrain. Les prédateurs embusqués étaient des experts du camouflage, qu'il s'agisse des variantes des diables à ressort qui s'enterraient dans des trous de rocher et des fissures naturelles, prêts à bondir, ou des métamorphes qui pouvaient aplatir leur corps sur la couche supérieure du sol pour se cacher. Certains ressemblaient à des flets, d'autres à des serpents. Il y avait aussi des monstres qui hantaient la nuit en incessantes patrouilles dissuasives, à la recherche des faibles, des blessés ou des morts. Elle vit une de ces créatures aux allures de chacal passer au loin : toutes ses jambes articulées donnaient l'impression qu'elle se déplaçait malgré elle, comme si elle avançait sur des membres indépendants. Il y eut aussi une sorte de convoi de scorpions qui se suivaient et qui avaient pu être – quelle horreur ! – une seule entité, et une créature au sommet plat qui ressemblait à une brosse à cheveux de la taille d'une maison, portée par d'innombrables pattes hérissées, brouteuse ou tueuse, Sunday n'aurait su le dire.

D'une certaine façon, elle trouvait ça merveilleux. Il y avait tout un tas de variations étonnantes dans l'Évolvarium, une panoplie ahurissante de stratégies d'évolution, de plans corporels et de mécanismes de survie. Il avait fallu trois milliards et demi d'années à la vie terrestre pour atteindre une diversité radiative que ces machines aux mutations incessantes et rapides avaient obtenue en quelques décennies. L'obligation artificielle de muter avait transformé l'horloge de la vie en un volant d'inertie tournant à pleine vitesse. La course à l'armement de la survie avait été lancée dans le but de développer des produits, d'alimenter sans cesse le marché de tout le système solaire en nouvelles technologies, nouveaux matériaux et concepts. Sous cet angle, c'était presque miraculeux : on obtenait des résultats à partir de rien et cela ne s'arrêtait jamais.

Mais rien n'était gratuit. L'Évolvarium n'était que mort, peur, terreur et faim, sans aucun répit. Les machines n'avaient pas assez de potentiel cognitif pour perturber les Cognes, mais elles n'étaient pas pour autant dépourvues d'intelligence, quoi que puisse en penser Jitendra. Elle repensa à la cribleuse dont leur avait parlé Gribelin, la machine qui avait supplié. Peut-être qu'il exagérait. Ou qu'il appliquait un point de vue humain à un échange qui était, par essence, différent, situé par-delà un gouffre de conceptualisation impossible à traverser.

Elle se posait des questions. Mais elle était sûre d'une chose : elle serait vraiment ravie de quitter cet endroit.

Jitendra passa un bras autour de sa taille.

— Désolé pour Memphis, dit-il doucement. Je regrette que nous ne soyons pas chez toi, avec ton frère. Mais je n'aurais manqué ça pour rien au monde.

— Vraiment ?

— C'est merveilleux, dit-il.

Au-delà de l'horizon, une lueur rouge et vert éclaira, par en dessous, les nuages de poussière nocturne. Quelque chose mourait dans les flammes et la lumière. Sunday frissonna.

# Chapitre 26

Lorsqu'il se réveilla, encore sonné, Geoffrey était déjà à mi-chemin vers la Lune, et une petite passe d'armes diplomatique avait lieu sur Terre. Les *apparatchiks* du Mécanisme n'étaient pas vraiment ravis que Geoffrey se soit enfui avant d'avoir été soumis à une évaluation psychologique, et ils regardaient d'un œil plutôt sceptique la supposée innocence de Jumai dans cette affaire. La Nigériane n'avait commis aucun méfait, mais on lui avait fait comprendre – sans aucune ambiguïté – qu'il serait dans son intérêt de se présenter devant la juridiction du Méca dans les plus brefs délais. En d'autres termes, elle était à deux doigts d'être, elle aussi, considérée comme une fugitive. Pendant ce temps, Tiamaat – et, par extension, l'Initiative panspermique – utilisait toutes les mesures à sa disposition pour les retarder. Ses diplomates arguaient du fait que, Geoffrey ayant demandé la citoyenneté de l'aqualogie, celle-ci n'avait d'autre choix que de s'acquitter de ses devoirs le concernant au risque de se retrouver en contradiction avec ses statuts.

Des subterfuges, du bluff, deux superpuissances géopolitiques qui jouaient à un jeu très ancien. Geoffrey n'en avait que faire, tant que cela lui permettait de gagner du temps. Ce qu'il craignait le plus, c'était encore la réaction de ses cousins.

Lucas et Hector avaient tenté de chinguer dès l'instant où il avait été récupéré par l'*Alexandre Nevski*. Leurs demandes avaient été systématiquement rejetées – et Geoffrey était ensuite resté longtemps inconscient – mais cela ne les avait nullement découragés. Ils n'avaient eu aucun mal à suivre la trace de l'*Alexandre Nevski* – les mouvements de tous les vaisseaux maritimes, surtout ceux aussi gros et pesants qu'un ancien sous-marin nucléaire soviétique, étaient visibles par tous – et ils avaient fait le lien entre la destination du navire et la montée de l'appareil en orbite.

Geoffrey avait disparu du radar du Mécanisme et ils ne pouvaient donc pas être certains qu'il était dans l'espace. Mais il n'apparaissait nulle part *ailleurs* dans la juridiction du Mécanisme, ce qui donnait à penser qu'il se trouvait dans la fusée. Il n'y avait aucun besoin d'avoir de ressources illimitées pour déterminer le point de rendez-vous de la fusée avec l'appareil d'espace lointain *Quaynor*, et supposer que Geoffrey et Jumai étaient désormais à bord de ce vaisseau. Quand ils cessèrent enfin d'essayer de lui parler directement, Hector enregistra une déclaration que Geoffrey se sentit obligé d'écouter.

« *Nous savons ce que tu comptes faire, cousin. Nous savons ce que tes nouveaux amis pensent pouvoir t'aider à accomplir. Mais tu te trompes.* Ça ne marchera pas. *Et tu commets une grosse erreur. Tu n'as rien à faire au Palais d'Hiver et tu n'as pas le droit d'entrer quelque part sans y être invité.* »

— J'en ai tout autant le droit que vous, lâcha Geoffrey.

Hector poursuivit :

« *S'il reste une part d'Akinya en toi, reprends-toi. Fais demi-tour. Abandonne cette folie. Avant de ternir davantage notre nom.* »

— Rien à foutre de notre nom, dit Geoffrey, avant d'ajouter, doucement : et rien à foutre de la famille non plus. Je me tire.

Un propulseur vrombit quelque part dans le vaisseau, fantôme de la gravitation ajustant la trajectoire de l'appareil, et le *Quaynor* visa alors, comme une flèche, la prison orbitale où sa grand-mère avait fini ses jours.

— Y a pas grand-chose à voir, dit Jumai, six heures plus tard, lorsqu'ils purent observer le Palais d'Hiver. Je ne savais pas à quoi m'attendre. Mais à davantage, en tout cas.

Elle se tut et tapota sur sa manche médicale pour lui ordonner d'augmenter le dosage de médicament contre le vertige. Geoffrey l'avait découverte en train de vomir dans un sac, quelques heures après le départ, recroquevillée en position fœtale et secouée de haut-le-cœur, dans le module qu'on lui avait assigné comme quartiers temporaires. Il lui avait demandé pourquoi elle n'avait pas géré la nausée et elle avait répondu que les produits chimiques de la manche lui faisaient perdre sa concentration et qu'elle préférait encore être un peu malade.

— Il faut que tu sois en forme sur la station, avait-il rétorqué. Et pas épuisée après avoir vomi tripes et boyaux durant tout le trajet.

Il lui avait alors pris doucement le poignet et avait augmenté sa dose au même niveau que la sienne.

— Oui, docteur, avait-elle dit, à contrecœur.

Mais, au grand soulagement de Geoffrey, elle avait compris le message.

— Elle l'avait fait construire à partir de son ancien vaisseau, la *Reine d'Hiver*, expliqua-t-il devant le cylindre gris, grossi à l'extrême.

Ils étaient encore à cinquante mille kilomètres et l'image était donc fournie par des capteurs publics dispersés dans l'espace cislunaire et pas par les caméras à basse résolution du *Quaynor*.

— Je ne suis jamais entré dedans, bien sûr, je n'y ai même jamais chingué. Mais je sais à quoi ça ressemble. J'ai vu assez d'images, lorsqu'elle daignait nous parler depuis son trône. C'est une jungle, aussi humide et moite qu'une serre. Le vaisseau n'est plus qu'une épave ; il pouvait encore la maintenir en vie, fournir de l'alimentation à la station, mais guère plus. C'est pour ça que les cousins ont réussi à convaincre les autorités de la nécessité de le mettre hors service – le réacteur est presque aussi vieux que celui du sous-marin.

Le cylindre avait les proportions de deux ou trois canettes de bière empilées, grouillant d'équipements d'amarrage et de service à chaque extrémité. Il tournait lentement, sur son long axe, faisant apparaître presque toute sa surface. Entre les deux bouts, l'extérieur de la station était lisse, sans machines, sondes ni quoi que ce soit qui aurait pu donner une idée de l'échelle. Eunice s'était créé son propre cocon d'acier et elle n'avait jamais eu la moindre envie de voir ce qui se trouvait dehors.

— Elle ne l'a jamais quitté ? demanda Jumai, un brin horrifiée. Enfin, elle n'a même pas mis le pied à l'extérieur, en combinaison ? Tout ce temps ?

— Nous aurions été au courant. Il y avait toujours quelqu'un, quelque part, qui observait le Palais d'Hiver. Des vaisseaux accostaient parfois – des appareils de ravitaillement automatisés ou Memphis qui venait faire une course – mais personne d'autre n'est jamais *sorti*. Elle n'était peut-être plus aussi célèbre qu'autrefois, mais même dans ses dernières années, elle restait tout de même assez connue pour qu'un tel événement, s'il avait eu lieu, fasse les gros titres.

— Mais vivre là-dedans, après tout ce qu'elle avait fait, tout ce qu'elle avait vu. Comment a-t-elle pu s'infliger ça ?

— Elle est devenue un peu folle, dit Geoffrey.

— Elle pouvait toujours chinguer, j'imagine. Mais moi, ça ne m'aurait pas suffi.

— Tu n'es pas ma grand-mère. Elle avait tout ce dont elle avait besoin.

— Ce n'est pas une vie.

— Je n'ai jamais dit le contraire, répondit Geoffrey.

Après un court silence, Jumai annonça :

— Bon, nous allons nous amarrer. D'accord. Ensuite, il va falloir trouver un moyen d'entrer. D'après moi, tu t'attends à des complications, sans quoi tu ne m'aurais pas emmenée.

— Tu seras payée même si tu n'as pas à lever le petit doigt, la rassura-t-il.

— Tu me prends encore pour une vraie mercenaire.

— Je sais que tu aimes le risque. Ce n'est pas la même chose.

— Selon toi. (Jumai haussa les épaules, indifférente, sa nausée réduite à néant.) Bon, où pouvons-nous nous amarrer ?

Elle tendit un bras et fit tourner l'image du Palais d'Hiver comme un jouet suspendu sur un lit d'enfant, jusqu'à ce qu'apparaisse une des extrémités. Elle écarta les doigts pour zoomer et se concentra sur les détails.

— Tu vois quelque chose qui sort de l'ordinaire ? Toi qui as l'expérience des voyages dans l'espace.

— Je ne suis pas vraiment un expert des systèmes d'amarrage.

— Ne vous en faites pas, dit quelqu'un derrière eux.

C'était Mira Gilbert, en apesanteur, débarrassée de son harnais, mais tout aussi à l'aise dans ces conditions que sous l'eau. Elle portait un vêtement moulant, orange et gris, à fermeture éclair, muni de poches et de crochets.

— Nous avons étudié la situation, poursuivit-elle. Interfaces et pinces d'amarrage tout à fait standard : le *Quaynor* va pouvoir accoster sans problème.

— Vous êtes venue simplement pour nous prévenir ? demanda Geoffrey.

Il avait à peine vu Mira depuis son réveil.

— En fait, je suis venue vous prévenir d'un développement dans la Fédération d'Afrique de l'Est. Des capteurs publics ont détecté le déclenchement du système de lancement balistique du Kilimandjaro.

— Merde, lança Geoffrey.

— Je ne sais pas ce qui a décollé : un envoi-test, une nacelle-cargo ou autre chose. Pour l'instant, nous penchons pour « autre chose ». En tout cas, ça a été poussé en orbite pour rejoindre un autre appareil.

— De quel genre ? demanda Jumai.

— Le *Kinyeti*, un mineur d'astéroïde appartenant à Akinya Space, répondit lentement Mira pour qu'ils comprennent bien ce que cela impliquait. Un vaisseau qui a la portée et la capacité du *Quaynor*, voire davantage.

Elle fit apparaître une image : une capture longue distance en temps réel ou un enregistrement d'archive du même appareil. Geoffrey ne voyait aucune différence avec le vaisseau à bord duquel il voyageait. Le *Kinyeti* avait la même forme générale et était construit pour opérer dans le vide, sans avoir à supporter une atmosphère ou une accélération et une décélération fortes. Il avait des moteurs et des cuves de carburant à une extrémité, des équipements d'amarrage et de forage de l'autre côté, et deux bras centrifuges contrarotatifs montés sur le renflement central des quartiers de son équipage, ainsi que des modules d'habitation au bout de chaque bras.

Geoffrey avait vu les bras du *Quaynor* depuis l'intérieur de l'appareil. Ils étaient statiques, soudés pour ne pas bouger, et ils ne servaient plus que comme portants pour le matériel de comm et les systèmes de manœuvre de précision.

— Il est à fond depuis qu'il a récupéré le paquet lancé par la sarbacane, reprit Mira. S'il continue comme ça, il atteindra le Palais d'Hiver quatre-vingt-dix minutes avant nous.

— C'est forcément un des deux cousins, dit Geoffrey.

— Ils nous ont pris par surprise, dit Mira. Nous ne pensions pas que la sarbacane était déjà en fonctionnement.

— Elle ne l'était pas, lui confirma Geoffrey. Pas vraiment. Ils l'ont testée lorsque les cendres de ma grand-mère ont été éparpillées, mais elle n'était pas prête à emporter des humains… loin de là. Il n'y a qu'Hector ou Lucas qui soient assez tarés pour risquer leur peau en utilisant ce moyen de transport.

— S'ils veulent nous rattraper, ils n'ont pas trop le choix, dit Mira. Ils auraient perdu trop de temps en allant à Libreville et ils n'avaient pas accès à leur propre fusée. C'était la sarbacane ou rien.

— Ils sont motivés, dit Jumai. Mais on le savait déjà. D'accord, qu'est-ce que ça change ?

— Rien, répondit Geoffrey. Nous ne faisons pas demi-tour. Pouvons-nous appuyer encore sur le champignon avec cet engin, Mira ? Maintenant que nous n'avons plus à cacher nos intentions ?

— Tout dépend de la vitesse que vous voulez atteindre, dit l'aquatique. Et de combien d'infractions au code de l'espace vous voulez cumuler.

— Suffisamment vite pour que les cousins ne nous doublent pas. Nous n'aurons qu'à les devancer et les bloquer dehors un moment, c'est faisable, non ? Nous entrons, nous trouvons ce qu'Eunice a laissé, si elle a bien laissé quelque chose, puis nous partons. Ensuite, si c'est encore possible, nous pourrons reprendre le cours de nos vies.

— C'est *ça*, désormais, le cours de votre vie, lui rappela gentiment Mira. Citoyen Akinya.

Geoffrey toucha le verre humide et chaud du conteneur d'Arethusa tout en essayant de distinguer la silhouette à l'intérieur. Mais la disposition de l'éclairage de la soute l'empêchait de discerner autre chose qu'une ombre suspendue dans l'obscurité verdâtre de la cuve d'eau.

— C'est une dépense folle, bien sûr, leur avoua Arethusa dont la voix leur parvenait dans la tête grâce à l'aug embarquée de l'appareil. De me déplacer. Je ne suis pas uniquement faite de chair et d'os, comme vous. Pour commencer, je pèse cinquante tonnes, et il me faut des milliers de litres d'eau dans lesquels flotter. Mais nous pouvons nous le permettre. Nous avons plus qu'assez de carburant – en tout cas, nous en avions assez avant que votre famille décide de faire la course – et en cas d'urgence, mon fluide de suspension peut toujours servir de liquide de refroidissement, de masse de réaction ou de bouclier antiradiations.

— Que vous arriverait-il ? demanda Geoffrey.

— Je mourrais, sans doute. Mais je ne trouverais pas forcément cela injuste. Je n'en ai pas marre de vivre, et je ne suis pas non plus prête à en finir, pas du tout. Mais je sais depuis longtemps que j'ai déjà vécu bien plus que je ne l'aurais dû.

— Je ne comprends toujours pas. Pourquoi maintenant ?

— Pourquoi maintenant *quoi* ?

Elle paraissait exagérément vexée par la question.

— Ne me dites pas que vous avez décidé de quitter la planète sur un coup de tête, Arethusa. Quelque chose vous y a incitée. Où allez-vous, d'ailleurs ? Vous ne pouvez pas rester au Palais d'Hiver.

— Et je n'y compte pas. Mais j'aurais déjà dû me mettre en route depuis quelque temps. Je m'ennuie vite, Geoffrey. La vie dans l'aqualogie ne m'offre plus de défis depuis des décennies et, rien que pour ça, j'ai besoin de me frotter à de nouveaux horizons. Ocular a fini par m'inciter à faire la transition.

— À quitter la Terre.

— J'y pensais depuis très longtemps. Mais avec ces nouvelles – les données de Creuset, le Mandala et la mort de ma vieille amie Eunice – j'ai l'impression que le moment est venu. *Carpe diem*, etc. Si je ne le fais pas maintenant, que me faudra-t-il ? Nous, les Pans, prônons la migration, l'exploration et la colonisation comme des devoirs de l'espèce. Le moins que je puisse faire, c'est montrer l'exemple.

— Vous comptez donc rester dans l'espace ?

— Je ne reviendrai pas, affirma-t-elle. Certainement pas après toutes les dépenses de carburant qu'il a fallu pour m'envoyer ici. Je n'ai pas envie que l'on croie que je jette l'argent par les fenêtres. (Elle se tut et resta pensive dans les ténèbres. La cuve vrombit et souffla.) Il y a tout un système solaire à explorer, Geoffrey. Des mondes, des lunes, des villes, des paysages. Des merveilles et des horreurs. Plus que la pauvre Lin Wei n'aurait pu l'imaginer. Et ça, rien que dans ce petit groupement de rochers et de poussière autour d'une minuscule étoile jaune.

— Vous êtes Lin Wei, dit-il doucement. Vous ne vous êtes pas noyée. Vous êtes simplement devenue une baleine.

Elle parut plus déçue qu'en colère.

— Pourrions-nous au moins faire semblant, par courtoisie ?

— Pourquoi êtes-vous devenue ainsi ?

— Parce que je l'ai voulu. Tout simplement. (Elle paraissait vraiment surprise de devoir répondre à cette question.) C'était une phase.

— D'être une baleine ?

— D'être humaine.

Puis, un instant plus tard, elle poursuivit :

— Nous sommes toutes les deux devenues étranges, Eunice et moi, nous avons tourné le dos à ce que nous étions. Moi dans ce corps. Eunice dans sa prison. Nous avons vécu, aimé, et ensuite, ça ne suffisait plus.

Il mourait d'envie de défendre sa grand-mère, mais il comprit que ce serait une erreur.

— Au moins, vous ne vous êtes pas enfermée dans une vie de recluse. Vous faites toujours partie du monde, à un certain niveau. Vous avez toujours des projets.

— Oui, convint Arethusa. En effet. Même si, de temps en temps, ces projets me font peur.

— Vous savez pourquoi elle s'est cachée ?

— Elle a changé après Mercure. Mais, bon, tout le monde a changé.

Arethusa fit une pause. Elle restait Arethusa aux yeux de Geoffrey : malgré tous ses efforts, il n'arrivait pas à associer cette vision flottante à Lin Wei, la petite Chinoise qui était devenue amie avec sa grand-mère, à l'époque où le monde était plus simple.

— Mes médecins – ceux qui m'ont donné cette apparence – m'ont dit que je pourrais vivre très longtemps, Geoffrey. Une des façons de tromper la mort est de ne pas cesser de grandir. Je continue à créer de nouvelles connexions neuronales. Mon cerveau s'étonne lui-même.

— Combien de temps ?

— Des décennies, peut-être même un siècle : qui sait ? Comme vous, en fait. Vous êtes jeune. Dans cent ans, vous ne pensez pas que la médecine aura encore fait des progrès ?

— Je ne me projette pas aussi loin.

— Il va falloir s'y mettre. Tous les êtres humains doivent le faire. Parce que nous sommes tous dans le même bateau, non ? Nous avons vécu les bouleversements du changement climatique, les guerres des ressources et des réfugiés, les déluges et les tempêtes métaphoriques et bien réels, n'est-ce pas ? Et si ce n'est pas le cas, nous avons eu l'immense chance d'avoir eu des ancêtres qui l'ont fait et qui nous ont permis de naître dans cette période de merveilles et de miracles, où les possibles s'ouvrent au lieu de se fermer. Nous sommes tous les enfants de Poséidon, Geoffrey, que vous le vouliez ou non.

—Les enfants de Poséidon, répéta-t-il. C'est censé vouloir dire quelque chose ?

—Nous avons survécu. C'est tout. Nous avons réchappé à ce que l'Histoire pouvait nous réserver de pire et nous allons bien. Le temps est venu de nous rendre utiles.

# Chapitre 27

Les bottes de Sunday faisaient craquer la poussière de Tharsis. Elle s'aperçut avec surprise que c'était la première fois qu'elle posait véritablement le pied sur le sol martien. Les bandes de revêtement plastique dans le terminal d'arrivée et la passerelle en toile d'araignée de Crommelin ne comptaient pas. Mais désormais, elle était dehors, à des centaines de kilomètres de toute civilisation. Seule une très fine membrane d'air, d'alliage et de plastique séparait son corps de la poussière et de la roche de cette immense et vieille planète. Elle était un petit fief douillet de chaleur et de vie, cerné d'empires froids et mortels.

Sunday avait l'habitude de porter une combinaison et d'être exposée au vide lunaire et aux températures extrêmes. Mais Mars était différente. Sa familiarité la calmait. La planète ne paraissait pas dépourvue d'atmosphère, ni même particulièrement hostile à la vie. Sunday avait passé assez de temps sur Terre pour reconnaître le travail de la pluie et de l'érosion. Le ciel n'était pas noir, il avait la teinte rose pâle d'un crépuscule d'été. Il y avait des nuages et des tourbillons de poussière. Le sol, dont la température et la texture lui étaient transmises par les semelles de ses bottes, ne paraissait pas inhospitalier. Elle avait l'impression qu'elle aurait pu enlever les chaussures et marcher pieds nus dans la poussière, comme à la plage.

Mars tuait ainsi, avec la ruse et la discrétion d'un assassin. Les gens venaient de la Terre ou d'ailleurs avec les meilleures intentions du monde. Ils savaient que l'environnement était potentiellement mortel et que seuls des scaphandres et des murs les protégeraient. Pourtant, de temps à autre, des hommes et des femmes étaient retrouvés dehors, morts, leur combinaison à moitié retirée. Ils n'étaient pas vraiment fous et la plupart d'entre eux n'étaient pas suicidaires. Mais la familiarité du paysage avait fini par pénétrer leur cerveau, leur chuchotant des paroles rassurantes, voire amicales. *Fais-moi confiance. J'ai l'air accueillant, parce que je le suis. Enlève donc ce fichu blindage. Tu n'en as pas besoin.*

Ce n'était pas sur cette Mars qu'Eunice avait débarqué cent ans plus tôt, se rappela Sunday. Elle avait beau être loin de Vishniac, et Vishniac être très éloignée de la ville la plus proche, il y avait tout de même des cités. Il n'y en avait pas à l'époque d'Eunice. Pas de trains, d'ascenseurs spatiaux ni d'infrastructures.

Si la combinaison de Sunday tombait en panne, ce qui avait autant de chances de lui arriver que de recevoir une météorite sur la tête, Dorcas et son équipage étaient proches. Et s'ils rencontraient des problèmes, d'autres Flotteurs viendraient rapidement à leur rescousse. Vishniac pouvait envoyer un aéronef ou un avion et aucun endroit sur Mars n'était à plus d'une journée de train à grande vitesse de Vishniac. Sunday était reliée à un système de survie planétaire tout aussi efficace que celui qui était accroché sur son dos.

Elle ne manquait pas de bravoure ; personne n'avait besoin de le lui rappeler. Mais il avait fallu un tout autre courage à sa grand-mère pour venir sur ce monde, un courage qui n'avait plus cours sur cette nouvelle Mars prospère et sûre de soi, avec ses casinos, ses hôtels et ses entreprises de location. Même ici, dans l'Évolvarium, le risque auquel Sunday s'exposait était limité, quantifiable, et s'il ne lui convenait pas, elle pouvait partir facilement. Dans le pire des cas, ce ne serait pas Mars qui la tuerait. Mais les machines que les humains avaient apportées sur la planète, et livrées à elles-mêmes.

— Nous commençons ici, dit Gribelin en plaçant la foreuse. Si nous sommes décalés, ce n'est que d'un ou deux centimètres et nous pourrons rajuster en nous rapprochant.

— Ça va prendre combien ? demanda Sunday.

— Pour creuser ?

Il haussa les épaules à travers sa combinaison moulante.

— Deux, trois heures s'il s'agissait de lave solide de Tharsis. Mais ce n'est pas le cas. Elle a déjà été cassée en morceaux puis déversée dans le puits et la progression sera donc bien plus simple. Pas plus d'une heure, je dirais.

Les Flotteurs avaient décroché son camion de leur appareil et l'avaient déposé à quelques mètres du site de forage. Le véhicule avait déployé ses pattes et Gribelin avait sorti une foreuse verticale de la soute arrière. Il avait placé le lourd équipement en le dirigeant par des gestes, en voquant des ordres et parfois en le poussant de l'épaule. La foreuse était couverte de lubrifiant pour basse température et de mastic antipoussière. Il mit la mèche en position, la laissa tourner lentement sur les couches supérieures de poudre, jusqu'à ce qu'elle atteigne la roche. Elle se mit alors à accélérer, et un panache fauve de pierre digérée se mit à jaillir de son sommet. Sunday perçut son tremblement à travers ses semelles.

— Vous comprenez pourquoi nous avons attendu le jour, maintenant ? dit Dorcas en penchant la tête pour suivre la trajectoire du panache et s'assurer qu'il ne s'approchait pas de son précieux aéronef. Les machines sont attirées par les vibrations. Se planter ici, de nuit, aurait été une très mauvaise idée. Comme de les inviter à venir jeter un coup d'œil.

Sunday acquiesça : elle comprenait en quoi c'était prudent, mais elle souhaitait également en finir le plus vite possible. La foreuse avait déjà fait des progrès visibles et sa mèche s'était déjà enfoncée de l'épaisseur d'une main dans la lave solidifiée.

Ils étaient cinq, en combinaison : Gribelin, Jitendra, Sunday, Dorcas et un de ses membres d'équipage les plus expérimentés, une autre martienne dont Sunday avait compris qu'elle s'appelait Sibyl. Les Flotteurs avaient leurs propres scaphandres, très minces et modernes, décorés de dessins d'animaux style néolithique ou aborigènes d'Australie, peints à l'encre holographique lumineuse. Jitendra et Sunday s'étaient contentés de ceux que Gribelin gardait dans son camion en cas d'urgence. Ils étaient moins pratiques, leurs articulations plus raides et dépourvues de décorations, mais ils marchaient bien et possédaient assez de fonctionnalités de comm pour capter la faible aug locale. Des tags identifiaient les autres personnes et une version simplifiée de la carte tactique planait dans le haut du champ visuel de Sunday, prête à grossir et à se placer au centre au besoin. Le plan ne s'était guère modifié durant la nuit, mais au matin, les Flotteurs avaient reçu des infos de leurs collègues courtiers et les positions des principaux protagonistes de l'Évolvarium avaient été mises à jour.

Il y avait des réseaux fluctuants de rivalité et d'entraide, de faveurs et de dettes. Les informations qu'ils recevaient n'étaient pas forcément justes, mais Dorcas savait à qui elle pouvait faire confiance ou pas. Ses précieux alliés avaient signalé que le golem était reparti dans leur direction après être resté immobile toute la nuit.

— Mais il prend un gros risque, avait expliqué Dorcas pendant qu'ils enfilaient leurs combinaisons.

— Comme nous tous, avait rétorqué Sunday.

Dorcas appela une version de la carte.

— Deux collecteurs de classe C sont entrés dans ce secteur depuis que nous sommes arrivés. Deux marteaux. Pas les pires, mais plutôt coriaces. Si votre golem continue, il va passer à deux ou trois kilomètres de leur position actuelle.

*Ce n'est pas mon golem*, pensa amèrement Sunday.

— Ça va lui poser un problème ?

Dorcas hocha la tête avec sagesse.

— Il ne va pas *forcément* se faire attaquer, pas en plein jour. Mais peut-être qu'un des marteaux va décider de *tenter* le coup, s'il estime qu'il risque peu de représailles. Ce qui est le cas – le golem n'est même pas un chair-et-sang –, mais les marteaux l'ignorent sans doute.

— Sans doute ?

— On ne sait jamais avec ces créatures. Elles peuvent flairer les échanges de comm, faire la différence entre un pilote humain et une doublure chinguée. Au niveau cognitif, ça leur est possible, comme ça l'est pour nous.

Sunday approcha un doigt ganté du plus gros icone de la carte.

— C'est l'Agrégat ?

— Oui, dit Dorcas.

— C'est moi ou il paraît plus proche qu'hier ?

— Il a probablement avancé pendant la nuit. Ça ne veut sans doute rien dire.

— Sans doute, répéta une nouvelle fois Sunday.

— Il ne peut pas savoir ce que nous faisons ici, dit Dorcas. C'est impossible, et même s'il pouvait, ça ne l'intéresserait pas. Je vous l'ai dit, c'est comme une cité-État. Nous ne sommes rien pour lui.

Sunday regarda la foreuse s'enfoncer, progressant à vue d'œil : elle avait atteint au moins un mètre de profondeur, voire davantage. Il ne faisait plus aucun doute qu'il y avait bien quelque chose là-dessous. Les relevés radar et sismiques s'étaient améliorés depuis la première détection de Dorcas et ils faisaient désormais apparaître ce qui semblait être une boîte enterrée à dessein, à peu près semblable, en taille et en proportions, à celle que Chama avait découverte sur la Lune. On avait dû creuser un trou rectangulaire, y placer la boîte dans le sens de la longueur, puis reboucher avant de tasser. Avec un meilleur équipement, ils auraient même pu regarder à l'intérieur sans avoir à la ramener à la surface. Mais peu importait, ils auraient bientôt l'objet entre les mains. Gribelin forait un puits circulaire légèrement plus large que le premier et il s'arrêterait avant la boîte, pour ne pas l'endommager, ni déclencher un mécanisme ou un piège. Afin d'écarter le moindre risque, ils enverraient la doublure que Gribelin gardait attachée à l'avant de son camion.

— Nous l'atteindrons quand ? demanda Sunday.

Gribelin regarda la foreuse un long moment avant de répondre.

— Dans soixante, soixante-dix minutes.

— Quand je vous ai posé la question, tout à l'heure, vous m'avez dit que ça ne prendrait pas plus d'une heure.

— J'ai dit que ça ne prendrait pas *beaucoup* plus, lui rétorqua-t-il.

— Le golem est à cinquante kilomètres, dit Dorcas posément. Nous allons bientôt savoir si les marteaux se décident à agir. Peut-être qu'il va avoir de la chance.

— Si nous n'avions pas à creuser ici, nous pourrions peut-être aller rejoindre le golem à mi-chemin, dit Jitendra en tapant des pieds, nerveux, comme si le froid commençait à l'atteindre à travers sa combinaison.

— Et ensuite ? demanda Dorcas. Nous essayons de le convaincre ?

— J'aurais plutôt penché pour un coup de pied dans la gueule.

— Il n'y a pas de Mécanisme pour vous en empêcher, mais vous seriez dans de sales draps lorsque la nouvelle remonterait jusqu'au Monde surveillé. Et nous ignorons si le golem est accompagné d'un guide humain ou chair-et-sang. (Dorcas montra la foreuse qui vrombissait.) Nous irons jusqu'au bout. Ce n'est pas comme si nous allions découvrir un objet digne que l'on se batte pour lui.

— Vous croyez encore que nous n'allons rien trouver, dit Sunday.

— Si cette boîte est restée ici un siècle, dit Dorcas, alors tout ce que je sais sur l'Évolvarium est faux. Mais j'ai bien peur qu'ici les choses ne fonctionnent pas ainsi, tout simplement.

— Même si ça me peine d'être d'accord avec le capitaine, dit Gribelin, je dois avouer qu'elle n'a pas tort.

Certaines de ses journées étaient passées plus vite que cette heure. Regarder la foreuse, c'était comme surveiller une bouilloire. Finalement, Sunday abandonna et s'éloigna du site, aussi loin qu'elle l'osa. Même à deux cents mètres du camion, elle sentait encore les vibrations de l'équipement de Gribelin. En dehors du panache de pierre, le ciel était dégagé et prenait une teinte mauve foncé au zénith. Pavonis Mons était un petit renflement à l'horizon, qui l'aurait déçue si elle avait été assez naïve pour s'attendre à plus spectaculaire. Elle se trouvait déjà sur ses contreforts. Les montagnes de Mars étaient simplement trop grosses pour être vues en entier, sauf depuis l'espace.

Elle préférerait, de loin, le Kilimandjaro. Voilà une montagne que l'on pouvait montrer du doigt.

La vibration s'arrêta. Elle se retourna juste à temps pour voir le panache diminuer et son dernier jet s'étaler dans le ciel comme la queue d'un cerf-volant. Elle regarda Gribelin écarter la foreuse, rien dans ses mouvements, dépourvus de la moindre précipitation, ne lui indiquant qu'il pouvait y avoir un problème avec l'équipement.

Elle retourna vers le site de forage. Lorsqu'elle arriva, Jitendra et Dorcas se penchaient au-dessus du trou, les mains sur les genoux pour observer ses profondeurs.

— La bonne nouvelle, dit Dorcas, c'est qu'un des marteaux a mordu à l'hameçon.

— Et ?

— Il ne l'a pas complètement eu. Le véhicule continue d'approcher, mais pas aussi vite qu'avant. Il est endommagé, et les autres marteaux risquent de s'y intéresser.

— Il y aura des répercussions ?

— Des représailles ? Sans doute que non. Votre golem s'est remis en route avant le jour, ce qui revient à chercher les ennuis, tout le monde sera d'accord.

— J'espère que personne n'a été blessé.

— Si c'est le cas, c'est leur faute, dit Dorcas.

Sunday fit attention en s'approchant du trou fraîchement creusé. Il ne faisait que soixante centimètres de diamètre, mais était assez large pour qu'on se coince dedans si l'on perdait l'équilibre.

— Il reste encore ça, dit Gribelin en écartant ses mains de quinze centimètres. Nous arrêtons et laissons la doublure creuser le reste.

— Des cribleuses, dit Sibyl en montrant deux panaches roses à l'horizon, dérivant lentement de gauche à droite comme la fumée des vieux paquebots de l'ancien monde. Mieux vaut ne pas rester longtemps par ici.

Le camion et le dirigeable reculèrent de deux cents mètres. Le robot de Gribelin s'était détaché de la proue de son véhicule et il avançait désormais au sol. Le camionneur avait établi une connexion ching et restait immobile, dirigeant la doublure jusqu'au bord du trou. Il s'agissait du même genre d'unité squelettique et minimale dans laquelle Sunday avait chingué sur la Lune, composée d'innombrables tubes et pistons. Elle se glissa dans le trou sans problème et se replia en une boule serrée comme une araignée séchée, avant de disparaître au fond. Quelques instants plus tard, des petits morceaux de détritus se mirent à jaillir de l'ouverture. *S'il y a un piège,* se dit Sunday, *nous devrions prier pour qu'il ne soit pas nucléaire.*

Mais après quelques minutes à creuser, la doublure avait mis la boîte au jour. L'estimant sans danger, au moins pour l'instant, Sunday retourna au bord du trou et regarda dedans. Le robot était remonté et elle put apercevoir l'objet. Il était visible aux deux tiers et semblait totalement quelconque et impersonnel. De la taille d'un panier de pique-nique, la boîte en alliage gris était éraflée et légèrement cabossée. Sunday distingua la jointure d'un couvercle et ce qui ressemblait à deux loquets sur sa longueur.

Elle fit signe à Gribelin de la tête.

— Sortez-la en entier.

Ils s'écartèrent de nouveau et attendirent que la doublure hisse la boîte hors du puits et la dépose sur le sol, le couvercle vers le haut. Face au vide rouge de Mars, elle ressemblait à un objet peint par Salvador Dalí : une pierre tombale dans le désert, peut-être.

Sunday l'atteignit la première. Elle écarta la doublure ; elle n'était pas venue jusqu'ici pour laisser quelqu'un d'autre l'ouvrir à sa place. Rien à voir avec Chama qui, sur la Lune, avait eu ce privilège. Elle ne savait pas encore, à ce moment-là, dans quoi elle s'engageait. Désormais, il n'y avait rien de plus personnel à ses yeux.

Elle s'agenouilla près de la boîte. Jitendra était derrière elle, mais les autres se tenaient à distance. *Qu'ils y restent,* se dit-elle en passant ses doigts gantés sous les loquets pour appuyer dessus. Ils s'ouvrirent sans problème et Sunday ressentit une première pointe d'inquiétude. Elle n'avait jamais vraiment cru Dorcas lorsqu'elle lui avait expliqué qu'une boîte ne pouvait pas être restée tout ce temps sous la surface sans être déterrée par les machines. Mais des loquets fermés depuis plus de soixante ans et exposés à six décennies de froid martien auraient dû être plus difficiles à actionner.

Le couvercle se souleva tout aussi facilement. Ce n'est qu'à ce moment-là que Sunday envisagea la possibilité que la boîte ait été emballée et fermée sous des conditions de pression normales et pas dans la mince couche d'air à la surface de Mars.

Trop tard... Mais non : soit ce n'était pas le cas, soit l'air s'en était échappé au fil des ans.

Elle regarda à l'intérieur. La boîte contenait une autre boîte : un récipient noir laqué au couvercle orné d'une gravure représentant un motif de fleur. Il y avait juste assez de place autour de la petite caissette pour que Sunday puisse passer les doigts. Elle l'attrapa.

Et sentit quelque chose lui toucher la nuque.

— Ce n'est pas une arme, dit Dorcas. Que les choses soient bien claires. Je ne tiens pas d'arme contre votre casque. Je ne ferais jamais ça. Ce que je tiens, ce n'est pas une arme, mais un outil, qui appartient à notre équipement, et qui pourrait vous blesser grièvement si je ne faisais pas attention. Ce qui ne va pas arriver si vous ne faites rien... pour me distraire.

Le calme dans sa propre voix surprit Sunday :

— Que voulez-vous que je fasse, Dorcas ?

— J'aimerais que vous lâchiez cette boîte, la plus petite, et reculiez pour vous écarter de la grosse. Je suis juste derrière vous, et je vais y rester.

Sunday ôta ses doigts de l'espace entre les deux caissettes. Elle avait suffisamment soulevé la petite pour sentir qu'elle était légère, voire vide.

— Je ne comprends pas ce qui se passe, dit-elle en se levant et en s'écartant comme on le lui avait ordonné. Mais ça ne m'a pas l'air très légal.

— Ça l'est, pourtant, dit Dorcas. Ça l'est même carrément. J'interviens pour empêcher la commission d'un crime. En l'absence de Mécanisme, je suis obligée de le faire. Allez, à genoux.

— S'il y avait un Mécanisme, répondit Sunday en obéissant, je ne crois pas que vous pourriez tenir quelque chose contre l'arrière de mon casque.

— Peut-être. Mais comme je l'ai dit, nous cherchons à empêcher un crime ici, pas à en commettre un.

— Quel crime ?

— La récupération d'artefacts de l'Évolvarium sans les autorisations nécessaires. Je crains que tout ce qui n'est pas d'ordre géologique appartienne ici au consortium des Flotteurs. Vous auriez dû le comprendre avant de venir.

Agenouillée, Sunday regarda autour d'elle lentement, sans faire de geste brusque. Elle s'était éloignée d'à peu près vingt pas de la grosse boîte lorsque Dorcas lui avait demandé de se mettre de nouveau par terre. La Flotteuse était toujours derrière elle. Sibyl, son équipière, tenait une sorte de perceuse pneumatique à deux mains, comme une mitraillette de l'époque des gangsters. Elle était lourde, verte et enveloppée de tout un amas de câbles. Gribelin et Jitendra étaient à genoux devant elle, les mains levées aussi haut que leur combinaison articulée le leur permettait.

— Des lanceurs de pitons, expliqua Dorcas. Ils nous servent à envoyer des ancres dans le sol lorsque nous devons nous amarrer pendant les tempêtes. Ils envoient, par air comprimé, des taquets de cinquante centimètres se planter dans la roche. Imaginez ce qu'ils feraient à une combinaison toute simple.

— Je ne suis pas venue voler quoi que ce soit aux Flotteurs. Vous savez pourquoi je suis ici. Ce qui se trouve dans cette boîte appartient à ma famille, c'est tout, et ça a été enterré avant la création de l'Évolvarium. Ça n'a aucun rapport avec vos machines ou avec vous. Si je le prends, ça ne changera rien. Personne ne s'enrichira ni ne perdra d'argent.

— Si c'est le cas, dit Dorcas, ça ne vous dérange pas que je l'emporte à votre place, n'est-ce pas ?

— J'ai dit que ça m'appartenait. À moi et à ma famille.

— Vous avez des preuves ?

— Évidemment. Je ne suis pas arrivée ici par accident. J'ai suivi des indices depuis la Lune.

— Alors, vous pourrez faire une demande pour récupérer un bien confisqué auprès des autorités compétentes.

Dorcas parut réfléchir un instant puis reprit :

— Bien sûr, pour prouver que vous avez suivi ces indices, vous allez devoir parler de l'incident avec les Chinois, dans lequel votre nom n'a pas encore été cité.

— Qui est derrière tout ça ? demanda Jitendra.

— Personne n'est « derrière » quoi que ce soit, répondit Dorcas. Je ne fais que me conformer à la loi.

— Mais vous ne sauriez pas ce qui est arrivé sur la Lune si les Pans ne vous l'avaient pas raconté, lança Jitendra.

— Ça ne m'étonne pas, dit Sunday. Le seul truc surprenant, c'est que ça leur ait pris tant de temps.

— Pour faire quoi ? demanda Gribelin.

— Pour voler la boîte sous mes yeux. C'était trop facile, hein ? Ils ont fait des pieds et des mains pour nous aider à arriver jusqu'ici. Puis ils ont décidé que ça suffisait. Qu'ils n'avaient pas besoin de moi pour suivre les indices restants. Qu'ils pouvaient le faire eux-mêmes, merci beaucoup, ou même laisser tomber. (Elle secoua la tête, dégoûtée de n'avoir rien vu venir avant cet instant douloureux.) Soya m'avait prévenue.

— Soya ? demanda Dorcas. Qui c'est, Soya, bordel ?

— Quelqu'un que j'aurais dû écouter quand j'en avais l'occasion. Même si ça n'aurait rien changé. Jusqu'où aurais-je pu aller, sans l'aide des Pans ?

— J'ai peut-être loupé un épisode, dit Gribelin, mais si ce sont les Pans qui me paient, pourquoi est-ce qu'ils font ça ?

— Ne nous fâchons pas pour ça, Grib, dit Dorcas sur un ton apaisant. Nous sommes tous les deux trop vieux. Tu as bien travaillé et tu as été payé. Tu n'avais pas le droit de les aider à extraire un objet de l'Évolvarium, et on peut donc dire que tu t'en sors très bien en en étant empêché avant même que le crime soit vraiment commis.

— Je t'ai dit ce que nous comptions faire. Tu ne m'as jamais parlé de voler cette putain de boîte à la dernière minute.

— Oui, bon, parce que je n'étais pas encore au courant de toutes les possibilités.

— Quand vous ont-ils contactée ? demanda Sunday. Hier, après notre montée à bord ? C'est pour ça que vous avez retardé l'excavation alors qu'il faisait encore jour ? Pour pouvoir marchander avec les Pans ?

— Elle n'avouera jamais qu'ils sont derrière tout ça, dit Jitendra.

— Non, convint Sunday. Tu as raison. Mais je pensais pouvoir leur faire confiance ; au moins jusqu'à un certain point. Je faisais confiance à

Chama et Gleb. Même à Holroyd. Et s'ils sont en train de me niquer *moi*, qu'est-ce qu'ils font à mon frère ?

— M'étonnerait que Chama et Gleb aient quelque chose à voir là-dedans, dit Jitendra.

Sur un canal ouvert, sans se soucier que tout le monde puisse l'entendre, Dorcas annonça :

— Nous avons la boîte. Envoyez deux membres d'équipage nous chercher et préparez le départ. Je veux que nous soyons partis avant que le golem n'amène les marteaux jusqu'à nous.

— C'est peut-être un peu tard pour ça, dit Gribelin en penchant son casque pour désigner l'est.

Toujours agenouillée, Sunday se tourna pour regarder, sans faire de geste brusque. Elle aperçut un panache de poussière qui partait d'un éclat argenté avançant au sol.

Dorcas lança un juron martien que la traduction ne parvint pas à rendre.

— On devait me prévenir !

— Il est à neuf kilomètres et il approche, dit Sibyl. Nous avons encore le temps, si on se dépêche.

Dorcas poussa Sunday.

— Debout.

— Décidez-vous. Vous venez de me dire de m'agenouiller.

Le chef des Flotteurs la poussa alors plus fort, assez pour que la tête de Sunday vienne cogner contre l'intérieur de son casque.

— Je ne le redemanderai pas. N'oubliez pas que tout peut arriver ici. Ça ne surprendra personne de ne pas vous voir revenir à Vishniac. Vous êtes partis dans l'Évolvarium sans escorte officielle : vous l'avez bien cherché.

Sunday se leva.

— Quoi que vous pensiez faire, sachez bien une chose. Vous ne me volez pas simplement cette boîte à moi. Mais vous la volez à Akinya Space. Vous êtes sûre de vouloir nous avoir comme ennemis ?

— Allez dire ça à Lin Wei. D'après mes souvenirs, Akinya Space l'a trahie, il y a longtemps. (Une nouvelle poussée, moins violente cette fois.) Avancez. Tous. Allez près de cette corniche et restez proches les uns des autres.

Sunday rejeta l'idée de tenter une action héroïque. Elle n'allait pas prendre de risques alors que Dorcas se trouvait quelques pas derrière elle avec le lanceur de taquets. Ils obéirent tous les trois et laissèrent Sibyl s'emparer de la plus petite boîte. Sunday se retourna en marchant et elle la vit sortir, sans problème, la caissette laquée de la grosse boîte. La Flotteuse la leva devant sa visière et, d'une main gantée, souleva le couvercle gravé.

Sibyl examina le contenu de la boîte un instant, passa un doigt dedans pour toucher ce qui se trouvait à l'intérieur, puis la referma soigneusement. Impossible de savoir ce qu'elle avait vu.

— Continuez à avancer, dit Dorcas.

Malgré tout, Gribelin s'arrêta et leva une main.

— Un marteau ! cria-t-il comme un baleinier qui aurait vu un jet d'eau.

— Allez ! lança Dorcas.

Le marteau était un peu plus loin que le rover du golem, mais il se dressait désormais, et apparaissait en entier, dans toute son horreur. La visière de Sunday, sentant qu'elle se concentrait dessus, effectua un zoom à haute résolution. Un marteau muni de griffes tournées vers le bas, aussi gros que le véhicule, pivota au bout d'une colonne vertébrale mécanique aussi longue qu'un train. La machine se déplaçait en décrivant une onde en forme de S. Chacun de ses modules vertébraux, aussi gros qu'une maison, était équipé de pattes saillantes, sinueuses et qui battaient sans cesse le sol. Le golem avançait vite, projetant de la poussière sur son poursuivant, mais le marteau paraissait gagner du terrain. Ils le virent ramasser des rochers et les lancer, avec une précision balistique, sur sa cible.

Sunday essayait d'échapper au golem depuis qu'il s'était présenté à Crommelin, mais elle était désormais ravie de le voir arriver. Tant qu'à faire, elle aurait nettement préféré avoir affaire à Lucas plutôt qu'à Dorcas et aux Pans. En voyant le marteau rattraper son retard sur le rover, elle encouragea le golem.

Mais cela ne suffit pas. Un rocher de la taille d'une voiture fendit l'air et manqua de très peu sa cible, en retombant légèrement devant elle. Le rover vint alors heurter l'obstacle et son nez plongea tandis que sa queue s'élevait. Les roues tournèrent en l'air. Le véhicule, l'avant enfoncé, retomba sur un côté. Le marteau continua à lancer des pierres en approchant.

Sunday détourna les yeux de la scène le temps de voir les bras du dirigeable s'abaisser pour ramasser Dorcas et Sibyl. L'appareil les emporta dans le ciel avec leurs armes improvisées et la boîte noire.

— Bonne chance ! dit Dorcas sur le canal des combinaisons. Nous allons faire notre possible pour repousser ce marteau, mais si j'étais vous, je ne resterais pas dans les parages.

Elle laissa tomber son lanceur de pitons dans la poussière.

— Je te paierai un coup, la prochaine fois qu'on se retrouvera à Vishniac, Grib.

Le sas de la nacelle était ouvert : un membre d'équipage attendait Dorcas et Sibyl. Les moteurs du dirigeable pivotèrent sur leurs supports, l'énorme ballon à gaz triangulaire tournant à la vitesse d'un nuage. Gribelin semblait stupéfait. Il se précipita vers le camion en soulevant de la terre. Il s'arrêta pour ramasser le lanceur de pitons et le secoua pour en ôter la poussière. Sunday et Jitendra s'élancèrent derrière lui.

Mais Sunday ne parvenait pas à quitter le rover du golem des yeux. Le marteau était sur lui, à présent, surplombant le véhicule accidenté. La machine inclina la tête en arrière, autant que son pivot le lui permettait, puis l'abattit, tout le corps en mouvement de telle sorte que, pendant un instant, elle ressembla à un fouet qui claquait. Elle frappa le rover. Puis la tête se releva et cogna de nouveau. Le véhicule se faisait écraser, pulvériser. Sunday pensa alors au golem à l'intérieur, ou à ce qu'il devait en rester. Elle espérait qu'il était venu seul.

Lorsqu'ils atteignirent le camion, le marteau avait déjà frappé le rover à six ou sept reprises. Des morceaux s'en étaient détachés et la machine de l'Évolvarium triait les débris avec ses pattes aux allures de cils vibratiles. La rapidité avec laquelle le marteau recyclait la machine détruite, pelletant les morceaux de premier choix dans une ouverture ronde juste sous son pivot, avait un côté obscène et cupide. D'affreuses dents contrarotatives tournaient à grande vitesse à l'intérieur de la gueule, pour couper et mastiquer.

Gribelin se hissa sur le flanc de son camion. Il regarda derrière lui, le lanceur de pitons à la main, puis reporta son attention sur le marteau. Sunday se tourna aussi vers la machine. Elle était toujours près de l'épave, mais avait cessé de se nourrir. La « tête » tournait doucement, comme la tourelle d'un cuirassé à la recherche d'une nouvelle cible.

— Il sait que nous sommes là, dit Gribelin.

— Alors, nous devrions faire ce que Dorcas a dit, répondit Sunday. Se barrer d'ici.

— Lucas n'a pas pu le semer, non ? demanda Jitendra, la voix brisée par la peur. Comment pourrions-nous y arriver ?

— Peut-être que Dorcas peut lui faire peur, dit Sunday.

Mais au lieu de se diriger vers le marteau, le dirigeable partait dans la direction opposée.

— Comme si je pouvais encore faire confiance à Dorcas, dit Gribelin.

À travers sa visière, il paraissait réfléchir, l'air sombre. Il jeta de nouveau un coup d'œil au marteau, puis à son camion, et enfin à Sunday et Jitendra.

— Partez, dit-il.

Sunday se renfrogna.

— Que voulez-vous… ?

—Partez, répéta-t-il en baissant le canon du lanceur de pitons vers elle pour dissiper le moindre doute. Tirez-vous, chérie, et courez. Les marteaux visent les cibles les plus grosses qu'ils trouvent et ils sont assez intelligents pour s'en prendre à des machines plutôt qu'à des humains en combinaison. Jusqu'à ce que leur proie s'échappe ou qu'ils l'attrapent. Tout dépend de ce qui arrive en premier.

Sunday ne comprenait pas. Elle ne voyait qu'un homme qui la menaçait d'une arme qui n'en était pas une, l'empêchant d'entrer dans le seul véhicule qui avait une petite chance de semer la créature de l'Évolvarium.

—Je vous en prie, dit-elle, laissez-nous entrer.

Depuis le flanc du camion, Gribelin lui donna un violent coup de pied. Sa botte la heurta au milieu de la poitrine. Elle retomba en arrière, sur Jitendra, qui tituba et battit l'air avant de retrouver l'équilibre.

—Gribelin ! cria-t-il. Tu ne peux pas faire ça !

—Courez, lança Gribelin.

Il était dans le camion, désormais, vidant l'air de la cabine d'un seul coup explosif pour ne pas se lancer dans tout le cycle du sas. Toujours sur le dos, Sunday le regarda s'installer à son poste de pilotage et actionner les leviers. Les supports de stabilisation se relevèrent. Les roues se mirent à tourner et trouvèrent de la traction.

—Il nous abandonne, dit Jitendra.

—Je n'en suis pas si sûre, répondit Sunday tandis que le camion reculait et faisait demi-tour.

Elle roula sur le flanc et s'efforça de se relever. Elle se souvenait de ce que lui avait dit Gribelin, de faire exactement ce qu'il ordonnait si les choses tournaient mal. Leur situation, estima-t-elle, entrait dans cette catégorie.

—Mais je pense qu'il faut courir, dit-elle.

Alors, ils coururent aussi vite que le leur permettaient les combinaisons, c'est-à-dire pas autant qu'ils l'auraient aimé, et peut-être cinq fois moins vite que le camion de Gribelin qui s'éloignait désormais d'eux, avec une immense roue de paon de poussière dans son sillage.

—Le marteau a mordu à l'hameçon, dit Jitendra, essoufflé.

Sunday avait elle aussi du mal à respirer. Ils poussaient leurs scaphandres à leurs limites, et leurs propres poumons et muscles travaillaient autant que les servomoteurs de leurs combinaisons.

—Ne t'arrête pas, dit-elle.

Mais elle ne put résister à l'envie de regarder derrière elle. Le marteau avait abandonné sa première proie. Il poursuivait désormais Gribelin, mais sans se presser. Il économisait son énergie, sachant qu'il l'attraperait en faisant preuve de patience, sur une longue distance. Sunday s'efforça de continuer à courir ou, tout au moins, de rester sur son petit trot épuisé. Elle fut prise d'un léger vertige et des étoiles apparurent aux confins de son champ visuel. Les relevés étaient tous dans le rouge et lui indiquaient qu'elle poussait sa combinaison au-delà de ce qui était recommandé.

*Peu importe la combinaison,* pensa-t-elle, *je me pousse moi-même bien au-delà de mes propres limites.*

Ils n'avaient rien décidé consciemment et ne s'étaient pas mis d'accord sur la direction à prendre : ils s'étaient simplement éloignés du camion. Pourtant, tous les deux avaient choisi de s'élancer, s'apercevait Sunday, vers l'épave du golem. Elle paraissait très loin, mais les distances, sur Mars, étaient trompeuses. La jeune femme passa le sommet d'une crête, et avec le jeu de la perspective, le rover lui parut, comme dans un rêve, beaucoup plus proche.

Et il semblait également bien abîmé. Sunday ne s'attendait pas vraiment à ce que quoi que ce soit ait pu survivre à l'attaque, mais le peu d'espoir qu'elle avait était désormais réduit à néant. Le rover était en morceaux. Il avait été déchiqueté et concassé en formes mutilées et aplaties, qui ne ressemblaient plus du tout aux composants originels. Elle repensa de nouveau à Dalí, à des montres molles posées sur des branches sans feuilles. La créature de l'Évolvarium avait transformé le véhicule en œuvre d'art.

Elle ne supportait plus les signaux d'alerte de la combinaison et elle avait l'impression que son cœur n'était plus qu'une pièce mécanique qui allait exploser hors de sa poitrine. On aurait dit qu'on avait inséré le soleil dans ses poumons. Elle ne pouvait plus continuer à courir.

La doublure de Lucas était étendue sur le sol.

Le golem n'avait pas de combinaison de surface et il était habillé comme dans la *Menace Rouge*. Pendant un instant, une illusion d'optique lui fit croire que la moitié de son corps était enterrée sous la poussière, alors qu'il en manquait la moitié. Il ne restait plus qu'une tête, un torse et un bras gauche. La doublure de Lucas avait été coupée en diagonale de l'épaule droite jusqu'à la hanche gauche. Sunday ne trouvait pas le reste. Peut-être que les autres parties étaient dans l'épave du rover, ou éparpillées, ou bien déjà digérées par la créature de l'Évolvarium.

Elle voyait l'intérieur d'un golem pour la première fois. Il y avait des couches visqueuses, des gaines de polymère actif, une structure squelettique de plastique blanc transparent, des amas fibreux de nerfs et de circuits de transmission. Un tas bleu-gris de muscles artificiels, veinés de tuyaux remplis de liquides. Assez peu de métal et encore moins de mécanismes solides. De l'ichor violet, une sorte de fluide de lubrification ou de refroidissement, avait coulé et gelait déjà sur le sol de Tharsis. Le côté droit de son visage, auquel manquaient les oreilles et le cuir chevelu, était réduit en pulpe. Un globe oculaire pendait de son orbite, rattaché par une corde de fibres optiques graisseuses. L'intelligence du golem, pour autant qu'elle existe, était répartie dans toute son anatomie. Mais ses yeux restaient son système d'acquisition visuel primaire.

Elle se tenait près de lui, les mains sur les genoux, attendant que le brouillard visuel de l'épuisement s'efface.

Le golem la regardait. Le globe oculaire encore en état la suivait dans son orbite, tandis que l'autre tressautait comme un poisson sur terre. La bouche bougeait, s'ouvrant et se refermant à la manière d'une marionnette de ventriloque, comme dirigée par un mécanisme rudimentaire. Pendant un instant, son visage resta immobile. Comme un masque de caoutchouc mou que personne ne portait, s'affaissant aux mauvais endroits. Puis Lucas sembla s'y frayer un chemin, sa personnalité venant habiter le golem. La figure se tendit, enfla et la bouche se mit à sourire.

— J'ai des problèmes, dit Sunday sur le canal général de comm de la combinaison. Je ne capte pas l'aug et à part mon frère et des gens à qui je ne fais plus confiance, personne ne sait que je suis ici. Il ne reste plus que toi, Lucas. Et je ne sais même pas si tu vas entendre ça, ou si tu as seulement une connexion ching avec la Terre.

Le golem prit la parole. Elle l'entendit dans sa tête.

— Je crois que nous avons tous les deux des problèmes, Sunday.

— Quand as-tu reçu des nouvelles de Lucas pour la dernière fois ?

— Je suis autonome depuis des heures, maintenant. Je crains que le contact ne se rétablisse plus, désormais, en tout cas pas avant ma fin.

— Lucas sait où je suis ?

— Il sait que je t'ai suivie dans l'Évolvarium, et que ta cible était probablement le site d'atterrissage d'Eunice. Mais il n'en est pas sûr.

Sunday regarda autour d'elle. Gribelin et le marteau étaient loin, désormais : à cette distance, elle ne voyait plus que le panache de poussière du camion. Elle espérait que leur guide ne perdait pas de terrain.

Jitendra s'arrêta brusquement et posa les mains sur les hanches. Il vit le golem et, instinctivement, frissonna. C'était une réaction naturelle. La machine paraissait si plausible, si vivante.

— Nous n'aurions jamais dû en arriver là, cousin, dit Sunday, réellement chagrinée.

L'œil encore en état du golem pétilla d'un éclat amusé et amer.

— J'ai toujours choisi de faire passer la famille avant mon ambition personnelle. Dommage que tu n'aies pas vu les choses de la même façon. Qu'est-ce que ça t'a rapporté, après tout ? Ils ont pris l'objet. Tu es venue jusqu'ici pour rien. (Le visage sourit. Du sang mauve coula de ses lèvres.) Tu as tout gâché, Sunday.

— Je ne dirais pas ça. (Elle enfonça un pied dans le crâne du golem.) Il y a toujours des compensations.

Elle sentit le plastique humide craquer sous son poids, comme un gros œuf sec rempli de jaune. La mesquinerie de son geste la dégoûta. Elle n'aurait jamais cru posséder une telle malice.

Mais, pour autant, elle ne le regrettait pas du tout.

Jitendra fouillait parmi les décombres du rover, ou du moins les parties qui n'avaient pas été entièrement aplaties, depuis déjà des heures. Il cherchait quelque chose, n'importe quoi, qui aurait pu leur permettre d'envoyer un signal de détresse. Au début, Sunday l'avait aidé, jusqu'à ce que l'absurdité de leur tentative déferle sur elle avec une vague de désespoir. Ils ne trouveraient rien d'utilisable, et ils ne parviendraient pas à appeler à l'aide. S'ils tentaient de partir à pied, ils seraient toujours dans l'Évolvarium à la nuit tombée et leurs combinaisons ne les maintiendraient pas en vie plus de quelques jours. Midi était déjà passé et le soleil avait entamé sa descente vers l'horizon à une vitesse indécente.

— Je crois que nous ne devrions pas rester ici, dit-elle pour la troisième ou quatrième fois. Si le marteau revient jeter un nouveau coup d'œil à l'épave...

D'un autre côté, en restant près des débris du rover, ils attireraient peut-être moins l'attention que deux silhouettes au milieu du paysage, loin de tout objet manufacturé. Les machines se guidaient-elles en priorité à la chaleur ou au son ? Et était-il sage de rester près de la zone des fouilles, dans le mince espoir que le golem ait pu envoyer des infos à la maison ? Elle avait peut-être rejeté la famille, mais ils ne la laisseraient pas mourir ici. Pas en connaissance de cause, espérait-elle.

Gribelin était mort. Elle en était désormais certaine. Alors que le panache de poussière allait disparaître dans le halo rose au-delà de l'horizon, il y avait eu une explosion brillante et silencieuse. Elle l'avait sentie quelques secondes plus tard, grondant à travers le sol comme un barrissement d'éléphant. Elle s'était dit qu'il avait laissé le marteau s'approcher du rover le plus possible avant de déclencher quelque chose à bord du véhicule : une cache d'explosifs ou des armes illégales. Il était impossible de savoir si cela avait suffi à détruire le marteau, ou si Gribelin avait simplement réussi à ne pas se faire prendre vivant. Un nuage en champignon version bonsaï s'était élevé, comme un cerveau gonflant à partir de sa propre moelle épinière, et le marteau n'était plus réapparu ensuite.

Mais cette machine n'était même pas un superprédateur.

— Je veux Eunice, dit Sunday. Elle saurait quoi faire. Elle savait toujours quoi faire.

Jitendra donna un coup de pied dans une plaque de métal.

— Il n'y a rien d'utilisable ici. Et je ne suis même pas certain qu'il soit très bon de communiquer ainsi. Nous devrions peut-être passer en silence radio, maintenant.

Il se tut, essoufflé par sa fouille de l'épave. *C'est sa façon d'affronter les événements*, se dit Sunday : *il s'occupe jusqu'à ce qu'il n'ait d'autre solution que d'admettre que ça ne sert à rien.*

— Alors, dans quelle direction part-on ? dit-il. Les vents ne sont pas trop forts depuis notre arrivée ici. Si nos recycleurs d'air tiennent, nous pourrons peut-être remonter les traces des véhicules jusqu'à Vishniac, même si nous perdons la navigation de la combi.

S'ils perdaient la navigation, pensa Sunday, ne pas retrouver leur chemin serait le cadet de leurs soucis. Cela voudrait dire que leurs scaphandres les lâchaient, et parmi leurs systèmes se trouvaient ceux de survie.

— Peut-être qu'un autre Flotteur va avoir pitié de nous.

— C'est sûr. Ils ont l'air gentils et attentionnés, y a qu'à voir Dorcas…

— On ne sait jamais. Quand on n'a plus d'options, on se raccroche à n'importe quoi.

Mais Sunday observait le ciel depuis des heures. Il n'y avait pas d'autres dirigeables, là-haut.

— Je pourrais la tuer. Pire. Je vais la tuer si j'en ai l'occasion.

*Ce qui n'arrivera pas*, ajouta une voix calme.

— Je ne crois pas qu'elle voulait notre mort. D'un autre côté, j'ai l'impression qu'elle n'a pas beaucoup réfléchi.

— Sois gentil, dit Sunday. Pourrais-tu – *rien qu'une fois* – arrêter d'essayer de voir le putain de bon côté des choses ? Et arrête de chercher du positif chez tout le monde, parce que parfois, il n'y en a pas. Parfois, les gens sont vraiment des connards. Des enculés de gros connards.

Jitendra traîna un panneau du rover près de Sunday et l'enfonça dans le sol, pour former une sorte de pare-vent.

— Nous allons attirer tout ce qui bouge à des kilomètres à la ronde. Plus on cachera notre chaleur, plus on aura de chances.

— Nous n'avons aucune chance, Jitendra. Mais si ça peut te faire plaisir…

Elle cligna des yeux. Ils la piquaient, étaient remplis de larmes, mais elle ne pouvait rien y faire.

— Ce qui me ferait plaisir, c'est que tu m'aides un peu, dit-il. Certains morceaux sont trop gros pour moi tout seul.

Les désirs de Jitendra étaient des ordres. Et il avait raison. Mieux valait s'occuper. Mieux valait s'occuper, même si c'était débile et inutile, plutôt que de ne rien faire.

Tandis que l'univers observait leur projet délabré en riant.

Ils bâtirent un abri rudimentaire, dépourvu de toit, mais les cachant de tout ce qui pourrait arriver par le sol, ou près du sol. Sunday ne voyait pas ce que ça pourrait changer – leur chaleur percerait, quoi qu'ils fassent – mais si cela les rendait un peu moins visibles, alors peut-être que ça valait la peine. Ils avaient puisé encore un peu plus d'énergie et d'oxygène de leurs combinaisons, mais ils n'avaient pas abandonné. Puis, une fois le travail achevé, l'abri conçu de leur mieux et le soleil toujours plus bas, ils s'assirent l'un près de l'autre, épaule contre épaule, main dans la main, conservant un contact tactile pour pouvoir parler.

— Désolée, dit enfin Sunday.

— Désolée de t'être fait avoir ?

— Désolée de t'avoir entraîné là-dedans. Désolée d'avoir entraîné Gribelin là-dedans.

— Je suis désolé pour lui, moi aussi. Mais il était vieux, et faisait un métier dangereux. Tu ne l'as pas tué ; son boulot s'en est chargé.

— Nous aurions peut-être dû rester ensemble.

— Nous sommes toujours vivants, dit Jitendra en lui serrant la main comme pour le lui prouver. Et lui non. C'est meilleur comme résultat que le contraire, non ?

— Je ne sais pas, dit Sunday, surprise elle-même d'avoir répondu si spontanément.

— Moi, oui. Et tant qu'il me restera une seconde de plus à vivre, je choisirai toujours la vie à la mort. Parce que tout peut se passer dans cette seconde.

— Depuis quand crois-tu aux miracles ?

— Je n'y crois pas. Mais je crois au…

Jitendra se tut, assez longtemps pour qu'elle se demande si la connexion tactile n'avait pas cessé de fonctionner. Elle regarda ce qu'il observait, à travers le vide mince et vertical entre deux morceaux de débris.

— Jitendra ?

— Je n'ai pas bougé depuis que nous nous sommes assis, dit-il. Mon point de vue n'a pas changé. Et je ne voyais pas cette colline, il y a une heure.

Sunday bougea et vit de quoi il parlait. Elle aurait pu le voir elle-même si elle avait été assise un peu plus à gauche. Et elle était certaine qu'il ne s'agissait pas d'une colline. La topographie était simple ici : en dehors de volcans et d'anciens cratères, il n'y avait pas de saillies dans le terrain.

D'autre part, Jitendra avait raison. La colline ne se trouvait pas là pendant qu'ils construisaient l'abri.

— L'Agrégat, dit Sunday.

Comme Jitendra ne répondait pas, elle comprit que c'était parce qu'il n'avait rien à ajouter.

Et l'Agrégat approchait.

# Chapitre 28

Geoffrey vérifia qu'il était bien attaché. Le *Quaynor* brûlait de nouveau du carburant, continuant son insertion orbitale et son approche pour accoster le Palais d'Hiver. Dans la bulle de pilotage avant – qui faisait office de passerelle sur ce vaisseau – il était entouré de Jumai et Mira Gilbert, attachées dans un amas de tendeurs et de harnais. La pièce avait la forme d'une coupole dotée de vitres résistant aux impacts et remplie de cadrans et de boutons curieusement démodés.

— Votre famille est toujours devant nous, dit Mira, confirmant ce dont Geoffrey se doutait. Il nous restait encore un peu de delta-v en réserve. Malheureusement, le *Kinyeti* en avait aussi.

Elle tapota sur un panneau d'instruments dépliable en poussant un sombre juron aquatique. Des moteurs à réaction s'enclenchèrent avec un grand bruit puis toussotèrent pour peaufiner la trajectoire du *Quaynor*.

— Ça va être serré, je le crains. Nous allons les retrouver sur la même orbite. Malheureusement, ils vont sans doute accoster avant nous.

— Combien y a-t-il de places d'amarrage ? demanda Jumai.

— Une de chaque côté, d'après les gros plans. On ne sait pas si les deux sont utilisables.

— Ça doit faire un bail que deux vaisseaux n'ont pas eu besoin d'accoster en même temps, dit Geoffrey. Pour autant que ce soit jamais arrivé.

Le *Quaynor* n'était pas tout neuf – Geoffrey s'en était aperçu rien qu'à l'odeur de moisi de ses quartiers – mais il ne semblait pas dater de bien avant le tournant du siècle. Il avait dû être adapté aux spécifications idéologiques des Pans, et n'offrait donc que le strict minimum d'éléments générés par aug. Des vitres de verre, pour que l'univers puisse être appréhendé photon par photon, tel qu'il était, plutôt qu'à travers des incrustations déformantes.

Des systèmes de commandes et de navigation qui exigeaient une interaction physique, de sorte qu'une personne devait être présente, en corps comme en esprit. Des décisions qui revenaient à des pilotes humains faillibles et aux réflexes lents plutôt qu'à des séries de systèmes experts rapides et infatigables.

— Qu'espèrent gagner Hector et Lucas ? demanda Jumai.

Geoffrey ôta une poussière dure comme du cristal d'un de ses yeux. Le temps qu'il avait passé endormi dans la fusée ne l'avait pas vraiment reposé.

— Les cousins n'ont rien à foutre de ce qui se trouve à l'intérieur du Palais d'Hiver. Ça leur est complètement égal. Ils veulent simplement m'empêcher de trouver quelque chose qui pourrait ternir la réputation d'Eunice ou nuire aux affaires. (Il ajusta une de ses sangles, qui commençait à le gratter.) Ils comptaient s'en débarrasser, de toute façon. Ils ont déjà rempli la paperasse.

— Tu crois qu'ils ont apporté des bombes ? demanda Jumai.

— Il y a tout un tas de trucs qui pourraient faire « boum » dans un vaisseau, dit Mira. Sans parler du navire coincé à l'intérieur du Palais d'Hiver.

Geoffrey se contracta lorsque la demande de ching arriva. C'était Hector, et les coordonnées indiquaient qu'il se trouvait près de la Lune.

— Je crois que nous n'avons pas grand-chose à nous dire, lança Geoffrey, qui choisissait de limiter la conversation à de l'audio.

— Tu as pris l'appel, pourtant, dit Hector, sa réponse leur parvenant presque immédiatement depuis le *Kinyeti*. Tu estimes donc sans doute que nous devons discuter.

— Tu es seul, ou Lucas t'a accompagné ?

— Il n'y a de la place que pour une personne, Geoffrey. Je suis venu dans un lancement de fret, pas dans la capsule habitée. Lucas aurait eu du mal à supporter le stress, après ce qui est arrivé à sa jambe, expliqua-t-il avec un petit rire sec. C'était un sacré voyage. Tu devrais essayer.

— Je l'ai déjà fait, dit Geoffrey.

— Pas comme ça, pas sans protections et avec les marges de sécurité réduites à zéro. Quel pied, quand j'ai pris le virage à la base de la montagne !… C'était quelque chose ! Et la vue… une fois que les propulseurs laser ont pris le relais et que j'ai foncé vers l'orbite. Génial !

— Ravi que tu te sois amusé. Tu dois être courageux, ou débile. Ou les deux.

Hector rit une nouvelle fois.

— Tout peut encore bien se terminer, Geoffrey. Quoi que tu penses faire au Palais d'Hiver, tu n'es pas obligé d'aller au bout.

— Je devrais te laisser le détruire ?

— Nous avons une vie agréable, cousin, nous ne manquons de rien. Pourquoi tiens-tu tellement à tout gâcher ?

— Si Eunice avait voulu niquer la famille, elle aurait pu le faire de son vivant.

— Ta foi en la nature humaine est touchante. À mon avis, elle est parfaitement capable de nous niquer depuis l'au-delà, si elle l'a décidé.

— Hector, fais confiance à ma sœur, sur ce coup. Sunday connaissait très bien Eunice. Elle ne faisait rien de gratuit, ni de malveillant. Et pourquoi diable nous en voudrait-elle, hein ?

— Elle est devenue folle, cousin. Là-bas, aux confins du système. À partir de là, elle a fait n'importe quoi.

— Je ne crois pas qu'elle soit devenue folle. Je crois qu'elle a vu quelque chose, là-bas, qu'elle a vécu une sorte d'expérience… qui l'a fait réfléchir sur tout ce qu'elle avait accompli jusqu'alors et elle a compris que ça ne valait peut-être pas tous les efforts qu'elle y avait consacrés. Mais elle n'est pas devenue folle. Elle a simplement remis sa vie en perspective.

Quelques secondes plus tard, Hector dit :

— J'aimerais te croire, mais nous ne pouvons pas prendre de risques. Trop de choses en dépendent.

— Laisse-moi au moins voir ce qu'il y a dans le Palais d'Hiver.

— Et si c'est quelque chose qui nous fait du mal ? dont nous ne pourrons pas nous remettre ?

— Je ne vais pas détruire l'entreprise, dit Geoffrey, fatigué. Je ne m'en soucie pas assez pour ça.

— Et si nous avions mal agi ? perpétré un crime dont elle seule était au courant ? Si tu découvrais que ta propre famille avait commis des actes innommables ? Tu pourrais garder le secret, en toute conscience, cousin ? (Geoffrey imaginait Hector en train de secouer la tête et de faire doucement claquer sa langue.) Tu ne pourrais pas vivre avec ce genre de secret.

— Quel genre de crime ? demanda doucement Geoffrey.

— Qu'est-ce que j'en sais, putain ? Des intellarts, de la génétique, des armes : qui peut bien savoir ce qu'elle a foutu il y a un siècle ? Qui peut bien savoir ce qu'ils foutaient tous, à l'époque ?

— Ça n'a aucun sens, Hector. Nous parlons presque d'égal à égal, maintenant. Nous aurions dû avoir cette conversation il y a des semaines, tu ne crois pas ?

Hector poussa un soupir, comme si devoir expliquer ce qui lui paraissait évident l'ennuyait au plus haut point.

— Il y a des semaines, tu faisais encore partie de la famille, Geoffrey. Mais plus maintenant. Tu as fait défection, tu nous as trahis. Tu es désormais un adversaire dans les affaires. Tu es notre égal. Ça change tout. J'ai l'impression que je pourrais presque te respecter.

— Fais demi-tour, s'il te plaît.

— Le cap du *Kinyeti* est déjà verrouillé sur la station, cousin. Je resterais à l'écart, si j'étais toi.

— Que comptes-tu faire ?

— Ce pour quoi je suis venu, répondit Hector. Tout démolir.

Au lieu d'achever son approche, le *Kinyeti* s'était placé en vol stationnaire à cinquante kilomètres, à peu près, sur la même orbite que le Palais d'Hiver. Geoffrey se demanda, optimiste, si Hector avait changé d'avis. Il l'avait peut-être convaincu, après tout, lui avait fait entendre raison.

Mais non. Au bout de dix minutes, un petit véhicule se détacha de la tête du vaisseau minier et prit le vecteur d'approche originel. Ils observèrent le minuscule appareil en forme de balle grâce au zoom des caméras du *Quaynor*. C'était un de ces véhicules à courte portée conçus pour les transferts entre vaisseaux et qui pouvaient servir aussi de capsules de secours ou de rentrée dans l'atmosphère, à usage unique.

— J'aurais dû m'en douter, dit Geoffrey. Hector ne veut pas que l'équipage du *Kinyeti* s'approche trop du Palais d'Hiver. Il tient à garder pour lui les secrets de famille.

— Le *Kinyeti* s'éloigne, dit Arethusa tandis qu'une série de moteurs s'allumaient sur la longueur du vaisseau en question. J'imagine qu'ils reviendront chercher Hector, mais pour l'instant, il leur a demandé de se barrer.

— Ils doivent être suffisamment bien payés pour ne pas poser de questions gênantes.

Une fois parti, il ne fallut que vingt minutes à Hector pour arriver au Palais d'Hiver. Grâce aux micropropulseurs, il fit un passage d'inspection, tournant en spirale autour du cylindre de la station d'un bout à l'autre avant la phase d'amarrage. Si le Palais d'Hiver avait demandé une autorisation d'approche au petit vaisseau – avant de lui donner la permission d'entamer les manœuvres d'amarrage –, le *Quaynor*, lui, n'avait aucun moyen d'intercepter ce genre de comms par faisceaux étroits. Geoffrey pouvait seulement supposer qu'il serait obligé de montrer patte blanche lorsqu'il devrait y accéder à son tour.

— Synchronisation pour amarrage, dit Mira tandis que le vaisseau d'Hector se mettait à tourner lentement, à la même vitesse de rotation centrifuge que la station. Contact et capture dans cinq… quatre… trois…

La capsule s'amarra. Des pinces articulées vinrent la saisir. Deux ou trois minutes passèrent puis un jet de particules argenté jaillit de la bague du sas. Un peu de pression qui s'échappait, retenue là depuis sa dernière utilisation, puis les verrous se refermèrent. La minuscule capsule paraissait presque disparaître parmi les détails des structures d'amarrage et de service de l'extrémité de la station.

—Alignons-nous sur l'autre bout, dit Mira en entrant des commandes sur un des claviers pliables. Vous pensez que nous pouvons traverser toute la structure ?

—Ce n'est qu'un gros tube creux, avec la *Reine d'Hiver* au milieu, expliqua Geoffrey. Nous ne devrions pas avoir de problèmes, d'autant moins qu'Arethusa a déjà chingué à bord il n'y a pas si longtemps.

—Je n'ai vu que ce qu'elle m'a laissé voir, prévint la baleine.

Le transfert d'Hector dans le petit appareil avait réduit son avance sur le *Quaynor*, mais ils étaient encore à trente minutes d'accoster. Geoffrey faisait tapoter ses doigts, les secondes s'écoulant avec une lenteur douloureuse. Il se disait qu'Hector ne prendrait pas tout son temps à l'intérieur, alors même qu'il aurait pu en profiter pour explorer le royaume privé d'Eunice à sa guise.

Ils étaient encore à cinquante kilomètres lorsque le premier défi se présenta : strident et automatisé, tout à fait conforme à l'habitude d'Eunice de ne pas souhaiter chaleureusement la bienvenue à ses visiteurs.

—Vaisseau non identifié un-un-neuf, trois-zéro-sept : vous n'avez pas l'autorisation de vous poser, ni de survoler la zone. Veuillez ajuster votre trajectoire pour sortir de notre espace.

La voix, qui s'exprimait en swahili, aurait très bien pu passer pour celle de la grand-mère de Geoffrey.

—Si vous ne changez pas de direction, nous ne pourrons être tenus pour responsable des dégâts occasionnés par nos systèmes anticollision.

—Gardez le cap, dit Geoffrey. Qu'elle... Que l'habitat sache que nous sommes sérieux. Eunice : tu m'entends ?

—Je suis là, dit la reconstruction, sans daigner projeter une chimère dans un espace déjà réduit.

—Fais en sorte que tout le monde puisse t'entendre, y compris Arethusa. Il n'y a pas de raisons pour qu'ils ne soient pas au courant de notre conversation.

—Sunday n'apprécierait pas.

—Obéis quand même. C'est un ordre.

Il y eut une pause à peine perceptible.

—C'est bon. Ils peuvent m'entendre.

— Bien.

Geoffrey observa ses compagnons, en espérant qu'ils garderaient leurs questions pour plus tard.

— Je crains de ne pas avoir le temps de tout t'expliquer, là, Eunice, mais nous devons obtenir l'autorisation de nous amarrer au Palais d'Hiver.

— Dis-lui que tu es envoyé par les Akinya.

Quitte à demander de l'aide à la reconstruction, autant tester ce qu'elle proposait.

— Mira, je suis en communication ?

— Vous pouvez parler, dit Mira.

— Ici Geoffrey Akinya, petit-fils d'Eunice. Je suis à bord du vaisseau d'espace lointain *Quaynor*, et j'aimerais obtenir l'autorisation d'approcher et de m'amarrer.

Il attendit un instant, puis, au risque de paraître prétentieux, ajouta :

— Je m'occupe d'une affaire importante pour la famille.

— L'autorisation d'approche a déjà été donnée à Hector Akinya. Il n'y a plus de ports d'amarrage disponibles.

Geoffrey grinça des dents.

— Hector est amarré à un des mâts, nous pouvons accoster l'autre.

— Il n'y a plus de ports d'amarrage disponibles, répéta la voix, sur un ton un peu plus menaçant, cette fois.

— J'ai le droit d'accoster, dit Geoffrey. Désarme tes systèmes anticollision et donne-moi l'autorisation de m'amarrer au mât libre. Tu es obligé d'obéir à un ordre émanant de la famille.

— Votre identité n'a pas été vérifiée. Cessez votre approche et modifiez votre trajectoire.

— Il ne croit pas que tu es toi, dit Eunice.

Geoffrey se retint de lâcher la réplique sarcastique qui lui était venue en tête.

— Pourquoi a-t-il accepté Hector et pas moi ?

— Hector est arrivé dans un vaisseau Akinya, immatriculé au nom d'Akinya, exactement comme aurait fait Memphis. Le Palais d'Hiver n'avait aucune raison de l'empêcher de passer.

Il fit la grimace.

— Mira : pouvons-nous faire une fausse immatriculation civile ?

— Ce n'est pas légal, ça ne marcherait pas forcément et ce n'est plus possible puisque l'habitat nous a déjà identifiés avec un propriétaire différent. (Mira lança un regard confus.) Vous allez devoir le convaincre, Geoffrey. Jumai ne peut même pas nous aider avant que nous ayons accosté.

— J'ai besoin d'idées, là, Eunice, dit-il.

— Si l'habitat reconnaît la notion de droit de visite pour la famille, qu'il comprend qu'Hector est un Akinya et qu'il a donc l'obligation de le laisser s'amarrer, il est alors *possible* qu'il fonctionne un peu comme moi. Il est beaucoup moins sophistiqué, évidemment, mais reste un modèle d'Eunice tout de même, avec un semblant de base de connaissances intégrée.

— Tout ça est très bien, mais je ne vois pas où ça nous mène, dit Geoffrey.

— Parle-lui. Explique que tu es Geoffrey Akinya et que tu es prêt à te soumettre à un interrogatoire pour le prouver.

— Tu crois que ça va marcher ? demanda Jumai.

— Aucune idée. Tu as d'autres brillantes idées, à part aller affronter les systèmes anticollision ? Parce qu'en réalité il s'agit de *canons*, au cas où tu aurais manqué le briefing.

— Merci, répondit-elle. J'ai bien compris que c'était dangereux.

— Désolé, dit Geoffrey.

C'était sincère : il ne connaissait personne qui flairait mieux le danger que Jumai.

— Bon, dit-elle en lui jetant un coup d'œil conciliant, si la reconstruction dit que c'est notre meilleure chance…

— Nous sommes toujours connectés ? demanda Geoffrey.

— Allez-y, confirma Mira.

Geoffrey s'éclaircit la voix.

— Ici, Geoffrey Akinya, de nouveau. Je n'ai aucun moyen de vous prouver mon identité, en tout cas, pas à cette distance. Mais je suis disposé à parler. Eunice me connaissait. Peut-être pas très bien, mais autant que quiconque dans la famille. Demande-moi n'importe quoi qui pourrait prouver mon identité… Je ferai de mon mieux pour répondre.

Le silence s'abattit. Jumai ouvrit la bouche pour parler, mais elle n'eut pas le temps d'inspirer, que l'habitat prit la parole :

— Éteignez toutes les comms externes à l'exception de cette connexion par faisceau étroit. Toute tentative de faire appel à l'aug sera détectée.

— C'est bon, dit Arethusa.

Au bout d'un moment, le Palais d'Hiver dit :

— Les éléphants de bois, comme cadeau d'anniversaire. Combien y en avait-il et quel âge avait Geoffrey Akinya lorsqu'il les a reçus ?

Il regarda ses compagnons de voyage.

— Je devais avoir cinq ou six ans, marmonna-t-il en parlant assez bas pour ne pas être entendu sur le canal qui allait du vaisseau à la station. Je ne m'en souviens pas !

— J'ai vu ces éléphants, dit Jumai, elle aussi en murmurant. Tu m'as dit que tu n'étais même pas sûr qu'ils venaient d'Eunice.

— Sunday avait une nounou qui venait de Djibouti, à l'époque… Je pensais que c'était peut-être elle qui les avait achetés, ou alors Memphis.

— Demandez à la reconstruction, dit Mira.

— Impossible. Un de ses exemplaires m'est attribué, comme un nuage qui planerait au-dessus de moi dans un ciel de données, mais elle n'est pas dans mon crâne. Sans l'aug, elle ne peut rien me dire.

— Il me faut une réponse, dit l'habitat. Quel âge avait Geoffrey Akinya ?

— Six, dit-il. Six éléphants, et… j'avais six ans à l'époque. C'était mon sixième anniversaire.

De nouveau un silence, puis :

— Autorisation d'approcher accordée. Préparez-vous pour amarrage au mât d'accès.

Geoffrey poussa un soupir pour se libérer de la tension qu'il retenait.

— Nous pouvons entrer. Ou, en tout cas, nous approcher un peu plus.

— Comment as-tu trouvé que tu avais six ans ? demanda Jumai.

— Je l'ai dit au hasard.

— Tu as un cul monstre.

— Elle était au courant pour les éléphants, dit Geoffrey en songeant à voix haute. Elle ne les a peut-être pas achetés… Mais je n'aurais jamais imaginé qu'elle en savait…

— Assez pour en faire la question à un milliard de yuans, dit Jumai.

— Nous sommes alignés, dit Mira Gilbert. Toujours sans aug, et nous allons rester comme ça pour l'instant. (Puis elle changea de ton.) Attendez, il se passe quelque chose avec le *Kinyeti*. Les propulseurs sont en marche.

— Où va-t-il ? demanda Geoffrey.

— Laissez-moi quelques secondes pour déterminer son cap.

Mira, attentive, attendit, puis tapa des commandes sur son clavier pliable et examina les complexes relevés multicolores qui affichaient diverses possibilités.

— Il a repris son approche vers le Palais d'Hiver, dit-elle, doutant de sa propre analyse. Ce n'est pas normal, non ? Hector n'est là que depuis quoi, vingt minutes ?

— Il n'avait peut-être pas besoin de plus, dit Jumai.

— Il n'aurait quand même pas fait venir le *Kinyeti*, dit Geoffrey. Pas alors qu'il a son propre moyen de transport. Il y a donc peut-être un problème avec son appareil ou alors, il a ordonné au *Kinyeti* de nous bloquer le passage jusqu'à l'autre port.

—Nous avons l'autorisation d'approche, dit Arethusa. S'il nous bloque, cela créera un incident interjuridictionnel.

—Je crois que c'en est devenu un depuis que j'ai fait la demande de citoyenneté à Tiamaat, dit Geoffrey.

—Je ralentis notre propre approche, dit Mira. Je veux voir où va le *Kinyeti* avant de continuer.

Geoffrey se rappela qu'il n'était pas en train de chinguer et que son corps ne se trouvait pas en sécurité, en Afrique. Il était présent, physiquement, à bord d'une machine immense, pesante et aussi fragile que de la gaze, un appareil qui ne supporterait pas plus une collision avec un autre vaisseau qu'il ne pouvait exécuter de brusques changements de trajectoire. Et avec deux appareils vulnérables attirés vers la flamme de bougie que représentait le Palais d'Hiver, les risques d'accident, sans parler d'un acte de blocage délibéré, augmentaient considérablement.

—Le *Kinyeti* n'est plus qu'à dix kilomètres, annonça Mira quelques minutes plus tard. On dirait qu'il s'aligne sur… le point d'amarrage sur lequel est accroché Hector. Vous y comprenez quelque chose ?

—C'est peut-être la seule zone d'accès en laquelle ils aient confiance, dit Jumai.

Geoffrey acquiesça.

—Attendons de voir ce qu'ils vont faire.

Une ou deux secondes plus tard, Arethusa lança :

—Des pirates !

Elle les avait vus un instant avant les autres : une éruption de pointes de lumière aux deux extrémités du cylindre de l'habitat, l'écoulement brillant d'appareils magnétiques et optiques anticollision qui envoyaient leur masse et leur énergie contre ce que le système de défense autonome du Palais d'Hiver avait identifié comme une menace. Pas un ennemi, parce que la notion d'« ennemi » impliquait une intention, ou un cerveau aux commandes, mais plutôt un objet dépourvu d'intelligence et avec lequel on ne pouvait négocier, tels un débris spatial ou un morceau de roche et de glace primordiales, qui s'approcherait trop.

Geoffrey mit quelques secondes à comprendre ce que voulait dire Arethusa. Il ne s'agissait pas de pirates. Mais de « procédures d'interventions rapprochées avec techniques d'éradication systématique », dont l'acronyme formait précisément le mot prononcé par Arethusa. En gros, des canons, mais munis de sûretés, pour qu'ils ne puissent s'en prendre qu'à des risques de collision réels et imminents.

Des non-armes.

Ils n'avaient pas réagi à l'approche d'Hector, mais le *Kinyeti* n'aurait pas droit au même traitement. Aussitôt après avoir compris ce qui se passait, Geoffrey vit la floraison de multiples points d'impact sur la coque du *Kinyeti*, accompagnée par des explosions d'éclats argentés résultant de la vaporisation instantanée du métal et de la céramique. La meilleure stratégie, pour les pirates, consistait à lui faire subir un tir de barrage continu, dans le dessein de détruire sa masse en morceaux plus petits qui pourraient être réduits à néant avec des salves d'énergie cinétique.

Le vaisseau resta cependant à peu près entier. Un de ses bras centrifuges avait été arraché et tournait désormais sur sa propre orbite, et toute la longueur de sa coque était parsemée de cratères et de trous, là où elle avait été touchée. Une de ses cuves de carburant avait été perforée et du liquide s'en échappait, tandis que trois ou quatre orifices dans le module avant indiquaient des pertes de pressurisation systémique. Les débris et les gaz qui jaillissaient du vaisseau bouchaient la vue et cachaient les dégâts.

Mais il n'était pas détruit. Ils le comprirent lorsqu'un deuxième spasme de lumière et de chaleur leur indiqua que le *Kinyeti* déployait ses propres systèmes anticollision, cette fois dans une frappe coordonnée contre l'habitat. Geoffrey n'aurait su dire si cet acte était légal : les occurrences de vaisseaux s'en prenant à d'autres, à des stations, ou le contraire, devaient être si rares qu'il ne devait guère exister de précédent dans la législation moderne. Il semblait évident que le *Kinyeti* se trouvait en état de légitime défense, mais son équipage aurait dû savoir que l'habitat ne l'autoriserait pas à approcher davantage et qu'il s'agissait donc d'une provocation.

À bord du *Quaynor*, ils n'étaient que des témoins, impuissants et pétrifiés, du conflit. L'attaque du *Kinyeti* avait abattu les plates-formes de pirates visibles autour des deux extrémités du Palais d'Hiver. Mais la station tournait et sa lente rotation fit apparaître d'autres canons intacts. Le Palais tira de nouveau, touchant une autre cuve de carburant, faisant davantage de dégâts au module de commande à l'avant du vaisseau, et manquant de briser son axe principal. Le nuage de gaz s'épaissit en un smog gris clair. Le *Kinyeti* riposta, de façon moins vigoureuse cette fois, car des parties de son propre système de défense avaient été endommagées ou détruites. Le Palais d'Hiver était constellé de points d'impact, certains éloignés des extrémités, formant des cratères sur la coque du cylindre, et assez profonds pour avoir atteint la base de la serre privée d'Eunice. Mais la station tournait toujours, aussi lourde et insensible qu'une meule. D'autres pirates apparurent et tirèrent sur l'appareil Akinya. Il y eut une brève réplique, puis plus rien.

Le Palais d'Hiver, encore quasiment intact, continuait sa rotation tandis que le nuage de débris et de gaz se dispersait autour de l'épave du *Kinyeti*. Le vaisseau minier endommagé et brisé continuait d'approcher de l'habitat.

Les attaques avaient cessé.

— Bon, quelqu'un aurait une *idée* de ce qui vient de se passer, putain ? demanda Jumai, sans vraiment attendre de réponse.

— Hector a dû appeler à l'aide, ou il tardait à donner de ses nouvelles, dit Geoffrey. Ou alors, entre son arrivée et le moment où il a tiré sur le *Kinyeti*, le Palais d'Hiver a changé d'avis et ne voulait plus de lui.

Il semblait choqué, écœuré, comme s'il ne parvenait pas à encaisser ce qui était arrivé.

— Il reste peut-être des survivants, dit Mira. Je vais essayer d'établir la communication. Je relance l'aug : nous n'avons plus rien à perdre, désormais, et ça pourrait être notre seul moyen d'établir un contact avec le *Kinyeti*. (L'aquatique se tut un instant, concentrée sur sa tâche.) Oh ! attendez, j'ai quelque chose ! Un signal de détresse général, lancé par le *Kinyeti*. Ils demandent de l'aide.

— Vous pouvez me les passer ? dit Geoffrey.

— Je ne sais pas s'ils peuvent vous entendre, mais vous pouvez essayer. Parlez quand vous voulez.

Il toussa pour s'éclaircir la voix.

— Ici Geoffrey Akinya, j'appelle le *Kinyeti*. Nous avons vu ce qui vous est arrivé. Quelle est votre situation et comment pouvons-nous vous aider ?

La réponse leur parvint en audio seulement, comme si elle avait été interceptée, brouillée, puis seulement en partie décodée.

— Ici, le capitaine Dos Santos... du vaisseau minier d'Akinya Space, *Kinyeti*. Nous avons subi des dégâts critiques... les systèmes de survie... ne fonctionnent plus.

La voix était celle d'un homme qui parlait swahili.

— Nous ne pouvons plus manœuvrer et nous n'avons plus de delta-v. Notre navette de secours n'est plus là.

— Ils sont foutus, dit Eunice.

— Nous l'avons vue partir, dit Geoffrey en essayant de ne pas faire attention à la reconstruction, mais sans vouloir la dévoquer complètement. J'imagine que c'est Hector qui l'a prise ?

— Je...

Le capitaine Dos Santos hésita. Geoffrey n'avait aucun mal à l'imaginer en train de se demander ce qu'il avait le droit de révéler.

— Oui, bien sûr, finit-il par répondre.

— Je suis le cousin d'Hector, au cas où vous l'ignoreriez.

Geoffrey jeta un coup d'œil aux relevés de Mira en espérant les interpréter correctement.

— Visiblement, reprit-il, vous n'allez pas heurter le Palais d'Hiver : votre cap va vous faire passer près de la zone d'amarrage, mais sans la toucher. C'est heureux.

— Le gaz qui s'est échappé a dû les détourner de leur trajectoire, expliqua Eunice. Mais ils sont toujours sous la menace de mes canons.

— Si ce sont vos canons, vous n'avez qu'à les éteindre, dit Jumai.

— Je ne peux pas, ma chère.

— Nous ignorons quel est le nombre d'armes du Palais d'Hiver encore opérationnelles, dit Geoffrey en interrompant la reconstruction, et je doute que vous en sachiez plus que nous.

— Non, en effet, dit le capitaine en s'autorisant un petit rire résigné. Que suggérez-vous, monsieur Akinya ?

— Nous ne pouvons risquer d'endommager ce vaisseau tant que vous êtes à portée du Palais d'Hiver, dit Geoffrey. Lorsque nous serons sûrs que ces canons ne nous menaceront plus, nous nous approcherons pour nous amarrer à vous. Vous allez devoir patienter jusque-là. Combien êtes-vous ?

— Huit, répondit Dos Santos. (Les comms s'étaient stabilisées désormais : sa voix leur parvenait bien plus nettement et sans interférences.) Un équipage normal, dont moi-même.

— Nous pouvons accueillir huit survivants sans problème, dit Mira. Cela ne surchargera pas nos systèmes de survie et nous n'aurons que quelques heures à tenir ainsi avant que les autorités des NUO ou de la Lune arrivent.

— Il reste aussi Hector, ajouta le capitaine.

— J'allais vous poser la question, dit Geoffrey.

— Il était censé revenir seul, nous n'aurions pas dû nous approcher tant. Mais il a demandé de l'aide.

— Il avait besoin d'une assistance technique ?

— Il avait besoin d'être secouru. Je ne peux pas vous en dire plus. Nous pensons qu'il a pu se blesser, mais ce n'est qu'une hypothèse ; nous étions en audio seulement, sans ching ni données biomédicales de sa combinaison. (Dos Santos poussa un grognement, dont on n'aurait su dire s'il était dû à l'effort ou à la douleur.) Mais il ne nous aurait pas appelés s'il n'avait pas eu de problème.

— Bon, dit Geoffrey avant de prendre une inspiration pour se donner le temps de rassembler ses esprits. Vous êtes en combinaison, capitaine ?

— Nous sommes en train de les enfiler. Ensuite, nous irons dans notre abri à tempêtes. C'est la partie la plus blindée du *Kinyeti*. Nous devrions survivre à presque tout, là-dedans, même à une dépressurisation complète.

— Dans tous les cas, vous allez être secourus. Désolé que vous ayez été entraînés là-dedans.

— Nous avons obéi aux ordres, répondit Dos Santos. C'est tout.

— Bonne chance, capitaine.

— À vous aussi, monsieur Akinya.

Dos Santos se déconnecta. Geoffrey resta silencieux quelques instants. Il aurait préféré ne pas avoir à exprimer à voix haute ce qui tourmentait sans doute tout le monde.

— Nous ne pouvons pas laisser Hector là-bas, dit-il doucement. Mais nous ne pouvons pas non plus mettre le *Quaynor* en danger. Et nous avons aussi le devoir de nous occuper des survivants du *Kinyeti*.

— S'ils parviennent à rester en vie jusqu'à leur passage près de la station, ils seront tirés d'affaire, dit Arethusa. Mira l'a bien dit : les autorités ont déjà dû être prévenues des combats et elles ne vont pas tarder à arriver. Dans quelques heures, peut-être moins, cette partie de l'espace grouillera de forces de l'ordre et d'équipes de sauvetage.

— Votre sécurité m'inquiète tout autant, dit Geoffrey.

— Si j'avais voulu être couvée, je n'aurais jamais quitté Tiamaat, répondit la vieille aquatique. Nous avons tout de même un avantage sur le *Kinyeti* : notre centrale fonctionne toujours et nous pouvons encore manœuvrer. Mira, je veux que vous nous approchiez du sas que nous devions utiliser précédemment, mais de façon à nous exposer le moins possible aux plates-formes de pirates qui pourraient être toujours opérationnelles. C'est possible ?

— Euh..., dit Mira en faisant danser ses doigts sur les touches. Oui, je crois. Sans doute. Je ne sais pas si le vaisseau le supportera, en revanche. Nous allons lui en demander beaucoup pour suivre la rotation de l'habitat.

— Il y a des marges de sécurité intégrées dans ces appareils, répondit Arethusa.

— Et je les ai prises en compte, dit Mira.

— Laissez-moi regarder ça, lança Eunice. Je peux peut-être aider.

— Tu plaisantes ? demanda Geoffrey.

— Pas du tout. Donne-moi le droit de chinguer. J'ai besoin de diriger ton corps.

— Non, dit-il avant même de réfléchir à ce qu'impliquait sa demande.

— Ça ne te dérange pas de chinguer dans un golem à la moindre occasion. Et tu ne rechignerais pas à laisser ton corps servir de doublure chair-et-sang pour quelqu'un. Pourquoi ma requête t'offense-t-elle à ce point ?

Il allait dire : *Parce que tu es ma grand-mère et que tu es morte*, mais il s'arrêta à temps. La reconstruction était un ensemble de données autoévolutives, rien de plus. Elle possédait un grand savoir et certaines compétences très utiles. Qu'elle se manifeste avec le corps et la voix de sa parente décédée n'avait aucune importance.

Il essaya de s'en persuader.

— Je ne sais pas si Eunice pourrait piloter ce vaisseau mieux que nous, dit-il aux autres. Il y a une différence entre ce qu'elle pense pouvoir faire et ce qu'elle peut effectivement faire.

— Je pilotais déjà ce type de vaisseau quand tu n'étais pas né, dit Eunice. L'avionique, les interfaces… ils sont aussi vieux et dépassés que moi.

— Si elle peut le faire…, dit Jumai.

— Nous devrions utiliser tous nos atouts, ajouta Arethusa. Mira, si vous n'aimez pas ce qui se passe, vous pourrez annuler son emprise sur Geoffrey à tout moment, n'est-ce pas ?

Mira adressa à l'aquatique l'équivalent d'un haussement d'épaules.

— Je pense.

— Je suis prête à faire face aux conséquences. Geoffrey, je ne peux pas vous y obliger, mais vous avez mon autorisation pour piloter le *Quaynor*. Si Eunice peut vous y aider, c'est d'autant mieux.

— Tu dois le faire, dit la reconstruction avant de prendre un ton agacé. Tu as laissé des éléphants entrer dans ta tête, petit-fils. Tu peux sans doute faire une exception pour moi.

— Donnez-moi les commandes, dit-il.

Il fit craquer ses doigts, les écarta puis relâcha les muscles de ses épaules, comme s'il se préparait à une heure à bord du Cessna.

— Eunice, je vais te laisser entrer. Tu sais que je peux te virer à tout moment, alors tiens-toi bien.

— Comme si j'avais l'habitude de mal me comporter.

Il voqua l'autorisation rarement utilisée, celle qui donnait le contrôle volontaire total de son propre corps à une autre intelligence. Rien de magique là-dedans ; il ne s'agissait que d'une inversion des protocoles ching habituels : les impulsions nerveuses allaient dans l'autre sens, le flux sensoriel quittait sa tête au lieu d'y entrer.

Mais cela restait étrange, à ses yeux. Des gens faisaient cela tout le temps, louant leur corps comme doublure chair-et-sang. Il n'avait lui-même jamais chingué dans un autre humain, mais si la situation l'exigeait et qu'il n'ait pas d'autre choix, il se disait qu'il accepterait l'arrangement sans se plaindre. Mais dans l'autre sens : *être* le chair-et-sang ? Jamais de la vie.

Et le voilà pourtant qui se retrouvait dirigé par sa grand-mère.

Elle lui vola d'abord ses yeux. Tout à coup, ils ne regardaient plus ce qu'il voulait, mais ce qu'elle avait besoin de voir, et sa prise d'information visuelle était si efficace qu'il eut l'impression de vivre une sorte de spasme optique, ses globes oculaires allant d'un côté à l'autre, comme durant le sommeil paradoxal. Puis elle s'empara de ses mains. Elles se mirent à bouger sur les claviers pliables, entrant des commandes dans le système avionique du *Quaynor*. Il crut, pendant un instant, avoir enfilé des gants qui faisaient danser ses doigts.

Puis elle vola sa parole. Il avait toujours la même voix : elle pouvait le faire parler, mais elle ne pouvait modifier les propriétés basiques de son larynx.

— J'ai trouvé une solution d'approche. Ce n'est pas parfait et cela va tout de même nous exposer aux contre-mesures du Palais d'Hiver. Si nous tentons de suivre précisément sa rotation, nous y entrerons en soixante secondes. C'est un compromis qui va nous permettre de nous amarrer en minimisant les risques de dégâts catastrophiques. Je vais prendre les commandes jusqu'au bout, et j'ajusterai en chemin si nécessaire. J'ai l'autorisation ?

— En avez-vous besoin ? demanda Mira.

— Je préférais demander, gamine.

— Vas-y, dit Arethusa.

L'accélération arriva sans prévenir, sans aucune transition rassurante depuis l'apesanteur. À la fois horrifié et étonné, Geoffrey se rendit compte qu'il entendait les moteurs, même dans le vide. Ils étaient poussés à fond, si fort qu'une partie de leur puissance, le fantôme d'une vibration libérée, se propageait à travers la structure du vaisseau, malgré toutes les couches intermédiaires d'isolants et de protections antichoc. On aurait dit le bruit d'un éboulement ou d'une fuite d'animaux paniqués et cela le rendait extrêmement nerveux. Des lumières rouges se mirent à clignoter, des alarmes à sonner, invitant à la prudence. Le *Quaynor* s'indignait du traitement qu'on lui infligeait.

Il avait bien servi ses maîtres humains. Pourquoi lui faisaient-ils subir ça ?

— Il tient bon, annonça Eunice par la voix de Geoffrey. Mais c'était la partie la plus facile.

Le *Quaynor* devait prendre une trajectoire courbe pour suivre, à peu près, la rotation du Palais d'Hiver. Dans le Cessna, il aurait suffi de jouer sur le manche et le gouvernail. Mais pour suivre une courbe, il fallait accélérer, et dans le vide, on ne pouvait y parvenir que par une poussée, dans une direction différant de celle du cap du vaisseau. Les moteurs à plasma magnétique n'étaient pas orientables et le *Quaynor* devait donc se servir des moteurs verniers auxiliaires, en les poussant à l'extrême. Sous une telle pression, le risque que le vaisseau se torde était réel. Geoffrey n'avait nul besoin de détecteurs, ni d'alarmes pour le savoir. Il le sentait dans la pression de ses os contre ses sangles, dans les craquements et les grincements tout autour de lui.

Lorsqu'il entendit quelque chose cogner contre la coque, il se dit que le Palais d'Hiver reprenait son attaque, mais non : il s'agissait simplement d'un débris de l'épave du *Kinyeti*. Il en arriva d'autres, par salves tambourinantes, puis le plus gros fut passé. L'accélération et les poussées de manœuvre s'intensifièrent et se transformèrent bientôt, lorsque Eunice peaufina son approche, en secousses brutales. Ils étaient très près, désormais, à moins d'une dizaine de kilomètres de la station, et l'étendue des dégâts – ou l'absence de dégâts – devenait nettement visible. Une petite partie, peut-être un sur cinq, des appareils pirates semblaient intacts. Ils tournaient lentement et apparurent avant de disparaître de nouveau, comme les cabines d'une grande roue.

— Nous avons peut-être toujours l'autorisation d'approcher, dit Jumai.

Quelque chose les heurta. Il n'y avait eu aucun signe avant-coureur et ils étaient si près du Palais d'Hiver qu'un tir d'énergie cinétique serait arrivé quasi instantanément. Le *Quaynor* trembla longuement, le temps que l'énergie de l'impact traverse toute la longueur de la structure. Deux ou trois secondes plus tard, l'habitat fit de nouveau mouche. Au milieu des mouvements névrotiques de sa vision, Geoffrey aperçut Mira Gilbert qui examinait un plan : un profil du vaisseau dont les parties endommagées clignotaient d'un rouge pétant. Il aurait aimé parler, la questionner sur l'ampleur des dommages, mais il était toujours esclave d'Eunice.

Puis cela se calma – les impacts cessèrent – et tout aussi miraculeusement, l'accélération diminua peu à peu avant de cesser complètement. Ils avaient réchappé au plus gros danger.

Le *Quaynor* grinça encore une fois, puis le silence retomba. Les alarmes d'avertissement s'étaient tues elles aussi.

— C'est bon, dit Eunice. Mes canons ne peuvent plus nous toucher, désormais : il y a une zone de sécurité autour des mâts d'amarrage et nous y sommes entrés. L'approche et l'accostage seront terminés dans…

Elle fit semblant d'hésiter, alors même qu'elle devait déjà connaître la réponse.

— Trente secondes, reprit-elle. Veuillez replier vos tablettes et relever vos sièges. Merci d'avoir volé à bord d'Akinya Space.

— Pourquoi nous avez-vous tiré dessus ? demanda Mira.

— Je n'ai pas vraiment tiré. C'était simplement pour vous rappeler que rien n'est jamais acquis.

Elle poussa un petit soupir orgueilleux.

— Bon, petit-fils, puisque mon travail est terminé, veux-tu récupérer ton corps ?

Les yeux de Geoffrey cessèrent leur danse saccadée. Il put de nouveau parler et remuer les mains normalement.

— Bien joué, dit-il.

— Tu ressentais le besoin de me féliciter ?

— C'est ce qu'aurait fait Sunday, dit-il en parlant à la voix désormais désincarnée. C'est tout.

Un bruit sourd retentit bientôt, suivi d'un brusque roulement de tambour provenant des pinces de capture, programmées, tels les pétales d'une plante carnivore, pour accrocher tout véhicule qui arrivait jusque-là.

Geoffrey entreprit de détacher ses sangles. Cela n'avait pas été sans mal, mais ils avaient accosté le Palais d'Hiver.

Il ne leur restait plus qu'à entrer pour voir ce qui était arrivé à Hector.

# Chapitre 29

Tout était noir, sans la moindre sensation, puis une lumière orangée apparut, les premiers signes de conscience. Puis ce fut au tour d'une pièce, chaude et dorée, avec tant de parures qu'on aurait pu la confondre avec la tente d'un riche marchand dans une caravane du désert des *Mille et une nuits*.

Et Sunday se réveilla, et se vit.

Un souvenir s'attardait : une erreur qu'elle ne commettrait pas deux fois. Le visage qui la regardait n'était pas le sien, mais il lui ressemblait assez pour qu'on puisse y voir un lien de parenté. Une femme, dont les traits étaient assez proches des siens pour qu'elles soient sœurs ou cousines. Et qu'elle avait déjà vue, derrière du verre, dans un paysage plus vieux que l'Afrique.

Elle avait la bouche sèche, les lèvres collées. Mais elle réussit tout de même à parler.

— Soya.

— Ravie que tu te souviennes de moi. Vous étiez tous les deux plutôt froids lorsque nous vous avons rejoints. Vos combinaisons n'auraient pas pu tenir plus de quelques heures.

Soya portait un chemisier blanc et une dizaine de colliers, dont certains étaient agrémentés de pendentifs et d'autres d'amulettes en bois. Elle n'avait que la peau sur les os, était mince et anguleuse là où Sunday – elle l'aurait avoué sans problème – était rembourrée et plantureuse. Elles avaient des gènes communs, mais avaient grandi sur des mondes très différents. Les jambes de Soya, dans son pantalon de cuir et ses bottes qui remontaient sur les mollets, étaient incroyablement longues et fines. Elle était plus grande que Sunday et elle la surplombait d'autant plus que Sunday était allongée, sur une banquette ou un lit, dans un coin de la pièce. Des rideaux faisaient office de murs. De l'encens brûlait dans des bougeoirs. Des odeurs de miel, de cannelle, et de pain en pleine cuisson planaient dans l'air.

— Jitendra ? demanda-t-elle en détachant, difficilement, chaque syllabe.

— Il va bien, ne t'en fais pas.

Soya versa un liquide dans un verre. Des bracelets cliquetaient l'un contre l'autre sur son poignet et créaient une sorte de bruit de fond métallique chaque fois qu'elle bougeait.

— Tu ne te souviens pas du sauvetage ?

— Non, répondit Sunday.

— Mais tu sais comment je m'appelle.

— Nous nous sommes déjà rencontrées.

— En effet, dit Soya avec une pointe de reproche. Et tu t'es tout de même fourrée dans la panade avec ces gens. Tu ne pourras pas dire qu'on ne t'avait pas prévenue. (Elle se pencha et porta le verre aux lèvres de Sunday.) Bois ça.

Le liquide était sucré et lui fit du bien. Il rinça sa bouche, sa gorge sèche et lui donna l'impression de revenir peu à peu parmi les vivants.

— Je ne sais pas qui tu es, Soya. (Sunday ramena un souvenir bien enfoui dans son passé récent.) Tu m'as dit que tu étais née ici, sur Mars. Tu as parlé du Nigeria. Nous sommes toujours *sur* Mars, n'est-ce pas ?

— Tu n'es restée inconsciente que treize heures. Seule une nuit a passé, dit Soya avec un sourire qui cloua Sunday.

Elle l'avait déjà vu des millions de fois, dans son propre reflet. Et, dernièrement, pas aussi souvent qu'elle l'aurait aimé.

— Et c'est tout ? Nous sommes parentes, Soya. Je l'ai su dès que j'ai vu ton visage. Et pourquoi m'aurais-tu contactée si ça n'avait aucun rapport avec ma famille ?

Soya sourit, mais avec moins d'assurance qu'auparavant.

— Je sais que tu veux des réponses, mais tu as vécu deux journées difficiles et tu dois d'abord te reposer.

— Tu viens de me dire que j'ai dormi treize heures.

— Après avoir manqué d'y passer.

Sunday tenta le coup. La question était absurde par bien des manières, mais elle devait la poser.

— Tu as… un lien de parenté avec Eunice ? Tu es une petite-fille ou une petite-nièce dont je ne connaissais pas l'existence ?

— Non, je n'ai aucun lien avec elle. Je te proposerais bien un relevé ADN si tu avais un moyen de le tester. (Soya baissa les yeux et joua d'un air absent avec ses colliers.) Mais entre toi et moi, c'est différent. Nous avons un ancêtre commun. Qui n'est pas Eunice.

Sunday se releva de la banquette. De lourdes couvertures glissèrent. Elle portait un short de football vert citron et un tee-shirt de touriste bon marché décoré par un ascenseur spatial animé et un logo : « Pontaniak ».

— Qui, Soya ?

Soya dépassait Sunday d'une bonne tête, mais elle recula tout de même, comme si elle ne s'attendait pas à une telle détermination.

— Jonathan, répondit Soya.

Et comme si cela ne suffisait pas – Sunday ne connaissait qu'un seul Jonathan – elle ajouta :

— Beza. Le mari d'Eunice. Celui avec qui elle est venue sur Mars.

Sunday secoua la tête, pensive.

— Jonathan Beza est mort il y a plus de soixante ans. Eunice et lui avaient déjà divorcé. Il y a eu un accident, ici, sur Mars. Une sorte d'explosion due à la pression.

— Et en quoi ça m'empêche d'être sa descendante ?

— Il s'est remarié avant sa mort. Il a eu d'autres enfants, qui ont eu à leur tour des enfants. Nathan est même venu aux funérailles et je connais tous les autres. Il n'y a aucune Soya dans cette partie de l'arbre généalogique.

— Dans ce cas, tu n'as pas cherché dans le bon arbre.

Ce n'était pas Soya qui venait de parler. La voix était profonde et sonore, recouverte d'un vernis craquelé. Elle s'exprimait en swahili, mais avec une diction démodée qui n'évoquait, aux oreilles de Sunday, que Memphis Chibesa.

Sunday se tourna pour en découvrir l'origine. Là, dans l'ouverture d'un rideau – comme un acteur hésitant à rejoindre la scène –, se trouvait l'homme le plus vieux qu'elle avait jamais vu.

— Je m'appelle Jonathan Beza, dit-il. Je suis ton grand-père, Sunday Akinya. J'étais l'époux d'Eunice. Et, oui, je suis bel et bien vivant.

Jitendra la regardait et attendait son accord. D'un signe de la tête, elle lui annonça que oui, elle pensait que cet homme était bien celui qu'il prétendait être. Si absurde que cela puisse paraître, après toutes les histoires familiales qu'elle avait gobées au long de sa vie.

— Il était plus facile de mourir, à l'époque, expliqua Jonathan Beza. N'oubliez pas que Mars était différente, c'était une autre époque. Encore aujourd'hui, comme vous l'avez vu, il y a des endroits, sur ce monde, où l'on peut disparaître très efficacement. Où l'on peut nous faire disparaître, également.

Il se tut pour verser du chai à sa fille et à leurs deux invités.

— Vous voulez dire qu'il n'y a jamais eu d'accident ? demanda Sunday.

— Oh ! si. Le genre d'accident qui n'arrive plus très souvent aujourd'hui. Il a bien eu lieu et je n'avais rien à y voir. Heureusement d'ailleurs, car des gens y ont laissé leur peau.

— Mais vous avez alors saisi la chance de disparaître, dit Jitendra.

— J'y pensais depuis quelque temps. Le Méca était tellement primitif à l'époque que nous ne l'appelions même pas « le Méca ». J'ai pu facilement retirer les quelques implants que j'avais et j'ai trafiqué les autres pour qu'ils envoient de fausses données. Lorsque l'occasion de passer sous le radar s'est présentée, je l'ai saisie. (Il planta son regard dans celui de Sunday.) Ta grand-mère n'a jamais rien su. Elle n'était pas complice. Elle est même venue à mon enterrement.

— Puis elle est retournée sur Phobos, dit Sunday.

— Oui.

Ils étaient assis dans une autre pièce à rideaux. Sunday ne savait toujours pas où ils se trouvaient. Jonathan lui avait simplement assuré qu'ils étaient toujours sur Mars. Il n'y avait pas de couverture aug, pas d'Eunice. Au lieu de ça, elle percevait de lointains bruits de moteurs et quelques cahots et vibrations qui semblaient indiquer qu'ils étaient dans un véhicule.

Une éventualité s'était tout de suite présentée à elle, mais elle l'avait aussitôt rejetée.

— Vous nous avez trouvés dans l'Évolvarium, dit Jitendra. Vous saviez ce que nous y faisions ?

— Vous mouriez, dit Jonathan.

— À part ça, répliqua Sunday.

— Oui, j'en avais une vague idée. Plus qu'une vague idée, en vérité.

Il se tut un instant, visiblement pour reprendre ses esprits et rassembler toute son énergie avant de poursuivre. Jonathan était petit, maigre, paraissait extrêmement vieux, mais pas aussi fragile que Sunday aurait pu l'imaginer pour quelqu'un de son âge. Il était même plus âgé qu'Eunice : si Sunday avait pu la joindre, elle aurait demandé à la reconstruction sa date de naissance. Jonathan était né dans les années 2020, voire plus tôt. Il avait donc plus de cent quarante ans. Il était vieux, mais il n'y avait là rien d'improbable. Il portait le sous-vêtement que l'on mettait habituellement sous une combinaison, un habit moulant noir aux coutures refroidissantes et parsemé de disques dorés, connecteurs de biosurveillance. Ses bras maigres étaient encore vigoureux. L'arthrose et les tremblements neurodégénératifs semblaient avoir épargné ses doigts. Sunday l'avait regardé verser le thé et il n'en avait pas renversé une goutte. Il n'avait presque plus de cheveux, à part une couronne de fin duvet blanc autour du crâne. Quelques lésions d'un noir pur assombrissaient encore la peau sombre de son visage très ridé, mais étonnamment expressif. Il avait les yeux vifs et déterminés, et un sourire d'une jeunesse alarmante.

— Alors, vous savez que nous avons perdu notre temps, dit Jitendra.

— Je sais que Dorcas vous a trompés. Ce qui ne revient pas au même.

— Que sais-tu vraiment ? demanda Sunday à Soya. Tu étais à Crommelin. Tu dois être enregistrée comme une citoyenne ou une touriste pour pouvoir te déplacer sur Mars, tu n'as donc pas pu disparaître des radars comme ton père.

Jonathan répondit à sa place :

— Soya m'a servi de lien avec l'extérieur, Sunday. Elle pouvait aller dans le Monde surveillé, y être mes yeux et mes oreilles. Elle m'a trouvé des médicaments, les rares fois où j'en ai eu besoin.

— L'histoire de mes origines a été fabriquée, dit Soya en regardant tour à tour Sunday, puis Jitendra. La filiation avec mon père... et par extension avec ta grand-mère... a été effacée.

— Nous n'aurions jamais pu faire ça sur Terre, ni ailleurs dans le Monde surveillé. Sur Mars, désormais, ce serait difficile. C'était plus facile à l'époque où Soya est née.

— Quel âge as-tu ? demanda Sunday.

— Cinquante ans, dit Soya. Ça t'étonne ?

— Je ne vois pas en quoi ça devrait m'étonner.

— Sa mère n'était pas Eunice, dit Jonathan en confirmant ce que Soya lui avait déjà dit. C'était une journaliste d'investigation qui s'appelait Lizbet. Elle n'a jamais vraiment cru à ma mort et a remonté ma trace.

— Je n'ai jamais entendu parler d'une quelconque enquête, dit Sunday.

— Lizbet a décidé de ne pas publier lorsqu'elle a entendu ma version. Elle est devenue ma compagne et nous avons eu une fille. Nous étions heureux. Lizbet est morte il y a vingt ans.

— Désolés, dirent Sunday et Jitendra d'une même voix.

Puis, Sunday reprit seule :

— Et quelle était cette histoire, Jonathan ? Pourquoi ce secret ? Pourquoi avoir persuadé Lizbet de ne pas le dévoiler ?

— Je sais pourquoi ta grand-mère est revenue sur Mars. Mes funérailles étaient un prétexte pratique, mais elle aurait de toute façon trouvé un moyen de le faire. Elle a passé du temps sur Phobos, plus que nécessaire. Je ne sais pas ce qu'elle a fait là-haut, mais j'imagine que c'est pour ça que vous êtes venus ?

Sunday jeta un coup d'œil à Jitendra avant de répondre :

— Nous suivons une piste depuis sa mort. Tout a commencé par une anomalie dans ses dossiers bancaires privés. Ce qui nous a menés de l'Afrique à la Lune. Là, mon frère a trouvé un objet dans un coffre. Qui nous a conduits sur Pythagore. Ce que nous y avons découvert nous a guidés jusqu'à Phobos. Et de là, à l'Évolvarium.

— Et à moi, désormais, dit Jonathan.

— Sauf que ce n'est pas moi qui t'ai trouvé, dit Sunday, mais le contraire. Soya savait que j'étais sur la planète : c'est pour ça qu'elle m'a contacté à Crommelin.

— Nous n'avons eu aucun mal à suivre ton arrivée, expliqua Soya. Et le moment choisi nous a permis de deviner la raison de ta venue sur Mars : découvrir ce que ta grand-mère avait enterré ici.

— J'ai échoué, dit Sunday.

Jonathan posa ses mains sur ses genoux et s'appuya pour se lever de sa chaise.

— Vous avez une idée de l'endroit où vous vous trouvez ?

— Dans un coin perdu, j'imagine. Un camp ou une station que tout le monde croit inhabitée. Sans doute proche de l'Évolvarium, puisque nous n'avons pas dû aller très loin en une nuit.

Elle prit garde à ne pas dévoiler qu'elle se croyait dans un véhicule.

— Presque, la corrigea Jonathan en souriant. Nous sommes encore dedans, nous n'en sommes jamais sortis.

Ce furent d'abord des visions sans queue ni tête qui lui revinrent, comme un rêve oublié, jusqu'à ce qu'une association d'idées le fasse resurgir, par hasard, au milieu de la journée. Jitendra l'avait vu le premier : cette colline, une caractéristique du relief qui n'aurait pas dû se trouver là, aperçue depuis leur abri de fortune tandis qu'ils attendaient la nuit et ses dangers. Une colline qui approchait.

L'Agrégat.

Pas une colline, non, mais une machine aussi grosse qu'un gratte-ciel, qui avançait en crissant lentement dans l'Évolvarium. Sunday se rappela ce qu'elle avait appris, à bord du dirigeable des Flotteurs, à propos de l'Agrégat. Il ne s'agissait pas d'une machine, mais de toute une société mécanique. Des cribleuses aux superprédateurs, ils s'étaient organisés de façon à pouvoir compter les uns sur les autres, à être interdépendants : un affront cuisant à la fonction première de l'Évolvarium. Tandis que les autres machines travaillaient dur, s'affrontaient et évoluaient, leur lutte pour la survie suscitant des progrès industriels, l'Agrégat ne rendait rien. Il gardait pour lui les innovations qu'il pouvait créer.

Il avait envoyé un représentant à leur rencontre. Ce souvenir ramena l'arrière-goût de la peur qu'ils avaient tous deux ressentie, tapis dans leur abri de fortune. Le représentant de l'Agrégat était une créature qui se déplaçait rapidement, une sorte de fourmi d'acier, à la coque noire et aussi grosse que le rover dont ils utilisaient l'épave. Même si leurs combinaisons avaient fonctionné à plein régime, ils n'auraient jamais pu le semer. Il avait arraché les pétales de leur abri, les jetant aux quatre vents, et s'était penché au-dessus d'eux, dépourvu d'yeux et menaçant. Sa tête était une sphère de métal nu, son torse un cylindre pincé au niveau de la taille. Sur ses pattes sombres à piston, des cils battaient. Il avait ramassé le couple par terre, avec une certaine désinvolture, et un trou éclairé par une lueur rouge s'était ouvert dans son ventre.

Ensuite, Sunday ne se rappelait plus très bien.

Ils étaient pourtant là, dans l'Agrégat. Jonathan Beza n'avait aucune raison de leur mentir à ce sujet. De son point d'observation, en hauteur, telle une reine dans son château, Sunday regardait la machine dans laquelle elle avait cru, quelques heures plus tôt, qu'elle finirait écrabouillée et recyclée.

C'était un mélange multicolore. Des centaines d'organismes basiques avaient fusionné ou s'étaient incorporés les uns dans les autres pour former la silhouette de l'Agrégat, sans même parler de la complexité implicite de son intérieur. Il n'avait donc rien à voir avec un gratte-ciel, car il était dépourvu de la moindre notion de symétrie et d'ordre. L'Agrégat ressemblait plus à un pâté de maisons, un dense amas de bâtiments construits à différentes périodes et selon divers objectifs et principes esthétiques. Il avait à peu près la forme d'une pyramide, large et plate à la base, et montait en marches, cimes et contreforts jusqu'à une sorte de sommet, mais n'avait rien de géométrique, ni d'harmonieux. Sunday repéra les endroits où des machines avaient fusionné avec la masse principale, comme des gargouilles sur une cathédrale. D'autres avaient tant changé qu'elles étaient méconnaissables, et on n'aurait su dire avec précision où l'une commençait et où l'autre finissait, ni même imaginer leur forme originelle ou leur moyen de locomotion antérieur. De cette hauteur, elle ne voyait pas comment l'Agrégat déplaçait sa masse colossale. Elle supposait que d'innombrables pattes et pieds étaient déployés sous la base plate de la ville, s'activant tous ensemble pour que sa progression se fasse en douceur. De la poussière se levait sans cesse des rebords de l'Agrégat, remuée par les divers mécanismes qui travaillaient en dessous.

— Personne ne nous a jamais dit que ce truc était habité, dit Sunday.

Ils étaient dans une coupole aux nombreuses fenêtres, au moins cent mètres au-dessus du sol.

— Personne ne le sait, dit Jonathan. À part Soya et moi. Peut-être que certains des Flotteurs s'en doutent, mais ils n'en sont pas sûrs et ils n'abordent pas ce sujet facilement. De l'extérieur, ils ne peuvent pas s'en assurer. Le verre est sans tain, et avec toute la chaleur et les produits chimiques qu'une machine comme l'Agrégat émet, les signatures de deux occupants humains sont impossibles à repérer. D'autant plus que l'Agrégat ne *veut* pas que quiconque soit au courant de notre existence.

— Vous êtes donc ses prisonniers ? demanda-t-elle.

Mais ça ne collait pas : Soya pouvait visiblement visiter Mars à sa guise, et elle devait être revenue de son propre gré.

— Non, dit Jonathan. Je suis son client. L'Agrégat a besoin d'un consultant humain. Je ne suis que ça pour lui : un composant modulaire comme un autre, sur lequel il peut compter en cas de besoin. Il s'est arrangé pour que je me sente bien – plus que bien, en réalité – et il tolère mes absences lorsque je ne suis pas là.

— Il te laisse aller et venir librement ?

— Nous nous sommes mis d'accord. Il préfère ça plutôt que je me suicide. Inutile de dire que je ne peux pas aller bien loin, un des désavantages qu'il y a à être mort. Mais je ne suis pas prisonnier.

— J'ai un peu de mal à encaisser. Toute ma vie, je t'ai cru mort.

— Malheureusement, il n'y avait pas d'autre moyen. Soya pouvait te mettre en garde contre les Pans, mais rien de plus. Il nous paraissait évident qu'ils n'allaient pas te laisser repartir avec ta trouvaille.

— Vous saviez qu'ils comptaient la voler ? demanda Jitendra.

— Non, mais il y avait de fortes chances. Si tout s'était déroulé dans le Monde surveillé, ils n'auraient pas eu le champ libre pour vous trahir ainsi. Mais l'Évolvarium leur a fourni l'occasion parfaite pour commettre un crime sans témoin.

— J'ai tout vu, dit Sunday.

Jonathan laissa un mince sourire écarter ses lèvres.

— Tu ne comptes pas.

— On verra ça, lorsque je retournerai sur Terre. Ils vont voir que je suis toujours une Akinya et qu'il vaut mieux ne pas nous chercher des noises.

— Oui…, dit Jonathan en laissant traîner le mot, comme s'il n'était pas tout à fait convaincu par l'affirmation de Sunday. C'est drôle que tu sois prête à rentrer comme ça au bercail à la moindre contrariété. Tu as passé toutes ces années à fuir ta famille, mais il suffit que tu te retrouves dans une situation fâcheuse… pour retourner dans le giron de la maison, comme une bonne petite Akinya soutenue par sa famille.

Sunday, piquée au vif, ne répondit pas.

— Je ne peux pas t'en vouloir pour ça, reprit Jonathan, tout en donnant pourtant l'impression contraire, mais tu ne devrais vraiment pas sous-estimer les Pans. Il ne s'agit pas simplement d'un mouvement possédant quelques membres et quelques vaisseaux. L'Initiative est soutenue par tout l'arsenal géopolitique des Nations unies aquatiques. Si tu t'attaques à eux, tu t'attaques à la moitié de la planète.

— Tu te tiens donc au courant de la politique terrienne, dit Sunday sur un ton amer.

— Je suis peut-être mort, mais je ne suis pas un ermite.

— Tout ça ne servirait à rien, de toute façon, dit Jitendra. Nous n'avons aucune idée de ce qu'il y avait dans la boîte et nous ne pouvons même pas prouver qu'ils l'ont volée. S'ils ne sont pas corroborés, nos témoignages ne seront jamais admissibles devant un tribunal. Ce qu'ils ont trouvé ne veut rien dire pour eux sans ce que Sunday sait sur le passé d'Eunice. Pour autant qu'ils en aient quelque chose à foutre. Ils voulaient peut-être simplement nous empêcher de le récupérer. Eh bien, ils ont réussi. Tout le monde a perdu.

— Les Flotteurs ont dû être surpris, dit Jonathan.

— Surpris par quoi ? demanda Sunday, irritée et fatiguée.

— Que l'objet soit toujours sous terre après tant d'années. Ils ne s'attendaient pas vraiment à le découvrir, non ?

— Dorcas a trouvé étrange que les machines ne l'aient pas trouvé, dit Jitendra. Mais la boîte était pourtant bien là.

— Ou peut-être que non, dit Jonathan. Venez, descendons. Je vais vous montrer quelque chose qui devrait vous intéresser.

# Chapitre 30

— Et moi qui pensais, dit Jumai, que j'allais peut-être être payée à ne rien faire. Quelle idiote ! Comme si c'était si facile.

— Je n'ai jamais cherché à t'induire en erreur, dit Geoffrey.

Ils avançaient côte à côte dans le tube d'amarrage, en effleurant du bout des doigts le mur rugueux.

— Vois les choses du bon côté, reprit-il. Tu espères que ta réputation en sorte grandie. Tu crois que ça marcherait si c'était trop facile ?

— Rien à foutre de ma réputation. En ce moment, j'opterais avec joie pour la facilité.

Ils avaient suivi la rotation de l'habitat juste avant de s'amarrer, mais tandis qu'ils traversaient le tube de liaison, Geoffrey avait encore l'impression d'être en apesanteur, comme si le monde tournait doucement autour de lui. Le tunnel était aligné sur l'axe de rotation du Palais d'Hiver, et il leur faudrait donc encore avancer avant de sentir un semblant de pesanteur normale. Mais même sans indices visuels, cette rotation restait perceptible.

Ils portaient des combinaisons spatiales, évidemment : des modèles légers, hypermodernes et moulants, tirés des réserves du *Quaynor*. Comme le harnais sous-marin à Tiamaat, celle de Geoffrey s'était enfilée toute seule, s'ouvrant avant de l'entourer des pieds à la tête et de se réassembler sur une dizaine de coutures improbables désormais complètement invisibles et étanches. La technologie avait beaucoup progressé depuis l'époque où l'épais gant lunaire d'Eunice était à la pointe.

Le harnais de mobilité de Mira Gilbert n'était pas optimisé pour l'apesanteur, et comme la station n'autorisait pas de connexion aug, Arethusa ne pouvait pas chinguer dans une doublure. Puisqu'il fallait bien que quelqu'un entre physiquement dans le Palais pour retrouver Hector,

Geoffrey préférait autant qu'ils n'y aillent que tous les deux. Arethusa allait vouloir savoir ce qu'ils auraient trouvé et elle chinguerait à bord dès que cela deviendrait possible, mais pour l'instant, les Pans devraient se montrer patients. Eunice elle-même ne pourrait pas venir mettre son grain de sel.

Ils avaient traversé sans problème les sas connectés du *Quaynor* et du Palais d'Hiver, mais un premier obstacle se présenta à eux : une porte interne, blindée pour les cas de dépressurisation, leur barrait le passage. Elle était ronde et entourée de lourds étrésillons rayés. Les commandes manuelles ne marchaient pas et la porte paraissait trop grande pour être forcée.

— J'oublie toujours qu'Hector n'est pas passé par là, dit Geoffrey. Si ça se trouve, personne n'a ouvert cette porte depuis des années.

— Laisse-moi une minute, répondit Jumai. J'ai percé des coffres de données fermés depuis des siècles. Ce n'est qu'un échauffement.

Jumai avait profité du temps passé à bord du *Quaynor* pour remplir un sac avec tout ce dont elle pensait avoir besoin. Elle se mit donc à fouiller parmi son contenu, qui flottait, poussant des bobines de câbles et de capteurs autocollants Elle prit un gros rectangle de plastique noir qu'elle appliqua sur un côté de la porte, contre un tableau de commande, puis qu'elle connecta à l'avant-bras de sa combinaison avec un câble gris.

Elle tapota sur un panneau de son bras qui s'ouvrit pour former un clavier et un écran étonnamment grands. Les scaphandres étaient modernes, mais ils avaient été modifiés pour répondre aux besoins des Pans, et étaient donc dotés d'affichages et d'interfaces d'acquisition de données physiques.

— Qu'est-ce que ça dit ? demanda Geoffrey après plusieurs minutes à la regarder taper sur son clavier et pincer les lèvres devant des chiffres qui défilaient.

— Ça dit… qu'on peut entrer.

Elle pressa une dernière touche et arracha la tablette du tableau. La porte roula pour s'enfoncer dans une fente du mur, ses rebords mécaniques lui donnant des allures de roues dentées.

— C'était si facile que ça ?

— Plus que ça en avait l'air. Je voulais m'assurer qu'il n'y avait rien de méchant derrière, du genre feu, vide, ou gaz sarin.

— Nous portons des combinaisons.

— J'aime être vraiment sûre, dit Jumai en rangeant son équipement et en refermant le sac. Il n'y a pas de deuxième chance dans mon boulot. Je l'ai appris à Lagos.

Ils rappelèrent le *Quaynor* pour les prévenir qu'ils étaient entrés. Il n'y avait toujours pas d'aug, mais pour l'instant, les comms classiques passaient.

— Nous avons atteint un virage à angle droit, annonça Jumai. C'est le seul chemin. Apparemment, ce passage mène vers la coque extérieure.

— C'est logique, dit Geoffrey. La *Reine d'Hiver* occupe tout le centre de l'habitat et ses moteurs et ses aérofreins nous bloqueraient le passage si nous essayions de passer par l'axe de rotation. Il faut monter pour avancer. Hector a dû se retrouver dans la même impasse en arrivant de son côté.

— S'il est allé si loin, dit Jumai.

— Il est resté longtemps à l'intérieur avant de lancer son appel à l'aide.

Ils suivirent le conduit radial. Il était large, muni de prises pour les mains et les pieds et, au début, ils n'eurent pas l'impression de monter, ni de descendre. Mais chaque mètre les éloignait de l'axe et augmentait donc la force de la pesanteur centrifuge, qui les attirait ainsi encore plus loin du centre. Pendant quelque temps, ce fut facile, voire agréable, mais au bout d'un moment, il leur fallut faire plus d'efforts qu'ils l'avaient imaginé pour arrêter ce mouvement. À cet instant, l'oreille interne de Geoffrey décida, sans lui demander son avis, que cet univers local était désormais doté d'un haut et d'un bas et qu'il était suspendu dans le mauvais sens dans ce qui semblait être une cage d'ascenseur très profonde.

Il fut pris de vertiges. Il retint sa respiration et ferma les yeux.

— Du calme, dit Jumai.

Il s'efforça d'ouvrir les paupières.

— Il doit y avoir un autre chemin.

— Sans doute, si nous étions entrés par l'autre sas. Je ne vois pas qui pourrait supporter cette galère. Mais, après tout, ta grand-mère ne recevait pas grand monde, non ?

— Non, répondit-il tout en se retournant, précautionneusement, pour que la force centrifuge attire ses pieds et plus sa tête. Rien que Memphis, et encore, pas très souvent.

— Un barreau après l'autre, et ne regarde en bas que si c'est nécessaire.

— Nous ne pourrons jamais faire remonter Hector par ici s'il est blessé.

— Au besoin, nous demanderons de l'aide au *Quaynor*. Ils pourront nous descendre une corde ou utiliser les propulseurs du vaisseau pour ralentir la rotation de l'habitat.

— On dirait que tu as fait ça toute ta vie.

— Ce n'est qu'une violation de domicile. (Il imaginait Jumai en train de sourire.) Un temps, j'ai cru que j'avais un problème au cerveau, un problème de développement qui me prédisposait à la criminalité. Ça aurait été fascinant, non ? Mais j'avais tort. Les scanners ont montré… que j'étais affreusement normale. Pas une seule partie du cerveau détraquée ou sous-développée. J'étais juste un peu plus compétente que la moyenne pour ouvrir des serrures.

Geoffrey eut un sourire forcé. Il n'avait peut-être pas fait quitter Lagos à Jumai – elle avait démissionné de son propre chef – mais il ne pouvait nier qu'il en profitait. Peu importaient les circonstances, il appréciait qu'elle fasse de nouveau partie de sa vie.

Peu à peu, et malgré le vertige, il trouva un rythme de descente régulier, en s'assurant qu'il avait toujours trois points de contact avec le mur. La combinaison pourrait peut-être le protéger en cas de chute, mais il ne tenait pas vraiment à faire le test.

Lorsqu'ils atteignirent enfin le « sol », ils avaient parcouru – selon l'estimation de leur vêtement – un total de soixante-quinze mètres à la verticale. La pesanteur ambiante était d'un *g*, ou si proche que cela ne changeait rien, et comme le Palais d'Hiver mesurait un peu plus de cent cinquante mètres de largeur, ils devaient être très proches de la surface intérieure de sa coque isolante. Dans l'espace étroit à la base du puits, Geoffrey ne put faire que quelques pas dans n'importe quelle direction avant de tomber sur un mur ou une porte qui lui bloquaient le passage. La pesanteur lui semblait convaincante en termes d'efforts requis et de poids sur ses articulations, mais son oreille interne continuait à le prévenir que quelque chose clochait.

Jumai s'attaquait déjà à la porte qui représentait leur seul accès au reste de l'habitat. Elle ressemblait à celle qu'ils avaient déjà passée mais, au bout de quelques minutes sans que la jeune femme parvienne à l'ouvrir, Geoffrey supposa que l'ouverture présentait d'autres défis.

— Tu crois qu'il y a un truc qui craint de l'autre côté ? demanda-t-il, osant à peine la déconcentrer, mais ne parvenant pas à se retenir.

— C'est pressurisé, dit-elle doucement. Et à moins que ces indicateurs mentent, il n'y a pas de gaz toxique, ni de mur de flammes. Ce n'est pas ça le problème, j'en ai peur.

— Alors, c'est quoi ?

— La porte est reliée à celle qui est en haut du puits. Si j'avais une journée et plus d'équipement que j'en ai apporté, je pourrais peut-être contourner le mécanisme qui les relie. Mais là, tout de suite, avec ce que j'ai, je ne vais pas pouvoir nous faire passer celle-ci sans fermer l'autre.

— Et donc couper le contact avec le *Quaynor*.

— Exactement.

Geoffrey réfléchit au problème avant de répondre. Il n'aimait pas ça, et il doutait que Jumai apprécie beaucoup plus, mais ils avaient trop avancé pour faire demi-tour.

— Tu t'es déjà retrouvée dans une telle situation, à Lagos, ou ailleurs, au cours d'une de tes missions ?

— Tu passerais pour un taré si tu posais la question à n'importe qui d'autre, mais... oui. Une ou deux fois. Certains centres de serveurs étaient parfois conçus par de sacrés connards paranos.

— Et tu es tout de même entrée.

— C'était mon travail.

— Donc, sur le coup, tu ne t'es pas trompée. Tu as fait un choix... et ça a fonctionné.

— Je ne serais pas là dans le cas contraire. Bon, je ne dis pas que je serais morte, mais je n'exercerais sans doute plus ce métier.

— Dans ce cas... je crois que tu devrais ouvrir cette porte.

La main de Jumai était posée sur le clavier déplié de son avant-bras.

— Que les choses soient claires, enfant gâté. Nous n'avons aucune certitude sur ce que nous allons trouver de l'autre côté, ni comment m'apparaîtra le mécanisme de la porte en sens inverse. Il sera peut-être moins facile de revenir que ça l'a été pour arriver jusqu'ici.

— Ça me va.

Après l'avoir annoncé au *Quaynor*, Jumai dit :

— Tu t'es découvert une grosse paire de couilles, tout à coup ?

— Je crois que je viens de comprendre que j'ai coupé trop de ponts pour hésiter maintenant.

Il posa le poing contre le plastron de la combinaison.

— Et puis merde, lança-t-il. Je suis Geoffrey Akinya. C'est la maison de ma grand-mère. Et j'ai parfaitement le droit de voir ce qu'il y a à l'intérieur.

— Mais ouais, putain, dit Jumai.

Et elle tapa sur le clavier.

# Chapitre 31

Jonathan Beza retira la couverture dans un geste de magicien, en adressant un grand sourire à Sunday, comme s'il avait prévu ce moment depuis des années.

Le tissu cachait une boîte. Elle ressemblait, en surface, à celle que la doublure de Gribelin avait déterrée la veille : mêmes dimensions, revêtement en alliage gris semblable. Mais elle paraissait plus vieille. Sunday ne parvenait pas vraiment à déterminer ce qui lui donnait cette impression, mais elle était persuadée de regarder un objet qui avait été fermé et enterré depuis longtemps. Les éraflures et les creux ne dataient pas d'hier.

— Je ne comprends pas, dit-elle.

— Eunice est revenue pour mon enterrement, dit Jonathan. C'est connu. Mais ce n'était pas la seule raison. Je… l'ai suivie. (Il hésita et jeta un coup d'œil sur le côté, comme s'il était honteux d'avoir agi ainsi.) De loin, évidemment, et je ne pense pas qu'elle se soit doutée de quelque chose. Suivre ses mouvements n'était pas compliqué, et l'Évolvarium n'existait pas, à l'époque. Je l'ai filée jusqu'à l'endroit où elle avait atterri, près de Pavonis Mons, là où elle a enfoui l'objet.

— Et tu l'as vue le faire ? demanda Sunday.

Il secoua aussitôt la tête.

— Non, je n'aurais pas pu m'approcher d'aussi près sans dévoiler ma présence. Mais lorsqu'elle est partie, plus rien ne m'empêchait d'y aller. J'ai attendu un an ou deux, le temps que les choses se tassent. J'avais peur qu'il s'agisse d'un piège visant à me faire sortir de ma tanière.

— Mais ce n'était pas le cas.

— Non, avoua-t-il. Si douloureux que ce soit, je crois que j'étais le cadet de ses soucis à l'époque. Même à mon enterrement… y venir l'arrangeait, mais peut-être qu'elle avait déjà prévu autre chose… (Il ne termina pas sa phrase.) Tu devrais peut-être ouvrir la boîte.

—Vous savez ce qu'il y a dedans ? demanda Jitendra.

—Oui, et ce n'est absolument pas dangereux. Mais ça ne me parlera pas.

Sunday ouvrit les loquets sur les côtés du coffret.

—Je ne comprends toujours pas. La boîte que Dorcas a volée ; d'où venait-elle ?

—Ah ! Ça, dit Jonathan comme s'il s'agissait d'un détail auquel il ne pensait déjà plus. C'est moi qui l'y ai mise, évidemment. Je savais que la véritable boîte était destinée à être trouvée par quelqu'un en particulier, quelqu'un qui avait un lien avec la famille. En soixante ans, personne n'est venu. Puis on nous annonce la mort d'Eunice, et moins de quatre mois plus tard sa petite-fille se pointe sur Mars. (Il se caressa le menton, comme s'il réfléchissait à un problème insoluble.) Hum, je me demande si ces deux événements ont un lien.

—J'ai surveillé la situation pour lui, dit Soya. Quand il n'a plus fait le moindre doute que vous alliez entrer dans l'Évolvarium, nous avons compris que vous veniez pour la boîte.

—Pendant que Soya te parlait à Crommelin, expliqua Jonathan, j'étais ici, en train d'enterrer une fausse boîte. Personne ne m'a vu le faire. Avec les machines qui fouillent partout, elle ne serait pas restée sous terre plus de quelques semaines. Mais nous n'avions pas besoin d'aussi longtemps, il suffisait de quelques jours, le temps que vous traversiez Mars pour arriver sur le site de l'enfouissement.

—J'ai bien fait de te prévenir qu'il ne fallait pas faire confiance aux Pans, dit Soya. Tu as ainsi vite compris la situation lorsque Dorcas vous a trahis. D'après ce que j'ai compris, tu as très bien joué ton rôle. Dorcas ne s'est jamais doutée qu'elle avait été piégée.

—Elle a la mauvaise boîte, dit Jitendra, épaté.

—Et elle vous a abandonnés dans l'Évolvarium, ajouta Soya. Elle a conclu pas mal d'accords pour s'emparer de la boîte. Honnêtement, personne ne va pleurer si les autres Flotteurs réduisent la *Dame Dédaigneuse* en pièces.

Sunday avait enfin réussi à ouvrir les loquets. Elle releva le couvercle ; les charnières résistaient, mais fonctionnaient encore. Cette fois, elle ne savait pas à quoi s'attendre. Il y avait eu une autre boîte plus petite dans la fausse, mais il s'agissait peut-être de retarder les Flotteurs. Cette fois-ci, à l'intérieur, elle découvrit un emballage en mousse dense et un objet arrondi qui en dépassait.

— Prends-le, lança Jonathan. Ça ne mord pas.

Elle comprit ce qu'il voulait dire lorsqu'elle sortit le vieux casque spatial du coffret. Malgré la pesanteur martienne, il était lourd : comme s'il avait été forgé dans de l'acier ou taillé dans du marbre. Elle n'avait jamais tenu un casque si ancien.

Mais elle l'avait déjà vu.

Une peinture colorée le décorait : traits jaunes, dorés et noirs, formes blanches et rouges sur le pourtour de la visière. Par endroits, les teintes s'étaient écaillées et on voyait le métal nu. Partout ailleurs, le dessin était éraflé et sale, mais toujours visible. Il s'agissait d'une lionne aux yeux bleus perçants, la gueule grande ouverte autour de la visière.

— Senge Dongma, dit Sunday avec révérence et admiration. Celle au visage de lion. C'est le casque d'Eunice.

— Je savais que tu le reconnaîtrais, dit Jonathan.

Sunday se retint d'expliquer que, sans la reconstruction, elle n'aurait jamais pu l'identifier.

— Je… j'en ai vu une image sur Phobos, dit-elle. Très récemment. C'était vraiment le sien ?

— C'est ce qu'elle a enterré. Je l'ai gardé depuis.

Elle fit tourner le casque, comme un globe, un pan d'Histoire entre ses mains. En exil forcé de sa propre famille, Sunday n'avait presque jamais tenu d'artefacts possédant un lien direct avec sa grand-mère. À la maison, ce casque aurait été une des plus précieuses reliques du musée.

— Il n'y avait que ça ? demanda-t-elle. Rien d'autre ?

— Tu t'attendais à plus ? répondit Jonathan.

— Ce n'est qu'un *casque*. L'objet précédent nous guidait vers un autre endroit. Mais pas celui-ci.

— Tu en es sûre ? demanda-t-il.

— Ça ne me renvoie pas plus loin que Mars. Je sais qu'elle avait ce casque sur Phobos et elle a donc dû l'emporter sur la planète lorsque la tempête de poussière s'est calmée. Mais nous sommes déjà sur Mars. C'est une impasse.

— Sauf si tu rates quelque chose, dit Jonathan.

— Ce n'est pas seulement un casque, n'est-ce pas ? dit Jitendra. Enfin, c'est *bien* un casque, mais ce n'est pas un simple morceau de métal et de plastique. Il est doté d'un ordinateur. Il a vu et enregistré des choses pendant qu'elle le portait.

Elle regarda Jonathan.

— Tu as essayé ça ?

— Le casque est vieux, dit son grand-père, mais d'un point de vue mécanique, il est en bon état. Mais il n'a pas d'alimentation interne, en revanche. Il ne fonctionnera que relié à une combinaison, via un anneau de cou compatible.

—Dis-lui, lui intima Soya.

Jonathan adressa un sourire tolérant à sa fille.

—La combinaison pourrait être n'importe où, pour autant qu'elle existe encore. Eunice n'a laissé que le casque, ici. Mais il n'est pas nécessaire d'utiliser le même scaphandre pour qu'il fonctionne. Il suffit d'un qui corresponde.

—Il faut donc trouver une vieille combinaison, résuma Jitendra.

—C'est à ça que servent les brocantes, dit Soya avec une pointe de fierté. Il m'a fallu du temps, mais j'ai fini par en trouver une, pas très loin de Lowell. Pas aussi vieille que le casque, elle n'a que soixante-dix ans, mais elle est compatible.

Elle ouvrit un des rideaux de la pièce et dévoila une combinaison usée en composite, d'un vert terne, ayant visiblement subi des dégâts et des réparations. Elle était complète, à partir de l'anneau du cou, et accrochée à un râtelier boulonné au revêtement intérieur de l'Agrégat.

—C'est une vraie merde, expliqua Soya. Il faudrait vraiment être dans la panade pour lui confier sa vie. Mais elle peut encore alimenter le casque.

Sunday posa la question qui s'imposait :

—Vous l'avez déjà essayée ?

—Tous les deux, répondit Jonathan. Il y a une sorte de sphinxware, à l'intérieur. Il nous pose quelques questions de sécurité, puis ne nous parle plus. Mais peut-être que ça fonctionnera avec toi.

Passer cette vieille combinaison moisie n'avait rien eu d'agréable pour Sunday. Elle la serrait à tous les endroits cruciaux – on aurait dit qu'elle avait été conçue pour un enfant corpulent, pas pour une femme –, et comme elle datait de soixante-dix ans, il n'y avait aucun système d'assistance pour l'enfiler. Sans la prévenance de Jitendra, Jonathan et Soya, elle se demandait même si elle aurait réussi à mettre cette vieille chose hideuse. Et sans leur présence, elle n'aurait sans doute pas eu le courage de persévérer. Chaque partie du scaphandre qui s'insérait en cliquetant lui donnait un peu plus l'impression d'être emprisonnée, paralysée.

La combinaison avait quelques problèmes de fonctionnement. L'alimentation de ses mouvements assistés ne marchait plus et Sunday devait faire appel à toute sa force et toute sa détermination pour la déplacer de quelques centimètres. Elle ne parvint qu'à avancer comme une momie, au prix d'un effort qui l'épuiserait très vite. Elle ne risquait pas d'aller loin, de toute façon. Les systèmes de refroidissement et de circulation d'air de la combinaison n'étaient pas vraiment opérationnels et il y faisait aussi chaud et étouffant que dans un sac de couchage. Elle n'avait pas de batterie interne et devrait donc être reliée à l'Agrégat par un cordon d'alimentation. Une fois le casque mis en place, elle pourrait alors lui fournir de l'énergie pour qu'il démarre. Sunday avait l'impression qu'on allait l'enterrer. L'aération soufflait et sifflait comme un chien asthmatique. Des voyants d'alerte, bloqués au rouge, illuminaient déjà l'affichage tête haute de la visière. Avant même d'être démarré, le casque avait compris qu'il était branché sur un tas de boue dangereux, et il n'était pas très content.

— L'utilisateur actuel n'est pas reconnu, dit le casque, en swahili, avec un bourdonnement de guêpe dans ses oreilles. Veuillez vous identifier.

Avec une assurance qui la surprit elle-même, elle déclara :

— Je m'appelle Sunday Akinya.

Le casque se tut quelques secondes, comme s'il traitait l'information.

— Veuillez présenter la nature de vos liens avec Eunice Akinya.

— Je suis sa petite-fille. Je suis venue sur Mars pour ce casque. Accorde-moi l'autorisation de le porter.

— Qu'est-ce qui vous a amenée sur Mars ?

Elle dut y réfléchir, car elle sentait que la combinaison voulait peut-être une réponse spécifique.

— Un objet que j'ai trouvé sur Phobos, dit-elle avec prudence.

— Qu'avez-vous trouvé sur Phobos ?

— Une peinture. (Elle prit une inspiration et sentit une goutte de sueur couler sur son front.) Une fresque. Il y avait une erreur… une modification. Le paon aurait dû être un autre oiseau. Une grue, ou un ibis peut-être.

— Qu'est-ce qui vous a amenée sur Phobos ?

Avait-elle réussi la première épreuve, ou était-elle simplement passée à la question suivante après avoir échoué à la première ? La combinaison ne le lui indiqua pas.

— Les pages d'un livre, expliqua Sunday, la gorge serrée. *Les Voyages de Gulliver.* C'était une référence explicite aux lunes de Mars, et Eunice n'est allée que sur Phobos, il devait donc s'agir de celle-ci.

À travers le verre du casque, qui commençait à s'embuer, Jitendra et les autres la regardaient avec intérêt. Ils étaient prêts à venir à son aide à la moindre alerte de son système de survie, mais cela n'apaisait en rien sa sensation d'enfermement.

— J'ai trouvé les pages sur la Lune, la Lune terrestre, ajouta-t-elle. Dans le cratère Pythagore.

— Qu'est-ce qui vous a amenée à Pythagore ?

— Un gant, que nous avons découvert dans une boîte, là aussi sur la Lune. Le gant appartenait à Eunice Akinya. Il contenait… des pierres précieuses. En plastique, de trois couleurs différentes. Les chiffres correspondaient à un triplet pythagoricien. Grâce à l'histoire d'Eunice, nous avons pu localiser l'endroit où elle s'était écrasée dans le cratère. (Sunday avait l'impression qu'elle allait s'évanouir.) Je n'ai rien d'autre. L'existence du coffre est apparue au cours d'un audit des possessions d'Eunice, après sa mort.

— Quelle était la signification des pierres colorées ?

— Les couleurs… n'en avaient aucune. (Mais pourquoi le casque lui aurait-il posé cette question, si la réponse était si simple ?) Elles étaient simplement de couleurs différentes pour que l'on puisse les compter.

C'était, en tout cas, ce qu'avait dit Jitendra ; et elle avait été tout à fait disposée à accepter cette explication. Mais les pierres étaient rangées dans différents doigts. Vu le soin qu'ils avaient pris pour les examiner, ils ne les avaient probablement pas mélangées.

— Vous avez échoué à répondre à toutes les questions de sécurité, dit le casque. Néanmoins, vous avez été reconnue comme ayant les autorisations nécessaires. Attendez, s'il vous plaît.

— Attendre quoi ?

— Attendez, s'il vous plaît.

Même à travers le verre couvert de buée, Jitendra avait dû lire le doute dans ses yeux. Il appuya le visage contre la visière.

— Que se passe-t-il ? demanda-t-il d'une voix étouffée, comme s'il était à plusieurs pièces de là.

— Il m'a posé un tas de questions ! répondit-elle en criant, ce qui lui fit légèrement tourner la tête. J'ai échoué à l'une d'entre elles, au moins, mais il m'accepte tout de même. Tu peux monter la clim de ce truc ? J'ai l'impression d'être dans un *hammam*.

Jitendra et Jonathan échangèrent quelques mots. Soya hocha la tête et disparut sur un côté, à l'extérieur du champ visuel de Sunday. Quelques instants plus tard, elle sentit quelques coups : Soya s'affairait sur l'équipement dorsal de la combinaison.

Le verre continua à s'embuer, même alors que l'air se rafraîchissait très légèrement. Sunday se demanda s'il valait mieux fermer les yeux plutôt que de faire face à la visière couverte de buée, à quelques centimètres de son nez et de sa bouche.

Puis la condensation disparut peu à peu. Lorsqu'il n'en resta plus que dans les coins de la visière, tout le verre redevint brusquement gris.

Sunday s'apprêtait à appeler Jitendra lorsqu'elle comprit qu'il ne s'agissait plus de buée, mais que l'affichage tête haute avait bloqué tout son champ de vision. La vue changea alors, mais l'image qui apparut n'était pas celle d'une pièce à l'intérieur de l'Agrégat.

Elle voyait un avion cassé.

Il était retourné, les ailes brisées le long du fuselage. De la poussière s'était accumulée sur le côté abrité du vent. L'appareil gisait sur la crête d'une pente douce, tache blanc cassé sur l'horizon orangé qui s'assombrissait. Par un trou dans sa verrière s'échappait de la poudre martienne. Sunday pensa à son frère et crut qu'il s'agissait d'une sinistre vision de son Cessna, écrasé à l'envers. Mais ce n'était pas l'avion de Geoffrey.

À la droite de l'épave, une centaine de pas vers le sommet de la pente, se trouvait un petit complexe de cabanes pressurisées. L'érosion due aux tempêtes de poussière avait donné à leur extérieur nervuré un éclat gris métallisé. De la poudre s'accumulait aussi du côté abrité du vent. Un drapeau, si fané qu'il en devenait presque invisible, représentait une faucille et un marteau. Un anémomètre, aux coupelles presque aussi grosses que des lavabos, surplombait le toit de la plus grande des cabanes.

Le point de vue de Sunday revint vers l'appareil. Sans aucun contrôle sur ce qu'elle observait, son regard s'abaissa, comme si elle s'était agenouillée, pour examiner la bosse inversée de la verrière brisée. Le siège était à l'envers, la boucle du harnais pendant là où elle avait été ouverte. Le cockpit était vide.

Sa vision se détourna de l'avion, là encore sans qu'elle le décide, et approcha des cabanes. La signification de la station météo et de l'appareil écrasé était claire. C'était ici, sur les pentes du Mons Pavonis, qu'Eunice s'était posée et avait cherché refuge durant une tempête particulièrement violente. L'aéroplane était intact lorsqu'elle avait atterri, mais le vent avait arraché ses amarres pour le retourner et le détruire, comme un avion en papier.

La station et l'appareil n'existaient plus désormais, mais le récit documenté de cet épisode était le seul élément qui désignait spécifiquement cet endroit autour du volcan martien. Sunday le savait déjà. Elle n'aurait jamais pu trouver le casque si elle n'avait pas déjà fait le lien.

Alors, qu'est-ce qu'Eunice attendait d'elle, désormais ?

Des marches métalliques, dont les plus basses étaient enterrées dans la poussière, menaient jusqu'au sas de la plus grosse cabane russe. La porte extérieure, et son équivalent intérieur, étaient toutes deux ouvertes. Le point de vue de Sunday monta les marches.

L'intérieur était bien éclairé, mais clochait : la physique et le sens commun n'y avaient pas cours, comme dans un rêve. Ce n'était pas une station météo russe sur Mars, mais une annexe de la maison. La lumière entrait, oblique, par des fenêtres carrées entourées de murs épais. Elle frappait des meubles qu'elle reconnaissait : des chaises et des tables, des tapis et des rideaux, des murs blancs. Il y avait des décorations sur les tables, de la poussière en suspension dans l'air. À la place d'une cloison, des rideaux de soie ondulaient. Sunday s'y serait dirigée si elle avait eu le contrôle du champ visuel de la combinaison.

Une main gantée se tendit pour écarter les rideaux. Elle traversa.

Dehors, c'était l'Afrique.

Le crépuscule approchait, dans une saison où le ciel abonde en nuages offrant une multitude de couleurs : saumon, vermillon, de rares teintes roses et mandarine. Dans les trouées, étrangement, les balafres de ciel dégagé étaient d'un bleu lumineux. Les arbres, silhouettes sombres, lui rappelaient des découpages de théâtre pour enfant.

Le point de vue se déplaça. Le Kilimandjaro apparut, sans neige. Puis la maison, avec ses tuiles bleues et ses murs enduits de plâtre qui reflétaient le ciel en une centaine de combinaisons de tons pastel. Un vol de grues, comme des oiseaux dans une aquarelle chinoise.

Un bosquet d'arbres, plus solide et vraisemblable que les silhouettes. Son point de vue s'élança vers cet abri. Et la femme qui s'était assise contre un tronc, pour lire dans les dernières lueurs d'un jour depuis longtemps passé, se leva, sans se précipiter parce qu'elle avait été dérangée, ni trop lentement parce qu'elle avait tout son temps. Mais simplement comme s'il s'agissait du bon moment.

Elle avait une main sur une hanche. L'autre tenait son livre contre sa cuisse. Elle portait un pantalon et des bottes d'équitation, ainsi qu'un chemisier blanc aux manches remontées jusque sur ses coudes anguleux. Le corsage ressemblait beaucoup à celui que portait Soya.

— Bonsoir, Sunday, dit la femme.

— Comment connais-tu mon nom ? demanda-t-elle en se demandant à qui elle avait affaire.

— Tu viens de me le dire, à l'instant, en répondant aux questions de mon casque. Tu comprends ce que je suis ?

— Pas vraiment.

— Quand j'ai enterré ce casque sur Mars, il avait déjà quarante ans. J'avais fait de mon mieux pour mettre à jour ses systèmes, mais ils restaient limités. Tu n'interagis pas avec Eunice Akinya, mais avec une représentation très simplifiée, avec un éventail de réactions balisées et une base de données interne très réduite. Ne la confonds pas avec moi.

— Donc… c'est toi qui parles maintenant ?

— C'est un… enregistrement interactif, un message à ton intention, qui que tu sois. Le sphinxware ne t'aurait pas laissée passer si tu n'avais pas découvert les indices menant jusqu'ici, et il y a donc de fortes chances pour que tu sois un membre de la famille, ou au minimum, quelqu'un qui en est très proche.

— Comme tu l'as fait remarquer, je t'ai dit qui j'étais.

— Oui, et nous allons partir là-dessus.

Eunice – son enregistrement, plus exactement – baissa les yeux sur le livre qu'elle lisait.

— Tout d'abord, félicitations pour être arrivée jusqu'ici. Il fallait beaucoup d'ingéniosité. J'espère que tu n'as pas rencontré trop de problèmes en chemin ?

— Tu aurais pu choisir un meilleur endroit pour enterrer le casque sur Mars.

Eunice plissa les yeux.

— Il y a eu des difficultés ?

— C'est au beau milieu de ce putain d'Évolvarium, grand-mère.

— Je ne vois vraiment pas de quoi tu parles. Évo-quoi ? Fais-moi un résumé, s'il te plaît.

— À moins d'enfouir le casque dans un champ de mines, tu n'aurais pas pu choisir un pire endroit sur Mars. Toute cette zone, sur des milliers de kilomètres dans toutes les directions, est interdite. C'est un endroit où des machines autoreproductrices sont autorisées à se déchaîner. Elles évoluent de génération en génération, en combattant pour leur survie. De temps en temps, ce processus d'évolution crée quelques trucs, des idées ou des gadgets qui peuvent faire gagner de l'argent à des gens hors de l'Évolvarium. Les machines sont dangereuses et ceux qui dirigent l'endroit ne voient pas d'un très bon œil les étrangers qui viennent farfouiller dans le coin. Notre guide s'est fait tuer, et Jitendra a failli mourir lui aussi.

— Je… je suis désolée, dit-elle avec une apparente sincérité. Je ne voulais pas que ce soit trop facile, mais pas non plus te mettre réellement en danger. Mais je ne peux tout de même pas être tenue pour responsable de ce qui s'est passé sur Mars après l'enfouissement. (Son regard se fit de nouveau perçant.) C'est tout de même étrange. C'est le seul endroit de la sorte, sur Mars ?

— Je te l'ai dit, tu n'aurais pas pu choisir plus mal.

— Vraiment bizarre. Je ne crois pas trop aux coïncidences, Sunday. Pas de ce genre, en tout cas. Il doit y avoir une explication.

— Je t'écoute.

— Je sais seulement ce que tu me racontes. Mais comment ma petite aventure sur Pavonis Mons a-t-elle pu entraîner ça ? (Elle donna l'impression d'y réfléchir, rouvrant le livre et le feuilletant, grattant un ongle contre le papier bible, mais sans regarder le texte.) Après avoir perdu l'avion… mais non, reprit-elle en secouant la tête. C'est impossible.

— De quoi parles-tu ?

— J'ai dû m'abriter pendant que la tempête faisait rage. La station russe était toujours pressurisée et j'avais du courant et un confort basique. Mais je ne pouvais pas rester là pour toujours. Le vent avait endommagé l'appareil, mais il fallait que je parte.

Sunday, laconique, dit :

— Continue.

Comme si Eunice avait besoin de sa permission.

— Les Russes avaient laissé tout un tas d'équipements dans leur station, dont certains fonctionnaient encore. Avant d'atterrir, j'avais repéré quelques installations et complexes abandonnés dans la zone. Si je parvenais à récupérer des vieilleries, je pourrais rester plus longtemps en vie. Des batteries, des filtres à air, ce genre de choses. Peut-être même que je pourrais réparer l'avion. Mais je n'avais aucun moyen de m'y rendre. Ma combinaison n'aurait pas supporté la tempête et, de toute façon, elle n'avait pas une assez grande autonomie. Je n'aurais jamais pu marcher assez loin.

— Tu étais vraiment dans la merde.

— Jusqu'à ce que je trouve les robots, dit Eunice avant de refermer de nouveau le livre. Les Russes les avaient abandonnés, dans une des remises. Évidemment, ils étaient vieux, lents et leur programmation était foutue. Mais je n'avais pas besoin qu'ils accomplissent des prouesses. (Elle eut un bref sourire, comme embarrassée de sa propre ingéniosité.) Je… les ai retapés, j'ai réparé leurs programmes de mon mieux. Ça m'a pris huit jours, mais ça m'a dispensée de penser au pire. Puis je les ai envoyés dans diverses directions, en mode d'autonomie maximale. Je leur ai demandé de trouver tout ce qui semblait potentiellement utile et de me le rapporter.

— J'imagine que ça a marché.

— Non, les secours sont arrivés plus tôt que je l'avais prévu. La tempête s'est calmée et mes amis ont pu me sortir de là. Quant aux robots… je les ai oubliés. Mais ils étaient toujours là, à courir avec mon programme qui les tenait en laisse. Ils étaient censés prendre soin d'eux-mêmes, et se montrer compétitifs en cas de besoin. Tu crois que… ?

— Que tu as créé l'Évolvarium par inadvertance ? Je serais tentée de dire « oui », si je ne craignais pas que ton *ego* soit déjà proche de l'effondrement stellaire.

Eunice chassa une mouche de ses sourcils.

— J'en ai assez fait délibérément pour ne pas avoir envie de m'appesantir sur ce que j'ai produit par accident. Néanmoins, je suis vraiment navrée que les circonstances aient été plus difficiles que je le prévoyais, mais il semblerait que tu aies survécu à l'adversité. Félicitations, Sunday. Tu t'en es très bien sortie.

— Mon frère et moi l'avons fait ensemble.

— Cela signifie-t-il que tu as le support de toute la famille ?

— Je n'irais pas jusque-là, non.

— Je n'ai jamais compté dessus. Le plus important, c'est que tu as fait preuve de la perspicacité et de la détermination nécessaires pour arriver jusqu'ici, dit Eunice en levant la tête pour observer le soleil. Mon horloge interne m'indique que soixante ans ont passé depuis l'enfouissement. C'est le cas ?

— Oui, répondit Sunday. Et tu es morte il y a peu. Si je suis ici, c'est à cause d'un audit qui a été fait juste après ton décès.

— Ça fait un bail, quel que soit le point de vue. Que s'est-il passé pendant mon absence ?

— Avec la famille ?

— Non, partout. Dans le monde, pour l'humanité. Sommes-nous parvenus à tout gâcher ?

— Je suis ici, dit Sunday. Ça devrait te donner un indice, non ?

— Je suis née en 2030, dit Eunice. On m'a souvent dit qu'il s'agissait de la meilleure et de la pire époque. Pour moi, c'était simplement ainsi que marchait le monde. Que l'on naisse avec la faim qui vous tenaille l'estomac ou avec une cuillère d'argent dans la bouche, on ne peut rien y faire. On ne connaît rien d'autre. Plus tard, j'ai compris que j'avais de la chance, énormément même. J'avais de la chance d'être née en Afrique, tout d'abord, au bon endroit au bon moment. Ma mère et mon père disaient toujours qu'il fallait toujours faire au mieux, et c'est donc ce que nous avons fait. Mais le monde n'en était pas encore là. Durant mon enfance, il y avait encore des guerres, les dernières, sur Terre. Elles ne m'ont jamais concernée directement, mais on ne pouvait pas complètement échapper à leur influence. Je t'en prie, dis-moi qu'il s'agissait vraiment des dernières. Je ne supporterais pas l'idée que nous ayons régressé à ce point.

— Il n'y a pas eu d'autres guerres, ce qui ne signifie pas pour autant que tout soit parfait sur Terre. Je taquine souvent mon frère avec ça. Il reste encore une police, des armées et des forces de maintien de la paix, avec quelques incidents aux frontières, de temps en temps. Mais ce n'est plus comme avant.

— Les Crises des ressources et des réfugiés nous ont fait grandir, dit Eunice. Durant la majeure partie de notre histoire, nous avons vécu comme dans une maison pleine d'enfants chamailleurs. Puis la maison s'est mise à brûler. Nous devions grandir vite sous peine de brûler avec elle.

— Nous l'avons fait.

— C'est comment, là-bas, maintenant ? Tu as visité tout le système solaire ?

— Pas vraiment. Je suis née sur Terre, mais j'ai passé la plus grande part de ma vie d'adulte sur la Lune. C'est mon premier voyage ailleurs.

— Tu n'avais pas les moyens ?

— C'est… compliqué, dit Sunday avant de désigner, du menton, le livre que tenait son interlocutrice. *Les Voyages de Gulliver* ?

Eunice jeta un coup d'œil distrait au titre.

— *Finnegans Wake*[1], dit-elle. J'aimais Swift quand j'étais petite. C'est peut-être Gulliver qui a fait de moi une exploratrice. Mais ça, c'est plus… dense. Je n'en ai toujours pas fait le tour. Il y a tellement de questions. On pourrait passer toute sa vie dessus sans le comprendre.

Elle ouvrit une page au hasard et fronça les sourcils devant une ligne.

— Qui était Muster Mark ? Que crois-tu qu'il voulait faire de trois quarks ?

— Je ne sais pas, dit Sunday, désormais prête à enlever la combinaison. De quoi s'agit-il, Eunice ? Pourquoi as-tu enterré le casque ? Pourquoi me poses-tu ces questions ?

— Tu me déçois, Sunday. Tu as le monde à ta disposition et tu en as vu si peu. Je croyais que nous avions tous envie de découvrir l'univers, dans la famille. Je pensais que c'était cette flamme qui faisait de nous des Akinya.

— Tu l'as parcouru dans tous les sens et tu es revenue, vieille et triste, ne t'intéressant plus qu'à l'argent, au pouvoir, et nous traitant avec arrogance. Tu ne crois pas que tu as perdu ton temps, dans toutes ces explorations ?

— Ça aurait été le cas, si elles ne m'avaient pas transformée. (La reliure en cuir du livre craqua lorsqu'elle le referma.) J'ai vu des choses merveilleuses, Sunday. J'ai regardé en arrière, depuis les confins du système, et j'ai vu cette planète, cette Terre, pas plus grosse qu'un minuscule point bleu pâle. Je sais ce que ça fait. De se dire que ce point est là d'où nous venons, l'endroit d'où nous avons évolué à partir du chaos et de la boue… de croire que l'Afrique n'est qu'une partie de ce point, que ce point n'englobe pas seulement l'Afrique, mais tous les autres continents, les océans et les calottes glaciaires… sous une atmosphère aussi fine que la rosée du matin prête à s'évaporer sous la chaleur du jour. Et je sais ce qu'on ressent lorsqu'on s'imagine aller plus loin. D'avoir

1. Roman expérimental de l'auteur irlandais James Joyce, publié en 1939. (*NdT*)

cette idée incroyable et dangereuse en tête, ne serait-ce qu'un instant. De se dire : *Et si je ne rentrais pas ? Si je continuais à voyager ? Si je regardais ce point bleu s'éloigner jusqu'à ce que les ténèbres l'engloutissent et que je ne puisse plus rentrer. Jusqu'à ce que la Terre ne soit plus qu'un souvenir bleu.*

Sunday ressentait un profond mépris.

— Tu n'en as jamais eu le courage.

— Peut-être pas. Mais au moins, répondit doucement Eunice, je suis restée au bord de ce précipice et j'ai envisagé de sauter.

— Je suis venue sur Mars. Ce n'est pas assez aventureux pour toi ?

— Tu n'as fait que quelques petits pas, mon enfant. Mais tu es déterminée, c'est indéniable. Après tout, tu m'as trouvée.

— Oui. Et où est-ce que ça m'a menée ?

— Jusqu'ici. Et je n'en ai pas fini avec toi. Loin de là. Il reste un choix à faire, un choix difficile, et en toute conscience, je n'ai pas les capacités mentales pour le faire.

— Ça ne te ressemble pas d'être si modeste.

— Oh ! je ne parle pas de *moi*. Mais de la chose que je suis devenue : cet amas de programmes cliquetant, enfermé dans un casque spatial centenaire. Ça ne suffira pas tant l'enjeu est grand. C'est pour ça que je vais te laisser décider. Retourne dans l'espace lunaire. Va au Palais d'Hiver, s'il est encore là.

— Il y est.

— Si tu es parvenue à trouver le casque, tu passeras le sphinxware qui garde le Palais. Et si tu es, comme tu le prétends, une Akinya… le reste suivra. (Elle se tut un instant.) À un moment, tu devras affronter un autre sphinxware. La réponse sera cruciale. Mais je ne peux pas te la donner. J'ai été enterrée sous Mars pendant soixante ans.

— Et c'est censé m'aider… comment ?

Les yeux d'Eunice pétillèrent.

— Une femme avertie en vaut deux.

— Merci, dit Sunday avec autant de sarcasme que possible.

— J'aurais aimé pouvoir t'en dire plus, mais en vérité, je ne sais que ce que j'ai besoin de savoir, ici et maintenant. Pourtant, même si j'ignore si c'est judicieux, j'ai foi en toi, Sunday Akinya.

— Tu viens de me dire que tu n'es qu'un tas de programmes dans un casque. Comment pourrais-tu savoir que je peux réussir ?

— Parce que tu me fais penser à moi, dit Eunice.

— Comment ça ? Tu veux dire que je ne me prends pas pour de la merde ?

— C'est comme ça que ça commence.

Sunday prit plusieurs bouffées d'air bienvenues. Ses vêtements étaient trempés de sueur, et lui collaient à la peau lorsqu'on l'extirpa de la combinaison.

— J'espère que ce n'était pas trop traumatisant, dit Jonathan en mettant un verre dans sa main moite.

— Tu as eu le casque tout ce temps et pourtant, en soixante ans, tu n'as jamais trouvé le moyen de passer le sphinxware ? (Elle vida le verre d'un trait.) Même si tu n'y arrivais pas, quelqu'un d'autre aurait pu, non ?

— Il y avait sans doute un moyen, dit Jonathan, mais les risques en auraient-ils valu la peine ? Si le casque avait senti qu'il se faisait pirater, il aurait pu effacer son contenu. Et surtout, ça ne m'intéressait pas plus que ça.

— Je ne te crois pas.

— N'oublie pas que j'ai fini par ennuyer ta grand-mère. Quand elle en a eu assez de Mars, j'ai été ravi de pouvoir poser mes bagages. Le casque appartenait à une autre partie de sa vie, avec laquelle je n'avais rien à voir.

Soya épongea le front de Sunday avec une serviette.

— Alors, pourquoi l'avoir déterré ?

— Je voulais m'assurer qu'il se retrouve entre de bonnes mains. Cela ne me dérangeait pas de jouer au conservateur de musée. Si je ne l'avais pas fait, les machines l'auraient recyclé des décennies plus tôt.

— C'est un argument imparable, dit Soya.

— En effet, mais je ne vois pas trop ce que nous y avons gagné. Oui, il y avait un message d'Eunice dans le casque, et j'ai appris des trucs. Mais des réponses ? Elle m'a simplement lâché un bla-bla mystique sur quelque chose qui serait un bienfait ou une calamité. Elle n'a pas dit quoi. En dehors de ça, il faut que j'aille au Palais d'Hiver, retour à la case départ, quoi.

— Elle t'a fait venir sur Mars… pour te dire que la réponse se trouve sur le pas de ta porte ? demanda Jitendra.

— Je ne sais pas ce qu'elle m'a dit. (Sunday prit un autre verre d'eau que lui tendait Jonathan. Elle recommençait à se sentir humaine ; elle n'avait désormais plus mal qu'aux endroits où la combinaison la serrait.) Elle a parlé de regarder la Terre, de la voir de très loin. (Elle se tut un instant.) Elle ne m'a peut-être pas tout dit.

— Tu veux retourner dans ce truc ? demanda Jitendra avec une sollicitude qu'elle trouva particulièrement touchante.

— Peut-être lorsqu'on aura une couverture aug, si la reconstruction parvient à trouver un moyen d'y entrer sans que le sphinxware efface tout. Mais il faudrait pour cela quitter l'Évolvarium. D'ailleurs, elle pense avoir créé cet endroit. Sans le faire exprès !

— Elle était ici, avoua Jitendra. Personne ne peut le nier. Et lorsque tout sera fini, il faudra que quelqu'un se penche là-dessus et découvre comment a démarré l'Évolvarium. Peut-être que je m'y collerai.

— Vous en froisseriez pas mal, dit Soya.

— Tant mieux. Le temps est venu.

— Je crains que ça ne doive attendre, dit Sunday. Je dois transmettre un message à Geoffrey, de toute urgence. Même si je quitte Mars tout de suite, il me faudra plus d'un mois pour rentrer. C'est trop long. Il faut que l'un d'entre nous aille voir au Palais d'Hiver avant qu'Hector ou Lucas aient la même idée.

— Nous pourrons être à Vishniac demain matin, dit Soya.

— Et traverser l'Évolvarium de nuit ?

— C'est plus sûr lorsqu'on a des amis bien placés, dit Jonathan. (L'éclat dans ses yeux n'avait rien à faire chez un homme si vieux.) Faites confiance à Soya : elle vous ramènera indemnes. Mais promettez-moi que l'on se reverra, s'il vous plaît.

— Bien sûr, dit Sunday.

— Vous pouvez y compter, ajouta Jitendra. Même si elle ne revient pas, je le ferai. J'ai très envie d'en froisser quelques-uns. Et j'ai l'impression que nous aurons beaucoup de choses à nous dire.

— Je le crois aussi, dit Jonathan avant de se renfrogner légèrement en se tournant vers Sunday. Quand tu as parlé de bla-bla mystique, tout à l'heure ?

— Eh ben quoi ?

— Ne le prends pas mal, mais on aurait vraiment dit ta grand-mère.

# Chapitre 32

Geoffrey entendait ses propres pas grâce au système auditif acoustique de sa combinaison, et leur timbre avait changé ; chaque coup était désormais accompagné d'un écho métallique distinct. La porte ouvrait sur les ténèbres et il n'y avait pas davantage de lumière maintenant qu'ils se trouvaient de l'autre côté, isolés du *Quaynor.* Il avait l'impression d'être entré dans la soute d'un vaisseau : un grand vide aux murs en métal sans fenêtres.

— Il y a un mode pour améliorer l'image sur ces trucs, dit Jumai, doucement, comme si elle ne voulait pas alerter des créatures qui se déplaceraient dans les parages. Voque une amplification et vois ce que ça donne.

Jumai n'était jamais à plus d'un mètre, sa silhouette esquissée dans l'écran du casque. Geoffrey fit ce qu'elle lui suggérait et voqua à la combinaison d'ajouter de la couleur. Il vit alors apparaître deux perspectives gris-vert, l'une tournant dans une direction, tandis que l'autre partait tout droit. Il pivota et Jumai se manifesta sous la forme d'une tache d'un blanc éclatant. Le sol montait derrière elle, entamant la grande boucle pentue qui l'enverrait grimper loin au-dessus de leurs têtes avant de redescendre dans le dos de Geoffrey. Formant un angle droit avec la direction de la courbe, le sol s'étendait jusqu'à l'autre extrémité de la station, qui restait invisible. Il n'y avait pas assez de lumière ambiante pour ça.

— C'est pas normal, dit-il en secouant la tête à l'intérieur de son casque. Ça ne devrait pas être comme ça.

— Tu peux me dire à quoi tu t'attendais ?

— Je ne suis jamais venu, dit Geoffrey, mais je connais cet espace ; elle nous en a parlé souvent, chaque fois qu'elle nous faisait un de ses laïus. (Il avait du mal à parler.) Ce n'était pas qu'une coquille vide. C'était plein d'arbres, de verdure et de lumière. Comme une jungle. Il y avait des plantes, des plates-bandes, des sentiers et des escaliers. Il *pleuvait.* Il devrait y avoir tout un écosystème en circuit fermé ici.

— Ça ressemble pourtant plutôt à une grande pièce vide, dit Jumai.

— Arethusa est venue. Elle a chingué à bord peu avant la mort d'Eunice. Elle aurait remarqué ce qui n'allait pas. Elle m'en aurait parlé.

Jumai avait les mains sur les hanches. Elle regardait vers le haut et l'axe central de la pièce vide.

— Au moins, il y a un vaisseau. C'est *bien* un vaisseau, n'est-ce pas ?

— Je crois.

Mais il n'en était pas sûr. Il se trouvait à près de soixante-quinze mètres. Il ne discernait qu'une épine dorsale de ténèbres organisées, allant d'un bout à l'autre de la salle.

— Il nous faut davantage de lumière, dit-il, résolu. Il y a un mode lampe torche quelque part ? Ça m'étonne qu'il ne se soit pas déclenché automatiquement.

— Il y a sans doute des situations où il ne vaut mieux pas. Attends un peu, dit Jumai en levant le bras pour tripoter le sommet de son casque. Je crois que j'ai vu quelque chose pendant que nous les enfilions. Au pire, j'ai des boules éclairantes dans ma trousse à outils.

De la lumière jaillit sur le dessus de sa tête. Elle orienta le rayon bleu clair sur l'axe central, et les détails de la *Reine d'Hiver* apparurent. Geoffrey crut retrouver son lien avec la réalité, ne serait-ce qu'un bref instant. Il n'en revenait toujours pas de l'absence de jungle. Même si l'air de la salle avait été remplacé par de l'oxygène pur et que la forêt s'était consumée, il resterait des cendres... brûlantes. Mais il n'y avait rien. Le sol brillait, improbable et aseptisé, comme dans la salle d'exposition d'un concessionnaire d'airpods.

Mais le vaisseau était réel. Geoffrey avait allumé la lampe de son casque et balayait, de son faisceau, la portion la plus proche de la *Reine d'Hiver*. L'appareil d'espace lointain mesurait un kilomètre, et en dehors des parties qui disparaissaient dans les extrémités de la station, il n'en voyait tout de même pas plus d'un cinquième. Néanmoins sa forme était reconnaissable, des cuves de carburant, au-dessus de sa tête, jusqu'à l'épine dorsale aux fins filigranes, avec sa complexe arborescence fractale d'ailettes de radiateurs repliées.

Il avait vu ce vaisseau des milliers de fois, dans d'innombrables récits sur la famille. Tout lui paraissait à sa place. Mais ce n'était pas la carcasse pourrissante, rouillée et cernée d'arbres à laquelle il s'attendait. La *Reine d'Hiver* n'était pas entourée de guirlandes de lianes humides et ne bénéficiait pas de lampes de serre, ni d'un système d'irrigation. Il n'y avait pas d'escalier en colimaçon qui s'élevait du sol pour s'enfoncer dans sa coque. Le vaisseau ne semblait pas être coincé ici depuis des décennies.

Étincelant et magnifique, il paraissait neuf.

— Ça suffit les conneries, dit Jumai.

Sa silhouette luisante se baissa et prit un objet dans le sac qu'elle avait laissé tomber à ses pieds. Elle l'alluma et il dégagea une lueur intense.

Elle jeta la petite boule de lumière sur le sol où elle rebondit et roula avant de se mouvoir avec un empressement curieux puis de s'arrêter, deux ou trois cents mètres plus loin.

Jumai réitéra l'expérience avec une autre boule.

Elles illuminaient toute la salle. Geoffrey plissa les yeux le temps de s'habituer à cette lumière. Ses doutes furent confirmés : l'appareil semblait aussi neuf que ses environs. Les deux bras centrifuges opposés, de cent quatre-vingts mètres de long, tournaient toujours, en bruissant comme les pales d'une turbine à vent. Les capsules d'habitation, à chaque extrémité des bras, frôlaient de moins d'un mètre le sol.

— Pourquoi tournent-elles encore ? demanda Geoffrey. Il y a déjà de la pesanteur.

Jumai observa les bras en rotation.

— À quel rythme tournons-nous ?

Geoffrey se rappela ce qu'il avait appris durant l'approche.

— À peu près trois fois par minute.

— Alors, ils ne tournent pas assez vite pour contrer la rotation de l'habitat. Je me disais que quelqu'un s'était peut-être donné du mal pour recréer de l'apesanteur. Mais non, ce n'est pas ça. Ces bras ne peuvent pas tourner à plus de deux tours par minute, par rapport à nous.

— Ce doit être un bug du système, dit Geoffrey. Un plomb a dû sauter et les bras se sont remis en mouvement. Ou peut-être qu'ils servent seulement à faire circuler l'air, comme un ventilateur de plafond divin.

Jumai gratta l'arrière de son casque, comme s'il la démangeait.

— L'air est respirable, tu l'as compris. Celui qui a conçu cet endroit a pris cette peine. Mais je me demande si quelqu'un l'a déjà vraiment testé.

— Memphis a dû le respirer.

— S'il est arrivé jusqu'ici. Et s'il l'a fait… eh bien, il t'a menti, non ? Et pas qu'un peu.

Geoffrey n'avait guère envie de réfléchir à ce que cela impliquait.

— Je vois quelque chose, dit-il. Loin au-dessus de nous, sous la trajectoire des bras centrifuges.

Il le désigna et Jumai suivit son regard jusqu'à la silhouette indistincte qu'il avait aperçue, clouée au plafond comme une mouche écrasée.

— Ça doit être Hector.

— Il ne bouge pas. (La combinaison devait bien posséder un mode zoom pour la visière, mais Geoffrey n'avait pas envie de le chercher tout de suite.) Je me demande s'il sait que nous sommes ici. Il n'y a pas de couverture aug, mais les comms de combinaison à combinaison fonctionnent bien…

Il ne voulait pas envisager qu'Hector soit mort, même si c'était le plus plausible.

Jumai saisit le sac et se mit à courir, les membres étonnamment relâchés, la combinaison s'adaptant facilement à ses intentions. Geoffrey la suivit, pressé de rejoindre son cousin, mais inquiet à l'idée de ce qu'il risquait de découvrir. Ce qui avait blessé Hector devait être toujours là. Mais où pouvait-on se cacher dans cet immense espace vide ? Si l'assaillant de son cousin ne s'était pas réfugié contre la coque à l'autre extrémité, il ne pouvait être que dans le vaisseau.

Cette idée ne le réjouissait guère.

Même en courant dans le sens contraire de la rotation de l'habitat, Geoffrey ne sentit pas son propre poids changer de façon perceptible. Ils coupèrent en diagonale et Jumai lança une autre boule éclairante en chemin. Puis, à peu près à cent mètres de la combinaison statique, ils ralentirent. Les bras centrifuges tournaient toujours et, maintenant qu'ils étaient plus près, Geoffrey et Jumai entendaient un grand souffle chaque fois qu'une des capsules passait. Les perches ne bougeaient pas particulièrement vite – à peine plus que le rythme de course d'un homme comparé au sol – mais elles donnaient tout de même à Geoffrey une impression de vitesse et de danger.

Hector – c'était forcément lui – était sur le dos, les bras et les jambes écartés, immobile, le regard tourné vers l'axe central et la *Reine d'Hiver*. Près de lui, posée au sol, une boîte blanche rectangulaire ressemblait à un kit de premiers secours. Un réseau artériel lumineux et rouge courait sur les membres noirs de la combinaison et rehaussait les formes du plastron et du casque. Le logo d'Akinya Space luisait sur le haut de l'épaule la plus proche.

Geoffrey s'en approcha, tout en gardant un œil sur les bras centrifuges. Lorsqu'une des capsules passa près de lui, il comprit ce qui avait dû arriver à son cousin. Le module possédait une porte : une ouverture ronde et sombre dans l'hémisphère de tête.

— Hector a essayé d'y entrer.

— Rien d'étonnant, dit doucement Jumai. Enfin, c'est logique, non ? Il arrive ici, il découvre que les choses ne sont pas comme elles devraient être… Que voulais-tu qu'il fasse, à part tenter de monter dans le vaisseau ?

Elle recula d'un pas tandis que l'autre capsule passait en sifflant.

— Tu crois qu'il ne s'y attendait pas ? demanda-t-elle.

Geoffrey n'avait de réponse acceptable que celle soufflée par son intuition :

— Je n'aime pas Hector. Et je ne lui fais pas confiance. Mais il ne s'attendait sans doute pas à trouver cet endroit vide.

Il s'approcha de la visière de son cousin et tenta de distinguer le visage derrière le verre.

Il n'y en avait pas.

— Il n'y a personne dans le scaphandre.

Jumai s'agenouilla et vérifia, comme s'il avait pu se tromper.

— Je ne comprends pas.

— Il a dû enlever la combinaison, puis lui dire de l'attendre ici. C'est ce qu'elle fait : elle reste là, à l'attendre.

— Je sais qu'il y a de l'air ici, mais il faudrait être taré pour sortir d'une bonne combinaison spatiale.

Geoffrey regarda la capsule centrifuge qui passait près d'eux et la petite porte sur son flanc. Une personne en combinaison pouvait entrer par cette ouverture – elle n'aurait servi à rien, sinon – mais trouver le bon moment pour sauter du sol à la cible mouvante paraissait quasiment impossible. *Peut-être pas pour quelqu'un assez en forme et agile pour exceller à la fois au tennis et au polo… et débarrassé de ce qui le gênait*, se dit Geoffrey.

— Je pense qu'il voulait monter dans le vaisseau. Il ne pouvait pas le faire avec la combinaison : trop lente, trop encombrante. Alors, il l'a retirée. Et lui a dit d'attendre jusqu'à ce qu'il sorte.

— Nous ne l'avons pas vu, dit Jumai. Le Palais d'Hiver a une autre sortie, évidemment.

— Mais il ne serait pas reparti sans remettre sa combinaison. À mon avis, il est toujours dans le vaisseau.

Prudemment, comme s'il s'agissait d'un diable en boîte, Geoffrey souleva le couvercle de la caissette blanche et découvrit quatre petits appareils cylindriques, entassés comme des canettes de bière et flanqués de quatre emplacements vides. Il tira un des cylindres arrondis de son support rembourré.

Il était lourd et froid, doté d'un solide mécanisme d'armement qui dépassait à son extrémité. Sous l'étiquette en swahili, il y avait des inscriptions plus petites, en d'autres langues. « Attention : hydrogène métallique métastable », lut-il. « Ceci est un appareil explosif à rendement variable. Ne pas démonter, ni soumettre à des chocs ou exposer à des températures dépassant les quatre cents kelvins, à des champs magnétiques dépassant un tesla, ou des pressions dépassant les cent atmosphères normales. Si vous le trouvez, veuillez prévenir immédiatement Akinya Space, Service des ressources de l'espace profond. »

— Il n'en a pas apporté que quatre, si ? demanda Jumai.

— Peut-être. Ou alors, il a pris les quatre autres avec lui dans le vaisseau.

— Puis il les a amorcés. Avant de lancer un signal de détresse, parce qu'il lui est arrivé quelque chose là-dedans, dit-elle, très lentement, comme si elle se laissait porter par ses pensées. Quelque chose qui l'a empêché de ressortir seul.

— Nous sommes peut-être en danger, dit Geoffrey.

— Tu crois que ces charges suffiraient à faire exploser tout l'habitat ?

— C'est inutile. Il y a un moteur à propulsion nucléaire dans le vaisseau. (Il retourna l'explosif et examina les réglages qui entouraient le détonateur. Il y avait un cadran, avec de petits chiffres gravés, et une sécurité intégrée.) On doit pouvoir les déclencher à distance. Mais il y a aussi un minuteur que l'on peut régler sur dix, vingt, trente, soixante et quatre-vingt-dix.

— Secondes ou minutes ?

— Minutes, j'espère, dit Geoffrey en rangeant l'explosif dans la boîte aussi soigneusement que s'il s'agissait d'un vase Ming. Nous ne savons pas s'il a mis les minuteurs en marche, mais c'est une possibilité dont il faut tenir compte.

— Il a appelé le *Kinyeti* il y a plus d'une heure, dit Jumai. S'il a armé ces bombes puis qu'il ait rencontré des ennuis ensuite… ce ne peut pas être le détonateur de soixante minutes. Mais ça ne nous laisse toujours pas beaucoup de temps pour nous tirer d'ici. Il faudrait repartir tout de suite et dire au *Quaynor* de s'éloigner dès que nous serons dans le sas.

— C'est une excellente idée.

Geoffrey voqua les menus de la visière jusqu'à ce qu'il trouve l'option pour enlever la combinaison. En général, il y avait huit ou neuf obstacles à passer avant que le scaphandre admette que son porteur désirait vraiment, sincèrement, le quitter.

— Mais il faut que l'un d'entre nous aille chercher Hector, reprit-il. Je désarmerai les bombes, si je peux ; sinon, je le retrouverai et je nous ferai sortir d'ici aussi vite que possible. Et si je ne peux pas sauver Hector, je me sauverai moi-même.

— Non, dit Jumai. Tu ne vas pas faire ça. Et nous n'avons pas le temps d'en discuter.

La combinaison de Geoffrey se défaisait déjà, comme un puzzle astucieux, pour dévoiler le trésor humain en son sein. L'air dans la salle pénétra ses poumons : il n'avait pas vu d'intérêt à retenir sa respiration et il prit donc plusieurs bouffées avides. À l'exception d'une brève quinte de toux causée par le froid, il n'y eut pas d'autres effets pervers.

— Écoute-moi bien, dit-il à Jumai. Si Hector est blessé, il ne pourra pas faire grand-chose dans cette combinaison. Je peux le porter jusqu'au passage par où il est entré, s'il le faut, et il pourra me faire traverser toutes les portes que nous rencontrerons : il l'a déjà fait à l'aller. Mais je ne pourrai pas le faire remonter par le conduit que nous avons descendu.

— Alors comment vas-tu partir, bon sang ?

— Avec la navette d'Hector. Il y aura de la place pour nous deux, à bord. (Il posa une main sur la bosse blindée de l'articulation de l'épaule de Jumai, juste avant qu'elle puisse émettre la moindre objection.) Je ne suis pas suicidaire, tu sais. Mais je ne peux pas le laisser mourir à bord de ce vaisseau. Dès que tu capteras de nouveau l'aug, dit à Mira et Arethusa de découpler et de partir aussi vite que possible. Les Pans t'attendront, ou laisseront une des capsules de survie du *Quaynor* à quai pour toi. Si rien d'autre ne fonctionne, vide l'air du sas et sers-toi de la décompression explosive pour t'éloigner de la station. Il ne te faudra que quelques minutes pour être en sécurité : je ne m'y connais sans doute pas trop en vol spatial, mais je sais qu'il n'y a pas d'ondes de choc dans le vide, et le nuage de débris va se raréfier très vite.

— Et toi ?

— C'est le seul moyen.

— Ça craint.

— Oui. Mais plus nous perdons de temps à en discuter, moins ça risque de marcher. (Geoffrey haussa le ton.) Allez, va-t'en. Nous nous en sortirons tous les deux.

Jumai hésita, puis fit demi-tour et repartit. Elle se retourna une ou deux fois, mais Geoffrey attendit qu'elle soit loin avant de tenter sa chance avec les bras. Si ça tournait mal, il ne voulait pas qu'elle risque sa vie pour sauver la sienne.

Il attendit que le prochain module arrive et l'examina plus soigneusement qu'auparavant. L'ouverture était à l'avant, dans le sens de la marche de la capsule, mais s'il restait là, se contentant d'attendre qu'elle arrive, il se ferait éjecter de son chemin comme une mouche. Mieux valait courir à côté, aussi vite que possible, et sauter à l'intérieur. Il ne pouvait pas aller à la même vitesse, mais il pouvait réduire l'écart de façon à attraper le module sans se blesser, ni se faire repousser. Il y avait des prises tout autour de la capsule : elles avaient été installées pour les opérations en apesanteur, mais elles conviendraient parfaitement à ce qu'il voulait faire.

Une fois certain que Jumai avait quitté la pièce, ou qu'elle était assez loin pour ne plus le voir, il se plaça le plus près possible de la trajectoire des capsules. Délesté de sa combinaison, il sentait le mouvement de l'air lorsqu'elles passaient. Il prit plusieurs grosses inspirations froides et se mit à courir. Le module suivant frôla son épaule droite; il allait plus vite que Geoffrey le pensait. Il accéléra le pas, et passa du petit trot à une allure plus rapide. Il ne quitta pas le sol des yeux, suivant une fine jointure pour s'assurer qu'il ne dérivait pas de plus de quelques centimètres. La capsule d'après arriva : elle était encore rapide, mais il avait suffisamment réduit l'écart entre les deux vitesses pour qu'un saut à bord ne lui paraisse plus tout à fait impossible. Ses pieds frappaient les plaques de métal. Il ne courait pas à fond, mais il devrait peut-être maintenir ce rythme pendant plusieurs minutes. Lorsque le module suivant passa, il accéléra encore. Ses poumons commençaient à le brûler. L'écart de vitesse ne devait plus être que de deux mètres par seconde, à présent, mais il ne pourrait pas maintenir ce rythme indéfiniment. Les capsules mettaient deux minutes pour faire un tour, auparavant, mais maintenant qu'elles devaient rattraper un point de référence qui se déplaçait, l'intervalle s'approchait plus des trois minutes. Il repensa aux minuteurs sur les explosifs. Le simple fait de chercher à monter à bord de la *Reine d'Hiver* n'était-il pas de la folie pure et simple ?

Lorsque la capsule suivante arriva, il tenta sa chance. Il n'en avait qu'une. S'il se faisait plaquer au sol, si sa cheville se tordait, il n'aurait jamais la force de réessayer. Une partie de lui espérait que ça se déroulerait ainsi. Faire un geste, un effort pour tenter de rejoindre Hector… Ce serait suffisant, non ? Il rentrerait chez lui avec la conscience tranquille, sachant qu'il avait essayé.

Il attrapa la poignée de sa main droite et, un instant plus tard, y plaça également la gauche. Pendant à peu près une seconde, il put suivre le rythme de la nacelle, puis sa jambe se déroba sous lui et il se retrouva traîné. Il tira de toutes ses forces sur ses bras et s'éleva un peu du sol. Il faisait désormais face à la direction d'où il venait, comme un cavalier prêt à monter un cheval, les talons frôlant le sol. En grognant, dans un dernier effort, il parvint à bloquer sa jambe droite dans une des prises, comme un pied dans un étrier, puis la gauche suivit. Il était accroché à la capsule.

Mais pas à l'intérieur. Il était dans le mauvais sens, suspendu à l'extérieur, risquant de tomber au moindre faux pas. Il se retourna sans bouger les pieds, ni les mains. Il était désormais un peu plus léger que lorsqu'il était debout sur la coque de l'habitat, ce qui jouait en sa faveur : la rotation du bras centrifuge contrait celle du Palais d'Hiver.

Geoffrey rectifia sa position. Il plaça sa main droite sur la même poignée que la gauche, puis mit celle-ci aussi loin au-dessus de son épaule qu'il le put sans risquer de perdre l'équilibre. Il reprit son souffle tout en gardant à l'esprit qu'il ne pourrait pas rester plus de quelques secondes dans cette position. Il ne pouvait pas bouger les jambes, à moins de se jeter de nouveau dans le vide et de n'être plus retenu que par les bras. Il inspira de nouveau profondément, puis calcula le mouvement qu'il lui faudrait exécuter, repérant l'endroit exact où il devrait poser les pieds lorsque la vitesse acquise le ramènerait contre la nacelle. Et il s'élança.

Il sentit son poignet se tordre. Une douleur intense, mais brève, comme un couteau planté dans un nerf. Il s'efforça de ne pas lâcher et repoussa la gêne en grognant. Son pied gauche, puis l'autre retombèrent sur la nacelle. Il chercha une prise plus assurée, son talon droit glissant contre la surface incurvée de la capsule.

Puis il la trouva.

Geoffrey prit une minute pour reprendre des forces avant de continuer. Entrer par l'ouverture n'était pas difficile, mais il devait tout de même rester prudent. Dans d'autres circonstances et sachant qu'il était déjà arrivé quelque chose à Hector, il aurait pris d'immenses précautions pour y pénétrer. Mais il n'avait plus guère le choix, désormais. Il se jeta à l'intérieur, et, en heurtant le sol capitonné, fut soulagé de ne plus avoir à s'accrocher. Il avait mal au poignet, les muscles de ses épaules étaient douloureux et ses jambes, épuisées, le brûlaient.

Mais il était à bord de la *Reine d'Hiver*.

L'intérieur de la nacelle n'était pas plus grand qu'une salle de bains. Il y avait des tabourets pliants et une table, ainsi que deux écrans. Assez d'espace pour jouer aux cartes, mais même sans combinaison, il devait être difficile d'y faire entrer plus de deux personnes. De toute façon, les capsules n'étaient pas conçues pour des séjours longs. L'idée était d'y passer quelques heures par jour, sous une pesanteur normale ou même légèrement plus forte, afin de contrebalancer les pertes en calcium et la fonte musculaire que causaient de longs mois en apesanteur. Mais puisque Eunice était seule lors de son dernier voyage dans l'espace lointain, elle n'avait pas eu de problèmes de place.

Il leva les yeux sur le conduit qui reliait la nacelle à l'axe central de l'appareil. Quatre-vingt-dix mètres : à peu près la distance qu'ils avaient déjà traversée depuis qu'ils étaient entrés dans l'habitat. Il y avait une échelle, et juste assez de place pour qu'une personne puisse grimper. Avant d'être pris de crampes, il entama son ascension. Ses membres protestèrent et la douleur dans son poignet s'intensifia, mais à mesure qu'il montait, son poids diminuait et l'effort devenait supportable. À peu près tous les dix mètres, l'échelle rejoignait une plate-forme et les barreaux étaient transférés de l'autre côté, de sorte qu'on ne courait pas le risque de tomber jusqu'en bas. Il se demanda pourquoi ils n'avaient pas installé un ascenseur, mais après y avoir réfléchi un instant, il comprit : tout l'intérêt du bras centrifuge était de faire travailler les muscles et les os. Monter et descendre faisait aussi partie de l'exercice.

L'air du vaisseau était libre de se mélanger avec celui de la salle, mais il avait un arrière-goût métallique que Geoffrey ne se rappelait pas avoir déjà perçu. Il sentait l'antiseptique, comme dans un couloir d'hôpital vigoureusement récuré. Et il n'était pas aussi froid que l'air extérieur. En plus de la chaleur, les bruits du navire commençaient désormais à lui parvenir. Il entendit le bourdonnement électrique de ce qu'il supposait être le mécanisme centrifugeur et, par-dessus, le souffle assourdi du système de survie et d'aération, comme une salle remplie de réfrigérateurs.

Trois minutes après avoir entamé sa montée, Geoffrey se retrouva de nouveau en apesanteur. Il avait atteint le collier de transition où le mouvement rotatif de la centrifugeuse rencontrait le point fixe de référence de la coque principale. Un trou ovale, au pourtour rembourré, apparut lentement. Hector était au moins arrivé jusqu'ici.

Geoffrey pénétra dans l'ouverture lorsqu'elle passa de nouveau. Il avait largement le temps d'achever la manœuvre, et il était persuadé que des systèmes de sécurité étaient prêts à couper la rotation de la centrifugeuse en cas de danger.

Il flotta dans le noyau éclairé de la *Reine d'Hiver* et examina les environs.

Il était au milieu du navire : à l'arrière se trouvaient le bloc-moteur et le générateur nucléaire ; à l'avant, le poste de pilotage. Il était accroché dans un couloir, hexagonal en vue de coupe, doté de panneaux et de casiers disposés en bandes longitudinales. Entre elles, dans des renfoncements, il y avait des échelles, des surfaces adhérentes et des poignées. Les lumières principales étaient allumées et tout semblait très propre et bien entretenu.

Qui aurait pu croire que ce vaisseau avait accompli un aller-retour aux confins du système solaire, ou que quelqu'un y avait vécu pendant soixante ans ? Geoffrey gratta le bord d'une bande autocollante d'avertissement rayée, posée près de ce que le panneau de verre attenant identifiait comme un tableau de commandes d'urgence. Il n'y avait pas le moindre signe de poussière autour de la décalcomanie. Ses ongles étaient plus sales.

Rien ne restait à ce point intact, pas avec des êtres humains à bord.

— Hector ! cria Geoffrey. Tu m'entends ?

Pas de réponse. Cela ne voulait peut-être rien dire, car le vaisseau était grand et des portes insonorisées séparaient sans doute ses diverses parties. Mais quelle direction avait prise son cousin ?

Geoffrey tira à pile ou face dans sa tête puis décida d'aller d'abord voir du côté du poste de pilotage. Se fiant à son sens de l'orientation, il descendit le couloir en se propulsant à l'aide des poignées et des sangles. Il appréciait d'avoir eu le temps de s'habituer à l'apesanteur sur le *Quaynor*.

Le couloir obliquait vers la droite puis à gauche – pour éviter une cuve de carburant ou un module d'équipement externe, supposa-t-il – puis il tomba sur une porte qui lui bouchait le passage. À travers la petite fenêtre incrustée dedans, il ne vit qu'un espace réduit et une autre porte. S'armant de courage, sachant bien qu'il ne portait pas de combinaison et qu'il n'y avait aucune raison de croire que tout le vaisseau était pressurisé, il tendit une main et posa la paume sur ce qui semblait être la commande de l'ouverture. Une lumière orangée passa au vert et la porte s'ouvrit en deux moitiés.

Il entra dans la salle suivante et les rabats manquèrent de se refermer avant qu'il ait entièrement passé l'ouverture. Il cessa de dériver et ouvrit la deuxième porte. Il y avait de l'air au-delà. Il poursuivit son exploration.

Geoffrey estimait qu'il avait parcouru la moitié de la distance jusqu'à l'avant. Le couloir dans lequel il avançait était plus large que les autres et il donnait sur des pièces, ou plus exactement, des compartiments. Il leur jeta un bref coup d'œil en passant. La plupart étaient assez grands pour servir de chambre à un membre d'équipage, et, en effet, quelques-uns étaient équipés d'un lit de camp et d'autres équipements pliables. Mais là non plus, rien ne paraissait avoir été utilisé. Il passa devant quelques pièces plus grandes, une salle à manger, un salon, une infirmerie dont tout le matériel vert et chromé luisait, encore enveloppé dans du plastique, comme s'il avait été commandé dans un catalogue et installé la veille. Une salle de gym en apesanteur, une sorte de cinéma ou d'amphithéâtre. Encore des casiers et des renfoncements remplis d'équipement. Des combinaisons, de l'outillage conçu pour fonctionner dans le vide, des réserves médicales et de nourriture, et même deux doublures accrochées, prêtes à être mises en service. Elles semblaient vraiment modernes pour un vaisseau qui n'avait pas bougé depuis 2101.

*Y avait-il seulement des doublures à l'époque ?* se demanda Geoffrey.

Il continua. Autour de lui, le vaisseau soufflait, sifflait et cliquetait. Il faisait bien plus chaud désormais, presque trop, et Geoffrey commençait à transpirer dans les sous-vêtements de la combinaison. Il traversa deux salles couleur coquille d'œuf et meublées de capsules d'hibernation, des sarcophages aérodynamiques. Il s'agissait de modules Hitachi, couverts de logos médicaux et d'autocollants sur lesquels étaient dessinés des instructions et des avertissements. Il y en avait six.

Ce qui n'avait aucun sens.

La *Reine d'Hiver* avait fait de nombreux voyages avec un équipage normal, mais pour sa dernière mission, Eunice était seule à bord. Elle avait de bonnes raisons pour cela : l'automatisation et la fiabilité s'étaient améliorées au point que le vaisseau pouvait gérer lui-même ses sous-systèmes et réparer les dégâts, et elle ne voulait pas impliquer quiconque dans ce qui serait incontestablement une aventure risquée qui l'amènerait plus loin, et pour plus longtemps, que n'importe quelle autre expédition dans l'espace lointain.

Sans parler, évidemment, de sa réticence naturelle à partager le feu des projecteurs.

Mais la masse nécessitait du carburant, le carburant apportait de la vitesse, et la vitesse faisait gagner du temps. Eunice n'aurait jamais transporté le poids mort que représentaient cinq modules d'hibernation supplémentaires, avec leur mécanisme associé – plusieurs tonnes, estimait Geoffrey – si elle n'avait besoin que d'un, pour elle-même. La *Reine d'Hiver* avait été équipée et modifiée en fonction de chacun de ses voyages. Il n'y avait aucune raison pour qu'elle ait laissé toute cette masse à bord.

Geoffrey mit – pour l'instant – de côté ces questions et continua à suivre la longueur du vaisseau. Il traversa d'autres portes pressurisées et arriva au poste de pilotage. Il ne possédait pas de fenêtres et ressemblait plus au centre de commandement d'un cuirassé qu'au cockpit d'un avion. Les vitres ne servaient guère dans un vaisseau d'espace lointain comme celui-ci ; il pouvait se diriger et s'amarrer de façon autonome, et relayait les vues extérieures à son équipage par des écrans ou des chimères générées par aug.

L'appareil rêvait de lui-même. Des écrans et des relevés enveloppaient l'espace comme les facettes d'un œil de guêpe, vu de l'intérieur. Des lignes de données concernant l'intendance interne du vaisseau défilaient en texte vert et bleu, mises à jour trop rapidement pour être lues. Des diagrammes défilaient d'un écran à l'autre dans une incessante danse nerveuse, coupes transversales des réacteurs, cycles du flux de gestion du carburant. D'autres affichages offraient des zooms sur le système solaire à différentes échelles : des planètes et des lunes, leurs trajectoires autour du soleil, divers trajets et chemins d'interception que pouvait emprunter le vaisseau à cet instant, en fonction du carburant et des rapports entre énergie et temps. Des simulations et des projections tournaient en boucles névrotiques, avec seulement quelques minuscules variations à chaque passage, changeant et se renouvelant à un rythme effréné. Geoffrey pouvait tout voir dans sa totalité, mais aucun affichage ne restait en place assez longtemps pour qu'il en saisisse plus que quelques maigres détails. Mais une chose était sûre : le vaisseau pensait toujours être un vaisseau.

Il y avait trois sièges dans le poste de pilotage – d'encombrantes couchettes d'accélération, lourdes et dotées d'un haut dossier – et malgré tous les écrans qui attiraient son attention, il ne fallut pas plus de cinq ou dix secondes à Geoffrey pour remarquer qu'il n'était pas seul.

Dans le siège du milieu se trouvait Hector.

— Que fais-tu ici ? demanda-t-il. Où est Dos Santos ?

— Dos Santos a eu quelques problèmes en répondant à ton signal de détresse. Je suis ton seul espoir.

— Va-t'en, lui ordonna Hector.

Geoffrey se propulsa vers lui. Entre les écrans, des poignées et des cerceaux élastiques dépassaient des bandes de cloison capitonnées. Son pied frotta contre un des moniteurs qui se plia, absorbant la pression, avant de le repousser doucement.

— Que se passe-t-il ? demanda Geoffrey en se plaçant face à Hector. Pourquoi es-tu encore à bord ?

— Parce qu'il fallait que je sache, dit Hector. Parce qu'il fallait que je sache, putain. Pourquoi d'autre, sinon ? Qu'est-il arrivé à Dos Santos ? Que fais-*tu* ici, cousin ?

Les yeux de Geoffrey s'ajustèrent pour compenser la faible luminosité du poste de pilotage. Hector n'était pas seulement assis dans le siège de pilotage central. Il y était attaché, une lourde sangle en forme de X sur la poitrine et des liens apparemment solides autour des poignets et des chevilles. Comme Geoffrey, il ne portait que les sous-vêtements d'une combinaison.

— Je suis venu parce que je te croyais en danger, expliqua Geoffrey en essayant toujours de bien se positionner. La station a attaqué le *Kinyeti* : l'équipage est toujours vivant, mais le vaisseau n'est plus qu'une épave. Jumai et moi sommes ensuite montés à bord par l'autre port d'amarrage. Nous avons trouvé les quatre charges explosives que tu as laissées et nous nous sommes dit que tu avais emporté les autres. C'est le cas ? Tu les as armées ?

— Ce n'est plus un problème, maintenant. Il reste encore onze minutes aux minuteurs, si j'ai bien calculé.

Geoffrey secoua la tête.

— Comment ça, ce n'est plus un problème ? Dis-moi où sont les charges, que je les neutralise.

— Va-t'en. Il te reste encore quelques minutes.

— Tu viens de dire onze.

— Il s'agit d'un autre compte à rebours. (Hector hocha la tête, un des seuls mouvements qu'il pouvait effectuer tant il était attaché.) L'écran devant moi. C'est le seul qui n'a pas changé.

Geoffrey suivit son regard avec un étrange effroi. Il comprit ce que voulait dire Hector. Il y avait trois nombres à deux chiffres qui marquaient les heures, les minutes et les secondes. Les heures avaient atteint zéro et il restait quatre minutes et une poignée de secondes qui défilaient rapidement.

— Qu'est-ce que c'est que ce bordel ?

— Ça s'est déclenché quand j'ai atteint un certain stade dans le système de fichiers du vaisseau. Une procédure d'autodestruction, visiblement. (Hector semblait d'un calme fou et résigné, comme s'il avait eu des années pour accepter son sort.) Je ne peux pas quitter ce siège : il m'a bloqué. Mais tu as encore le temps. Tu n'as pas besoin de combinaison et l'ascenseur fonctionne encore. Il pourra te ramener jusqu'au sas. Utilise ma navette, j'imagine qu'elle est toujours amarrée.

Geoffrey était trop abasourdi pour répondre immédiatement.

— Les charges, dit-il lorsqu'il retrouva un semblant de calme. Dis-moi où elles sont.

— Tu n'as pas compris. Peu importe, maintenant. Tu dois partir.

— Tant que nous ne savons pas ce que signifie ce compte à rebours, je ne vais pas présumer quoi que ce soit. Où sont les explosifs ?

Hector poussa un grognement, comme si tout cela l'énervait au plus haut point.

— À l'arrière, près de la dernière cloison avant le bloc-moteur. Je n'ai pas pu m'en approcher davantage. Je me suis dit que ça suffirait.

— Je devrais peut-être essayer d'abord de te tirer de ce siège.

Hector roula des yeux.

— Avec toutes les pinces et les tenailles que tu as justement apportées ?

— Je dois bien pouvoir utiliser quelque chose qui se trouve dans le vaisseau.

— Bonne chance pour trouver… en moins de quatre minutes.

Geoffrey se propulsa pour s'éloigner. Il quitta le poste de pilotage et traversa le vaisseau en sens inverse aussi vite que ses membres le lui permettaient. Les portes s'ouvrirent pour lui, jusqu'à l'endroit où il était entré. À travers un petit hublot, il vit les bras centrifuges, qui tournaient encore. Hector était optimiste, pensa-t-il. Même en quatre minutes, il aurait été difficile d'atteindre l'espace et de se mettre à l'abri avant que le compte à rebours de la *Reine d'Hiver* n'atteigne le zéro. Il doutait même d'avoir le temps d'échapper aux charges explosives.

# Chapitre 33

Il s'enfonça plus avant dans le vaisseau, vers la zone de propulsion, et trouva enfin les explosifs. Il y en avait quatre, accrochés avec des sangles sur le mur juste avant la coque. Il en prit un et examina le déclencheur. Il était réglé sur quatre-vingt-dix minutes, mais on ne pouvait pas déterminer le temps qui restait.

Geoffrey tourna le cadran pour le placer en mode sûreté, il sentit un cliquetis et baissa l'interrupteur d'armement. Il fit de même avec les trois autres puis ouvrit la fermeture éclair de son sous-vêtement pour placer les charges contre son torse, métal contre peau. Il la referma ensuite, du mieux possible. Hector avait sans doute fait de même pour monter les bombes à bord.

Geoffrey retourna au poste de pilotage. Il transpirait toujours, et avait du mal à reprendre son souffle.

— Combien de temps reste-t-il ?

— Je t'ai dit de partir ! cria Hector. Il reste moins d'une minute !

L'horloge confirma qu'il n'y avait plus que quarante secondes, trente-neuf, trente-huit…

— J'ai désarmé les explosifs.

— Tu veux quoi ? Une médaille ?

— Je me disais que tu aurais aimé le savoir.

— Tu aurais dû partir, cousin. (Hector n'avait plus envie de se battre.) C'est trop tard, maintenant.

Geoffrey sortit les charges de son vêtement et les rangea dans un sac à lanières en nylon, accroché au mur, près de l'entrée. Puis il referma sa fermeture éclair et s'assit dans le siège à la gauche d'Hector.

— Que fais-tu ? lui demanda son cousin.

— Le vaisseau te voulait dans ce fauteuil pour une bonne raison. Si Eunice n'avait cherché qu'à te tuer et à faire exploser le vaisseau, elle aurait pu le faire sans tout ce mélodrame.

Geoffrey s'attacha, ajusta les sangles autour de sa poitrine, puis plaça les mains sur les accoudoirs. Des liens jaillirent pour les lui maintenir en place, exactement comme avec Hector. Il sentit une petite et brève piqûre dans chaque poignet. On lui prenait un échantillon, on goûtait son sang.

Il ne restait plus que quinze secondes sur l'horloge. Il regarda le dernier chiffre arriver à zéro.

— Tu n'étais pas obligé de revenir pour moi, dit Hector.

— Qu'aurais-tu fait si la situation avait été inversée ?

— Je ne sais pas trop.

Geoffrey entendit un rythme militaire sur une sorte de tambour lointain. Il jeta un coup d'œil à son cousin.

— On dirait des explosions.

— Mais nous sommes toujours là. Si le réacteur nucléaire devait exploser… je crois que nous serions déjà au courant. (Hector regarda Geoffrey pour en avoir confirmation.) Pas vrai ?

— Je suis biologiste, pas concepteur de vaisseau. (Il se tut un instant.) Mais je crois que tu as raison.

Les détonations continuaient. Il entendit d'abord leur bruit puis, à travers son siège, sentit une sorte d'onde de choc se propager à chaque explosion. Mais l'appareil ne lui semblait pas sur le point d'être anéanti.

Geoffrey regarda autour de lui. La danse des affichages s'était calmée. Devant lui flottait le plan du vaisseau tout entier, une vue de coupe avec des blocs colorés et des lignes en mouvement qui montraient les flux de circulation du carburant et du liquide de refroidissement. La plus grande part de l'activité semblait se concentrer sur le bloc de propulsion. Sur d'autres écrans, les simulations de trajectoires se stabilisaient sur une seule possibilité. Il vit leur trajet futur décrire un arc pour s'écarter de l'orbite lunaire, du système Terre-Lune, et se jeter, comme envoyé par un lance-pierre, loin de l'écliptique.

— Nous nous préparons à partir, dit Geoffrey, ne sachant pas trop s'il devait se réjouir ou être terrifié à cette idée. La *Reine d'Hiver* démarre. Ces explosions… Je crois que c'est la station qui se démantèle autour de nous. Elle libère le vaisseau.

— Il faut que je te dise, lui annonça Hector. Ce n'est pas la *Reine d'Hiver*.

Les explosions avaient doublé, en intensité et en fréquence, et évoquaient désormais des tirs de canon. Huit gros chocs ébranlèrent fortement le vaisseau, et huit autres quelques secondes plus tard. Une des fusillades provenait de l'avant, l'autre de l'arrière. Sur l'un des plans, Geoffrey remarqua que l'aérofrein et le bouclier de propulsion étaient décrochés de leur point d'ancrage aux deux extrémités de l'habitat. Le vaisseau flottait, enveloppé dans les restes du Palais d'Hiver.

Il sentit un poids. Son siège poussait contre son dos. Au moins un demi-*g*, estima-t-il, peut-être davantage. Des cliquetis et de gros fracas résonnèrent dans le vaisseau. L'appareil s'élança vers l'avant, commença à accélérer. Les pistons blindés de son aérofrein supporteraient le gros de l'impact s'il touchait les restes de l'habitat.

— Si ce n'est pas la *Reine d'Hiver*..., dit-il sans terminer sa phrase.

— Quand j'ai placé les charges, expliqua Hector en grimaçant sous la pression croissante de l'accélération, j'avais déjà vu l'état du vaisseau et du reste de l'habitat. Tu crois que je ne me posais pas des questions ? (Il serra les poings, les poignets toujours coincés par les sangles.) Il fallait que je sache, Geoffrey. Il me restait encore le temps de chercher dans le système du navire. Et si je tombais sur une option d'autodestruction, je n'aurais plus à m'inquiéter du fonctionnement des explosifs. Je suis donc venu m'asseoir dans ce siège, ne comptant rester que quelques minutes.

— Et le fauteuil t'a emprisonné.

— Non... J'ai donné mon accord, dit-il avec un sourire triste. J'ai eu aussitôt accès aux fichiers les plus visibles. C'est un vieux système, mais il est assez facile d'y naviguer. Au début, il m'a laissé l'accès.

— Puis ?

— Je suis arrivé à un point où il ne me laissait plus passer. L'historique détaillé de sa construction, journaux de bord... tout était bloqué. Pas le temps de chercher une alternative. Mais le vaisseau m'a dit que je pouvais avoir accès à tout ce que je voulais si je lui prouvais que j'étais bien un Akinya. Je n'ai pas réfléchi. Ça me paraissait logique que le navire veuille s'assurer que j'étais de la famille avant de me révéler ses secrets les plus cachés.

— Tu as donc laissé les liens se refermer sur toi.

— J'ai dû d'abord m'attacher : le système de test sanguin ne fonctionnait pas tant que je n'étais pas sanglé. C'était idiot... mais je n'ai pas eu le temps d'envisager les différentes options. Je voulais vraiment savoir. Et je me suis dit que le vaisseau prendrait un échantillon puis me relâcherait.

L'accélération augmentait continuellement depuis leur départ, et cela faisait longtemps que Geoffrey n'avait pas senti le vaisseau heurter quoi que ce soit. Ils avaient déjà dû laisser loin derrière eux ce qui restait du Palais d'Hiver. Il espérait que Jumai s'était mise à l'abri, et que les Pans avaient pu larguer leur vaisseau à temps.

— Comment as-tu appelé à l'aide ?

— J'avais encore une connexion avec ma combinaison et elle pouvait toujours envoyer un signal au *Kinyeti*.

— Tu n'as pas raconté grand-chose à Dos Santos.

— Seulement ce qu'il avait besoin de savoir. Je savais qu'il viendrait aussi vite que possible. Il restait encore du temps pour me sortir de là.

— Une fois que le vaisseau t'a eu pris un échantillon sanguin… a-t-il tenu parole ?

— Oui, dit Hector. C'est ainsi que j'ai découvert qu'il ne s'agissait pas de la *Reine d'Hiver*. C'est… autre chose. J'ai trouvé l'historique de sa construction. Ce vaisseau a soixante-deux ans. Il a été construit en 2100, quand Eunice effectuait sa dernière mission. La *Reine d'Hiver* avait bien vingt ans de plus que lui.

Geoffrey hocha la tête. Il pensait avoir compris l'erreur d'Hector.

— Il s'est passé quelque chose là-bas, c'est tout. Ses journaux de bord précédents ont été effacés, je ne sais comment, et tout a redémarré de zéro.

Hector poussa un soupir.

— Tous les fichiers correspondent. Rien n'a été effacé ou perdu. Ce vaisseau n'a fait qu'un voyage. Il a été construit dans l'espace lointain, et il est revenu en orbite lunaire où il est resté depuis. Flambant neuf.

— Comment ça, construit dans l'espace lointain ?

— Si les fichiers ne mentent pas… ce vaisseau a été fabriqué sur un des objets de la ceinture de Kuiper. Une comète dormante, en orbite au-delà de Neptune.

— Avec de la glace, on fabrique des igloos, Hector, pas des vaisseaux. Voilà au moins un truc que je sais.

— Je comprends que ça puisse être douloureux pour toi, Geoffrey, de découvrir ce que ta propre famille a fait au cours des cent dernières années. Évidemment, on ne peut rien fabriquer à partir de glace et de poussière : ce n'est pas pour ça que nous sommes allés jusqu'à la ceinture de Kuiper, ni pour ça que nous avons dépensé une fortune à planter des drapeaux sur tout ce qui était plus gros qu'une pomme de terre. Nous avons foré ces astéroïdes de glace pour récupérer de l'eau, des produits chimiques volatiles, des hydrocarbures. Nous avons envoyé des robots et des matériaux bruts et ils ont construit des mines et des sites de raffinage, puis nous avons emballé les matériaux traités pour les renvoyer jusqu'à nous sur les trajectoires les moins coûteuses en énergie. Les robots et les matériaux bruts venaient de nos usines sur les astéroïdes de classe M. de la ceinture principale où se trouvent les métaux. C'est une chaîne d'approvisionnement. Tu arrives à saisir, ça ?

— Tu ne m'as toujours pas dit comment un vaisseau pouvait provenir d'une comète.

— Il y a des métaux et des usines d'assemblage dans la ceinture de Kuiper. Nous les y avons installés, pour extraire les produits volatiles. Des milliers de tonnes de machines complexes et autoréparatrices, entretenues par des appareils de Plexus qui représentent encore plus de tonnage. Et cette infrastructure était déjà prête en 2100, et nous rapportait déjà de l'argent.

— Tu m'expliques que tout ça a pu être réaffecté à la construction d'un vaisseau ?

— Je dis seulement que c'est possible. Peut-être illégal – il a bien dû y avoir des vols de brevets, sauf si nos sous-traitants étaient, j'ignore comment, au courant – mais c'était possible. Si Eunice avait voulu construire une copie de son vaisseau, elle en avait les moyens. Elle n'avait besoin que des matériaux bruts et de temps.

Geoffrey ferma les yeux. Pas seulement à cause de l'accroissement de la pesanteur. Il devait réfléchir. S'ils étaient en propulsion VASIMR, le réacteur nucléaire était sans doute poussé à fond. Il se rappelait avec quelle quiétude le rapide de Sunday avait paru s'éloigner.

— Et de discrétion, dit-il.

— Elle l'avait. La ceinture de Kuiper est très éloignée et personne ne vivait à proximité.

— Tu as une idée de l'endroit où nous allons ?

Hector regarda l'écran qui affichait la trajectoire, mais il avait apparemment déjà plus ou moins compris.

— Si l'on se fie à ça, un long trajet nous attend.

— Jusqu'au point de départ du vaisseau, tu crois ?

— Si je pouvais me défaire de ces liens, je pourrais peut-être demander à l'appareil.

Geoffrey lutta contre ses propres sangles, mais elles le tenaient bien serré.

— Nous sommes hors de danger, maintenant, dit-il en pensant tout haut. Le vaisseau voulait s'assurer que l'un d'entre nous, ou nous deux, appartenions à la famille et il devait donc tester notre sang. Il voulait aussi sans doute nous protéger durant la phase de libération. Mais c'est terminé, alors pourquoi nous garder ainsi ?

— C'est une vraie question, cousin ?

— Relâche-moi, dit Geoffrey.

Les liens à ses poignets et à ses chevilles se rétractèrent. Il était toujours sanglé au siège et tant que le vaisseau accélérait, mieux valait sans doute le rester, mais il n'était plus prisonnier.

— Il suffit de demander poliment.

Hector ferma de nouveau le poing et tenta une dernière fois de se libérer par la force avant de dire :

— Relâche-moi.

Le vaisseau obéit. Hector étira ses bras, et les tendit loin de son corps, malgré l'accélération. Geoffrey se rappela que son cousin était resté sur ce siège bien plus longtemps que lui, persuadé, quasiment depuis le début, qu'il allait mourir. Pour la première fois depuis extrêmement longtemps, il ressentit une légère pointe d'empathie à son égard.

Ils étaient de la même famille, après tout.

— Je crois qu'il faut maintenant lui dire de s'arrêter et de nous laisser sortir.

Hector se pencha en avant.

— Ici Hector Akinya. Demande d'autorisation de commandement.

— Bienvenue, Hector Akinya, dit le vaisseau en parlant avec une voix que Geoffrey reconnut : celle de Memphis, ou une qui lui ressemblait énormément. Bienvenue Geoffrey Akinya.

— Arrête les moteurs, dit Hector avec la sévérité d'une personne habituée à ce qu'on lui obéisse. Tout de suite. Retourne en orbite lunaire.

— Les commandes de propulsion et de navigation sont pour l'instant suspendues, Hector.

Geoffrey lui donna le même ordre, mais n'obtint qu'un refus semblable, poli, mais ferme. Entendre la voix de Memphis l'agaçait. On aurait dit que le vaisseau n'avait pas compris qu'imiter la voix d'un homme mort depuis peu était un grave manque de tact.

— Pendant combien de temps ? demanda-t-il, puis, sentant que l'appareil avait besoin de précision : pendant combien de temps les commandes de propulsion et de navigation seront-elles suspendues ?

— Pour la durée du voyage, Geoffrey.

Hector le regarda, partageant visiblement son profond malaise face à cette réponse.

— Donne-nous notre destination et la durée du voyage, dit-il.

— Notre destination est KBO 2071 NK indice 789, dit le vaisseau. Actif transneptunien d'Akinya Space 116 tiret 133, nom de code Cœur-de-Lion. Le voyage durera cinquante-deux jours.

Hector écouta puis secoua la tête.

— Quoi ? demanda Geoffrey, perdant patience. C'est le même endroit ou pas ?

— C'est l'endroit où le vaisseau a été fabriqué. Je me souviens du nom, Cœur-de-Lion. Mais c'est au-delà de Neptune, bon sang ! Je suis allé jusqu'à Saturne, cousin. Je sais le temps que ça prend et nous n'y arriverons pas en cinquante-deux jours.

Geoffrey ne put que hocher la tête. Il savait combien avait duré le trajet de Sunday en rapide jusqu'à Mars et la planète rouge n'était qu'à un jet de pierre, en comparaison de l'orbite de Neptune.

— La mission d'Eunice aux confins du système a duré bien plus de cent jours, même en tenant compte du retour.

— Plus d'un an. Alors, soit le vaisseau nous ment, sans raison, soit...

Hector ne savait pas comment conclure sa phrase.

— Ou alors, nous sommes dans un vaisseau très rapide.

— Rien ne va si vite.

— Jusqu'à aujourd'hui, dit Geoffrey.

Derrière eux, les portes du poste de pilotage s'ouvrirent. Geoffrey se retourna dans son harnais pour tenter de voir derrière son siège. Son cœur manqua un battement lorsqu'il vit une doublure dans l'ouverture. C'était une des unités du bord qu'il avait vues plus tôt : une structure en forme d'homme construite à partir de tubes et d'articulations.

Elle portait un corps qu'il reconnut.

— Cette femme souffre d'une légère commotion cérébrale, mais en dehors de ça, elle est indemne, dit la doublure avec la voix du vaisseau. Dois-je l'emmener à l'infirmerie ?

Geoffrey se détacha. Ils accéléraient toujours, mais la poussée semblait s'être stabilisée autour d'un *g*. Il pouvait s'y déplacer sans difficulté, tant qu'il restait prudent.

— Oui, dit-il.

— Je croyais que tu étais seul.

— Je le croyais aussi.

Hector était en train de détacher son propre harnais lorsqu'arriva une demande de ching. Geoffrey voqua l'autorisation et plaça la tête et le haut du torse de Mira Gilbert au milieu du poste de pilotage. Il ajouta Hector à la conversation.

— Si personne n'est en train de s'amuser avec le signal que l'on reçoit, vous devez être en vie, dit la chimère de Mira. Nous tentons d'établir le contact depuis... eh bien, depuis ce qui vous est arrivé. Nous allons y venir. Mais d'abord, comment allez-vous ?

Geoffrey prit le temps de réfléchir, afin de répondre honnêtement à la question.

— Je vais bien… Pour le moment. En dehors de ça, tout est un peu confus. Je suis avec Hector, il va bien lui aussi. Puisque vous semblez vivante, j'imagine que Jumai vous a prévenue ?

— Jumai est allée jusqu'à un endroit où elle pouvait nous contacter. Elle nous a dit de partir immédiatement et de nous mettre à distance. Je lui ai dit que j'attendrais qu'elle soit dans le sas, mais elle a insisté pour retourner à l'intérieur.

— Je sais. Nous venons de la trouver.

— Comment va-t-elle ?

— Je crois qu'elle n'est parvenue à revenir à bord que peu avant le départ. Elle a dû se faire secouer, mais la doublure nous a dit qu'elle n'était pas grièvement blessée.

La chimère de Mira acquiesça.

— Bien. Question suivante. L'habitat a disparu. Vous l'aviez sans doute deviné seuls. Vous pouvez piloter la *Reine d'Hiver* ?

— Pas du tout, et, au fait, ce n'est pas la *Reine d'Hiver*. C'est un autre vaisseau qu'Eunice a envoyé à sa place. Semblable, mais pas identique. Et rien n'indique qu'Eunice soit jamais montée à bord du vaisseau et peut-être même allée dans le Palais d'Hiver.

Hector le mit en garde du regard.

— Tu as d'autres infos concernant la famille à révéler, cousin ?

— Ils en savent déjà bien plus que tu le voudrais : un peu plus ne fera pas de mal.

— Comment est-il possible qu'elle ne soit jamais allée dans l'habitat ? demanda Mira. Jumai nous a dit la même chose, mais nous n'avons pas eu le temps de creuser avant que le signal soit de nouveau coupé.

— Je l'ignore, répondit Geoffrey. Aucun d'entre nous n'avait de contact avec Eunice autrement que par ching… à part notre intendant Memphis.

— Très bien. Malgré l'importance de tout cela, il y a des choses plus urgentes. Vous avez dit que vous ne pouviez piloter le vaisseau : qu'avez-vous essayé ?

— Tout, dit Hector. Le plan de vol est entré et nous ne pouvons rien modifier.

— Nous vous avons localisés, mais nous ne connaissons pas encore votre destination. Où allez-vous ?

— D'après le vaisseau, expliqua Geoffrey, un astéroïde de glace dans la ceinture de Kuiper.

Mira semblait contrite.

— Vous ne sortirez pas de l'espace Terre-Lune à ce rythme. Vous êtes bien au-delà des limites opérationnelles de ce type de système de propulsion. C'est dangereux.

Hector parut sceptique.

— Vous vous en êtes rendu compte en quelques minutes seulement ?

— Vous brillez dans l'espace proche de la Lune comme une chandelle romaine. Vous devez trouver un moyen de contrer l'accélération, et vite. Dans le meilleur des cas, vous allez brûler tellement de carburant que vous n'aurez aucune chance de ralentir avant le nuage d'Oort.

— Le vaisseau n'est pas d'accord, expliqua Geoffrey.

— Vous allez devoir agir. Vous en êtes déjà arrivés au point où aucun vaisseau local n'a assez de delta-v pour vous rattraper – y compris le *Quaynor*, je le crains.

Geoffrey acquiesça, même si une meilleure compréhension de la situation ne l'aidait en rien à l'accepter.

— Je dois aller voir Jumai. Elle pourra peut-être nous aider.

— Nous allons suivre la suite des événements, dit l'aquatique. En attendant, bonne chance. J'allais vous souhaiter « bon vent », mais étant donné les circonstances… je vais m'abstenir.

# Chapitre 34

Se rendre à l'infirmerie s'était révélé plus difficile que Geoffrey l'avait prévu. Le couloir central était devenu un puits vertical et vertigineux que l'on ne pouvait monter ou descendre qu'en utilisant les échelles encastrées qu'il avait remarquées en arrivant. Il aurait voulu s'y rendre seul – et avait tenté de persuader Hector de rester au poste de pilotage pour suivre l'évolution de la situation – mais son cousin était bien déterminé à l'accompagner. Ils avaient réussi à s'aider des poignées et des prises pour descendre, mais ils y avaient passé du temps et avaient pris des risques.

La disposition des échelles avait tout de même un côté troublant. Celui ou celle qui les avait jugées nécessaires devait savoir que le vaisseau accélérerait fort. Et si l'on ajoutait à cela l'assurance avec laquelle le navire leur avait annoncé l'estimation de leur temps de trajet jusqu'à Cœur-de-Lion, il devenait difficile de croire que le moteur était défectueux.

Cela aurait dû encourager Geoffrey, mais ce n'était pas le cas. Il n'aimait pas l'idée d'être coincé dans un vaisseau qui allait déjà trop vite pour être intercepté.

—Je ne me rappelle pas ce qui s'est passé, dit Jumai lorsque la doublure l'eut réveillée et que l'appareil eut confirmé que ses blessures étaient superficielles, sans aucune séquelle consécutive à la commotion cérébrale. J'étais dehors… et je n'y suis plus.

—Tu te rappelles la *Reine d'Hiver*? demanda-t-il.

Elle réfléchit un instant avant de répondre.

—Dans l'habitat, oui.

—Tu es à son bord, expliqua Geoffrey, avant d'ajouter: en quelque sorte.

—Nous sommes prisonniers, dit Hector sur un ton sérieux. Le vaisseau nous empêche de le piloter et nous accélérons depuis que nous sommes sortis du Palais d'Hiver. Mais ce n'est pas le vieux vaisseau d'Eunice et nous ne savons pas vraiment où il nous emmène.

—Nous avons trouvé ta combinaison, dit Jumai.

Hector acquiesça.

—Geoffrey m'a dit que vous étiez venus tous les deux me chercher. Tu étais censée quitter la station et retourner à l'abri avant que les charges explosent. Tu te souviens des charges ?

Elle répondit à sa question par une autre :

—Que sont-elles devenues ?

—Je les ai désamorcées, dit Geoffrey. Mais elles étaient le cadet de nos soucis, au final. La station s'était déjà lancée dans un compte à rebours d'autodestruction. Elle a dû être construite ainsi, il y a toutes ces années : conçues pour se désagréger afin que le vaisseau puisse en sortir sans s'abîmer.

—Tu as bien dit qu'il ne s'agissait pas de la *Reine d'Hiver* ?

Une ride apparut au-dessus de son nez, comme si elle fronçait les sourcils, avait la migraine, ou les deux.

—Il lui ressemble, dit Geoffrey, mais il est plus récent et a été construit aux confins du système solaire. Et il… fait des choses. Des trucs que les vaisseaux ne font pas, en général, d'après ce que je sais.

—Ta grand-mère était vraiment quelqu'un, tu en es conscient ?

Geoffrey parvint à lui adresser un sourire sinistre.

—J'ai fini par arriver à la même conclusion.

—Le vaisseau accélère trop, dit Hector. C'est ce que ceux qui ne sont pas à l'intérieur pensent, en tout cas. Mais nous sommes vivants et l'appareil semble avoir été conçu pour supporter ce genre de chose.

—Tu crois qu'Eunice l'a amélioré ?

—Dans ce cas, elle n'a pas lésiné, dit Geoffrey. Si le vaisseau ne ment pas, il se dirige vers un astéroïde de glace dans la ceinture de Kuiper. C'est une propriété Akinya, très éloignée. D'après l'appareil, nous y serons dans cinquante-deux jours, ce qui n'est rien.

—Ah bon ! tu trouves ? Ça représente, quoi, deux mois ?

—Ça devrait être un peu plus long, lui dit Hector. Nos meilleurs rapides – les plus chers – ne dépassent pas deux cents kilomètres à la seconde, et la plupart ne s'en approchent pas. Nous devrions aller cinq fois plus vite.

—C'est impossible, dit Geoffrey.

—Mille kilomètres par seconde, dit Hector. Ou un tiers d'un pour cent de la vitesse de la lumière. Dit comme ça, ça ne semble pas très rapide, et en réalité, ça ne l'est pas. Mais si ce vaisseau continue sur sa lancée, nous irons bientôt tous les trois plus vite que quiconque n'est allé dans toute l'histoire de l'humanité.

—Eh ben putain ! dit Jumai, c'était vraiment pas ce que j'avais prévu en me levant ce matin.

—Je crois que nous pouvons tous les trois dire ça, ajouta Hector.

—Tu n'aurais pas dû revenir nous chercher, dit Geoffrey. Tu aurais pu partir.

—Et toi aussi, dit Hector. Pourquoi en vouloir à Jumai d'avoir fait exactement comme toi ?

—Je voulais sauver la station, expliqua Geoffrey. Je n'avais que de maigres chances de m'en sortir à temps.

—Une partie de toi a tout de même voulu tenter le coup. À cause de l'instinct de survie, cousin. Et pourtant tu es revenu et tu es resté avec moi jusqu'à la fin du compte à rebours du vaisseau. (Hector détourna la tête puis s'efforça de regarder Geoffrey dans les yeux. Il resta ainsi, à remuer le menton, le temps de chercher les mots qui convenaient.) Après tout ce qui s'est passé entre nous, après ce que tu as cru que nous avions fait à Memphis, je ne m'y attendais pas.

—Il fallait que je sache à quoi servait ce vaisseau, dit Geoffrey.

—Oui, sans doute, dit Jumai. Mais tu n'as quand même pas pu abandonner ton cousin.

—Si Lucas et moi t'avons fait du tort, dit tout bas Hector, ce n'était que pour le bien de la famille. T'aurions-nous impliqué si ça n'avait pas été le cas ?

—Vous avez déclenché quelque chose à quoi vous ne vous attendiez pas, fit observer Geoffrey.

—C'est vrai.

—Il y a sans doute eu un moment où nous aurions pu garder tout ça secret. Mais après ce que nous venons de voir – le Palais d'Hiver, ce vaisseau – je ne crois pas que nous puissions revenir en arrière. Même si nous le voulions.

—Un tas de capteurs publics ont sans doute dû voir la destruction de l'habitat, dit Hector. Tout le monde saura bientôt ce qu'il y avait à l'intérieur, si ce n'est pas déjà le cas.

—Tu te résignes donc au fait que la vérité soit connue ?

Hector éclata d'un petit rire forcé.

—Comme si nous avions le choix.

Geoffrey se tourna vers Jumai.

—Je ne peux pas dire que je sois ravi que tu aies choisi de revenir dans l'appareil. Mais en même temps, je suis content que tu sois là. Ça te paraît sensé ?

— Peut-être que ça le deviendra lorsque j'aurai repris tous mes esprits, répondit-elle.

Lorsque Jumai fut suffisamment remise pour être déplacée, ils demandèrent à la doublure de la ramener au poste de pilotage tandis que Geoffrey et Hector empruntaient les échelles. Ils étaient partis depuis plus de trois heures, et l'implacable accélération les avait déjà emmenés aussi loin de la Lune qu'elle l'était de la Terre. Sur un des écrans de visualisation, elle paraissait déjà plus petite que lorsqu'on la regardait depuis l'Afrique. C'est cela qui frappa Geoffrey de la façon la plus viscérale.

Il ne s'agissait plus de chiffres ; il pouvait s'en rendre compte de ses propres yeux et le sentir, au plus profond de ses entrailles. Personne n'avait besoin de lui expliquer qu'ils étaient partis pour un long voyage.

Jumai avait passé la plus grande partie de l'heure écoulée assise dans le siège le plus à droite, à tenter de trouver un moyen de débloquer les commandes du vaisseau. Elle ne pouvait donner aucun ordre au système directement, puisque le fauteuil ne la reconnaissait pas comme une Akinya. Mais cela ne l'empêchait pas de diriger Hector et Geoffrey.

Sans succès. Le blocage était hermétique et les contournements habituels ne fonctionnaient pas.

— Je ne dis pas qu'on ne peut pas le forcer, dit Jumai après l'échec de sa dernière tentative, mais il faudrait quelqu'un de plus intelligent que moi pour y parvenir. Et il faudrait qu'il soit déjà sur le vaisseau.

— C'est peut-être impossible, dit Hector. Tout a été extrêmement bien prévu. Notre grand-mère n'était pas du genre à lésiner sur les détails.

— Sauf sur ceux qu'elle voulait que nous trouvions, dit Geoffrey.

— Cet appareil a été préparé pour nous, poursuivit Hector. Il attendait qu'un Akinya monte à bord et avait une destination en tête. Je ne crois pas que ces modules d'hibernation aient été installés par hasard.

— Pourquoi six ? demanda Geoffrey.

— Eunice n'a pas pris de risques. Il ne fallait qu'une personne dans le vaisseau pour déclencher le compte à rebours, mais il restait la possibilité que d'autres soient à bord à ce moment-là. Il se trouve qu'il s'agit de nous trois. Mais vous avez vu les provisions. Même si nous étions plus de six, je crois que l'appareil pourrait maintenir quelques personnes de plus en vie pendant cinquante-deux jours.

— Et le retour, dit Geoffrey. Ne l'oublions pas.

— Espérons que nous renvoyer chez nous faisait partie du plan, dit Hector.

Lorsque Mira Gilbert chingua de nouveau, elle leur montra une image de leur propre vaisseau, prise par des capteurs publics tandis qu'il quittait l'espace lunaire. Geoffrey comprit alors l'inquiétude dont elle leur avait fait part au sujet du moteur. Il n'y avait rien eu d'aussi brillant depuis l'époque des fusées chimiques. Sauf que leur vaisseau pouvait maintenir sa poussée pendant des heures, pas seulement quelques minutes. On ne voyait pas le moindre signe que la flamme du propulseur était sur le point de s'éteindre, et des témoins sceptiques commençaient même à se dire que le moteur ne courait pas le risque d'une destruction imminente comme ils l'avaient d'abord pensé. Et au contraire, une partie de son instabilité initiale se calmait.

L'appareil était sorti du Palais d'Hiver quasiment intact. L'aérofrein avait servi de bélier pour repousser la plupart des débris. Les bras centrifuges avaient décéléré et s'étaient repliés dans leur position de repos, le long de la coque, comme des pattes de sauterelle.

— Ça ne va pas vous réconforter, dit Mira, mais vous faites la une des infos de tout le système solaire intérieur. Et le reste des mondes sera au courant dès que la lumière aura eu le temps d'atteindre Saturne.

— En quoi ça nous aide ? demanda Geoffrey.

— En rien. Je vous avais prévenus que vous étiez déjà hors de portée du trafic local. Même en envisageant des appareils plus véloces, ça ne change rien. Il y a bien deux rapides, en approche vers la Terre, qui pourraient aller aussi vite que vous en cet instant même, s'ils se détournaient sur-le-champ, mais ils tomberaient en panne de carburant avant de vous atteindre. Ça ne vous aiderait en rien.

— Personne ne doit prendre de risques pour nous, dit Geoffrey.

— Je suis d'accord, ajouta Hector. Et je parle en tant que représentant d'Akinya Space.

— Lorsque nous aurons confirmation de votre destination, dit Mira, nous pourrons envisager d'envoyer des secours. Mais vous allez devoir patienter longtemps avant que quelqu'un arrive.

— Le vaisseau semble avoir tout le nécessaire pour nous maintenir en vie, répondit Hector. Nous nous renseignerons sur l'astéroïde lorsque nous y arriverons. C'est un complexe minier, il doit donc y avoir des équipements de survie pour les techniciens qui viennent l'inspecter.

Mais Hector n'en paraissait pas si sûr. À ce stade, Geoffrey ne pouvait lui en vouloir d'avoir quelques doutes.

— Nous sommes obligés de faire confiance au vaisseau, dit-il. Nous devrons bientôt entrer en hibernation ; inutile de rester éveillés si nous ne pouvons rien faire. Nous avons des amis et de la famille quelque part dans le système solaire. Je pense que nous aimerions tous faire une déclaration avant de nous endormir. Nous n'avons toujours pas de couverture aug complète et ça risque de ne jamais arriver. Nous allons avoir besoin de vous pour relayer nos messages.

— Je m'assurerai qu'ils arrivent à leurs destinataires, dit Mira. Vous avez ma parole.

Au final, il n'y avait pas grand-chose à dire. Ils enregistrèrent leurs déclarations en privé, les confièrent aux bons soins des Pans, puis retournèrent au poste de pilotage. Jumai fit une dernière tentative pour casser le verrouillage des systèmes, mais n'arriva à rien.

— Celui ou celle qui a conçu ça, dit-elle en désignant les écrans et les commandes, ne l'a pas fait en cinq minutes. Dès le départ, ce vaisseau a été construit pour ne pas accepter des commandes externes, à moins qu'il l'autorise. Honnêtement, si je ne jouais pas ma vie, je serais impressionnée. Mais là, j'étranglerais avec plaisir celui qui a bâti cette architecture.

— C'est un peu tard pour ça, dit Hector.

Geoffrey repensait à son message adressé à Sunday, et se demandait s'il fallait le corriger. Il ne voulait surtout pas la mettre un peu plus dans l'embarras, mais il lui avait tout de même fait la requête de trouver quelqu'un qui pourrait s'occuper des éléphants – ou tout au moins les surveiller – jusqu'à son retour. Il n'était pas allé jusqu'à partager sa propre crainte de ne pas revenir. Il espérait simplement que tout allait bien pour elle sur Mars. Il aurait été soulagé d'en avoir la confirmation avant de s'endormir.

— Je crois savoir à quoi tu penses, dit Hector un peu plus tard.

— Quoi ? demanda Geoffrey.

— Tu aurais aimé pouvoir parler une dernière fois à Memphis avant sa mort. Tu vas peut-être avoir du mal à le croire, mais moi aussi. Je ne l'ai pas tué, Geoffrey. Et Lucas non plus.

Son cousin détourna les yeux un instant.

— Je sais. Ce n'était qu'un accident idiot, comme vous l'avez dit.

Hector parut surpris, comme s'il s'attendait à tout, sauf à cette réponse.

— Tu étais tellement persuadé que c'était nous. Qu'est-ce qui t'a fait changer d'avis ? Tu as retracé nos mouvements, étudié les données des capteurs publics ?

— C'était inutile. J'avais le choix, lorsque je suis monté à bord du Palais d'Hiver et que j'ai trouvé ta combinaison. À ce stade, une partie de moi croyait encore que Lucas et toi étiez derrière tout ça.

— On ne peut pas t'en vouloir de t'être mis en colère. Tu étais proche de lui.

— Une autre partie de moi savait que c'était impossible. Nous sommes de la même famille, après tout. Nous n'avons peut-être pas la même façon de vivre, mais ça ne fait pas de nous des ennemis implacables. Ça ne devrait pas, en tout cas. Et nous avons tous reçu les améliorations. Pourquoi Lucas ou toi pourriez être capables de commettre un meurtre prémédité et pas moi ?

— Il y en a toujours qui passent entre les mailles du filet. Ce n'était pas une éventualité si folle. Quand tu as essayé de me frapper… tu voulais me faire mal, non ?

Le souvenir de cet instant, la rage sanglante, la riposte du Méca, restaient douloureux.

— J'ai honte de ce que j'ai fait.

— Aucun de nous ne s'est montré sous son meilleur jour, dit Hector. Lucas et moi… nous n'aurions pas dû t'approcher ainsi. Nous aurions tout simplement dû *demander* ton aide, plutôt que de te proposer de l'argent. Plutôt que de te soudoyer. Une confiance mutuelle aurait alors pu s'établir entre nous. Mais malheureusement, nous envisageons toujours les choses sous l'angle commercial.

— C'est du passé.

— Je suis tout de même ravi que tu sois revenu pour moi, dit Hector. J'aurais peut-être fait la même chose pour toi. L'important, c'est que lorsque le moment s'est présenté, tu as relevé le défi. Je n'ai toujours pas été testé.

Il se tut un instant et sourit légèrement.

— Je ne crois pas que nous serons un jour amis, reprit-il, au sens propre du terme, mais si nous parvenions, je ne sais comment, à ne pas nous mépriser, ça serait déjà bien. En souvenir du vieux, au moins. Memphis avait toujours rêvé que nous puissions tous nous entendre.

— J'ai encore du mal à croire qu'il n'est plus là, dit Geoffrey.

— Il va nous falloir du temps pour nous habituer. Lorsque ce sera terminé, il faudra se débrouiller pour lui rendre hommage. Tous ensemble, du mieux possible.

— Je suis d'accord, dit Geoffrey.

Hector lui tendit la main. Geoffrey la regarda et laissa s'éterniser l'instant. Il ne voulait pas donner l'impression qu'il s'agissait d'une réconciliation facile, désinvolte, ou qu'il avait désormais une confiance absolue en lui. Mais Hector avait raison. Il fallait bien s'y mettre, alors autant le faire maintenant. Après tout, ils n'auraient peut-être pas d'autre occasion.

Il lui serra la main.

# Chapitre 35

C'était le matin du 19 mars, le début d'une journée de printemps dans l'hémisphère nord de Mars, avec son ciel aussi clair et rose que du plasma en bouteille. Soya avait ramené Sunday et Jitendra à Vishniac, traversant l'Évolvarium de nuit, dans une Jeep à quatre roues et au cockpit pressurisé en forme de bulle. Ils étaient sortis du ventre de l'Agrégat par une rampe d'acier qui s'était repliée dans la machine dès qu'ils avaient touché le sol. Jonathan leur avait dit que le voyage n'était pas dangereux, que les autres machines resteraient à distance – aucune ne voulait provoquer l'Agrégat – mais Sunday perçut tout de même une légère tension chez Soya tout au long du trajet, cahoteux et sinueux, dans les hautes plaines interminables du dôme de Tharsis. De temps en temps, elle se mordait la lèvre inférieure, resserrait les mains sur les commandes, jetait un regard nerveux aux radars et aux sonars, ou bien observait l'horizon à la recherche d'éclairs auroraux qui marquaient les combats à mort entre machines plus petites. Soya ne se détendit que lorsqu'ils eurent traversé la frontière marquée par des transpondeurs et franchi la limite technique de l'Évolvarium depuis de nombreux kilomètres. Et même alors, elle resta tout de même un peu nerveuse, sur le qui-vive. Soya n'était plus menacée par les machines, mais elle voulait tout de même passer inaperçue.

Ils n'avaient quitté Vishniac que depuis deux jours, mais Sunday avait l'impression que cela faisait des semaines. Et le petit hameau, transpercé par sa ligne de chemin de fer, si sombre et si peu avenant à son arrivée, lui parut désormais magnifique.

Soya gara la Jeep dans le parking souterrain où stationnait précédemment le camion de Gribelin.

—Je dois repartir, dit-elle tandis que Jitendra et Sunday prenaient leurs affaires. J'ai des choses à faire pour mon père.

— Laisse-nous au moins t'offrir un café, dit Sunday.

Soya rechigna, mais Sunday insista et ils se retrouvèrent dans l'ascenseur qui remontait jusqu'aux niveaux publics. Dans la lumière ingrate de la cabine, Soya paraissait plus âgée qu'auparavant. Sunday commença à comprendre les effets qu'une vie dans l'ombre avait eus sur elle. Puis elle vit son propre reflet et ne le trouva guère mieux. Leurs gènes n'étaient pas si différents, se dit-elle. Toutes les deux paraissaient avoir besoin de quelques jours de repos.

Ils retrouvèrent la cafétéria où Gribelin les avait attendus. Pendant que Jitendra commandait au bar, Sunday prit la main de Soya.

— Je suis ravie que nous ayons eu l'occasion de nous rencontrer. Rien ne sera plus comme avant, désormais. Je saurai que tu es là.

— J'imagine que nous sommes cousines, dit Soya.

— Quelque chose comme ça. Quoi que nous soyons, je suis contente d'avoir trouvé ici quelqu'un dont je ne connaissais pas l'existence. Pas seulement parce que tu as un lien direct avec mon grand-père, même si ça joue, mais simplement parce que... (Sunday hésita.) Je crois que nous manquons toutes les deux d'amies, non ? Et j'étais sérieuse, quand j'ai parlé de revenir.

*Même si c'est plus facile à dire qu'à faire*, pensa-t-elle. Elle ne pouvait plus compter sur les Pans pour la financer, désormais.

— J'aimerais voyager. Mais cela pose un problème. Mon passé n'est qu'une fiction. Il me suffit pour me balader sur Mars, mais je ne pourrai jamais quitter la planète.

— Que pourrait-il arriver ? Qu'ils découvrent qui tu es vraiment ? Tu n'as rien fait de mal, Soya, à part mentir pour protéger Jonathan. Et tout le monde aurait fait la même chose. Visiblement, c'est un homme bon.

— Si l'on découvre qui je suis, ce qu'il est devenu sera aussitôt public, expliqua Soya.

— Le temps est peut-être venu. Aucune règle ne l'oblige à se cacher pour le restant de ses jours, non ?

— Je crois qu'il préfère ça. Avoir échappé à l'Histoire, comme un chapitre effacé.

— D'accord, c'est son choix. Mais tu n'es pas obligée de sacrifier ta vie entière pour le servir, non ? Tu en as déjà assez fait.

— Je ne suis pas si vieille, dit Soya. Il me reste encore beaucoup de temps.

Et elle parlait clairement de temps sans son père, ce qui était vrai, même si Sunday avait pris bien soin de ne pas le formuler ainsi.

— Comme je te l'ai dit, je suis ravie de t'avoir rencontrée.

Soya sembla alors parvenue à une décision intime. Elle passa les bras autour du cou, ouvrit un fermoir caché et ôta une de ses amulettes en bois.

— C'est pour toi, Sunday. Mon père me l'a donnée. Elle appartenait à Eunice. C'était un cadeau de sa mère, Soya. Elle lui avait dit qu'elle était vieille, déjà à l'époque. Je crois qu'elle date vraiment.

— Je ne peux pas accepter.

— Mais si. (Soya déplia les doigts de Sunday et lui posa l'amulette dans la paume.) Tu n'as pas le choix. C'est ainsi.

Sunday examina le cadeau. C'était un talisman rond, attaché par une simple lanière de cuir, entourant une forme plus complexe sur laquelle on avait gravé et peint des motifs géométriques. Elle referma ses doigts autour de l'objet et imagina sa grand-mère exécutant le même geste, puis la mère d'Eunice avant elle, une lignée de mains qui se ferment, reliées par cet instant comme si le temps était aussi fin qu'une membrane que l'on pouvait facilement traverser.

— Merci, dit-elle doucement.

Jitendra revint avec, sur un plateau, trois tasses de café fumant. Sunday se demanda si elle devait lui montrer le cadeau – ou garder ce secret entre elle et Soya – lorsque, sans prévenir, une doublure arriva et s'installa sur une chaise.

Ce n'était pas un golem ; il s'agissait d'une créature d'aspect purement métallique qui avait la forme, improbable, d'une armure mince, argenté et chromé, avec des reflets bleu brillant. Elle possédait un visage minimaliste : une fente pour la bouche et deux yeux en cratères.

— Il faut qu'on parle, dit la doublure.

Sunday rangea le talisman dans sa poche pour le mettre à l'abri. Elle reconnut la voix, mais demanda un tag aug pour s'en assurer.

— Lucas, dit-elle avec une politesse froide. Quelle surprise. La dernière fois que nous nous sommes vus, ma botte écrasait ton visage. Tu n'as pas compris ?

— Tais-toi.

Sunday en avait assez de ces conneries. Elle rassembla ses forces et donna un coup de pied dans la doublure, le talon heurtant le centre de son abdomen. Elle frappa fort et la renversa. La créature alla s'écraser en emportant la table du pied. Les verres vides laissés par les clients précédents s'envolèrent. Partout sur le parvis, des visages se tournèrent vers le fracas comme des antennes radar.

Jitendra s'était figé, le plateau à la main.

— Il n'est plus question de discuter gentiment, Lucas. Tu n'as pas compris ? C'est fini, terminé. Les Pans m'ont niquée. J'ai fait tout ce trajet pour ri…

— La ferme. (La doublure se relevait en se démêlant de la chaise.) Tais-toi. Tout a changé.

Il lui avait dit de se taire d'une façon calme. Plus résigné qu'en colère.

— Comment ça ? demanda-t-elle.

La doublure reposa la chaise à l'endroit et laissa la table au sol.

— C'est ton frère. Je crois que tu devrais m'écouter.

Elle se rappela qu'elle ne parlait pas à Lucas. Il était sur un autre monde ; il s'agissait simplement d'une simulation, plus intelligente et plus vive que celle d'Eunice dans le casque, mais pas plus proche d'une véritable conscience. Malgré tout, l'illusion fonctionnait. L'urgence dans sa voix paraissait réelle.

— Qu'est-ce que tu en as à foutre, du sort de Geoffrey ?

Jitendra posa les boissons sur la table libre la plus proche et entreprit de relever celles qui étaient renversées, ramassant les morceaux de verre autoréparateurs pour éviter qu'ils ne blessent quiconque. Les gouttes de café furent aspirées dans le sol avant de pouvoir coller à la moindre semelle.

— En général, rien. Mais celui de mon frère m'intéresse. Hector s'est attiré des ennuis. Geoffrey..., dit la doublure en baissant la tête. Geoffrey a essayé de l'aider. Et ils sont maintenant tous les deux en difficulté.

Sunday pensait avoir épuisé sa capacité à s'inquiéter après tout ce qui lui était arrivé dans l'Évolvarium. Mais les mots de la doublure touchèrent un point sensible.

— Comment ça ?

Il y eut cette pause guère humaine, le temps que la doublure énonce sa réponse.

— Hector a essayé de pénétrer dans le Palais d'Hiver. Geoffrey l'a suivi, quelques minutes plus tard. Il s'est passé quelque chose peu après. Le Palais d'Hiver n'existe plus.

Sunday n'était pas certaine d'avoir bien compris.

— Il n'existe plus ?

— Il s'est désagrégé. Mais Hector et Geoffrey sont vivants, pour l'instant. Ils sont dans un vaisseau, avec Jumai Lule.

— Je n'y crois pas. Mon frère ne collaborerait jamais avec Hector. C'est une ruse pour que je te fasse confiance.

— Tu n'es pas obligée de me croire ; regarde l'aug. L'info fait déjà le tour du système solaire.

Sunday doutait que la doublure ait pu prévoir une telle réponse si ce n'était pas vrai.

— Il faut que je parle à mon frère.

— C'est impossible. Ils dorment et le vaisseau est en route vers l'espace transneptunien. Il se déplace très rapidement, ce qui est remarquable. Nous craignons que l'appareil ne se détériore, peut-être de façon irréversible. Si ça n'arrive pas, il atteindra sa destination dans un peu plus de sept semaines. En réalité, nous ne comprenons pas vraiment ce qui se passe. Mais la donne a changé.

— Pas de mon point de vue.

— Sunday, dit la doublure en se penchant pour insister sur ce qu'elle allait ajouter, ne faisons pas semblant de nous apprécier. Mais mon frère est sur ce vaisseau, et le tien a essayé de l'aider. Peu avant de s'endormir, Hector m'a dit que nous devrions réexaminer notre position par rapport à l'héritage d'Eunice.

— Tu es en train de me dire que vous avez commis une erreur ?

— Nous avons tous commis des erreurs.

La doublure plia ses bras minces, aux muscles tressés, à travers lesquels Sunday voyait les os métalliques, les actionneurs et ce qu'il y avait derrière.

— Tu l'as dit toi-même, reprit la doublure. Les Pans t'ont niquée.

Sunday s'était demandé si la machine était assez intelligente pour saisir la signification de cette remarque. Manifestement, oui.

— Comment aurais-je pu aller sur Mars, sinon ? En battant des ailes ?

— Tu devrais plutôt te demander comment tu vas rentrer sur Terre, maintenant que tes amis t'ont abandonnée.

En un clin d'œil, la main de la doublure jaillit et lui toucha le poignet. Cela ne dura qu'une fraction de seconde, si peu qu'elle sentit le résultat du contact et pas le contact lui-même.

Puis un icone apparut dans son champ visuel.

— M'étonnerait que les Pans honorent leur engagement de te renvoyer chez toi, expliqua la doublure. Dans tous les cas, il n'y a pas de place dans un rapide avant la semaine prochaine. Mais nul besoin de vols commerciaux lorsque l'on a Akinya Space à sa disposition.

Elle se sentit violentée. Si la doublure lui avait demandé la permission d'établir une connexion corporelle, elle aurait refusé.

C'était sans doute pour cela qu'elle ne l'avait pas fait.

— Que viens-tu de me donner ?

— L'autorisation de réquisitionner un vaisseau Akinya de longue portée actuellement en orbite martienne. C'est un cargo, donc ne t'attends pas à du grand luxe, mais il pourra te ramener en cinq semaines, si tu pars pour l'ascenseur aujourd'hui. Tu seras revenue sur Terre avant que Geoffrey et Hector atteignent leur destination.

— Peut-être que je ne veux pas rentrer chez moi et que je veux suivre mon frère.

— Il va au-delà de l'orbite de Neptune, Sunday. De là-bas, la Terre et Mars ne sont guère éloignées l'une de l'autre. Et nos vaisseaux les plus rapides mettraient huit mois pour y arriver, dit la doublure avant de laisser à Sunday le temps de bien la comprendre. Tu ne peux rien faire pour Geoffrey d'ici, pas plus que moi pour Hector. C'est pour ça que je suis toujours en Afrique. Et que nous allons tous devoir rentrer chez nous.

— Je viens seulement d'arriver sur Mars.

— Mars ne va pas disparaître, dit la doublure. Elle sera toujours là lorsque tu voudras revenir.

Elle rentra donc chez elle. De Vishniac à Herschel, de Herschel à l'ascenseur. Lorsque la cabine l'emporta, elle regarda Mars reculer sous ses pieds, s'éloigner et pâlir comme le souvenir d'un rêve qui s'efface peu à peu au lever du jour. Vu sous cet angle, cela avait été un drôle de songe, une fièvre agitée, hantée par des monstres de fer qui fonçaient et des tarés puants aux sourires affreux. Elle avait failli y passer, mais le côté définitif de cette ascension, sa certitude inexplicable qu'elle ne reviendrait pas, l'attristait. *Au revoir, Mars*, pensa-t-elle. *Au revoir, petit monde froid qui n'as pas tenu tes promesses.* La planète n'allait peut-être pas disparaître, mais Sunday n'avait aucune raison de croire qu'elle croiserait de nouveau sa route, au cours de sa vie.

En orbite, elle n'eut que quelques aperçus du cargo réquisitionné. D'une laideur absolue, recouvert de cuves de carburant et de radiateurs, une couche de milliers de conteneurs pressurisés attachés autour de son châssis squelettique, tels de gros pixels 3D suggérant une forme plus grosse que Sunday ne pouvait pas vraiment visualiser. Le vaisseau sans nom n'avait pas d'équipage attitré et un seul module d'habitation, minuscule. On endormit Sunday et Jitendra avant de les embarquer puis il n'y eut plus rien, cinq semaines de vide jusqu'au choc et au brouillard du réveil. Lorsqu'on lui avait fait reprendre conscience sur Phobos, elle s'était sentie comme une déesse, comme le centre de son univers personnel. Cette fois, on aurait dit qu'un interrupteur avait été actionné dans son crâne et elle avait l'impression de n'être qu'un petit grain de sable que l'univers essayait de chasser.

Mais cela finit par passer. Et depuis l'orbite, la Terre était merveilleuse, d'un bleu incroyable, comme une lanterne indigo éclairée de l'intérieur. Elle mourait d'envie de la toucher, de passer ses doigts dans cette atmosphère, de fendre les gros nuages blancs et les mers salées scintillantes, jusqu'à sentir la croûte dure en dessous. Elle voulait marcher sur Terre, respirer son air très ancien, sentir le murmure tectonique de son cœur qui battait encore. Être quelque part où elle n'avait pas besoin de machines, de verre et de joints étanches pour se maintenir en vie. Ce qui était absurde, puisqu'elle avait passé, sans problème, la majeure partie de sa vie d'adulte dans une grotte sur la Lune. Mais Mars l'avait changée.

— Je ne peux pas retourner dans la Zone, dit-elle à Jitendra. Enfin, pas tout de suite. Pas pour l'instant.

— Un de nous deux va devoir y aller.

Il avait raison : ils ne pouvaient pas laisser leurs affaires dépérir. Et deux jours après leur réveil, ils se séparèrent : Jitendra retourna sur la Lune et la Zone non observée, pour tenter de régler toutes les petites urgences qui étaient apparues depuis leur départ ; tandis que Sunday partait vers l'ascenseur, Libreville et l'Afrique. Dire au revoir à Jitendra fut difficile. Ils ne se retrouveraient pas avant des semaines, voire des mois, et Sunday ne pensait pas que le ching lui apporterait beaucoup de réconfort durant leur séparation. Mais elle devait le faire et Jitendra comprit.

Elle n'avait pas marché dans la pesanteur terrestre depuis des années, et la transition fut bien plus difficile qu'elle ne l'aurait cru. Les médicaments et un exo l'aidèrent – elle n'eut pas l'impression d'attirer les regards en le portant, car elle était loin d'être la seule dans ce cas – mais elle ne s'attendait pas à la douleur quasi permanente dans ses os et ses muscles, la peur incessante de trébucher, de se faire mal. L'exo hypervigilant ne la laisserait pas se blesser et la douleur n'était qu'une conséquence de sa réacclimatation corporelle à la locomotion sur Terre. Mais le savoir ne l'aidait en rien. Elle se sentait tout de même gauche, lourde, aussi fragile que de la porcelaine.

Ce calvaire finit pourtant par cesser ; ou en tout cas, il ne devint plus qu'une nuisance de second plan, tolérable. Elle ne retourna pas directement à la maison, parce qu'elle n'était pas prête à affronter Lucas. Alors, elle voyagea en puisant dans des fonds qui étaient effectivement inépuisables. De Libreville à la mégalopole Brazzaville-Kinshasa, où elle retrouva des amis et des collègues artistes avec qui elle avait collaboré. De B-K à Luanda, où elle passa de longues heures à contempler le flux et le reflux de l'océan et son assaut inutile contre les puissants murs maritimes des Cho. Elle n'eut jamais de mal à trouver où se loger, et ne manqua pas de compagnie pour ses soirées. Ses amis voulaient savoir ce qui s'était passé sur Mars, pourquoi elle avait fait tout ce trajet pour rentrer aussitôt. Aussi poliment que possible, elle repoussait leurs questions. La plupart de ses interlocuteurs étaient assez intelligents pour ne pas insister.

Mais ils voulaient avoir des nouvelles de Geoffrey et elle ne pouvait leur en tenir rigueur. Contrairement à la mort de sa grand-mère, l'intérêt pour cet événement ne faiblit pas. La *Reine d'Hiver*, ou quel que soit le nom de ce vaisseau, n'avait pas, contre toute attente, explosé. Il était toujours là, encore plus loin du soleil qu'il aurait dû l'être quelques semaines après son départ. Il avait depuis longtemps cessé d'accélérer, mais il devrait décélérer s'il voulait atteindre sa destination présumée. Les tuyères de l'appareil ne seraient pas orientées vers la Terre lorsque cela se produirait, ce qui le rendrait bien plus difficile à détecter depuis le système solaire intérieur. Mais d'innombrables capteurs s'efforceraient d'apercevoir ces énergies improbables, essaieraient de recueillir le moindre indice sur la physique inattendue qui les sous-tendait. Certains des cerveaux derrière ces capteurs espéraient sans doute plus ou moins que le vaisseau exploserait en un unique éclat riche d'informations, qui leur faciliterait la tâche.

En fait, elle ne s'inquiétait pas pour cela. Elle avait foi en Eunice, à présent. Si le vaisseau avait pu faire parcourir à Geoffrey, Hector et Jumai les trois quarts du chemin jusqu'à Cœur-de-Lion, il n'allait pas les lâcher dans la dernière partie du trajet. Mais elle s'en faisait bien plus à propos de ce qui allait se passer lorsqu'ils arriveraient. Qu'est-ce qui les attendait là-bas ? Si le vaisseau utilisait tout son carburant pour atteindre l'astéroïde, pourraient-ils rentrer ? ou survivre assez longtemps pour attendre les secours ? Mais une fois encore, elle gardait la foi. Tout avait été prévu, planifié par Eunice plus de soixante ans plus tôt. Il devait bien y avoir une raison, et pas simplement une forme de punition visant ses descendants. Sunday l'espérait, en tout cas.

Pendant ce temps, Geoffrey n'était pas en Afrique. Il n'avait pas quitté la Terre dans des circonstances idéales, et il n'aurait jamais pu prévoir le temps qu'il lui faudrait pour pénétrer dans le Palais d'Hiver et découvrir ses secrets. Mais il n'avait sans doute pas envisagé de partir pour plusieurs mois. Sunday savait que depuis qu'il avait commencé à s'occuper des éléphants d'Amboseli, il s'en était rarement éloigné plus de deux semaines. Exceptionnellement, un mois. Il lui avait souvent parlé de tous ses efforts pour établir un lien avec le groupe d'étude, et comment ce rapport pouvait facilement être rompu.

C'était essentiellement pour cela qu'elle était retournée en Afrique, sans se l'avouer tout de suite. Elle ne s'était jamais souciée des éléphants, alors qu'elle avait vécu les mêmes expériences, enfant, que Geoffrey. Mais si elle s'était brusquement retrouvée loin de la Lune, et que des êtres auxquels elle tenait aient risqué de souffrir de négligence, elle était persuadée que Geoffrey l'aurait aidée.

À Luanda, son argent lui permit de louer un airpod. Toujours embarrassée par son exo, elle se plia à l'intérieur et lui demanda de voler jusqu'au bassin d'Amboseli. Elle se retrouverait alors à deux pas de la maison, mais celle-ci pouvait bien attendre.

Dans le ciel, à l'est de la vallée du grand rift, avec l'airpod en pilotage automatique, elle chingua Gleb Ozerov. Elle n'avait pas pris la peine de calculer quelle heure il était dans la Zone non observée. Les gardiens du zoo avaient de drôles d'horaires, de toute façon, et après ce qu'elle avait traversé sur Mars, elle se disait qu'ils pouvaient bien prendre son appel.

Sunday avait demandé un ching sortant, et après un instant d'attente, le lien inséra sa présence corporelle dans la ménagerie. Gleb, qui avait dû accepter l'appel entrant, se tenait près d'un chariot de la taille d'une table et ramassait des échantillons de feuilles des vivariums.

— Ça fait plaisir d'avoir de tes nouvelles, dit-il en hésitant, comme s'il y avait un piège quelque part. J'espérais que tu prendrais contact…

Il posa ses outils, s'essuya les doigts sur sa blouse de laboratoire puis reprit :

— J'ai essayé de te joindre, mais tu étais encore sur le vaisseau. Ça va ?

Sunday répondit avant même que Gleb eût fini de parler :

— Que sais-tu à propos de ce qui s'est passé sur Mars ?

La distance ne pouvait expliquer à elle seule le retard dans sa réponse.

— J'espérais pouvoir entendre ta version avant de me faire une opinion. Chama a essayé de découvrir ce qu'il a pu, mais il est toujours en liberté surveillée, ce qui complique les choses.

— Vous nous avez baisés. Toi et tes potes, Gleb. Alors que je pensais pouvoir vous faire confiance.

— *Mes* potes.

Il parut vraiment blessé, comme si ce qu'elle venait de dire ne lui ressemblait pas. Comme si elle n'était plus digne de l'image jusqu'ici immaculée qu'il avait d'elle.

— Truro, Holroyd, j'en sais rien. Je m'en cogne. On m'a menti. On m'a dit qu'on allait m'aider, alors qu'ils voulaient seulement récupérer la boîte avant moi. Jitendra et moi avons failli mourir là-bas, Gleb. L'Évolvarium nous a presque avalés tout crus, et ça ne serait pas arrivé si nous n'avions pas été trahis. Gribelin est mort, là-bas.

Gleb prit un autre outil et piqua un échantillon de feuille. Il leva le petit morceau vert jusqu'à ses yeux et fronça légèrement les sourcils.

— Personne n'en sort intact, Sunday. Mais si ça peut te réconforter, Chama et moi n'avons rien à voir dans ce qui t'est arrivé sur Mars. Lorsque Chama a risqué sa peau à Pythagore, il l'a fait pour te rendre service.

— Pour obtenir, en échange, une faveur de mon frère.

— Peut-être. Mais au-delà de ça, il n'avait pas d'arrière-pensée.

Gleb posa le petit bout de feuille dans une de ses boîtes d'échantillons, et remit en place le couvercle étanche.

—Arethusa nous a contactés, reprit-il, si ça t'intéresse – peu après ce grabuge sur Mars.

—Je ne vois pas non plus pourquoi je lui ferais confiance.

—Fais confiance à qui tu veux, Sunday; je ne suis pas là pour décider à ta place. Mais elle a parlé de Truro. Elle a dit que les choses allaient devenir difficiles pour Chama et moi, car notre financement était lié de près à Truro et à ses alliés. (Il s'arrêta pour prendre un stylo calé sur son oreille et écrire un mot sur la boîte de spécimens.) Arethusa a dit que les choses allaient se corser pour elle aussi; apparemment tout ce bazar a créé une sorte de scission.

—Je croyais que c'était Arethusa qui commandait.

—Elle aussi. Et nous aussi. Mais apparemment, certains éléments estiment qu'elle ne promeut pas l'idéologie panspermique avec assez de force, en tout cas ces dernières années.

—Mon frère et moi avons notre théorie sur Arethusa. Si elle est juste, il n'y aurait pas d'idéologie panspermique sans elle. (Sunday hésita à continuer dans cette voie, car elle trouvait presque blasphématoire d'énoncer une telle conjecture en présence de Gleb. Puis elle décida que la période n'était plus au tact.) Je crois que j'ai rencontré Lin Wei, votre fondatrice, expliqua-t-elle. Je pense qu'elle est toujours en vie et que vous devez plus à Arethusa que vous ne le savez.

Gleb acquiesça lentement.

—Je ne dis pas que nous n'y avons jamais pensé. Étant donné les rapports entre ta famille et Lin Wei...

—Elle était aux funérailles d'Eunice. Arethusa avait pris une doublure, bien sûr. Et si elle a choisi cette forme, c'était parce que, quelque part, elle voulait que l'un d'entre nous fasse le lien.

Gleb poussa le chariot jusqu'au vivarium suivant.

—Elle a toujours de l'influence, et des alliés. Pour l'instant, je pense qu'elle peut encore nous protéger, Chama et moi. Voire continuer à nous fournir un peu de fonds et de l'équipement. Mais rien n'est sûr et nous avons besoin de tous les amis qui nous restent. En fait, rien à foutre de ce qui va nous arriver. Nous n'avons aucune importance. Mais les nains, si. Cette collaboration est vitale, Sunday. Nous ne pouvons pas la laisser partir à vau-l'eau à cause d'une querelle entre Arethusa et ses rivaux.

—C'est marrant, je t'appelle justement pour les éléphants.

Pour la première fois depuis le début de leur conversation, Gleb sourit.

—Les tiens ou les miens? Les nains ou le groupe d'Amboseli, devrais-je plutôt dire?

— Les deux, au final. Pour le moment, j'ai besoin d'aide avec les gros. J'imagine que tu connais la situation de mon frère.

— Difficile de faire autrement. Je... j'espère que tout ira bien, Sunday. Nous sommes de tout cœur avec Geoffrey, dit-il avant d'ajouter, en hâte : Et les deux autres... ton cousin et la femme.

— Hector et Jumai. Oui, nous sommes inquiets pour tous les trois. Mais nous ne pouvons rien faire pour eux, alors que nous pouvons agir pour les éléphants. Geoffrey ne comptait pas partir si longtemps et je m'inquiète pour le troupeau. C'est pour ça que je suis revenue en Afrique. Je ne peux pas rester impassible.

— Ce sont des éléphants, au fond, dit Gleb, pensif. Ils se sont débrouillés seuls pendant des millions d'années. Il serait présomptueux de croire qu'ils ne peuvent pas s'en sortir sans nous encore un peu.

— Mais ils ont des machines dans la tête et mon frère a interagi avec eux presque toute sa vie d'adulte. Ils sont habitués à le voir aller et venir, à ce qu'il les examine. Il leur *parle*, bon sang. Je ne sais pas comment ils vont réagir à son absence. Et je ne parle même pas des problèmes médicaux, des grossesses ni de tout ce qui se passe dans le troupeau. Mon frère saurait quoi faire. Pas moi.

— Il a laissé des instructions ?

Elle repensa au message que Geoffrey avait enregistré avant d'entrer en cryosommeil.

— Rien de bien détaillé. Je crois qu'il ne voulait pas m'accabler et il avait d'autres soucis, à ce moment-là.

— S'il y avait quelque chose d'une importance vitale, il t'en aurait parlé. (Elle acquiesça, prête à le croire, mais Gleb paraissait bien plus sûr de lui que Sunday l'aurait été.) En même temps, tu n'es pas pieds et poings liés. D'après ton tag ching, tu es... très près du troupeau.

— Je suis en chemin.

— Chama et moi connaissons un peu le groupe M. ; n'oublie pas que nous avons suivi le travail de Geoffrey pendant des années. Nous sommes au courant des hiérarchies, des liens du sang et je pourrais sans doute identifier une vingtaine d'individus rien qu'en les voyant, alors que je n'ai jamais mis les pieds en Afrique. Tu n'as jamais vraiment eu de contacts avec eux, n'est-ce pas ?

C'était comme un aveu de faiblesse, une responsabilité à laquelle elle s'était dérobée.

— Quasiment pas.

— Dans ce cas, nous ne risquerons pas un contact direct. Laisse faire ton frère lorsqu'il rentrera. Mais nous pouvons au moins surveiller le groupe M, et tous ceux qui nous intéressent. Et, ce qui a son importance, maintenir une présence suffisante pour empêcher d'autres chercheurs de venir marcher sur les plates-bandes de Geoffrey. Même si j'espère que personne ne sera assez irresponsable pour cela, puisque tout le monde connaît les raisons de l'absence de ton frère.

— Espérons-le.

— Mais la nature humaine étant ce qu'elle est, mieux vaut limiter les risques. Tu pourras maintenir une présence physique dans la zone ?

— Pour le moment.

Ce qui signifiait : jusqu'à ce qu'elle ait des nouvelles de Geoffrey, bonnes ou mauvaises. Quel que soit le temps que ça prendrait.

— Chama ferait mieux de ne pas s'en mêler, tout au moins jusqu'à la fin de son confinement de cent jours, et je n'ai aucune raison de m'y rendre en personne. Mais je peux t'offrir tout mon soutien, aussi longtemps que tu en auras besoin. Je te le jure, Sunday. Si tu penses que nous t'avons fait du tort, alors je vais faire ce qui est en mon pouvoir pour m'amender. J'ignore si je réussirai, mais je ferai de mon mieux.

— Merci, dit-elle.

Ces remerciements sincères lui firent prendre conscience à quel point elle avait compté sur son aide.

Le tableau de bord de l'airpod sonna et la rappela dans son propre sensorium. Elle approchait de la maison.

# Troisième partie

# Chapitre 36

Lorsque le caisson d'hibernation le réveilla, Geoffrey crut d'abord à une erreur ; quelque chose avait dû mal tourner avec le processus et il ne devait s'être écoulé que quelques minutes depuis que les biosondes de l'appareil avaient plongé leurs crocs stériles dans sa chair et avaient injecté des sédatifs dans son sang. Après tout, c'était une réaction parfaitement humaine. Il ne se rappelait pas avoir rêvé, n'avait pas la sensation du temps écoulé. Mais il ne lui fallut pas longtemps avant de s'apercevoir que tout n'était plus comme lorsqu'il était entré dans le caisson. Pour commencer, il était en apesanteur. Avant de s'endormir, ils subissaient encore la poussée du moteur ; désormais, son corps reposait dans le caisson, calé pour l'empêcher de flotter, une angoissante sensation de chute dans l'estomac.

Une forme passa derrière la vitre. Il tenta de se concentrer. Il avait les yeux larmoyants et la brusque intrusion de lumière et de couleurs lui donna l'impression qu'un milliard de minuscules aiguilles lui piquaient la rétine. Il entendit un bruit sourd et sentit de l'air plus frais sur son visage. C'était agréable. Le couvercle du caisson se soulevait. La forme trouble s'approcha et prit les proportions approximatives d'une femme.

— Salut, dormeur.

Il chercha son nom. Ses souvenirs n'étaient plus à leur place. C'était comme si on les avait temporairement rangés au grenier : toujours dans sa tête, mais mal classés et étiquetés. Il commença alors à se dire qu'il était peut-être resté plus longtemps dans le caisson qu'il l'avait d'abord cru.

— Jumai ? lâcha-t-il.

— Visiblement, nous avons enfin un système nerveux central en état de marche. (Elle s'approcha encore et s'attaqua à son harnais.) Hector est sorti en premier. Il a déjà fait ça des dizaines de fois, il a l'habitude. Je suis levée depuis dix minutes. Je crois que nous sommes tirés d'affaire, pour l'instant. Le vaisseau est en un seul morceau, et nous sommes… quelque part, je crois.

Ses mots arrivaient trop vite, comme des balles de tennis envoyées par une machine d'entraînement. Geoffrey tenta de poser une question :

— Combien de temps ?

— Combien de temps sommes-nous restés endormis ? Cinquante et un jours, d'après nos estimations, à Hector et moi, ce qui est exactement ce que nous avions programmé au départ. C'est bizarre, non ? Mon anniversaire est passé pendant que nous dormions.

Geoffrey grimaça lorsque les biosondes se retirèrent de sa peau. Il essaya d'utiliser ses bras. Il avait presque l'impression qu'ils ne faisaient plus partie de lui. Il avait passé une partie du voyage de la Terre à la Lune inconscient, mais cela ne l'avait en rien préparé aux cinquante et un jours de sommeil durant lesquels le vaisseau les avait emmenés vers sa destination. Néanmoins, ses bras réagirent, quoique mollement.

— Plus aucun tonus musculaire, dit Jumai. C'est le résultat de sept semaines d'apesanteur. Le moteur a dû se couper quelques heures après que nous nous sommes endormis ; nous avons avancé sur notre erre la plus grande partie du trajet, sauf à la fin où nous avons ralenti.

Les systèmes du caisson avaient dû faire de leur mieux pour empêcher la perte musculaire et de densité osseuse, mais Geoffrey savait que rien ne remplaçait le simple fait de bouger dans une bonne vieille pesanteur.

Il parvint à s'extirper de ses liens et se mit à dériver hors du caisson. Jumai arrêta son mouvement en posant doucement sa paume sur lui.

— Du calme, soldat.

— Nous sommes arrêtés ? demanda-t-il. Il nous reste encore un jour, non ?

— Le vaisseau avait dû prévoir large. D'après nos estimations, à Hector et moi, nous sommes arrivés à destination. Il essaie de vérifier que c'est bien l'endroit prévu par l'appareil. Mais je peux déjà te dire une chose.

— Quoi ?

— Je ne sais pas ce que nous allons devoir affronter ici, mais au moins, nous ne risquons pas de mourir d'une insolation.

Une demi-heure plus tard, Geoffrey avait réussi, avec des mouvements désordonnés et douloureux, à rejoindre Jumai et Hector dans le poste de pilotage. Ils étaient tous les trois harnachés dans leur siège, alors même que le vaisseau flottait, désormais. Ils n'avaient pas eu à fournir d'autres échantillons sanguins, et ils conservaient le peu de maîtrise qu'ils avaient sur le navire avant de s'endormir. L'appareil laissa même Jumai accéder à certains de ses systèmes de premier niveau. Elle assigna des vues externes à deux des écrans : l'un montrait l'arrière en direction du système solaire intérieur, et l'autre, l'objet positionné à vingt kilomètres d'eux.

Ce fut la vue vers leur foyer qui glaça véritablement le sang de Geoffrey. Il savait bien qu'ils étaient désormais au-delà de l'orbite de Neptune, à des heures-lumière aux confins du système solaire. C'était ce qui arrivait lorsqu'on voyageait suffisamment loin. Mais voir ainsi le soleil de si loin, si petit, ridicule et pâle, c'était autre chose.

De toute sa vie, Geoffrey n'avait jamais dépassé la Lune. Son astre était désormais trente fois plus éloigné que depuis chez lui, et la lumière qu'il diffusait au moins neuf cents fois plus pâle. C'était un petit trou accroché dans le ciel, laissant passer une lueur jaune et fade de la circonférence d'un crayon, trop faible pour mériter le nom de rayon de soleil. Pour la première fois de sa vie, il comprit vraiment que son foyer orbitait autour d'une étoile.

Et il sentit la véritable échelle des éléments. Ce trou restait la chose la plus brillante du ciel, mais il parvenait à l'imaginer diminuant, se refermant peu à peu jusqu'à la complète obscurité. Jusqu'à ce que ce rayon de la taille d'un crayon ne devienne plus qu'un filet tremblotant de photons glacés.

Il en sourit, parce qu'il n'avait même pas encore parcouru un millième d'année-lumière.

Mais si le soleil était l'objet le plus brillant du ciel, il n'était pas le plus gros. L'astéroïde de glace, qui se trouvait dans la direction opposée – sa face visible éclairée –, mesurait cinquante kilomètres de diamètre à son point le plus large. C'était une pomme de terre rouge foncé, à la surface quasiment dénuée de cratères. Comme tous les objets de la ceinture de Kuiper, il avait tourné autour du soleil pendant plus de quatre milliards d'années sans encombre. Très rarement, l'influence gravitationnelle d'une des planètes les plus importantes envoyait un élément de la ceinture de Kuiper en orbite cométaire. La plupart d'entre eux n'avaient pas droit à un tel honneur. Ils passeraient leur existence ici, à vaquer seuls à leurs occupations jusqu'à ce que le soleil explose. Enfin, si les machines de l'humanité ne venaient pas d'abord puiser dans leurs richesses.

— C'est le nôtre ? demanda Geoffrey.

— Si nous sommes bien là où l'indique le vaisseau, alors c'est Cœur-de-Lion, confirma Hector. Nous allons pouvoir bientôt vérifier, mais pour l'instant, je ne vois aucune raison de ne pas le croire. Nous avons parcouru un long trajet et il s'agit visiblement d'un astéroïde de glace.

Il détourna un instant les yeux de l'écran pour regarder Geoffrey.

— Comment te sens-tu ? demanda-t-il.

— Il paraît que ça devient plus facile.

— C'est vrai. Cela dit, cinquante et un jours, c'est assez long, même pour un voyageur spatial expérimenté. Mais les caissons sont modernes. Il ne devrait pas y avoir d'effets secondaires durables, expliqua-t-il avant de hocher la tête devant un diagramme. Le vaisseau a même redéployé ses bras centrifuges. Il veut que nous nous sentions le plus à l'aise possible. Il faudrait envisager de passer un peu de temps en pesanteur, quitte à prendre des quarts afin qu'il y ait toujours quelqu'un qui puisse surveiller les événements d'ici.

— Tu as dit que les caissons étaient modernes, lança Geoffrey.

— Hitachi en fabrique depuis un bail, mais ceux-là n'ont pas soixante-deux ans.

— Mais, d'après toi, c'était l'âge du vaisseau, fit remarquer Jumai.

— De ses systèmes de base, oui, répondit Hector, moteur, coque, systèmes de survie, tout ce qui lui permettait de retourner en orbite lunaire. Mais il a dû être rééquipé avec du matériel interne tout neuf, depuis. J'imagine que les caissons ont dû être fabriqués à bord, si le système de réparation avait les bons matériaux et les plans. Mais il est plus probable qu'ils aient été simplement achetés et envoyés jusqu'au Palais d'Hiver.

— Sans qu'aucun membre de la famille soit au courant ? demanda Geoffrey.

— Il aurait suffi qu'une seule personne le sache, dit Hector, quelqu'un qu'aucun d'entre nous n'aurait pu soupçonner.

— Memphis.

— Qui était mieux placé pour superviser l'approvisionnement nécessaire ? Il y avait sans arrêt des matériaux et des pièces détachées envoyés au Palais d'Hiver et personne n'a jamais sourcillé. Tu crois qu'il aurait eu du mal à glisser six caissons d'hibernation Hitachi dans un de ses envois ? Hitachi n'avait aucune raison de poser des questions et les modules ont dû être installés par des robots. Seul Memphis a dû être vraiment impliqué.

— Memphis était au courant, dit doucement Geoffrey. Depuis le début. Il savait.

— Il était bien plus fidèle à Eunice que nous le pensions. Il était prêt à nous laisser croire à un mensonge parce qu'elle le lui avait demandé. Il est même allé jusqu'à rapporter ce que nous croyions être ses cendres et à nous faire subir ses funérailles.

Geoffrey voyait bien qu'Hector faisait de son mieux, mais il percevait tout de même de l'écœurement dans sa voix. Il était un peu dégoûté, lui aussi. Que Memphis ait su des choses que le reste de la famille ignorait passait encore. Mais qu'il ait pu leur mentir en les regardant dans les yeux et leur faire traverser… quoi, exactement ?

Il se rappela quand Memphis était venu le voir, le matin où l'on avait annoncé la mort de sa grand-mère. La loge fraîche et aux ombres bleutées; Memphis qui avait passé son bras autour des épaules de Geoffrey, lui proposant de l'aide et des conseils s'il le souhaitait. Alors qu'il savait que le Palais d'Hiver n'abritait pas une jungle, mais qu'en plus, il n'avait jamais été habité. Et si Eunice ne vivait pas là-haut, et si les cendres que Memphis avait rapportées n'étaient pas les siennes, quelles preuves avaient-ils qu'elle était vraiment morte en fin d'année dernière?

— La seule question qui demeure, reprit Hector, est simple: pourquoi?

— Il y en a une autre, dit Geoffrey, même si elle est liée à la première. Si Eunice n'est pas morte dans le Palais d'Hiver, alors où est-elle décédée, et quand?

— Tu ne peux pas savoir si elle est morte, dit doucement Jumai.

Geoffrey reporta son attention sur l'astéroïde de glace et mit de côté des pensées qu'il ne voulait pas, pour le moment, affronter.

— Alors on reste assis ici à ne rien faire?

— Nous ne pouvons pas partir, dit Hector. Nous n'avons qu'une très courte autonomie; seulement de quoi assurer l'approche jusqu'à Cœur-de-Lion. Je ne crois pas que ce soit un hasard.

— Le vaisseau nous a amenés jusqu'ici, dit Jumai. La balle est dans notre camp, désormais.

Hector voqua un agrandissement et zooma sur la partie centrale de l'astéroïde de glace.

— Il tourne très lentement, dit-il, mais j'ai corrigé sa rotation. Voici ce que nous verrions si nous planions au-dessus d'un point fixe de la surface de l'astéroïde.

Les couleurs de l'image s'améliorèrent peu à peu et dévoilèrent des détails à la surface. Des traits radiaux et des rayures de structures concentriques partaient d'un noyau central, comme les très vieilles parois d'un cratère. Il voqua un nouvel agrandissement. Le zoom révéla alors une étendue de grilles et de modules d'un gris argenté, appuyés sur la surface, comme les briques de construction d'un jeu d'enfant dans de l'argile humide. Les lignes concentriques étaient des tuyaux et des tunnels qui reliaient les blocs, les bras radiaux des catapultes magnétiques. Le noyau était le puits de production central qui s'enfonçait profondément au cœur de l'astéroïde.

— Je m'attendais plus ou moins à ce que nous découvrons ici, dit Hector. Des équipements de production comme il y en a des milliers sur les objets de la ceinture de Kuiper, qui fonctionnent jour et nuit, complètement automatisés, depuis des décennies.

— Celui-ci est actif? demanda Geoffrey.

— Attends un peu.

Hector leva un doigt tandis que ses lèvres remuaient légèrement, comme s'il comptait dans sa tête. Puis il pointa l'index vers un endroit précis. Geoffrey aperçut un éclat brillant au bout d'un des lanceurs.

Un instant plus tard, une ligne d'un bleu froid griffa l'écran.

Puis elle devint brumeuse, comme une traînée de condensation. Il la regarda s'assombrir jusqu'à devenir noire.

— Un envoi de colis, très bien réglé, expliqua Hector. Toutes les quatre-vingt-dix secondes. Nous les suivons depuis que nous avons un visuel.

— Un colis de quoi?

— De glace traitée, évidemment. De l'eau, très probablement, même si ce n'est pas obligé. Accélérée dans un support magnétique, puis poussée par des lasers ablatifs une fois sortie du lanceur. Les lasers font le plus gros du travail. Ils peuvent diriger le paquet assez loin après le lancement en effectuant des ablations décentrées. Ce que vous avez vu était une traînée de condensation : le propre jet de vapeur du colis.

Il y avait de la fierté dans la voix d'Hector, car un processus technique complexe fonctionnait comme prévu. Geoffrey le comprit, ou crut le comprendre. Son cousin ne pensait pas seulement à ce lancement précis, ni même à cet astéroïde. Mais aux milliers d'usines Akinya dans la ceinture de Kuiper et aux dizaines de milliers d'autres ailleurs. Des machines inlassables et efficaces qui faisaient leur travail, envoyant de la glace, de la matière organique et des métaux dans le vide, un flux corpusculaire dont le grand public ignorait l'existence. Peu importait que ce colis mette des années ou des décennies à arriver à ses clients. Ce qui comptait, c'étaient les milliers, les millions de paquets semblables déjà en route. C'était ça, la machine la plus vaste : une unique usine industrielle plus grosse que l'orbite de Neptune. Un réseau de tapis roulants, centrés sur le soleil et son petit amas de mondes chauds et habités.

Ce n'était pas non plus n'importe quelle machine. Mais il s'agissait de celle que sa famille avait créée, en suant sang et eau durant plus d'une centaine d'années difficiles. Ils l'avaient construite et l'avaient fait fonctionner avec la précision d'une montre Breitling.

Un éclat de lumière éclaira de nouveau le lanceur. La traînée de condensation créa une cicatrice bleue sur l'image.

— Alors, nous nous trompons, dit Geoffrey. Ou ce n'est pas de cet endroit que provient le vaisseau à l'origine. Si cet astéroïde est toujours exploité…

— Ça ne prouve rien, dit Hector. Un mètre cube de glace traité toutes les quatre-vingt-dix secondes ? Ce n'est rien comparé à la masse de cet objet. Même si nous l'exploitions depuis un siècle, nous n'en aurions extrait que quelques dizaines de mégatonnes. Évidemment, la glace doit être raffinée et une partie utilisée pour les générateurs de fusion qui alimentent les lanceurs et les équipements miniers… mais il ne s'agit que d'une partie insignifiante de la masse totale.

— Il veut dire qu'il reste encore plein de place là-dedans pour autre chose, dit Jumai. Enfin, je crois.

— Ce n'est qu'un camouflage, ajouta Hector, pour empêcher des curieux de regarder de trop près.

— Jusqu'à maintenant, dit Geoffrey.

La lente rotation de l'astéroïde lui offrait plusieurs trajectoires de lancement possibles. Selon la demande, il pouvait envoyer un colis quasiment partout dans le système. La plupart allaient vers Mars, qui était de loin la plus grosse consommatrice de glace et de matière organique. D'autres se dirigeaient vers la Lune, entourés d'une monocouche d'isolant réfléchissant, ou vers Saturne ou les colonies joviennes. Les géantes gazeuses pouvaient servir à faire rebondir ou à rediriger au laser les colis vers n'importe quelle destination si les endroits demandeurs changeaient durant le trajet.

Et évidemment, ce qui pouvait être envoyé vers un point précis du ciel pouvait toujours être projeté vers un vaisseau à l'approche.

— Il faut rester prudent, dit Hector qui s'était visiblement fait la même réflexion que Geoffrey.

— Eunice s'est arrangée pour que nous arrivions ici, déclara son cousin. Nous pouvons en être sûrs.

Mais il pouvait comprendre l'inquiétude d'Hector. Il avait déjà fait les frais des arrangements secrets d'Eunice et son vaisseau avait été détruit par ses défenses chatouilleuses. Il n'avait pas eu besoin d'assister à l'attaque du *Kinyeti* pour garder toutes les possibilités en tête.

— J'ai beau me dire qu'elle n'a pas merdé, dit Jumai, ça fait quand même soixante ans que ces trucs fonctionnent. Elle a peut-être programmé ce vaisseau pour retourner sur Cœur-de-Lion, et aussi Cœur-de-Lion pour l'attendre. Mais si une partie de son plan n'avait pas résisté au passage des années ?

— Nous avons des comms externes ? demanda Geoffrey.

— Nous pouvons envoyer et recevoir des messages de la Terre, si c'est ce que tu veux savoir, dit Jumai. D'ailleurs, un message t'attend. Tu veux le prendre en privé ?

Il regarda Hector avant de répondre :

— Je crois que nous n'avons plus de secrets les uns pour les autres, désormais, non ?

— Probablement, répondit Hector.

Comme il s'y attendait, le message provenait de Sunday.

— Je vais faire vite, dit sa chimère. Si tu es où nous croyons que tu es, ce message va mettre près de cinq heures à te parvenir. Avant tout, j'espère que tout va bien. Nous avons suivi votre traînée jusqu'à ce que le moteur s'éteigne et, à ce stade, vous alliez plus vite que n'importe quel vaisseau habité de l'Histoire. Nous ne vous avons pas vus ralentir, mais c'est normal : votre moteur aurait été dirigé dans le sens contraire par rapport à nous et la plus grande partie des radiations se serait échappée du système solaire sans qu'on la voie. Nous n'avons pas pu capter la télémétrie de l'appareil, mais en dehors de sa vitesse, il semble fonctionner normalement. Évidemment, si tu entends ça, c'est que tu dois être sorti d'hibernation. Quant à ce que tu vas trouver sur Cœur-de-Lion, je crains de ne pouvoir t'aider. Nous avons beaucoup de choses à nous dire, petit frère. Je suis avec Lucas, là : il m'a raconté ce qui s'était passé au Palais d'Hiver. Et je suis revenue sur Terre ; les tags cryptoquantiques ont dû te mettre la puce à l'oreille. Je suis rentrée le plus rapidement possible, à bord d'un de nos vaisseaux. Ce qui s'est passé dans l'évolvarium… est compliqué, et je ne suis pas bien sûre de tout comprendre.

Sunday hésita, avant de reprendre :

— Les Pans nous ont trompés, Geoffrey. Truro, Holroyd… l'homme que j'ai rencontré sur Mars. Je ne sais pas encore si nous devons nous en méfier ou si nous pouvons encore faire confiance à certains. Je crois que nous pouvons encore croire Arethusa, et je n'ai aucun doute sur Chama et Gleb… mais j'ai du mal à savoir si on peut encore les considérer comme des Pans. (Elle afficha un grand sourire.) L'important, c'est que les autres n'ont pas gagné. Je suis quasiment certaine qu'ils l'ont compris, à ce stade, et c'est pour ça que je n'ai rien à foutre qu'ils écoutent cette transmission ou pas. Vous entendez ça, Holroyd, Truro ? (Elle leva son majeur dressé.) Nous les avons bien eus, en leur laissant un leurre pendant que je récupérais le véritable objet. J'ai parlé à… un enregistrement d'Eunice. Elle m'a dit que l'un de nous devait se rendre au Palais d'Hiver. (Sunday sourit à nouveau.) Et à ce moment-là, tu étais déjà en chemin. J'aurais préféré pouvoir te prévenir de ce qui t'attendait, mais je n'aurais jamais pu y parvenir à temps. Pour autant, j'ignore toujours ce que tu vas trouver sur Cœur-de-Lion. Eunice m'a raconté des choses… Elle m'a posé des questions. Elle a estimé que j'étais à la hauteur, je pense. Mais elle ne m'a pourtant pas donné de réponses définitives. J'espère que tu vas pouvoir prendre le relais. J'aurais aimé être avec toi, là-bas. Mais tu es avec Jumai et Hector, et c'est mieux que rien. Il y a autre chose. Tu n'as pas de couverture aug, et tu ne peux donc pas accéder à la reconstruction de la façon habituelle. Mais j'ai eu une meilleure idée. J'en ai envoyé une copie que tu trouveras dans un fichier de la boîte de réception du vaisseau. La bande passante était limitée, alors j'ai dû la réduire un peu, mais l'essentiel est préservé. Tu peux en faire ce que tu veux, mais si tu penses qu'un conseil d'Eunice pourrait t'être utile, charge le fichier mémoire dans une doublure. Il doit bien y en avoir une à bord.

Sunday se tut et reprit son souffle.

— Réponds, et j'aurais ton message dans cinq heures. Dans dix, je te répondrai à mon tour. Toute la maisonnée est avec toi, Geoffrey. J'y suis et les éléphants vont bien. Et nous voulons que tu reviennes en un seul morceau, aussi vite que possible. Sois prudent, petit frère.

— Je le serai, dit Geoffrey.

— Ravi qu'elle soit revenue, dit Hector. Même si on dirait qu'elle a fait le voyage sur Mars pour rien.

Geoffrey s'était dit la même chose, mais il décida de ne pas en tirer de conclusions pour l'instant. Sunday donnait peut-être l'impression de parler ouvertement, mais cela ne signifiait pas pour autant qu'elle leur avait tout dit.

— Tu ne m'as pas posé de questions sur la reconstruction.

— Je me suis dit que ça ne regardait que ta sœur et toi, répondit Hector.

Geoffrey regarda un autre colis de glace éjecté de l'astéroïde, pile à l'heure.

— C'est une longue histoire, dit-il. Tu fais confiance à Sunday ?

— Nous avons eu des désaccords.

— Non, en ce moment, ici. Avec tout ce qui nous est arrivé et ce que nous savons.

— J'imagine, dit Hector.

— Elle a créé une simulation d'Eunice, une reconstruction. Elle ne sait rien qui ne soit pas dans nos archives – ce qui n'a pas été enregistré par les moteurs de postérité –, ainsi, la reconstruction ignore tout ce que la vraie Eunice voulait cacher au monde.

— Ça n'a pas l'air très utile, dit Hector.

— *A priori*, non. Mais elle est rapide et connaît toute la facette publique de la vie d'Eunice, à un degré de détail que nous n'atteindrions jamais individuellement. Elle nous a déjà bien servi. Je crois que nous pourrions peut-être bénéficier de ses conseils.

— J'ai le fichier, dit Jumai en tapotant un des écrans. Il semble étanche, et sujet aux filtres habituels. Je peux l'installer dans une des doublures qui m'ont emmenée à l'infirmerie, si tu veux ?

— Nous sommes sûrs qu'il vient bien de Sunday ? demanda Geoffrey. Ça ressemblait à ma sœur, et les tags indiquaient qu'elle était en Afrique. Mais si les Pans sont impliqués, et sachant ce qu'ils sont capables de faire avec les connexions cryptoquantiques, je me méfie de tout.

— Je comprends, dit Hector. S'ils ont trafiqué les tags, il pourrait y avoir n'importe quoi dans ce fichier ; un programme d'assassinat, par exemple, prêt à être chargé dans la doublure.

— J'ai dit qu'il paraissait étanche, déclara Jumai comme s'ils ne l'avaient pas entendue la première fois. Nous pouvons le renvoyer à Sunday si vous doutez.

— Et attendre dix heures qu'elle réponde ? Puis nous nous retrouverons au point de départ, à craindre que les Pans aient piraté le signal ? dit Geoffrey avant de secouer la tête. C'était Sunday. J'en mettrais ma main à couper. Qui d'autre aurait pris la peine de me dire que les éléphants allaient bien ?

— Tu as peut-être raison, dit Hector en souriant pour adoucir sa remarque. Vas-y, Jumai. Charge la reconstruction dans la doublure. Si les Pans veulent nous tuer, vu leurs moyens, ils finiront bien par y parvenir. On peut au moins leur épargner cette peine.

Jumai entra des commandes dans la console.

— Chargement... terminé, dit-elle avant d'ajouter, presque aussitôt : La doublure se déplace. Elle monte vers nous.

— Ça ne traîne pas, dit Geoffrey sans tenir compte de l'inquiétude qui lui tordait l'estomac.

— Ce n'est qu'une doublure. Elles ne peuvent pas infliger de blessures mortelles, peu importe ce qui se passe dans leur système, expliqua Jumai. Bon, évidemment, je n'ai jamais mis cette théorie en pratique...

— Je ne comprends toujours pas le rôle d'Arethusa et des autres Pans là-dedans, dit Geoffrey. Holroyd était le Pan que Sunday avait rencontré sur Mars. Je le vois bien nous trahir. Mais j'espère qu'elle a raison à propos de Chama et Gleb. Ce sont ses amis. Mince ! je commençais moi-même à bien les aimer. Et j'appréciais aussi Arethusa, même si elle me foutait les jetons.

— Tu as tout un tas de trucs à me raconter, dit doucement Hector.

— Bientôt, dit Geoffrey.

Jumai marmonna quelques mots.

— C'est l'échec en ce qui concerne le contact avec l'astéroïde. J'envoie un signal à Cœur-de-Lion sur tous les canaux auxquels le vaisseau me laisse accéder. Mais soit nous ne passons pas, soit ils ne répondent pas.

— Nous n'allons pas pouvoir rester ici éternellement, dit Hector. Le vaisseau est arrêté et il ne nous laisse pas faire demi-tour et rentrer chez nous. Il a de l'alimentation et des réserves pour nous maintenir en vie un bout de temps, mais ce n'est pas un circuit fermé. (Il désigna l'astéroïde de la tête.) Il va bien falloir que nous nous occupions de ce *truc*. Comme je le disais, nous pouvons manœuvrer. Cela suffirait pour faire le reste du trajet.

— Et ensuite ? demanda Geoffrey.

— J'ai repéré une structure d'amarrage près de la foreuse principale. S'il fonctionne comme les autres complexes, l'approche automatisée et la capture devraient prendre le relais quand nous serons assez près. Nous n'aurons rien à faire.

On frappa à la porte. La doublure était arrivée. Geoffrey acquiesça pour qu'Hector la laisse entrer. Ils avaient pris une décision en chargeant le fichier de Sunday dans la machine ; il n'était plus question de reculer maintenant.

— Comment t'appelles-tu ? demanda Geoffrey à la créature au visage vide.

— Je suis Eunice. Tu t'attendais à qui ?

L'effet était perturbant. La doublure avait beau ne ressembler qu'à un robot, elle savait parfaitement imiter les voix.

— Dommage qu'elle n'ait pas son visage, dit Hector.

— Tu devrais t'en réjouir, répondit Geoffrey. Tu aurais pu avoir envie de la frapper.

La doublure se propulsa dans la pièce, s'arrêta et resta là, à flotter. Elle avait peut-être la même voix qu'Eunice, mais elle se déplaçait toujours avec la précision sinistre d'une machine.

— Quelqu'un peut me mettre au parfum, ou je suis censée deviner ce qui se passe ?

— Tu reconnais ça ? demanda Geoffrey en montrant l'astéroïde de glace. Tu devrais. Ça appartient aux Akinya, et tu lui as donné un nom. Cœur-de-Lion.

— D'après Senge Dongma, celle au visage de lion, répondit la reconstruction. C'était une de nos exploitations minières. Je l'avais aussi choisie comme étape pour faire le plein lors de mon dernier voyage. La *Reine d'Hiver* devait s'y poser, remplir ses cuves et repartir vers l'espace transneptunien profond.

— On nous a amenés ici, dit Hector. Ce vaisseau n'est pas la *Reine d'Hiver* : il lui ressemble, mais tout ce qui se trouve sous sa coque est bien plus neuf et rapide. Tu devais être au courant.

— Je sais qu'il y avait un plan, et que Sunday a suivi les indices.

— Et le but de ce plan était de nous mener de nouveau vers la Lune et le Palais d'Hiver ? demanda Geoffrey.

— Pas uniquement, dit Eunice. Il y avait autre chose. Tu crois que c'est par hasard que j'ai montré la Folie de Chakra à Sunday ou que je lui ai posé la question à propos des couleurs des pierres ?

— Je ne vois pas de quoi tu parles, dit Geoffrey.

— Pour que les choses soient claires, je vais vous dire qui je suis. Je ne suis pas simplement la reconstruction que tu as déjà rencontrée.

— Efface-la, dit Jumai. Elle a été bousillée pendant la transmission.

— Écoutez, dit brusquement Eunice comme si elle leur donnait un ordre. Je suis ce que je suis. Sunday a trouvé mon vieux casque sur Mars. Moi… celle qui vivait… avait installé une personnalité interactive de faible niveau dans le casque. Cette personnalité, que j'ai créée, contenait sans doute des infos que la reconstruction, bien que plus sophistiquée, ne possédait pas. Sunday a rapporté le casque sur Terre. Prudemment, elle a contourné le sphinxware et a fondu mes deux versions en une unique reconstruction qui a la personnalité de la reconstruction originelle et les informations additionnelles que seule possédait la version du casque.

— Et c'est à cette fusion que nous parlons, là ? demanda Jumai.

— Non, répondit patiemment Eunice, parce qu'il n'y avait tout simplement pas le temps de transférer cette version au vaisseau. Sunday a fait de son mieux pour me réduire à l'essentiel.

— Vous étiez deux, autrefois, dit Geoffrey. Une qui me suivait et l'autre avec Sunday. Maintenant, il y en a combien… trois ? quatre ?

— Peu importe, répliqua Eunice avec dédain. Vous ne pouvez parler qu'à celle-ci, et si je retourne dans l'aug, toutes mes facettes pourront être réintégrées dans un seul modèle. Pour l'instant, une seule chose importe : comment je peux vous aider. Alors, racontez-moi ce que vous avez foutu depuis votre arrivée près de Cœur-de-Lion.

— Nous avons réfléchi à ce que nous ferions ensuite, dit Hector. Selon les fichiers, ce vaisseau vient d'ici. Il est donc rentré chez lui. Mais nous sommes dans une impasse. Nous sommes arrêtés là, et Cœur-de-Lion ne répond pas à nos transmissions. Que sais-tu de cet endroit ?

La reconstruction parut soupeser ses options.

— Toutes nos usines possèdent certaines fortifications pour se protéger d'autres entreprises commerciales. Dans le cas de Cœur-de-Lion, j'ai sans doute dû augmenter ces défenses. Mais il aurait dû reconnaître la *Reine d'Hiver*… ou ce qu'est devenu ce vaisseau… maintenant.

— Ça ne semble pas le cas, dit Geoffrey.

— Vous avez envisagé une approche lente, en espérant que les systèmes d'amarrage automatique prennent le relais ?

— C'était ce que nous allions essayer, expliqua Geoffrey. Si personne ne nous en dissuadait.

La doublure pivota la tête pour regarder les plans qui montraient l'orientation relative du vaisseau et de l'astéroïde.

— L'appareil a peut-être subi des dégâts sur les comms directionnelles durant sa sortie du Palais d'Hiver, un dommage invisible sur la vue d'ensemble du vaisseau. Ou les systèmes de chiens de garde que j'ai installés sur Cœur-de-Lion ont subi une panne qui les empêche de répondre par le protocole adéquat. Jusqu'à ce que le contact soit établi, ou que les défenses anti-intrusion soient désactivées, il y a un certain risque à tenter une approche.

Hector prenait un air incrédule.

— C'est tout ce que tu nous proposes ? Un « certain risque » ? C'est comme si tu nous disais qu'il y a un « certain risque » à jouer à la roulette russe.

Eunice hésita avant de répondre.

— Il y a un dispositif de neutralisation de la sécurité dans le sas de l'installation d'amarrage à la surface, mais il faudrait que quelqu'un le désarme avant.

— Avant que nous accostions ? demanda Jumai.

— De préférence.

— Envoie la doublure, dit Hector. Elle peut survivre au vide.

— Le sas risque de bloquer les signaux de direction, prévint Eunice. Le système est conçu pour empêcher toute intrusion par des machines. Et il faudra sans doute une présence humaine pour neutraliser les défenses, peut-être même un Akinya. Tout dépend de la façon dont je l'ai configuré.

— Et tu ne t'en souviens pas ? demanda Hector.

— Si c'était le cas, je vous l'aurais dit.

— Nous sommes à dix kilomètres de Cœur-de-Lion, dit Geoffrey. Il faudrait être fou pour croire que nous pouvons parcourir cette distance. Même si nous avions des combinaisons.

— Nous en avons, répondit Hector. Je les ai vues quand je cherchais où poser les bombes. On peut même y accrocher des unités de manœuvre pour les sorties extravéhiculaires. Je m'en suis déjà servi, elles sont assez intuitives.

— Ça reste dingue.

La gorge d'Hector se serra.

— Quel autre choix avons-nous ? Espérer que ce vaisseau tiendra jusqu'au bout ?

— Vous avez l'aérofrein, dit Eunice. Il est conçu pour traverser des atmosphères à Mach 50. Il est plutôt résistant.

— Il a déjà morflé lorsque nous sommes sortis de l'habitat, dit Geoffrey.

— Si vous le placez entre Cœur-de-Lion et le vaisseau, il devrait vous protéger un peu, répondit Eunice.

— Et il n'y a pas de risque qu'il donne l'impression d'être un bélier ? demanda Hector.

— Si, mais il faut l'accepter. Si vous arrivez latéralement, vous serez vulnérables à une attaque sur le flanc. Je vais vous expliquer comment vous retourner. Écoutez-moi puis entamez une approche lente.

— Nous obéissons à une doublure, désormais ? demanda Hector.

— On dirait bien, répondit Jumai.

Geoffrey secoua la tête.

— Nous n'obéissons pas. Nous avons lancé un logiciel d'analyse tactique et nous suivons ses conseils.

— Je vous rappelle que je suis toujours dans la pièce, dit Eunice.

— Nous sommes au courant.

Geoffrey jeta un coup d'œil à son cousin et lut dans ses yeux qu'Hector était disposé à accepter l'intervention de la doublure, pour l'instant.

Celui-ci posa les mains sur les commandes de direction manuelles.

— Nous avons la maîtrise des propulseurs. Nous allons faire tourner le vaisseau sous la direction d'Eunice. Jumai, ça risque d'être délicat.

— Pas de problème.

— Ce que je veux dire, c'est que nous devrions peut-être nous mettre en combinaison. Descends aux casiers, enfiles-en une, puis mets les deux autres en mode esclave pour les rapporter toutes les trois.

— Comment je fais pour les mettre en mode esclave ?

— Tu leur demandes gentiment, dit Hector.

# Chapitre 37

Il fallait vraiment qu'ils baptisent le vaisseau, estimait Geoffrey. Il en avait assez de l'appeler « le vaisseau », mais il ne voulait pas non plus lui redonner le nom de *Reine d'Hiver* puisqu'ils savaient qu'il ne s'agissait pas de l'appareil qu'Eunice avait emmené aux confins du système. Vu l'affection qu'il lui portait, *Salaud* ou *Meurtrier* étaient envisageables. Ils auraient peut-être le temps d'en débattre lorsqu'ils se seraient amarrés à Cœur-de-Lion.

Ils tournaient. Lentement, extrêmement lentement. Les vaisseaux spatiaux n'étaient pas comme les avions, conçus pour virer sur l'aile et faire des acrobaties. Ils ressemblaient davantage à des gratte-ciel ou à des poteaux électriques qui supportaient assez peu de tension mécanique. Une trop grande force de torsion, et un vaisseau aussi gros que celui-ci se briserait comme une branche.

— Deux kilonewtons en continu, dit Eunice. Troisième dorsale, un kilonewton, cinq secondes.

Elle distribuait les ordres comme un professeur de danse sévère.

— Ces bras centrifuges m'emmerdent, ils altèrent mes calculs, car il y a trop de vitesse angulaire le long de notre axe. Pourquoi ne les avons-nous pas rangés avant ?

— Tu ne l'as pas demandé, dit Hector.

— Quatrième et sixième dorsales, un kilonewton chacune, trois secondes. Arrière, un demi-kilonewton, une seconde.

Elle se tut, examina les résultats. Comme dans un avion, il y avait un décalage trompeur entre l'ordre et son exécution.

— Visiblement, ça marche, conclut-elle.

Eunice avait beau avoir de l'expérience, seuls Hector et Geoffrey pouvaient entrer les commandes. Ils étaient assis l'un près de l'autre et attendaient les ordres d'Eunice. Geoffrey sentait la tension de son cousin qui s'échappait parfois comme de la vapeur. Il avait passé la moitié de sa vie dans l'espace et avait voyagé dans toutes sortes de vaisseaux spatiaux commerciaux. Mais rien d'aussi gros, d'aussi étrange, ni dans des circonstances aussi difficiles.

Lorsque l'appareil eut fini de se réorienter, Jumai était revenue des casiers. Elle portait une combinaison, sans le casque qu'elle avait accroché à son bras par la visière ouverte, et les deux autres vêtements la suivaient comme des zombies. Elle leur ordonna de rester immobiles à l'extérieur du poste de pilotage tandis qu'elle se réinstallait dans son siège.

— Ils sont aussi modernes que les caissons d'hibernation, fit remarquer Hector. Je te l'accorde, Eunice, tu n'as pas lésiné sur l'essentiel. Geoffrey, mets ta combinaison. Il faut se préparer au pire.

— Des nouvelles de l'astéroïde ? demanda Jumai.

— Pas le moindre signal, répondit Geoffrey.

Il s'extirpa de son siège, prit l'une des deux combinaisons restantes et écarta les bras et les jambes, comme s'il attendait qu'un tailleur vienne prendre ses mesures.

— Habille-moi, dit-il, et le vêtement obéit, venant se refermer autour de son corps jusqu'à ce que seule sa tête se retrouve à l'air libre.

Grimaçant – la combinaison avait pincé un bout de peau autour de sa cuisse –, il prit le casque et retourna sur son siège afin qu'Hector puisse répéter le processus avec l'autre habit.

— L'aérofrein est aligné, annonça Eunice lorsque tout le monde fut attaché. Nous allons démarrer l'approche. Latérales une, trois, six : deux kilonewtons, poussée de dix secondes.

Geoffrey sentit l'accélération. À peine eut-il compté jusqu'à dix dans sa tête que c'était terminé. Ils se retrouvaient de nouveau en apesanteur, dérivant vers Cœur-de-Lion.

— Les lancements de colis continuent, toujours à l'heure, dit Jumai. C'est bon signe, non ?

— Tant qu'ils ne nous arrivent pas dessus, dit Hector.

Malgré les milliards de tonnes de glace extraits de l'astéroïde, son champ gravitationnel était minuscule. Ils n'allaient pas se poser sur Cœur-de-Lion au sens strict du terme ; ils allaient plutôt s'y amarrer. Mais une partie de Geoffrey n'arrivait pas à s'y faire. Lorsque l'astéroïde eut grossi jusqu'à emplir tous les écrans, aussi menaçant qu'un iceberg taché d'un sang qui aurait coagulé jusqu'à un rouge foncé et rêche, son cerveau commença à chercher un haut et un bas. Il dut faire un effort conscient pour cesser de s'accrocher aux bras de son siège, comme s'il risquait de tomber vers l'avant du vaisseau.

—Neuf kilomètres avant l'amarrage, annonça Hector. Nous allons devoir utiliser les propulseurs pour ralentir si les commandes d'approche ne se lancent pas. Jumai, continue d'envoyer des messages. Ils risquent d'arriver au dernier moment.

—Tu as une idée de ce que nous allons découvrir sur ce truc? demanda Geoffrey.

—J'espérais que tu avais toutes les réponses, cousin.

—Tout un tas de gens vont vouloir regarder de plus près ce vaisseau. Peut-être que Cœur-de-Lion a un rapport.

—Je te rappelle qu'il reste la propriété d'Akinya, dit Hector. Ils ne pourront l'examiner que lorsque nous le voudrons. Je me suis peut-être trompé en voulant garder sous clé l'héritage d'Eunice, je veux bien l'avouer. Mais ça ne signifie pas que je vais négliger mes obligations envers la famille.

Dans d'autres circonstances, Geoffrey aurait pu le prendre comme une provocation. Mais, dans les paroles d'Hector, il n'entendit que de l'épuisement et de la résignation, les convictions fatiguées d'un homme qui regarde la tombe qu'il s'est lui-même creusée.

—C'est très important pour toi, dit-il, stupéfait.

—Bien sûr, répondit Hector, surpris de devoir le confirmer. Ça ne fait pas de moi un monstre, tout comme rejeter la famille ne fait pas de toi un salaud.

—Sept kilomètres, dit Jumai.

Ils avaient toujours su que Cœur-de-Lion pouvait les attaquer sans prévenir, mais ils furent tout de même surpris de voir cette éventualité se réaliser avec une telle indifférence. Le colis de glace sortit à l'heure, quatre-vingt-dix secondes après le précédent, mais lorsqu'il jaillit du lanceur, les lasers de manœuvre le firent virer à presque quatre-vingt-dix degrés. Tout se déroula trop vite pour qu'ils l'analysent: ils comprirent qu'ils étaient attaqués lorsque le vaisseau se mit à trembler violemment et longtemps, vacillant et tanguant comme sur une mer déchaînée. Geoffrey se prépara à la dépressurisation, ou à pire, mais l'air ne s'échappa pas. Le cœur tambourinant dans la poitrine, il chercha, sur les plans, des signes de dégâts. Mais Hector l'avait devancé.

—Nous avons perdu un bras centrifuge; il n'était pas protégé par l'aérofrein. L'autre tourne encore, il fait contrepoids.

—Nous devrions pouvoir l'arrêter, dit Geoffrey d'une voix plus calme qu'il ne l'était en réalité. Le ralentir ou le ranger, je ne sais pas.

Le vaisseau cessa de remuer sans intervention de leur part. L'appareil avait donc dû percevoir les dégâts et réagir en fonction. Geoffrey jeta un coup d'œil au chronomètre de la console et compta à rebours dans sa tête. Combien de secondes s'étaient écoulées?

Hector reposa les mains sur les commandes.

— J'interromps notre marche en avant.

— Ça ne suffira pas, dit brusquement Eunice. Vous avez pris un coup en traître. Le vaisseau dérive toujours hors de son axe. Vous allez perdre la protection de l'aérofrein dans trente secondes. Troisième dorsale, deux kilonewtons, trois secondes. Vas-y. *Tout de suite.*

— C'est trop, dit Hector lorsque le vaisseau eut exécuté l'ordre.

— Tu as été trop lent. Latérales un et six, deux kilonewtons, deux secondes. Geoffrey : quatrième dorsale, un kilonewton, une seconde : *allez.*

— Nous dérivons toujours, dit Jumai quelques instants plus tard.

— Nous allons reprendre le contrôle. Passez aux moteurs verniers. Latérales un et trois, dorsales deux et cinq : cinq secondes de micropoussée.

— L'aérofrein se réaligne, dit Geoffrey.

— Bien. Restez comme ça encore dix secondes. Préparez-vous pour les latérales deux et cinq, poussée de deux secondes. Ça devrait achever le travail.

Lorsque le vaisseau se retrouva à l'arrêt, immobile par rapport à Cœur-de-Lion, Hector annonça :

— Le bras centrifuge est stable et rangé. Je ne crois pas que nous ayons perdu beaucoup d'air : les portes internes ont dû se fermer dès qu'il s'est brisé.

— Tu crois que nous devrions reculer à dix kilomètres de distance ? demanda Geoffrey. Tout allait bien avant que l'on tente de se rapprocher.

Hector se détachait déjà de son siège.

— Peut-être, mais si nous faisons ça, nous allons nous retrouver à la case départ : à la dérive et sans carburant pour rentrer chez nous. D'après moi, nous n'avons plus qu'une solution, dit-il en s'éjectant du fauteuil et en tourbillonnant en l'air. Je vais aller jusqu'à ce sas et désarmer les systèmes de sécurité.

— Tu vas parcourir sept kilomètres dans l'espace ? demanda Geoffrey.

— C'est mieux que dix.

Hector se stabilisa en posant le bout des doigts contre le mur et ouvrit la porte.

Le vaisseau trembla de nouveau. L'impact fut bien plus fort cette fois, et il déclencha une cascade d'alertes et de relevés de dégâts. Les vibrations qui suivirent l'impact grondèrent comme le passage d'un train express et s'évanouirent au bout de dix secondes.

— Coup direct sur l'aérofrein, dit Jumai lorsque les messages de diagnostic eurent localisé le point d'impact.

— Même si nous reculions maintenant, ça ne changerait rien, dit Eunice.

Geoffrey et Jumai quittèrent leurs sièges.

— Il doit bien y avoir une autre solution, dit Geoffrey. Si nous nous laissons dériver assez loin de Cœur-de-Lion, nous finirons par ne plus être à portée.

Hector s'apprêtait à mettre son casque.

— Ce n'est pas comme ça que ça marche ici, cousin. Tant que Cœur-de-Lion peut nous voir, il peut nous atteindre.

— Il a raison, dit Eunice. À moins que vous trouviez une comète derrière laquelle vous cacher, vous n'avez pas d'autre choix. L'aérofrein ne va pas tenir indéfiniment.

Jumai et Hector avaient désormais entièrement revêtu leur combinaison, y compris le casque, mais la jeune femme n'avait pas encore refermé sa visière. Hector respirait déjà l'air du scaphandre : une image de son visage, déformée et agrandie, était apparue sur la surface externe de sa visière. Il n'était plus qu'une caricature de lui-même.

— Inutile que nous y allions tous les trois en même temps, dit Hector. Jumai en sait plus sur les contre-mesures de sécurité que nous, mais si elle tombe sur un système génétiquement fermé, elle ne pourra pas le désarmer. Et puis ce ne sont pas ses affaires. Il ne reste donc que toi et moi, cousin.

— Bien, dit Geoffrey. Nous traverserons ensemble.

— Mieux vaut que j'y aille seul et que vous rapprochiez le vaisseau lorsque je vous donnerai le feu vert.

Un autre impact les heurta, aussi violent que le précédent.

— À ce rythme, il ne restera rien à rapprocher, dit Geoffrey.

Hector ouvrit la bouche comme s'il s'apprêtait à lui répondre puis la referma et hocha la tête.

— Suis-moi et je te montrerai comment les modules de manœuvre fonctionnent. Eunice, reste avec nous. Tu peux encore nous être utile.

Geoffrey aurait dû prévoir des complications, mais ce ne fut que lorsqu'il eut accroché les propulseurs qu'il commença à entrevoir la nature des difficultés. Le problème ne venait pas des modules en eux-mêmes : dès qu'il eut étudié les commandes, nichées sous ses bras comme des accoudoirs, Geoffrey comprit ce qu'Hector avait voulu dire en les qualifiant d'intuitives.

Mais elles étaient encombrantes. En se serrant, deux personnes en combinaison auraient pu entrer dans le sas de la partie centrale du vaisseau. Avec les propulseurs en place, il ne pouvait en contenir qu'une.

—Nous allons quand même traverser ensemble, dit Geoffrey. Passe dans le sas et attends de l'autre côté que j'arrive. Nous entamerons la traversée après le prochain paquet.

Le visage caricatural d'Hector acquiesça.

—C'est une bonne idée. Nous aurons au moins quatre-vingt-dix secondes tranquilles. Si nous arrivons à nous approcher suffisamment de Cœur-de-Lion, la station ne pourra peut-être pas nous envoyer un de ses colis dessus.

Il tendit une main gantée et tapota sur les commandes de l'ouverture.

—On se voit de l'autre côté, cousin, lança-t-il.

Le vaisseau vacilla. Hector se projeta dans le sas et ferma la porte intérieure. Le voyant sur la cloison passa au rouge, indiquant que la dépressurisation était en cours.

—Quatre-vingt-dix secondes, dit Geoffrey sur le canal de combinaison à combinaison choisi. Celui-ci m'a semblé méchant.

La porte intérieure remua et ses joints d'étanchéité se resserrèrent.

—Il a ouvert la porte extérieure, dit Jumai, stupéfaite. Il n'a pas attendu que le sas se dépressurise!

—Hector, tu fais quoi, là? Tu viens d'évacuer tout l'air d'une pièce!

—Nous en avons assez et c'était bien plus rapide que d'attendre le cycle normal, dit Hector avec un calme qui semblait pathologique, dans ces circonstances. Mais ne t'en fais pas. La porte extérieure se referme normalement et pourra encore contenir de l'air. D'ici une minute ou deux, la pression normale devrait être rétablie.

—Il s'en va, dit Jumai dont la visière ouverte était appuyée contre le hublot de contrôle près du sas.

—Hector! Nous étions d'accord!

—Que nous prenions tous les deux ce risque serait absurde, Geoffrey. Tu as risqué ta vie en venant sur ce vaisseau pour me sauver. Il est normal que je te rende la pareille.

Jumai tourna le verrou jusqu'à ce qu'il revienne à sa position initiale.

—Ça va prendre du temps. L'air s'évacue du sas bien plus vite qu'il ne le remplit et la porte intérieure ne s'ouvrira pas avant qu'il y ait une pression atmosphérique de l'autre côté. Si j'avais une heure, je pourrais trouver comment contourner ça, mais…

—Tant pis.

Geoffrey fit un effort de concentration et regarda de nouveau les commandes des propulseurs. Au premier coup d'œil, elles paraissaient simples, mais il avait compté sur Hector pour l'aider à faire ses premiers pas à l'extérieur.

— Je dois le suivre, dit-il. Si je ne le fais pas, je ne pourrai jamais me regarder de nouveau dans la glace. Il faut qu'un être vivant reste dans le vaisseau. La doublure ne compte pas.

Le vaisseau trembla de nouveau.

Le voyant du sas passa au vert, indiquant qu'il était opérationnel. La brusque dépressurisation d'Hector n'avait eu pour conséquence que la fuite d'un peu d'air dans l'espace, et n'avait provoqué aucun autre dégât. Geoffrey s'efforça de respirer lentement, mais cela ne calma en rien son rythme cardiaque. Il était terrifié. Il ne voulait pas sortir, aller dans l'espace. Il ne s'était jamais aventuré à l'extérieur d'un vaisseau et encore moins dans une situation où il risquait d'être tué à tout moment. Mais il avait dit la vérité à Jumai. Il devait pouvoir vivre avec les conséquences de ses actes, et abandonner Hector à son sort le rongerait de l'intérieur.

Le sas s'ouvrit. Geoffrey se propulsa à l'extérieur et heurta la cloison avec trop d'élan. Il fit un signe de tête au visage caricatural de Jumai puis la porte interne se referma.

La commande d'aération d'urgence, celle qu'Hector avait déjà déclenchée, n'aurait pas pu être plus visible. C'était une poignée rouge de la taille d'une anse de pelle, enfoncée dans le mur pour qu'on ne puisse pas l'actionner involontairement. Geoffrey la saisit fermement. Une autre prise, à côté, permettait de se tenir au moment de la brusque décompression. Il s'y accrocha de l'autre main.

— Évacuation, dit-il.

Il se sentit aspiré lorsque l'air s'échappa du sas, mais il tint bon. Son affichage tête haute lui indiqua qu'il se retrouvait désormais exposé au vide. Geoffrey sortit du sas en prenant bien soin de ne pas heurter les propulseurs sur son dos en passant. Instinctivement, il avait envie de rester en contact avec le vaisseau, mais cela ne le mènerait nulle part. Il devait s'abandonner à l'espace et faire confiance à son harnais.

Il se poussa.

— Je suis dehors, annonça-t-il.

— Tu vois Hector ? Il est sorti de mon champ de vision.

— Il doit être de l'autre côté de l'aérofrein. (Geoffrey posa les mains sur les commandes couplées des propulseurs et déclencha une petite poussée.) Hector, tu m'entends ?

— Je suis toujours là, Geoffrey. Apparemment, tu es sorti du vaisseau.

— Tu savais que je te suivrais.

Hector soupira, amusé.

— J'aurais sans doute fait la même chose. Ce qui n'excuse aucun d'entre nous.

La propulsion avait éloigné Geoffrey de la coque. Il regarda en arrière et vit le vaisseau en entier pour la première fois. L'aérofrein était un cercle renforcé qui lui cachait une bonne partie du ciel, légèrement lenticulaire à l'endroit qu'il observait, et convexe pour plus d'aérodynamisme, de l'autre. Même avec la vision améliorée, des détails lui restaient invisibles. Les ombres étaient noires, les surfaces éclairées sombres.

Il devait sortir de l'abri de l'aérofrein s'il voulait suivre Hector.

Une lumière blanche apparut autour du bouclier circulaire qui se transforma en un soleil éclipsé, entouré d'une couronne. La lumière s'évanouit. Il n'avait rien senti, rien entendu, mais il avait compris qu'un autre colis venait de heurter l'aérofrein.

— Hector ?

— Toujours là. Comment va Jumai ?

— Ça va, répondit-elle.

— N'envisage même pas de nous suivre, ajouta Hector.

Geoffrey mit un terme à sa dérive latérale. Il commençait à émerger de l'ombre protectrice de l'aérofrein et les systèmes de lancement de l'astéroïde réapparurent. Presque aussitôt, la visière afficha un icone sur un minuscule point de lumière. Près du symbole, des chiffres indiquaient la distance et la vitesse relative à un objet, à deux kilomètres de là.

— Je te vois, Hector.

— Bien, on a compris, tu peux rentrer, maintenant.

Geoffrey enfonça le bouton de commande en forme de flèche pour prendre à peu près la même trajectoire que son cousin. Il déclencha une petite poussée et vit la coque du vaisseau défiler. L'aérofrein se rapprochait. Il évalua son approche en espérant s'être laissé assez de marge pour ne pas foncer dedans ou heurter son rebord en passant. L'icone lui indiquait qu'il se trouvait mille huit cents mètres derrière Hector, mais celui-ci continuait à prendre de l'avance. Des éclairs stroboscopiques bleus s'échappèrent de ses propulseurs. Il accélérait.

Geoffrey passait désormais près de l'aérofrein. Il l'avait frôlé – et, en s'en approchant, avait craint d'avoir fait une mauvaise estimation fatale –, mais il l'avait simplement dépassé dans un silence absolu, puis il avait jeté un coup d'œil en arrière pour inspecter les dégâts sur le vaisseau. C'était pire que ce à quoi il s'attendait. Les impacts de glace avaient percé des trous d'un mètre de profondeur dans le revêtement ablatif de l'aérofrein et mis au jour un tégument sous-jacent d'éléments de soutien géodésiques et d'absorbeurs de choc. Même si quatre-vingts pour cent de l'aérofrein restaient intacts, il n'était plus en mesure d'assumer son rôle initial.

La combinaison de Geoffrey tourna brusquement. Un rocher de la taille d'un poing passa près de lui dans la nuit. Il imagina qu'il devait s'agir d'un débris de l'aérofrein que son scaphandre avait détecté et évité.

— Jumai, dit-il, reste en combi et enfile les propulseurs dorsaux. Le vaisseau n'en a plus pour longtemps.

— Ouais, j'avais compris.

Le timbre de sa voix avait changé et il lui fallut quelques secondes pour comprendre pourquoi. Elle respirait l'air de la combinaison.

Il regarda de nouveau en arrière : juste à temps pour voir une minuscule silhouette sortir de l'éclipse derrière l'aérofrein.

Sachant qu'il n'y avait rien à faire – inutile de tenter de la convaincre, alors qu'il avait fait exactement la même chose –, il reporta son attention sur la forme lointaine d'Hector. Deux mille mètres, et l'écart augmentait. Il fit accélérer ses propulseurs et sentit la poussée contre sa colonne vertébrale. Il laissa les boutons enfoncés aussi longtemps qu'il l'osa et vit la vitesse relative atteindre zéro puis passer aux chiffres positifs. Geoffrey estimait qu'il avait parcouru un kilomètre – à peu près la longueur du vaisseau – depuis qu'il avait passé l'aérofrein. Hector devait être à mi-chemin, et il était toujours là, encore vivant.

Un éclat bleu stria le ciel : la vapeur surchauffée d'un colis de glace, éjectée de Cœur-de-Lion comme la langue d'un caméléon. Tout le cosmos devint blanc. Il regarda en arrière et vit l'aérofrein briller devant le halo gris pâle du système solaire intérieur. La lueur s'estompa, s'assombrissant vers le rouge, puis le noir. D'autres dégâts apparurent.

— Jumai ?

— Toujours là. Je suis la seule à me demander comment nous allons rentrer chez nous sans vaisseau ?

— Nous pourrons nous passer de l'aérofrein, si nous parvenons à remplir les cuves du carburant qu'utilisent ces moteurs, dit Hector. Il me suffit de persuader Cœur-de-Lion que nous sommes ses nouveaux amis. Ça ne paraît pas trop compliqué, hein ?

— Dit comme ça..., répondit Geoffrey.

— Je ne suis plus qu'à deux kilomètres. Je vois le sas d'ici. Si les protocoles sont standards, je ne devrais pas avoir de problème pour ouvrir la porte extérieure. Je suis un peu à côté de la plaque, alors je vais devoir...

Un éclat blanc brilla devant Geoffrey.

Il pensa d'abord qu'Hector avait entrepris de corriger son angle d'approche, ou qu'il avait commencé à réduire sa vitesse pour se préparer à atterrir près du sas.

Mais ce n'était pas ça.

— Hector ? demanda-t-il en craignant ce que son intuition lui annonçait : que le flash ait été trop brillant pour n'être qu'une correction de trajectoire.

Son cousin ne répondait pas.

Sur la zone de la visière de Geoffrey réservée aux comms, un symbole d'alerte rouge se mit à clignoter.

— Hector ! cria-t-il.

Mais il connaissait la vérité. Il n'avait pas besoin que le casque la lui dise. Hector ne parlait pas parce qu'il n'était plus là.

— Il est mort, dit Jumai. Pas vrai ?

Ils continuaient tous les deux à chuter vers Cœur-de-Lion, vers l'endroit, ou la zone dans l'espace, où Hector avait été intercepté et neutralisé.

Geoffrey n'avait pas le temps d'encaisser le choc, de le pleurer, ni même d'avoir peur, en tout cas de ressentir une terreur plus forte que celle qui l'étreignait déjà. Il devait réfléchir sans tarder à sa survie. À sa vitesse actuelle, il atteindrait l'endroit où l'exécution de son cousin avait eu lieu dans à peu près douze secondes.

— Ne fais rien, dit-il à Jumai. Ne rectifie pas ta trajectoire, ni ta vitesse, rien. Pas avant que nous en soyons très près.

— Que s'est-il passé ?

— Hector a dû diriger un jet de propulsion vers Cœur-de-Lion. Je ne crois pas que la station l'avait vu avant. Elle n'avait pas dû le *remarquer.* Il était une cible trop petite comparée au vaisseau, et avec tous les débris qui flottaient autour de l'aérofrein…

— C'est ce que tu espères.

— Si je me trompe, nous allons être bientôt fixés.

Il se dit alors que, de toutes les façons de mourir, il y avait pire que d'être désintégré par un morceau de glace catapulté dans l'espace si vite qu'il ne le verrait pas arriver. Il ne souffrirait pas, car quand la glace l'atteindrait – lorsque l'énergie cinétique du projectile entamerait sa conversion en chaleur et en force mécanique – *il* n'existerait déjà plus et ne sentirait donc rien. Il ne serait plus un organisme. Mais rien qu'une nébuleuse rose de vapeur en expansion et en voie de refroidissement, mélangée à quelques impuretés.

Mais il devait avoir vu juste à propos d'Hector, parce que Cœur-de-Lion ne le tua pas. Il attendit que le monde d'un rouge maussade soit très proche, à portée de main. Il n'osa pas ralentir avant. Il savait que la combinaison pouvait détecter et éviter seule les collisions, mais il n'était pas sûr qu'elle stopperait son mouvement vers l'avant. Il ferma les yeux, car il ne voulait pas voir le sol arriver s'il risquait vraiment de ne pas s'arrêter, puis pressa les boutons de poussée inversée. Quelques secondes s'écoulèrent avant qu'il réalise que s'il ne surveillait pas là où il allait, il risquait de rebondir et de se retrouver de nouveau dans l'espace.

Plus par hasard que par volonté consciente, il se posa sur le sommet – ou le flanc, car il n'y avait pas de pesanteur – de Cœur-de-Lion. Le sol en dessous était rouge, recouvert d'installations grises évoquant des bunkers, strié de tuyaux et quadrillé de radiateurs. La plus grosse structure était une tour soutenue par des piliers et dotée de pinces d'amarrage, ouvertes comme une main, à son sommet. C'est là que leur vaisseau aurait accosté, s'ils avaient effectué une approche classique. Le sas ne devait pas être loin.

Ses pieds touchèrent le sol et s'enfoncèrent dans la surface comme s'il brisait le nappage d'un gâteau pour atteindre son intérieur pâteux. Cela n'était dû qu'à l'élan, pas à son propre poids.

— Je te vois, dit Jumai.

Elle arriva, comme un ange stroboscopique, et il craignit d'abord qu'elle ait commencé à ralentir trop tôt et qu'elle ait ainsi attiré l'attention de Cœur-de-Lion comme Hector. Mais elle n'avait pas commis d'erreur. Elle atterrit à quelques mètres et, pendant un instant, ils ne furent capables que d'une chose : se regarder avec leurs visages caricaturaux stupéfiés.

— Désolée pour…, dit Jumai.

— On verra ça plus tard, l'interrompit Geoffrey, surpris par sa propre froideur, mais conscient qu'il ne devrait pas s'en départir avant d'être à l'abri.

# Chapitre 38

Ils trouvèrent facilement un sas, situé au niveau du sol. Geoffrey restait persuadé qu'il y en avait un autre près des pinces d'amarrage, destiné aux vaisseaux qui arrivaient. Jumai posa sa paume contre le panneau d'entrée éclairé en vert et la porte extérieure s'ouvrit sans problème. Les défenses de l'astéroïde, réglées pour intercepter des appareils à l'approche, ne s'intéressaient pas à ce qui se passait à la surface.

Il y avait assez de place pour deux, dans le sas, même avec leurs propulseurs. La porte extérieure se referma et des volets horizontaux pivotèrent pour laisser entrer de l'air dans la pièce.

— Nous avons perdu le contact avec le vaisseau, annonça Jumai. Eunice avait raison – le sas bloque les communications.

Lorsque la pression se normalisa, Geoffrey retira son casque et le laissa dériver jusqu'au sol.

— Scanner eidétique, dit Jumai en dirigeant son attention vers l'appareil en forme de cerceau juste sous le plafond. Et un lecteur de gènes dans ce panneau de cloison sous le scanner. Tu vas devoir le toucher.

Geoffrey ordonna à la combinaison de se retirer. Il fit un pas, seulement vêtu de sa sous-couche, et trembla en sentant l'air froid pour la première fois. Il se plaça sous le scanner eidétique qui lui rappela celui qui se trouvait dans la ménagerie de Chama et Gleb. L'objet descendit pour venir former une auréole autour de sa tête. L'appareil devait être conçu pour réagir aux souvenirs visuels d'événements ou d'endroits précis ; il pourrait facilement distinguer ceux qui provenaient d'une expérience vécue et ceux issus d'un récit. En même temps, Geoffrey posa la paume contre le rectangle gris du lecteur de gènes. Il sentit un picotement lorsque l'appareil prit un échantillon de cellules de sa peau.

— Quel est votre nom ? demanda une voix de machine en swahili.

Sa gorge se serra, puis il répondit :

— Geoffrey Akinya.

— Quel est votre lien de parenté avec Eunice Akinya ?

— Je suis son petit-fils. Cesse d'attaquer le vaisseau à l'approche, s'il te plaît. Il n'est pas hostile. Je répète, il n'est *pas* hostile.

Le scanner n'indiqua en rien qu'il avait compris, ou qu'il s'en souciait. Le cerceau descendit puis remonta et des symboles fantômes voletèrent devant ses yeux, des hiéroglyphes étranges et absurdes, dans des couleurs presque imperceptibles à l'œil nu : des bleus-jaunes, des verts-rouges. L'appareil enfonçait profondément des doigts intrusifs dans son crâne. Il lisait l'architecture de son cerveau comme un aveugle qui toucherait un visage humain.

— Visualise la maison, Geoffrey Akinya. Tu marches dans l'aile ouest, en t'éloignant du jardin. C'est la fin de l'après-midi.

Choisir un souvenir, parmi les milliers qu'il possédait, paraissait dangereusement arbitraire. Il essaya de se concentrer sur les détails, les objets précis et leur texture révélatrice. L'éclat du parquet ciré, le grincement sous ses chaussures, les murs de plâtre blanc, la lumière qui venait frapper les meubles marron et les vitrines du musée privé. De la poussière en suspension, flottant dans les rayons du soleil. L'odeur de la cuisine qui parvenait à s'infiltrer dans les recoins de la maison.

— Va dans ta chambre.

Il s'y rendit en marchant au lieu d'imaginer la transition. Il ouvrit la porte et tenta de se rappeler le poids exact du battant. Il y était allé récemment, en tout cas selon son point de vue, et il n'eut donc aucun mal à se rappeler ses dimensions, sa disposition simple et ses rares meubles.

— Assieds-toi sur le lit. Regarde autour de toi.

Il s'exécuta, s'efforçant de garder son souvenir en tête de façon continue, et pas simplement de se rappeler des objets et des impressions sans rapports, mais se repassant la scène comme une séquence fluide vue à travers ses yeux.

— Concentre-toi sur les éléphants.

Ils lui étaient venus à l'esprit, mais simplement comme un élément de la chambre. Puis il se souvint que le Palais d'Hiver s'était aussi concentré sur les éléphants, comme s'ils étaient une pièce importante permettant de vérifier son identité.

La question portait alors sur l'âge qu'il avait lorsqu'il les avait reçus en cadeau. Cette fois, l'examen était bien plus minutieux. Il comprit que s'il ne parvenait pas à s'en souvenir parfaitement, il échouerait. Cœur-de-Lion retenait son souffle, et lui aussi.

Il visualisa les éléphants. Il les vit sous six formes distinctes, se souvint de leur poids, de la douceur du bois sculpté dans ses mains, du tranchant des défenses sous ses doigts et de la sensation rugueuse de leurs bases. Les animaux étaient tous sensiblement dissemblables, en plus de leurs différences de taille. Il s'efforça de se représenter les détails qui les distinguaient, les subtiles variations sur les têtes, les oreilles, le placement des défenses et la position des pattes. Il se concentra jusqu'à ne plus pouvoir garder son souvenir en tête.

L'image disparut. La salle s'évapora de sa mémoire.

— Bienvenue, Geoffrey Akinya, dit la voix. Vous avez l'autorisation d'entrer.

Le scanner eidétique remonta vers le plafond. Geoffrey retira la paume du lecteur de gènes.

— Arrête d'attaquer le vaisseau, répéta-t-il en espérant que le système était assez sophistiqué pour comprendre et obéir. Il n'est pas hostile.

— Le système de défense a été interrompu. Avez-vous d'autres instructions concernant le vaisseau ?

— Rétablis les comms.

Jumai, qui avait gardé son casque, dit :

— Lien rétabli. Eunice, tu nous entends ? (Elle attendit quelques secondes, écoutant la voix au bout du fil.) Bien. Le bombardement devrait avoir cessé. Je crois que nous avons persuadé Cœur-de-Lion que nous n'étions pas une menace, mais mieux vaut laisser le vaisseau à l'abri pour l'instant. Si nous parvenons à te faire venir sous guidage automatique, nous te préviendrons.

— Beaucoup de dégâts ? demanda Geoffrey.

— Pas de quoi nous empêcher de rentrer chez nous, si nous trouvons du carburant et de quoi faire quelques petites réparations. Tu crois que nous pouvons laisser les combinaisons et les propulseurs ici sans problème ?

— Garde ta combi, lui conseilla-t-il. L'un de nous doit garder le contact avec le vaisseau. Et en plus, il fait froid.

— Tu pourrais remettre la tienne.

— Ou je pourrais passer cette porte *sur-le-champ* et découvrir pourquoi nous avons été envoyés ici, dit-il en se frappant le torse, bien décidé à supporter le froid pour le moment. À ton avis, je vais faire quoi ?

Geoffrey ouvrit la porte intérieure et entra dans l'astéroïde. Il essayait de ne pas penser à Hector.

Il déboucha sur un quai d'arrivage et une salle de stockage aussi grosse qu'un entrepôt, aussi profonde qu'une soute de cargo. Elle plongeait plusieurs niveaux en dessous de l'endroit où ils avaient émergé et était remplie de pièces détachées sur des râteliers et de conteneurs empilés, aux couleurs primaires éclatantes, et couverts de sigles et d'avertissements. Certains objets appartenaient aux Akinya et d'autres produits ou provisions à des entreprises qui, Geoffrey aurait pu en jurer, n'existaient plus depuis des décennies. Le plafond, à peu près un étage au-dessus, devait dépasser de la surface de Cœur-de-Lion, et formait une des structures en forme de bunkers qu'il avait vues en arrivant. Il ne comportait pas de fenêtres, mais était couvert d'un réseau de lampes. Une passerelle, fermée par un tube grillagé muni de nombreuses prises pour les mains et les pieds, partait d'un petit rebord au niveau de l'entrée du sas. Le quai était brillamment éclairé et sentait le neuf. La mélopée monacale des générateurs et des équipements industriels de survie s'élevait de quelque part en dessous. La vibration remontait à travers la passerelle grillagée, la faisant trembler sous la pression des doigts de Geoffrey. Marcher était impossible dans la pesanteur quasiment inexistante de l'astéroïde. Jumai et lui avançaient par petits bonds et se repoussaient contre le plafond voûté lorsqu'ils remontaient trop haut.

Il était ravi de se déplacer. Le sang revenait ainsi peu à peu dans ses membres et ses doigts.

— Tu t'attendais à ça ? demanda Jumai.

— Hector aurait su bien mieux que moi à quoi s'attendre, dit Geoffrey, essoufflé. Mais si tu m'avais demandé de deviner ce qui se trouvait à l'intérieur de l'une de nos usines d'extraction, je t'aurais répondu à peu près ça. Il doit y avoir de la pression et du chauffage pour les techniciens qui viennent tous les trente-six du mois. Il faut aussi des pièces de rechange pour les machines et du matériel pour les objets que les robots ne peuvent, ou n'ont pas le droit, de fabriquer. Et nous savons que l'usine est toujours en fonctionnement.

— Eunice ne nous a pas envoyés ici pour une simple revue d'effectif.

— Non.

À l'autre bout de la passerelle, ils tombèrent sur une autre porte, assez solide pour maintenir la pression, mais pas un sas. Elle s'ouvrit à leur approche et révéla un compartiment ressemblant à une cabine, avec des harnais et quatre sièges dotés de ceintures. Il s'agissait d'un ascenseur, jugea Geoffrey, ou ce qui faisait office d'ascenseur dans un monde quasiment dépourvu de toute pesanteur.

— Puisque nous sommes là, dit-il pour répondre à la question que n'avait pas posée Jumai.

Ils choisirent un fauteuil et s'y attachèrent. Jumai eut du mal à passer sa ceinture autour de la masse de sa combinaison. La porte ne se referma que lorsqu'elle eut réussi. Geoffrey sentit aussitôt une légère accélération. Dans la mesure où il pouvait se fier à son sens de l'orientation, il avait l'impression qu'ils descendaient, dans les entrailles de Cœur-de-Lion.

— Eunice ? demanda Jumai sans trop y croire.

Il n'y eut pas de réponse. L'ascenseur accéléra encore.

Le trajet dura entre une et trois minutes, assez longtemps – étant donné leur évidente vitesse – pour pénétrer d'au moins deux kilomètres dans l'astéroïde. La nacelle ralentit brusquement, mais ce ne fut que lorsque la porte se rouvrit que Geoffrey fut certain qu'ils s'étaient arrêtés.

Ils sortirent de l'ascenseur pour entrer dans une salle blanche de la taille d'un petit hall d'hôtel. Ses recoins et ses garde-fous colorés lui donnaient l'allure utilitaire et modulaire d'une pièce de vaisseau spatial qu'on aurait insérée loin sous terre. Des portes circulaires, disposées sur trois des murs, ouvraient sur des couloirs voûtés et éclairés en rouge. On entendait beaucoup plus le vrombissement des générateurs, ici, et les cloisons affichaient une série sans fin de mises à jour défilantes et de diagrammes complexes et multicolores. Rien de surprenant dans un complexe minier dirigé à distance. Le son provenait peut-être de la vibration d'une énorme foreuse qui perçait l'enveloppe froide de cette comète mort-née…

Ou d'autre chose.

Le sol trembla.

— Tu as senti ? demanda Geoffrey.

— Un lancement de colis, dit Jumai. J'en ai perçu un tout à l'heure, quand nous étions dans le tunnel. Tu devais être en l'air quand c'est arrivé. Ils sont toujours à l'heure, visiblement. Les affaires continuent.

Ils se crispèrent tous les deux. Ils n'avaient pas exactement entendu des pas, mais quelque chose qui approchait, et se déplaçait en employant quatre pattes dans cette si faible pesanteur. Cela arrivait par un des couloirs éclairés en rouge, précédé par ce bruit rapide. Sans défense, Geoffrey se contenta de chercher une prise et de s'y accrocher. Jumai s'apprêtait à fermer sa visière, mais elle renonça et baissa lentement les bras.

La créature était un golem. Geoffrey s'en rendit compte lorsqu'il apparut, à la sortie d'un virage. Il était humanoïde, mais se déplaçait avec l'énergie survoltée et la cadence soutenue d'un gibbon, sa démarche trop rythmée et chorégraphiée pour être tout à fait naturelle. Il avançait en culbutant, mais conservait une vitesse impressionnante. Ce ne fut que lorsque le golem approcha de la porte qu'il reprit un déplacement un peu plus organique.

La reconstruction de Sunday avait pris pour modèle Eunice à la fin de sa vie publique, et imité son apparence avant son départ en exil.

À l'époque, leur grand-mère avait soixante-dix ans et n'avait pas fait beaucoup d'efforts pour masquer son âge. Ici, c'était différent. Ils se retrouvaient face à une incarnation bien plus jeune, peut-être deux fois moins âgée que la reconstruction originelle.

Le golem portait un simple vêtement noir d'une pièce, avec plusieurs sigles et drapeaux sur les manches. Les cheveux d'Eunice étaient longs et épais, sombres sans la moindre mèche blanche, et elle les avait tirés en arrière et noués en un chignon enroulé dans un filet noir. La coupe était austère, plutôt conçue pour l'absence de pesanteur que pour suivre une mode, mais elle lui donnait une certaine élégance, modeste et discrète. Geoffrey avait vu d'innombrables images de sa grand-mère jeune, mais il ne l'avait jamais trouvée aussi belle. Elle l'était, pourtant. Une ossature fine, un long cou, des pommettes saillantes et de grands yeux qui transperçaient Geoffrey. Et quelque chose qu'il n'avait jamais remarqué, sur toutes ces photos : un doux sourire entendu.

Il la détestait toujours pour ce qu'elle avait fait à Hector. Ce qui était ridicule, évidemment : même s'il était plus commode d'envisager le golem ainsi, il ne s'agissait pas d'Eunice.

Il ne devait pas l'oublier.

— J'ai toujours espéré que ce serait toi, Geoffrey, dit-elle en l'examinant longuement. (Elle s'était immobilisée, debout, les pieds au sol.) Je n'y comptais pas vraiment, et peu importait que quelqu'un d'autre vienne à ta place. Il aurait été testé lui aussi, et s'il s'était avéré appartenir à la famille Akinya, et posséder de solides liens avec la maison, il aurait pu également passer le scan eidétique sans problème.

Il avait tellement de questions qu'il ne savait par où commencer.

— Si je suis ici, c'est parce qu'Hector et Lucas m'ont envoyé enquêter sur le coffre. S'ils avaient dépêché quelqu'un d'autre, tu serais en train de leur parler à eux.

— Quelqu'un d'autre aurait-il eu le courage de venir jusqu'ici ? dit-elle avant de pencher la tête. J'ai extrait quelques-uns de tes souvenirs, durant le scan eidétique. Pas très éthique, mais nécessaire. Je sais en partie ce que tu as traversé. Et j'en suis désolée, mais je ne pouvais pas faire autrement.

— Elle raconte des conneries, dit Jumai. Les scans eidétiques ne peuvent pas extraire, ni traiter des souvenirs aussi facilement. Ils cherchent des corrélations avec des motifs d'images connus ; ils ne peuvent pas fouiller dans ta tête au hasard, comme l'on chercherait une chaussette dans un tiroir. Les machines ne sont pas assez intelligentes pour tirer un sens des données brutes. Il en faudrait une dotée d'une cognition du niveau d'une intellart, au mi…

— Alors heureusement que je suis dirigée par une intellart, l'interrompit Eunice avec une impolitesse absolue. Et pas une de ces mauviettes modernes à qui l'on a retiré les griffes. Une machine militaire, de plus de quatre-vingts ans, tout à fait capable de passer un test de Turing : le genre de truc que la Police cognitive était censée détruire.

— Aurais-tu dû nous dire cela ? demanda Geoffrey. Ou comptes-tu nous empêcher de rentrer un jour chez nous ?

— Non, vous pouvez rentrer. Je ne m'y opposerai pas. Je tiens à vous faire un bon accueil. Il y a du carburant, ici, et les dégâts de votre vaisseau sont réparables avec le matériel de Cœur-de-Lion.

— Pour une intellart, tu n'as pas réalisé très vite que nous étions inoffensifs, dit Jumai.

— Je ne suis qu'une facette de l'intellart, dit Eunice, et je n'ai été activée que lorsque votre identité a été établie. Jusqu'alors, Cœur-de-Lion se protégeait seul, comme depuis soixante ans. Si certains protocoles de vigilance autonomes ont agi avec un zèle excessif… j'en suis navrée.

— Si tu as lu mes souvenirs, tu sais que tu as tué l'un d'entre nous, dit Geoffrey.

— Je ne l'ai pas vu, dit Eunice en prenant, un instant, un ton contrit. Cela a dû arriver juste avant le scan. Le souvenir n'avait pas eu le temps de traverser l'hippocampe pour être encodé dans la mémoire à long terme. S'il y a eu des pertes…

— Tu as tué Hector, lui dit Jumai. C'était ton petit-fils, lui aussi. (Elle secoua la tête, écœurée.) Qu'est-ce que je fous, à essayer de faire culpabiliser une intellart ? Ce n'est qu'un masque. Derrière elle, il n'y a que des… trucs.

— Tu as fini ? demanda Eunice. Je me suis excusée. Ce n'était pas intentionnel. Mais les risques ont toujours été élevés. Extrêmement. Tu crois qu'il n'y avait pas une bonne raison derrière tout ça ?

— Je n'ai aucune idée de ce que « tout ça » représente. Tout ce que je sais, c'est que ça nous a fait perdre du temps et que des gens sont morts, dit Geoffrey. Il faut ajouter Memphis à ce décompte. Il serait toujours vivant s'il n'avait pas été mêlé à tes petits jeux.

— Memphis est mort ? (Le golem détourna les yeux comme s'il voulait cacher quelque chose sur le visage d'Eunice.) Je l'ignorais, ajouta-t-elle d'une voix plus douce qu'auparavant. Ça s'est passé quand ?

Geoffrey s'apprêtait à répondre que cela ne remontait qu'à quelques jours, puis il se rappela le temps qu'avait duré le trajet jusqu'à Cœur-de-Lion.

— Il y a sept semaines. C'était un accident, avec les éléphants.

— Si sa mort découle de mes actions… vous n'imaginez pas ce que je ressens.

— Tu ne *ressens* rien, dit Jumai.

— Tu te trompes à mon sujet, lui dit le golem. Il fallait le faire. Vous ne comprenez pas ?

— Non, dit Geoffrey.

— Vous êtes venus jusqu'ici. Vous devez désormais vous douter de quoi il s'agit, non ? (Elle scruta leur visage, à la recherche d'une lueur de compréhension.) Vous ne savez rien, n'est-ce pas ?

— Ma sœur dit que tu as parlé d'un cadeau, quelque chose qui représentait à la fois une bénédiction et une malédiction, dit Geoffrey.

— Oui, confirma Eunice en acquiesçant. Oui, il y avait un cadeau. Et vous devez être au courant des pierres précieuses, pour être arrivés jusqu'ici. Et le moteur qui vous a amenés jusqu'à Cœur-de-Lion, il ne vous a sûrement pas échappé, non ? Vous devez sans doute avoir fait le rapprochement.

— Le moteur va au-delà de tout ce qui existe, dit Geoffrey. Il nous a fait accomplir le trajet jusqu'à l'espace transneptunien en quelques semaines, et pas en plusieurs mois. C'est donc de ça qu'il s'agit ?

— Non, dit Eunice, avant d'ajouter : Enfin, si, en quelque sorte. Mais le moteur est… n'était qu'un moyen de vous conduire ici, et de démontrer ma, comment dire, sincérité ? (Elle leur adressa un sourire encourageant.) Pour que vous puissiez croire tout ce que je vais vous dire ou vous montrer.

— Toutes les entreprises du système solaire vont vouloir démonter ce truc, dit Geoffrey, et, brusquement, ce fut comme si Hector parlait par sa bouche. Le vaisseau a beau appartenir à Akinya Space, nous n'allons pas pouvoir conserver longtemps un tel secret.

— C'est inutile, j'ai déjà tout prévu à propos du moteur. Et n'oubliez pas que tant que je vis, je dirige toujours cette boîte.

Geoffrey ricana.

— Je suis désolé de te l'annoncer, mais si nous sommes ici, c'est uniquement parce que tu es morte, en fin d'année dernière.

— Il faut qu'on parle, toi et moi, dit Eunice.

# Chapitre 39

Jumai avait cessé de tenter de contacter la version d'Eunice restée à l'intérieur du vaisseau. Elle avait retiré son casque, qui reposait désormais sur ses genoux, et, assise, elle regardait Geoffrey tandis que la cage d'ascenseur s'enfonçait dans Cœur-de-Lion. La combinaison donnait un aspect à la fois monstrueux et comique à la jeune femme.

— Vous avez fait un long voyage, dit le golem, et j'imagine que vous avez tous les deux une vie privée et des responsabilités. Malheureusement, vos perspectives sont sur le point de changer. Les décisions les plus difficiles que vous avez eu à prendre dans votre existence ne seront rien en comparaison. (Elle était assise, la tête basse et les doigts entrelacés, levant les yeux vers Geoffrey et Jumai comme si elle les implorait ou les suppliait.) Il ne s'agissait que de broutilles sans conséquence, comme de choisir une marque de dentifrice.

— Nous avons tous les deux dû faire face à des questions de vie ou de mort, dernièrement, dit Geoffrey. Tout comme Hector. Et ma sœur.

— Des décisions aux conséquences strictement locales. Si tu étais mort, ta famille aurait continué. Si la famille était décimée, ce serait une catastrophe économique, mais cela ne signerait pas la fin de toute chose. Tu comprends ce que je veux dire ? Une responsabilité locale. Des conséquences restreintes. C'est désormais fini, tout ça. (Eunice regarda ses doigts entrelacés, qu'elle croisait et décroisait nerveusement.) Il y a à peu près cent ans, j'ai fait une découverte. Qui m'a amenée, indirectement, à cet instant. Et depuis lors, j'ai dû vivre avec, même si je n'en ai compris toutes les implications que des décennies plus tard. Je savais néanmoins que je ne devais pas la dévoiler. Et j'avais raison. Si je l'avais fait, nous ne serions pas là. Et à la place de mondes colonisés et de leurs habitants, il n'y aurait plus que de la poussière morte et des tas de débris en orbite autour du soleil.

(Elle leva soudain les yeux.) Vous devez vous dire que j'exagère, mais vous vous trompez.

L'ascenseur était arrivé à destination. La porte s'ouvrit et Eunice se leva.

— Que sais-tu à propos de Mercure, Geoffrey ? demanda-t-elle d'une voix redevenue brusque et sérieuse.

— Tu veux parler de la brouille entre Akinya Space et l'Initiative panspermique ?

— Très bien. Au moins, tu es au courant de ça.

— Pas moi, dit Jumai.

— Les Pans ont construit une usine sur Mercure, expliqua Geoffrey en se rappelant ce qu'il avait appris de Sunday et Arethusa, pour construire et lancer Ocular. Un télescope, immense, fait de dizaines de milliers de pièces individuelles, flottant bien plus loin du soleil que nous en sommes actuellement. Pour y parvenir, ils avaient besoin d'Akinya Space. Ils ont passé un accord : nous leur fournirions les composants, les enverrions depuis la Terre et la Lune. En échange, nous pourrions conduire nos propres recherches dans un avant-poste de l'usine des Pans.

Il regarda Eunice, s'attendant à ce qu'elle le contredise. Mais elle lui tendit sa paume, l'invitant à continuer.

— L'usine devait être sur Mercure parce qu'il s'agissait de l'endroit du système où l'on avait accès au plus d'énergie gratuite. Les Pans avaient déjà mis en place des panneaux solaires pour alimenter leur chaîne de montage et leur lanceur ; nous avons utilisé une partie de cette énergie pour conduire des expériences en physique de la propulsion. (Geoffrey se tut un instant, le temps de rassembler ses pensées.) Mais il s'agissait d'un leurre. L'usine sur Mercure servait en réalité à des recherches sur les intellarts de niveau Turing. En menant son trafic sur Mercure, ma famille espérait rester à l'abri de la Police cognitive.

— Les Pans étaient au courant ? demanda Jumai.

— Non, et quand ils l'ont découvert, ils n'étaient pas contents. Ils ont mis un terme à notre collaboration et nous ont virés de Mercure. Nous sommes parvenus à brûler les preuves avant que les Cognes puissent regarder de plus près : ils n'ont rien pu nous mettre sur le dos et ils sont rentrés bredouilles. C'était en 2085, quinze ans avant qu'Eunice ne parte aux confins du système.

— Nous savons au moins ce qu'il est advenu d'une des intellarts, dit Jumai. Mais quel rapport entre Mercure et ce qui se passe ici et maintenant ?

— Ocular a trouvé quelque chose, dit Geoffrey, juste avant la mort d'Eunice. Arethusa – Lin Wei – s'est sentie assez redevable à sa vieille amie pour lui parler de cette découverte. Cela a, semble-t-il, déclenché… quelque chose.

Il haussa ensuite les épaules, contrit. Il n'en savait pas plus.

— Ce n'est pas tout, dit le golem.

Eunice les guidait dans un tunnel aux murs de glace qui avait été creusé grossièrement et recouvert d'enduit étanche. Une passerelle avait été accrochée au sol, une rampe et des poignées aux murs, et des lumières au plafond. L'air redevenait froid.

— Mercure était un leurre double. Nous faisions bien des recherches sur les intellarts, mais ce n'était pas notre seule raison d'aller là-bas. La recherche physique de base n'était pas qu'un rideau de fumée. Elle était tout aussi valide, voire même plus importante.

Elle avançait dans le tunnel à grandes enjambées sautillantes, une démarche humaine qui contrastait avec les cabrioles antérieures du golem. Et elle regardait en arrière, avec un sourire ravi. Elle appréciait cette mise en scène, son heure de gloire.

— Sur Mercure, nous avons testé une hypothèse, reprit-elle. Nous avons bâti une petite usine de recherche de physique expérimentale pour explorer certaines interactions obscures de haute énergie entre quarks. Il y avait de plus grands labos de physique ailleurs – en orbite terrestre, sur la Lune – mais nous avions besoin de discrétion. Et surtout, nous avions de l'énergie en abondance.

— Qu'avez-vous trouvé ? demanda Geoffrey.

— Ce qui semblait n'être qu'une découverte mineure… et qui s'est révélé ahurissant. Complètement insoupçonné et inexploré. Nous avions passé les frontières d'une nouvelle physique. Nous atteignions des énergies d'unification presque sans effort. Nous nous retrouvions face à des dérivés de matière exotiques qui avaient dû être créés lorsque l'univers ne mesurait pas plus d'une ou deux longueurs de Planck. (Eunice secoua la tête, stupéfaite.) Le plus étonnant, c'est que nous ne nous soyons pas fait exploser sur Mercure. Nous avons failli, au début. Puis nous nous sommes calmés et avons fait attention. *Très* attention. La physique que nous étudiions nécessitait un complexe de recherche bien plus vaste.

— Tu dis « nous », fit remarquer Geoffrey. Tu parles de qui ? Ce genre de trucs ne peuvent rester secrets très longtemps si le nombre de personnes au courant n'est pas extrêmement restreint.

— Ce qui était le cas, dit Eunice. Puisque des intellarts et des robots s'occupaient de la construction du complexe et des travaux d'analyse, nous pouvions gérer l'usine de physique avec une équipe réduite dont la plupart des membres croyaient travailler sur des ajustements mineurs à la conception des systèmes de propulsion. Nous n'étions que deux à connaître toute la vérité.

— Tu n'as jamais été physicienne, dit Geoffrey.

— Je n'ai jamais prétendu le contraire.

Ils avaient atteint le bout du tunnel aux cloisons gelées. La porte y était aussi lourde et blindée que sur un sas de surface, fixée sur un cadre visiblement bien intégré à la glace environnante. Elle s'ouvrit pour le golem puis laissa passer Geoffrey et Jumai.

À l'intérieur, ils découvrirent une salle de commandes : quelques consoles et des sièges munis de harnais face à trois grandes fenêtres triangulaires protégées par de lourds volets horizontaux. Le mur derrière eux, de chaque côté de la porte, était recouvert de casiers gris et de râteliers d'équipements. Une sculpture décorait la cloison à la droite de Geoffrey, tandis qu'à gauche un grand écran montrait Cœur-de-Lion et ses environs sous diverses échelles logarithmiques, dont la plus grosse englobait l'orbite de l'astéroïde autour du soleil. Geoffrey suivit du regard les trajectoires plus petites des géantes de gaz extérieures ; puis il passa aux orbites plus courtes de Saturne et Jupiter. Mars, la Terre, Vénus et Mercure se trouvaient sur une zone qu'il aurait facilement pu recouvrir de la paume de la main.

Ils étaient loin. De temps à autre, quelque chose venait le lui rappeler et il sentait une sorte de vertige. Comment sa grand-mère avait-elle pu choisir volontairement une telle isolation, cette impression d'être à ce point éloignée de chez elle ?

— Dommage que ta sœur ne soit pas là, dit Eunice. J'aurais aimé qu'elle voie ça.

Elle parlait de la sculpture sur le mur à sa droite. C'était un rectangle légèrement irrégulier, de la taille approximative d'un tapis persan moyen, fixé verticalement contre le mur. L'objet était, en réalité, une mosaïque de morceaux plus petits ; essentiellement des formes noires, de la taille de la main de Geoffrey, et qui, à en juger par leurs contours irréguliers, avaient dû être jointes, autrefois, pour former un grand tout. Désormais, des trous et des fentes en séparaient certaines portions. Sur les bords et au milieu, l'absence de pans entiers laissait apparaître le mur gris.

Malgré les contours irréguliers, la surface des morceaux – en tout cas leurs faces visibles – était aussi lisse que s'ils avaient été taillés en suivant des lignes de fracture. À l'exception de quelques parties ébréchées ou trouées, la mosaïque noire était d'une épaisseur uniforme. Elle brillait d'un éclat bleu et vert où Geoffrey distinguait quelques rayures croisées. En les examinant plus attentivement, il discerna une sorte de silhouette totémique, évoquant de l'art pariétal, une danse de psychopompes sans tête aux membres écartés composée de traits, de gribouillis et de spirales.

— Sunday l'aurait reconnu ?

Il se demanda un instant s'il ne s'agissait pas d'une œuvre de sa sœur, mais il n'en avait pas l'impression. Lorsqu'elle travaillait des formes solides, sa sœur tendait vers le figuratif. Et pour les pièces plus abstraites, elle utilisait toutes les couleurs à sa disposition.

— Peut-être, dit Eunice.

Elle s'était placée devant une des consoles et ouvrait désormais les volets couvrant les fenêtres principales. Ils s'écartèrent avec un grand bruit pour ne laisser que le verre entre la salle de commandes et ce qui était visiblement un très gros trou rempli de vide à l'intérieur de l'astéroïde.

— Ces protections n'auraient rien changé si une des réactions avait atteint la criticité, fit remarquer Eunice, mais j'étais tout de même un peu plus rassurée de les savoir en place.

Ils auraient pu être en train de regarder à l'intérieur d'un puits de forage, éclairé pour des visiteurs. La cavité était d'une taille impressionnante ; au moins un kilomètre de large, et elle s'étendait, à gauche et à droite, autour d'une grande courbe, de sorte que son extrémité n'était pas visible de là où ils se trouvaient. Pour autant qu'il y ait une extrémité, car, estima Geoffrey, la cavité aurait tout aussi bien pu être en forme de tore, comme un *donut* creusé au milieu de Cœur-de-Lion. Comme pour soutenir cette théorie, un tube de métal suivait la courbure de la cavité, pour passer devant eux et continuer sur une trajectoire arrondie jusqu'à l'autre bout. Le tube était accroché aux parois intérieures du trou par des structures en forme de roues, chaque rayon absorbeur de choc aussi épais qu'un wagon de chemin de fer. Le conduit lui-même était aussi large qu'une grande avenue. Tel un python rassasié, il avait parfois des bosses à sa surface, et des tuyaux secondaires qui en sortaient, à différents angles, pour plonger dans le mur de la cavité.

— Ça fait un paquet de métal, dit Geoffrey.

— Vingt millions de tonnes, dit Eunice avec une pointe de fierté. Dont la totalité a été envoyée depuis la ceinture principale d'astéroïdes, prétendument pour les opérations normales d'extraction. Cela aurait été impossible si nous n'avions pas déjà eu un immense réseau de transport et de fabrication en place dans tout le système solaire. Quelques tonnes détournées d'une usine, quelques autres d'une autre… avec le temps, ça finit par s'accumuler. Mais il fallait tout de même truquer les comptes. Il est facile de protéger un secret face à ses concurrents, mais c'est une autre histoire lorsqu'il s'agit de le cacher à la *famille*. Cela a pris dix ans, et le projet a failli échouer à de nombreuses reprises. Je n'aurais pas pu y parvenir sans aide, sans quelqu'un pour couvrir mes traces, s'assurer que l'administration ne dénicherait pas d'anomalies.

— Il y avait donc deux personnes au courant, en plus de toi, dit Jumai.

Eunice sourit brièvement.

— J'ai fait la découverte initiale. Mais – comme l'a fait remarquer si gentiment Geoffrey – je ne suis pas physicienne. Je ne l'ai jamais été. Je parvenais à saisir en gros le concept, mais ce n'était jamais qu'une approximation de la réalité.

Geoffrey demanda :

— Comment as-tu pu faire une telle découverte, sans être physicienne ?

— Avec de la chance. De la chance et l'intelligence d'avoir compris que ce que j'avais trouvé pourrait être utile et que je devrais peut-être en parler à quelqu'un qui s'y connaissait mieux que moi. (Elle appuya sur les commandes et les volets se refermèrent avec le bruit d'une dizaine de pistolets à clous tirant en même temps.) L'expérience n'est plus en service, désormais, mais je reste troublée chaque fois que je vois ça.

— Tu avais besoin des panneaux solaires de Mercure pour mener la première expérience, dit Jumai. Le soleil est plus froid que l'orteil d'un yéti, ici. Où as-tu trouvé l'énergie ?

Eunice éclata de rire, pas parce qu'il s'agissait d'une question idiote, estima Geoffrey, mais plutôt parce qu'elle l'aimait bien.

— C'est simple. J'ai alimenté la deuxième expérience avec un petit réacteur dérivé de la première.

Elle s'approcha du tableau noir sur le mur de droite et détacha un des morceaux de la taille d'un poing. Il vint facilement, sans laisser apparaître de crochet, ni de trace de colle.

— C'est un morceau de la Folie de Chakra, dit-elle en le lançant à Geoffrey qui eut tout le temps de l'attraper dans la basse pesanteur de Cœur-de-Lion. Le Monolithe de Phobos. Ta sœur a dû le voir, je pense, sur le chemin de la colonie indienne où j'ai passé quelque temps avant de descendre sur Mars.

Geoffrey caressa le morceau noir, persuadé de l'avoir déjà eu en main.

— C'est un bout de Phobos.

— Il y a échoué. L'existence du Monolithe est connue depuis au moins cent cinquante ans ; on a vu son ombre avant de pouvoir l'examiner de près. Pendant un temps, certains excentriques ont cru qu'il s'agissait d'un artefact extraterrestre : un vaisseau, une sentinelle, un truc dans le genre.

Mais quand nous nous y sommes rendus, nous avons découvert qu'il s'agissait exactement de ce que pensaient les gens sensés : un très gros rocher, planté dans Phobos comme une écharde. Impressionnant, immanquable : un beau site touristique. Mais pas une machine extraterrestre.

— Alors, pourquoi est-ce que je tiens ça ?

— Je ne fus pas la première à le voir de près. Ni même la cinquantième. Quand j'y suis arrivée, près d'une centaine de personnes étaient déjà passées par Phobos, en route vers Mars : j'étais la quatre-vingt-dix-huitième. Et d'innombrables robots avaient déjà scanné et photographié le Monolithe. Ils savaient de quoi il s'agissait : un relief naturel, résultant d'une très ancienne collision. (Eunice se tut un instant.) Mais ils ont tous loupé quelque chose.

Que toi, tu as vu, dit Jumai.

— J'ai trouvé des débris, expliqua Eunice, près de la base du Monolithe, bien éparpillés sur la surface de Phobos, et pas très bien accrochés, à cause de la faible pesanteur. Ce truc dépassait de la croûte comme une cible dans un stand de tir depuis des millions d'années. Quelque chose avait fini par le toucher, un petit bout de poussière cosmique, et en avait enlevé toute une facette. Je regardais les débris, les éclats dus à cet impact à grande vitesse. D'autres avaient dû comprendre ce qui s'était passé, j'imagine. Mais aucun d'entre eux n'avait pensé à faire attention aux débris.

Geoffrey examinait toujours le morceau dans sa main.

— Tu as compris qu'il ne s'agissait pas seulement de simples éclats.

— Tu as bien dû voir ces petites rayures à la surface. Au premier abord, il aurait pu s'agir de n'importe quoi : des traces de spallation de rayons cosmiques, des défauts cristallins... mais je n'arrivais pas à les quitter des yeux. J'ai ramassé un autre morceau proche. Puis un autre. J'ai fini, alors que ma combinaison n'avait presque plus d'air, par en trouver deux qui allaient ensemble. Je les ai accolés et j'ai vu que leurs bords correspondaient et qu'ils semblaient appartenir à un plus grand... diagramme.

— Ça serait drôle s'il y avait la moindre chance que tu plaisantes, dit Geoffrey.

— J'y suis retournée à de nombreuses reprises au cours des semaines suivantes. J'ai ramassé le plus d'éclats possible pour les rapporter au campement. Je n'ai eu aucun mal à cacher les morceaux dans mes affaires personnelles et, comme nous allions descendre dans un puits gravitationnel, et pas en remonter, il n'y avait pas de restriction de masse pour se rendre sur Mars.

— Jonathan était au courant ? demanda Geoffrey.

— Il n'y avait aucune raison de ne pas lui en parler. C'était mon mari, après tout. Et je n'avais aucune idée de ce que les rayures finiraient par symboliser. Évidemment, leur simple existence était stupéfiante. Mais au-delà de ça… même si je rendais ma découverte publique, elle ne ferait les gros titres que pendant une semaine. Et si les marques indiquaient une présence extraterrestre sur Phobos ? Cela ne pouvait pas être prouvé, pas de façon indiscutable. On aurait toujours pu dire que les éclats avaient été modifiés par un des premiers cent explorateurs. Et si les extraterrestres étaient venus, un million ou un milliard d'années plus tôt, ils se seraient contentés de laisser ces marques. Comme quelqu'un qui s'arrête pour pisser sur le bord de la route avant de repartir.

— Des graffitis. Gravés sur le Monolithe, dit Jumai. Le genre de choses auxquelles on s'adonne lorsqu'on est coincé quelque part, que l'on s'ennuie parce qu'on n'a rien à faire.

— Jonathan avait fait des études d'ingénieur électricien avant de faire fortune dans les télécoms, dit Eunice. Et il avait pris quelques cours de physique moderne. Lorsque je lui ai montré les morceaux, que j'avais disposés de mon mieux, il a dit que les marques lui rappelaient quelque chose. On aurait dit des petits hommes, n'est-ce pas, ou des démons ?

— À mes yeux, oui, dit Geoffrey.

— Pour Jonathan, elles évoquaient des diagrammes de Feynman : de petits dessins conceptuels encodant l'histoire des interactions entre particules subatomiques. Mais ce n'étaient pas vraiment des diagrammes de Feynman : ce serait aussi improbable que de découvrir des inscriptions dans notre propre alphabet ou avec notre système de numération. Mais ils étaient analogues. Les traits sont les trajectoires des particules. Les lignes ondulées représentent les forces régissant les interactions entre elles. Les spirales sont des dérivés de ces réactions : d'autres particules, des paquets d'énergie. Mais ce n'était qu'une intuition. Seul un physicien pourrait nous en dire plus. Et un bon. Quelqu'un en qui je puisse avoir confiance, en plus.

— Et tu connaissais justement quelqu'un, dit Jumai.

— Nous l'avons contacté lorsque j'étais sur Mars, expliqua Eunice. Il était fasciné par les dessins sur la pierre. Il a dit qu'ils résumaient tout l'édifice de la physique existante, ainsi que l'exactitude de plusieurs modèles qui n'étaient encore qu'au stade préliminaire. Mais le plus important restait que les diagrammes donnaient des indications sur une partie de la physique qui n'avait pas encore été étudiée. Des interactions entre quarks qui semblaient interdites selon la symétrie de jauge connue. Vous connaissez quelque chose aux quarks ? Non, apparemment pas, sans quoi vous auriez compris qu'ils étaient de trois couleurs : bleu, rouge et vert, comme les fausses pierres précieuses en plastique. Ou qu'il y avait une *raison* pour que Sunday me découvre en train de lire un exemplaire de *Finnegans Wake.*

—Je crois que nous ne nous en sommes pas trop mal sortis pour arriver jusqu'ici, dit Geoffrey.

—Tout l'intérêt était que si les diagrammes étaient justes..., dit Eunice en secouant la tête comme si elle revivait la stupeur de cet instant, nous pourrions accomplir des choses incroyables. Nous pourrions construire des moteurs assez puissants pour envoyer un vaisseau jusqu'à Neptune en quelques semaines. Mais ce n'était que le début : la découverte la moins spectaculaire. (Elle sourit de nouveau.) Car mon physicien avait raison. Le moteur qui vous a amenés jusqu'à Cœur-de-Lion est le fruit de ces premières recherches. En réalité, ce n'est qu'un moteur VASIMR amélioré. Le genre de truc que nous aurions fini par découvrir avec le temps. Mais ce n'était pas le fruit d'un hasard. Nous avons vraiment compris comment l'améliorer et cela a marché du premier coup. Vous n'imaginez pas ce que nous avons ressenti alors. Nous avions prouvé que les diagrammes sur les pierres étaient véritablement de la science. Mais si les prévisions les moins spectaculaires nous offraient un moteur cinq fois plus rapide que n'importe quel autre, qu'allions-nous trouver lorsque nous allions nous attaquer aux prévisions *vraiment* effrayantes ?

—À toi de nous dire, répondit Geoffrey.

—Même avec tout l'équipement de Cœur-de-Lion, nous ne pouvions étudier que les franges de cette nouvelle physique. Mais cela nous suffisait. Ces premières expériences nous ont déjà mis sur la voie d'une technologie si puissante qu'elle ferait ressembler le moteur de ce vaisseau à un jouet, dit Eunice en désignant la mosaïque noire. Nous pouvons faire bien mieux que ça. Pendant cent cinquante ans, nous sommes restés bloqués dans l'espace, à quelques heures-lumière autour d'une petite étoile. Et même le fait de pouvoir atteindre Neptune en quelques semaines n'y change rien. Mais nous avons désormais les moyens de quitter le système solaire. Un *moteur interstellaire*, si vous préférez. D'après la physique, le véritable voyage entre les étoiles est désormais à notre portée. Soyons clairs, hein. Cela prendra tout de même énormément de temps. Nous pouvons envisager quelques pour cent de la vitesse de la lumière. C'est pitoyable et insuffisant vu l'échelle de l'univers. Du pipi de chat face à l'immensité cosmique. Le système solaire le plus proche restera encore à des siècles de nous. Mais cela veut dire : à quelques centaines d'années seulement et non plus à des dizaines de milliers !

Elle s'agitait de plus en plus, comme si son monologue approchait d'un apogée soigneusement rédigé.

—En tant qu'espèce, nous nous adaptons peu à peu à ce genre de durées. Nous commençons à vivre assez longtemps et nous avons accepté le fait qu'il nous faudrait des siècles pour accomplir certaines tâches, comme réparer le climat de la Terre, par exemple. Il n'est donc pas complètement inconcevable d'envisager le voyage interstellaire en ces termes. Évidemment, il reste un problème.

— Forcément, dit Geoffrey, sans quoi tu aurais dévoilé ta découverte il y a soixante ans.

Elle acquiesça, visiblement soulagée, pleine de gratitude, comme si elle avait eu très peur qu'il ne comprenne pas.

— J'ai dit que ce n'était pas un jouet. Il y a soixante ans, je ne croyais pas que notre espèce était assez sage pour accepter ces cadeaux. Pas à la fin d'un siècle où certains se rappelaient encore les guerres, et où d'autres les avaient même vécues… Tu crois que tu te serais senti sûr de toi, à ma place ?

Geoffrey garda pour lui la réponse acerbe qu'il s'apprêtait à faire.

— Non, avoua-t-il. Sans doute pas.

— L'énergie décrite par les schémas sur les pierres aurait suffi à nous faire sauter des dizaines de fois, dit Eunice. Nous y avions déjà échappé une fois, à l'époque des armes nucléaires. Serions-nous assez intelligents pour l'éviter une deuxième fois ? Je ne le pensais pas ; ou disons plutôt que j'avais tellement de doutes que je ne voulais pas prendre le risque. Alors, je ne l'ai pas fait. J'ai agi de la façon qui me paraissait la plus rationnelle, étant donné les circonstances. J'ai choisi de laisser passer du temps et d'attendre pour voir comment évolueraient les choses.

— Tu n'as pas attendu, dit Geoffrey. Tu t'es isolée pendant soixante-deux ans, ou je ne sais combien de temps après avoir fait ta découverte. Puis tu es morte.

— Je ne suis pas morte, dit Eunice. J'ai simplement pris quelques dispositions. Lin Wei et moi avons eu certains désaccords, mais j'ai toujours espéré qu'Ocular trouverait quelque chose de remarquable. Lorsque Lin est venue me voir, lorsqu'elle m'a montré la preuve de la structure Mandala sur 61 Virginis f, une série de processus se sont irrévocablement mis en branle. Pour la première fois, nous avions un objectif : une cible pour l'exploration interstellaire. Et le moment semblait donc venu de mettre au point le moyen de l'atteindre, si nous le souhaitions.

— Mais tu ne peux pas décider qu'il est temps, dit Jumai. Nous sommes peut-être un peu plus intelligents qu'il y a un siècle, mais est-ce suffisant ? Tu n'es qu'une intellart. Tu ne peux pas prendre ce genre de décisions.

— C'est inutile, dit Eunice. Je me suis déchargée de cette responsabilité. C'est désormais la vôtre.

— Tu plaisantes, dit Geoffrey.

Le sourire d'Eunice n'était pas dénué de compassion.

— Je vous avais prévenus que j'allais faire peser sur vous un lourd fardeau. (Elle tendit la main, pas pour qu'il la prenne, mais pour balayer majestueusement la salle.) Tout est à vous, maintenant. L'expérience, les gravures sur la pierre… faites-en ce que vous voulez. Si vous estimez que l'humanité mérite ce don, qu'elle est prête… alors, offrez-le-lui. Ne cherchez pas à le vendre, mais distribuez ce savoir librement. Nous sommes assez riches comme ça, non ? Nous pouvons nous permettre de faire un don. Si nous sommes assez sages pour nous en occuper en tant qu'espèce, alors nous pouvons aussi le faire de façon collective.

— Et si nous estimons ne pas être prêts ? demanda Jumai.

— Oubliez ce que vous avez vu sur Cœur-de-Lion. Ou mieux encore, détruisez-le. Vous pouvez utiliser les ressources de la famille, ça ne devrait pas être trop compliqué.

— Tout le monde a vu les capacités du moteur, dit Geoffrey. Même si nous voulions garder le secret, les gens voudraient savoir comment nous avons fait ça.

— Gardez le moteur, dit Eunice sur un ton dédaigneux. Sans le cadre conceptuel de la nouvelle physique, il sera très compliqué d'aboutir à un engin interstellaire.

— Mais ce petit avantage va tout changer, dit Jumai. Le simple fait de pouvoir venir ici en quelques semaines au lieu de quelques mois va tout révolutionner. Le système solaire extérieur ne va plus sembler aussi éloigné.

— Cela repoussera un peu la frontière, dit Eunice. C'est ce que j'ai toujours fait. (Elle joignit les mains.) Bon, cela va peut-être vous paraître désagréable, parce que vous venez à peine d'arriver, mais il faut commencer les préparatifs pour votre voyage de retour. J'étais tout à fait sérieuse quand j'ai dit que je ne vous retiendrais pas prisonniers ici. Ce n'était pas le but de la manœuvre.

— Tu vas nous laisser ramener le vaisseau ? demanda Jumai.

— Lorsque le plein sera fait et qu'il sera réparé, ce qui – vu que tout Cœur-de-Lion est à pied d'œuvre – ne devrait pas prendre plus d'une semaine. Puis vous pourrez retourner en hibernation. Lorsque vous arriverez à destination, vous serez peut-être prêts à faire votre choix.

— Je ne sais toujours pas ce qui t'est arrivé, dit Geoffrey. Je sais que tu n'es pas morte dans le Palais d'Hiver, parce qu'il n'y avait personne là-haut, et donc aucunes cendres à rapporter à la maison. Ce qui signifie que la dernière fois que quelqu'un t'a vue vivante – quelqu'un de fiable, hein –, c'était avant que tu partes pour ta dernière mission.

— Lin Wei avait été assez gentille pour penser à moi, dit Eunice. Le moins que je pouvais faire était de lui rendre la pareille, dans une moindre proportion. Souviens-toi de ces chiffres et donne-les à Lin. Je crois qu'ils répondront au moins à une de tes questions.

Elle énonça une série de nombres puis les répéta.

— Lin Wei comprendra, conclut-elle.

— Encore une chose, dit Jumai. Tu parles comme si tu étais la seule personne… la seule créature… à être au courant de tout ça. D'accord, tu es une intellart, je suis prête à croire qu'il n'y a personne d'autre en vie dans cet astéroïde. Mais ton mari était au courant, et tu nous as parlé du physicien. Tu nous as aussi dit que tu avais eu besoin de quelqu'un pour faire tout ça sans que le reste de la famille le sache. Nous ne sommes donc pas les seuls, non ?

— Mon mari est mort il y a longtemps, dit Eunice. Bien avant que la véritable signification des dessins sur les pierres soit établie. Et même s'il avait vécu, et su… j'aurais pu compter sur lui pour garder le secret. Cette information sera déstabilisante, lorsqu'elle sortira, et Jonathan aimait plus que tout la stabilité. C'est pour ça que je l'ai laissé sur Mars.

— Et le physicien ? demanda Geoffrey.

— C'était un jeune et brillant Tanzanien, répondit Eunice. Un penseur courageux. Mais les dessins sur les pierres l'ont détruit. Pas en tant qu'être humain, mais en tant que scientifique. Il… en avait trop vu. Il avait eu un aperçu de la fabrique de l'univers, trop tôt et trop vite. Il cherchait la vérité, et qu'elle lui soit révélée si facilement, sans effort… cela a brisé net tout ce qui fondait sa vie intellectuelle. Une fois les expériences conçues, il s'est retiré et a laissé les intellarts les mener et les interpréter.

— Et la personne de confiance ? dit Geoffrey.

— C'était lui aussi, expliqua Eunice. Lorsqu'il a tourné le dos à la physique… il est retourné en Afrique. C'était un homme très bon, et rien de tout ça n'aurait pu arriver sans lui. (Sa voix s'adoucit.) Et il est mort, maintenant, et vous devez rentrer pour l'enterrer.

# Chapitre 40

Ils restèrent sur Cœur-de-Lion une semaine, comme le golem l'avait prévu. Le vaisseau reçut l'autorisation d'approcher et de s'amarrer, et les robots l'entourèrent aussitôt pour s'occuper des dégâts et le préparer à son voyage de retour.

— Nous ne savons même pas comment il s'appelle, dit Geoffrey, puisque ce n'est visiblement pas le vaisseau dans lequel tu es partie.

— Vous pouvez l'appeler *Reine d'Été*, si vous voulez, leur dit Eunice.

Comme les réparations et le plein de carburant étaient des processus entièrement automatisés, Geoffrey et Jumai n'avaient rien d'autre à faire qu'attendre que le navire soit prêt. On leur avait proposé de replonger en hibernation plus tôt, mais aucun des deux n'avait accepté. Ils ne voulaient pas s'endormir avant que l'appareil soit en route et déjà loin de l'astéroïde.

Geoffrey ne pouvait pas parler pour Jumai, mais il savait très bien pourquoi il avait refusé. Il n'avait tout simplement pas une confiance absolue en Eunice, ou dans l'intellart qui imitait sa personnalité. Elle s'était déjà révélée faillible, et, malgré tous les regrets et toute la tristesse qu'elle avait exprimés à propos de la mort d'Hector, et même de celle de Memphis, rien ne prouvait à Geoffrey que ces déclarations étaient vraiment mues par une émotion sincère. La machine émettait des sons rassurants, mais sous la carapace, comme l'avait déjà fait remarquer Jumai, il n'y avait que des rouages. Une machine. Et même si une machine pouvait déclencher des incidents à l'issue funeste, et adapter ensuite son comportement en regard de ces événements, on ne pouvait pas pour autant confondre cela avec du remords.

Cœur-de-Lion avait été équipé pour recevoir des visiteurs humains et ils y passèrent donc la semaine que dura la révision de la *Reine d'Été*, puisque ce nom convenait autant qu'un autre. La station comprenait plusieurs pièces et modules, une salle de détente, un gymnase et deux centrifugeuses, dont une assez grande pour abriter un réfectoire ; de quoi accueillir confortablement une équipe de techniciens pendant des mois. Ils choisirent des chambres séparées et sélectionnèrent les meubles qu'ils préféraient. Ils avaient de quoi s'occuper, des fils d'infos – la couverture aug n'était pas complète, mais suffisante pour les tenir au courant de ce qui se déroulait ailleurs dans le système solaire – et ils pouvaient envoyer et recevoir des messages privés.

Il restait des sujets que Geoffrey ne voulait pas aborder avant de voir sa sœur en personne, mais il annonça à Sunday qu'ils étaient tous les deux sains et saufs et qu'ils rentreraient dès que le vaisseau pourrait partir. En comptant les préparatifs, et les cinquante et quelques jours de trajet pour atteindre l'orbite terrienne, ils seraient de retour dans deux mois.

— Tu ne pourras pas nous manquer, dit-il.

Puis il appela Lucas et lui annonça la mort d'Hector.

Dix heures plus tard, ils reçurent la réponse de Sunday et Lucas. Aucun d'eux n'avait grand-chose à dire, à part leur soulagement que Geoffrey et Jumai soient en vie et de retour bientôt. Lucas remercia Geoffrey de lui avoir annoncé la mort de son frère, mais en dehors de ça, il ne sembla pas touché, comme s'il n'avait pas encore vraiment bien appréhendé la nouvelle. Sunday elle-même n'avait pas paru très encline à en parler. Geoffrey apprit qu'elle était en Afrique : après être revenue de Mars, elle était retournée à la maison pour garder un œil sur les éléphants. Pas simplement par ching, mais physiquement, en chair et en os. Il l'en remercia et lorsqu'il comprit que sa présence en Afrique lui faisait forcément délaisser sa propre vie sur la Lune, son œuvre et ses commandes, il lui en fut d'autant plus reconnaissant. Mais Geoffrey et Jumai allaient rentrer et Sunday n'avait pas besoin de les attendre tout ce temps. Il lui demanda de lui promettre qu'elle retournerait sur la Lune avant son retour.

Un peu plus tard, tandis que Jumai et Geoffrey dînaient dans la centrifugeuse, servis par des machines de Plexus, la jeune femme dit :

— Ils ne sont pas sûrs qu'il s'agisse bien de nous. C'est pour ça qu'ils se retiennent, je crois. Sans parler du fait que nous cachons nous aussi quelque chose, visiblement. Comment pourrait-on leur en vouloir ? Nous avons été trompés et manipulés par des intellarts ; Sunday s'est fait avoir par les Pans. Personne ne sait plus en qui avoir confiance. Si ça se trouve, ils nous croient peut-être morts.

Geoffrey était d'accord. Et qu'ils ne puissent pas faire un récit plausible de leur aventure sur Cœur-de-Lion aggravait leur cas. Lorsqu'ils seraient rentrés, il pourrait parler plus longuement. Pas seulement avec

Sunday et Jitendra, mais avec Lucas également. Il ne pourrait pas y échapper. Il devrait raconter à Lucas la vérité sur Cœur-de-Lion.

— Pas forcément, dit Jumai avec tact. Hector n'a jamais découvert pourquoi Eunice voulait que nous venions ici.

— D'après toi, puisqu'il n'a jamais été mis dans le secret, je ne devrais rien dire à Lucas ?

— Je dis simplement que tu ne lui dois rien. Tu n'as pas entraîné Hector là-dedans, c'est l'inverse qui s'est produit. Et ensuite, tu lui as sauvé la vie.

— Ça n'a rien changé, non ? J'ai simplement retardé sa mort.

— Si Hector n'était pas mort… cela aurait été l'un de nous deux. Alors, l'affaire est close. Tu le détestais, à la fin ?

Geoffrey réfléchit pour répondre honnêtement. Sans quoi il aurait pu dire que non, qu'il avait tout pardonné à Hector. Mais la réalité était bien plus complexe.

— Nous voyions les choses différemment, dit-il en caressant le pied de son verre de vin. Je crois qu'il y a des principes absolus. Le bien et le mal, des lignes à ne pas franchir. Des convictions morales. Je pense qu'Hector a eu tort de se lancer là-dedans comme il l'a fait. Lucas et lui n'auraient pas dû me faire chanter, ils n'auraient jamais dû mêler les éléphants à ça, ni placer la réputation de la famille au-dessus de tout. (Il se fit sourire lui-même.) Mais je comprends certaines craintes des cousins, désormais. Plus qu'auparavant. Je me doutais que nous allions découvrir quelque chose, mais je n'imaginais rien d'aussi énorme. Et Eunice avait raison : c'est dangereux, et ce savoir ne devrait pas être transmis avant que nous soyons absolument sûrs qu'il ne va pas déchirer l'humanité. Peut-être que nous sommes prêts, mais peut-être pas ; pas encore. Dans les deux cas, toi et moi sommes au courant, et bientôt Sunday et Lucas. Ce qui signifie que l'info est déjà connue, à une petite échelle. Et peut-être qu'Eunice avait raison à ce propos, mais tort sur autre chose : qu'il faudrait une chance énorme pour que quelqu'un passe de la *Reine d'Été* à la physique qui sous-tend le moteur interstellaire. Si elle se trompe, alors le mal est déjà fait.

Il se tut et regarda le vin dans le verre.

— Ce qui signifie qu'Hector et Lucas avaient raison d'être prudents, ajouta-t-il, et de craindre que le passé vienne déranger le présent. Ils ne pouvaient pas se douter à quel point ce serait nuisible, mais ils ne s'étaient pas trompés. Et si c'est le cas, peut-être que leurs méthodes étaient bonnes, elles aussi. Peut-être que, parfois, la fin justifie les moyens.

Il vida son verre et attendit que Jumai lui verse un peu plus de vin, un rouge de Patagonie correct, envoyé du système solaire intérieur en 2129, d'après l'étiquette sur la bouteille.

L'année de sa naissance, ce qui n'avait pas grande importance à ses yeux.

—Ils avaient donc tort, dit Jumai, mais peut-être aussi raison. Et cette ligne à ne pas franchir n'est sans doute pas aussi simple à distinguer qu'elle en a l'air.

—Je ne détestais pas Hector, répondit Geoffrey. Avant, oui, je ne vais pas dire le contraire. Mais plus à la fin. Je ne peux pas prétendre que je l'appréciais vraiment, mais tout de même...

—C'était ton cousin et il a accompli un acte courageux, dit Jumai en levant son verre. Alors, à Hector.

—À Hector.

—Même si Lucas restera toujours un naze.

—Avec qui nous allons devoir travailler, malheureusement, dit Geoffrey. (Il but son vin, reposa le verre et piocha dans son assiette.) C'est surtout Sunday qui m'inquiète.

—Je ne vois pas Sunday poser de problèmes, d'autant moins qu'elle connaît déjà quatre-vingt-dix pour cent de l'histoire.

—C'est l'intellart, dit Geoffrey. Tu te rappelles ce qu'Eunice nous a dit, à propos de Memphis et comment le sens de sa vie a été chamboulé par les dessins sur les pierres ? Ce sera pareil avec Sunday. Elle a passé des années à créer la reconstruction d'Eunice, et je vais maintenant devoir lui annoncer que ça ne servait à rien. Qu'il y a déjà une simulation d'Eunice sur Cœur-de-Lion, tout aussi crédible que la sienne. Comment crois-tu qu'elle va le prendre ?

—Tu n'es pas obligé.

Ce n'était pas Jumai qui avait parlé, mais le golem. Il était arrivé sans avoir été invité et se tenait dans l'embrasure de la porte du coin cuisine.

—Que veux-tu ? demanda Geoffrey en estimant que sa venue troublait leur intimité.

—Inutile que Sunday apprenne mon existence. Vous ne m'avez pas mentionnée dans les transmissions. Je l'aurais su si c'était le cas, et... ce n'aurait pas été possible, disons.

—Parce que t'aurais coupé nos messages, dans ce cas ? demanda Jumai.

—Mieux vaut ça que faire savoir aux autorités que la loi sur les intellarts a été enfreinte, dit Eunice. Les choses se sont peut-être calmées, ces dernières années, mais on n'est jamais trop prudent. Non : le monde n'a nul besoin de connaître mon existence, et Sunday non plus.

—Je ne vais pas mentir à ma sœur, si elle me pose directement la question, dit Geoffrey.

— Dis-lui que Cœur-de-Lion était dirigé par des machines et que ces machines avaient un chef de file. Ce n'est pas un mensonge.

Il secoua la tête.

— Mais tu existes.

— Bientôt plus, dit le golem en s'approchant de leur table où il tira une chaise et s'assit. J'avais une fonction, très spécifique et limitée, qui était d'être là pour vous. J'ai accompli ma mission et je n'ai plus de raison d'être. Vous avez appris ce que vous deviez savoir. Si vous revenez sur Cœur-de-Lion, les autres machines s'occuperont de vos besoins. Elles sont tout à fait capables de conduire l'expérience si vous voulez la réactiver. Quant à moi, je vais cesser d'exister. Les programmes qui me simulent vont être effacés. Il restera une intellart, mais elle n'aura pas visage humain, ni mes souvenirs. Je ne me souviendrai même pas d'avoir été moi.

— C'est un suicide, dit Jumai.

— Ça le serait seulement si j'avais vécu, répondit Eunice avant d'hésiter. Pourrais-je vous demander une faveur, tout de même ? La *Reine d'Été* sera préparée quoi qu'il m'arrive, et cela ne changerait donc rien pour vous si je mettais fin à mon existence tout de suite. Mais je ne préfère pas. Pas tant que nous pouvons encore parler.

— Nous ne représentons rien pour toi, dit Geoffrey. Tu n'existais même pas avant notre arrivée. Tu l'as dit toi-même.

— C'est vrai, dit Eunice en regardant ses mains posées au bord de la table. Je n'ai été actualisée qu'au moment où tu as prouvé ton identité, dans le sas. Avant ça… j'étais une possibilité dans l'intellart, un ensemble de programmes endormis.

— Tu n'as donc rien dû ressentir avant d'être actualisée, dit Jumai.

— En effet, et je ne dis pas que ce soit le cas. Mais toutes ces années à attendre… (Elle fronça les sourcils, comme si elle observait un puzzle ou un casse-tête qu'elle ne comprenait pas.) Je les ai senties. Chaque seconde. Et lorsque vous êtes arrivés, lorsque des voix humaines sont revenues ici… j'étais ravie. Et je le suis toujours. Et je n'accueille pas de bon cœur ce qui doit m'arriver. (Ses traits s'adoucirent et elle afficha un sourire triste et provocant.) Je ne demande pas la Lune, non ? Rien qu'un peu de compagnie et de conversation avant votre départ.

À cet instant, il se dit qu'il pouvait tout lui pardonner.

— Sans problème, dit Geoffrey.

# Chapitre 41

La *Reine d'Été* les ramena chez eux, dans le système solaire intérieur, sur l'orbite lunaire. Jumai et Geoffrey passèrent quelques jours en compagnie de Sunday et Jitendra dans la Zone non observée – Sunday était revenue deux semaines avant qu'il n'arrive – et ils prirent tous ensemble, endormis, l'ascenseur pour Libreville. Comme auparavant, Geoffrey choisit d'être réveillé quelques heures avant de débarquer, alors qu'ils étaient encore assez haut pour voir la courbe bleue de l'horizon, et l'immensité de l'Afrique qui ceignait la face visible de la planète. Sur la Lune, Sunday lui avait parlé de l'attraction que la Terre avait exercée sur elle, lorsqu'elle était revenue de Mars. Il ressentit alors quelque chose de semblable : un profond appel biologique, comme si un cordon ombilical fantôme le reliait à l'endroit où il était né, où ses ancêtres avaient vécu et étaient morts depuis d'innombrables générations. Il sentait que cette connexion existerait toujours. Le besoin de voyager était tout aussi puissant, tout aussi sincère, mais il avait de la concurrence. Même si l'humanité allait très loin, ce lien serait toujours présent. Il pourrait essayer de l'ignorer, mais ce monde était sa matrice et son berceau et cette relation était trop ancienne et trop forte pour être reniée. Il se souvint du jour où il s'était réveillé près de Cœur-de-Lion, alors que le soleil n'était plus qu'un simple œil blanc. Envisager d'aller encore plus loin lui semblait immoral, un acte de trahison envers sa nature. Il n'estimait pas pour autant être faible, mais simplement humain. Évidemment, sa réaction n'était pas universelle. Sa grand-mère avait regardé le vide dans les yeux puis avait haussé les épaules. *C'est tout ce que tu as ? Rien d'impressionnant !* Mais, à tous les niveaux, Eunice n'avait jamais été ordinaire.

Il était persuadé que Jumai ressentait la même chose que lui. Grisée par le fait d'être allée si loin, mais ravie d'être sur le chemin du retour.

Lorsqu'elle le rejoignit pour regarder l'Afrique, elle prit un plaisir enfantin à lui montrer les endroits qu'elle connaissait, les communautés et les points de repère sur la côte de Lagos. Il ne put s'empêcher de partager son enthousiasme.

C'était pourtant un retour étrange. La première fois qu'il était rentré, il portait un certain poids sur les épaules, et désormais, il en avait un tout autre. De façon encore plus bizarre, il ne se sentait pas complètement en désaccord avec sa famille, même si les mois et les années à venir apporteraient sans nul doute leur lot de complications et de tensions.

— J'ai parlé à Lucas, dit Sunday en les rejoignant sur le pont d'observation. Les funérailles sont prévues pour demain après-midi.

— Tu lui as dit combien j'étais désolé de ne pas avoir pu ramener Hector ?

— Oui, mais tu pourras le lui dire en face quand tu le verras. (Elle frotta une main contre son ventre, un geste qu'il ne se rappelait pas l'avoir vue jamais faire. Un réflexe inconscient, car ses yeux restèrent fixés sur le sol, loin en dessous d'eux.) Il ne t'en voudra pas de ce qui s'est passé. Et il t'est reconnaissant d'avoir essayé de sauver Hector. Les choses ont changé, petit frère. Et c'est tant mieux. Nous n'aurions pas pu continuer comme avant, et surtout pas maintenant.

Ils avaient peu parlé de Cœur-de-Lion dans la Zone, et encore moins dans l'ascenseur. Aucun d'entre eux ne se sentirait en sécurité avant d'être revenu dans la maison, et même alors, ils devraient être prudents, pour protéger un secret qui ne pouvait pas fuiter dans l'empire commercial Akinya, et encore moins dans le monde extérieur. Pas avant qu'ils se soient mis d'accord sur la meilleure façon de faire.

— Je suis vraiment content que certains d'entre nous soient rentrés, dit Geoffrey. Et notamment Jitendra et toi.

— Lucas a été remarquablement conciliant, alors que j'avais réduit le visage de sa doublure en bouillie à coups de pied. Je crois que nous allons nous entendre, dit-elle en serrant résolument les mâchoires. Cela vaudrait mieux. Si la famille ne parvient pas à créer un front uni, quel espoir reste-t-il pour l'humanité ?

Elle se pencha au-dessus de la rambarde, et regarda les sillages des immenses navires qui quittaient la côte du Cameroun : des V blancs, aussi précis et sobres que s'ils avaient été dessinés par les traits vifs d'un maître calligraphe.

— Mais je ne sais toujours pas le rôle que vont jouer les Pans dans toute cette harmonie et ces amabilités. Ils n'ont rien gagné et j'ignore même si ce qu'ils ont fait peut être qualifié de crime. Ça me laisse un goût amer, en tout cas.

— Nous avions besoin d'eux, dit Geoffrey. Ils avaient besoin de nous. C'était une relation qui nous a servi le temps qu'elle a duré.

— As-tu déjà réfléchi à… ? (Voyant la réaction de son frère, Sunday leva une main avant de terminer sa propre phrase.) Laisse tomber. Tu ne voulais pas parler d'eux dans la Zone ; j'aurais dû savoir que tu ne changerais pas d'avis si vite. Mais nous devons bien une réponse à Chama et Gleb.

— Nous ne leur devons rien. Toute dette que nous avions envers les Pans a été effacée dès l'instant où ils ont décidé de te doubler sur Mars.

— Ce sont mes amis, dit Sunday. Ils ne sont pas responsables de ce qui est arrivé. Et ils doivent toujours avoir envie de continuer à travailler avec le troupeau d'Amboseli.

— Très bien, dit Geoffrey avec dédain. S'ils ont un problème, ils savent où me trouver. On peut parler d'autre chose que des éléphants, maintenant ?

À Libreville, ils prirent deux airpods pour rentrer chez eux ; Jumai et Geoffrey dans un, Sunday et Jitendra dans l'autre. Ils arrivèrent tard, dans une maison magnifiquement sombre et spacieuse, avec ses salles pleines d'échos et ses chambres vides. Lucas les attendait, visiblement triste, mais pas abattu, ce qui troubla Geoffrey jusqu'à ce qu'il se rappelle que plusieurs semaines s'étaient écoulées depuis la mort de son frère. Ils se saluèrent comme des politiciens lors d'un sommet, en se prenant dans les bras, mal à l'aise, avant de s'écarter et de se regarder.

Plus tard, au dîner, Lucas annonça :

— Je suis prêt à tourner la page. Nous avons eu des… désaccords, je ne peux pas dire le contraire. Mais mon frère aurait aimé qu'il n'y ait plus d'animosité entre nous. (Il fit la moue et poussa un soupir, comme si cette simple phrase lui avait déjà beaucoup coûté.) Je crois que l'on peut dire qu'aucun d'entre nous ne savait dans quoi il s'embarquait.

— Je ne peux pas prétendre le contraire, dit Geoffrey.

— Pour ce que ça vaut, tu as ma parole que nous respecterons notre accord de te financer.

Geoffrey coupa du pain.

— Ça ne sera peut-être pas nécessaire, Lucas. Même si je t'en remercie.

Sunday le regarda d'un air sceptique.

— Si tu espères toujours le soutien des Pans pour tes recherches, je crois que tu vas devoir refaire tes calculs. J'ai parlé à Chama et Gleb… (Elle hésita, avant de poursuivre.) Ils ne pourront sans doute plus compter sur le soutien inconditionnel de l'Initiative panspermique.

— Ils n'ont rien fait de mal, dit Jitendra.

— Ce n'est pas eux. C'est l'organisation. D'après ce que j'ai compris, les événements sur Mars ont créé une scission. Les dirigeants ne sont plus d'accord, on parle même de mouvements dissidents.

— Nous ne saurons alors jamais ce que ces chiffres signifient, dit Sunday.

— Des chiffres ? demanda Lucas.

Geoffrey n'avait pas encore tout raconté à Sunday, et encore moins à son cousin. Mais elle était au courant des chiffres. Il l'invita à poursuivre.

— Mon frère et Jumai ont rencontré une reconstruction sur Cœur-de-Lion, dit-elle. Une émulation de bas niveau d'Eunice, un peu comme celle qui protégeait le Palais d'Hiver. Elle a parlé d'une série de chiffres, qui devraient avoir une signification pour Lin Wei. Nous n'avons aucune idée de ce qu'ils représentent.

— Donne-les-moi, dit Lucas. Je pourrais enquêter.

— Il y a autre chose que tu dois savoir avant, dit Geoffrey en prenant le temps de remplir les verres, y compris celui de Lucas. Nous avons été confrontés à deux décisions difficiles, cousin. Je parlerai de la seconde dans un instant : c'est compliqué et tu risques d'avoir besoin d'un peu de temps pour bien comprendre.

Lucas, accommodant, haussa les épaules :

— Et la première ?

— Décider si nous devions te parler de la seconde ou pas, dit Sunday. Mince ! je n'ai moi-même qu'une vague idée de ce qui s'est passé là-bas. Mais mon frère estime que tu as le droit de savoir, et je veux bien lui faire confiance à ce propos.

Geoffrey sourit et se pencha vers son cousin.

— Imagine la décision commerciale la plus difficile de ta carrière, Lucas. Le choix le plus dur de toute ta vie. Et multiple-le par vingt.

— Et tu en es encore loin, dit Jumai.

Lucas semblait penser qu'on se moquait de lui.

— Il y a bien évidemment des répercussions commerciales… Nous allons analyser le moteur de la *Reine d'Été* par rétro-ingénierie, déposer tous les brevets nécessaires…

— Le moteur n'est qu'un détail, dit Geoffrey. Tous les plans de construction se trouvent à bord du vaisseau. Ils sont tout à toi. Mais nous n'allons pas en tirer le moindre yuan.

La peau aux bords des lèvres de Lucas se contracta.

— S'ils nous appartiennent…

— Nous allons construire des copies de ce prototype, poursuivit Geoffrey, mais nous renoncerons à l'exclusivité sur sa conception. La licence et toutes les données techniques associées seront détenues et gérées par les Nations unies orbitales ou un organisme équivalent qui ne soit pas limité à la Terre ; nous verrons les détails plus tard. Ils donneront les droits de fabrication à toutes les entreprises commerciales ou transnationales disposant de l'expérience nécessaire dans le domaine de la propulsion à haute énergie.

— C'est une technologie qui va changer le monde. Et tu me demandes de la donner gratuitement ?

Lucas plissa les yeux, comme s'il venait de perdre pied.

— C'est un lot de consolation, expliqua Geoffrey. Il ne fait aucun doute que le nouveau moteur va tout changer : il va rétrécir le système solaire du jour au lendemain, pour commencer. Il pourrait aussi faire beaucoup de dégâts, s'il était mal utilisé. Nous allons devoir bien tout prévoir. C'est là que tu entres en jeu, Lucas. Nous voulons que tu sois partie prenante.

— Après tout ce qui s'est passé entre nous ?

— Hector aurait été avec nous, dit Sunday. Que tu le veuilles ou non, il aurait été impliqué. Obligé de prendre sa part de responsabilité. Maintenant, c'est à toi de prendre sa place.

— Je ne comprends pas, dit Lucas. Vous dites que ce nouveau moteur n'est qu'un lot de consolation, comme si ce n'était pas l'élément le plus important de tout ce qui est arrivé.

— En effet, dit Geoffrey.

Lucas regardait son assiette, comme si quelque part là-dedans se trouvait le début d'une réponse.

— Alors, vous allez devoir commencer par le début, dit-il.

Après le dîner, tandis que Jumai s'installait dans sa chambre, Geoffrey partit se promener, d'abord sans but, puis de plus en plus déterminé. Il s'engagea dans l'aile ouest, parmi les meubles sombres et les curiosités de la vie de sa grand-mère étiquetées sur des socles. On aurait dit que le musée, qui s'était toujours trouvé là, s'était brusquement étendu pour englober tout le bâtiment, car il lui sembla bien trop vaste pour la petite collection qu'il était censé accueillir. Il se demanda quel intérêt avait tout ça, maintenant qu'il savait que la vie d'Eunice avait été en grande partie un mensonge ou, tout au moins, une version incomplète et trompeuse des événements. Rien de ce qui comptait vraiment pour elle n'était exposé ici. Ni Phobos, ni son amitié avec Memphis, ni la vérité sur celui-ci, ni Cœur-de-Lion.

Pendant un instant, Geoffrey fut pris d'un accès de violence et eut envie d'aller chercher une pelle dans la réserve afin de briser le bois et les vitrines, de réduire ce passé mensonger en échardes et en éclats de verre. Il n'aurait besoin que de quelques brouettes.

Mais cette envie lui passa aussi vite qu'elle était venue. Trop mélodramatique, et de toute façon, il lui suffisait de repenser à toutes les heures que Memphis avait passées au milieu de ces artefacts, à s'en occuper avec dévotion et fidélité. Alors même qu'il connaissait une partie de la vérité.

Il alla jusqu'à la chambre de Memphis et ouvrit la porte. Presque quatre mois s'étaient écoulés depuis sa dernière visite, mais l'hibernation avait compressé ce temps pour en faire une semaine et demie d'expérience vécue. Il avait alors parlé à Memphis, lui demandant de s'occuper des troupeaux. Le vieil homme avait accepté. Lorsqu'il l'avait revu, Memphis était étendu par terre, mort.

— Pourquoi es-tu parti ? demanda-t-il au dos du siège vide, toujours calé devant le bureau. Tu n'aurais pas pu attendre que tout soit terminé ? Tu es le seul qui aurait pu me servir, me guider...

— Il n'en avait pas l'intention, dit Eunice.

Il se demandait quand la reconstruction referait son apparition. Elle n'avait donné aucun signe de vie dans la Zone, pas plus que durant la descente vers Libreville. Il n'en avait pas parlé avec Sunday – il tournait toujours autour du pot, en espérant qu'elle ne l'obligerait pas à parler de l'intellart de Cœur-de-Lion – et il gardait toujours, dans un coin de la tête, l'idée gênante que sa sœur s'était servie de ses privilèges pour retirer la reconstruction de son cerveau.

Apparemment, ce n'était pas le cas.

— Qu'est-ce que tu en sais ? lui demanda-t-il, son indignation exacerbée par le vin. Comment pourrais-tu le savoir, putain ?

Elle ne parut pas dérangée par son emportement.

— J'ai connu Memphis, Geoffrey, mieux que quiconque. C'était un vieil homme, mais il aimait encore la vie. Je ne sais pas ce qui s'est passé là-bas... Mais il n'a pu s'agir que d'un accident.

— Après toutes ces années à m'aider ? Pourquoi là-bas et à ce moment-là ?

— Tu ne crois toujours pas que Lucas et Hector ont quelque chose à y voir, hein ? Pas maintenant.

— Non, dit-il.

Et c'était vrai. Il ne le croyait plus. Même si cela refermait une porte et en ouvrait une autre, pour offrir une alternative qui n'était guère plus réjouissante.

— Memphis a eu beaucoup de soucis après ma mort, dit la reconstruction. Trop pour un seul homme. Les choses se sont compliquées, et tu t'es mis à poser des questions délicates... Je crois qu'il avait du mal à tout faire à la fois. Voilà ce qui s'est passé : un homme sous pression a fait preuve d'une négligence bien compréhensible.

— Et c'est la faute de qui, exactement ? demanda Geoffrey.

— La mienne uniquement, dit Eunice. Je suis prête à assumer cette responsabilité, si tu assumes la tienne.

Il devait sans cesse se rappeler que cette version d'Eunice connaissait vaguement la véritable histoire de sa grand-mère. Avant son arrivée sur Cœur-de-Lion, Sunday avait déjà intégré le contenu de son casque dans sa propre version de la reconstruction. Le fichier qu'elle avait envoyé sur la *Reine d'Été* était allégé, mais Geoffrey n'avait aucune raison de croire que cette version, celle qui le hantait en ce moment même, n'était pas l'itération la plus complexe. Si évidemment l'on ne tenait pas compte de l'intellart.

— Il n'a jamais parlé de son passé, lui dit Geoffrey.

— C'était inutile. Il s'en était débarrassé, était passé à autre chose. Est-ce que cela aurait changé quelque chose, que tu saches que Memphis n'était pas seulement le gardien ? Est-ce que tu l'aurais respecté davantage ?

Elle secoua la tête et répondit à sa place.

— Ne dis pas « oui », parce que tu me décevrais et ça m'embêterait. C'était un homme loyal et bon, qui a bien servi cette famille et vous a élevés, Sunday et toi, quand vos parents sont partis pour Neptune. Vous n'êtes pas devenus des monstres, et c'est *suffisant*. On ne pouvait rien attendre de plus de lui.

Sa main fantôme vint toucher le dossier de la chaise de Memphis.

— Les funérailles ont lieu demain, n'est-ce pas ? demanda-t-elle. J'aimerais y assister. Ça te dérangerait ?

— Inutile de demander ma permission, dit Geoffrey. Tu peux venir que je le veuille ou non, et je ne serais même pas au courant.

— C'est justement pour ça que je pose la question, dit Eunice.

# Chapitre 42

Le lendemain, il prit un airpod jusqu'au bassin, ravi que personne n'ait proposé de l'accompagner. Dans d'autres circonstances, il aurait pu mettre cela sur le compte de leur manque d'intérêt et s'en offusquer. Mais il doutait que ce fût le cas, désormais. Sunday, Jitendra et Jumai savaient qu'il avait des choses à régler seul, et ils lui laissaient l'intimité dont il avait besoin.

Il vola bas et vite, tout en essayant de se vider la tête. Ce qui était plus facile à dire qu'à faire. Les pluies abondantes avaient fait reverdir des terres desséchées en janvier, mais il connaissait trop le terrain pour qu'il lui paraisse changé. Il avait consacré trop de temps à cet endroit, et son histoire personnelle y était intimement liée. Le moindre point d'eau, chaque bosquet, chaque piste avait une signification, plus ou moins importante, pour lui. Il était allé très loin, mais il n'avait pas coupé les liens qui l'unissaient à cette petite partie de l'Afrique. Ou peut-être que ces liens l'avaient empêché de s'échapper.

Il fit le tour de ses zones de recherches usuelles, comptant sur son regard seul pour repérer les troupeaux et les mâles solitaires. La couche de feuillage plus dense compliquait les choses, mais il avait suffisamment de pratique pour ne presque rien rater. Il connaissait les mouvements saisonniers des éléphants, leurs mœurs, les endroits où ils aimaient se retrouver, et ses yeux et son cerveau étaient habitués à repérer des formes et des groupes qui auraient pu échapper à d'autres.

Il ne mit pas longtemps à localiser Matilda et son clan – à moins d'un kilomètre de l'endroit où il pensait les trouver – et quelques passages afin de l'inspecter lui apprirent que le groupe M. n'avait pas connu de pertes depuis sa dernière venue. Deux petits étaient même nés en son absence. Plusieurs femelles étaient grosses lorsqu'il était parti, et cela n'avait donc rien de surprenant. Il n'aurait su dire, en examinant les déplacements des éléphanteaux, qui étaient les mères : les bébés allaient, espiègles, d'un adulte à l'autre, profitant de la protection globale et de l'environnement nourricier du groupe M.

Il fit un dernier passage bas, pour prévenir les éléphants de son arrivée – de l'arrivée de quelqu'un, en tout cas, puisqu'ils l'associaient généralement au Cessna, et pas à un airpod – puis choisit une piste d'atterrissage assez proche du troupeau. Des herbes épaisses et luxuriantes ployèrent sous les patins de l'appareil. Il ouvrit le cockpit et descendit en grognant, les épaules douloureuses. Il avait toujours mal aux muscles et aux articulations, à cause du temps passé en apesanteur à bord de la *Reine d'Été* et sur Cœur-de-Lion, mais pas suffisamment pour avoir besoin d'un exo.

C'était une journée chaude, sèche et sans vent. Il n'y avait pas de nuages, ce qui était de bon augure pour les funérailles. On l'avait mis au courant de ce qui était prévu et il avait donné son accord, même s'il ne se départait pas d'un léger doute. Memphis n'avait jamais été du genre à attirer l'attention sur lui, et peut-être qu'il n'aurait pas complètement approuvé ces dispositions. Pour autant, si la famille Akinya voulait lui rendre hommage, n'en avait-elle pas le droit ?

Geoffrey pourrait y penser plus tard. Pour le moment, il avait autre chose à faire.

Il ferma l'airpod et traversa les broussailles vers le troupeau. Après quelques pas, il trouva un bâton qu'il ramassa pour en frapper le sol devant lui. Il n'avait rien emporté : aucun équipement de surveillance, pas même son sac de sport rempli de papier et de crayons. Rien que les vêtements qu'il portait et qui commençaient déjà à lui coller à la peau. Il avait déjà prévu de prendre le temps de se changer avant de repartir de la maison ; Sunday n'allait pas manquer l'occasion de l'accuser de puer la bouse, cette fois. Mais il ne transpirait pas à cause de la chaleur. Geoffrey était anxieux.

— C'est moi, cria-t-il comme d'habitude. Geoffrey. Je suis revenu.

Il traversa des bosquets et des buissons, frappant le sol de son bâton et criant pour annoncer son arrivée. En s'approchant, il entendit le barrissement menaçant d'une femelle adulte, puis il discerna les silhouettes arrondies de deux membres du troupeau isolés. Il les reconnut grâce à leur forme générale et à celle de leurs oreilles. Sans cesser de taper le sol et d'annoncer son arrivée, il contourna le couple. Il sauta par-dessus un ruisseau étroit et manqua de se tordre une cheville en retombant. Le bâton avait bien servi et il le jeta. Il traversa un autre bosquet et tomba sur un groupe de six éléphants, dont Matilda, face à lui. Derrière la matriarche du groupe M. se tenaient Molly et Martha, deux femelles de haut rang, qui avaient toutes deux le front couvert de cicatrices, une défense en moins, et les oreilles abîmées au combat. Melissa, le jeune animal auquel Memphis avait, pour aider Geoffrey, inoculé des nanomachines, se trouvait entre Molly et Martha, la tête baissée et les yeux alertes. Deux éléphants pas encore baptisés se déplacèrent parmi leurs congénères plus âgés.

Geoffrey sortit de l'ombre des arbres. Il marchait doucement, mais avec toute l'autorité et la confiance dont il était capable. Il savait bien que les éléphants sentaient sa peur, véhiculée par la chimie de sa transpiration. Mais il pouvait au moins faire semblant.

Matilda se sépara du groupe et fit quelques pas pesants dans sa direction. Elle poussa un grognement et souleva un peu de poussière avec la trompe. Pas vraiment vers lui, mais dans une sorte de tir de dissuasion en diagonale. Il y avait un peu de dédain dans ce geste, comme s'il ne méritait pas vraiment plus d'effort. Geoffrey leva ses mains ouvertes et ne bougea pas. Ce genre de comportement n'avait rien d'inhabituel chez Matilda. Elle n'avait pas d'intention hostile, mais il s'agissait simplement, pour elle, de réaffirmer, de façon rituelle, son statut, comme une reine qui exige de ses courtisans qu'ils s'approchent du trône pliés en deux et suppliants.

Les cinq autres éléphants s'étaient remis à bouger, même s'ils divisaient désormais leur attention entre Matilda et l'humain qui avait interrompu leur recherche commune de nourriture.

Matilda s'arrêta à trois mètres de Geoffrey. La trompe levée, le front large et aussi puissant que celui d'un bélier prêt à charger. Il voyait à peine ses yeux.

—Je sais ce qui s'est passé, dit-il en évitant de penser à l'absurdité que représentait le fait de parler à un éléphant. (Mais il ne s'adressait pas à Matilda.) J'ai fait ce que j'ai toujours eu trop peur de faire auparavant. J'ai corrélé tes mouvements, le jour où Memphis est mort. Et je sais que tu étais là. Je sais que tu étais avec lui.

Il avait prévu de s'arrêter là, de faire demi-tour et de retourner à l'airpod. Mais, maintenant que le moment était venu, il comprit que s'il gâchait cette dernière occasion, il le regretterait toute sa vie.

Il voqua l'ordre et ouvrit le lien neuro. Le cerveau de l'éléphant apparut près du sien, deux éponges de mer tremblotantes, agitées par le sang, la chaleur et le murmure incessant des signaux électrochimiques. Son propre centre de la peur était déjà éclairé comme un stade de foot qui brillait dans la nuit.

Il ne perdit pas de temps. Le pourcentage monta vite à dix, vingt, trente. Quarante pour cent puis cinquante. L'état d'esprit de Matilda submergea le sien, écrasant la peur et la remplaçant par une sensation plus proche du mécontentement, uniquement tempérée par de la prudence. Soixante, soixante-dix pour cent. L'image du corps de l'éléphant avait démantelé la sienne, déformé sa perception des échelles. Il était immense, mais minuscule; elle était minuscule, mais immense.

À quatre-vingt-dix pour cent, il laissa le neurolien se stabiliser.

Il découvrit ce qu'elle avait fait. Le cerveau qui avait envahi le sien était celui d'une tueuse froide et déterminée. Memphis avait fait preuve d'imprudence, certes: il avait l'esprit occupé et il n'avait pas pris les précautions élémentaires, en allant faire ce que lui avait demandé Geoffrey. Par-dessus tout, il avait commis l'erreur de faire confiance à Matilda, simplement parce qu'elle n'avait jamais montré le moindre signe d'animosité envers lui.

Cela avait dû être rapide. Peut-être qu'un jour Geoffrey trouverait le courage d'analyser l'enregistrement des événements fait par les propres yeux de l'éléphant et des autres animaux assez proches pour avoir assisté au meurtre: il y en avait plusieurs. Mais cela n'avait que peu d'importance. Il avait déterminé qu'elle se trouvait à l'endroit du crime; c'était suffisant.

On pouvait imaginer sans mal comment cela s'était déroulé. Matilda avait foncé sur Memphis, distrait, trop vite pour qu'il réagisse. La couverture aug était faible ici, le Mécanisme impuissant. S'il avait détecté l'imminence de cette agression violente et fatale, il aurait pu agir. Mais il n'y avait pas eu le temps: ni pour le Méca d'intervenir, ni pour Memphis de se sauver.

La raison restait floue. Mais Geoffrey avait une théorie.

Matilda avait commis le meurtre, mais ce n'était pas vraiment sa faute. Elle en voulait à Memphis, et comme il n'avait jamais eu de problème durant toutes ces années d'interactions avec le troupeau, il ne pouvait y avoir qu'une explication. Geoffrey avait implanté, dans sa tête, l'idée que Memphis tuait des éléphants.

Parce que c'était vrai. Parce que Geoffrey le savait depuis qu'il était adulte, et même avant. Il le savait depuis le jour où Memphis était venu secourir Sunday dans le trou, le creux dans le sol où l'intellart avait été déterrée. Lorsqu'ils étaient retournés à l'airpod, en suivant une piste à travers un bosquet, un mâle leur avait bloqué le chemin. Memphis avait dit à Geoffrey de détourner les yeux et, pendant un instant, le garçonnet avait obéi. Mais ensuite il n'avait pas pu se retenir de regarder en arrière, en se disant que Memphis n'en saurait jamais rien. Et il avait vu l'éléphant par terre.

Ce ne fut que plus tard qu'il comprit vraiment ce qui s'était passé durant cette confrontation. Memphis était entré dans le cerveau du mâle adulte et s'était servi de son privilège d'humain pour envoyer un ordre fatal à sa neuromachinerie implantée. Une sentence de mort chuchotée, une incantation voquée doucement, qui avait suffi à tuer l'éléphant. En d'autres circonstances, Memphis aurait pu tenter d'envoyer un ordre moins dangereux, qui aurait simplement endormi la bête.

Mais il n'avait pas pris de risques, ce jour-là. Il était responsable de deux enfants.

Geoffrey avait toujours conservé ce souvenir, si fortement ancré en lui qu'il l'avait à peine remarqué. Memphis n'avait pris aucun plaisir à commettre cet acte ; il ne l'avait pas fait parce qu'il méprisait ou craignait l'éléphant, mais parce qu'il était de son devoir, une charge de la plus haute importance qui prenait le pas sur toute autre considération, de s'occuper des enfants. Il n'avait donné la mort qu'en dernier recours, et pour ce qu'en savait Geoffrey, il s'agissait de l'unique fois où Memphis avait dû tuer une autre créature. Tuer plutôt que d'étourdir, pour que le mâle ne dérange plus aucun autre être humain. Geoffrey restait persuadé que son geste avait dû hanter Memphis pendant des jours.

Mais il n'y avait pas eu de témoins, et l'animal n'appartenait pas à un troupeau. Était-il possible que la décision de Matilda de tuer Memphis ait un lien avec l'incident datant de l'enfance de Geoffrey ?

C'était faux, il y avait bel et bien eu des témoins. Geoffrey lui-même avait vu ce qui s'était passé, ou le résultat, en tout cas. Et, des années plus tard, il avait fait entrer Matilda dans sa tête.

Il repensa à la fois où il avait laissé la neuroconnexion transmettre son état mental au sien, pour qu'elle puisse partager la douleur de la piqûre du scorpion. Il ne se souvenait pas d'avoir consciemment associé Memphis à la mort du mâle. Mais avait-il, par inadvertance, communiqué ce lien à Matilda ? Avait-il, en ouvrant son esprit, projeté en elle l'idée que Memphis tuait des éléphants ?

Il voulait rejeter cette idée absurde. Mais plus il la trouvait répugnante, plus elle lui revenait en tête. Memphis n'était pas coupable d'inattention. Ce n'était pas non plus la faute de Matilda, qui avait simplement pris des mesures pour se défendre contre quelqu'un qu'elle considérait comme une menace. Elle devait penser au troupeau, après tout. Elle cherchait à le protéger.

Inévitablement, une vérité finissait toujours par s'imposer à Geoffrey : c'était sa faute, et rien que la sienne.

Qu'il l'ait voulu ou non, il avait tué Memphis.

Tout à coup, il manqua de courage. Il comptait pousser le neurolien jusqu'à cent pour cent, rien que cette fois. Mais l'instant était passé.

Peu importait si cela signifiait qu'il était trop timide pour suivre sa propre enquête jusqu'à sa conclusion logique.

— Désolé, dit-il. J'aurais dû faire plus attention.

Il ferma la connexion et retourna à l'airpod.

Le temps qu'il revienne à la maison, d'autres visiteurs étaient arrivés, à en juger par les airpods posés sur le parking. Jumai l'attendait, déjà vêtue pour les funérailles. Elle portait une veste noire moulante et une petite jupe assortie, rehaussée d'éclairs rouges autour de la taille. Elle lui caressa le bras lorsqu'ils se croisèrent dans une des pièces et baissa la voix pour murmurer, inquiète :

— Comment ça s'est passé, là-bas ?

— Il me restait des choses à finir, dit Geoffrey.

Elle acquiesça lentement.

— Et c'est terminé maintenant ?

— Je crois.

— Je vais repartir pour Lagos demain. Je ne vais pas reprendre mon ancien travail, mais tous mes contacts sont là-bas. J'espère que je pourrai faire jouer mes expériences récentes pour décrocher un nouveau contrat, peut-être hors de la Terre. Il reste un tas de choses à nettoyer partout.

— Tu n'en as pas assez de l'agitation ?

— Si tu veux savoir si j'ai envie de passer ma vie à esquiver des paquets de glace, la réponse est « non ». Mais j'aime les défis. Et j'ai été servie lorsque j'ai accepté de t'aider à pénétrer dans le Palais d'Hiver.

Il fit un petit sourire.

— Plus que tu t'y attendais, je parie.

— Quelque chose a vraiment changé. C'est peut-être toi, ou moi. (Jumai regarda de chaque côté du couloir et tint sa langue le temps qu'une doublure, qui n'appartenait pas à la maison, estima Geoffrey, passe.) Écoute bien, parce que je ne le répéterai pas. Être ici n'a rien de normal pour aucun de nous deux, et je ne suis pas très fan des enterrements, en général. Mais lorsque je serai revenue à Lagos, tu ne voudrais pas venir passer quelques jours ? Enfin, si ton travail te le permet.

— Avec plaisir.

— Je compte sur toi, alors, dit-elle en lui lâchant le bras. Va te préparer, gosse de riche. Je te retrouve dans la cour quand tu auras fini. Sunday et Jitendra y sont déjà.

— Je me dépêche.

Il alla dans sa chambre, se déshabilla et se doucha. Il avait déjà presque fini d'enfiler des vêtements propres lorsque son regard tomba sur les six éléphants de bois. La veille, il était trop fatigué et préoccupé pour y prêter attention. Et pourquoi l'aurait-il fait ? Ils faisaient partie des meubles, après tout. Le fait que les reconstructions qui gardaient le Palais d'Hiver et Cœur-de-Lion lui aient posé des questions à leur propos n'avait aucun rapport. Cela signifiait simplement que les éléphants étaient bel et bien un cadeau d'Eunice, comme il l'avait cru à l'époque. Ou plutôt de l'intelligence qui s'était fait passer pour sa grand-mère durant tout le temps de son exil imaginaire.

Mais il comprit alors qu'ils représentaient davantage. Il s'assit sur son lit, pris d'un soudain étourdissement, comme si on l'avait frappé à la tête. Ce n'était pas possible, n'est-ce pas ? Après tout ce temps, si proche. Si proche de *ses* mains.

Il prit l'éléphant le plus lourd, le mâle à la tête du groupe. Pas très réaliste si l'on suivait la dynamique sociale de ces animaux, mais ce n'était pas le but.

Il caressa le corps de l'éléphant pour se rassurer : il était bien, comme il l'avait toujours cru, comme on le lui avait toujours dit, fait d'un bois dense et sombre.

C'était le cas. Il en était sûr.

Mais le matériau de la base était différent. Épais, noir et irrégulier, plat au sommet et en dessous, comme s'il avait été détaché d'un autre morceau, plus gros, et ressemblant à du charbon. Il retourna la sculpture pour regarder dessous, l'éléphant la tête à l'envers, et aperçut la légère griffure qui allait d'un côté à l'autre. Il ne l'avait encore jamais remarquée et même dans le cas contraire, il n'aurait eu aucune raison d'y attacher une quelconque importance. Mais désormais, il savait. Il ne lui fallut que quelques instants pour confirmer qu'il y avait des marques semblables sur les cinq autres bases.

Il savait exactement d'où elles venaient.

En repensant à ce qu'ils avaient perdu, ce qu'ils avaient obtenu, et ce qui était encore en jeu, Geoffrey resta assis à pleurer, l'éléphant, dans sa main, aussi lourd et froid qu'une pierre.

Sunday et son frère sortirent avec le reste du clan, famille et amis, dans l'air du soir, en compagnie de Lucas et, un peu plus loin, de Jitendra et Jumai. Le ciel était dégagé et calme, aussi clair que cette fin d'après-midi, il y avait déjà longtemps, où ils avaient éparpillé les cendres d'Eunice. Sunday n'y avait pas assisté en personne, pas en chair et en os, mais elle gardait toujours, dans sa mémoire, l'impression d'avoir été là, d'avoir marché sur la terre africaine, et d'avoir respiré l'air africain.

— J'ai réfléchi à ce dont nous avons parlé pendant le dîner, dit Lucas d'une voix assez basse pour qu'elle ne porte pas plus loin que quelques pas.

Il marchait le dos droit et les mains dans le dos.

— Si tu veux des preuves, dit Sunday, ça va être compliqué. En tout cas, pour l'instant. Il y a bien la *Reine d'Été*, mais en dehors de ça, il faudrait que tu fasses le voyage et que tu ailles voir la machinerie d'expérimentation par toi-même. La reconstruction a dit à mon frère qu'elle était pleinement opérationnelle.

— La *Reine d'Été* donne un aperçu d'une nouvelle physique, ou au moins d'une partie de la physique actuelle dont nous n'avions que quelques bases théoriques, dit Lucas. Cela seul crédibilise le reste de l'histoire. Mais j'espère que tu m'excuseras de rester un peu sceptique. Même si c'était Hector qui m'avait raconté tout ça, j'aurais aimé davantage que de simples mots. Il est déjà assez difficile d'accepter que notre grand-mère ait été au courant de cette nouvelle physique et de tout ce qu'elle implique… Mais qu'on me demande d'associer Memphis à ça ? de croire qu'il n'était pas celui que nous pensions ?

— Il était assez âgé pour que son passé ne soit pas complètement fixé par le Méca, ou des moteurs de postérité, dit Geoffrey.

— Je sais bien qu'il y a… des trous dans sa biographie. Mais comme chez un million d'autres personnes de son âge. (Lucas porta la main à la bouche et toussa doucement.) Et il y a bien eu un étudiant en physique portant le même nom, qui se trouvait en Tanzanie à peu près à la bonne période.

— Tu veux donc bien croire que tout ça est peut-être vrai, dit Sunday.

— Je le croirais plus volontiers s'il y avait… autre chose. Je crois ce que Geoffrey et Jumai m'ont raconté, et aussi ce que tu m'as dit de tes exploits sur Mars. J'en ai vu une partie moi-même, rappelle-toi, même si ce n'était pas de mes propres yeux.

Sunday tressaillit en se souvenant du visage détruit de Lucas, ses yeux hors de leurs orbites et l'éruption laiteuse des entrailles liquides et grasses de la doublure.

— Puis-je vous interrompre ? demanda une petite fille que Sunday avait déjà vue, dans des circonstances similaires.

Elle portait la même robe rouge, les mêmes chaussettes et chaussures noires, la même coupe de cheveux.

Par curiosité, Sunday demanda un tag aug. La fillette était un golem, mais on ne pouvait déterminer d'où elle chinguait.

— Vous êtes Lin.

— Bien sûr, dit la fille. Je connaissais votre grand-mère.

Geoffrey ricana.

— Après ce qui s'est passé sur Mars, je suis surpris de vous voir ici.

— Je vous ai fait personnellement du tort ? demanda-t-elle en lui jetant un regard sombre derrière sa frange noire et droite.

— Vous n'en avez jamais eu l'occasion, dit Geoffrey.

— Si j'avais quelque chose à me reprocher, vous croyez vraiment que je me serais présentée ? Ce qui est arrivé sur Mars n'était pas de mon fait, et je ne l'aurais pas approuvé si j'avais été au courant. Et il se trouve que tout ça n'a servi à rien.

— Chama et Gleb m'ont parlé d'une scission, dit Sunday.

— La découverte du Mandala n'a fait qu'exacerber les lignes de fracture qui existaient déjà, dit Lin Wei. Je pense que le monde a le droit de savoir que nous avons trouvé des preuves d'une intelligence extraterrestre sur un autre monde, et qu'il ne faudrait pas attendre que les données finissent par tomber dans le domaine public. Certains de mes collèges voient les choses d'un autre œil. En étant indulgente, je dirais que c'est parce qu'ils pensent que l'humanité n'est pas prête pour une révélation si fracassante. Mais sans prendre de gants, je dirais que c'est parce qu'ils ne veulent pas partager leur secret.

— Je ne peux pas vous aider, dit Geoffrey.

— Les données seront rendues publiques tôt ou tard, dit Lin Wei sans paraître perturbée, comme si l'assistance de Geoffrey n'avait aucune importance. J'ai mis en place des mesures pour m'assurer que ce sera le cas. Naturellement, j'ai mon lot de critiques, voire d'ennemis. Certains vont chambouler ma vie dans les prochaines années. Mais ne voyons pas seulement le mauvais côté des choses : au moins, je ne vais pas m'ennuyer. J'étais prête à quitter Tiamaat bien avant que vous m'en donniez l'excuse, Geoffrey. Mais merci d'avoir allumé la mèche. (Elle se tut un instant.) J'ai un cadeau pour vous, mais vous allez devoir venir le chercher. Il serait trop difficile de le ramener de nouveau sur Terre.

Sunday étudia le visage de son frère, à la recherche d'indices. Il ne semblait pas en savoir plus qu'elle.

— Vous n'avez pas à me faire de cadeau, Arethusa.

— Oh, bon, d'accord, dit-elle en plissant le nez, irritée. Disons que je vous rends ce qui vous appartient. Votre petit avion, Geoffrey. Il a été sorti de la mer, lorsque l'*Alexandre Nevski* vous a secourus.

Sunday se demanda s'il ne s'agissait pas simplement d'un rappel subtil de la dette qu'il avait envers elle.

— Dans toute cette agitation, il s'est retrouvé à bord de la fusée. Je l'ai fait nettoyer et réparer et vous pouvez le reprendre quand vous voulez.

— En échange de quoi ?

— De rien, vous devrez simplement venir le chercher dans une de nos propriétés orbitales. Mais il n'y aura pas de difficultés diplomatiques. Après tout, vous êtes un citoyen des Nations unies aquatiques.

Sunday fronça les sourcils en se demandant ce qu'elle voulait dire par là. Il lui restait encore un tas de choses à apprendre de son frère. Elle se dit alors qu'ils auraient tout le temps, dans les jours à venir.

— Merci d'avoir sauvé le Cessna, dit-il.

— C'était la moindre des choses. Même si ce n'est pas tout. Il reste…

Il l'interrompit :

— Vous pouvez faire passer un message à Chama et Gleb ?

— Évidemment.

— Il s'agirait de les remercier d'avoir aidé Sunday pendant mon absence. Et de leur dire que le travail sur les éléphants peut continuer. Je n'ai aucune objection à l'élaboration d'une communauté connectée. Les troupeaux de l'Amboseli et les nains sur la Lune peuvent partager le même sensorium, comme Chama et Gleb le voulaient. Je serai ravi de leur fournir toute l'aide technique nécessaire.

— Je crois qu'ils attendent plus que ça, dit Sunday. Une collaboration pleine et entière, une entreprise commune.

— Alors, ils ne s'adressent pas à la bonne personne. (Il fit quelques pas.) Je ne travaille plus avec les éléphants. C'est du passé, tout ça.

Sunday n'en crut pas ses oreilles. Mais elle connaissait assez Geoffrey pour être certaine qu'il ne cherchait pas à émouvoir, dans l'espoir que tout le monde le serre dans ses bras et lui rappelle l'importance sous-estimée de son travail, et qu'il devait aux éléphants de continuer ses recherches. Elle avait déjà eu souvent cette conversation avec lui, par le passé.

Et, en l'occurrence, ce n'était pas ça.

— Tu es sérieux.

Il hocha la tête, mais sans la moindre marque de triomphe.

— Je crois que nous avons bien assez de travail, non ?

Lin Wei, il faut le souligner, ne remit pas en cause la sincérité de Geoffrey. Peut-être qu'il s'était emporté et qu'il changerait d'avis dans les jours à venir, mais rien, dans le comportement de son frère, ne l'indiquait.

— Chama et Gleb seront déçus. Je sais qu'il leur tardait de travailler avec vous.

— Ils sont assez intelligents pour s'en sortir sans moi. Ils ont toujours voulu les éléphants, pas le chercheur.

— Je crois que nous ne sommes plus très loin de l'endroit de la dispersion, dit Lin Wei en dessinant, dans l'air, un carré que l'aug emplit de noir. Vous le voyez ?

Ils marchaient toujours, mais le carré les suivait. L'un après l'autre, ils lui confirmèrent qu'ils le percevaient bel et bien.

— Sunday a parlé à Chama et Gleb des chiffres et ils me l'ont dit à leur tour, reprit Lin Wei. Ils ne signifient rien pour un étranger, mais j'ai aussitôt compris leur signification, comme Eunice l'aurait fait aussi.

— Que signifient-ils ? demanda Sunday.

Des taches de lumière laiteuse parsemèrent le rectangle.

— Ce sont des coordonnées pour Ocular, expliqua Lin Wei. Ils représentent une direction vers laquelle pointer l'instrument. Bientôt, mes ennemis vont m'empêcher d'avoir accès à Ocular, mais j'ai encore ce privilège, pour l'instant, ce qui est normal puisque c'est moi qui l'ai conçu et qui lui ai donné naissance. Inutile de dire que je n'ai pas hésité à abuser de ce privilège en demandant à Arachne de pointer Ocular dans la direction correspondant à ces coordonnées.

— Mandala ? demanda Geoffrey.

— Non. Creuset est dans la constellation de la Vierge, et ceci est dans la direction de la Lyre, une tout autre partie du ciel. Proche d'Altaïr, en fait, une des étoiles du Triangle d'été. Les algorithmes de recherche d'Arachne ont éliminé tous les objets stellaires au centre immédiat du champ, mais vous remarquerez qu'il reste encore quelque chose.

— C'est quoi ? demanda Sunday.

— Je pensais que vous pourriez peut-être me le dire, grâce à ce que vous avez appris sur votre grand-mère. C'est à peine visible, et ça ressemble, au premier abord, à un quasar. Mais ce n'en est pas un. C'est un… eh bien, je ne sais pas ce que c'est. Et Arachne non plus. Elle a vu des milliards d'objets astronomiques, mais rien qui ressemble de près ou de loin à cette… source d'énergie. Car il s'agit de ça, une source d'énergie, à fort effet Doppler, d'après ce que nous indique le spectre, qui, apparemment, s'éloigne de nous sur une ligne de visée radiale. Nous en saurons plus avec le temps, si nous relevons un mouvement latéral. Mais ça m'étonnerait. Je crois que nous allons découvrir que cet objet est parti du système solaire il y a à peu près soixante ans. Et que depuis, il s'éloigne de nous et progresse vers les étoiles d'été.

Geoffrey demanda :

— À quelle distance est-il maintenant ?

Lin Wei eut un sourire malicieux.

— Je crois que je vous ai donné assez d'infos, non ? Disons simplement qu'il est très, très loin, plus loin qu'aucun artefact humain n'est jamais allé. Et qu'il se déplace à une vitesse ahurissante.

— Sans aller nulle part ? tenta Sunday. Il n'y a pas d'étoile sur cette trajectoire ?

— Il y a bien des étoiles. Mais aucune ne nous semble – à Arachne ou à moi-même – être une bonne candidate.

D'un geste, Lin Wei fit disparaître l'image.

— C'est tout ce que vous allez nous donner ? demanda Sunday.

— Pour l'instant. Si vous en voulez davantage, venez donc me parler. Je crois que nous avons beaucoup de choses à nous dire, non ?

— Elle est là-dedans, dit Geoffrey. C'est ce que vous pensez. Qu'Eunice est dans un *vaisseau*, un vaisseau qui s'éloigne de la Terre depuis soixante ans.

— Elle m'a un jour raconté, répondit Sunday, ce que ça lui ferait de continuer. De ne plus jamais retourner chez elle. (Elle s'arrêta et tenta de se rappeler les paroles précises de sa grand-mère.) Jusqu'à ce que la Terre ne soit qu'un souvenir bleu. Je n'avais pas alors compris… qu'elle comptait le faire.

— Elle pourrait toujours être…, dit Geoffrey.

Mais il se reprit avant de terminer sa phrase.

Sunday acquiesça. Il n'avait pas besoin de dire ce qu'il pensait. Elle partageait son sentiment.

Elle se dit que le seul moyen de s'en assurer serait d'aller là-bas. De rattraper cette chose si éloignée pour regarder ce qui se trouvait à l'intérieur.

Une lionne endormie, peut-être. *Senge Dongma.*

— Je crois que c'est l'heure, dit Jitendra.

Et il avait raison. Sunday sentit le sol gronder sous eux tandis que la sarbacane faisait courir son minuscule paquet sous les plaines. Ils se tournèrent tous vers l'est. Comme mue par sa propre volonté, sa main se porta à son cou et elle toucha l'amulette qu'on lui avait donnée sur Mars, un lien avec son passé, et son avenir.

Ils regardèrent l'étincelle jaillir de la montagne, une minuscule étoile brillante s'élevant devant les cieux. Elle suivait désormais une trajectoire balistique, emportée par l'élan acquis dans la longue accélération de la catapulte magnétique. Mais le mouvement ralentissait déjà : le paquet rencontrait de la résistance atmosphérique, même si l'air était deux fois moins épais qu'au niveau du sol, et la gravitation commençait à réaffirmer sa présence. En général, les lasers du lanceur intervenaient avant ce stade, en projetant leur redoutable énergie sous le ventre du colis pour l'aider à atteindre l'orbite. Sunday était persuadée que certains membres de l'assistance se disaient déjà que la catapulte avait mal calculé. Et elle était également certaine que d'autres n'avaient aucune idée de la façon dont fonctionnait généralement le mécanisme.

L'étoile continua à monter ; du point de vue du groupe, elle semblait grimper verticalement, mais, en réalité, elle suivait une courbe qui l'emmenait vers l'est et l'océan Indien. Lorsqu'elle parut sur le point de retomber, les lasers se mirent en action. Leurs rayons tracèrent des traits, aussi brillants que des diamants dans le ciel, qui convergèrent à partir du sommet du Kilimandjaro sur un point dans l'espace où l'air se transforma en une petite boule ionisée brûlante. D'ordinaire, elle aurait dû se trouver juste sous l'objet qui montait, mais aujourd'hui, les choses étaient prévues autrement ; les lasers envoyaient leur énergie devant le paquet. Il ne pouvait s'en protéger ; il avait été conçu pour être poussé, pas pour frapper de plein fouet ce plasma. Sans protection avant autre que celle nécessaire pour supporter la pression aérodynamique, l'effet sur le paquet fut immédiat et splendide. L'étoile se mit à briller beaucoup plus fort, jusqu'à donner l'impression qu'un nouveau jour se levait. Sunday leva une main pour se protéger de l'éblouissement et aperçut du vert et du rose dans le minuscule point ardent. La lumière palpita puis – aussi vite que cela avait commencé – ce nouveau petit soleil se brisa et tomba en une pluie de gouttelettes fondues. Les couleurs changèrent – l'or devint ambré, puis orange et enfin rouge terne. Elle essaya de suivre les étincelles qui chutaient, mais elles se perdirent vite dans la lueur du ciel.

Elle connaissait la vérité, savait que les parties de Memphis qui devaient tomber de ce bûcher funéraire le feraient sur la mer, au large. Et peut-être qu'aucun morceau de lui n'avait survécu à cette incandescence. Mais de là où se trouvait Sunday, et avec elle tous les autres, il était difficile de ne pas croire que quelques fragments de leur ami et mentor toucheraient le sommet de cette montagne, atteindraient les neiges du Kilimandjaro.

Et ça suffisait.

*Nous avons commencé en évoquant les débuts. L'heure est désormais venue de parler de fins. Geoffrey ne revit plus jamais Matilda, ni le groupe M, ni les troupeaux de l'Amboseli, ni même le moindre éléphant. Pour ce que nous en savons, en tout cas. Il fut d'abord triste, puis en colère et tenaillé par le remords, ainsi que par un dégoût de soi tenace, à cause de ce qu'il pensait avoir fait naître. Puis la tristesse revint, longue et lente à disparaître, tel le tonnerre incessant quand il s'éloigne sur les plaines. Il n'aurait pas pu savoir, évidemment. Et il lui fallut des années avant de pouvoir parler de ce qui était arrivé, ce jour où Matilda avait vu trop de choses dans sa tête, et compris qui était Memphis.*

*Un ennemi de sa race. Un assassin d'éléphants.*

*Même si Memphis ne l'avait fait que pour nous protéger. L'éléphant ne pouvait pas le comprendre. Ce n'était qu'un animal, malgré toute son intelligence.*

*Les nains phylétiques existent toujours. On peut dévoiler cette information sans problème, désormais. Nous ne savons pas où ils sont, et, selon toute vraisemblance, les Pans orthodoxes non plus. Après la scission, le grand schisme entre Truro et Arethusa, Chama et Gleb ont encore plus dissimulé leur travail au monde. Mais quelque part, dans un système solaire assez vaste pour abriter des endroits cachés et des recoins sombres, toujours assez grand pour les secrets, les éléphants prospèrent. De temps en temps, par un labyrinthe de connexions cryptoquantiques non traçables, nous avons des nouvelles des gardiens du zoo. Ils vivent heureux, toujours mariés, et leur grande œuvre continue. Les éléphants vont bien. Un jour, nous rejoindrons peut-être leur projet.*

*Des paquets de données relient toujours les nains au clan M, et leur fournissent cette structure sociale essentielle, mais, je vous en prie, n'essayez pas de suivre cette piste ; vous ne trouveriez rien. De plus, les liens entre les troupeaux sont désormais bien plus ténus que lorsque tout a débuté. Cela fait vingt ans, les nains ont désormais des petits-enfants, des fils et des filles, des matriarches et des mâles dominants, des liens familiaux, la base d'une société d'éléphants complexe et autosuffisante. Un jour, si les ressources le leur permettent, ils seront peut-être même autorisés à grandir, à cesser d'être des nains. Mais cela sera sans doute pour un autre siècle.*

*Si Geoffrey regrette de ne pas jouer un rôle dans cette entreprise, il s'efforce de ne pas le montrer. Cela ne lui manque sans doute pas plus qu'à Sunday sa carrière d'artiste, ou à Lucas son travail au sein de la famille. Nous avons tous de quoi nous occuper les mains, l'esprit et le cœur.*

*Sunday est retournée dans la Zone non observée, et pendant quelque temps, elle a essayé de se replonger dans la routine de son ancienne vie. Elle s'est remise à travailler sur les commandes qu'elle avait abandonnées avant son voyage sur Mars. Jitendra a tenté lui aussi de reprendre son ancienne existence. Mais c'était difficile. Ils en savaient trop et ce savoir brûlait dans leurs crânes comme une mèche allumée. Comme nous tous.*

*Pendant des années, Sunday a essayé d'achever la reconstruction d'Eunice. Ce projet privé représentait le but principal de sa vie et avait bien plus d'importance que les sempiternelles commandes qui payaient le loyer. Elle a abandonné la sculpture physique pour se consacrer à la sculpture d'une unique vie humaine, dans toute sa splendeur fractale et étourdissante.*

*Et elle n'a pas échoué. Mais la reconstruction était devenue trop intelligente, trop complexe. Elle s'était libérée des restrictions de Sunday et ne pouvait plus être influencée, ni maîtrisée. Et même si Geoffrey et Jumai avaient tenté de protéger Sunday de la vérité, elle y était parvenue toute seule. L'intellart qui dirigeait Cœur-de-Lion était tout ce qu'elle avait jamais espéré que deviendrait sa reconstruction. Le travail qu'elle s'était efforcée d'accomplir était déjà réalisé.*

*La reconstruction vit toujours. Comme les nains, elle est là, quelque part. Étant donné sa nature d'esprit sans corps, qui hante l'aug, l'immobiliser serait impossible. Nous lui avons accordé depuis longtemps l'autonomie dont elle rêvait. De temps en temps, elle donne des nouvelles. Peut-être pense-t-elle à celle dont elle suit les traces, celle qu'elle peut imiter, mais ne deviendra jamais. Peut-être se satisfait-elle de devenir quelque chose d'autre. Parfois, lorsqu'elle nous donne de bons conseils, lorsqu'elle nous dit de nous méfier de ceux qui pourraient nous vouloir du mal, nous sommes ravis de l'avoir à nos côtés. À d'autres moments, nous avons un peu peur d'elle. Et parfois nous oublions qu'Eunice est un objet, et pas une personne.*

*En ce qui concerne la vraie Eunice, la femme de chair et d'os, notre grand-mère morte, c'est plus simple. Nous savons au moins désormais où elle se trouve.*

*Certains nous critiqueront sans doute d'avoir attendu si longtemps avant de prendre cette décision. Mais comment aurions-nous pu faire autrement ? Lorsque nous avons hérité de ce fardeau, nous étions, pour être honnêtes, à peine sortis de l'enfance. Il nous a fallu du temps pour réfléchir, pour juger si le monde était prêt. Eunice n'avait pas été en mesure de prendre cette décision soixante ans plus tôt, nous ne pouvions pas le faire non plus sur un coup de tête. Nous voulions voir comment le monde réagirait aux nouveaux moteurs et à l'existence de Mandala.*

*Cela fait vingt ans. Mais nous sommes prêts maintenant.*

*Avec ce témoignage, écrit à quatre mains le plus honnêtement possible, nous essayons de nous expliquer. Nous n'avons pas demandé cette responsabilité, mais nous avons fait de notre mieux pour nous en montrer dignes. Si l'on repense au passé, et comment nous étions à l'époque, toutes nos inimitiés n'ont plus aucune importance, elles n'étaient que chamailleries d'enfants. Nous sommes passés à autre chose. Nous devions bien à Hector et à Memphis de transcender ce que nous étions alors. Parce que si nous n'y arrivions pas, si nous ne parvenions pas à mettre de côté le passé, qui d'autre pourrait le faire ?*

*Il y a vingt ans, le monde a eu un aperçu de ce qui l'attendait. Les moteurs améliorés ont rétréci le système solaire intérieur, ont rapproché Jupiter et Saturne, et accéléré le développement et la colonisation de l'espace transneptunien. Il y a eu des accidents et des bêtises, mais la technologie a, en grande partie, été assimilée sans gros problème. Et heureusement, car ce que nous vous avons offert n'était rien du tout. Le véritable test de notre sagesse collective commence ici, et maintenant.*

*Nous lui avons donné le nom du Principe de Chibesa. Les moteurs améliorés n'étaient qu'un aperçu de ce que la nouvelle physique peut nous apporter. Bien maîtrisé, le Principe de Chibesa ne se contentera pas seulement de rétrécir encore le système solaire. Il mettra le vol interstellaire habité à notre portée.*

*Mais saisissez-en bien les dangers, en même temps que les promesses. Comme la découverte du feu, il ne s'agit pas d'une avancée qui pourra être abandonnée. Et s'il tombe dans de mauvaises mains, qu'il soit utilisé avec malveillance ou sottise, le Principe de Chibesa pourrait très bien détruire des mondes.*

*C'est pour cette raison que notre grand-mère ne nous estimait pas prêts. Mais c'était il y a plus de quatre-vingts ans, et beaucoup de choses ont changé, depuis. Nous croyons que tout est différent et que l'espèce est prête à prouver sa sagesse collective. Si nous nous trompons, si nous manquons de maturité, le Principe de Chibesa va nous consumer. Et dans ce cas, s'il reste encore quelqu'un pour juger nos actes, nous accepterons volontiers le verdict de l'Histoire. Mais si nous avons raison, cela nous offrira tout ce que Soya Akinya a montré à sa fille, lorsqu'elle l'a levée dans la douce chaleur d'une nuit du Serengeti : toutes ces étoiles, tous ces minuscules diamants lumineux.*

*Nous avons fait preuve d'intelligence, et parfois de bêtise. Les singes savants que nous sommes peuvent parfois être complètement stupides. Mais c'est l'intelligence qui nous a emmenés jusqu'ici, et c'est d'elle, et d'elle seulement, que nous aurons besoin à partir de maintenant.*

*Nous n'avons pas le temps de faire autrement.*

# Remerciements

Un grand merci à Tim Kauffman, Louise Kleba, Kotska Wallace et Joan Wamae – ainsi qu'à ma femme – d'avoir accepté de lire une première version de ce roman et de m'avoir fourni commentaires et suggestions. Le jeune et prometteur auteur Jonathan Dotse a lui aussi eu la gentillesse de prendre le temps, durant un passage à Londres, de me parler de l'Afrique et de la science-fiction, vues depuis le Ghana. Pour des échanges spécifiques sur les exoplanètes et la physique de pointe, je remercie mes talentueux et brillants amis scientifiques Lisa Kaltenegger et Dave Clements. Je vous suis redevable pour tout le temps passé et pour votre perspicacité. Les erreurs qui pourraient subsister dans le livre restent, bien évidemment, uniquement de mon fait.

J'ai passé ma première décennie d'écriture professionnelle sous la direction éditoriale de Jo Fletcher, qui n'est pas qu'une collègue admirable, mais également une excellente amie. Lorsque Jo est partie fonder sa propre maison d'édition, nous parlions déjà de ce livre depuis plusieurs années. Elle a indubitablement influencé *La Terre bleue de nos souvenirs*, et cette influence, j'en suis sûr, se fera encore sentir dans les suites de la saga Akinya. C'est notamment l'affection de Jo pour les éléphants qui m'a poussé à leur donner un rôle plus important. Merci, Jo !

De même, j'ai été enchanté de travailler avec mon nouvel éditeur, Simon Spanton : un type bien, véritablement attaché aux valeurs de base de la science-fiction. Reprendre un auteur déjà installé au beau milieu de sa carrière n'est pas chose facile ; Simon m'a offert tout son soutien et toute son amitié. Respect !

Une fois encore, travailler avec la méticuleuse et géniale Lisa Rogers, ma correctrice depuis quasiment le début de ma carrière, a été un plaisir. Il n'y a pas, je pense, d'yeux plus acérés que les siens dans le monde de l'édition, ni mieux placé qu'elle pour remettre en ordre ma chronologie interne parfois brouillonne. Merci, Lisa !

Je suis aussi extrêmement reconnaissant à mon agent, Robert Kirby, pour des années de soutien et d'enthousiasme. Comme Jo, Robert a accompagné ce roman depuis le début. Lorsqu'on est plongé au milieu d'un gros projet, on peut parfois oublier pourquoi l'idée de départ était bonne. Robert a toujours su me redonner la motivation lorsque je sentais que je faiblissais. Et encore une fois, ça a été un plaisir.

Le point de départ de ce livre – l'un d'entre eux, en tout cas – remonte à la première d'une série de visites du centre spatial Kennedy. Ma femme et moi avons eu la chance d'assister à deux lancements de la navette spatiale *Atlantis*, des expériences véritablement uniques. Pour m'avoir permis de m'approcher d'un lancement de plus près que je ne l'aurais jamais imaginé, je remercie Tim Kauffman, Louise Kleba et Piers Sellers, des gens bien, toujours adeptes de l'idée que l'homme devrait explorer l'espace. J'ai eu aussi le plaisir et le privilège de fréquenter Steve Agid, qui en sait plus sur le passé, le présent et l'avenir des vols spatiaux, habités ou non, que presque quiconque sur la planète.

La technologie de ce livre est en grande partie inventée, mais fondée, pour l'essentiel, sur des idées et des projets réels qui ne contredisent pas les lois de la physique. Les ascenseurs spatiaux, les lanceurs balistiques, les moteurs VASIMR, les fusées à propulsion par hydrogène métallique et l'imagerie directe d'exoplanètes, sont des technologies qui ont toutes été envisagées par la « littérature sérieuse » et certains de ces concepts sont même en passe d'être réalisés.

Pour l'instant, il nous manque une « théorie du tout », une théorie physique unique qui pourrait relier le comportement de la matière dans l'infiniment grand – la dynamique des trous noirs et des superamas galactiques – et le domaine flou et effervescent des processus subatomiques. Malgré tout, nous avons quelques idées potentielles prometteuses. Nous vivons également dans une époque d'expérimentation tout à fait passionnante, avec des projets en cours comme le Large Hadron Collider qui met en œuvre des énergies permettant de confronter les théories existantes. Il est encore trop tôt pour dire ce que seront les résultats de ces études. D'une manière peut-être un peu conservatrice, j'ai postulé que la physique théorique de l'époque d'Eunice ne serait pas radicalement différente de la nôtre. Cependant, la découverte sur Mercure, et son lien supposé avec les interactions des quarks et son application pour une nouvelle sorte de moteur spatial, sont totalement fantaisistes, de la science « inventée ».

Il n'existe pas de monde comme Creuset, même si l'étoile 61 Virginis est censée posséder un système planétaire et que la présence d'un monde y ressemblant à la Terre ne soit pas à exclure. Le champ de la recherche des exoplanètes évolue si vite que je m'attends à être rattrapé par des observations dans les mois qui suivront la sortie de ce roman. Mais cela fait partie des joies de la spéculation dans une discipline qui progresse très rapidement.

Il y a bien un monolithe sur Phobos, mais personne ne croit vraiment qu'il s'agisse d'autre chose qu'un objet géologique légèrement inhabituel (mais pas si étrange). Un des objectifs des explorations des lunes martiennes à venir sera sans doute d'obtenir, d'assez près, des images de cet objet à l'ombre longue. Il me tarde d'apprendre ce qu'elles montreront.

J'ai décidé d'écrire un roman de science-fiction dans lequel l'Afrique soit une puissance économique et technologique dominante pour deux raisons. La première était simplement : pourquoi pas ? Je ne suis jamais allé en Afrique, mais je n'ai aucune raison de croire que quelque chose empêche l'Afrique, ou une partie de ce continent, de prendre la tête dans une ou plusieurs industries de pointe. La deuxième raison, qui est plus personnelle et profonde – et donc plus difficile à expliquer – est en rapport avec la musique. Ces cinq dernières années, je me suis pris de passion pour la musique africaine et j'en ai beaucoup écouté durant la rédaction de ce livre. J'aimerais surtout mentionner l'incroyable musicien ougandais Geoffrey Oryema, qui a été ma porte d'entrée dans un royaume de découvertes merveilleuses et surprenantes. Sa magnifique chanson *Land of Anaka*, écrite du point de vue d'un exilé, communique parfaitement ce sentiment de perte écrasante que les voyageurs spatiaux, me semble-t-il, ressentiront, dans des siècles, en se rappelant cette Terre sur laquelle ils ne pourront pas revenir.

Et c'est pour cela que mon personnage principal s'appelle Geoffrey.